KB001806

마지막 연인

마지막 연인

찬쉐   강영희 옮김

은행나무세계문학 에세 • 2

은행나무

차례

일러두기

1 본문 하단의 각주는 모두 옮긴이의 것이다.

1장

존과 그의 책

'로즈'라는 이름의 의류 회사에서 영업부 매니저로 일하는 존은 서류 가방을 겨드랑이에 낀 채 좁은 거리들을 지나 회사로 출근하는 길이었다. 존은 작은 키에 고지식한 남자로, 중년과 노년 사이에 있으며 조금도 소홀히 하지 않는 옷차림과 먼지 한 톨 없는 신발을 자랑했다. 면도와 이발 역시 제때에 꼬박꼬박 했다. 그의 회녹색 눈동자가 언제나 공허해 보이는 것은 정신을 딴 데 팔거나 성정이 괴팍해서인지 몰랐다. 그의 마음속에는 늘 미친 생각들이 도사렸다. 그는 독서광으로 다년간 쉼 없이 책을 읽었고 머릿속은 천태만상의 이야기들로 뒤죽박죽 뒤섞였다. 그의 기억력은 선택과 접붙이기에 대단히 능해서 사고는 명료했다. 그는 평소 B시에 있는 자신의 사무실에 앉아 일에 열중하는 모습을 연출하지만, 실은 서류 밑에 소설책 한 권을 깔고 가지각색의 이야기를 읽고 있었다. 존은 신중하고 고지식해서 이 비밀은 수년 동안 그의 고객들에게 들키지 않았다. 날마다 업무적인 일로 책 읽기는 수차례 중단되었지만, 그렇게 책을 읽다 보니 1초 내에 순조롭게 다시 이야기의 흐름 속으로 빠져들 수 있는 사유를 연결하는 독특한 방법을 연마해냈다.

존의 집은 사무실에서 두 구역 떨어진 산비탈에 위치해 있어 창문을 바라보면 갈매기가 날아다니는 파란 바다를 볼 수 있었다. 날이 어슴푸레하게 밝아올 때 존은 출근길에 올랐다. A국 사람들은 느지막이 일어났고 적막한 거리에는 흑인 청소부만이 거리를 지키고 있었다. 지금 존은 텅 빈 거리에 울리는, 망설이는 듯한 인상을 주는 자신의 발걸음 소리를 들었다. 오른쪽을 바라보니 자신의 정갈한 머리와 넥타이가 쇼윈도에 비쳤다. 그는 자신의 깔끔한 이미지를 보고 그만 수줍은 듯 얼굴을 돌리고 눈을 바닥으로 내렸다.

"좋은 아침입니다." 존이 말했다.

"좋은 아침입니다! 여전히 일찍 나오시는군요." 늘씬한 흑인 여자가 빗자루를 짚고 존을 스쳐 지나간 뒤 멀어지는 그를 바라보았다. 그녀는 생각에 잠긴 듯 큰 눈을 깜박거렸다.

존은 사무실로 들어가 불을 켜고 탕비실에서 커피를 한 잔 내린 뒤 책상에 앉아 전날의 이야기를 이어나갔다. 그의 앞에 놓인 책은 오래되어 책장이 모두 누렇게 변했다. 이 책은 그가 20년도 더 전에 산 것이었다. 존은 이미 햇수로 30년도 넘게 닥치는 대로 책을 사들여서 바다가 보이는 자신의 집은 진작 책들로 차고 넘쳤다. 침대의 바닥 공간을 큰 '상자'로 삼아 그 안에 책을 쌓아 올렸다. 작년을 기점으로 그는 머릿속에 웅대한 계획을 구상했다. 그것은 평생 읽은 소설의 이야기들을 다시 한번 더 읽고 난 뒤 모든 이야기를 하나로 엮어보겠다는 것이었다. 그러면 자신이 책을 들기만 하면 한 이야기에서 또 다른 이야기로 끊기지 않고 들어갈 수 있을 것이었다. 그리고 존 자신도 휩쓸려 들어가서 외부의 그 어떤 방해도 받지 않을 수 있었다. 이것을 몸으로 실천하면서 두 달을 버티자 과연 효과가 나타났다. 예를 들면, 존은 거래처 고객과 상담하는(존은 의류 회사의 영업부 매니저였다) 중에도 그 이야기들에 침잠한 나머지 이따금 얼굴을 돌려 키득거리곤 했다.

"존, 존. 자네가 없으면 내 회사는 무너질 수밖에 없어." 사장은 존을 만났을 때 이렇게 말했다. 갓 예순이 된 사장은 흰머리에 비쩍 말랐고 얼굴 주름이 도랑처럼 패어 있었다. "자네는 어떻게 그런 비밀을 알았어? 고객들이 자넬 어찌 그렇게 좋아할 수 있지?" 사장은 이 말을 할 때 슬퍼하는 척하면서도 은근슬쩍 존의 반응을 살폈다.

"그건 책 읽기와 관련이 있는 것 같습니다." 존은 신중하게 뜸을 들이며 말했다.

"책 읽기?" 사장의 미간에 잡힌 주름이 사람인 자(人) 모양이 되었다.

"맞아요. 저는 많은 이야기를 읽습니다." 존은 말이 빨라지고 얼굴이 벌게졌다. "저는요, 일을 그만두고 책을 볼까도 생각했습니다. 정말입니다. 지금 고민하고 있어요."

"그럼 내 회사는 손해를 보잖아. 아직 결정한 건 아니지?"

사장의 말투는 존을 만류하는 모양새라기보다는 그저 사실을 말해주길 바라는 투였다.

"아닙니다. 저한테는 아직 부양해야 할 처자식이 있는걸요."

사장은 존의 얼굴을 잠깐 빤히 쳐다본 뒤, 실망한 듯 고개를 젓고는 나가도 좋다는 뜻으로 손을 내저었다. 존은 사무실을 나오면서 사장의 말뜻을 생각했고 생각에 빠져들다, 그만 생각의 갈피가 어두운 터널로 들어섰다. 여러 해 동안 함께 일한 사장은 확실히 존을 이해하는 사람이었지만, 존은 그런 이해가 어느 측면까지 닿았는지, 또한 자신의 생활 태도를 어떻게 보고 자신에게 어떤 기대를 갖는지 등에 관해서는 사장의 얼굴에서도 사장의 말에서도 추측할 수 없었다. 사장의 일 처리는 이도 저도 아닌 모호함으로 가득했다. 이는 정확하게 작동되는, 데님 제품을 만드는 이 회사와는 또렷한 대조를 이루었다. 존이 보기에 사장은 회사의 구체적인 일에는 별로 관여하지 않고 직원들의 심리와 회사에 대한 충성도에만 관심을 두지 않나 싶었다. 존은 왜 사장이 이 회사에 뼈를 묻길 원치 않는다고 생각하는지 고민스러우면서 자존심이 상했다. 왜냐하면 존은 일에 대해서 성실한 사람인 데다 일을 적절히 잘 배분하는 천부적인 재능을 갖추었고, 또한 스스로도 그러한 재능을 높이 사기 때문이었다. 여기까지 생각하자 존은 사장의 아내가 떠올랐다. 그녀는 발랄하고 영리하면서도 요염한 중년 여성이었다. 존은 리사가 사장에게 전혀 어울리지 않는 상대지만 사장은 그녀를 더없이 애지중지한다고 여겼다. 그러고는 이번에는 자기 집의 소박하지만 유능한 아내와 기숙사에서 생활하는 고등학생인 귀여운 아들을 떠올렸다. 이렇게 비교하다 보니 돌연 사장과 그의 아내 리사가 얼마나 원만하게 지내는지가 분명하게 보였다. 그런데 사장은 자신에게 대체 어떤 생각과 기대를 가지고 있는 걸까? 이 질문 앞에서 존은 그저 막연할 뿐이었다. 그럴 때마다 사장에게 업무 시간에 소설을 훔쳐본다고 서슴없이 말할 수 있을 것 같다가도, 그 말은 매번 입가에서만 맴돌 뿐 꿀꺽 삼켜졌다. 존은 신중한 사람이지만 그 신중함에서는 다소 진부한 냄새가 났다. 한번은 식당에서 회식을 할 때 사장이 만취해서 존의 코를 가리키며 말했다. "내가 네 마음을 보지 못한다고 생각하지 마!" 당시 존은 얼굴이 하얗게 질렸고 생활에 큰 변화가 일겠다고 예감했다. 결과적으로 생활은 아무런 변화 없이 여느 날처럼 이어졌다.

존은 사장의 사무실에서 자신의 사무실로 돌아와 자리에 앉은 뒤 자신의 몸이 붕 뜨는 느낌이 들었다. 책을 펼쳐 여자 주인공을 따라 빈민가의 골목으로 들어섰다. 그런데 오늘 그 골목들은 사방으로 통하지 않았고, 햇볕이 부서지는 골목 전방에 무시무시한 그림자가 드리워졌다. 또한 천들이 바람에 나부끼는 소리가 들려 왔지만 바람이 부는 흔적은 없었다. 존은 겁이 나서 걸음을 멈추었다. 동시에 전화벨이 울렸고, 비서가 남부의 고객이 그를 만나고 싶어 한다고 알려 왔다.

레이건이라는 이 남자는 사각형 얼굴에 굳은 표정을 하고서 존과 장기 계약을 체결하고 싶어 했다. 존은 그가 관례대로 가격을 흥정할 것이라 생각하고 얼른 머리를 굴려 몇 가지 방안을 마련했다. 하지만 레이건은 입을 열기는커녕 의자를 창가로 가져가서 아래층의 삼삼오오 모여 있는 사람들에게 시선을 던졌다. 왼손으로 넓은 턱을 괸 채 계산기를 두드리는 듯도, 장사와는 무관한 일을 생각하는 듯도 했다. 당황한 존은 조금 전 책 속의 골목을 생각했다. 한참 뒤에 레이건이 불쑥 입을 여는 통에 소스라치게 놀랐는데, 그의 목소리가 비명을 지르는 듯했기 때문이다.

"우리 남부 지방에는 고무나무 숲과 야자수가 지천으로 널렸습니다. 일꾼들이 당신네 옷을 얼마나 입을지, 당신은 상상이나 할수 있겠습니까? 당신에게 그런 상상력이 있습니까? 바로 어제 일꾼 두 명이 바다에 빠져 죽었습니다. 당신네가 만든 옷이 너무 두껍고 무거워서 빨리 벗어던지지 못하는 바람에…… 그건 대체 어떤 멍청이가 디자인한 옷입니까? 두 사람 중 한 사람은 여자아이 였습니다. 누군가 그녀가 물고기처럼 물에서 튀어 올랐다가 가라앉는 것을 보았다고요. 멍청이! 젠장!"

레이건은 두 손으로 머리를 감싸 안고 고통스러워했다.

존은 무슨 말을 해야 좋을지 몰라 입을 다물었다. 자신이 레이건을 안 지가 여러 해 되었다. 그는 점잖고 온화한 농장주 혹은 농장주 같지 않은 농장주로, 오래된 서점의 주인 같은 사람이라고 할 수 있었다. 그런데 오늘 그는 자신의 난폭한 성격을 고스란히 드러냈다.

"당신은 정말로 우리와 계속 거래할 생각입니까?" 레이건이 눈을 희번덕거리며 존에게 물었다.

"쉽게 입고 벗을 수 있는 옷을 디자인해드리겠습니다." 존이 기계적으로 대답했다.

"저는 당신의 그런 생각이 마음에 들지 않습니다."

레이건이 차갑게 이 말을 할 때, 존은 확실히 갈피를 잡을 수 없었다. 예전에 레이건이 자신의 사무실에 왔을 때, 그에게서는 항상 들판의 유채꽃 향기가 났다. 존은 그런 향기를 깊게 들이마시면서 저도 몰래 시커멓게 그을린 이 남부 사람을 자신의 이야기망으로 끌어들였다. 또한 레이건에게서 자신에 대한 적의를 느끼지 못했는데 오늘은 느꼈다. 존은 추운 듯 목을 움츠렸고 이 행동은 즉시 레이건에게 들켰다. 레이건은 존에게 이 거래에 싫증을 느끼느냐고 물었고, 만약 그렇다면 자신들의 논의는 전적으로 중단될 수 있다고도 했다.

"우리 같은 사람은……." 레이건은 말하다 말을 도로 삼켰다.

존은 그가 하려던 말이, 우리 같은 사람은 의견의 일치를 보기 힘들다는 말이 아니었을까 생각했다. 오늘은 대체 왜 이럴까? 자신들이 거래한 지는 여러 해 되었고 자신의 이야기에는 항상 레이건의 모습이 등장해서 그의 네모난 얼굴이 거리의 거울에 어른거렸는데 말이다─존의 오솔길에는 언제나 나무줄기마다 거울이 걸려 있었다─바로 얼마 전까지만 해도 레이건은 자신에게 꿩 한 쌍을 선물했고, 자신은 꿩의 알록달록한 깃털에 그만 매혹되어 한참 동안 환상에 젖었다. 당시 존은 그의 무표정한 얼굴을 응시하면서 그가 마술사처럼 뜻밖의 재주를 가졌다고 생각했다.

레이건은 존의 사무실을 여러 차례 다녀간 뒤에 불쑥 존에게 계약서를 꺼내라고 하고서는 몇 페이지에 걸친 서명을 후다닥 휘갈겼다. 어찌나 빠른지 존은 상세히 볼 틈도 없었다. 존의 기억에는 그저 그의 힘줄이 불거진 길고 가느다란 오른손만이 남았다. 속으로 '농장주라는 사람의 손이 어떻게 이렇게 생길 수가 있을까?' 하고 감탄했다.

레이건이 계약서를 작성하고 떠날 때 존은 그를 배웅하면서 엘리베이터로 들어가는 사장의 모습을 보았다. 사장이 왜 고층 빌딩 쪽으로 왔지? 존은 비서 제니퍼에게 사장이 이쪽으로 올 일이 있는지 물었다. 제니퍼는 눈을 휘둥그레 뜬 뒤 예민하게 반응하는 존을 못마땅하게 여기는 듯 천천히 고개를 저었다.

존이 이 건물에서 일한 지는 10년이 넘었고, 업무에 관한 모든 절차는 익숙하려야 익숙할 수 없을 정도로 익숙했다. 그의 영역 안에서 예상 밖의 일은 일어날 리가 없었다. 그런데 바로 오늘 궤도를 이탈한 듯한 일들을 보고야 말았다. 그 모든 것이 자신이 알지 못하는 사이에 일어난 일이라서 아무리 머리를 굴려도 그 단서들을 잡아낼 수 없었다.

그날 퇴근길에 누군가 뒤에서 잰걸음으로 쫓아왔다. 사장의 아내였다.

"요즘 빈센트가 밤마다 술에 취해 집 앞 잔디밭에서 난동을 부려요." 리사는 얼굴을 붉히면서 어색해했다. "그 사람이야말로 젊지 않아요. 저는 당신들이 그 사람한테 무슨 좋은 영향을 주지 않았을까 싶은데, 아니에요?" 그녀는 돌연 얼굴을 돌려 존을 매섭게 쏘아보면서 눈에서 존이 일찍이 본 적 없는 불꽃을 뿜어냈다.

존은 대답할 수가 없었다. 눈앞의 빨간 머리를 한 여자를 알아볼 수가 없었기 때문이었다. 한결같이 유쾌하고 요염한 리사가 지금 이 순간 살기등등해서 존을 밀치고 지나가는 통에 존은 하마터면 인도 아래쪽으로 떨어질 뻔했다. 그녀는 바람처럼 멀어져 갔고 그 뒤로 힘껏 내리밟는 하이힐 소리가 또각또각 들려왔다.

저녁 무렵의 인도는 사람들로 북적였고, 그들은 깜짝 놀라 일제히 낭패를 당한 존을 바라보았다. 존은 인도 앞의 심연을 보았고, 저 심연으로 내려가면 저곳을 통해 최근 구축한 이야기의 망으로 들어갈 수 있지 않을까 생각했다. 하지만 아가리를 벌린 시커먼 입구는 심연이 아니라 그저 지하도일 뿐이었다. 존이 그 지하도 입구에 막 도착할 즈음 리사가 돌연 음영 속에서 튀어나왔다.

"빈센트가 미쳤어요! 미쳤다고요! 젠장, 어떻게 그런 일이 있을 수 있죠?"

리사는 미쳐 날뛰는 눈빛을 하고서 존의 팔뚝을 우악스럽게 거머쥐고는 흔들어댔다. 존은 리사의 입에서 뿜어져 나오는 독한 술 냄새를 맡았다.

"아, 리사, 천천히 말해요." 존은 힘겹게 몇 마디를 토해냈다. 영문도 모를 분노가 안에서 들끓었으며 이 키 작은 여자가 혐오스러웠다.

하지만 리사는 느닷없이 나타난 것처럼 또다시 느닷없이 사라졌다. 존은 오늘 일어난 이상한 일들을 떠올리면서 머릿속이 어지러웠다.

존의 아내 마리아는 직기를 이용해서 벽걸이 카펫을 짜고 있었다. 그것은 마리아의 취미이자 생계에 보탬이 되고 있는 재주로, 주변의 이웃집에 마리아가 만든 공예품이 걸렸다. 지금 그녀가 짜고 있는 건 전갈 도안이었다. 짙은 갈색 전갈이 기이한 화초에 숨어 참신하면서도 자극적인 분위기를 자아냈다. 균형 잡힌 튼실한 몸, 온갖 기예에 능한 손과 날렵한 손가락, 짧게 자른 손톱. 마리아는 쉰을 바라보는 나이에도 아직 그럭저럭 괜찮은 시력에 풍성한 갈색 머리카락을 뒤로 묶어 틀어 올리고 있었다.

아프리카사향고양이 두 마리가 문밖의 잔디밭에서 쉴 새 없이 울어댔지만 발정해서 우는 건 아닌 듯했다. 그것들은 마리아가 사 온 고양이로, 평소에는 거의 울지 않고 유령처럼 주변에 출몰했다.

"오늘 회사에서 문제가 좀 있었어." 존이 심란해하며 말했다.

"나도 들었어." 마리아가 남편을 힐끗 보았다.

"당신이? 누구한테?"

"리사. 그녀가 다녀갔어."

"그 여자가 멋대로 지껄이는 말 듣지 마." 존은 성가시다는 듯 들고 있던 가방을 소파에 내동댕이쳤다.

마리아는 직기에서 일어나 식탁을 지나쳐 존에게 다가가, 그를 대신해 서류 가방을 선반 위에 올려놓았다. 그러고는 존의 어깨에 한 손을 얹었다.

"조바심 내지 마. 별일 아니야. 당신은 회사의 오래된 직원이야. 빈센트 그 늙은 여우가 당신을 내보낼 수 있겠어? 그건 그렇고 리사가 여기 온 건 딴 일 때문이야. 그 집에 문제가 생겼거든."

이상하게도 마리아는 빈센트를 항상 '늙은 여우'라고 불렀다. 존은 이 점에서 아내의 감정에 공감하지 못했다. 그가 보기에 사장은 교활한 사람이라기보다는 그저 일 처리가 우유부단한 사람일 뿐이었다. 하지만 아내가 그렇게 부르기를 좋아한다는데, 굳이 아내에게 이 점을 따지고 싶지 않았다.

"무슨 문제?"

"리사의 말이, 아랍 여자와 관련이 있대. 빈센트가 리사를 속이고 검은 히잡을 쓴 과부와 동거한대."

"동거? 사장은 날마다 집에 들어가지 않아? 거의 매일 회사에서 사장을 본다고."

"그래, 맞아. 한데 리사 말로는 누가 자기 남편이 매일 그 아랍 여자의 집에 있는 걸 봤대. 대체 어떻게 된 일일까? 내 생각에는 '분신술'을 쓰지 않았을까 싶어."

존은 괴상한 것들을 말하는 마리아에게 좀체 익숙해지지 않았다. 마리아가 일관되게 그런 취미를 가지고 있다는 것을 알았고 급기야 집에서 기르는 저 아프리카사향고양이마저 그 취미에 전염되었다는 것을 알았다. 며칠 전에 갈색 얼룩무늬의 암고양이가 자신의 아들을 물어뜯어 아들이 다쳤다.

"제시간에 출근하고 제시간에 귀가하는 나쁜 도락이라고는 없는 남자가 날마다 정부의 집에 있는 걸 봤다고? 말이 된다고 생각해? 그 사람은 딴 사람이 아닐까? 그런데 사장 자신도 인정했다고 하잖아. 리사는 절망했어. 그녀가 겪은 일 중에 최악이야."

　마리아는 그렇게 말하면서 다시 직기 앞으로 돌아가 앉은 뒤, 한마디 덧붙이고는 카펫 짜는 일에 몰두했다. 존은 그 거대한 전 갈에 시선을 고정했다. 그러자 한 가닥의 냉기가 등줄기를 타고 올라오는 듯했다. 방 안이 온통 냉기로 싸늘해지고 마리아가 옅 은 안개 속을 부유하듯 눈앞에서 흔들렸으며, 자신의 발아래에 음흉한 고양이가 쪼그리고 앉았다. 존은 2층의 서재에 가려고 비 틀비틀 버르적거렸다. 마리아가 저쪽에서 뭐라고 중얼거렸지만 돌아보았을 때 직기 쪽은 휑했다. 마리아는 어디에서 말하는 것 일까?

　존은 책상에 앉아 일본인이 쓴 이야기를 펼쳤을 때 그제야 머 릿속이 맑아졌다. 책의 내용을 크게 소리 내어 읽으면서, 자신의 생활이 완전히 뒤바뀌어 일상생활이 연환*과 같은 몽환경이 되었 다는 것을 절감했다. 자신이 읽고 있는 건 동양에서 일어난 이야 기지만, 읽다 보니 어느덧 게다를 신은 젊은 여성이 자신이 두 달 넘게 운영해온, 오동나무로 둘러싸인 광장으로 느릿느릿 걸어 들 어왔다. 그러더니 한 굵직한 오동나무 뒤에 몸을 숨기고, 바람에 흩날려 삼각형을 이루는 기모노 자락만 내비치고 있는 게 아닌 가. 존은 휘둥그레진 눈으로 더는 읽어 내려가지 못했다.

---

*　여러 개의 고리를 잇대어 꿴 쇠사슬.

존과 마리아가 주방에서 저녁밥을 먹고 있을 때, 그 고양이가 뜻밖에 존에게 달려들어 엉겨 붙더니 그의 바짓가랑이에 몸을 비벼대며 "야옹야옹" 울부짖었다. 마리아의 회색 눈동자가 차분하게 반짝이며 존을 응시했다. 존이 몸을 구부려 고양이의 등을 토닥이자 손이 돌연 찌릿찌릿했다. 고양이의 몸에 전기가 통한다고? 마리아에게 이런 신통력이 있다고? 존은 이해할 수 없다는 듯 아내를 힐끔거렸다. 그녀의 표정에는 어떤 간절함이 있었다. 마리아는 무슨 일이라도 일어나길 기다리는 것일까? 그녀는 낮 동안 집에서 집안일 외에 대체 뭘 할까? 보아하니 혈기왕성한 아내는 이 집을 그녀 혼자만의 작은 왕국으로 만든 듯했다.

존의 아들 대니얼은 열일곱 살로 서부에 있는 기숙학교에 다니면서 일 년에 고작 두 번 집에 돌아왔다. 어찌 된 일인지 존과 대니얼은 서먹서먹한 부자지간이었는데, 두 사람 다 자신의 소세계에 지나치게 몰두하기 때문일 것이었다. 존은 대니얼이 무엇에 가장 관심 있어 하는지 모르지만, 대니얼의 텅 빈 회색 눈동자에서 그 빛바랜 사진 속 소년을 어렴풋이 알아보았다. 대니얼은 보통 자기 어머니 앞에서 더 편안해했는데, 이는 그 두 마리 고양이와의 관계에서도 알 수 있었다. 그 유령 같은 고양이들은 마리아와 아들이 공모한 일의 주인공 같았다─존은 항상 자기도 모르게 그런 생각이 들었다─한번은 두 사람이 집 뒤쪽의 꽃으로 둘러싸인 장막 아래 웅크리고 앉아, 목소리를 높였다 낮췄다 하며 고양이에 관해 이야기하는 순간과 마주쳤다. 당시 고양이들은 마치 인간의 담론은 일고의 가치도 없다는 듯 고고하게 상체를 꼿꼿이 세운 채 돌 테이블에 웅크리고 앉아 있었다. 존의 등장에 두 사람의 대화는 뚝 끊어졌다.

"외삼촌 가족이 벽걸이 카펫을 주문했는데 내일 저녁에 찾으러 온대. 지금 마음이 조금 허전해."

마리아가 접시를 치우면서 존에게 말했다.

"당신은 왜 이야기를 엮지 않아? 모든 도안을 집어넣은, 별의별 이야기가 들어간 하나의 이야기 말이야." 존은 머릿속에 번뜩 떠오른 생각을 툭 내뱉었다가 이내 후회하면서 아내가 따져 물을까 봐 노심초사했다.

"내 마음속에 그런 이야기가 없는데 어떻게 엮어낼 수 있겠어? 뭐야, 당신, 봐봐. 고양이 꼬리를 밟고 있잖아."

고양이는 비명을 지르며 후다닥 내뺐다. 존은 허겁지겁 일어나 2층의 서재로 갔다. 일본인이 쓴 그 책을 들고 화장실에 가서 변기에 앉아 마저 읽었다. 책 속에서는 스모 경기가 벌어지고 있었다. 북쪽에서 온 거대한 몸집의 '고이'가 무대 아래로 떨어졌는데, 그 통에 그만 그의 어린 아들이 깔려 죽었다. 비참한 그의 모습은 잠시 후 새까만 관중 속으로 사라졌다. 스피커에서 흘러나오는 또랑또랑한 이상한 애도 음악은 슬픔이라기보다는 무엇인가에 짓눌렸다 터져 나오는 환희 같았다. 여기까지 읽고 난 뒤 존의 두 눈이 또다시 휘둥그레졌다. 존이 서재로 돌아왔을 때, 지금 읽고 있는 동양의 이야기와 자신이 몸 담고 있는 서양이 어느 뜻밖의 공간에서 하나로 녹아든 것을 보았다. 책을 덮고 피로한 머리를 뒤로 젖히자, 또 다른 이야기가 또 다른 공간에서 무성해지더니 허공에 삼각형의 하늘빛 기모노가 날았다. 서재 밖에서 문을 긁어대는 고양이 소리를 듣고 속으로 저 고양이도 광장으로 데려가야겠다고 생각했다. 광장 변두리에는 미동도 않고 일렬로 쭈그리고 앉아 있는 검둥개들이 있으니 말이다.

존의 침실은 전형적인 노총각의 침실 같았다. 그림도 장식물도 없는 벽에 누렇게 바랜, 뜬금없는 사진들만이 구리 액자에 담겨 있었다. 사진 속 어떤 것에는 모자가, 또 어떤 것에는 지팡이가, 또 다른 것에는 담뱃대가 있었고 의치나 나사와 같은 물건을 확대해놓은 것도 있었다. 또한 딱히 뭐라 꼬집어 말할 수 없는 사진들도 있었는데, 예컨대 직사각형의 사진에는 갈색의 오솔길에 죽 같지 않은 죽, 물감 같지 않은 물감이 한 무더기 흘러내리면서 막연한 느낌을 자아냈다. 침실의 가구들은 고리타분하고 빈틈이 없어 가구들만 봐서는 주인이 생각이 복잡한 사람임을 알 수 없었다. 존은 담배를 피우지 않지만, 침대맡에 재떨이가 놓여 있고 그 안에 서너 개의 뼛조각이 놓여 있었다. 그것은 수술 중에 존의 무릎에서 나온 것이었다. 두 사람이 방을 따로 쓴 건 오륙 년쯤 전으로 마리아가 불면증을 앓으면서부터였다. 마리아가 나간 뒤로 존은 침실을 서서히 독거용으로 바꾸어나갔고, 나중에는 고양이와 개도 그의 침실에 얼씬거리지 않게 되었다. 자신이 하루하루 이상하게 변해간다는 것을 존도 알았다. 시재 쪽, 마리아의 침실이 있는 그곳은 본래 넓고 환한 곳이었지만 마리아는 짙은 색 커튼으로 창문 두 개를 가렸고 대낮에도 연보라빛의 작은 등을 켜놓았다. 어느 날 존은 마리아가 그리워 그녀의 방을 찾아갔다. 방 안은 존에게 익숙한 향수 냄새로 가득했고 마리아는 마침 일어나 옷을 입고 있었다. 그녀는 고개도 돌리지 않은 채 존에게 말했다.

"늦었어, 존. 당신은 왜 아직도 그 일들을 연연해하면서 잊지 못해? 이 등 좀 봐. 낮이고 밤이고 내 마음에서 활활 타면서 캄캄한 곳을 환하게 비추잖아."

그들은 어쨌든 잠자리를 가졌고 존은 아내의 격정에 의아해했다. 마리아의 욕망에는 존에게 익숙지 않은 무엇인가가 있었다. 그녀의 몸은 가장 흥분할 때 위로 곧게 펴졌다. 존은 마리아의 망연한 회색 눈동자에 연보라빛 등 두 개가 환히 불 밝히고 있는 것을 보았다. 그날 이후 존은 아내의 침실에 들어가지 않았다. 그 욕망의 심연이 섬뜩했으며 생각하면 등골이 오싹했다. 이따금 '마리아는 대체 어떻게 된 걸까? 날 사랑하지도 않으면서. 그러니까, 많이 외로웠군. 대니얼이 있다지만 있으면 뭐 해. 녀석은 학교에서 전화도 편지도 할 줄 모르는데'라고 생각하면서 걱정이 앞섰다.

존의 소세계는 자신의 침실과 서재였다. 서재의 책들은 천장까지 쌓아 올렸다. 일정 기간을 두고 계단을 올라가 청소기로 먼지를 빨아들였고, 그러면 존의 이야기는 청소기의 윙윙거리는 소리에 내리쬐는 태양 아래의 어망처럼 바람에 나부꼈다. 존은 최근 한동안 일본인을 만났다. 가늘고 긴 눈을 가진 이들 동양인은 자신의 광장 변두리에서 종적을 감추었고, 뜨거운 태양이 하늘에 떠 있으면 수분처럼 증발해버렸다. "수분처럼 증발해버렸다고? 아름다운 비유군." 존이 혼잣말했다. 존은 대략 한 달에 한 번 자신의 책들을 정리했는데, 책들을 일일이 바닥에 옮겨놓고 난 뒤 새로운 질서에 따라 새롭게 나무 선반에 올려놓았다. 책장이 없어 모든 책을 열린 선반에 올려놓아서 그야말로 들쑥날쑥했다. 간혹 어떤 책들은 침실로 가져와 베개 밑에 두기도 했다. 그것은 종종 공포를 불러일으키는 소설들로, 그 책들을 베개 밑에 두면 행간의 폭력과 소동을 잠재울 수 있을 것 같아서였다. 그런 밤이면 존의 꿈속에서는 왕왕 마치 세상의 종말이 도래한 것처럼 폭풍우가 휘몰아쳤다. 온화한 성품의 그는 이런 느낌을 별로 좋아하지 않았지만, 그래도 어쨌든 공포를 불러일으키는 소설들을 끊임없이 읽어댔다. 간혹 사무실에서도 읽다가 공포에 질려 일그러진 얼굴을 고객에게 들키기도 했다.

마리아가 신비로운 것에 집착하는 것은 자신에게 감염된 게 아닐까? 혹은 반대로 자신이 마리아에게 전염된 것은 아닐까? 존은 진정이 되자 마리아의 눈에 비친 그 두 개의 등을 떠올렸다. 뒤편 정원의 장미꽃 역시 전기를 머금고 있는 듯한 느낌을 받았다. 꽃잎에서 재빨리 손을 떼는 순간 불꽃이 튀는 경미한 소리까지 들었다. 그것은 마리아가 심은 드넓은 장미꽃밭이었고 그녀와 대니얼은 봄에 꽃밭에 앉아 차를 마셨다. 존이 베란다에서 그들을 내려다보았을 때, 그들의 대화 소리가 허공에 떠다녔다. 대니얼이 "엄마, 저 우물을 지나면 채석장이 보여요"라고 말했다. 마리아가 건조한 목소리로 대답했다. "집에 앉아 있으면 뭐든 다 있어." 존은 속으로 정말 마음이 잘 맞는 모자지간이라고 감탄했다. 그러던 어느 날 밤, 존은 대니얼이 장미꽃을 훼손하는 것을 보았다. 그날은 대니얼이 학교로 돌아가기 하루 전날이었다. 달빛 아래의 대니얼은 악귀 같은 험상궂은 얼굴을 하고 있었다. 행동은 머뭇머뭇하면서도 다급했고 온몸에는 진흙을 뒤집어쓴 채였다. 존은 차마 대니얼을 부르지 못하고 한쪽에 서서 지켜보았다. 결국 대니얼은 감정을 다 쏟아낸 뒤 두 손으로 얼굴을 가리고는 바닥에 주저앉았다. 설마 울고 있는 걸까? 존이 알기로 대니얼은 어려서부터 울 줄 모르는 아이였다. 마리아의 방이 어두워졌다가 다시 환해지더니 가늘고 긴 그림자가 커튼에 어른거렸다. 남부의 이 소도시는 언제나 일찍 잠자리에 들었다. 그래서 이곳 사람들이 언제나 광란의 변두리에서 서성거리는지도 몰랐다.

어릴 적 아버지는 늘 물끄러미 존을 바라보며 말했다. "존, 존.

넌 앞으로 뭘 하며 밥 먹고 살래?" 아버지가 이렇게 말할 때마다 존은 더없이 부끄러웠고 자신 역시 어떻게 살아가야 할지 막막하기만 했다. 대니얼은 자신보다 훨씬 강했다. 이 점은 장미꽃을 뽑아 허공에 던지는 행동에서도 알 수 있어 속으로 조금 부럽기까지 했다. 아들은 엄마를 더 닮았는지도 몰랐다.

존은 마음속 이야기의 윤곽을 그림으로 그려내고 싶었다. 그것을 구상하고 뒤엎고 다시 구상하고 뒤엎었다. 그러던 어느 날 용기를 내서 붓을 들었지만, 그린 것이라고는 아무런 의미가 없는 지렁이 같은 선 하나였다. 일본 이야기를 다 읽고 난 뒤 어느 날 불쑥 학교로 찾아가 대니얼과 이야기를 나누고 싶은 충동이 일었다. 그날은 목요일이라 토요일까지 기다렸다가 움직이려고 했지만, 막상 토요일 아침이 되자 결심은 기다리는 동안 사그라졌다. 아들을 만나지는 않았지만 아들의 모습은 그의 꿈속에 슬며시 숨어들었다. 그것은 머리가 없는 신체로 목에 장미꽃을 꽂고 있었다. 존은 꿈에 나타난 아들의 이미지를 선명하게 그려냈다. 그 그림을 마리아에게 보여주자 그녀가 말했다. "당신이 그린 이 사람 본 적이 있어. 내 친정집의 외삼촌이야."

로즈 의류 회사의 사업은 빈센트 사장의 집안일에 얽혀 침체기를 겪기는커녕 오히려 갈수록 승승장구했다. 불평해도 레이건의 농장에서는 여전히 이 회사의 옷이 필요했고, 레이건은 얼마 전에 존과 적잖은 액수의 계약을 체결했다. 존은 사무실의 창가에 앉아 길모퉁이로 사라지는 레이건의 모습을 눈으로 전송하면서 '바다의 끝'이라고 불리는 최남단 지방의 자연 풍광을 상상했다. 레이건은 당일 돌아가고자 했고 언제나 그렇게 분주하게 오갔으며 존은 그의 그런 삶이 활기차다고 느꼈다. 사람들이 쉴 새 없이 드나드는 복도에서 웅성대는 말소리가 들렸다. 존은 사장이 오늘 출근하지 않았다는 사실을 알았고 건물 안 사람들도 알았지만, 다들 이 문제에 관해 언급을 피하려는 듯했다.

존은 소란을 문밖에 가두고 가방에서 새 책을 꺼냈다. 막 한 페이지를 읽었을 때 노곤해서 졸음이 쏟아졌다. 소설의 첫머리는 독특하기 이를 데 없었는데, 큰 궁전과 그 문 앞에 몇몇 호위병이 지키고 있는 장면이었다. 숯을 굽는 노인이 숯을 주러 들어가려 하지만 번번이 쫓겨났다. 노인은 총책임자로 보이는 남자가 마치 자신을 데리러 나오는 것처럼 달려 나오는 것을 보았다. 하지만 그 남자는 달리다 넘어지고 달리다 넘어져서 아무리 노력해도 노인 곁에 다가오지 못했다. 호위병이 투박한 팔뚝으로 노인을 밀치자 노인은 숯과 함께 궁전 문밖의 계단으로 굴러떨어졌다. 얼핏 안에서 누군가 "황상 납시오"라고 외치는 소리를 들었다. 존의 생각이 어둠침침한 계단에 머무를 즈음 누군가 문밖에서 문을 두 번 두드렸다. 그는 대답하지 않고 시선을 계속해서 책장에 두었는데, 그 페이지 왼쪽에 작디작은 삽화가 있었기 때문이었다. 그려져 있는 건 고양이로 그 고양이는 아프리카사향고양이가 아니라 F국의 토종 고양이를 빼다 박았다. 몇 년 전 그 나라에 갔을 때 본 적이 있었는데, 이렇게 노란 눈을 가진 고양이는 널리고 널려서 틈새만 있으면 무리 지어 튀어나오곤 했다. 그곳에 여행 간 사람들은 그와 다른 종의 고양이는 좀체 만나지 못했다. 그렇다면 F국의 토종 고양이는 이야기 첫머리에 등장하는 숯 굽는 노인과 무슨 관계가 있다는 말인가? 문 두드리는 소리가 더욱 요란해지고 벨도 울렸다. 이놈은 왜 전화로 약속하지 않는 거야? 존은 하는 수 없이 책을 서랍에 넣고는 가서 문을 열었다.

"빈센트! 무슨 일이에요?"

화들짝 놀란 존이 사장을 바라보았다.

"다행히도 리사는 망상증을 앓을 뿐이야. 그러니까 난 리사를 피해 자네한테 온 거야. 맙소사, 자네는 자신을 이곳에 가두고 무슨 생각을 하고 있나?"

빈센트는 존에게 묻는 것 같기도, 자신에게 묻는 것 같기도 했다.

"저요? 전 엉뚱한 생각에 빠져드는 걸 좋아합니다. 일에는 지장을 주지 않습니다. 그렇지 않습니까?"

"맞아. 일에 도움이 되면 됐지. 자네는 또 거액의 계약을 따내지 않았는가. 우리 같은 회사가 어떻게 자네 같은 사람을 내보낼 수 있겠어?"

사장은 허심탄회하게 존을 바라보았지만 존은 그의 시선에서 살기등등함을 느꼈고, 한편으로는 그의 눈동자 깊은 곳에서 조금 전 책 속 고양이의 눈에서 뿜어져 나오던 것과 비슷한, 일종의 원한에 사무친 차가운 빛줄기를 보았다. 빈센트가 그 옛 나라와 무슨 관련이 있을지도 모를까? 그의 아랍 여자는 아랍 여자가 아니라 F국의 더욱 신비로운 여자일지도 모를까? 존은 눈을 내리깔고 감히 사장을 쳐다보지 못한 채 조금 전 책에서 읽었던 그 숯 굽는 노인이 되어 계단에서 굴러떨어졌다. 귀로는 궁문 안에서 들려오는 분주하게 움직이는 사람들의 발소리를 숨죽여 들었다.

"그럼 지난번 일은 생각을 좀 해봤나? 난 그런 곳에 가본 적이 있지. 내가 말하는 곳은 허허벌판에 있는 초가집이야. 집 앞에 서면 근처 산에서 타오르는 들불을 볼 수 있지. 이런 일은 제대로 철저히 고민해야 하네. 회사에 자네가 없으면 안 된다고 생각 자체를 포기하지 말고."

사장은 분명히 자기 앞에서 말하고 있었지만 존은 사장의 목소리가 자꾸만 다른 방에서 들려오는 것만 같았다.

"자네는 나처럼 될 수 있어." 사장이 다시 말했다.

존은 정신이 흐리멍덩한 와중에 웃고 있는 사장을 보고는 속으로 화들짝 놀랐다.

"리사가 저희 집에 다녀갔습니다." 존이 가까스로 이 말을 내뱉었다.

빈센트는 한시름 덜었다는 듯 일어나 방 안을 한 바퀴 돌고는 창가에 멈춰 섰다.

"오늘 비가 올 것 같군. 리사는 우산을 들고 나갔어. 그녀는 뭘 하든 선견지명이 있는 사람이지. 집에 이런 아내가 있으면 생활이 어떻겠어? 내가 어떻게 그녀와 헤어질 수 있겠는가? 정말이지 상상조차 할 수가 없어. 그건 회사가 자네를 떠나보낼 수 없는 것과 같네."

"그래서 사장님은 그녀를 피하는 겁니까?"

"맞네. 자네는 뭐든 다 아는군. 난 지금 가봐야 해. 리사가 날 못 찾으면 내 서류를 몽땅 아래로 던져버리겠지. 그러면 난 서류를 주우려 인부를 불러야 하고."

빈센트가 쥐 죽은 듯이 조용히 떠나는 바람에 존은 방금까지 사무실에 있던 사람이 진짜 사람이었는지 의심스러웠다. 그와 관련한 근거를 찾기 위해 또다시 책을 펼쳐 다음 페이지를 읽었다. 이야기는 혼란에 빠져 있었다. 지금 계단에서 굴러떨어진 사람은 더는 숯 굽는 노인이 아니라 다섯 궁녀였다. 궁녀들은 난장판이 되었고 계단을 한 차례 또 한 차례 올랐지만 그때마다 번번이 우락부락한 두 호위병에게 밀쳐졌다. 존은 궁문 안의 풍경에 시선을 빼앗기고 말았는데, 그 안은 뜻밖에도 폐허가 된 정원으로 죽은 대나무가 지천에 깔려 있었다. "궁녀들은 결코 포기할 줄 몰랐다." 존은 이 구절까지 읽었다. 조금 전 빈센트 사장 역시 비슷한 말을 한 것을 떠올렸다. 다시 첫 페이지로 넘겨 그 고양이를 보았다. 고양이는 매력을 잃고 노란 눈의 광채 역시 사라졌다. 다시 페이지를 뒤로 넘기니 정원 안 분수가 물을 내뿜는 내용이 나왔다. 그것은 인공 분수가 아니라 갈라진 틈에서 절로 뿜어져 나오는 지하수로, 10여 미터까지 솟구치는 물줄기도 있었다. 궁녀들은 한 차례 더 달려들었지만 궁문은 호위병들에 의해 굳게 닫혔다. 바람이 불자 바람에 헝클어진 긴 머리카락이 궁녀들의 눈을 가렸다. 존의 뇌리에 4월의 어느 날, 바로 자신의 집 앞 골목길에서 일어난 일이 나타났다. 그날 퇴근하고 집으로 돌아오는 길에 이웃들이 삼삼오오 길가에 서서 거북한 표정을 짓고 있었다. 그들의 시선을 따라 눈길을 던지니 남루한 행색의 남녀 한 쌍이 앞뒤로 서서 곁눈질 한 번 하지 않고 천천히 걸어오고 있었다. 존이 불쾌한 건 오히려 이웃들이었다. 그들의 시선은 존의 등을 뚫고 존의 몸 안으로 들어올 기세였다. 두 사람이 스쳐 지나갔다가 잠시 후 다시 되돌아오자 존은 공기 중의 긴장을 느꼈고 주먹을 불끈 쥐는 소리를 들었다. 이른 봄의 기운이 습한 땅에서 스멀스멀 피어올랐다.

"무슨 일입니까?" 존이 못 참고 옆의 늙은 여자에게 물었다.

"지진이오. 아직 못 느꼈소? 다들 밖으로 나왔는데."

"그런데 저 두 사람은⋯⋯."

"저들은 외지인이오. 쉿, 말도 말아요."

그날 지진은 일어나지 않았다. 그런데 그들은 왜 전부 사색이 된 얼굴을 하고 있었을까? 존이 사는 이 조용한 골목에는 비밀이 넘쳐나서 마리아마저 이곳의 분위기에 곤혹스러워했다. 마리아가 입에 달고 사는 "시작한 이상 끝을 본다"는 말은 광분에서 광분을 만들어낸다는 뜻이었다. 그래서 집에서 마리아가 접촉한 것마다 일정 정도 전기를 띠고 때로는 불꽃이 튀기도 했다. 지진에 잠긴 골목은 어떤 모습일까?

"존! 존……." 누군가 존을 불렀다.

문을 열자 리사가 보였다. 그녀는 온 얼굴에 먼지를 뒤집어쓴 채였고 지난날의 화려함은 온데간데없이 가련한 자태를 자아내고 있었다.

"빈센트가 당신을 찾아왔나요? 존, 저는 그 사람을 쫓아갈 수가 없어요. 내 모습을 좀 봐요. 당신도 알겠지만 그 사람은 이제 끝장이에요."

"그렇지 않아요, 리사. 안 그래요. 조금만 더 참아요. 사장은 당신을 사랑해요."

"그 말이 아니잖아요. 누가 날 사랑하래요? 내 말은, 그 사람이 자꾸 이런 식으로 피하기만 한다고요. 대체 뭐가 겁나서요? 게다가 잔디밭에서 부린 행패…… 세상에, 예복을 차려입고 잔디밭을 뒹굴었다니까요. 그 사람의 영혼은 산산조각 났어요. 회복할 수 있게 내가 돕고 싶어도 이제는 늦었어요."

리사는 몸을 훌쩍 날려 존의 책상에 앉아 두 다리를 건들거렸다. 다소 음탕해 보였지만 얼굴 표정은 이례적으로 더없이 엄숙했다. 그녀는 잠깐 신경을 곤두세우고 귀 기울여 듣다가 존에게 말했다. "당신 사무실에 자기장이 있어요. 빈센트는 이 사실을 진작 알았죠. 나한테 여러 번 언급하기도 했고요. 그래서 내가 마리아를 찾아간 거예요. 마리아는 만만치 않은 여자죠. 당신 집에 들어서자마자 살얼음판을 걷는 기분이 들었다니까요. 마리아, 마리아는 정말이지 난사람이에요!" 리사의 잠긴 목소리는 마치 메조소프라노가 노래하는 듯했다.

리사가 책상에 앉아 일어날 생각을 하지 않자 존은 난감하기 짝이 없었다. 그는 리사와 나이 차가 많이 나지 않지만 어쨌든 그녀는 자기 상사의 아내였다. 존은 리사의 경박한 모습에 속수무책이 된 채 속으로 바깥에서 누군가 들어와주었으면 하고 바랐다. 하지만 그런 사람은 없었다. 상석에 떡하니 자리 잡고 앉은 리사는 진작 존의 존재를 잊은 채 창밖의 즐비한 건물에 시선을 던지고 이리저리 훑고 있었다. 남편을 찾고 있는지도 몰랐다. 존은 슬그머니 문 쪽으로 가서 문을 살짝 열고 그 틈으로 복도로 나갔다. 비서가 동정하듯 존을 바라보며 말했다.

"저 사람이야말로 사람의 목숨을 원하는 여자네요."

존이 아래층에서 한 바퀴 어슬렁거리고 자신의 사무실로 돌아왔을 때 리사는 사라지고 없었다. 그녀는 어느 문으로 나갔을까? 엘리베이터를 타고 내려간 것 같았다. 존이 쌓아 올린 계약서 더미 아래에 두었던 책은 리사가 이미 끄집어냈다. 책의 50쪽과 51쪽 사이에 특이한 책갈피 —납작하게 짓눌린 사마귀 사체가 꽂혀 있었다. 존이 커다란 사마귀를 눈앞에 놓고 자세히 들여다볼 때 노랗고 옥돌 같은 눈에서 그도 익히 아는 빛이 뿜어져 나왔다. 심지어 뾰족한 다리가 존의 손가락 사이에서 움찔한 듯도 했다. 다시 50쪽의 글자를 보니 무엇인가에 물린 듯한 구멍이 뚫려 있었다. 설마 사마귀가 물었다고? 하지만 사마귀는 죽은 지 오래되지 않았는가. 그렇다면 리사가 뾰족한 손톱으로 책의 글자들을 파냈을 텐데, 그렇게 할 때 그녀는 분명 신경을 바짝 곤두세우고 탐욕스러운 모습을 하고 있었을 테다. 빈센트는 대체 어떤 여자와 결혼한 거야? 존은 사마귀를 그대로 끼운 채 책을 내려놓았다. 순간 존의 머릿속의 방대한 이야기 구조가 엉망진창으로 헝클어지려는 것처럼 다소 모호하고 암담해졌다. 변두리 지역은 북극의 하늘까지 뻗어 나갔고, 그곳에는 꽁꽁 얼어붙은 흰 구름이 뭉게뭉게 피어올랐다. 방금 존이 읽은 건 F국 이야기였나? 네팔 이야기였나? 존은 내용 소개를 읽는 습관이 없어 언제나 첫 페이지부터 읽기 시작해 서서히 그 망으로 들어갔다. 보통 이야기가 발생하는 배경은 스스로 드러났다. 어쩌면 그건 그저 존의 상상일지도 몰랐다. 매번 중간까지 읽고 나면 그 문장들이 그의 머리에서 튀어나와 책 속으로 들어가는 건 아닐까 의심했다. 그게 아니라면 이야기의 배경을 몽골로 가정할 때 이야기 초반에 짧은 셔츠를 입었던 사냥꾼들이 왜 죄다 델*을 입고 있겠는가?

퇴근할 시간이 될 때까지도 빈센트와 리사는 종적을 감춘 채 나타나지 않았다. 존의 생각에 두 사람은 틀림없이 시내 어딘가에 도착해서 쉴 새 없이 상대를 외쳐 부르지만 서로 아득히 먼 곳에 떨어져 있을 것 같았다. 그들이 서로 만나려면 강을 건너야 하는데, 날은 이미 저물고 강은 깊고 강기슭에는 배가 없을 것이다. 존은 모퉁이에 있는 술집을 지나갈 때 그 안을 들여다보다가 테이블에 앉아 술을 마시는 레이건을 발견했다. 돌아가지 않았다고? 존은 못 박힌 것처럼 그 자리에 서서 레이건을 보았다. 레이건은 찬물을 벌컥벌컥 들이켜듯 술을 연거푸 마셨다. 둥근 테이블에 펼쳐놓은 건 아침에 존과 체결한 계약서인 듯했다. 존은 당시 레이건이 한 말을 떠올렸다. "비극의 재연은 때로는 필연적이죠." 그리고 그는 계약서에 사인했다. 지금 그가 계약서를 술집의 테이블에 펼쳐놓은 건 뜯어보기 위함인가? 아니면 농장의 익사한 두 일꾼을 떠올리는 것인가? 그의 외투에 오물이 묻어 있는 것 같은데 레이건 자신의 토사물인 듯했다. 뜻밖에도 술집 사장은 아직까지는 달려와 레이건을 내쫓지 않았는데, 손님이 필요해서인 것 같았다. 가게는 한산하다 못해 썰렁하기까지 했다. 사장

---

*   원피스 형태의 몽골 전통 의상.

은 언제든 카운터에서 달려 나와 간섭할 수 있게 술고래 레이건의 일거수일투족을 예의 주시하는 듯했다. 존은 가게 안으로 들어가고 싶지 않았다. 왜냐하면 그와의 관계에서 지배적인 위치에 있는 건 언제나 레이건이었기 때문이다. 존은 화끈하고 반짝이는 이 농장주를 생각만 해도 머리가 지끈거리고 못난 자신이 부끄러웠다. 오랜 세월 그런 곳에 머무르면서도 레이건도 어쨌든 주기적으로 어두운 도시로 나왔다. 겉으로는 계약서 체결 때문이라고 하지만 실은 와서 뭘 하는지 알게 뭔가. 당일에 돌아가야 한다고 고집을 부릴 때마다, 오늘처럼 돌아가기는커녕 저런 나지막한 술집에 틀어박혀 스스로를 알코올에 담갔을지 또 누가 알겠는가. 그가 고개를 들어 핏빛 눈으로 존이 서 있는 곳을 쓱 노려보았다. 존은 레이건이 인사불성으로 취해 있기에 유리창 바깥의 자신을 발견하지 못했음을 알았다.

"남부 고무 농장의 레이건, 아직 기억해?" 존이 마리아에게 말했다.

"그 사람이야말로 상남자잖아."

마리아는 완성한 벽걸이 카펫을 상자에 담았다. 존은 마리아가 최근 들어 카펫을 덜 팔려 한다는 걸 알았다. 아무래도 그녀가 소장하려는 마음이 생긴 듯했다. 그러려면 예전처럼 돈을 함부로 써대서는 안 되었다. 마리아가 사치스러운 취미들을 줄인 것을 보고 존은 그만 마음이 아팠다.

"그 사람 말이야. 작열하는 태양에 머리가 어떻게 됐어." 존이 말했다.

"설마. 내가 보기에 그는 천생 강도인데. 그 사람한테 무슨 머리가 있어."

마리아가 작은 나무 상자를 잠그고 열쇠를 빼는 순간 존은 또다시 불꽃이 튀는 것을 보았다. 이번에는 열쇠 구멍에서 튄 것이었다. 마리아가 존에게 손짓하고는 일어나 정원 쪽으로 걸어갔다. 존은 그 뒤를 바짝 뒤쫓았다.

장미꽃밭에 작은 테이블이 있고 그 위에는 찻주전자가 놓여 있었다.

마리아가 차 한 모금을 마시고는 말했다. "나와 대니얼이 여기에서 바라보면 당신 서재의 모든 물건이 하나하나 다 보여. 당신은 몰랐지?"

존은 깜짝 놀라 목을 빼고 앞을 둘러보았지만 아무것도 보이지 않았고, 그저 검붉은 벽면의 벽돌과 유백색의 작은 베란다만 보였다.

"방관자는 깨끗한 법이야." 마리아가 웃음을 터뜨렸다.

마리아는 이렇게 정원이 딸린 집에 살면서도 안온한 중산층의 삶에 만족하지 않고 일종의 신비로운 실험에 매료되었다. 존이 보기에 그녀는 언제 어디서든 툭하면 그런 실험을 하는 것 같았다. 게다가 그런 실험은 존 자신을 위협하고 있는 듯도 했다. 이것이 아마 존이 자신의 이야기 속으로 숨어들려는 최초의 이유였을 것이다. 게다가 존이 다소 이해할 수 없는 건, 그런 실험(벽걸이 카펫과 장미꽃, 고양이는 쇠나 마리아의 도구가 되었다)을 시작한 후부터 마리아의 독립심이 강해졌다는 것이다. 존이 지금 당장 그녀를 떠나 멀리 딴 곳으로 가서 생활한다 해도 마리아는 전혀 개의치 않을 것이었다. 마리아는 아들 대니얼과는 꽤나 긴밀히 연락하고 있는데, 존은 두 사람이 굳이 만나지 않아도 소식은 꽤 자주 주고받는 것으로 알았다. 이 장미꽃들만 해도 그런 게, 두 사람에게는 자기장이지만 존에게는 아무런 작용도 하지 않았다. 그날 마리아와 대니얼이 여기에 앉아 있을 때, 존이 서재의 베란다에서 머리를 내밀었을 때 허공에 떠다니는 두 사람의 소리를 듣고 얼마나 놀랐는지 모른다. 그런데 지금 마리아가 하는 말은 들리지만 그 목소리는 무언가에 가로막힌 듯하고, 파란 체크무늬 치마에 싸인 마리아의 몸 역시 허상인 것만 같았다. 자신이 하는 말 역시 들리지만 자신의 목소리가 금속판에 가로막혀 찌지직 소리와 함께 튕겨져 나오는 것 같았다. 마리아가 테이블 맞은편에서 손을 내밀어 존의 손을 잡고 부들부들 떠는 존을 보았다.

"존, 그 일이 지난 지 몇 년이나 됐어?" 마리아는 가늘고 긴 눈을 게슴츠레 뜨고 애써 회상하는 듯한 표정을 지었다.

존은 속으로 어쩌면 마리아가 찾는 답은 자신의 미완성 이야기

속에 있을지도 모른다고 생각했다. 어느 시기가 됐든 마리아의 마음속에는 언제나 한 가지 일이 자리 잡고 있어서 몇 년에 한 번씩 이 문제를 물어야 했다. 어쩌면 그 일에는 시간이라는 게 없어 마리아 스스로 단계를 구분할 수밖에 없는지도 몰랐다.

"난 모르겠어. 난 내 목소리가 올라가길 원하지만 그것들은 그저 내 귓가에서 시끄럽게 떠들어댈 뿐이지." 존이 쓴웃음을 지었다. 그는 여전히 떨고 있었다. 자신의 이야기가 생각나지 않았다.

저녁을 먹은 지 얼마 안 되어 마리아는 자신의 침실로 사라졌고, 존은 그 방의 불마저 꺼진 것을 보았다. 존은 그녀가 잠들지 않았다는 것을 알았다. 그녀에게는 어둠 속에서 걱정거리를 생각하는 습관이 있었다. 존은 예전에 한번 마리아의 사유를 만개한 야래향(夜來香)에 비유했다. 그는 서재에 앉아 책의 세 번째 페이지를 이어 읽으면서 손으로 사마귀를 살짝 만지작거렸다. 글귀들이 눈앞에서 스쳐 지나갔지만 자신은 책 속 이야기와 단절된 것 같았다. 불을 끄고 적막한 어둠 속에 앉아 레이건의 고무 농장을 떠올렸다. 돌연 레이건이 아직 돌아가지 않았을 것이라는 직감이 들었다. 술집은 이미 문을 닫았는데 술 취한 그 남자는 어디로 갔을까?

존은 거리로 나섰지만 레이건을 찾지 못하고 매일 아침 만나는 흑인 여자와 마주쳤다.

"선생님은 사람을 찾고 계시나요?" 흑인 여자가 걸음을 멈추고 물으며 눈살을 찌푸렸다.

"맞아요. 외지인인데 술에 취했어요."

"지하도 쪽으로 가보세요. 그 사람은 거기서 울고 있어요."

흑인 여자가 잰걸음으로 걸어갔다.

하지만 지하도는 텅 비어 있었다. 레이건은 이미 가버린 모양이었다. 밤의 지하도는 음산해서 살인을 연상시켰다. 찬란한 남쪽 하늘 아래에서 이런 곳까지 걸어온 것은 레이건의 마음속의 강렬한 필요 때문이었으리라. 마리아가 레이건을 '상남자'라고 말한 것은 바로 이런 의미에서 한 말이 아니었을까. 존은 그가 몇 년 전 자신의 사무실을 찾아왔을 때의 모습을 아직 기억했고, 당시 존은 그가 낙천적인 사람이라고 생각했다.

존은 지하도를 나와 눅눅한 밤공기를 몇 모금 깊게 들이마셨다. 조금 전 포기했던 그 이야기 속으로 다시 들어갈 수 있을 것 같았다.

2장

레이건

    남부의 고무 농장에서 불타는 여름의 태양 아래, 레이건은 자신이 점점 이성을 잃어가고 있다고 느꼈다. 고아인 그는 젊었을 때 외삼촌과 담배 장사를 해서 돈을 벌어 이 농장을 샀다. 학교에 다닌 적이 거의 없어 모든 지식은 악착같이 독학해서 얻었다. 스승 없이 혼자 터득해서 교양을 갖춘 사람이 되었고, 엄격하지만 인정 많은 농장주가 되었다. 노동을 좋아해 이따금 직접 고무나무에 칼집을 내거나 호수에 가서 연꽃을 따기도 했다. 여자들의 총애를 받지만 쉰이 넘은 이 농장주는 여전히 혈혈단신이었다. 레이건은 자기 몸에는 자신을 감싼 딱딱한 껍질 같은 게 있어 세속적인 감정이 뚫고 들어올 수가 없고, 또한 그 껍질이 자신의 몸과 함께 자란다고 여겼다. 자신의 심장에도 이런 딱딱한 껍질이 자라고 있지 않을까 의심이 들 정도였다.

에다는 갈색 피부에 새까만 곱슬머리를 한 아시아 여자였다. 에다 역시 고아로 동남아의 섬나라에서 이곳으로 날아와 한 번도 만난 적 없는 고모에게 자신을 의탁한 뒤 레이건의 농장에 정착했다. 레이건은 처음에 에다가 예쁘기는커녕 오랑우탄같이 생긴 데다 팔뚝이 지나치게 길다고 생각했다. 하지만 에다는 맡은 바 책임을 다하는 성실한 일꾼으로, 기술을 요하는 일도 곧잘 해내고 농기구를 사용할 때면 그야말로 그것과 한 몸이 된 듯 능수능란하게 다뤘다. 얼마 안 가 레이건은 에다에게 부녀지간의 정을 느껴 이 '오랑우탄'을 어떻게든 보살펴주고자 안달했다. 하지만 에다는 그의 보살핌을 받지 않으려 했고, 자신의 사장을 무서워하기는커녕 때때로 비꼬기까지 했다. 레이건은 그저 시혜의 마음을 접고 못마땅하지만 멀찍이서 지켜보는 수밖에 없었다.

에다가 농장에 온 지 이듬해였을 것이다. 에다의 유일한 친척인 고모가 세상을 떠났다. 레이건이 지켜본 바로는 고모라는 사람은 에다를 만나러 농장에 얼굴 한 번 내밀지 않은 냉혹한 여자였다. 돈이 많은 고모에게는 아들이 셋 있는데, 에다는 그 아들들에게 오해를 사지 않으려고 고모를 찾아가지 않는다고 했다. 그녀는 이틀 휴가를 내고 고모의 집에 가서 장례를 도왔다. 사흘째 되던 날 에다는 밤이 깊어서야 농장으로 돌아왔다. 당시 레이건은 호수에서 낚시를 하고 있었다. 맞은편 기슭에서 누군가 사람이 물에 빠졌다며 도움을 요청하는 소리가 들렸다. 레이건은 낚싯대를 내던지고 맞은편 기슭으로 달려가 대략 오 분이 지나서야 도착했다.

에다였다. 하지만 에다는 진짜로 '물에 빠진' 게 아니라 물속을 한 바퀴 걷고 난 뒤 올라온 것이었다. 레이건이 에다에게 다가갔을 때 에다는 옷을 갈아입은 후 물에 젖은 머리카락을 짜고 있었다. 흐릿한 달빛 아래서 에다는 레이건을 질책하듯이 커다란 눈을 몇 번이나 희번덕거렸다.

"고모의 일은 잘 마무리했어?" 레이건은 한참을 벼르다 겨우 이 말을 내뱉었다.

"고모는 고통스러워했어요. 고모가 얼마나 고통스러워했는지 당신은 짐작조차 하지 못할 거예요. 저도 마찬가지고요. 그래서 방금 느껴보고자 호수에 간 거예요. 하지만 제가 어떻게 고모의 고통을 체감할 수 있겠어요. 안 그래요?"

에다는 여느 때의 도도한 모습과는 달리 초조하게 이 말들을 내뱉었다. 그곳에 서서 갈 뜻이 없는지 그저 손을 뻗어 허공에 대고 나비를 잡는 시늉을 몇 차례 했다.

"에다, 고모는 이제 없어."

"그래요. 그렇지만 죽은 사람에게는 마음으로 그를 기억하는 또 다른 사람이 있기 마련이죠. 그러면 그 사람은 살아 있는 것 아닐까요?"

"에다는 정말 똑똑해."

"모르는 게 없다고 자신하는 사람도 있는데요, 뭘."

레이건은 얼굴이 홧홧하게 달아오르는 것 같았다. 이 아가씨가 말하는 방식은 언제나 익숙하지 않았다. 자신이 교양이 넘쳐서? 아니면 자신이 은혜의 방식으로 추태를 부려서? 열대우림에서 달려온 이 작은 암컷 오랑우탄의 머릿속에는 대체 무슨 기괴한 생각들이 담겨 있을까?

에다가 그곳에 서서 침묵하자 레이건은 더 있을 이유가 없어 그녀에게 작별 인사를 건네고 자신은 하던 낚시를 하러 가겠다고 했다. 에다는 레이건의 말을 듣고 난 뒤 냉소하고는 등을 돌렸다.

돌아올 때 레이건은 달빛에 비친 고무나무의 모습이 죄다 달라진 것을 보았다. 키가 어찌나 작은지 난쟁이들이 일렬로 서 있는 것 같았고, 나무 아래에는 어른거리는 그림자 하나 없이 환했다. 고무나무 숲 가장자리에 있는 야자수 몇 그루는 지금 이 순간 나뭇가지 끝이 죄다 구름 속에 닿아 있었다. 레이건은 그 모습을 올려다보았다가 그만 서 있는 자리에서 휘청했다. 자신은 저 난잡한 그림자들처럼 실체가 없는 것 같고, 그에 비해 에다는 눈앞의 이 고무나무들처럼 일체의 흔들림 없이 땅 위에 서 있는 게 선명하면서도 풀 수 없는 수수께끼 같았다.

레이건은 일을 보러 시내에 나갔던 그날 술집에서 에다와 마주칠 줄은 상상도 하지 못했다. 술집에서 만난 에다는 전혀 딴 사람이 되어 레몬처럼 산뜻하면서도 열대의 분위기를 물씬 풍기고 있었다. 깊숙이 감췄던 레이건의 욕망은 에다에 의해 단숨에 소환되었다.

"에다, 여기서 뭐 해?"

"안 보여요? 친구를 도와 손님을 접대하고 있잖아요. 오늘은 제 휴무일이에요."

에다는 테이블을 오가면서 길고 긴 팔뚝으로 술잔과 접시를 잽싸게 날랐다. 손님들이 일제히 목을 빼고 에다의 춤을 추는 것 같은 움직임을 감상했다. 레이건은 지진이라도 일어난 것 같은 마음으로 곤혹스러워하며 그곳에 앉아 있었다.

레이건은 술도 마시지 않은 채 술집을 나와 좁고 긴 음침한 거리로 들어서서 의류 회사의 영업부 매니저인 그 사람을 떠올렸다. 그 사람은 더없이 진중한 데다 속을 알 수 없는 남자로, 회녹색 눈동자의 눈빛이 형형했다. 레이건은 그 사람의 사무실에 앉아 있을 때마다 자신이 그의 사냥감이 된 기분이었다. 갑자기 한 흑인 여자가 레이건을 막아섰다. 젊은 여자로 굴곡진 긴 눈썹에 커다란 눈동자를 굴렸다. 그녀는 태연하게 레이건 앞에 서서 좁은 인도를 막았다. 레이건은 얼굴을 붉히고는 돌아서서 가려고 했다.

"거기에 서요!" 그녀가 말했다. 목소리가 또랑또랑했다. "당신 같은 사람을 아주 많이 봤죠."

"그래서요?"

레이건은 호기심이 일어 그녀를 힐끔 보았지만, 그녀는 그저 레이건에게 눈을 희번덕거렸다.

"남부 남자들은 하나같이 당신처럼 필사적으로 음침한 구석으로 파고들죠. 나야말로 당신 같은 사람한테 장사하고 싶지 않아요. 나는 일이 있는 사람이에요. 이 거리의 청소부죠. 낮에는 이곳을 지키면서 장사할 만한 게 없나 살피지만, 당신 같은 남부 남자들은 원하지 않아요. 젠장."

그녀는 발을 동동 구른 뒤 레이건을 내버려두고 꽃 가게로 들어갔다. 그녀의 끝내주게 굴곡진 뒷모습은 확실히 괴로워 보였다.

레이건은 화분에 심은 꽃들을 보면서 눈앞의 광경이 모호해져 이것이 대체 생화인지 조화인지 알 수가 없었다. 그러다가 돌연 세 쌍의 큰 눈이 가게 안 어두운 곳에서 자신을 노려보고 있는 것을 발견했다. 쿵쾅거리는 심장을 부여잡고 얼른 자리를 피했다. 더는 시내에 머물고 싶지 않았다.

지친 몸과 마음을 이끌고 기차의 객실로 들어가 뒷줄의 사람이 없는 외진 곳에 앉았다. 손에 들고 있는 신문은 자신의 얼굴에 드러난 당황한 기색을 가리기 위한 것이었다. 앞쪽에 앉은 사람들이 큰 소리로 웃고 떠들었는데 귀에 익은 목소리였다.

"그 사람이 이렇게 빠져나간다고?"

"난 하나도 걱정되지 않아. 이곳은 좁아터졌는데 그 사람은 며칠 안 돼서 다시 나타날 거야."

"정말이지 교활한 놈이라니까."

오른쪽 창가 쪽에 앉은 남녀 한 쌍이 주고받는 말이었다. 그들은 거침없이 입을 맞추었으며 더 과감한 짓도 벌였을 것이다. 그들은 자신들이 야기하는 소란에 전혀 개의치 않았다.

신문 뒤에 숨은 레이건은 몸에서 갑갑증이 일었다. 얼굴을 돌려 창유리에 비친 자신의 고지식한 모습을 보았다. 한참을 보다가 거기에서 죽은 사람의 기운을 보았고, 특히 왼쪽 콧구멍이 입가까지 내려온 듯해서 무시무시했다. 보지 않으려 했지만 정말이지 참을 수가 없어서 다시 보았더니, 창유리에 비친 그 사람은 마치 고통스러운 듯 몹시 절박한 표정을 짓고 있었다.

"그 사람이 이 근처에 숨어 있을 거라고 확신해?" 남자가 말했다.

"징후가 뚜렷하잖아." 여자의 대답은 애써 비웃음을 참는 듯했다.

터널을 지날 때 레이건은 누군가 자신의 얼굴을 쓰다듬는 것을 느꼈다. 어둠 속에서 손을 뻗어 그 사람을 건드리려 했지만 아무리 해도 닿지 않았다. 게다가 그 사람의 손이 그의 얼굴에 닿았을 때의 느낌은 손 같다기보다는 털가죽 종류인 듯 뭔가 훨씬 부드러웠다. 털가죽처럼 부드러운 그 손은 뜻밖에도 레이건의 코를 막았고, 레이건은 질식할 것 같아 고함을 질렀다. 앞쪽의 젊은 여자가 하는 말이 들렸다.

"그런 사람은 인파 속의 일원일 수가 없어. 어떤 오래된 마을에 기거하는 사람일 가능성이 커."

터널을 지났다. 레이건은 창유리를 보고 자신의 얼굴에 핏자국이 점점이 있는 것을 발견했다. 바닥을 보니 하얀 새털 몇 가닥이 보였다. 방금 그게 새였다고? 분명히 사람인 것 같았고 심지어 그 남자의 거친 호흡까지 들었는데 말이다.

레이건은 농장으로 돌아오는 길에 소나기를 만났다. 그의 차가 장대 같은 빗발을 뚫고 작은 잿빛 건물 앞에 멈춰 섰을 때 요리사 알리가 마중 나왔다.

"돌아오셨군요. 조금 전 친 천둥에 집 안의 가전이 고장 났어요. 전 제가 지옥에 가는 줄 알았다니까요. 어떻게 이런 일이 있을 수가 있어요?"

그녀는 확실히 이상하게 보였고, 다가와 레이건의 물건을 받아 주지도 않고 비대한 몸을 이끌고 냉큼 안으로 들어가버렸다. 보아하니 정말로 놀라 넋이 나간 듯했다. 레이건도 놀라지 않을 수 없었다. 어떻게 된 일일까? 분명히 지붕에 피뢰침을 설치하지 않았던가?

계단을 오를 때 레이건은 머리가 어지럽고 다리가 후들거리며 또한 심해의 밑바닥을 헤엄쳐 다니는 기분이었다.

그날 밤 온갖 발광하는 소리가 검은 폭풍우 속에서 터져 나왔고, 누군가 물이 불어났다고 논의하는 소리를 들었다.

아침에 농장은 햇살이 찬란하게 부서지고 있었지만, 레이건은 여전히 깊은 잠에 빠져 있었다.

알리는 문 앞에서 허겁지겁 무언가를 하느라 바빴고 운전기사는 세차를 하고 있었다.

"주인은 아직 안 일어났어요? 무슨 이런 천지개벽할 일이 있어요." 운전기사가 키득댔다.

알리는 젊은이를 엄하게 한 번 보고는 맞장구쳐주지 않았다.

레이건은 위층에서 자신이 한 번도 도달한 바 없는 차원의 꿈에 잠겼다. 깊숙한 흑토 아래 광기 어린 무수한 나무뿌리가 하나로 뒤엉켜 있어 정신을 잃지 않으려는 시도를 완전히 포기하고 말았다. 지렁이처럼 흙을 뚫고 나가면 언젠가 빛을 볼 날이 오지 않을까 하는 유치한 생각을 했다. 두개골은 흙을 이고 있고 입안은 진흙으로 가득 찼지만 천천히 움직일 수는 있었다. 주변 곳곳에서 "차, 차, 차!" 소리를 내는 건 아마도 음탕한 나무뿌리인 듯했다. 비록 시시때때로 막혔지만 뿌리와 뿌리 사이에 틈이 있어 그래도 어쨌든 뚫고 나갈 수 있을 것 같았다. 그는 가장 굵은 나무뿌리 위에서 휴식을 취하면서 진흙으로 들어찬 귀를 뿌리에 갖다 댔고, 그 안에서 나무즙이 쏟아지는 홍수처럼 포효하자 뿌리가 쉴 새 없이 흔들리는 소리를 들었다. 이때 레이건은 에다를 떠올렸다. 에다의 유연한 몸은 이들 나무뿌리와 얼마나 닮았는지! 하지만 레이건 자신은 이런 꿈에 아직 적응하지 못한 듯 호흡이 크게 순조롭지 못하다는 것을 느꼈다.

"레이건 씨가 긴 잠에서 깨어나지 않으면 당신과 난 해방이에요!" 운전기사는 알리의 태도에는 전혀 아랑곳하지 않고 크게 외쳤다. "어젯밤 레이건 씨와 집에 돌아올 때 죽음의 절벽을 지나온 것 같았어요!"

알리는 진저리를 치며 시끄럽게 떠들어대는 젊은이를 피해 집 안의 주방으로 들어갔다. 주방의 활짝 열린 문으로 저 먼 곳을 바라보았다. 햇빛 아래 일꾼들이 작업복에 밀짚모자를 쓰고 몸을 꽁꽁 싸맨 채 일하고 있었다. 알리는 2년 전에 이곳에 온 아가씨인, 이미 까맣게 탄 얼굴의 에다를 눈여겨보았다. 알리는 강의 늙은 악어처럼 에다를 향한 레이건의 마음은 물론 이 농장의 동정이라면 훤히 꿰고 있었다. 알리가 주인을 대하는 태도는 모순적이었다. 그녀는 주인을 옹호하면서도 주인에게 불만이 많았다. 어떤 때는 주인이 너무나 불만스러워 주인 따윈 안중에 없이 그만 때려치우고 싶었다. 작년, 코코넛이 익어가던 계절에 레이건의 집에 그다지 젊지 않은 이상한 차림새의 여자가 찾아왔다. 레이건과 위아래 검은 옷으로 치장한 그림자 같은 여자는 일주일 동안 한시도 떨어질 수 없다는 듯 찰싹 달라붙어 있었지만, 여자는 나중에 느닷없이 사라졌다. 레이건은 한밤중에 모두 잠든 틈을 타서 여자를 배웅했지만 알리는 레이건이 직접 운전하는 차 소리를 들었다. 검은 옷의 여자가 떠나가고 난 뒤 레이건은 기분이 훨씬 나아 보였고 밤낚시에 흠뻑 빠져 간혹 밤새 낚시하다 아침에야 돌아왔다. 알리는 그 검은 옷의 여자가 더는 올 리 없으며 주인의 가슴앓이의 대상은 에다라는 것을 짐작했다. 농장에서 유일하게 에다만이 타향 사람인 데다 주인은 그녀의 일거수일투족을 예측할 수 없었다. 바로 그런 이유가 주인의 마음을 건드렸을 것이다. 레이건은 왜 낚시하러 가는가? 밤에 돌아다니길 좋아하는 그 여자아이 때문이 아닌가? 알리는 보통 밤에 잠이 안 와 근처를 배회하다가 에다를 여러 번 보았다. 에다는 어떤 때는 여자들과 함께 있고 어떤 때는 혼자였다. 그때마다 에다는 알리를 "아주머니"라고 부르며 얼떨떨하게 인사를 건넸다. 에다는 오솔길에서 무언가를 찾는 것처럼 입으로 뭐라고 중얼거리며 천천히 어슬렁거렸다. 동행하는 여자가 있을 때는 그 여자도 에다를 도와 함께 찾았다. 간혹 시키면 밤에 동물들만 볼 수 있는 것을 에다도 보았다. 에다의 두 눈에서는 놀랍게도 푸른 반딧불이 뿜어져 나왔다. 알리는 그런 에다를 두 번 보았고 놀라서 입을 다물지 못했다. 그 일은 마음속에 묻어둔 채 레이건에게는 말하지 않았다.

"에다, 밖에서 뭘 찾고 있어?" 알리가 길을 막고 물었다.

"낮에 잃어버린 다이아몬드 반지를 찾고 있어요. 아주머니."

"다이아몬드 반지가 있었어?"

"있어요. 전 확실하게 기억해요. 틀림없이 손가락에서 미끄러졌을 거예요."

알리는 이 아가씨가 틀림없이 어떤 냄새를 맡았으리라 생각했다. 사냥개 같은 후각이 에다를 시커먼 밤에 추격하도록 이끌어 냈으리라. 알리는 떠도는 혼 같던 자신의 청춘 시절이 떠올라 저도 몰래 슬쩍 웃은 뒤 탄식했다.

"시대가 발전하고 있어."

에다의 동작은 뱀같이 빨랐고, 알리는 에다가 순식간에 관목 숲으로 들어가 사라지는 것을 보았다. 에다와 동행한 여자는 길 한가운데 서서 "에다! 에다!"라고 가볍게 외쳤지만 목소리는 뜻밖에도 처참했다.

레이건은 위층 방에서 여전히 깊은 잠에 빠져 있었다. 커튼으로 꽁꽁 가린 침실은 영원히 밤인 듯했다.

에다는 독신자 아파트의 침대에 누워 말끝을 흐리며 여자 동료에게 말했다.

"내 고향에서는 폭우에 흙벽돌집 수백 채가 무너졌어…… 파초가 비에 맞아 바닥에 패대기쳐졌지. 그건 비가 아니라…… 마치, 마치 홍수가 하늘에서 쏟아지는 것 같았어. 아무도 피할 수 없었어. 이해하겠어?"

"이해한다고 생각해. 넌 어떻게 도망쳐 나왔어?" 여자 동료가 물었다.

"나? 난 살고 싶지 않았어. 그래서 오히려 죽지 못했어. 우리 고향은 해마다 이런 시련을 겪어야 했어……. 난 여기에 평생 있지 않을 거야. 어쨌든 돌아가야만 해. 이곳의 작열하는 태양은 날 완전히…… 녹여버릴 거야."

여자는 에다에게 계속 말하려다 돌연 잠이 든 그녀를 보았다. 코코넛 향기가 창문을 통해 침실로 밀려들자 에다가 잠결에 혐오스러운 표정을 지었다.

"레이건 씨가 잠든 지 이틀이 지났어요." 운전기사가 말했다. "의사를 불러야 하지 않을까요?"

"무슨 헛소리야. 식사를 침대로 가져다 달라고 해서 침대에서 두 끼나 먹었는데. 주인은 그저 깨어나길 원치 않을 뿐이야. 누구에게나 이렇게 할 권리가 있어." 알리는 말하면서 생각에 잠겼다.

알리가 빈센트를 만난 건 시내로 가는 길에서였다. 홀로 걷고 있던 빈센트는 내리쬐는 태양에 더위를 먹은 듯 머리가 어질하고 눈앞이 캄캄해서 몇 걸음 걷다 또다시 멈춰 서서 숨을 헐떡였다.

"저기, 도와드릴까요?"

"전 빈센트라고 합니다. 당신들 사장의 친구입니다. 레이건은 좀 어떻습니까?"

빈센트는 계속 가야 할지 마음을 정하지 못한 듯 시선이 왔다 갔다 했고, 알리는 그가 앉을 만한 곳을 찾고 있다고 생각했다.

"레이건 씨는 병이 난 게 아닙니다."

"당연히 아니겠지요. 그가 어떻게 병이 나겠습니까? 그의 일은 그 자신이 결정하는걸요."

"돌아가서 당신을 태울 차를 부를까요? 피곤해 보이는군요."

"아니, 아니, 아닙니다. 봐요. 해가 곧 지려고 하잖아요. 저는 이 옆의 파초 아래 앉아 있다가 이곳의 밤을 볼 겁니다. 예전에 이곳 밤하늘이 푸른빛이라고 들었는데 진짜 그럴 것 같습니다. 아, 해가 정말로 졌어요. 고맙기 그지없군요."

알리가 떠난 후 해가 졌다. 빈센트는 파초 그늘에 앉아 눈을 감고 생각에 잠겼다. 자신은 꿈속의 여자를 쫓아 이곳에 왔다. 그 여자는 머리 위의 이름 모를 붉은 꽃을 따서 그것을 그의 코밑에 대고는 냄새를 맡아보라고 한 뒤 "이건 최남단의 '바다 끝'이라고 부르는 곳에서 딴 거야"라고 알려주었다. 빈센트는 잠에서 깬 뒤 곰곰이 생각한 끝에 꿈속의 검은 옷을 입은 여자는 자신의 고객 레이건이 운영하는 농장에서 온 사람임을 확신했다. 한때 호기심이 일어 지도에서 레이건이 운영하는 농장의 위치를 찾아보았다. 빈센트는 시내의 한 삼류 여관에서 그 여자와 '넋이 나간' 하룻밤을 보냈다. 누추한 나무 침대에서 반쯤 정신이 나간 상태로 여자에게서 한 차례 또 한 차례 절정을 맛보았다. 이상하게도 여자는 이미지만 있을 뿐 그녀에게 속한 실체는 없었다. 빈센트가 다급하게 그녀를 안고 아래에서 그녀의 몸 안으로 들어갔을 때 그녀는 움직였지만 무게가 느껴지지 않았다. 그녀가 빈센트에게 안겨준 절정은 충만하면서도 극도로 공허한 것으로 매번 그랬다. 빈센트는 미치고 환장할 노릇이었다. 그런 이상한 절정은 자신에게 방출을 가져다주지 못했고 가라앉을 길 없는 욕망은 오히려 더 고조되어 밤새도록 '절정'의 무대에 있었다. 동양 여자는 과묵하고 순종적이었지만 한편으로는 도발적이었다. 빈센트는 나이를 알 수 없는 그 여자가 자신들의 성행위에서 지배적 위치를 차지하고 있음을 알아차렸다. 동틀 무렵, 기진맥진해서 나무 침대에 쓰러진 빈센트를 두고 여자는 살며시 문을 닫고 나갔다. 나중에 리사는 빈센트가 집 앞 잔디밭에 드러누워 '행패'를 부리며 온갖 추태를 보이는 모습을 보았다. 빈센트는 지금까지 생각만 해도 나른해지는, 삼류 여관에서의 그런 성 경험이 있었는지조차 확신하지 못했다. 훗날 여자는 검은 원피스를 입고 빈센트를 몇 번 더 찾아왔지만 얼굴은 모호했다. 빈센트는 여자의 손을 잡았지만 공기를 잡고 있는 듯했다. 게다가 여자는 말없이 왔다가 말없이 사라져서 빈센트와 넋을 놓는 시간을 더는 갖지 않았다. 그래서 그는 단 한 차례라도 그것이 실재한 것이었는지 의심스러웠다. 내일이면 예순 번째 생일을 맞는 그는 자기 몸 안의 욕망에 은근히 놀랐다. 몇 년 만에 처음으로 자신의 욕망은 잠복한 한 마리 짐승이라는 사실을 깨달았다.

날이 점차 어두워지자 바람이 한결 시원해졌다. 빈센트는 대화하는 소리를 들었다. 두 아가씨가 오솔길을 걸어오고 있었다. 한 사람은 현지인이고 한 사람은 갈색 피부의 동남아 사람으로 키가 작았지만 팔이 몹시 길었다. 동남아에서 온 아가씨 뒤에 검은 옷을 입은 여자가 바짝 뒤쫓아 오고 있었다. 빈센트는 가슴이 철렁 내려앉았다. 하지만 두 아가씨는 뒤쪽의 여자를 전혀 눈치채지 못한 듯 허리를 굽혀 땅을 보며 뭔가를 찾는 일에 열중했다.

빈센트가 일어나 인사를 건네자 아가씨들은 건성으로 한마디 대꾸하고는 그에게 눈길조차 주지 않고 자신들의 일에 몰두했다. 이렇게 묻고 답하는 사이에 검은 옷의 여자가 그림자처럼 사라졌다. 빈센트는 검은 옷의 여자가 섰던 곳에 팔을 뻗어보았지만, 아무것도 닿지 않았다.

빈센트가 레이건의 집에 들어섰을 때 레이건은 이미 상쾌해진 기분으로 아래층에 내려와 있었다. 두 사람은 거실에서 안부를 묻고 포옹했다. 빈센트는 레이건을 포옹하면서 오랜 지기가 남보다 뛰어난 정력을 가지고 있음을 감지했다. 사실 이 오랜 지기와는 고작 두 번 만난 사이였다. 두 사람은 10년 전에 공원의 벤치에서 만났다. 어찌 된 일인지 낯선 두 남자는 아무런 이유 없이 인사를 나눈 뒤 자신들 앞에 있는 깊고 검푸른 호수에 관해 이야기를 나눴다. 이튿날 두 사람은 또다시 공원을 찾아 이야기를 이어나갔고 그러고는 더는 만나지 않았다. 빈센트는 레이건이 자신의 회사와 계약을 체결했고 그 뒤로 회사의 단골 고객이 되었다는 사실을 알았지만, 자신이 나서서 레이건을 만나거나 존에게 레이건을 안다고 알리지 않았다. 그사이 빈센트의 기억 속에 이 오랜 지기는 하나의 그림자로 남았다. 꿈속 검은 옷의 여자에게서 레이건의 농장의 정취를 맡고서야 옛일이 일제히 번뜩 되살아났다.

빈센트는 레이건의 집에서 밥을 먹고 목욕을 했다. 넓은 소파에 앉아 레이건과 잠시 대화를 나누었다. 레이건은 농장에서 흔히 볼 수 있는 독이 있는 초록 꽃뱀을 언급한 뒤 사진을 가져다가 보여주면서 바깥을 나다닐 때 조심하라고 일렀다. 빈센트는 풀숲의 뱀은 안중에 없고 뱀 옆에 있는 검은 옷을 입은 여자의 뒷모습에 주목했다. 그 뒷모습에 가슴이 철렁 내려앉아 하마터면 사진을 떨어뜨릴 뻔했다.

"그녀는 당신이 아는 사람일 겁니다. 그녀가 당신 얘기를 한 적이 있거든요." 레이건이 빈센트를 주의 깊게 바라보았다.

빈센트는 멋쩍어하며 시선을 거두고 회색 벽지가 발린 벽을 망연히 바라보았다.

손님방의 넓은 침대에 누운 빈센트는 엎치락뒤치락하며 잠들지 못했다. 방에는 에어컨이 시원하게 돌아가고 있었지만 마음은 오히려 바깥 어둠 속 찌는 더위처럼 들끓었다. 욕망이 들끓는 긴 긴밤은 그때 삼류 여관에서의 치정과 다소 닮아 있었지만 상대는 오히려 없었다.

아까 레이건이 "그녀는 이제 없어요"라고 했던 말은 무슨 뜻일까? 죽었다는 말인가 아니면 이곳을 떠났다는 말인가? 레이건의 말투로는 슬픔이 조금도 없었다. 그녀에게 '부재'는 일상다반사의 일로 그녀는 늘 열대지방들을 오가면서 그저 우연히 자신이 사는 도시에 머물렀을지도 몰랐다. 빈센트는 그녀의 국적도 추측해보았지만 어떤 때는 아랍인인 것 같았고 어떤 때는 인도인인 것 같았다. 어디라고 딱히 확정할 수가 없었다. 그런데 지금 그녀에게 국적은 무의미한 것이 아닐까 하는 생각이 들었다. 자기 전에 알리가 잠자리를 봐주면서 낮에 자신의 아내 리사가 농장을 다녀갔다고 알려주었다. 빈센트는 지금 리사의 몸을 한 차례 또 한 차례 상상했지만 욕망은 좀처럼 발산되지 않았다. 리사와 그 여자 중 대체 누가 더 신출귀몰에 능할까?

빈센트는 낡은 시계가 1시를 친 뒤 침실의 벽이 뒤로 움직이는 것을 보았다. 자신이 묵는 곳이 1층이라고 알고 있는데 그렇다면 지금 자신은 고무나무 숲에서 자고 있을지도 몰랐다. 만약 그 초록 꽃뱀들이 침대로 기어오른다면 그것들과 성교하는 공연을 한 차례 질펀하게 펼치리라 결심했다. 그 일은 틀림없이 자신의 성정을 철저히 바꾸어놓으리라. 빈센트는 음탕한 뱀들을 맞이하고자 자신의 두 다리를 벌린 뒤 신음까지 내뱉었다.

"손님, 필요한 것이라도 있습니까?" 알리의 노쇠한 목소리가 문밖에서 들렸다.

알리가 복도의 등을 켜는 소리가 들렸다. 그녀는 틀림없이 문 밖에서 떠나지 않았으리라. 빈센트는 자신이 어떻게 불쑥 이곳에 와서 하룻밤 묵을 생각을 했는지, 단순히 꿈속의 여자 때문인지 고민에 빠졌다. 자신은 여색을 좇는 그런 사람이 아닌데 아랍 여자가 우연히 자신의 삶으로 뛰어들었고, 시간이 지나면 언젠가 잊을 줄 알았는데 그렇게 되지 않았다.

빈센트는 침대에서 내려와 문을 열었다. 알리가 복도의 의자에 앉아 있었다.

"안 주무세요? 아주머니?"

"저요? 전 밤을 지키려고요. 이곳을 지키면 당신들이 함부로 나다니지 않겠죠. 이곳을 누가 제대로 관리하겠어요? 레이건 씨도 제대로 못해요."

"뭘 봤습니까?"

"이렇게 푹푹 찌는 밤에는 무슨 이상한 일은 없어요. 당신 아내는 정말이지 열정이 넘치는 여자예요."

"그 사람은 바로 갔습니까?"

"모르죠. 고무나무 숲으로 갔을지도. 그녀는 더위를 겁내지 않잖아요."

"저는 오히려 좀 춥네요." 빈센트는 정말로 몸서리쳤다. "어떻게 해야 하죠? 아주머니?"

"이미 오지 않았나요? 더 이상 겁내지 않으면 돼요. 리사처럼요."

빈센트는 알리와 이야기하고 싶었지만, 뒤뚱거리며 일어난 알리는 자신의 주인이 위층에서 부른다고 말했다. 이상하게도 고요한 사방에는 아무 소리도 들리지 않았지만 뜻밖에도 그녀는 주인의 부름을 들었다. 보아하니 그녀는 동물적인 청각을 가진 듯했다.

빈센트는 방으로 돌아가 다시 드러누웠다. 여전히 극도의 흥분상태였고 그저 뱀들이 나타나기를 기다리고자 했다. 어느덧 비몽사몽간에 창밖에서 옥신각신하는 소리가 들렸다. 그중 하나는 레이건의 목소리로 그는 조급해하고 낙담하는 듯했다. 빈센트는 레이건이 "죽을 것 같아"라고 울먹이며 되뇌는 소리를 들으면서 왜인지는 모르겠지만 레이건의 대화 상대가 여자라고 확신했다.

그런데 일어나자 레이건이 아직 자고 있다고 알리가 알려주었다. 빈센트가 레이건이 밤에 말하는 소리를 들었다고 말하자 알리는 연신 고개를 끄덕였다. "맞아요. 그는 본분을 지키지 않는 사람이죠. 항상 이 주변을 돌아다닌다니까요."

"왜 죽을 것 같다고 했을까요?" 빈센트가 이해할 수 없어 물었다.

"예감인 셈이죠. 주인은 늘 그런 예감이 있어요. 이 농장은 그의 마음에서 자란 것이거든요. 안 느껴져요? 이곳의 모든 일은 비정상적이죠."

빈센트는 알리의 말이 그저 이상하기만 했다. 알리가 만들어준 아침을 먹고 계단을 올라갔다. 고개를 숙였을 때 자신이 지금 무엇을 본 것인지 눈을 의심하지 않을 수 없었다. 대리석 계단과 연결된 풀숲에 놀랍게도 예닐곱 마리의 초록 꽃뱀이 잠복하고 있었다. 딱 봐도 맹독성 뱀이었다.

"그건 레이건 씨의 반려동물들이죠." 알리가 뒤에서 말했다.

빈센트는 다리에 힘이 빠져 계단에 주저앉아 뱀들에게서 시선을 떼지 못했다. 기괴한 욕망이 몸 안에서 수런거렸다. 어젯밤 레이건의 목소리가 귓가에 메아리쳤다. "죽을 것 같아." 잠시 후 뱀은 풀숲으로 숨어들어 보이지 않았지만, 그것들이 멀리 달아나지 않았음을 알았다. 이 열대 농장에서 일어나지 않는 일은 대체 뭘까? 레이건의 엄숙한 외모 뒤에 이렇게 놀랄 만한 풍경이 은폐되어 있을 줄 짐작조차 하지 못했다. 자신은 아랍 여자를 찾고 있다고 생각했는데 지금 보니 되레 레이건의 마수에 걸린 영지에 들어온 게 아닌가 싶었다. 빈센트는 몽환경의 교차와 관련해 늘 들었고 회사의 존도 그런 것 같았는데, 존은 독서를 통해 실험하는 것 같았다.

빈센트가 떠나갈 때 태양이 그의 지프 지붕에 내리꽂혔다. 그는 차 뒷좌석에 앉아 꾸벅꾸벅 졸았다. 몽롱한 가운데 자신이 나체로 암흑 지대를 지나는 것을 보았다. 모든 것이 형체를 잃었으며 그의 시력이 급격히 떨어졌다.

같은 시간, 뚱뚱한 알리와 레이건은 함께 집 앞 계단에 서서 각자 한 손에 짧은 몽둥이를 들고 풀숲에서 춤을 추는 초록 꽃뱀들을 지휘하고 있었다. 알리는 화사하기 이를 데 없는 열대 문양의 로브를, 레이건은 상복과 다를 바 없는 검은 양복을 입고 있었다.

"그 사람은 갔어요. 빌어먹을." 알리가 몽둥이를 내려놓고 계단에 앉아 숨을 헐떡였다.

"그 사람과 나는 쌍둥이 형제 같아요." 레이건이 눈살을 찌푸리며 말했다.

"떠나는 것을 생각해본 적 있어요?"

"당연하죠. 그런데 이곳의 벽돌과 기와 하나하나는 전부 내가 만들었잖아요."

"레이건 씨, 당신은 그 안에 갇힌 거라고요."

알리는 가까스로 몸을 일으켜 주방으로 걸어갔다. 잠시 뒤에 과일 파이의 향긋한 냄새가 풍겨왔다. 레이건은 식욕이 돌연 깨어났고 온몸이 떨리고 있는 것을 느꼈다.

3장

고무 농장에서 일어난 일

리사는 고무나무 숲에서 검은 옷을 입은 아랍 여자를 보았다. 키가 큰 검은 그림자가 원한을 품은 여자처럼 숲을 헤집고 다녔지만 일꾼들은 그녀에게 눈길을 주지 않았다. 그들은 뜻밖에도 그녀를 보지 못했을 수도 있다. 순간 리사의 머릿속에 '빈센트는 망했구나'라는 생각이 스쳐 지나갔다.

리사는 고무 농장의 원시적 힘이 무서웠고 마음속에는 자신에 대한 자신감이 일말도 없었기 때문에 당장 집으로 돌아가기로 마음먹었다. 돌아가는 길에 올리브색 피부의 에다를 만났다. 그녀는 독사에 물려 점점 부어오르는 종아리를 끌어안고 신음하고 있었다. 아가씨의 얼굴이 벌겋게 달아올라 당장이라도 졸도할 것 같았다. 리사는 손을 뻗어 부축하려고 했지만 거부당했다. 그녀의 손아귀 힘이 어찌나 센지 불덩이 같은 진흙 바닥에 넘어질 뻔

했다. 그 후 그녀는 뜻밖에도 버둥거리며 일어나 절뚝거리며 가
버렸다. 리사는 방금 자신의 행동이 이곳의 어떤 원칙을 어겼다
는 걸 절절하게 느꼈다. 무슨 원칙일까? 아가씨의 쓸쓸한 뒷모습
을 응시했지만 도무지 알 수가 없었다.

리사는 먼발치에서 빈센트가 길 위의 지프를 향해 걸어가는 것
을 보았다. 빈센트의 노쇠한 모습에 화들짝 놀라 하마터면 소리
를 지를 뻔했다. 차는 시동이 걸리고 이내 불볕더위의 열기 속으
로 사라졌다. 어젯밤의 일은 너무나 괴이하고 불가사의한 데다
뚝뚝 끊어진 편린들만 기억날 뿐이었다. 그 일들은 빈센트와 관
련이 있는 것 같기도 없는 것 같기도 한, 단지 리사 혼자만의 비
밀이었다. 당시 날이 어두워지려 하자 운전기사 부커가 파초 숲
에서 총총히 달려와 리사를 근처의 어느 식당으로 데려가려고 했
다. 그는 이곳의 식당과 여관은 일찍 문을 닫으므로 서둘러 가야
한다고 했다. 그들이 서둘러 초가지붕의 농가 식당에 도착했을
때 과연 식당은 문을 닫은 뒤였다. 부커가 문을 쾅쾅 두드리자 졸
린 눈을 게슴츠레 뜬 중년 여자가 천천히 문을 열었다. 그녀는 부
커의 요구를 세 번 듣고서야 알아듣고는 그들을 식당으로 들였
다. 리사는 앉자마자 무엇인가가 발목을 문 것을 느꼈다. 잠시 뒤
머리가 어질어질했다. 부커가 어두운 불빛 아래 중년 여자와 시
시덕거리는 것을 본 듯했다. 그러고는 두 사람이 이어서 리사 앞
에 음식 몇 접시를 놓았다. 리사는 이것저것 먹었지만 뭘 먹었는

지 알 수가 없었고, 양의 다리 같은 게 아닐까 짐작했다. 또한 달달한 현지 술 같은 것도 마셨다. 부커와 여자는 아무것도 입에 대지 않고 그저 리사를 뚫어지게 쳐다볼 뿐이어서 리사는 이런저런 의구심이 일었다. 핸드백에서 지갑을 찾으려 했지만 지갑이 보이지 않았다. 고개를 숙여 식탁 아래를 본 순간 식탁 다리를 칭칭 휘감는 뱀을 목격하고 비명을 질렀다. 부커와 여자는 아무 일 없었다는 듯 태연하게 말을 주고받다가 무심코 묻는 척하면서 리사에게 야경을 구경하러 가지 않겠느냐고 물었다. 리사는 뱀에 물렸다고 몇 마디 불평하고는 엉겁결에 일어나 문을 나섰다. 핸드백을 챙기는 것도 잊어서 여자가 쫓아와 건네주었다. 조금 전 두 사람이 허둥대는 걸 봐서는 부커가 여자와 놀아난 게 틀림없었다. 파초 숲은 여전히 무더웠고 모기가 치마를 사이에 두고 습격해 왔다. 리사는 조금 걷다가 모기가 몸 안의 피를 몽땅 빨아먹지 않을까 걱정되어 안 되겠다 싶었다. 이때 우연히 고개를 들었다가 오랜 세월 갈망해 마지않던 푸른빛 하늘이 펼쳐진 것을 보았다. 달과 은하수마저 푸르렀다. 순간 몸 안의 독사의 독이 시각의 변화를 초래한 건 아닐까 생각했다. 그런 뒤 누군가 자신의 처녀 시절 이름을 부르는 소리를 들었다. 여자였는데, 그 목소리는 마치 높고도 높은 야자수 나무 꼭대기에서 들려오는 것 같았다. 그리고 자신이 길을 잃었다는 것을 알아차렸다. 꼬박 하룻밤 동안 걷다가 멈추고 멈췄다가 다시 걸었다. 호수를 한 바퀴 돌고 작은 산을 넘은 뒤 야자수 숲을 한참 동안 헤매다가 결국 고무나무 숲으로 되돌아왔다. 머리는 혼미했지만 조금도 피곤하지 않았다. 고무나무에서 고무를 얻는 일꾼들의 부산스러움에 깼다. 눈을 뜬 순간 처음 눈에 들어온 건 검은 옷을 입은 여자의 치마로, 그 실크 치마가 자신의 얼굴을 스쳐 지나가는 듯했다. 고무나무를 짚고 일어나자 머리가 맑아졌다. 그런데 그 여자의 걸음이 어찌나 빠른지 잠시 뒤 그녀는 숲의 가장자리에 가 있었다.

리사는 멍하니 제자리에 섰다. 붉게 물든 하늘을 보면서 마음속에서 뭔가가 깨어났다. "빈센트 이 늙은 여우"라고 혼잣말하며 미소 지었다. 이어 '빈센트는 끝장났어. 그는 자신의 끝장을 좋아하겠지만 나야말로 삶을 즐겨주지'라는 생각이 들었다. 고무나무 숲을 지나 호숫가로 가서 입은 옷을 홀라당 벗어 던진 뒤 너무 늙지 않은 자신의 나체를 감상하고는 물속으로 첨벙 뛰어들었다. 물의 부력이 유난히 커서 잔물결이 리사의 몸을 한 차례 또 한 차례 위로 떠받치는 듯했다. 리사는 그야말로 미친 듯이 흥분해서 접영을 하기 시작했다. 체력 소모가 가장 큰 접영은 그녀가 젊었을 때 항상 하던 것이었다. 물살을 가르며 앞으로 나아갔고 이내 호수 한복판에 도달했다. 몸을 돌려 호숫가를 보니 일꾼 세 명이 뭍에 서서 담배를 피우고 있었다. 그들이 선 곳은 마침 자신이 벗어 던진 화사한 옷들이 널브러진 곳이었지만, 세 사람은 확실히 나체의 자신에게는 신경조차 쓰지 않는 듯 이쪽을 보지 않았다.

리사는 헤엄쳐 되돌아오면서 저 사람들이 자신을 어떻게 대할지 마음이 조마조마했다.

뭍에 오를 때 요란한 소리를 내는 통에 세 사람이 놀라서 리사에게 고개를 돌렸다. 리사는 도발하듯 허리에 손을 얹고 태양을 향해 몸을 세웠다. 하지만 그들은 다가오기는커녕 입으로만 "우와, 우와"라고 찬사를 연발할 뿐이었다. 그들을 힐끗 본 리사는 세 사람 다 잘생긴 젊은이인 데다 거친 작업복에 가려져 있지만 보디빌더인 양 탄탄하고 굴곡진 근육질의 몸을 가졌음을 알아챘다. 리사는 잠시 서 있다가 난감하기 이를 데 없어서 허리를 숙여 자신의 옷을 주웠다. 옷을 다 입고 나니 세 사람은 가고 없었다. 리사는 인생 최대의 수치를 느꼈고 이루 말할 수 없이 슬펐다. 자신이 늙어서? 그런데 찬사는 왜 연발했지?

리사는 답을 찾을 수 없었고, 이 답을 찾고자 농장에 머물렀다. 리사는 정욕에 불타 암컷처럼 태양 아래를 헤집고 다녔다. 바로 이때 에다를 만났다. 당시 리사는 이 아가씨에게 간절히 다가가고 싶었지만 그녀는 리사를 밀어냈다.

알리는 계단에 서서 저 멀리 바라보며 어제부터 지금까지 리사가 저쪽 파초 숲을 세 번이나 지나가는 것을 보았다. 알리에게 그녀가 누군지 알려준 사람은 리사의 운전기사였다. 새빨간 머리를 한 저 여자는 확실히 혼이 나간 듯했다. 화사한 원피스는 먼지투성이고 얼굴도 꾀죄죄했다.

"그녀는 남았고, 그녀의 남편은 갔군요." 레이건이 심드렁하게 말했다.

"두 사람은 틀림없이 활활 타는 마음의 불 때문에 괴로울 거예요. 자기 회사는 내팽개치고 꿈을 좇아 이런 곳으로 달려왔어요." 알리가 대꾸했다.

"당연히 그들은 기발한 생각에 여기로 온 건 아니죠."

알리가 돌아보니 레이건은 이미 들어가고 없었다. 그는 저쪽에서 낚시 도구를 만지작거렸다. 알리는 레이건의 차가운 눈동자 깊숙한 곳에서 불꽃이 번뜩이는 것을 보며 속으로 생각했다. '이미 깨어났군. 쉰 살의 남자라면 온갖 욕망을 품고 있을 테지. 저 사람은 언제나 혼수상태에서 자신의 계획을 완성하는군.'

"낚시하러 가게요?"

"그래요. 어젯밤에 밤새도록 낚시를 했어요. 창턱에 앉아 낚싯대를 드리웠는데 높은 곳에서의 작업은 정말로 겁이 나더라고요."

"허공에 매달린 느낌은 언제나 그래요. 그런데 운송 문제는 어떻게 해결했어요?"

"이제 그런 일은 상관없어요. 엉망진창이 되면 되라고 하죠. 사실 농장은 처음부터 난장판 아니었어요?"

레이건이 일어나 붉은 낚싯대를 벽의 한쪽 고리에 높이 걸었다. 알리는 어떻게 낚싯대를 붉게 칠할 수 있지? 물고기들이 놀라 도망갈 수 있게 부러 그랬겠지, 하고 생각했다. 낚싯대가 벽에서 흘러내리는 핏물이 된 것을 보고 눈이 휘둥그레졌다. 그녀는 허겁지겁 자리를 떴다. 거실로 들어섰을 때 운전기사 마틴이 레이건의 사냥복을 걸치고 레이건의 침실에서 빠져나오는 것을 보았다. 마틴이 언제나 레이건의 옷을 훔쳐 입는 건 공공연한 비밀이었다.

마틴은 '쿵쿵쿵'거리며 아래층으로 내려와 자신의 팔을 제지하는 알리를 젖히고 밖으로 뛰어나갔다. 알리는 사납게 짖어대는 개를 보면서 개가 마틴을 도둑이나 살인범으로 여기고 있구나 싶었다. 마틴에게 왜 이런 취미가 생겼는지 도무지 이해가 되지 않았다. 한번은 마틴이 레이건의 검은 양복을 입고 잔디밭으로 피크닉을 간 것을 보았다. 마틴은 그곳에서 사람들과 좀체 섞이지 못하고 겉돌았다. 그는 레이건의 차가운 기품은 말할 것도 없고 평소 영민하고 활기찬 그 자신의 모습마저 잃어버린 채 사람을 닮은 나무 인형인 양 어슬렁거리면서 저질스러운 농담을 던져 사람들에게 미움을 샀다. 그는 레이건의 옷을 입으면 자신이 또 다른 레이건이라도 되는 줄 아는 걸까?

"레이건 씨는 실은 생각이 저급해요." 한번은 마틴이 불쑥 이런 말을 했다.

"넌 그의 일꾼이야. 어떻게 주인의 인품을 두고 함부로 말할 수가 있어."

알리는 이렇게 말했지만 속으로는 마틴이 뭔가 정보를 말해주길 바랐다. 하지만 마틴은 말을 아끼고 엄숙하게 이맛살을 찌푸리면서 알리가 던진 말을 고민하는 듯했다.

알리가 레이건에게 누군가가 외투를 가져갔다고 귀띔해주자 레이건은 진작 알고 있었다고 말했다.

"오히려 남이 내 역할을 어떻게 하는지 보고 싶군요. 그렇지 않으면 나야말로 내 삶을 꾸려갈 수가 없거든요. 빈센트 씨야말로 아주 잘 꾸려가죠. 그의 아내가 얼마나 뛰어나게 연기하는지 봐요!"

레이건은 여러 번 연달아 호숫가에 가서 밤새 그곳에 앉아 있었다. 숲지기는 언제나 새벽 2시에 와서 레이건과 대화를 나눴다. 숲지기는 원래 숲지기가 아니라 이 일대의 야인(野人)으로, 자신이 직접 지은 호숫가의 초가 막사에서 살았다. 당시 그곳에는 아직 농장이 들어서지 않았다. 하얗게 센 머리에 말할 때 치아에 바람이 새는 숲지기는 앉았다 하면 염세적인 말들을 쏟아내면서 자신은 이미 살 만큼 살았다고 했다. 이상하게도 숲지기가 '웅웅' 소리를 낼 때면 물고기들이 낚싯대에 걸려들어 보통 한 통을 가득 채우곤 했다. 레이건의 시선은 붉은 낚싯대 너머 호수 맞은편의 거무스름한 갈대숲에 가 있었지만, 에다는 좀체 모습을 드러내지 않고 자신을 숨겼다.

"예전에 이곳은 뭐든 다 있었다고 할 수 있어요. 여자아이들은 꽃사슴과 어울리면서 분간이 안 갔어요. 그녀들은 한 무리 또 한 무리 떼를 지어 저쪽 산에서 내려왔어요. 그들이 사람이었는지 사슴이었는지 저쪽 막사에서 나랑 세기의 대전을 벌여보겠어요?"

레이건은 노인이 이미 자신을 꿰뚫어 보는 듯싶었다. 노인이 이야기하면서 에다에 관해 말해주었으면 하고 바랐지만, 노인은 고집스럽게 그저 지난 세기의 일을 말하기만 했다.

에다가 그 뱀의 몸통을 밟은 건 의식적인 것으로, 그녀는 지난주에 뱀에게 물렸다. 예전에 외지에서 온 청년이 뱀에 물려 죽는 것을 직접 보고 얼마나 두려워했는지 모른다. 그러나 농장 사람들이 뱀을 무서워하지 않는다는 사실을 차츰 알게 되었다. 옆집에 사는 미나는 종아리와 팔뚝이 성할 날 없이 상처투성이지만 그것 때문에 일을 하루라도 쉬는 법이 없었다. 그녀는 뱀에 물리면 한동안 붉게 부어오르다가 아무 일도 없었다.

에다는 화사한 원피스를 입은 꾀죄죄한 그 여자와 헤어진 뒤 발목 통증이 잦아들었다. 파초 숲을 지나갈 때 숲지기가 막사 쪽에서 에다를 불렀다. 노인과는 잘 아는 사이라 그를 따라 들어갔다.

에다가 나무 걸상에 앉아 오른쪽 다리를 내밀어 보여주자 노인은 축축한 찻잎을 그녀의 상처에 붙여주었다.

"에다는 뱀과 점점 친해지는군." 노인이 어눌한 발음으로 말했다. "여기가 바로 네 고향이지? 그렇지? 넌 그, 그 레이건이라는 사람과 밤마다 그런 곳에서 뒹굴지. 내가 다 봤어. 저번에 네가 검은 옷을 입고 레이건의 집에 들어가서 일주일 동안 논 뒤 나중에…… 내가 어디까지 말했지? 맞다, 너희들은 같은 지방 사람이지."

에다는 노인의 기억력에 깜짝 놀라 반박할 말을 찾지 못했다. 노인이 말한 그런 일이 있었다 한들 누가 기억이나 하겠는가? 일을 마구 뒤섞어 혼동하는 숲지기가 의아하면서도 그런 그에게 빨려들었다. 에다는 이곳에 온 지 얼마 안 되어 숲지기를 알게 되었는데, 숲지기는 에다를 본 적이 있다고 하는 게 아닌가. 아닌 게 아니라 에다가 사슴과 함께 살면서 자신의 막사에 자주 왔다고 했다. 그는 매번 레이건을 에다의 연인이라고 했다. 에다는 처음에는 익숙하지 않았지만 이 일을 말하는 노인의 방식이 너무나 독특해서 자신도 모르게 끌리고 말았다. 노인은 레이건이 이곳의 모든 것을 바꾸어놓고 자신의 고향을 빼앗았기에 레이건을 원망한다고 입버릇처럼 말했다. 물어도 사람을 죽이지 못하는 뱀들과 그림자조차 없는 고무나무들은 노인에게는 완전히 낯선 존재였지만 레이건에게는 물 만난 고기처럼 자유로운 존재였다. "넌 달라." 노인이 에다에게 몸을 돌려 말했다. "넌 그 남자와 한통속이야. 너희들은 같은 곳에서 왔고, 너희들의 고향은 이곳과 연결돼서 곳곳에 물레방아가 있지. 레이건이 온 후로 이 호수에 더는 야생 오리가 오지 않는다고."

에다는 노인이 환경의 변화를 원망하는 것인지 헷갈렸다. 심취해서 과거의 일들을 이야기하는 게 오히려 현재를 찬미하는 것처럼 들렸다. 노인은 이 농장이 레이건의 농장이라고 반복해서 말했지만 에다는 노인이 레이건 뒤에 드리운 짙은 그림자라고 굳게 믿었다. 레이건이 집을 나설 때 그의 뒤에 드리운 몇 가닥 그림자를 보았고, 그 그림자들은 레이건의 얼굴을 죽은 사람처럼 창백하게 만들었다. 에다는 이럴 때에만 레이건이 자신을 매료시키는 것 같았다.

발목에 붙인 찻잎이 되레 상처를 자극해서 에다는 통증을 느꼈다. 그것들을 떼어버리려고 손을 뻗었지만 노인이 저지했다.

"바로 이 효과를 원한 거야, 이 맹꽁이 아가씨야. 저 물웅덩이 속 늙은 두꺼비들을 생각해봐. 생각한 뒤 보면 좋아져 있을 거야."

에다는 통증을 느끼면서 조금 전 뱀에게 물렸을 때의 느낌처럼 성적 욕구가 몸에서 들끓는 것을 느꼈다. 붉어진 얼굴로 힘겹게 몸을 일으켜 버둥거리며 밖으로 걸어 나갔다.

"바로 그거야. 아가씨야, 절대 넘어지면 안 돼." 노인이 뒤에서 말했다.

그날 밤, 에다는 호수의 깊이를 한 번 더 쟀다. 잠수의 명수인지라 아무런 힘도 들이지 않고 호수 한가운데까지 가서 수면으로 떠오르기를 여러 번 반복했다. 푸르른 하늘에 있는 온갖 호출 소리를 일일이 들으면서 뭍에서 낚시하는 그 사람 역시 들었다는 것을 눈치챘다. 그렇지 않으면 갈대가 왜 그에게 짓눌려 쉴 새 없이 소리를 냈겠는가? 에다는 이어 자신의 고모가 물 아래에서 자신에게 하는 말을 들었다. 고모는 예전에 사람들에게 에다는 너무 영리해서 자기가 죽을 날을 계산해낸다고 농담으로 말하곤 했다. "고작 스무 살이 자기가 언제 죽을지 계산해내는 건 너무 비정상적이지 않아? 나야말로 그 아이에게 유산을 남기고 싶지 않아. 그건 살해를 도모하는 것과 같아." 고모가 이 말을 할 때 두 사촌 오빠는 옆에서 입을 가린 채 웃고 있었다. 에다가 물 아래로 손을 내밀자, 딱딱해서 손을 찌르는 고모의 머리카락이 만져지는 듯했고 사랑과 연민이 느껴져 아팠다.

"넌 확실히 호수 바닥에 닿았어?" 한참이 지난 후에야 레이건이 떠듬거리며 물었다.

갑작스러운 성관계에 레이건은 어찌할 바를 몰라 했고, 끝난 뒤 자신이 물에 던져둔 옷가지들조차 찾지 못해 허둥댔다. 다행히 시력은 에다만큼 좋지를 못해서 거의 아무것도 보지 못했다. 머릿속에서는 '사람과 뱀의 대전'이라는 부적절한 비유가 부단히 떠올랐다. 때로는 자신이, 또 때로는 상대가 뱀으로 느껴졌다. 관계를 하자마자 에다의 몸은 순식간에 사라지고 곳곳에서 뱀이 내는 '쓱쓱' 소리가 났다. 레이건은 절정의 무대에 매달려 허우적댔지만 처음부터 끝까지 해소되지는 못했다. 자신이 "에다, 넌 정말 무시무시해"라고 한마디 던졌던 것으로 기억했다. 그러고 난 뒤 숨을 헐떡였다. 하지만 정작 던진 말은 "에다, 넌 너무 아름다운 걸"이었으리라.

에다는 맨발로 달려갔고 신발은 그녀의 손에 들려 있었다.

레이건은 바닥을 한참 더듬고서야 옷을 찾았다.

레이건은 침실에 있는 커다란 거울을 마주했지만, 거울 속의 흐릿한 안개는 아무리 닦아도 닦이지 않았다. 자신의 얼굴을 비춰볼 수가 없었다. 어젯밤, 옷은 축축하게 젖은 데다 진흙이 덕지 덕지 붙어 있어 알리는 레이건이 흙 사람이 되었다고 말했다. 하지만 레이건은 옷을 갈아입지 않았다. 불타는 듯한 온몸으로 미치광이처럼 침실을 서성였다. 알리는 문밖에서 굴하지 않고 끈질기게 문을 두드렸다.

"거울 좀 구해다 줘요." 레이건이 문을 빼꼼히 열고 얼굴을 반쯤 내밀었다.

알리는 얼마 안 있어 돌아와 문밖에서 오래된 동그란 거울을 추켜들었다. 그것은 몇십 년 전의 그녀의 혼수품이었다. 레이건은 보고 또 보았지만, 그윽한 거울의 깊숙한 곳은 시종일관 텅 비어 있었다. 이후 알리가 거울을 몸 뒤로 숨겼다. "주인은 이걸 볼 필요가 없어요. 모든 건 이 땅 밑에 숨어 있어요. 어떤 것들은 밤이 되면 나올 것이고, 이따금 해가 중천에 뜬 정오에 나오기도 할겁니다.”

알리는 늙은 오리처럼 육중한 몸을 뒤뚱거리며 가버렸다. 레이건은 그녀가 아래층으로 가는 소리와 함께 자기 몸 안의 욕망이 조수처럼 빠져나가는 소리를 들었다. 마치 수많은 기포가 물에서 일제히 꺼지는 것 같았다. 거울에 가장 먼저 나타난 건 자신의 푸른 두 눈이었다. 그다음에 노쇠한 얼굴이 서서히 모습을 드러냈다. 다만 그 깊은 곳에서는 안개가 여전히 보일락 말락 서려있었다. “에다, 에다……” 레이건은 울음 섞인 목소리로 중얼거렸다. 창밖에는 구름 한 점 없는 하늘이 펼쳐지고 이글거리는 태양에 땅이 갈라졌으며, 밀짚모자를 쓴 일꾼들이 삼삼오오 파초 숲에 몸을 숨기고 있었다. 순간, 일꾼들 사이에 있는 에다를 본 듯했다. 문을 박차고 뙤약볕으로 가고 싶었지만 몸이 덜덜덜 떨리고서 있는 것조차 할 수 없어서 방에 머무는 수밖에 없었다. ‘이 꼴이 됐는데 왜 꿈속으로 돌아가지 않았을까?’라는 생각이 들었다.

레이건은 바로 이렇게 더러운 옷을 입은 채 바닥에 웅크려 잠이 들었다.

“레이건 씨가 심혈을 기울여 이 농장을 운영한 지도 20년이 넘었지요?” 마틴은 부러 알은체하며 물었다.

알리는 마틴을 힐끗 본 뒤 단번에 그의 말에 숨은 뜻을 꿰뚫어 보았다.

"이곳의 모든 게 나날이 번창해서 주인은 물러나도 될 것 같아요. 이렇게 하루 종일 혼수상태에 빠져 아무것도 안중에 두지 않는 건 은퇴와 다를 바 없다고요. 주인은 자신을 너무 혹사시켰어요."

"레이건 씨가 그 자리를 너한테 물려준다고 하면?" 알리가 되물었다.

"저요? 미안하지만 전 관심 없어요. 그거야말로 목숨을 요하는 일이죠. 전 뱀에게 한 번도 물린 적이 없고 물리고 싶지도 않아요. 저 창문을 좀 봐요. 주인이 서 있는 거 아니에요? 때로 주인은 자는 게 아니라 사물을 관찰하는 거라니까요. 주인은 최근 폭삭 늙어서 백발이 성성할 정도예요."

"레이건 씨는 연애 중이야."

"맙소사. 끔찍한데요. 농장은 아수라장이 되겠군요."

"난 요즘 화재가 걱정이야. 소방대의 전화번호를 벽에 붙여놓았어."

마틴은 우물가로 가서 물 한 통을 길어 자기 머리에 들이부어 온몸을 흠뻑 적셨다. 어제 레이건의 사냥복을 입고 바깥을 어슬렁거릴 때, 윗옷이 돌연 숨통을 조였다. 단추를 풀고 옷을 바닥에 던졌을 때 숨 막히는 느낌은 더욱 심해졌다. 비틀거리며 호수로 달려갔다. 호수 앞에 선 순간 숨통은 호수 물이 목구멍으로 넘어가기 전에 트였다. 아닌 게 아니라 물에는 이런 기능도 있었다. 조금 전 알리와 대화할 때 또다시 호흡곤란이 왔고, 냉수가 또다시 자신을 도왔다. 이게 대체 어떻게 된 일일까? 예전에 천식은 없었는데. 마틴은 레이건과 일한 지 5년째로 주인의 괴벽에는 이미 익숙해질 대로 익숙해져서 이상한 일에도 놀라지 않는다는 한 가지 원칙을 세웠다. 그가 보기에 보통 사람을 대하는 방식으로 주인을 대해서는 안 되었다. 그래서 전혀 개의치 않고 주인의 옷을 훔치는 등 상식을 벗어나는 일들을 감행했다. 자신의 행동 때문에 알리에게 질책을 받으면 오히려 기뻐하기까지 했는데, 언제나 소리 소문 없이 할 수는 없는 노릇이었기 때문이다. 그런데 호흡곤란이 생겼다. 마틴은 한 가지 일이 떠올랐다. 한번은 레이건과 함께 장거리를 갔다가 돌아올 때, 농장으로 들어서자 레이건이 차에서 내려 농장을 돌아봐야겠다고 말했다. 마틴은 차를 나무 아래에 세우고 나무에 기대앉아 꾸벅꾸벅 졸았다. 그런데 갑자기 나무에서 건장한 두 손이 뻗어 나와 자신의 목을 졸랐다. 그는 두 눈을 희번덕거리며 두 다리를 마구 버둥거렸다. 종말이 도래했다고 느꼈지만 눈앞에 보이는 건 아무것도 없었다. 얼마나 버둥거렸는지 모르지만 어느 순간 귓가에 레이건 씨의 말소리가 들려 눈을 떠보니, 아무 일도 일어나지 않은 채 자신이 늙은 백양나무 아래에 얌전히 앉아 있는 게 아닌가. "또 나쁜 꿈을 꿨군." 레이건이 차에 오르면서 음흉하게 쳐다보며 말했다. 마틴은 시동을 걸면서 주인의 몸에서 풍기는 확실한 자극적인 마약 냄새를 맡고는 머리가 어질어질했다. 가는 길에 얼떨떨한 와중에 생각했다. '레이건 씨 같은 사람은 자기 지반을 단단히 통제하는 사람이고, 그의 지반인 그의 농장에서는 무슨 일이든 그에 의해 결정되겠구나.'

마틴은 자신이 알리와 같은 사람이 되면 농장에 적응할 수 있지 않을까 생각한 적도 있었다. 하지만 불가능했다. 자신은 천성적으로 너무 사악해서 언제나 벌을 받았다. 자신이 이곳의 규율을 계속해서 어기고 있고 그것이 즐겁긴 하지만 그럴수록 더 많은 죽음의 공포가 도사린다는 것을 알았다. 또 누가 알겠는가? 어느 날 레이건 농장의 마수가 자신의 목숨을 요구할지. 소름 끼치는 그 뱀들을 생각해보라. 한번은 밤에 차를 몰다가 한꺼번에 스무 마리가 넘는 뱀을 압사시켰다! 뱀들이 차에 깔려 죽은 뒤, 툭하면 앞 유리창에 잔뜩 들러붙는 뱀들을 보는 환각에 시달렸고 그럴 때면 도로 표지판조차 볼 수 없었다. 처음 농장에 일자리를 지원하러 왔을 때, 레이건은 그에게 꽃가루 알레르기가 있는지 물었다. 그는 레이건이 침울하게 자신을 빤히 쳐다보던 모습을 아직도 기억했다. 그는 당시 레이건을 심리적 장애가 있는 노총각이자 차가운 성격을 가진 사람이라고만 여겼다. 하지만 사실은 이내 자신의 추측이 틀렸음을 증명했고 주인의 에너지에 아연실색했다. 그것이 무슨 종류의 에너지인지는 딱히 말할 수 없지만,

자신은 항상 그것에 쭉쭉 빨려 들어가 압착되는 것 같았다. 자신의 경솔하고 반항적인 성격이 자신을 해친 건 아닌지 생각했다. 그렇지 않고서야 어떻게 툭하면 이상한 일을 만날까 싶었다.

"봐요. 주인은 유리에 들러붙은 것처럼 꼼짝도 안 하잖아요." 마틴이 알리를 일깨웠다.

알리는 손 안의 뜨개질을 정자의 걸상에 놓고 일어나 마틴에게 버럭 화를 냈다.

"무슨 헛소리야. 보라고. 레이건 씨는 아래층에서 밥을 먹고 있잖아?"

마틴은 눈을 깜박거렸다. 정말로 레이건 씨가 식당에 앉아 밥을 먹고 있었다. 한편으로는 뱀 두 마리가 그의 등에 기어오르고 그가 매우 흐뭇한 듯 허리를 쭉 펴는 모습을 유리문 너머로 보았다. 마틴은 안으로 들어가려 했지만 알리에게 저지당했다.

"서! 넌 여기에 가만히 있는 게 좋을 거야. 네가 보면 뭘 보겠어. 애야, 넌 기껏해야 지나간 일들을 보겠지. 가서 네 젖은 옷이나 갈아입어. 네 몸에서 고약한 악취가 나니까."

마틴은 옷을 갈아입으러 가지 않고 바깥으로 나갔다가 일전에 기대어 쉬었던 그 늙은 백양나무 옆에서 에다를 만났다.

"에다, 지금 주인을 찾고 있어?" 마틴은 뻔뻔스럽게 다가갔다.

"난 내 다이아몬드 반지를 찾고 있어."

"다이아몬드 반지가 있었어?"

"기억 안 나. 찾으면 있는 거잖아."

에다가 끝이 뾰족한 칼로 나무에 상처를 내자 나무 부스러기가 사방으로 튀었다. 마틴은 여자아이의 팔 힘이 이렇게나 셀 줄은 생각지도 못해 얼른 비켜섰다.

"에다, 내가 나무에 기대어 졸던 그날 내 목을 조른 사람이 너였어?" 마틴이 에다에게 버럭 소리를 질렀다.

하지만 에다는 들은 척도 하지 않았다. 잠시 후 나무에 술잔 크기의 구멍이 뚫렸다. 마틴은 나뭇가지가 맹렬하게 흔들리고 나뭇잎이 바스락대는 소리를 들었다.

"에다, 에다! 그만해!" 마틴도 자신이 왜 이런 말을 해야 하는지 몰랐다. "당장 그만두지 않으면 레이건 씨를 부르러 갈 거야!"

에다는 흠칫하는 듯했지만 경멸하듯 칼을 바닥에 툭 던지고 두 손을 허리춤에 얹고는 그곳에 서서 마틴을 바라보았다. 그러고는 치아 사이로 한 단어를 밀어냈다.

"꺼져!"

마틴은 에다의 어깨에 그 우산뱀이 있는 것을 보고는 놀라 줄행랑을 쳤다.

한참을 내달렸지만 에다의 목소리가 여전히 자신을 따라오는 듯했다. 그것은 일련의 음탕한 비아냥인 듯 더러운 단어들이 섞여 있었다. 마틴이 이해할 수 없는 소리였다. 마틴은 달리고 또 달렸다. 젖은 옷이 몸에 들러붙어 자신이 마치 물에 빠진 개가 된 것 같았다.

"네 다이아몬드 반지는 말이야, 뱀의 배 속에 있어. 내가 보증해."

친구는 잠결에 에다에게 이 말을 했고, 당시 마치 깨어 있기라도 한 것처럼 에다의 손을 꽉 움켜쥐기도 했다. 에다는 그녀가 잠꼬대하는 것을 알고 자신의 손을 살짝 빼고는 방충망을 단 창문으로 가서 밖을 내다보았다. 오후의 태양은 마침 가장 독하게 부서지고 방충망 밖의 모기와 파리는 대합창의 극성을 부리고 있었다. 길을 장악한 뱀의 대군은 뙤약볕을 이고 이쪽 아파트 건물로 달려들었다. 어떤 녀석들은 이미 대문을 들어선 뒤였다. 에다는 건물 안에 이미 많은 뱀이 진을 치고 있어, 문을 여는 순간 공격당할 수도 있으므로 지금 자신의 방으로 돌아가서는 절대 안 된다고 생각했다. 다른 사람들 역시 틀림없이 낮잠을 자고 있을 것이었다. 이 시각 뱀을 제외한 농장의 모든 것은 혼수상태에 빠져 있었다.

에다는 레이건과 함께했던 그날 밤, 뱀들이 뒤섞이며 어지러운 춤을 추는 것 같았던 광경을 어렴풋이 떠올렸다. 성관계의 기억은 사람이었는지 뱀이었는지 헷갈려서 다소 공포스러웠다. 몸 아래 땅은 후끈 달아올라 끊임없이 부풀어 올랐다 꺼졌다……. 나중에 자신이 먼저 도망친 것 같았는데, 욕망의 골짜기를 메울 수 없거나 밀당을 위해서였던 것 같았다. 당시 자기 위에 있던 레이건이 "발정한 암컷 오랑우탄"이라고 중얼거리는 소리를 들었다. 이 말이 떨어지기가 무섭게 그의 머리가 훌쩍 사라졌고 머리가 없는 몸이 경련을 일으키며 덜덜덜 떨었다. 남자는 존재하지 않는 곳이 없지만 또한 실체가 없어 에다는 자신의 활짝 열린 자궁이 더할 수 없이 광분하는 것을 느꼈다⋯⋯.

에다는 옛 꿈의 재현을 원치 않을뿐더러 옛 꿈이 자신을 만족시킬 수 없음을 알았다. 산사태가 자신의 집을 집어삼킨 그 순간부터 이를 알았으므로 그날 밤의 일은 그녀로서는 분명히 할 수가 없었다. 온갖 술수에 능한 문밖의 독사처럼 새로운 꿈을 새롭게 주조하는 수밖에 없었다. 농장에 온 첫날, 젊은 몸을 활짝 펴고 가장 높은 야자수 아래에 섰을 때 풀숲에서 어른거리는 뱀들을 보았고 순간 자신의 직관이 이곳이 바로 고향이자 몸이 묻힐 곳임을 알려주었다. 그때는 아직 누가 이 모든 것을 좌지우지하는지 몰랐던 때로 모든 것이 자명해지리라 여겼다. 알리는 한때 "그런 곳에서 어떻게 도망쳐 나왔어? 정말 상상이 안 돼"라고 물었다. 에다는 처음에는 음흉한 푸른 눈을 가진 레이건을 특별히 눈여겨보지 않았고 그저 음울한 노총각이라고만 여겼다. 어느 날 호숫가에서 낚시하는 그를 발견하고 미동조차 하지 않는 그의 뒷모습이 저녁 안개에 알록달록 찬란하게 물드는 것을 보고서야 퍼뜩 이곳의 모든 것이 저 음침한 놈의 것임을 깨달았다. 그래서 술집의 그 상황이 있게 된 것이었다. 레이건은 우연히 만난 줄 알았지만 실은 심사숙고한 연출이었다. 에다는 혼비백산해서 줄행랑을 치는 남자를 보며 자신의 계략이 먹혀들었음을 알았다. 하지만 목표에 한 발 접근했어도 승리의 쾌감은 없었다. 불면의 밤들, 땅속 깊숙한 곳의 음탕한 소리들, 호수 한가운데서 내뱉는 광폭한 악담들. 에다는 때때로 송두리째 무너질 뻔했다. 다이아몬드 반지의 일은 에다가 꿈에서 본 것이었고, 꿈을 꾼 후 밖에서 반지를 찾기 시작했다. 제법 많이 찾아냈고 때로는 도랑에서, 때로는 남이 버린 코코넛 껍데기에서, 때로는 글라디올러스 꽃잎에서, 때로는 나무에 박힌 상처에서 찾아냈다. 날이 밝으면 그것들을 햇빛에 놓고 비추었는데 이내 그것들이 인공 보석이라는 것을 알아보았다. 누가 이렇게 시시콜콜 에둘러 자신과 놀고 있을까? 그런데도 기이한 물건을 발견하고자 하는 유혹에서 벗어나지 못했다. 게다가 그 다이아몬드 반지들은 밤에 진짜 다이아몬드 반지가 될 수 있을지도 몰랐다. 이 농장에는 정말이지 별의별 일이 다 있으니까.

레이건은 확실히 식당에서 밥을 먹고 있었지만 동시에 2층의 침실에 있기도 했다. 그는 검은 옷의 중동 여자(이번에는 중동 여자다)와 창가에 서서 아래층 풀밭의 동정을 살폈다. 여자가 걸을 때 원피스에서 보슬비가 내리는 것처럼 보슬보슬 소리가 났다. 그들은 말을 하지 않았다. 레이건 입장에서는 쉼 없이 조잘대는 여자의 말을 듣긴 다 들었지만 아무것도 이해하지 못했기 때문이다.

레이건은 식탁에 앉아 밥을 먹을 때 녀석들을 보았다. 녀석들은 조금 전 소환의 소리를 듣고 식당으로 숨어든 것으로 통틀어 다섯 마리였다. 한 마리가 뜻밖에도 유난히 건방지게 굴면서 레이건의 목을 감으려 들었는데, 그 몸의 검은 무늬는 여자의 치마 도안과 같은 것이었다. 아니나 다를까, 여자가 부르자 녀석이 왔다. 레이건은 녀석이 목을 꽉 조르는 통에 입안의 계란을 삼키지 못했다. 위층의 육중한 발걸음 소리가 아래층으로 전해졌다. 그 사람은 쏜살같이 내뺀 것 같았다. 레이건은 식탁에서 일어나자마자 바로 넘어졌다. 넘어질 때 '펑' 하는 둔탁한 소리와 함께 목을 감은 뱀이 그를 놓아주고 벽 모퉁이로 날아간 뒤 이내 사라졌다.

어수선한 발걸음 소리가 계단에서 내려왔다.

"레이건 씨가 넘어졌어요." 마틴이 목을 빼고 식당을 기웃거렸다.

"상관하지 마." 알리가 한 자 한 자 힘주어 말했다.

알리는 검은 옷의 여자가 멀어지는 뒷모습을 보면서 생각에 잠긴 듯 고개를 끄덕였다.

"저 여자를 알아요?"

"내가 어떻게 알아. 농장 사람도 아닌데."

두 사람은 풀숲의 뱀들이 서로 물어뜯는 것을 보았다. 마틴이 중얼거렸다. "아수라장이야. 아수라장." 하지만 속으로는 '주인이 바닥에 드러누웠는데 알리는 어떻게 이럴 수 있지? 냉혈한 같은 늙은이. 정말 독하다니까'라고 생각했다.

바로 그 순간 알리와 마틴은 동시에 살려달라는 비명을 들었다. 나중에야 안 사실은 여자 일꾼 두 명이 바다에 빠졌고 그중 한 사람이 그 자리에서 죽었는데, 두껍고 무거운 작업복에 바닷물이 들어와 그녀의 목숨을 앗아갔다는 것이었다. 죽은 여자의 콧구멍은 피투성이가 되어 있었다.

식당 바닥에 쓰러졌던 레이건은 꿈속에서 여자 일꾼의 부음을 들었다. 당시 음침한 다락방에 서 있던 레이건에게 누군가 들어와 이 일을 알렸다. 레이건은 머리가 버섯처럼 생긴 사람이 죽은 사람은 동남아 섬에서 온 아가씨 에다라고 말하는 것을 들었다. 그 순간 레이건은 천둥이 친 뒤 파초 잎을 때리는 빗소리를 들었다. 높은 산이 없는 이런 농장에 산사태가 발생할 수 있을까 하는 생각이 들었다. 버섯 머리를 한 남자가 내려갔지만 뜻밖에도 발소리를 듣지 못했다. 다락방에 있는 낡은 책들 중 손 가는 대로 컬러풀한 표지의 소책자를 집어 첫 번째 장을 펼친 뒤 그 위에 찍혀 있는 다락방 주인인 영세업자의 초상을 보았다. 그의 깊이 팬 회색 눈동자에는 염세주의가 물씬 풍기고 동물처럼 긴 털이 두 팔을 빽빽이 덮고 있었다. 다락방 주인은 레이건과 거래가 있었기에 레이건의 농장에 집을 지을 수 있었다. 레이건이 기억하기로 그 거래 역시 꿈속에서 이루어진 것이었다. 당시 이 사람의 집이 어쩌면 자신의 피난처가 될 수 있겠다는 막연한 느낌이 들어 바닷가 근처의 언덕에 작은 집을 지을 수 있도록 허락했다.

레이건이 깨어났을 때 알리는 이미 식당을 깨끗이 정리한 뒤였다. 레이건이 에다에 관해 묻자 알리는 다소 의아해하며 눈썹을 치켜떴다. "에다는 막 왔다 갔어요. 낫을 빌려갔어요."

"농장에 물에 빠져 죽은 사람이 있어요?"

"와전된 거예요. 요즘 헛소문이 난무해요."

레이건의 머릿속에는 낫을 든 에다의 모습이 떠올라 가슴이 두근거렸다.

"알리, 내가 누군가와 무슨 계약을 한 적 있어요? 내 말은, 농장 안에 누군가의 집을 짓게 하는 그런 계약이요. 이 일로 골치가 아파요."

"그런 일이 있죠. 후회해요?"

"아, 절대 그렇지 않아요. 이런 생활을 깨뜨리는 데는 외부의 힘이 필요하죠. 안 그래요?"

레이건이 창밖을 보니 바깥은 여전히 태양이 찬란하게 부서지고 있었다. 매들이 하늘을 선회하는 건 사체를 발견했기 때문이 아닐까? 레이건은 평생 처음으로 자신의 농장이 커도 너무 커서 구석구석 돌보는 일은 그야말로 불가능한 일임을 느꼈다. 몇 년 전에 이웃한 농장을 사들인 뒤 자신의 고무나무 농장과 연결했다. 그 농장은 여러 종류의 작물을 재배하는 곳이었고, 레이건은 그 농장을 사자마자 후회했다. 그때 이후로 한 번도 시찰하러 가지 않았고 책임자에게 전적으로 관리를 맡겼다. 자신은 이미 늙어서 그렇게 많은 일을 할 수 없다고 느꼈다. 그런데 왜 또 사들이려고 할까? 보아하니 사들이는 일은 일생의 수수께끼인 것 같았다. 매들은 저쪽 농장에서 날아온 녀석들로, 저 녀석들도 주인이 바뀐 소식을 아는 듯 조금 전까지 그의 영공으로 날아오지 않았다. 레이건은 표면적으로는 영토의 확장이지만 동시에 또 다른 확장, 즉 지하에서 진행되는, 사람들이 알지 못하는 확장이기도 하다는 것을 알았다. 그런 보이지 않는 확장을 감지할 수는 있지만 형용하기는 어려웠다. 확장의 느낌은 사업차 시내로 나갈 때 강렬해졌다. 음침하고 좁고 긴 거리를 걷다 보면 또 다른 세계로 걸어 들어갔다. 예를 들면, 청소부인 그 아프리카 여자가 바로 또 다른 세계에 속한 사람으로 레이건은 그녀의 욕망과 그를 향한 경멸을 도저히 이해할 수 없었다.

"에다가 뭐 하러 낫을 빌려갔어요?"

"풀을 벤다네요. 언제나 이상한 행동을 하잖아요." 알리가 한숨을 쉬었다.

"알리는 왜 한숨을 쉬어요?"

"그 아이가 그런 곳에서 뛰쳐나왔다고 생각하면 불가사의하기만 해요. 주인은 산사태가 발발한 장면을 상상이나 할 수 있겠어요?"

"못 하죠. 나는 꿈속에서 떨어져라, 떨어져라, 산사태가 발발하라고 하지요. 그런데 이런 곳에는 산언덕밖에 없는데 어떻게 발발하겠어요? 그런 건 에다한테 물어봐야죠."

"에다는 진작 잊었어요. 그런 일은 기억할 도리가 없어요."

리사가 앞쪽의 아스팔트 길을 나는 듯이 지나갔다. 치마가 본래의 색깔을 알아볼 수 없을 정도로 더러워져 있었다. 레이건은 그 모습을 보면서 목적지가 없는 질주라고 생각했다. 알리는 얼굴에 걱정의 먹장구름을 드리운 채 울적하니 주방으로 가서 리사의 슬픈 이야기를 생각했다.

두 사람은 일제히 위층에서 울리는 발소리를 들었지만 위층에는 아무도 없었다. 한 사람은 계단에 서서, 한 사람은 주방에 서서 신경을 곤두세우고 귀를 기울였다. 그것은 사람의 발소리라기보다는 매와 같은 큰 새의 발소리인 듯했다. 레이건은 '설마 사체 냄새의 진원지가 위층이라고?'라고 생각했다. 누군가 위층에서 쏜살같이 내려왔고 이번에는 사람인 마틴이었다.

"마틴!"

"무슨 일입니까? 레이건 씨." 마틴이 빨개진 얼굴로 손에 든 큰 보따리를 뒤로 숨겼다.

"넌 매가 무섭지 않아?"

"당연히 무섭죠." 마틴이 웃었다. "그렇지만 숨을 곳이 없는걸요. 녀석이 작두처럼 떨어져서 몸을 작두질하면 그 자리에서 몸과 머리가 두 동강이 날 텐데 생각할 틈이 어디 있겠어요."

마틴은 마지막 말을 할 때 마치 조롱하는 듯 목청을 높였다.

이번에는 레이건의 얼굴이 시뻘게졌다. 레이건은 허허벌판에서 매에 쫓긴 경험이 있었다. 에다가 빌려간 낫이 한 번 더 떠올랐다. 그 어둠에 잠긴 밤에 땅속에서 울리는 천둥의 진동은 그의 머릿속을 칠흑같이 캄캄하게 만들었다. 레이건은 "절정이야말로 지옥이야. 풀어지지 않는 쾌감이 육체에서 소멸하고 있으니까"라고 자신에게 말했다.

"알았어요. 알았어." 마틴은 레이건의 생각을 들여다보기라도 한 것처럼 또다시 생글거렸다.

리사는 이글거리는 태양 아래를 질주했다. 발 여기저기에 물집이 잡혔지만 멈추지 않았다. 농장의 땅 밑 곳곳에서는 사람들이 말을 하고 있고 각양각색의 사람들이 각양각색의 목소리를 내고 있었다. 며칠 못 가 지하의 이 목소리들에 익숙해질 것 같았다. 밤에는 때로는 고무나무 숲에서, 때로는 호숫가에서 잤다. 뱀들은 더는 리사를 침범하지 않고 그녀에게서 멀리 떨어졌지만, 리사는 여전히 녀석들의 잠행 소리를 또렷이 들었다. 녀석들은 지심 깊숙한 곳으로 꾸역꾸역 숨어들었다. 리사는 빈센트를 떠올렸다. 빈센트는 무엇일까? 그는 그녀의 꿈, 그녀의 오랜 세월 깨지 않은 꿈이었다. 그리고 빈센트 자신도 꿈속에서 살았다. 리사는 빈센트가 꿈에서 본 농장에 가겠다고 말한 것을 기억했다. 그래서 그는 이렇게 왔고 그러고는 다시 가버렸다. 한편 리사는 빈센트의 꿈속 풍경을 쫓아왔다가 이렇게 그 풍경 안에서 길을 잃었다. 지금 그녀는 많이 단단해졌고 빈센트는 틀림없이 그런 그녀를 알아보지 못할 것이었다. 새벽에 리사는 에다와 한 차례 대화를 나누었다.

두 여자는 자신의 고향 이야기 대신 아프리카의 사막과 사막 변두리에서의 천막생활을 이야기했다. 두 사람은 경험해본 적 없는 그런 생활에 유다른 강렬한 동경을 품고 있었다. 에다가 낫을 쥐고 갈대숲을 휘젓자 리사가 뭘 베는지 물었다.

"뭐든 닥치는 대로 베요. 어차피 뭐든 잘라야 하니까요."

리사가 고개를 숙여보니 자신의 신발이 에다가 휘두른 낫으로 두 동강이 나 있었다.

"얼마 안 있으면 당신은 이 신발이 필요치 않을걸요." 에다가 차갑게 말했다.

에다의 말에 리사는 화들짝 놀랐다. 그곳에 앉아 넋을 놓고 있느라 에다가 떠나는 것도 알지 못했다.

저 멀리서 차 한 대가 리사를 향해 달려왔다. 짙은 남색의 폭스바겐인 듯했고 황금빛 대지에서 유난히 눈에 띄었다. 리사는 아무런 이유도 없이 긴장되었다. 더는 신을 수 없는 신발 때문에 걸을 수 없어 움직이지 않고 서 있었다. 차는 그녀 앞에서 천천히 멈추었고, 챙이 긴 모자를 쓴 운전기사 부커가 창문으로 머리를 내밀었다. 그건 자신의 차가 아니었다. 자신의 차는 연노란색이었다. 하지만 어쨌든 차에 올랐다.

"우리 차는 어디 갔어?"

"이게 바로 우리 차예요." 부커가 말했다.

"색깔이 왜 이래?"

"부인의 눈이 색맹이 돼서 그래요. 이곳에 너무 오래 있으면 다들 그렇게 돼요."

"예전에 여기에 와본 적 있어?" 리사는 깜짝 놀랐다.

"맞아요. 이곳은 제 고향이나 마찬가지예요. 부인에게도 마찬가지 아닌가요? 다들 농장주가 10년 전부터 미쳤다고 하더라고요."

리사는 영업부의 사무실에 있던 차가운 표정의 신사를 떠올리고는 저도 몰래 쓴웃음을 지었다.

차가 레이건의 집 앞을 지나갈 때 부커가 바깥으로 머리를 내밀었다. 부커는 잔뜩 아리송한 얼굴로 무슨 생각에 잠긴 듯 휘파람을 불었다. 리사는 집 안에서 걸어 나오는 레이건을 보았고 그의 뒷모습은 허리를 중심으로 두 동강이 난 것처럼 중간에 한 뼘의 공백이 있었다. 그의 손에는 낚시 도구가 들려 있었다.

"우리 모두가 이곳을 지나가는 건 이곳의 흙은 불에 탈 수가 있기 때문이에요." 부커가 다시 말했다.

"넌 어떻게 알아?" 리사가 호기심에 물었다.

"어제저녁에 해봤어요. 이곳의 황금빛 흙은 석탄과 같아요. 신
비로운 땅이죠."

부커가 돌연 꾸벅꾸벅 조는 모습을 보이자 리사는 그가 차를
도랑에 처박지 않을까 걱정이 되었다.

아닌 게 아니라 차의 속도가 빨라졌다. 차가 마치 총알처럼 불
타는 땅을 질주하는데 부커는 대수롭지 않게 핸들에 엎드려 코
를 골았다. 리사는 땀을 비 오듯 흘렸다. 차가 있는 곳이 이미 도
로가 아니라는 것을 요동치는 바퀴에서 감지할 수 있었다. 힘껏
부커를 흔들었지만 부커는 여전히 잠에 빠져 있었다. 차 속도 계
기판을 보니 바늘은 이미 작동하고 있지 않았다. '이러다 바다로
뛰어들겠는데'라는 생각이 스쳐 지나갔다. 바깥 광경이 제대로
보이지 않았다. 그녀의 눈은 온통 불바다였으며 차 안은 찜통더
위였다.

"부커! 부커!" 리사가 목이 쉬도록 비명을 질렀다.

부커가 움직이며 한마디 중얼거렸다.

"너무 그렇게 흥분하지 말아요. 이제 곧 끝나요……."

리사는 부커가 자살하려는구나 싶었다. 다급한 마음에 차에서
뛰어내리려 했지만 차 문은 아무리 열어도 열리지 않았다.

리사가 허둥지둥하고 있을 때 차가 '쿵' 하는 소리와 함께 멈춰
섰다. 부커는 여전히 깨어나지 않았고, 리사는 순식간에 차 문을
열어젖혔다. 후끈 달아오른 열기가 얼굴을 덮쳤고, 여전히 맹렬

한 기세를 떨치는 태양 아래 자신들의 차가 멈춰 선 복숭아나무 숲이 불타면서 화염이 하늘로 치솟았다. 얼른 차 안으로 몸을 피했다.

"일정한 기간마다 타오르죠." 부커는 이 말을 하면서 죄책감이 서린 표정을 지었다. "얼른 농장을 빠져나가요. 들리는 소문에 여자 일꾼 한 명이 죽었는데, 몸에 불이 붙어 바다에 뛰어든 것이라고 하더군요."

리사는 집으로 돌아가는 길에 잠이 들었다. 많은 꿈을 꾸었지만 꿈속 배경이 너무 어두워서 아무것도 제대로 보지 못했다. 깨어났을 때, 부커가 에다라는 아가씨를 줄곧 불렀다고 알려주었다. 부커는 이름이 귀에 익다면서 그 아가씨가 누구인지 물었다. 리사는 레이건의 여자 친구라고 알려주었다. 부커는 이 말에 놀라서 입을 다물지 못했다. "다들 알아요. 그 남자는 실체가 없다는 것을요. 농장 사람한테 물어만 봐도 바로 알죠." 리사는 실체가 없는 건 또 어떤 걸까 하고 심드렁하게 생각했다. 부커가 리사의 속엣말을 들은 것처럼 이어 말했다. "실체가 없으면 불바다를 지나다닐 수 있죠."

리사가 한숨을 쉰 뒤 말했다.

"에다는 어떤 여자일까?"

리사는 부커와 함께 집으로 돌아왔지만, 빈센트는 집에 없었다. 집 안은 자신이 떠날 때의 모습을 그대로 유지한 채로 사람이 왔다 간 흔적이 없었다. 리사는 빈센트가 이 집을 이미 떠나 정처 없이 떠도는 사람이 되었을지도 모른다고 생각했다. 빈센트는 부재했지만 그의 냄새는 여전히 맡을 수 있었다. 그것은 예전에 맡지 못한, 마약과 같은 냄새였다. 그런 냄새에 휩싸여 남편과 더욱 가까워졌다. 그는 빈민가의 어느 지하도에 있을지도 몰랐다. 그런 지하도는 우물처럼 땅 밑으로 비스듬히 뻗어 나가고, 길을 따라 촛불들이 타고 있을 것이었다.

리사는 꿈속으로 들어갔다. 꿈속에서는 빈센트가 사냥개가 먹잇감을 쫓듯 자신을 쫓았으므로 빈센트를 찾을 필요가 없었다. 빈센트가 있는 곳에는 거지가 있었는데, 거지는 호시탐탐 기회를 노렸지만 리사에게는 무엇을 요구하지 않았다. 리사는 골목들이 종횡무진으로 얽힌 그곳에서 마구잡이로 뛰어다니며 빈센트와 두뇌 싸움을 벌였다. 하지만 빈센트는 변화무쌍에 일관되게 대처하면서 버섯구름이 피어오르고 흩어지듯 언제나 지하에서 나와 그곳에 섰고, 그러면 거지들이 에워쌌다. 중간에 잠에서 깬 리사는 종려나무가 프린트된 커튼이 쉬지 않고 흔들리는 것을 바라보았다. 커튼은 절정으로 용솟음치다가 빛의 암울한 허상으로 떨어지기를 반복하고 있었다.

"빈센트! 빈센트! 당신은 외롭지 않아?" 리사는 힘껏 외쳤지만 소리가 나지 않았다.

진공은 소리를 전달하지 않는다는 것을 생각했다. 리사는 절망스러웠다.

하지만 저 멀리 있는 빈센트가 리사를 향해 눈썹을 추켜올리고 의미가 모호한 손짓을 하자 거지들이 그녀를 향해 외설스러운 웃음을 터뜨렸다. 리사는 순간 자신이 옷을 입지 않았는지 의심했다. 자신의 몸을 볼 수가 없어 확인할 수가 없었다. 농장에서의 나체를 떠올렸지만 그때의 느낌과는 확연히 달랐다. 빈센트는 왜 거지들과 함께 있지 않으면 안 되는가? 리사는 빈센트가 다가왔을 때 그의 얼굴에도 거지들과 같은 그런 외설적인 표정이 서렸음을 보고는 저도 모르게 얼굴을 붉혔다. 빈센트는 그녀에게 너무 가까이 다가오지 않으려는 듯 걸음을 멈췄다. 도대체 무슨 생각인지. 거대하고 질서 정연한 의류 회사의 사장이라는 사람이 뜻밖에도 시커먼 지하도에 몸을 숨긴 채 거지들과 한패가 되다니! 리사는 최근 물밀듯이 밀려드는 주문서 때문에 걱정이 앞섰다…….

창밖에 물새가 울고 있었다. 리사와 빈센트의 집은 도시 중심가에 위치해 있는데, 어디서 온 물새일까?

"부인, 그건 새가 아니에요. 제가 창밖에서 비트박스를 연습하는 거랍니다."

활짝 웃는 얼굴로 리사 앞에 앉은 부커는 확실히 어제의 피로에서 회복된 모습이었다. 그는 조금 이상한 모습이었는데, 이마에 커다란 거미 표본을 붙이고 있었다.

"농장의 선물이죠. 저는 지금 밤낮으로 거미줄에 있어요. 레스토랑 앞에서 녀석을 잡았고 녀석은 잡자마자 죽었어요. 애인과 함께 그것을 표본으로 만들었죠. 녀석의 거대한 거미줄은 정말이지 모기장 같다니까요!"

빈센트는 사실 여전히 본사로 출근했고, 농장에서 돌아온 뒤로 자신의 마음 상태를 '물처럼 고요하다'라고 표현했다. 중국 여자가(이번에는 중국이다) 그의 사무실에 한 번 다녀갔다. 그녀는 비단 치파오는커녕 거리를 청소하는 노동자처럼 입었고 윗옷 주머니에는 볼펜까지 꽂혀 있었다. 그녀는 들어온 뒤 능숙하게 책상을 돌아서 빈센트의 무릎에 앉았다. 주머니에서 펜을 꺼내 책상에서 글자를 썼다. 그녀가 쓴 글자는 네모반듯한 건물처럼 종이에 안정적으로 박혔지만 각각은 또한 상대적으로 독립적이었다. 빈센트가 가까이에서 보았을 때 종이에는 아무것도 없었다. 빈센트는 여자의 몸이 이상하리만치 가벼운 듯했고, 여자가 몸을 돌려 자신을 볼 때 그녀의 검은 눈에 네모반듯한 건물이 있는 것을 보았다.

빈센트의 욕망은 또다시 이 이상한 여자에 의해 끓어올랐지만 그는 그곳에 앉아 미동도 하지 않았다. 자신이 움직이기만 하면 여자가 사라질 것만 같았다. 이 역시 '물처럼 고요한 마음'의 또 다른 형식이라고 생각했다. 까마귀가 길 건너편 지붕 위에 내려 앉아 한바탕 소리를 냈다. 여자가 놀라 일어나 밖으로 나가자 빈센트 역시 따라 나갔다. 나중에 그들은 그녀의 집에 도착했다. 빈센트는 그곳이 그녀의 집이라고 생각했다. 그렇지 않으면 어디겠는가? 그곳은 24층에 있는 어둠침침한 집이었고, 벽 구석에 커다란 거미가 거미줄을 치고 있었다. 빈센트는 그 회녹색의 거미가 왠지 모르게 낯익었다. 두 사람은 2인용 침대에 누웠지만 그들의 몸은 결코 접촉하지 않았다.

이후 빈센트는 매일 퇴근 후에 24층의 그 집으로 올라갔고, 집으로 돌아가야 한다는 걸 잊었다. 낮 동안의 업무는 매우 바빴다. 회사는 나날이 커지고, 공장 내 기계는 요란하게 돌아가고, 공장 밖에는 차량들이 끊임없이 드나들었다. 빈센트는 업무를 확장할 생각이 없었지만, 되어가는 상황은 그의 뜻대로 되기는커녕 마치 존이 토로한 그의 이야기 배경처럼 사방팔방으로 뻗어 나갔다. 최근 회사에서 존을 볼 때마다 자신의 회사에 어떻게 존과 같은 직원이 있는지 아리송하기만 했고, 속으로 존을 '이중적인 인간'으로 취급했다. 레이건의 농장에서 욕망의 공허함이 자신을 더없이 고통스럽게 할 때, 존과 존이 사무실에 숨겨둔 그 책들을 떠올린 게 한두 번이 아니었다. 어쩌면 존이 자신의 회사에 온 게 우연이 아닐지도 몰랐다. 하지만 20년 전의 일을 어떻게 기억한단 말인가? 남아 있는 인상이라고는 당시 존은 말이 별로 없었고 입만 열면 걱정이 태산이었다는 것이다.

중국 여자는 좀체 말이 없었다. 빈센트는 그녀가 또 다른 언어체계를 갖고 있지 않을까 추측했다. 그녀는 언제나 방문을 잠그지 않고 그냥 닫아두기만 해서 빈센트는 문을 밀고 바로 들어갔다. 그녀는 때로는 침대에, 때로는 창가에 앉아 있었다. 창가에 앉아 있을 때면 그녀 뒤에 서서 바깥 하늘의 네모난 글자 카드가 매우 바쁜 듯이 움직이는 것을 보았다. 여자는 균형 잡힌 몸매에 중간 정도의 키로, 예전의 그 검은 옷의 여자처럼 나이를 가늠할 수 없었다. 빈센트는 그녀를 자신의 연인으로 여겼지만 그녀와의 신체 접촉은 조금도 서두르지 않았다. 혹여 그랬다가는 밑도 끝도 없는 공허로 떨어질 것만 같은 생각이 괜스레 들었다. 빈센트는 그녀가 24층 높이의 오래된 건물에 앉아 있는 것을 날마다 보았지만 그런데도 추측하지 않을 수 없었다. 그녀는 레이건의 남부 농장에서 온 건 아닐까? 레이건의 농장은 지리상 서양에 위치하지만 풍경은 오히려 동양적 느낌이 물씬 났다. 그 때문에 자기 꿈속의 동양 여자를 찾으러 그곳에 갔을 것이다. 너무나 적막하고 무욕한 것처럼 보이는 그녀는 꿈과 같았다. 어쩌면 그녀는 정말로 또 다른 여자(예를 들면 아랍 여자)의 꿈이 아닐까? 빈센트는 이 음침한 도시에 이런 여자들이 많이 숨어 있을 것이라고 느꼈다. 자신은 이미 여러 명을 가진 적이 있지 않은가? 그녀들은 삼류 여관에 얹혀살거나 외진 골목을 돌아다니거나, 이 중국 여자처럼 어느 고층 빌딩의 한 칸을 소유하거나……. 정신이 몽롱하고 어지러워 장롱을 짚고 선 빈센트는 자신을 향해 이를 드러내고 웃는 여자를 보았다. 다소 누런 그녀의 치아는 담배 때문인 듯했지만 집 안에 담배는 없었다. 여자는 빈센트에게 침대 주변에 앉으라고 손짓했다.

빈센트가 앉자마자 여자가 다가와 그를 끌어안고 그의 무릎에 앉았고, 빈센트는 흥분이 몰려왔다. 두 사람이 벌거벗은 몸으로 들러붙어 있을 때 그는 그녀의 몸에서 파도가 출렁이는 소리를 들었다. 그러고는 그 요동치는 깊은 물에서 넋을 잃었다. 이번에는 마침내 몸 안의 욕망이 해방되었고, 그 해방은 절정에 이르러 얻은 것이라기보다는 중간에 방향을 틀어 얻어낸 것이었다. 그에게 이것은 완전히 판단력을 잃은 성관계였다. 예전에 리사와 함께할 때는 자신을 얼룩말과 같은 열대 동물로 상상하곤 했고, 그런 상상 가운데 천태만상의 분위기에 젖었다. 하지만 이 여자와는 또 달라서 자신에 대한 상상을 내려놓고 그녀를 따라 물의 세계를 떠돌아다녔다. 두 사람은 함께 음침한 골짜기로 들어가 그곳에서 성교했다. 빈센트는 자신의 귓가에 계속 "여긴 바다야? 호수야? 여긴 바다야? 호수야……?"라는 한 가지 소리가 맴돌아 여자가 말하는 것이라고 생각했지만, 여자는 요동치는 깊은 물에서 입술을 닫고 두 눈을 감은 채 말할 생각이 전혀 없었다. 격정에 사로잡힌 그는 자신이 지금 머리로 사랑을 나누는 것 같았다. 전력을 다해 예전의 천태만상의 분위기로 돌아가려고 했지만 실패했다. 물의 파동이 그녀와의 성교 리듬을 만들어내서 제 몸의 표현은 전혀 중요치 않았다. 어느 순간 아득히 먼 곳에서 레이건의 리드미컬한 신음이 들려왔고 듣자마자 그 신음의 함의를 깨달았다. 설마 이곳이 농장 안의 그 호수라고? 중국 여자는 유연한 몸으로 부단히 체위를 바꾸었고, 그런 기이하고 특출한 운동 가운데 그의 몸도 젊어졌다. 하지만 육체의 절정은 없었다. 번뜩 명징한 절정이 없는 건 절정 뒤의 느른함을 우회하기 위해서라는 것을 깨달았다.

빈센트는 그 침대를 벗어나고 싶지 않아 손을 뻗어 여자의 유방을 움켜쥐었다. 하지만 이내 손이 미끄러지고 여자가 사라지는 것을 느꼈다. 텅 빈 큰 침대에 덜렁 혼자만 남았다.

그 건물을 나올 때 여전히 가시지 않는 흥분으로 생각을 할 수가 없었다. 하지만 그런 격정은 성적인 것만은 아니었다. 그렇다면 이 충동은 무엇일까?

고개를 들자 까마귀들이 보였다. 놀랍게도 까마귀들은 흠뻑 젖은 몸으로 베란다 난간에 길게 한 줄로 서서 입으로 깃털을 빗고 있었다. 설마 녀석들도 조금 전 사랑의 강물에서 헤엄을 쳤을까? 베란다에 흰 치마를 입은 여자가 나타나자 까마귀들이 '푸드덕' 날아가버렸다. 여자는 아래쪽으로 고개를 내밀어 빈센트를 보았고 그를 향해 익살맞은 표정을 지은 뒤 돌아서서 물뿌리개로 베란다의 화분에 물을 주었다. 여자는 확실히 까마귀들이 흠뻑 젖은 것을 눈치채지 못했다. 불그스레한 여자의 얼굴에서는 생기가 넘쳤다. 빈센트는 여자의 풍만한 가슴을 눈여겨보았고 그것은 망상에 빠져들게 했다. 하지만 그의 망상은 다른 여자를 향한 것이었다. 그 여자는 겉모습이 전혀 성적으로 보이지 않는 다른 종으로 물속에서만 다른 모습이 되었다. 그의 빈약한 어휘로 표현하자면 이랬다. "음탕하면서도 아련하고, 끝 간 데 없는 욕망을 갈구하면서도 더없이 맑은 마음에 욕심이 없으며……." 문득 또다시 남부의 레이건을 떠올리고, 그가 물속에서 내뱉는 고통스러우면서도 갈망하는 신음을 떠올렸다. 남부의 뙤약볕이 그의 마음의 상처를 치유하고 있을까? 그건 어떤 상처일까?

빈센트가 사무실에 도착했을 때 레이건은 이미 접대실에 앉아 있었다. 그는 완전히 달라진 모습이었다. 기미투성이인 초췌한 얼굴에, 한쪽 눈은 다쳐 끊임없이 경련이 일었다.

"레이건 씨, 당신 눈은……." 빈센트가 걱정스럽게 레이건을 보았다.

"제 반려동물이 남긴 기념입니다." 레이건이 대답했다.

원형 사무실의 거대한 통창 앞에 선 레이건은 원래 큰 몸집이 갑자기 잔뜩 위축된 듯했다. 그의 신발은 먼지투성이었다.

"저는 일로 온 건 아닙니다."

"당연히 그렇겠지요." 빈센트는 레이건을 빤히 응시하면서 이해한다는 듯 말했다.

"농장이 전부 불에 탔습니다. 속수무책인 느낌입니다."

"아침에 흠뻑 젖은 까마귀를 봤는데……." 빈센트는 주저하며 이야기를 꺼냈다.

"당연히 저도 봤습니다!" 레이건의 감정이 격해졌다. "먹장구름 처럼 새까만 새들이 하늘에서 호수로 돌진하는 집단자살이었고, 정말이지 장관이었습니다. 하지만 죽지 않았죠. 안 그렇습니까?"

빈센트는 속으로 놀라운 생각을 품은 사람과 동물이 그렇게 쉽게 죽을 리가 없다고 생각했다.

레이건은 뜬금없이 빈센트에게 술집에 가자고 입을 열었다. 빈센트는 그런 곳에 가본 적 없어 망설였다. 그러고는 이내 망설이는 자신이 부끄러웠다.

두 사람이 키 높이 의자에 앉았을 때, 가게에는 젊은이들이 말다툼을 하고 있었다. 레이건이 부은 눈으로 빈센트를 예리하게 바라보자 그는 뱀에게 얼굴을 물린 듯 그만 못 참고 "아야" 하고 소리를 질렀다.

레이건은 술을 마시지 않았다. 빈센트가 맥주 두 잔을 마실 때까지 그 앞에 놓인 브랜디는 움직이지 않았다. 빈센트는 '술도 안 마시면서 여긴 뭣 하러 온 거야?'라고 생각하면서 레이건의 털 많은 손바닥이 초조해서 심하게 떠는 것처럼 테이블 위를 왔다 갔다 하는 것을 보았다. 그는 문득 뭔가 생각난 듯 고개조차 돌리지 않고 밖으로 나갔다. 빈센트는 부랴부랴 계산을 마친 뒤 뒤쫓아

나갔다. 빈센트가 다가가 나란히 걷자 그가 물었다.

"당신은 이 거리의 청소부를 아십니까? 그녀는 흑인 미녀입니다."

"조이너요? 그녀를 찾아가는 거예요?"

"아니요. 찾아가지 않고 그저 그녀의 고향에 관해 물어보는 겁니다. 당신들은 이렇게 가까이 사는데 당신은 꿈에서 그녀를 본 적이 없습니까?"

"왜 꿈에서 봐야 하죠?" 빈센트가 호기심에 되물었다.

"왜냐하면 그녀의 얼굴에 그렇게 많은 기억이 쓰여 있어 아무도 그녀에게서 벗어날 수 없거든요. 당신은 조만간 그녀와 접촉하게 될 겁니다. 당신이 보기에 그녀가 이 꽃집에 숨어 있을 것 같습니까?"

두 사람은 함께 어두컴컴한 가게 안으로 들어갔다. 가게 뒤쪽에서 한동안 허둥대는 기척이 들리더니 조용해졌다.

"맙소사, 이 안에서 끔찍한 일이 일어났어요!" 레이건이 작은 소리로 겁에 질려 말했다.

전혀 긴장하지 않는 빈센트는 자신의 중국 여자를 생각하고 있었다. 그녀가 이 '흑인 미녀'와 무슨 관련이 있을까? 그리 멀리 떨어져 있지 않은 그녀들은 알고 지낼 가능성이 컸다. 거리의 사람들은 친절하고 다소 기이한 성격의 조이너를 알고 있고, 빈센트의 회사 역시 늘 그녀에게서 꽃을 주문했다. 하지만 레이건은 여전히 공기를 이리저리 맡으면서 온몸을 사시나무 떨 듯 떨었다.

빈센트는 화분의 향기만 맡을 수 있을 뿐, 어두워서 무슨 꽃인지 보이지 않았다. 레이건은 화분들을 지나쳐 가게 뒤쪽으로 갔고, 빈센트가 따라가려고 마음을 먹었을 때는 이미 보이지 않았다. 가게 뒤쪽은 좁은 마당이었고 위층으로 올라갈 수 있는 계단이 하나 있었다. 빈센트는 마당에 서서 담배에 불을 붙이고 한 모금 빤 뒤 생각에 잠겼다.

빈센트는 의심할 여지없이 이곳에 왔고 그것도 바로 어제였다. 가파르고 좁은 이 계단은 테라스로 올라가는 계단이었다. 당시 자신은 테라스 가장자리에 있는 발판에 서서 눈을 감고 아래로 뛰어내렸고 이내 깊은 물속으로 들어갔다. 바로 그때 자신이 물고기처럼 호흡할 수 있음을 알았다. 그런데 어떻게 그 일을 이렇게 새까맣게 잊고 있었을까? 그러고 보니 '입구'가 여기에 있다는 것을 레이건은 진작 알고 있었다. 그렇다면 자신의 중국 여자 역시 이 입구를 통해 물의 세계로 들어가는지도 몰랐다. 빈센트는 또한 리사를 떠올리고 아랍 여자를 떠올리면서 그들도 전부 이곳에 와봤을 것이라는 생각이 들었다. 조이너의 꽃집은 진정으로 세계의 입구였다. 그렇다면 '흑인 미녀'는 세계를 지키는 문지기였다. 그는 조이너가 이 거리에서 성 매수자의 상의를 다급하게 잡아채면서 거의 싸우려드는 것을 본 적이 있었다.

빈센트는 터무니없는 생각에 빠져 있다가 계단에서 들려오는 발소리, 한 사람이 아니라 여러 사람의 소리를 들었다. 발소리는 점점 가까워졌고, 내려오는 사람은 뜻밖에도 한 사람이었다.

"당신은 누구와 함께 내려왔어요? 그녀들은요?"

"그녀들? 없습니다. 그녀들은 그림자들입니다." 레이건이 낙담하며 말했다.

"그럼 위에는 뭐가 있어요?"

"위에요? 위에는 뭐든 다 있습니다. 그런데 기억이 나지 않습니다. 저한테 좀 알려주세요. 여기가 어딥니까?"

레이건은 초조해져서 돌아보지도 않고 꽃집을 나갔다. 그를 뒤따르던 빈센트는 등 뒤 어둠에서 화분이 차례차례 쓰러지는 일대 혼란의 소리를 들었다. 그만 못 참고 고개를 돌린 순간, 흠뻑 젖은 까마귀들이 꽃집 2층의 커다란 창턱에 일렬로 내려앉았다. 검은 손 하나가 창문에서 나와 침착하게 새 모이를 놓아두는 것을 보았다. 속으로 '그러고 보니 까마귀는 여기에서 날아왔군!'이라고 감탄하면서 이어 등골이 오싹했다.

"후이밍샤!" 조이너의 카랑카랑한 목소리가 창문에서 날아왔다. 그녀가 부른 건 중국 이름이었다.

빈센트는 창문을 뚫어지게 쳐다보면서 조이너가 자신의 중국 여자를 부른다고 생각했다. 하지만 아무도 대답하지 않았다.

레이건이 멀어지자 부랴부랴 그를 쫓아갔다.

"전 기차역으로 가서 남쪽으로 돌아갑니다." 레이건의 목소리에는 조롱의 뜻이 담겨 있었다.

"그럼 제가 모셔다드리지요."

"당신은 조이너 같은 사람을 조심해요. 이렇게나 당신들 가까이 있는데. 사실 저 역시 그녀와 아주 가까이 있습니다. 이 도시에 올 때마다 그 점을 발견합니다."

레이건은 기차역에서 북쪽으로 가는 기차를 탔다. 기차를 타기 전에 빈센트에게 "전 늘 아무 기차나 탑니다. 어느 기차를 타든 집에는 도착하니까요"라고 말했다.

빈센트는 사무실로 돌아가는 길 내내 "후이밍샤, 후이밍샤……"라고 중얼댔다. 사무실 건물 앞에서 존을 만나 어디 가는지 물었다. 존은 자신의 고객 레이건을 데리러 가고, 그가 탄 기차는 오후 3시에 도착한다고 했다.

"그런 곳에서 오는 사람은 돌발적인 급습을 좋아하죠." 존은 이 말을 할 때 고민스러워하는 듯했다.

빈센트는 존이 상당히 두꺼운 책을 가방에 넣는 것을 보았다.

4장

목장주 김

로즈 의류 회사의 덩치는 갈수록 커졌다. 존의 고객 역시 갈수록 많아졌으며 죄다 큰 거래였다. 현재 존은 책 읽을 시간이 거의 없었고 출장은 일상다반사가 되었다.

한번은 북쪽에 위치한 대목장에 갔는데, 목장주의 집은 산 중턱에 있었다. 한여름이었지만 밤이 되자 산속은 추웠다. 존은 주인이 가져다준 두꺼운 잠옷으로 몸을 감쌌지만 여전히 추웠다. 목장주 김 씨는 조선인으로 일찍이 부모를 따라 이곳으로 이민 온 사람이었다.

"저는 양 1만 마리를 가지고 있고 젖소와 사슴도 있어요." 김이 말했다. "저는 농장 일은 관여하지 않고 은퇴한 국왕처럼 이 산에 살지요. 당신이 온다는 말을 듣고 저에게 기회가 왔다 싶었어요. 이제 우리 건배해요. 이 술은 좋은 술이고, 오늘 밤 당신의 바람을 실현해줄 것입니다."

밖은 이미 어둑어둑했다. 존은 집 안에 수많은 키 큰 사람들의 그림자가 서성거리는 것을 보았지만 김은 보지 못한 듯했다. 속으로 겁이 났지만 겉으로는 애써 침착한 척해야 했다. 김은 존에게 자신의 아내와 아들은 몇 년 전에 연이어 폐렴에 걸려 죽었고, 이곳의 혹독한 기후를 견딜 수 없어 했다고 알려주었다. 그러나 자신은 이곳이 너무 아름다워 마수에 걸린 것처럼 차마 이곳을 떠나지 못하고 있다고 했다. 그는 지금이 아침이었다면 존을 산 정상의 얼어붙은 곳으로 데려가 그곳 풍경을 보여주고 싶다고 했다.

"이 집 안에 다른 사람이 있어요?" 존은 묻지 않을 수 없었다. 자신이 가지고 온 공포소설이 생각났다.

"아, 있어요. 손님이 두 명 있죠. 그들은 수년 전에 저희 집을 방문하러 왔다가 실종되었어요. 저는 그들이 이 집 안에 있다고 생각하고, 이미 익숙해졌지요."

존은 김이 이 말을 할 때 그의 얼굴에 잔혹한 표정이 서리고 새까만 머리가 불빛 아래 반짝거리는 것을 보고는 검은 늑대를 떠올렸다. 무서워서 더는 캐묻지 못했다. 검은 그림자가 김의 뒤에 머물면서 미동도 하지 않았고 또한 김의 안경 렌즈가 음험하게 빛을 반사하는 것을 보았다. 존은 방금 술을 너무 많이 마셨다면서 먼저 자러 간다고 말했다.

존은 온몸에서 풍기는 술 냄새를 데리고 객실로 들어갔다. 몽롱한 가운데 이곳이 매우 호화로운 침실이라고 느꼈다. 그런데 침대에 검은 고양이는 왜 이렇게 많은 걸까? 고양이는 통틀어 다섯 마리였고 죄다 깔아놓은 비단 이불 위에 엎드려 있었다. 침실에는 여러 개의 푸른 조명이 켜져 있어 거실보다 한층 더 춥게 느껴졌다. 존은 몸서리를 치며 얼른 이불 속으로 파고들었고, 그 틈을 타 파고든 고양이들의 부들부들한 털로 인해 오히려 아늑했다. 눕자마자 취기가 가셨다. 누군가 문을 살짝 두드렸지만 열 엄두를 내지 못했다. 조명도 계속 켜둘 작정이었다. 조금 전 거실에 있을 때 김은 존이 몸담고 있는 회사를 언급하며, 로즈 의류 회사는 괴수라서 존이 동양의 국가로 가야만 이 괴수의 마수에서 벗어날 수 있다고 했다. 김이 이 말을 할 때 렌즈 너머로 시종일관 자신을 차갑게 쳐다보는 통에 존은 속으로 얼어붙었다. 그의 말은 속으로 대수롭지 않게 넘겼다. 현 단계에서는 책 읽을 시간이 좀체 나지 않지만, 그렇다고 그것이 자신의 이야기 세계를 운영하는 데 방해가 될 정도는 아니었다. 이곳으로 오는 길에 이미 여행을 자신의 이야기 망으로 끌어들였다. 그래서 두려웠지만 한편으로는 즐거웠다.

단고람(丹古藍)이라 불리는 이 거대한 목장은 너무나 아름다웠다. 존은 택시에서 빠져나오자마자 그 자리에 선 채 넋을 놓았다. 그것은 사람을 철저히 거부하는 냉엄한 아름다움이었다. 침묵의 풀밭이 끝 간 데 없이 이어지고, 얼음 모자를 쓴 도도한 고산이 아득히 펼쳐졌으며, 거기에 산 중턱에 지어진 유일무이한 집 한 채가 버티고 있었다. 이 모든 것들이 어우러져 말없이 그의 영혼을 압도했다. 존은 그만 위축되어 뒷걸음질 치고 싶었지만, 택시는 진작 자취를 감춘 뒤였다. 잠옷을 입고 담뱃대를 문 김은 대저택의 계단을 내려와 존과 대충 악수했다. 존은 김의 손힘이 무척 센데다 자기력까지 있는 것 같다고 생각했고, 이는 그에게 이미 김의 지반에 들어섰음을 암시하는 것 같았다.

김의 집에는 나이 많은 여자 요리사 한 명뿐이었다. 현장에 나타나지 않아서인지는 모르겠지만 하인은 없었다. 밥 먹을 때 요리사도 옆에 앉았지만, 그녀는 처음부터 끝까지 말 한마디 하지 않았다. 그녀의 꼭 다문 입술과 표정으로 볼 때 그녀는 존을 무시하는 듯했다. 존은 속으로 기가 죽어 얼른 객실로 가서 문을 닫고 가져온 공포소설을 읽고 싶은 심정이었다. 하지만 김은 존에게 자신의 고향 조선에 관해 이야기했다. 마치 처음 만난 손님에게 자신의 속마음을 내비치는 듯이 목소리가 파르르 떨리면서 다급했다. 존의 인상에 김의 고향은 공중에 단층집들이 떠 있고, 그 안의 남녀들은 농사를 짓지도 장사를 하러 나가지도 않지만 그들의 마음에는 놀랄 만한 정욕을 갖추고 있어 꿈속에서도 오랫동안 성교하면서 깊은 잠에서 깨어나지 않을 것만 같았다. "……노란 장미가 빙산의 기슭에 만발했어요." 김이 이 말을 모호하게 던질 때 존은 그가 핏빛의 잇몸을 드러내면서 호랑이를 닮은 얼굴을 하고 있는 것을 보았다. 하지만 김은 돌연 집 가운데에 섰고 목소리는 또다시 거슬리는 날카로운 비명이 되었다. "몇 년이 지났는데 태양은 언제나 동쪽에 떠 있습니까?"

듣다 보니 존은 어느새 김의 이야기로 들어갔다. 나중에는 김의 이야기와 자신의 이야기의 경계조차 구분되지 않았다. 김의 성냥갑 같은 그 단층집들은 언제나 느닷없이 폭발했고, 그 안에서 온갖 이물질이 튀어나와 허공에서 인간 세상으로 흩어져 인간들의 삶을 위기에 빠뜨렸다. "조선은 실은 망망대해에 있는 풍선이죠." 김이 긍정적인 말투로 존에게 말했다. 존은 고개를 숙여 자신의 몸에 걸친, 수많은 여우를 수놓은 잠옷 가운을 보고는 욕망이 두 다리 사이에서 솟아오르는 것을 느꼈다. 들으면 들을수록 김의 이야기가 흥미로워서 속으로 이 키 작은 남자를 '매'라고 불렀지만, 자신 역시 왜 그런 호칭을 붙였는지 모를 일이었다.

바깥에서 바람이 불자 포효하는 광풍에 집 전체가 송두리째 부서질 것처럼 흔들렸다. 존은 놀라 잔뜩 움츠리면서 여차하면 테이블 아래로 숨어들려 했다. 김은 집이 휘몰아치는 거대한 파도 속의 큰 배라도 되는 것처럼 바닥에 안정적으로 서 있었다. 이때 김이 존의 귀에 대고 자신의 비밀을 알려주었다. "제 집은 지반 공사를 하지 않았고, 이런 집은 우리 고향의 스타일이죠." 잠시 뒤 집은 평온해졌지만 폭풍은 한층 사납게 불었고 또한 우박이 철제 지붕에 떨어지는 듯했다. 김이 팔을 뻗어 존의 어깨에 올리자 존은 그의 몸속 자기력에 한 번 더 감탄했다. "당신 말고 누가 여기에 오겠어요?" 김이 말했다.

집 밖의 폭풍과 우박은 존의 몸에서 들끓는 욕망을 증폭시켰다. 검은 고양이들이 교미하는 신음에 존이 생각한 성관계 파트너는 마리아도 이 집의 김도 아니었다. 그것은 성별이 모호한 사람으로, 온몸에 길고 긴 검은 털이 덥수룩하게 나 있었다. 그는 자신의 이런 낯설고 강렬한 욕망에 덜컥 겁이 났고, 검은 고양이들이 자신의 성적 환상을 불러일으켰는지도 모른다고 생각했다. 중간에 존은 이불 밑에서 기어 나와 방 한가운데에 섰다. 검은 고양이들 역시 그를 따라 바닥으로 내려왔고, 그중 한 마리가 존의 종아리를 무는 통에 그 신선한 통증이 더욱 욕망을 자극해 자신이 곧 미치지 않을까 싶었다. 우박이 우두둑 철제 지붕을 때리는 소리에 귀청이 떨어져 나갈 것 같았고 집은 무너질 듯했다. 우박 떨어지는 소리 간간이 문 두드리는 소리가 났다. 자신이 덮은 공작 비단 이불이 볼록하게 높이 솟아 있는 것을 보고는 혹시 저 안에 한 마리가 더 있고 그게 저렇게 크게 후다닥 자란 것은 아닐까 의심스러웠다. 다가가서 이불을 젖혔고 안에는 아무것도 없었다. 다시 누웠다. 검은 고양이들이 방구석에 숨어 더 음탕한 신음 소리를 냈다. 김이 문밖에서 소리쳤다.

"문 열어요! 김이에요. 내가 예전에 당신 고향에 간 적이 있는

데 다 잊었어요?"

김이 거듭 소리치자 존은 마침내 참지 못하고 일어나 문을 열었다. 그런데 문밖에 서 있는 사람은 뜻밖에도 뚱뚱한 여자 요리사였다. 여자 요리사의 마늘같이 생긴 눈은 존을 보지 않았다. 그녀는 눈을 내리깔고 자기 품 안의 흰쥐를 보고 있었고, 그 흰쥐는 숨이 간들간들했다. 존은 그녀가 자신의 말을 알아듣는지 몰라 손짓으로 말했다.

"김…… 김, 김!"

여자는 이내 초조한 모습을 보이고 흰쥐를 바닥에 휙 던지고는 가버렸다.

김은 아침 햇살이 눈부실 때가 되어서야 나타났다. 존은 그의 얼굴이 누렇게 뜨고 손짓과 발짓이 제멋대로인 것을 보았다. 그는 금원보*가 새겨진 비단 잠옷 가운을 입고 있었는데, 그 차림새는 다소 교활하게 보였다.

"당신은 간밤에 바람을 이루었어요?" 김이 번들거리는 검은 머리카락을 손으로 매만지며 물었다.

존은 욕망이 불타올랐던 이상한 밤을 떠올리면서 어떻게 대답

---

* 금화와 같은 뜻으로 귀중한 금으로 만든 고대의 유통화폐를 말한다. 중국 화폐사에서 금은을 '원보(元寶)'로 칭한 것은 원나라 때부터다.

해야 할지 난감해했다.

"계약은 이미 성사되었는데 당신은 아직 마음을 정하지 못했군요!" 김이 다시 말했다.

김은 밖에서 셰퍼드를 불러들인 뒤 손으로 제 키만 한 개를 살살 쓰다듬었다. 그는 개의 어미가 재작년에 산꼭대기에서 죽었다고 알려주었다. "저는 녀석을 얼음 동굴에 봉했어요. 제가 돌아서서 먼 곳을 바라보았을 때 뭘 봤는지 알아요?"

"뭘 봤는데요?"

"동양이요! 전 똑똑히 보았어요. 아, 그곳은 태양이 떠오르고 모든 게 다 있어요!"

"하지만 저 같은 사람은 그렇게 멀리 볼 수가 없어요." 존이 시무룩하게 말했다.

"아, 아니에요! 당신은 완전히 틀렸어요. 어젯밤만 해도 당신은 그곳을 다녀왔고 당신은 황제 같았어요……."

"전 당신이 말한 곳에 가지 않았어요. 줄곧 방에 있으면서 검은 고양이들의 습격을 받았는걸요."

"당신은 그 고양이들이 불만스러운가요?"

김이 말할 때 또다시 예의 그 핏빛 잇몸을 드러내는 통에 존은 내심 불쾌했다. 남자의 몸에는 언제라도 발작할 것 같은 맹수의 습성이 있는 것 같았다. 김이 태연자약하게 담뱃대에 불을 붙여 몇 모금 빨자 얼굴에 얇은 홍조가 떠올랐고, 검은 눈동자가 렌즈 너머에서 어지럽게 움직였다. 존은 용기를 내서 김에게 자신을 산 정상에 데려가줄 수 있는지 물었다.

"안 돼요." 김이 단호하게 말했다. "모든 길이 막혔어요. 예전에 일본인들도 이 산에 왔었는데, 기모노와 게다로 갈아입은 여자들은 잠시 뒤에 눈밭으로 사라졌어요."

존은 커피를 마시면서 김의 삶이 얼마나 적적할까 생각했다. 구름에 떠 있는 고향을 제외하면 그는 세상과 거의 단절된 생활을 하는 것 같았다. 김은 존의 생각을 읽고는 아니라고 대답하면서, 전 세계의 사람이 죄다 자신의 거처를 지나갈 수 있으므로 자신의 집은 천국으로 들어가는 입구와 같아 조금도 외롭지 않다고 덧붙였다. 자신과 생면부지인 존도 그렇게 멀리서 달려와 자신의 손님이 되지 않았느냐면서 말이다. 그는 예전에 존을 알지 못했지만 사실 그들 사이에도 서로 통하는 전언이 있었다.

"전 결코⋯⋯." 존이 변명하려고 했다.

"아, 아니, 아니, 아닙니다!" 김이 손사래를 쳤다. "당신은 했어요. 당신은 전언을 보냈지만 그 사실을 알지 못하죠. 저는 오히려 당신을 알아요. 당신이 방금 움직일 때 저는 당신의 발소리를 들었어요."

존은 김 때문에 곤혹스러웠고 그저 침묵하는 수밖에 없었다. 그는 거실의 천장에 바구니가 드리워져 있고, 그 안에 가득 담긴 말벌들이 가장자리로 삐져나오면서 몇 마리가 바닥에 떨어진 것을 보았다. 한 번 더 집의 지세가 위태롭다는 것을 느꼈다. 어젯밤의 검은 고양이들은 대추만 한 크기의 말벌에 비하면 정말이지 아무것도 아니었다. 김의 이런 취향은 정말로 간담을 서늘하게 했지만 존은 자신이 왜 이곳에서 욕망이 분출하는지 난감했다. 한동안 그는 자신이 거의 절망에 가까운 사람이라고 여겼지만 다행히 나중에 독서에 빠져들었고, 그 허구의 이야기들이 자신을 구하고 자신의 삶을 바꾸었다. 하지만 이야기는 그저 자기 생활의 일부분이고 의미를 갖는 일부분일 뿐이었다. 이 세상에 김과 같이 전적으로 허구 속에서 살아가는 사람이 있을 줄은 미처 몰랐다. 존은 김과 악수할 때 김의 에너지가 남다르다는 것을 느꼈다. 말벌 한 마리가 존의 발끝에 기어오르자 얼른 자리를 바꾸어 앉았다. 김의 안경 너머로 한 줄기 조롱의 빛이 스쳐 지나가는 것을 보았다.

"당신의 요리사는 말이 없군요."

"그녀는 말을 잘하지만 말하고 싶어 하지 않을 뿐이죠. 젊었을 때 쓸데없이 말을 많이 하다가 가족들에게 버림을 받았고, 몇 년 전에 이곳에 정착했어요."

김은 자신이 기르는 '기이한 꽃'을 보여주겠다면서 존을 집 뒤의 온실로 초대했다.

"마음을 단단히 먹고 자신감을 가져야 해요."

온실이라고 하는 곳은 커다란 빈 방으로 창문이 작아 실내의 빛이 희미했다. 존은 방 한가운데 잠시 서 있다가 그제야 바닥에 놓여 있는 토기 사발을 발견했다. 그런데 사발에는 꽃이 없고 모두 굵은 모래가 담겨 있는 것뿐이었다. 김은 웅크리고 앉은 뒤 모래를 헤집어 아몬드 모양의 갈색 씨앗을 찾아내 빛에 가져다가 살폈다.

"봐요. 이건 이미 터졌는데 안의 싹은 나오지 않았죠. 이곳의 모든 씨앗은 이런 상태예요. 꽃은 꿈속에서 피는데, 제가 무슨 말을 하는지 당신은 분명히 알겠죠? 이 씨앗들이 싹도 틔우지 않고 부패하지도 않은 이런 상태를 유지한 지는 이미 10년이 넘었어요. 이 얼마나 놀라운 일이에요."

김은 쉴 새 없이 온갖 모양의 씨앗을 파헤쳐 존에게 보여주었다. 그의 목소리가 빈 방에 메아리쳤다. 존은 자신이 거대한 무덤으로 들어가는 느낌이 들어 호기심이 일면서도 낯설었다. 이곳에 산 정상으로 가는 통로가 있을까 하는 문제를 거듭 생각했다. 창유리에 사람 그림자가 어른거렸는데 요리사였다. 그녀는 바깥에서 안의 동정을 살피고 있었으며 보아하니 시시때때로 자신을 감시하고 있는 것 같았다. 왜일까? 존은 자신도 모르게 얼굴을 찡그렸다. 김이 보고 있었다.

"이 꽃들은 빛을 싫어합니다. 제 고향에서 가져온 것들인데, 저희 고향의 집들은 창문이 없지만 집집마다 이런 종류의 꽃을 기르죠. 어두운 곳에서 키우는 꽃들은 다소 사악한 냄새가 납니다. 당신은 집에서 꽃을 키우나요?"

"우린 장미꽃을 키우죠." 존은 마수에 걸린 마리아의 꽃을 떠올리고는 돌연 슬퍼졌다.

"장미꽃이요. 좋죠. 그건 스스로 잘났다고 생각하는 사람이 기르는 꽃이에요. 이곳에 왔던 사람이 자신의 장미꽃이 미쳐서 끊임없이 꽃을 활짝 피워 자신의 마당을 사시사철 붉게 물들인다고 하더군요."

"제 얘기를 하는 건 아니죠?"

"저는 모르죠. 그 사람이 당신인지 아닌지, 당신은 오늘 밤 알게 될 거예요. 어떤 꽃향기는 사람을 숨 막히게 하고 그런 순간마저 황홀케 하죠."

김이 손에 묻은 모래를 깨끗이 털고 일어나자 그의 얼굴은 희미한 빛 속에서 바위처럼 보였고, 몸 역시 뻣뻣하게 굳어 있었다. 김은 꼼짝도 하지 않았다.

"어떤 것을 움켜쥐는 순간 나머지 것들은 전부 허황된 것이 되고 말죠." 존이 말했다.

하지만 김은 진짜 돌이 된 것처럼 존의 말에 별 반응을 보이지 않았다. 그가 걸친 금원보가 그려진 잠옷은 변화무쌍한 빛을 선보였다.

문이 '삐걱' 열리고 요리사가 들어왔다. 그녀는 존의 팔을 잡고 그를 방에서 데리고 나갔다. 여전히 말은 없었지만 행동은 자신만만했다. 존은 막연하게 김을 혼자 있게 하려는 의도라는 것을 눈치챘다. 김이 앞서 말한 자신감에 관한 일이 떠오르자 마음속에 깨달은 바가 있는 듯했다.

거실로 들어온 존은 말벌들이 죄다 바닥에 떨어져 있는 것을 보았다. 그것들이 새까맣게 무리 지어 바닥을 기고 있는 모습에 그야말로 소름이 돋았다. 몸을 돌려 주방으로 갔지만 요리사는 노발대발하며 그를 쫓아냈고 얼굴이 붉으락푸르락했다. 그녀가 존을 내쫓을 때 입에서 나는 소리는 늑대의 울부짖음과 비슷했다.

존은 하는 수 없이 밤에 잤던 침실로 숨어들었다. 들어서자 그 고양이들이 큰 침대를 차지하고서 달게 자고 있는 것을 보았다. 슬그머니 방을 빠져나와 밖으로 나갔다.

아래쪽의 짙푸른 바다와 같은 목초지 끝에서 진홍색 옷을 입은 사람의 그림자가 존을 향해 달려왔다. 보일 듯 말 듯한 그 사람은 말을 탄 듯했다. 그 사람이 점점 가까워질 때 뜻밖에도 그 사람이 탄 것이 표범임을 알아보았다. 표범이 높이 날아오를 때 그 사람의 긴 머리카락이 공중에 휘날렸다. 존은 놀라 눈이 휘둥그레졌다. 진홍색 옷을 입은 기수가 산으로 올라오기만을 초조하게 기다렸다. 그리고 그 사람이 산에 도착할 즈음에 고막이 찢어질 듯한 총소리를 들었다. 기수는 이내 풀숲으로 굴러떨어졌고 표범도 보이지 않았다. 방금 본 광경은 환상인 듯 사라졌다. 존은 총알이 자신이 있는 곳에서 발사되었다고 판단했다. 설마 김이? 뒤돌아보니 요리사가 문을 나와 자신을 매섭게 노려보고 있었다.

　존은 다시 집 뒤쪽의 '온실'을 둘러보았지만 안에는 아무도 없었다. 집 밖의 돌의자에 앉아 있다 보니 가족에 대한 그리움이 솟구쳤다. 마리아는 집에서 뭘 하고 있을까? 김과 닮은 구석이 많은 마리아야말로 이곳에 와야 하지 않을까 생각했다. 누군가 돌계단을 걸어 산을 올라오고 있었다. 진홍색 옷을 입은 기수인 듯해서 심장이 쿵쾅거렸다. "저기요! 저기요!"라고 외쳤지만 왜 외치는지 자신조차 모를 일이었다.

　그런데 진홍색 옷을 입은 사람은 뜻밖에도 김이었다. 김은 머리가 산발했고 렌즈에 금이 가 있었으며 왼쪽 다리를 다친 상태였다.

　그는 절뚝거리며 집 안으로 들어가면서 존의 부축을 거절했다. 아무도 그의 상처 부위를 처치해주지 않았다. 피는 이미 진홍색 바지를 새까맣게 물들여 김의 피는 검은 피처럼 보였다.

　"누가 총을 쐈어요?"

　"누가 총을 쐈느냐고요?" 김이 존의 말을 되풀이했다. "저 자신이에요. 제가 요리사에게 총을 쏘라고 했어요."

　김은 쓴웃음을 짓고는 이를 악물고 핏빛 잇몸을 드러냈다. 존은 또다시 간담이 서늘했다.

　김은 침대식 의자에 누워 눈을 감았다. 주먹을 꽉 쥐고 있어 존은 김이 부들부들 떨고 있는 것 같았다.

"당신 목장은 정말 아름다워요. 저는 당신의 양을 보고 싶어요."

"저 말고 누가 이런 끔찍한 곳에 살겠어요? 제 양이요? 그건 그저 허울에 지나지 않아요. 듣는 사람이 오해할 수 있게요."

"상처를 싸매고 약을 발라야 할지도 몰라요."

"필요 없어요. 제 몸에는 이미 탄알이 일곱 발이나 박혀 있는데 이게 뭐가 대수라고요. 게다를 신은 일본 여자들은 얼음 동굴에 얼어붙어 있어서 빼어나게 아름다운 그 여자들을 아무도 더는 볼 수가 없어요."

존은 지금 유난히 자신이 가져온 공포소설이 읽고 싶어 김을 팽개치고 침실로 갔다. 그리고 옷걸이에 걸린 가방에서 그 책을 꺼내 커튼을 젖히고 소파에 앉아 읽기 시작했다.

책의 빨간 표지에는 공포소설이라고 적혀 있었지만 표지 정중앙에는 오히려 소녀의 사진이 있었다. 그 소녀는 고즈넉한 규방에 앉아서 수를 놓으며 창문 밖의 푸른 하늘과 흰 구름을 바라보았다. 책의 첫머리에는 '하이린(海林)'이라 이름하는 소녀의 유년 시절의 삶을 소개하고 있었다. 그녀는 고독한 환경에서 자란 듯했다. 부모가 있었지만 그들은 그녀를 방치하고 멀리 장사하러 나갔는데, 동양으로 갔다는 소문이 있었다. 다행히 그녀는 조용한 데다 다소 냉담하기까지 해서 자신의 부모를 그다지 그리워하지 않았고, 혼자 집을 지키면서 스스로를 돌보았다. 존은 여기까지 읽은 뒤 무미건조한 글 이면에서 자신에게 익숙한 배경이 희미하게 읽혀 책에 흥미가 생겼다. 하이린의 집에는 틀림없이 비밀 벽이 있고 그 안에는 지하통로가 있을 것이라고 생각했다. 이런 여자아이에게 비밀 생활이 없을 리가 없었다. 다음은 시시콜콜한 일상의 묘사가 이어졌고, 그녀의 이웃들이 기억조차 할 수 없는 이름이 된 듯하다가 결국에는 '하이린'이라는 이름조차 흐려지더니 종잡을 수 없게 되었다. 책의 작가는 무슨 의도인지도 모르겠지만 돌연 저속하기 짝이 없는 어투로 자유를 칭송하면서 다음과 같은 문구를 예닐곱 줄 잇달아 등장시켰다.

"아! 자유의 비상! 도달할 수 없는 높이!
아! 자유의 비상! 도달할 수 없는 높이!
………………………………………………."

존은 여기까지 보고 난 뒤 그만 못 참고 웃음을 터뜨렸다. 그 웃음은 고양이들을 깨웠다. 고양이들은 깨자마자 미친 듯이 교미하면서 침대에서 이상한 소리를 내며 끊임없이 소란을 피웠다. 존은 녀석들에게 물릴까 봐 창턱에 앉았다. 널찍한 창턱에서 마저 읽었다. 2장에서 소녀 하이린은 느닷없이 사라졌고 텅 빈 규방은 전에 없이 북적거렸다. 그녀가 문을 잠그지 않아 온갖 사람들이 들어와 수다를 떨었다. 장사하는 사람, 우산을 수리하는 사람, 신발을 만드는 사람, 가축을 사육하는 사람 등이 몰고 온 온갖 기풍은 규방의 원래 분위기를 싹 바꾸어놓았다. 그러던 어느 날 소녀가 돌아왔다. 그녀는 오른다리를 잃었고 더없이 거칠어진 모습에 얼굴에는 사나운 표정마저 어렸다. 그녀는 이웃들을 내쫓고 오래된 집의 대문을 걸어 잠근 뒤 침묵에 잠기는 생활로 들어갔다. 이때 또다시 저속하기 이를 데 없는 문구가 반복적으로 등장했다.

"아득한 옛날에 무슨 일이 있었던 걸까? 우리는 영원히 모른다!
아득한 옛날에 무슨 일이 있었던 걸까? 우리는 영원히 모른다!"
...."

존은 이제 웃지 못했다. 성욕과 비슷한 어떤 욕망이 또다시 몸속에서 들끓었다. 그는 장애물을 뛰어넘어 자신의 이야기 왕국으로 가, 광장의 바니안나무 몇 그루의 공기뿌리 아래에서 오색찬란한 기모노가 바람에 나부끼는 것을 보았다. "하이린! 하이린!" 그는 연거푸 몇 번이나 불렀다. 손에 쥔 책이 바닥에 떨어지는 소리를 들었고 '탁' 하는 소리가 울렸다.

김이 바닥에서 책을 주울 때, 존은 김이 몰래 웃어 그의 긴 머리카락이 흔들리는 것을 보았다. 김은 이상한 도안의 잠옷 가운으로 갈아입고 있었다. 그가 허리를 펼 때 존은 검은 고양이 한 마리가 그의 가운에서 얼굴을 삐죽 내미는 것을 보았다.

"이 녀석만 제 마음을 이해하죠." 김이 말했다. "저는 당신의 책 속에 나오는 여자 주인공을 본 적이 있어요."

"실제로 그런 사람이 있다고요?"

"작가 자신의 삶을 썼기 때문이죠. 그녀는 저의 집에서 하룻밤을 묵고는 이튿날 산 정상에 올랐고, 바로 그곳에서 한쪽 다리를 잃었어요. 그녀가 한쪽 다리를 질질 끌고 울부짖으면서 산을 내려오던 모습이 지금까지도 눈에 선해요. 당신은 이런 책을 끝까지 못 읽을 거예요. 뒤쪽까지 봤다가는 당신 스스로가 끌려 들어가서 더는 나오지 못할 거예요. 그곳이야말로 정말 얼음 동굴이고, 산 정상보다 훨씬 깊어요."

존의 눈앞에 있던 기모노가 사라지고 모든 것이 백지가 되었다. 존은 김과 그 이야기를 논하고 싶었지만, 자신은 할 말이 별로 없는 데다 책에는 줄거리도 이미지도 거의 없었다. 그런데 김이 외려 하이린이 실제로 존재하는 인물임을 확인시켜주었다. "다리는 어쩌다 잘렸어요?" 존은 또다시 끝없는 상상에 빠졌다. 김의 목소리가 비밀 벽에서 들려오는 것처럼 모호해서 그가 무슨 말을 하고 있는지 알 수가 없었다.

방은 순식간에 어두워졌고 고양이도 김도 보이지 않았다. 커튼은 자동으로 닫혔고 창밖에서는 한 여자가 울고 있었다. 존은 더듬거리며 침대로 올라갔고, 어둠 속에서 재빨리 궁전의 계단을 올라 황폐한 정원으로 들어갔다. 그곳에 이르러서야 정원이 황폐하기는커녕 온갖 동물들이 왁자지껄 떠들고 있고 사람도 적지 않다는 것을 알았다. 사람들은 침묵을 지키며 저마다 커다란 나무 아래에 서서 마치 이 세상에서 온 사람이 아닌 듯 알 수 없는 표정을 지었다. 존은 그들이 몇 세기 전에 살았던 옛사람들일지도 모른다고 추측했다. 히말라야삼나무 아래에 서 있는 한 젊은이가 유난히 고민에 빠진 듯 보여서 그에게 어디에서 왔는지 묻자 그는 집에서 왔다고 했다. 그의 발음은 다소 이상했고 그는 외국인이었다. 다시 그에게 집이 어딘지 물었고 그는 동양이라고 대답했다.

"그런데 여기가 동양 아닌가요?" 존이 붉은 바탕에 누런빛을 띤 궁벽을 훑으며 큰 소리로 물었다.

젊은이는 무표정하게 존을 바라보면서 존의 질문에 대답하지 않았다. 그제야 존은 젊은이가 입은 것이 죄수복이고 뜻밖에도 족쇄도 차고 있음을 알아차렸다. 다시 다른 사람들을 살펴보니 역시 마찬가지로 죄수복을 입고 있었다. 돌연 아무 이유 없이 몹시 부끄러웠다. 다람쥐가 자신의 다리 사이를 지나갔다. 다람쥐는 이 정원에 속했지만 자신은 이곳에 속하지 않았다.

"제 아내 마리아는 집에서 많은 장미꽃을 심었죠." 존이 변론하듯 이 말을 내뱉었다.

젊은이의 얼굴에 이내 호기심인 듯한 표정이 어렸다. 하지만 말은 여전히 없었고 그저 쨍그랑거리는 족쇄 소리와 함께 존이 소리를 내는 곳으로 귀를 기울일 뿐이었다. 그가 듣는 건 대체 무엇일까? 존은 이 점을 자신할 수가 없었다. 이때 존의 귓가에 들린 건 오히려 김의 말소리였다.

"정원 전체가 저의 집에 있지요. 서쪽 궁벽 밑에 책 한 권이 묻혀 있어요."

존은 태양의 위치에 근거해 서쪽이 어딘지 판단했다. 서쪽 궁벽은 불처럼 타올랐고 존은 쳐다보았다가 눈이 바늘로 찌르는 듯 아팠다. 정원이 김의 집에 있는 이상, 무턱대고 걸을 필요가 없겠다고 생각했다. 풀밭에 앉았다. 히말라야삼나무 아래의 젊은이가 그의 오른쪽에서 책 한 권을 자신의 가슴에 대고 있었다. 존은 그 붉은 표지가 눈에 익은 느낌이었다. 그래서 다시 일어나 젊은이에게 걸어갔다.

"이건 당신 책이에요. 이 안에는 잔인한 모살이 들어 있지만 저는 이 책을 다 읽지 않기로 했어요. 누가 이런 책을 끝까지 읽겠어요?"

그가 말할 때 또다시 족쇄에서 일련의 소리가 울렸다.

"저의 책은 하이린이라고 부르는 소녀에 관한 것이죠. 그녀의 외모는 못생기지 않은 것 같고 부모는 장사하는 사람이라 집에 없고……" 존이 말했다.

"아, 당신은 그저 첫머리만 읽었군요? 그건 가상이고 진짜 이야기는 뒤에 나와요. 이런 이야기에는 주인공이 없어요. 당신의 책을 가져가요."

그가 책을 존에게 건넸다. 수중의 책이 가벼운 듯해서 열어 보았더니 그것은 그저 책의 케이스였다. 표지에는 소녀 하이린이 보기 싫게 입을 헤벌리고 웃고 있었다.

존이 궁벽을 따라 쭉 걷자 귓가에 울리는 김의 목소리가 갈수록 우렁찼다. 이 때문에 존은 자신이 그저 김의 집을 빙빙 돌고 있음을 깨달았다. 나중에는 김의 목소리가 잦아지는 대신 처절한 고양이 울음소리가 귓가에 윙윙거려 머리가 지끈지끈했다. "마리아, 마리아, 날 용서해줘. 날 용서해줘. 난 어디에 온 거야?" 존은 횡설수설 혼잣말했다. 풀밭도 히말라야삼나무도 사라지고 궁벽 역시 어둠 속에서 사라졌다 나타났다 했다. 앞쪽에는 육중한 기모노를 입은 일본 여자의 뒷모습이 있었는데 세 사람인 듯했다.

"당신은 이 집에서 장장 하루를 돌아다녔는데 놀랍게도 걸으면서 책을 읽을 수 있다니, 정말이지 대단한 능력이군요."

김이 말할 때 얼굴에 또다시 예의 그 잔인한 미소가 떠올라 존은 가능한 한 그의 얼굴을 보지 않았다.

"저는 공포소설은 좀체 가까이하지 않았죠." 김이 다시 말했다.

존은 책의 중간 부분을 펼쳐 창가로 가서 한 부분을 읽었다. 여전히 하이린의 이야기였다. 중년의 하이린은 수놓는 방에 앉아 붉은 거미를 수놓았다. 위층에서는 부모의 초조한 발소리가 들려

128

왔다. 두 사람은 기억을 잃은 노인들이었고, 그녀는 그들이 먼 곳에서 돌아온 지 사흘째 날에 그들을 가차 없이 위층의 큰 방에 감금했다. '가차 없이'라는 네 글자 아래에는 방점이 찍혀 있었고, 존은 이 말을 읽고 읽으면서 그 의미를 여러모로 깨달았다.

"존, 당신은 집으로 돌아간 뒤 장미꽃 재배에 힘을 쏟을 건가요?" 김이 물었다.

김이 다가오자 존은 김이 걸친, 짙은 색깔의 잠옷 가운에 그려진 도안을 자세히 보았다. 그것은 일그러진 얼굴들로, 제대로 된 얼굴이 하나도 없었고 입에 송곳니가 길게 나서 피가 나 있는 것도 있었다. 존은 갓난아기의 울음소리도 들었다.

존이 대답하지 않자 김이 또다시 캐물었다.

"반복해서 읽으면 이야기가 현실이 될 수 있어요?"

김이 존에게 다가와 여태껏 본 적 없는 기괴한 이빨을 드러내고서 오른손을 존의 얼굴에 뻗으려 하자, 존은 그만 참지 못하고 소리를 질렀다. 눈앞이 캄캄해졌다.

존은 한참이 지나 천천히 지각을 회복하고서야 자신이 내내 창턱에 앉아 공포소설을 읽고 있었다는 사실이 떠올랐다. 집 한복판에서는 김과 요리사가 커다란 화분 속 씨앗을 관찰하고 있었다. 요리사의 통통한 손바닥에는 누에콩만 한 씨앗이 누워 있었고, 그녀는 무슨 꽃인지 몰라 손바닥을 창가의 밝은 곳으로 들어올렸다. 존은 이때 갈색의 옹골진 씨앗에서 좀 하나가 머리를 내밀고 있는 것을 똑똑히 보았다. 김은 "헤헤" 웃으며 화분에서 또 다른 씨앗 두 알을 파헤쳐 보여주었고, 그 안에도 마찬가지로 좀이 있었다.

"이건 우리가 온실에서 길러낸 것인데, 이 작은 것들은 꽃이 피는 데 아무런 지장을 주지 않아요. 또 모르죠. 꽃이 이것들의 덕을 볼지도! 당신 집의 장미꽃들은 실은 우리의 꿈속에서 피는 거고 당신이 만개한 그것들을 본 건 그저 허상에 지나지 않아요. 당신이 읽는 이 소설에 분명하게 적혀 있지요."

"전 너무 겁이 나요." 존이 말했다. "그저 궁벽 밖의 계단 아래에 서 있을 수밖에 없어요."

두 사람이 대화할 때 요리사가 허리를 구부려 화분을 옮겼다. 김은 요리사의 뚱뚱한 뒷모습을 바라보며 칭찬하듯 고개를 끄덕였다. 존에게 어젯밤에 여자 손님이 왔고, 그 손님은 산에 오를 생각이 없으며 그저 자신의 목초지를 둘러보러 왔다고 알려주었다. 존은 손님의 외모에 대한 김의 설명을 듣고 자꾸만 그 사람이 마리아일지도 모르겠다고 생각했다. 하지만 김은 다른 이름을 댔고, 그녀는 괴벽이 있는 동양 여자로 낯선 사람 앞에 쉽게 얼굴을 드러내지 않는다고 덧붙였다.

"아, 또 동양이군요!" 존은 탄식했다.

그런데 김이 존의 눈을 뚫어져라 쳐다보며 한 자 한 자 힘주어 말했다.

"그녀가 당신을 찾아온 것 같아요?"

"아니요, 아닙니다. 전 동양 여자를 모르는걸요." 존이 힘껏 고개를 저었다.

"하지만 당신은 그녀의 나라에 가본 적이 있는걸요."

"그럴 리가요."

존은 고개를 떨구고 생각에 잠겼다. '김은 내가 최근 몇 년 동안 읽은 것을 말하는 것일까? 그런 거라면 확실히 동양 나라에 가봤고 동양의 이야기에 각별한 애정을 가지고 있다고 할 수 있지.' 존이 모든 이야기를 하나의 망에 엮은 순간, 중앙 광장에 기모노와 모란이 등장했다. 과거 바쁜 업무 가운데서도 자신의 이야기 속으로 수월하게 들어갈 수 있었던 건 기모노와 모란의 역할이 컸던 것 같았다. 일상생활에서는 동양에서 온 여자는 알지도 못할뿐더러 보수적인 자신의 성격 때문에 낯선 여자에게 성적 망상을 가질 리는 없었다. 하지만 이야기에서는 또 달라서 기모노를 입은 소녀와 부인들에게 강렬한 충동을 느낀 게 한두 번이 아니었다.

그런데 김은 이를 어떻게 알았을까? 혹시 김과 예전에 실제로 만난 적이 있었던가? 존은 국내에 자신과 같은 이야기를 구상하는 사람이 있을 줄 상상조차 못 했다. 자신의 관찰에 따르면 세계의 이중성을 아는 사람은 빈센트와 레이건이지만, 그들이 자신의 이야기에 전적으로 들어올 수는 없을 것 같았다. 존은 그들과 일상적인 접촉은 잦았지만 마음을 완전히 열 수는 없었다. 존에게 업무상의 친구 외에 다른 종류의 친구는 없었다. 이때 또다시 마리아가 생각났다. 최근 몇 년 사이에 마리아 역시 자신만의 세계를 구상하고 있고 그와 나란히 발전했다. 하지만 존은 간혹 자신이 마리아의 손아귀에 있는 느낌이었고 그런 순간이면 좌절이 몰려왔다. 그런데 이 김이라는 장기 고객은 설명이 불가능한 생활을 하면서 그 어떤 속박이나 굴레에 얽매이지 않고 일찌감치 자신의 복잡다단한 세계를 창조하고 있었다. 존은 이곳에 온 뒤 자신이 스스로 그물에 걸려든 느낌이었다. 하지만 오히려 달가웠다. 이것이야말로 자신의 이야기이지 않는가? 그렇지 않은가?

주방에서 소곤대는 소리가 들려왔다. 김은 그 여자 손님이 요리사에게 말하고 있다고 알려주었다. 두 사람은 말한 지 오래되었으며 교류하고 싶어 했다. 그렇다면 요리사도 말한다고요? 존이 물었다. 아니에요. 요리사는 말하지 않고 그 여자 혼자서 말해요. 여자에게는 말하고자 하는 욕망이, 요리사에게는 듣고자 하는 욕망이 있어요. 김이 이 말을 할 때 그들은 식당으로 들어갔다. 두 사람이 밥을 먹을 때 김은 여자들이 주방에서 먹고 있다고 알려주었다. 존은 그 여자가 살짝이라도 모습을 내비치길 바랐다. 그러면 그녀가 기모노를 입었는지 알 수 있었을 텐데, 하고 몹시 아쉬워했다. 그렇다고 지금 김에게 물어보기도 민망했다.

"우박이 떨어질 때 그녀는 길에 있었고 그녀의 지프가 고장이

낳어요. 그녀는 나중에 스스로 방법을 찾아 차를 고쳤어요. 정말
이지 대단한 여자죠! 동양 여자는 목적을 달성하지 않으면 포기
하는 법이 없어요."

"그녀의 목적은 뭔가요?"

"제 목초지를 보러 왔어요. 그 표범을 타고 싶어 하는지도 모르
고요. 저는 그녀를 본 적이 없어요. 이번에도 못 봤는데 그녀는 검
은 천을 두르고 있었죠. 생각지도 못했죠?"

김은 이 말을 할 때 확실히 불안한 듯 표정이 뻣뻣하게 굳었다.
이때 부엌에서 한바탕 큰 소리가 났고 김이 벌떡 일어났다. 그의
얼굴이 창백했다.

요리사가 고개를 기웃거리며 들어왔다. 그녀는 식기를 치우러
온 것으로 걸을 때 뒤뚱거렸다. 존은 요리사가 사발과 접시를 치
우러 온 줄 알았지만, 그녀는 식탁 옆에 서서 미동도 하지 않고 멍
하니 허공을 쳐다보았다. 잠시 뒤 요리사는 식탁에 바짝 붙어 천
천히 쓰러졌다. 그녀를 부축해 일으키려 했지만, 김이 막아서며
"그녀를 건드리지 말아요. 그녀는 큰 정신적 충격을 받았어요. 스
스로 회복할 수 있게 내버려둬요"라고 말했다.

"사실 저와 그녀는 같은 고향 사람이에요. 저희 마을과 그녀의
마을은 1킬로미터밖에 떨어져 있지 않았어요. 폭풍이 불어닥칠
때마다 저와 그녀는 슬픔에 젖었지만, 우리 둘은 결코 되돌아보
지 않는 사람이죠. 그녀는 죽을병에 걸린 아버지를 버려두고 이

나라로 왔고, 저는 아버지를 따라 이곳에 온 뒤 더는 고향에 가지 않았죠. 저는 차라리 산 정상에 올라, 눈으로 뒤덮인 곳에 서서 고향을 바라보았으면 하죠. 어제 온 여자는 그녀에게 자신은 그녀의 계모이고, 부친의 뜻에 따라 이 목장을 찾아왔다고 했어요. 처음에 저는 그 여자가 거짓말을 하고 있다고 생각했어요. 요리사의 부친은 진작 죽었을 테고, 불치병에 걸리지 않았다 해도 이렇게 오래 살 수는 없을 테니까요. 게다가 검은 천을 두른 여자가 드러내놓은 손발을 보면 그렇게 늙지 않았는데, 어떻게 그녀의 계모일 수가 있겠어요? 그런데 제가 예상치도 못한 일이 일어났어요. 그 여자가 그곳에 서서 요리사에게 모든 것을, 모든 세세한 상황을 말해주자 요리사가 눈물이 그렁그렁한 채…… 아, 세상에 어떻게 이렇게 말도 안 되는 일이 있을 수 있죠? 어쨌든 어제부터 오늘까지 이 집의 두 장기 거주자는 아주 이상한 경험을 했어요. 그 여자를 통해 우리는 또다시 우리가 뒤로 내팽개쳤던 과거와 조우했으니까요. 이건 좋은 일이 아니에요."

김의 얼굴에 혈색이 돌아왔고 두 손 역시 떨리지 않았다. 마치 무슨 마음을 정한 듯했다.

"그렇다면 그 여자는 대체 뭣 하러 왔습니까?" 존이 물었다.

"그 여자요? 그 여자는 빚 독촉자예요. 이미 갔어요. 제 집은 그때부터 그 여자에 의해 어둠으로 끌려갔어요."

그들이 식당을 나갈 때 요리사는 여전히 바닥에 누워 있었다.

김은 여자가 요리사의 혼백을 가져가서 요리사가 앞으로의 길고 긴 나날을 어떻게 보낼지 정말이지 상상이 안 된다고 말했다. 하지만 지나치게 걱정할 필요가 없는 것이, 자신이 외지에서 많은 씨앗을 주문한 데다 지금의 온실을 넓혀야 하므로 그녀는 꽃만으로도 일이 벅차 과거를 회상할 시간 따위 없을 것이라고 덧붙였다. 게다가 기후도 변하고 있고 폭풍도 갈수록 잦아졌다. 김이 이렇게 말하자 존은 좀먹은 그 씨앗들이 떠올라 이내 목이 근질근질하고 온몸이 찝찝해졌다.

김은 마침내 존을 데리고 자신의 목초지를 참관했다. 잔디밭에 누워 매들이 하늘을 가로지르는 것을 볼 때, 김은 또다시 그의 핏빛 잇몸을 드러내며 맹수의 표정을 지었다.

"당신의 양들은 어디에 있어요?"

"아!" 김이 막 꿈에서 깬 듯 대답했다. "아직도 모르겠어요? 양들은 제 꿈속에 있어요."

"그렇군요." 존은 실망스러웠다.

나중에 그들은 낡은 차를 몰고 가다 서다를 반복했다. 목초지는 정말이지 끝이 보이지 않을 정도로 컸고 풀밭도 마찬가지였다. 멀리서 보면 김의 집이 있는 그 큰 산은 십분 이상하게 보였다. 산은 쓸쓸하게 혼자 땅 위로 솟아올랐고 주변은 온통 풀밭이었다. 존은 아무리 봐도 강이 보이지 않았다. 산꼭대기에 쌓인 눈이 여태 녹지 않았다고? 홀로 우뚝 솟은 산을 바라보면서 그의 눈빛이 모호해졌다. 몇십 년 전, 김의 온 가족은 이 나라로 이민을 왔다. 대체 무슨 상황이었을까? 김은 소도 양도 없고 일꾼도 없다고 했는데, 그렇게 많은 작업복은 왜 주문 제작했을까? 김의 부모가 돈이 많은 사람이라 김이 이런 이상한 곳에 집을 마련할 수 있었을까? 김의 말에 의하면 이곳에 사는 건 "사람들과 동떨어지기 위해서가 아니라 사람들 속으로 더 잘 녹아들기 위해서"라고 했다. 존은 궤변에 가까운 이 말에 실소를 터뜨렸다.

"당신 집은 정말로 아름다워요. 이런 곳에 집을 짓다니 그야말로 마술이군요." 존이 찬탄했다.

"저건 제 집이 아니고 저는 세입자에 불과해요." 김이 생각에 잠긴 듯 미간을 찌푸렸다. "집에는 지반이 없다고 했잖습니까. 다시 말해 저 집은 지은 게 아니라 원래 저기에 있었어요. 당신이 원한다면 당신도 세입자가 될 수 있어요."

"하지만 저는 제 집이 있어요. 아내는 마리아라고 하고 아들은 대니얼이라고 하죠. 전 날마다 옷을 팔아서 생계를 유지해야 해요." 존은 이 말을 할 때 자신의 목소리가 가식적으로 느껴졌다.

김이 존을 힐끗 보고는 말했다. "그것이 당신이 그 일을 하는 데 방해가 되지는 않아요. 당신은 업무 중에도 책을 읽는 기량을 연마하지 않았습니까? 저도 원래 제 일이 있었죠. 저는 원예 전문가였어요."

존은 그 좀들을 떠올리고는 소름이 끼쳐 그만 참지 못하고 물었다.

"그 작은 것들은 본래 꽃의 씨앗에 있는 것들입니다. 전 그저 특수한 방법을 사용해서 그것들을 키웠을 뿐이죠. 전 온실 작업을 사랑해요. 예전에 원예사였을 때 한 일이라고는 표면적인 일들뿐이었는데, 지금 이런 작업은 갈수록 흥미진진해요. 산토끼를 본 적 있어요? 녀석은 매와 암투를 벌이고 있어요. 매의 집을 찾았지만 한 번도 찾지 못한 걸 보면 저 산의 절벽에 있는 게 아니라 그 누구도 생각지 못한 곳, 예를 들면 동양에 있을 거예요."

"꽃의 씨앗은 어디에서 사 왔어요?"

"몰라요. 전 현지 신문에서 그 묘포를 찾아냈어요. 하지만 그 주소는 가짜였고 그런 곳은 존재하지 않았어요. 이상한 건 제가 편지를 보내자 그들이 온갖 씨앗을 보내왔다는 거예요. 이런 일은 제 고향과 관련이 있다고 생각해요."

또 하루가 지나갔다. 이곳은 해질 무렵 없이 불쑥 밤이 찾아왔고, 존은 순식간에 아무것도 볼 수 없었다. 김이 존을 차 안으로 끌고 들어갔다. 차의 전조등이 사방의 어둠을 가르며 앞으로 나아갔고 이내 집에 도착했다.

김이 잰걸음으로 식당으로 들어가자 존도 뒤따라갔다. 그들은 여전히 바닥에 누워 있는 요리사를 보았다. 김이 허리를 구부려 그녀를 본 뒤 존에게 말했다. "타격이 큰 것 같아요." 그러고는 술 찬장으로 가서 자신들이 마셨던 술을 꺼내 존에게 한 잔 가득 부어주었다. 몇 모금 마신 존은 방 안에 검은 그림자가 나타난 것을 보았다. 그들은 키가 몹시 큰 사내들로, 머리가 천장에 닿았다. 그중 하나가 손을 뻗어 말벌이 담긴 바구니를 제 머리 쪽으로 엎자 온 집 안이 순식간에 날아다니는 벌들로 쑥대밭이 되었다. 존은 얼른 외투를 벗어 자신의 머리를 단단히 싼 후 벽에 기대 웅크려 앉았다. 사내가 자기 옆에서 말하는 소리가 들렸다.

"진짜 아늑해. 왜 이런 행복을 거절하지?"

존은 집 안에 있는 사람들이 고통스러운 듯 신음하고 있어 그들의 몸에 악랄한 벌들이 벌 떼같이 들러붙었을 것이라 짐작했다. 누군가 "엄마가 일어났다"라고 외쳤다. 요리사를 말하는 듯했다. 정말로 그녀였고 존은 요리사가 포효하는 소리를 들었다. 그것은 이름 모를 짐승의 포효처럼 고통스러우면서도 갈망에 차 있었다. 존은 전율에 휩싸여 외투를 벗고 일어났다. 집 안에는 오히려 아무도 없었고 새까만 벌들만이 어지럽게 날았다. 잠시 후 그는 얼굴이 크게 부어오르고 현기증도 났다. 이때 두 손이 존을 식당 밖으로 끌어냈다. 존의 두 눈은 퉁퉁 부어올라 가느다란 틈이 되었다. 그 틈으로 봉두난발을 한 요리사를 보았다.

존은 객실로 끌려갔고 향기로운 약물이 얼굴에 발라졌다.

"이곳에 오는 사람들은 말벌의 습격을 두려워하지 않죠."

말하는 사람은 되레 김이었다. 정말 이상하게도 방금 존을 데리고 온 사람은 요리사였다.

"요리사는요?" 존이 물었다.

"그녀요? 여전히 식당 바닥에서 자면서 말벌들의 위로를 받고 있어요."

존은 형편없이 부어오른 자신의 얼굴을 주무르면서 또다시 짐승이 포효하는 것 같은 소리를 들었지만, 이번에는 조금 전 것과는 다르게 물어뜯는 중에 내는 소리 같았다. 김 역시 귀 기울여 들으며 말했다. "요리사는 죽음을 무릅쓸 수 있는 여자죠. 고향이 그녀에게 준 건 악몽이에요. 지난 수십 년 동안 그녀는 악몽 속에서 살았고, 저한테 자신은 영원히 깨고 싶지 않다고 그러더군요." 김이 다시 말했다. "그녀는 말을 할 줄 모르는 게 아니라 말하기를 원치 않는 거예요. 이렇게 포효할 줄 아는 사람이 말하기를 원하겠어요? 그래서 그녀는 이곳의 세입자가 된 것이죠."

김은 존을 침대에 눕혔지만, 침대는 이미 그 검은 고양이들에게 점거되었다. 통틀어 열 마리가 넘는 고양이들이 하나같이 이불 위에 웅크리고 앉아 있었다. "삶은 선택할 수 있는 게 아닙니다." 김이 말하면서 존을 침대 쪽으로 밀었다. 존이 침대 쪽으로 넘어지자 고양이들이 우르르 달려들어 벌에 쏘인 곳을 핥았다. 존은 혀들의 놀림에 얼얼하고 찌릿찌릿해서 구역질이 났다. 자신도 포효하고 싶었지만 새된 목소리만 두어 번 나왔다.

"바로 그거예요." 김이 옆에서 말했다.

존은 김이 살그머니 나가 문을 닫았지만 떠나지 않고 문 앞에서 누군가와 이야기하는 소리를 들었다. 김의 목소리가 조금씩 높아질 때마다 고양이들은 존의 얼굴을 마구 핥아댔고, 그중 두 마리는 존의 뺨과 손목을 물어뜯기까지 했다. 그래서 또다시 새되게 울부짖었다. 집에서 고양이를 볼 때, 고양이처럼 의뭉스러운 동물은 예측할 수 없는 의지를 숨기고 있는 듯해서 지금까지 고양이에게 접근하는 것을 꺼려했다. 하지만 온몸이 나른하고 졸음이 쏟아지는 지금은 고양이가 자신을 좌지우지하게 내버려두는 수밖에 없었다. 자신에게도 벌에게 쏘인 곳의 통증이 줄어들고 있다는 이점이 있었다.

존은 어느덧 잠이 들었다. 꿈속으로 들어서자마자 메스꺼움은 사라졌다. 옆에서 한 사람이 복수초를 보러 가자고 부추기는 통에 별생각 없이 따라나선 뒤 그와 함께 산을 올랐다. 산은 가파르고 미끄러워 수시로 손발을 함께 써야만 했다. 김이 옆에서 존에게 경고했다. "아무나 보고 따라갔다가는 결국 봉변을 당하는 사람은 당신 자신이에요." 존은 봉변을 당할지 안 당할지 따질 계제가 아니었다. 이미 험한 비탈길을 올라온 터라 물러설 수도 없었고, 물러섰다가는 깊고 깊은 물에 빠지기 십상이었다. 그런데 무엇인가 발목을 잡고 있어 올라갈 수도 없었다. 그 사람이 고개를 돌려 그의 발목을 붙들고 있는 건 고양이 두 마리라고 알려주었다. 집에서 아내 마리아와 함께 있을 때 그 고양이들에게서 벗어났더라면 좋았을 텐데 이미 너무 늦었다는 말도 덧붙였다. "그때 칠면조를 먹을 때 왜 고양이들이 원한다는 것을 고려하지 않았어요?" 머리에 두건을 두르고 얼굴이 잘 보이지 않는 사내가 존에게 원망을 쏟아냈다. 존은 자신의 두 다리가 아래로 미끄러지는 것 같았고, 멈추려 해도 멈춰지지 않아 아예 눈을 질끈 감고는 나 몰라라 했다……

존은 택시 뒷좌석에 앉았다. 좌석에 눕고는 가방에서 공포소설을 꺼내 첫 페이지를 넘겼다. 돌연 소설의 결말이 행간에 나타났다. 백발의 하이린은 부엌에 앉아 감자 껍질을 벗기고 있었다. 시체 한 구가 시종일관 유리창 밖에서 하이린을 염탐했다. 하이린은 고개를 든 순간 시체를 보았고, 느닷없이 눈동자가 움직이지 않았다. 나중에 눈동자가 움직이지 않는 것 외에 몸의 다른 부위에는 변화가 없다는 것을 알아차렸다. 하이린은 별 불편함 없이 감자 껍질을 마저 벗기고 구운 생선을 접시에 담아 체리로 장식했다. 거실을 지날 때 무의식적으로 거울을 비춰보고서 자신의 입가에 피가 흘러내리는 것을 보았다. 후에 열어놓은 문으로 들어온 이웃이 비명을 지르고 황망히 달아났다. 하이린은 자신이 산송장이 되었다고 생각했다. 이렇게 생각하니 해방감이 몰려들었다.

"여행 중에 그런 책을 보는 건 좋은 선택이 아닙니다." 택시 기사가 고개도 돌리지 않고 말했다.

"왜 난 차가 빙빙 돌면서 목장을 떠나지 못하고 서성대는 것 같죠?" 존이 물었다.

"이런 곳은 한번 들어왔다 하면 더는 나갈 수 없어요. 그렇더라도 나쁜 것도 없어요. 눈을 감고 있으면 결국 집에 도착할 겁니다. 내게 당신 집의 주소를 주지 않았습니까?"

"제가 그랬나요?"

"그래요. 당신이 준 건 잘못된 주소고 그런 곳은 없지만요. 나중에 당신의 고객이 정확하게 적은 주소를 주었습니다. 당신의 고객은 무슨 꿈을 꾸든 꿈조차 세심하게 계획하는 그런 사람입니다. 저는 최근 십몇 년 동안 내내 이 일대를 왔다 갔다 하면서 그가 어떤 성격의 사람인지 정확하게 파악했습니다. 생각해봐요. 왜 혼자 산 중턱에 살겠습니까? 듣자 하니 그 뚱뚱한 요리사는 병상에 누운 자신의 아버지를 죽이고 거기로 도망갔다는군요. 지금 온종일 좀과 노닥거리는 것도 속죄의 일환이고요."

존은 택시 기사의 말을 듣고 그가 밉살스러워 더는 상대하지 않았다. 다시 책을 들었지만 책의 내용은 이해할 수 없는 데다 인물의 이름까지 바뀌어 있었다. 이야기의 줄거리는 한 여자 요리사가 자신의 불충한 애인에게 복수하는 내용이었다. 요리사의 이름 역시 매우 이상한 '일지매(一枝梅)'였다. 애인이 식당에 밥을 먹으러 오자 일지매는 끓는 국이 담긴 솥을 통째로 들고 그를 향해 뿌렸다. 하지만 그 국은 남자가 아니라 그녀 자신의 몸에 뿌려졌다. 순식간에 그녀의 피부와 살점이 전부 바닥으로 흐물흐물 녹아내리고 뼈대만 앙상하게 남아 서 있었고, 남자는 자신 앞의 백골을 물끄러미 바라보았다……. 그런 뒤 '일지매'라는 이름에 관해 설명이 이어졌다. 책에서는 일지매가 동양의 이름이라고 했다. 요리사는 동양의 어느 섬나라 사람이고 사건은 고대에 일어난 일이며, 요리사의 신분은 기녀와 양갓집 아녀자 중간쯤이고 애인이라는 사람은 기루에 드나드는 바람둥이라고 되어 있었다. 그 애인은 요리사 사건을 겪고 난 뒤 완전히 미쳐서는 요리사의 뼈를 집으로 가져와 사람을 시켜 유리로 된 장을 만들고 거기에 넣어 자물쇠로 채웠다. 그때부터 그는 여자와 놀아날 때마다 유리 장 안의 물건을 빤히 바라보았다. 그 유리 장은 오랫동안 침대 머리맡에 놓였다. 존은 여기까지 읽고는 소설이 너무 과장된 듯해서 웃음을 터뜨렸다. 하지만 그 유리 장이 어떻게 되는지 그 행방을 여전히 알고 싶었고, 그 뼈대가 하늘거리는 여름 기모노를 입는다면 어떤 모습일지 상상했다.

차의 속도가 점점 빨라지는 통에 뒷좌석에 앉은 존은 좌불안석이 되었다. 택시 기사가 차를 가지고 곡예를 부리는 것 같고 또한 뭔가 딴마음을 먹은 것 같아서 무슨 일이 일어날까 덜컥 겁이 났다. 어느 순간 택시 기사가 창밖의 누군가와 인사를 나누는 것을 보고 얼른 밖을 내다보니 뜻밖에도 김이었다. 김은 사냥복 차림에 수없이 많은 공작 깃털이 달린 모자를 쓰고 허리까지 오는 풀숲에 서 있었다.

"당신은 날 쉬지를 못하게 하는군." 존이 불평했다.

존은 차창의 벨벳 커튼을 내리면서 목숨이 왔다 갔다 하는 한이 있어도 아무것도에도 신경 쓰지 않기로 마음먹었다. 택시 기사가 자신의 목숨을 요구할 이유는 없었다. 보여주는 걸 좋아하면 보여주라고 하지. 공작 분장을 하고서 풀숲에 서 있는 저 사람은 택시 기사의 관중에 지나지 않을지 몰랐다. 순간 존은 그 어느 때보다 강렬하게 마리아에 대한 갈망이 다가왔다. 그날 밤을 떠올렸다. 마리아의 방의 작은 자주색 등은 개똥벌레처럼 반짝였고, 그녀의 몸은 다소 노쇠하고 나른했지만 욕망이 들끓었다. 그런 장면들은 존을 난처하게 한지라 되도록 그런 장면들을 떠올리지 않으려 노력하다 보니 최근 며칠 동안은 거의 잊고 지냈다. 그런데 지금 이 순간, 마리아의 몸이 무섭게 자신을 몰아붙이는 듯했고 젖꼭지가 바짝 선 유방이 자신의 콧구멍을 틀어막은 것처럼 질식할 것 같았다. 그의 몸이 재빠르게 움츠러들면서 존은 뒷좌석의 어둠 속으로 숨어들었고, 더는 차의 위험한 속도를 의식하지 못했다. 기사가 뭐라고 저주하는 듯한 말을 들었고 돌연 차가 멈추었다.

"당신이 집에 없던 날 우박이 내렸어. 이튿날 아침에 장미가 더욱 흐드러지게 피었지. 존, 무슨 일이 있었는지 말해줄래?"

"안 돼, 자기야."

마리아는 존의 침대 곁을 떠나 말없이 아래층으로 내려갔다. 존은 베개에서 머리를 들어 앞의 벽을 보다가 순간 벽에 새 카펫이 걸린 것을 알아차렸다. 그 위에는 기모노를 입은 해골이 있고, 기모노에는 봄철의 꽃들이 한가득했다. 벽걸이 카펫이 얼마나 큰지 벽의 절반을 차지하고 있었다. 마리아는 언제부터 이것을 뜨기 시작했을까? 존은 감격스러웠지만, 성적 충동은 완전히 사라지고 없었다.

5장

마리아의 취미

존이 북쪽으로 출장 간 날, 마리아는 물이 불어난 봄날의 개울처럼 희망이 활기차게 부풀어 올랐다. 존은 이른 아침에 택시를 타고 떠났다. 두 사람은 전날 밤에 이미 작별 인사를 나누어서 마리아는 배웅하러 나가지 않았다. 마리아는 2층 침실 창가에 서서 택시의 시동 소리를 유심히 들으며 '로즈 의류 회사'라고 쓰인 가방을 들고 택시에 오르는 존을 지켜보았다. 택시가 떠난 뒤에도 한참 동안 그 자리에 서서 담배를 피우며 로즈 의류 회사의 일을 생각했다. 사업이 전국적으로 커지고 몇몇 아프리카 국가로까지 확장했는데, 어떤 인물들이 그곳을 떠받칠까? 다들 자신의 남편 존이 회사의 대들보이자 공신이라고 하지만 도무지 이해가 되지 않았다. 물론 존이 장사에 천부적인 소질이 있음을 알았지만 마음이 콩밭에 가 있다는 사실도 모르지 않았다. 존의 마음은 온통 책에 가 있었고, 바로 그 때문에 부부의 정신적 생활은 몇 년 전부터 서서히 제 갈 길을 가게 되었다. 최근 2년 동안 그녀가 이상한 벽걸이 카펫을 짜는 과정에서 신경질적이 되면서 두 사람 사이에는 비로소 미묘한 소통이 생겼다. 마리아는 존이 출장 가기를 원했고, 존이 불시에 며칠씩 집을 비우면 몹시 흡족해했다. 이는 무슨 바람을 피우려고 해서가 아니라 변화에 대한 갈망 때문이었다. 존이 짧게 집을 비울 때마다 집은 시끄러워지면서 무슨 일이 일어날 것 같은 지경에 놓였다. 예를 들면, 바로 지금 마리아는 고양이 두 마리가 뒷마당에서 미친 듯이 내지르는 비명을 들었고 그 탓에 참새 떼가 우르르 계단에 내려앉았다. 불어오는 남풍에 천들이 '픽픽' 소리를 내며 펄럭였고 카펫을 짜는 그녀의 직기마저 아래층에서 리드미컬하게 울리기 시작했다.

누군가 정원으로 통하는 오솔길 쪽에서 걸어왔다. 마리아의 아들 대니얼이었다. 대니얼은 진작 학교를 그만두었지만, 두 사람은 존에게 이 일을 속이고 알리지 않았다. 마리아는 아들을 집에서 두 구역 떨어진 자신의 친구 집에 머물게 했다. 대니얼은 지금 온종일 하는 일 없이 빈둥댔고, 존이 집을 비울 때면 몰래 건너와 그녀와 함께 정원을 돌보았다. 최근 집에서 키울 요량으로 몸집이 큰 그레이트데인을 구했는데 개집을 직접 만들어 가져오기도 했다. 대니얼은 이런 일들에 솜씨가 뛰어났다. 그레이트데인이 매우 우울해하는 건 개의 고향의 기후와 관련이 있을 것이다.

하지만 그 개는 그들의 집에 온 뒤로 아주 편안해 보였고, 사람도 두 마리 고양이도 거들떠보지 않았지만 눈치가 아주 빨라 새로운 환경을 온전히 느끼고 있음을 알 수 있었다. 개는 낮 시간의 대부분에 장미꽃밭 한가운데 엎드려 선잠을 잤다. 대니얼은 녀석에게 '해적'이라는 이름을 지어주었다.

"엄마! '해적'이 우리 자리를 차지하고 있는데 그래도 여기서 차를 마셔요?" 대니얼이 집 안을 향해 소리쳤다.

"됐어, 아들아." 마리아가 양손에 밀가루를 묻힌 채 대답했다. "녀석이 기분 나빠할 거야. 녀석이 부들부들 떠는 걸 못 봤어? 지난날의 악몽이 여전히 녀석을 휘감고 있어. 생각해봐. 녀석은 반년 내내 낮이 없는 곳에서 왔어."

마리아는 사과파이를 오븐에 넣은 뒤 의자에 앉아 자신이 처녀 시절이었을 때의 이 일대의 풍경을 떠올렸다. 당시 이곳은 작은 마을이었다. 거리에 상점들이 드문드문 있었고 새벽 2시까지 영업하는 술집은 겨우 한 곳이었다. 그녀의 부모는 외지에서 학생을 가르쳤다. 그녀는 조부와 이 마을에서 더없이 적막한 청년 시절을 보냈다. 또한 대학을 나와 은행원으로 일했지만 결국 지겨워서 고향으로 돌아왔다. 당시 고향은 중소 도시로 발전한 뒤였고 이곳에서 존을 만났다. 마리아는 존의 괴상함에 매료되었고 이 남자는 자신이 좋아하는 고양이상이라고 생각했다. 그들은 사람을 불러 그녀의 본가 집터에 지금의 집을 지었고, 마리아는 일을 그만두고 가정주부가 되었다. 마리아의 눈에 존은 부단히 변하고 있었다. 그들이 함께하던 첫 몇 년 동안에 존은 툭하면 침묵하면서 대화할 때 딴 데 정신을 팔았지만, 지금의 모습으로 발전할 줄은 전혀 상상치 못했다. 최근 몇 년 사이 도시가 대규모로 확장되자 마리아는 자신의 남편이 이미 '넋을 놓았다'고 느꼈다. 외출을 좋아하지 않는 마리아는 이제 자신의 고향이 낯설었다. 어떤 거리와 어떤 건물은 가본 적도 없고 가고 싶지도 않았다. 그러던 어느 날, 새로 연 서점에 처음으로 갔다가 맞은편 서가 앞에 자신의 남편이 서 있는 것을 보았다. 왜 그랬는지 모르겠지만 저도 모르게 얼굴을 붉히며 후다닥 그 서점을 빠져나왔다. 집에 돌아온 뒤에도 존에게 그 일을 언급하지 않았다. 다만 깊은 밤 인적이 드물 때면 존이 자신이 모르는 어느 곳에 숨어드는 것을 상상했다. 그곳은 서점의 지하실일 수도, 고층의 호텔 옥상의 물탱크 옆일 수도 있었다. 심지어 새로 닦은 도로의 인도에서 가로등의 불빛에 기대 책을 읽고 있을 수도 있었다. 마리아는 책에 심취한 존의 취미가 모든 것을 집어삼키고 자신들의 부부 생활을 망가뜨리는 것을 지켜보았다. 최근 몇 년 동안 자신의 남편은 시시때때로 '넋을 놓았고', 잔뜩 신이 나서 회사 업무를 이야기할 때조차 그 추호의 눈빛을 읽어내고는 대체 왜 흥미진진해하는지 알아챘다. 존의 변화는 마리아에게 실망을 안겨주었을 뿐 아니라, 마리아 자신에게도 갑작스러운 변화를 불러왔다. 솔직히 말해 그녀 자신도 본질적으로 '일취월장하는 변화'를 좋아하는 여자가 아닌가? 마리아의 변화는 바깥으로의 확장이라기보다 집에 국한되어 그들의 집을 경계로 삼았다. 마리아는 자신이 구체적으로 무엇을 했는지 잘 모르겠지만, 다만 현재의 자신 역시 존과 마찬가지로 툭하면 심상치 않게 강렬한, 거의 환각에 가까운 상태에 들어간 다는 것을 느꼈다. 처음에 그런 상태는 그저 카펫을 짤 때에 발생했지만 상황은 점점 복잡해졌다. 최근 2년 동안 자신이 남편과 마찬가지로 '넋을 잃는' 올가미에 걸려들지 않았는지, 자신을 따라 이 집과 아들 대니얼도 함께 이 올가미에 들어오지 않았는지 의심스러웠다. 때때로 이런 허황된 느낌 때문에 고민스러워 소리를 지르기도 했지만 또 한편으로는 오히려 통쾌하기도 했다. 집 안이나 정원에 앉아 있을 때면 선조들의 대화 소리가 선명하게 들린 것이 여러 차례였는데, 그들은 마리아의 부모와 조부모였다. 그들은 마리아의 호화로운 지금 생활에 이의를 제기하고 그녀의 무절제한 씀씀이를 원망하는 듯했다.

마리아는 화려한 것을 좋아하는 여자로, 특히 각양각색의 장신구를 유난히 좋아했다. 보통 존이 벌어다 주는 만큼 썼고 그 대부분은 보석상에 갖다 바쳤다. 그런데 사들인 장신구는 치장하는 데 쓰지 않고 상자에 고이 모셔두고 자물쇠를 채운 뒤 일절 관여하지 않았다. 그런데도 그 귀중한 장신구들을 위해 보험까지 들었다. 존이 보기에 마리아는 소유하기를 좋아하는 여자였고, 그것도 장기간 소유하는 것을 좋아한다기보다는 그저 사는 순간에 얻는 소유의 기쁨을 좋아하는 것이었다. 그런데 왜 군이 보험까지 들까? 존은 마리아가 어떤 관념과 타협하고 있다고 생각했다. 마리아는 장신구 말고도 값비싼 페르시아 카펫을 사들였는데, 너무 많아서 펼 곳이 없으면 아직 새것인 카펫을 차 안에 집어던졌다. 존은 구매의 기쁨을 함께 누릴 수가 없었는데, 마리아는 상점에 갈 때 매번 혼자 갔고, 물건을 사고 돌아온 뒤에 그녀의 얼굴에서 그 어떤 특별한 표정도 볼 수가 없었기 때문이다. 마리아는 사들고 온 게 보석이라면 그 커다란 장신구 상자에 넣었고, 카펫이라면 당장 바닥에 있는 기존의 것을 치우고 새것으로 깔았다. 그러고는 그날 나머지 시간에는 해야 할 일을 하면서 사 들고 온 물건에 관해서는 일절 언급하지 않았다. 존은 이따금 마리아가 정말로 이기적인 여자인 것 같아 원망스러웠다. 하지만 자신 역시 책을 사지 않는가? 자신 역시 책 읽기에 관해 마리아에게 일절 언급을 안 하지 않는가? 그렇게 돌이켜 생각해보면 또 화가 풀렸다.

　대니얼이 열 살쯤 되었을 때, 마리아의 쇼핑 욕구가 폭발해서 존은 경제적으로 버티지 못할 뻔했다. 한번은 마리아가 값비싼 다이아몬드 브로치를 사면서 거의 존의 반년 치 월급을 써버리는 통에 소소하게 빚을 냈다. 다행히 마리아는 가만히 앉아 말아먹기만 하는 사람이 아니어서, 나중에 자신의 취미를 발전시켜 직기를 사서 양모 장식용 카펫을 짜기 시작했다(아마도 아름다운 페르시아 카펫이 마리아에게 아이디어를 주지 않았을까?). 그녀는 실천적이고 다재다능한 사람인지라 그 일을 시작하자마자 주문이 들어왔다. 장식용 카펫을 짜기 시작하면서 마리아의 쇼핑 욕구는 한풀 꺾였다. 대신 몇몇 사소한 일에 관심을 쏟기 시작했고, 전에는 눈에 띄지 않았던 이상한 흔적들을 발견하기 시작했다. 마리아가 처음으로 발견한 이상한 일은 집의 고양이 두 마리의 몸에 전기가 흐른다는 것이었다. 발정기가 되면 특히 심해져서 녀석들을 만졌다가는 감전돼 죽을지도 모른다는 의구심이 들정도였다. 집터가 너무 오래돼서 이런 이상한 일들이 생기는 것일까? 설명할 수 없는 일들이 꼬리에 꼬리를 물고 일어났다. 장미꽃은 말할 것도 없고 절단기와 정원에 물을 대는 호스, 집 안의 계단 등이 전부 하나같이 문제를 일으켰다.

계단에 문제가 생겼을 때, 공교롭게도 안경을 쓰고 있지 않던 마리아는 눈에 보이는 계단들이 하나같이 아래로 기울어져 있어 다리가 휘청거려 주저앉았다가 그만 아래층까지 미끄러졌다. 그런데 정신을 차리고 돌아보았더니 계단이 멀쩡한 게 아닌가. 집에서의 이러한 변고들은 불편을 가중시켰지만, 전반적으로 그녀에게 미묘한 놀라움과 기쁨을 안겨주었다. 존이 고양이에 감전된 광경을 보았을 때 속으로 쾌재를 부르기도 했다. 존은 집 안에서 일어나는 이상한 일들을 한 번도 언급하지 않았고, 마리아 자신도 언급하지 않았다. 하지만 대니얼과 있을 때는 이 일들을 흥미진진하게 이야기했다. 한번은 존이 집을 비웠을 때 모자 두 사람은 뒷마당의 옛 우물가에서 장장 하루를 보냈고 밥도 그곳에서 먹었다. 대니얼이 아프리카사향고양이가 우물에 떨어졌다가 후에 아무도 모르는 통로로 나오는 것을 제 눈으로 보았기 때문이었다. 그날 두 사람은 또 다른 별다른 기적은 보지 못했지만 감정적으로 유난히 들떴다.

"엄마, '해적'이 좀 염세적이지 않아요?" 대니얼은 고민하는 눈치였다.

"그렇지 않아, 아들. 녀석은 단지 너무 집중할 뿐이야. 그건 야행성 동물 특유의 성격이지. 개가 웃는 걸 본 적이 있어? 하지만 '해적'은 웃잖아. 녀석은 어둠 속에서 그런 기량을 연마했어."

"녀석은 웃을 수 있어서 주인한테 쫓겨난 거라고요. 녀석은 이미 빛을 얼마 못 보는 것 같아요. 녀석의 눈에는 이곳 역시 어두운 밤이죠. 녀석은 밤낮없이 상상해요."

대니얼은 키가 크고 말라 백로를 닮았다. 마리아는 대니얼에게 말은 하지 않았지만, 그의 성격 중 뭔가 모호한 구석이 있다는 것을 느꼈다. 그런 성격은 존에게서 온 것 같았다. 예를 들면, 지금 대니얼은 그녀의 친구 집에 숨어 지내면서 소심해져서는 외출을 거의 하지 않았다. 겉으로는 낯을 가리고 평범해 보이지만, 마리아는 대니얼이 결코 단순한 아이가 아니라는 것을 알았다. 그는 실현하기 어려운 계획들을 가지고 있고 그것들을 절대 포기하지 않을 것이었다.

대니얼은 정원을 깔끔하게 정리했다. 그에게 이런 일들은 식은 죽 먹기였지만 언제나 긴장을 늦추지 않았다. 이는 대니얼이 기숙학교를 도망쳐 나온 이유이기도 했다. 사람들은 대니얼이 뛰어나고 자제력이 있는 학생이라고 말했다. 하지만 그의 마음은 학업에 있지 않았고, 그 점은 대니얼 자신만이 알았다. 마리아는 아이의 마음이 어디에 가 있는 건지 고민스러웠다. 한번은 대니얼의 학교에 가서 멀찍이 선 채 많은 사람들 가운데 백로처럼 서 있는 아들을 보면서 문득 소년 시절의 존을 보는 것만 같았다. 그 느낌은 생생했다. 어떻게 된 거지? 존은 키가 작잖아?

두 사람이 방에 앉아 커피를 마실 때 마리아는 대니얼에게 벽에 걸린 새 카펫을 보라고 했다. 카펫에는 소용돌이가 한 바퀴 또 한 바퀴 밑도 끝도 없는 깊은 곳으로 빨려 들어가고 있었다.

"저건 기모노를 입은 소녀군요. 아버지의 서재에서 한 번 본 적 있어요."

마리아는 은근히 놀랐다.

"너도 네 아버지와 같은 책을 읽어?"

"아니요. 전 그냥 여행기만 읽어요. 여행을 좋아하거든요."

"해외에 가는 건 어때? 예를 들면 동양 나라?"

"아니요. 전 그저 집에 있는 게 좋아요."

아마 마리아만이 남자아이의 말을 알아들을 수 있을 터였다.

아프리카사향고양이가 두 사람의 발밑을 조용히 지나갈 때 털이 그들의 바짓가랑이를 스치면서 '팍팍팍' 소리를 냈다. 또 다른 황백색의 고양이도 다가왔다. 대니얼은 녀석을 '미녀'라고 불렀다. '미녀'는 전기를 띠지 않았고 무언가를 찾는 듯 초조해했다. 마리아는 대니얼에게 할아버지가 집에서 말하는 소리를 들었는지 물었다. 대니얼은 매일 듣는다고 대답했다. 마리아는 다시 무서운지를 물었고 대니얼은 어릴 때부터 익숙한데 무서울 게 뭐가 있으며 또한 무서워해봤자 소용도 없다고 대답했다.

"아버지는 일이 싫으면 돌아오면 되잖아요. 굳이 매일 출근해야 해요? 엄마한테는 팔아서 돈을 만들 수 있는 장신구가 많잖아요? 보석상에 가서 알아봤더니 시세가 괜찮더라고요."

"정반대야. 아빠는 자신의 일을 좋아해. 보라고, 또 출장을 갔잖아. 일을 하지 않았다면 온갖 고객을 접할 수도 없잖아. 아빠는 아침에 집을 나설 때 아주 즐거워했어."

"그랬군요."

대니얼은 침묵한 뒤 허리를 숙여 초콜릿 사탕을 '미녀'의 입에 갖다 대주었다. '미녀'는 침울한 표정으로 사탕을 먹더니 다 먹고 나서는 도도하게 가버렸다. 또 다른 갈색 얼룩무늬 고양이가 여전히 그들의 바짓가랑이 사이를 왔다 갔다 하면서 뭔가를 알려주고자 하는 듯했다.

"이해했어요. 아버지는 겉으로는 먼 길을 떠났지만 실은 엄마한테 돌아왔죠. 그렇죠?"

"아마도. 하지만 선조들은 뭐라고 하실까? 설마 아빠는 그 먼 길을 가지 말았어야 했을까? 우리가 잔디밭에서 차를 마시다가 허공에 나타난 아빠를 본 것처럼 말이야?"

대니얼은 대답하지 않았다. 마리아 역시 아들의 대답을 원치 않았다. 마리아는 몇 년 동안 줄곧 확정하기 힘든 답을 기다렸지만, 그 일은 예측할 수 없고 그저 행동으로 확정하는 수밖에 없는 것이었다. 그녀는 가물가물한 상태에서 소용돌이치는 저 카펫을 짰고, 아들은 그녀의 예감을 입 밖으로 말했다. 그것은 바로 카펫 도안의 구상이 존이 최근 읽은 일본인이 쓴 책에서 나왔다는 것이었다. 마리아는 그 책을 읽지 않았지만 오히려 존의 유령을 붙잡았다. 한편 대니얼은 힘 하나 들이지 않고 그 허구의 세계로 진입했다.

"대니얼, 앞으로 직업이 없을 수 없잖아?"

"정원사로 일할 수 있어요."

대니얼은 태연하게 커피에 설탕을 넣었다. 그런 일은 전혀 걱정하지 않는다는 모습이었다. 개인 정원사가 된 후에 그는 존과 마찬가지로 온갖 종류의 사람들과 접촉할 수 있게 되었다. 지금 마리아는 아들이 자신의 아버지와 완전히 같은 부류의 사람임을 알아차리고는 걱정할 필요가 전혀 없겠다 싶었다. 또한 대니얼은 사실 존을 피해 다니지 않아도 된다고 생각했다. 대니얼이 학교를 안 다닌다고 존이 화를 낼 것 같지는 않았다. 한편 대니얼은 존이 화를 낼까 봐서가 아니라 의식적으로 존과 소원한 관계를 유지하는 것 같았다. 왜일까? 아버지와 일상에서 너무 많이 접촉하기보다는 미묘한 순간과 장소에서 조우하기를 원해서일까?

마리아의 침실에는 아버지의 초상화가 있었다. 그녀는 초상화를 대형 옷장 안의 뒤편에 놓고 옷을 갈아입을 때만 어둠 속에서 아버지와 만났다. 초상화 속 아버지는 오만한 얼굴에 형형한 눈빛을 하고 있었다. 그녀는 아버지와 시선을 좀체 맞추지 못할 듯했다. 처음에는 초상화를 벽에 걸어두었다가, 나중에는 아버지의 응시 앞에서 자신이 뜻밖에도 생활력을 잃었음을 깨닫고는 그제야 옷장으로 모셨다. 아버지가 옷장으로 들어간 날은 바로 그녀가 카펫을 짜기 시작한 날이었다. 어둠 속에서의 교류는 그녀의 자신감을 배가시켰다. 실제로 어렸을 적 아버지에 대한 기억은 머릿속에서 거의 사라졌고, 사라진 아버지는 초상화의 정신적 버팀목이 되었다. 마리아는 이것이 이른바 '어른'의 의미이지 않을까 생각했다. 아버지는 무엇인가? 아버지는 일종의 부정(否定)으로, 그의 엄한 두 눈은 마리아의 삶을 일련의 몰상식한 기적으로 만들었고 심지어 간접적으로 존의 생활에도 영향을 미쳤다. 장미꽃이 웃자라던 날 한밤중에, 마리아는 존이 미친 것처럼 아래층으로 달려 내려와 마당을 이리저리 둘러보듯 샅샅이 훑는 것을 목도했다.

존도 마리아 부친의 초상화를 본 적이 있는데, 그러고 보니 초상화는 한때 거실 한구석에 놓여 있었다. 존은 장인어른과 만난 적이 없지만 그가 낯설지 않다고 말할 뿐 아니라 자신이 읽은 모든 이야기는 그와 관련이 있다고까지 했다. "당신은 전설적인 아버지를 가졌어." 존은 이 말을 아무 생각 없이 내뱉었지만 마리아는 듣고 크게 놀랐다. 존의 격려로 마리아는 있는 듯 없는 듯한 아버지에 대한 믿음이 생겼다. 최근 몇 년간 공상에 심취해 있던 사물들은 대개 이 초상화 속 아버지와 관련이 있었다. 자신의 아버지마저 허구에서 다시 살릴 수 있다면 꾸며내지 못할 일이 뭐가 있겠는가? 한 나이 지긋한 이웃은 마리아의 카펫을 보고 그 위의 도안이 자신을 "심연으로 떨어지게 한 것 같다"라고 말했다. 그런데도 그는 그 카펫을 사 갔고, 확실히 심연으로 떨어지는 상황을 체험하고 싶어 하는 것 같았다. 인적이 드문 깊은 밤이 되면 아버지는 말을 했다. 알아들을 수 없는 아버지의 말은 어머니에게 하는 듯했고 중간에 할아버지의 잔소리가 끼어들기도 했다. 할아버지와 어머니의 말은 알아들을 수 있었다. 그들은 보통 마리아를 엄하게 나무랐다. 마리아는 그런 비판에는 이미 익숙했지만 뒤에 숨은 아버지의 모호한 목소리에는 익숙하지 않았다. 이때 종종 자신은 무슨 근거로 자신을 이런 남자의 딸이라고 생각할까, 라고 생각했다. 그녀는 한때 자신과 존의 관계에서 위안을 받았다.

단번에 존을 마음에 들어 한 건 아닌 게 아니라 자신에게 이런 아버지가 있기 때문이었다. 세상의 구조는 정말이지 기묘했다.

마리아는 거울에서 희끗희끗한 머리카락을 보았을 때 자신의 노년을 생각했지만 자신의 노후 생활이 뜻밖에도 이렇게 활기차리라고는 전혀 예상치 못했다. 몇 년 전에 이미 이 오래된 집터에서 조용한 노년을 보내겠다고 작정한 터였다.

"마리아, 마리아." 마리아가 자신에게 말했다. "사실 너는 아버지의 딸도, 그 누구의 딸도 아니고 이 작은 마을의 딸이야. 지금 이 마을은 이미 사라져서 지하로 가라앉았으니, 네 사유도 지하로 돌아섰고 너는 출토 문물이 되었어."

마리아는 온몸이 동록(銅綠)이 된 채 장미꽃밭에 앉아 햇볕을 쬐는 자신의 모습을 상상했다. 대니얼은 자신의 얼굴과 목덜미에 있는 그 동록들을 보았을 것이다. 대니얼은 자신의 아들이고, 자궁에서 나온 그날로부터 그의 여린 뺨을 스치는 작은 마을의 음산한 바람을 맞았다. 마리아는 대니얼이 세 살 때 일어난 일을 떠올렸다. 그날 아침 일찍 아들은 자신의 눈을 피해 이웃의 정원으로 가서 개집에 들어가 그 안에 웅크리고 앉아 꼼짝달싹하지 않았다. 당시 마리아는 미친 듯이 날뛰었고 잃어버렸다가 되찾은 아들을 안고 대성통곡했다. 대니얼이 자신을 사랑하는 것을 알지만 그 사랑이 지나치게 회색이고 창백하기까지 해서 마음이 아팠다. 마리아는 아들이 아버지를 사랑하는지 어떤지는 확신할 수 없지만 부자지간의 관계가 소원하다는 것은 짐작할 수 있었다. 이는 대니얼이 벽걸이 카펫 속 소용돌이에서 일본 소녀의 기모노를 한눈에 알아본 것에서도 알 수 있었다. 세상에는 언어나 함께 생활하는 것으로 감정을 교류하지 않고 거리두기와 침묵을 통해 더 깊은 차원의 교감으로 나아가는 사람들이 있다. 여기까지 생각하고는 마리아는 마치 자기 몸의 동록이 반짝거리는 것을 본 듯했다.

거울 속 마리아의 회색 단발머리가 한 가닥 또 한 가닥 서더니 표정마저 긴장했다. 이건 어떤 각성일까? 노년을 앞둔 시점에 일어난 이런 소동은 결국 그녀를 영원한 침묵으로 데리고 갈까?

존이 부재한 밤에 마리아는 집 안의 모든 등을 껐다. 이런 밤에는 마리아의 아버지와 조부모마저도 말을 하지 않았다. 그런데 마리아는 아들과 거실에서 부딪혀서 놀라 진땀을 흘렸다.

"엄마가 절 부르는 소리를 들어서 왔어요." 대니얼이 말했다.

"난 널 부르지 않았어."

"절 불렀는데 엄마가 모르는 걸지도 몰라요. 밤이 참 아름답고, 우리 집은 월계수 같아요. 엄마, 말해봐요. 산 정상으로 통하는 작은 길을 따라 쭉 올라가야 할까요? 산 정상은 쌓인 눈 때문에 눈이 부셔요."

마리아는 아들의 목소리가 떨리는 것을 듣고 열정이 넘치는 젊은이라고 생각했다.

"엄마, 저는 오늘 성당 길 쪽에 사는 베트남 사람의 정원을 가꾸어주었어요. 비가 온 뒤라 땅속의 지렁이들이 일제히 기어 나왔어요. 그 가족은 눈 하나 깜짝하지 않고 문 앞에 서서 차를 마셨어요."

"일을 구했구나. 아들."

"베트남은 어떤 곳일까요? 저는 김을 매면서 그 문제를 고민했지만 잘 모르겠더라고요. 하지만 조금 전 엄마가 절 부를 때, 걸어오면서 단숨에 베트남이 떠올랐어요. 그 가족이 컴컴한 집에서 비를 피하는 것을 보았어요. 여자아이는 맨발이었고 발에는 말거머리가 기어올랐어요…… 그들은 이런 일에는 전혀 아랑곳하지 않더라고요."

"대니얼, 너 연애하니?"

"전 막다른 골목에 들어섰어요. 지렁이들이 발광하는 것을 보았어요."

"대니얼, 네 얼굴 좀 만져보자."

마리아는 아들에게 손을 내밀었지만 아무것도 만져지지 않았다. 그녀는 그 베트남 사람들을 알았다. 그들은 코인 세탁소를 운영했는데 어른 아이 할 것 없이 진중한 표정을 지었다. 공립학교를 다니는 그 여자아이는 걸을 때 조심스러운 모습이었고 이곳의 여느 여자아이들과 판이하게 달랐다.

대니얼은 고양이처럼 소리 없이 집을 빠져나갔고, 마리아는 완전한 정적에 잠겼다. 그녀는 자정 이후 우박 소리에 잠을 깼다. 우박은 이상하게 내렸는데 달걀만 한 크기가 그녀의 창문으로 어지럽게 빗발치며 바닥에 떨어졌다. 후에 마리아는 세숫대야로 우박을 받았고 족히 한 대야를 가득 채웠다. 존의 방 창문은 잘 닫혀 있는 데다 유리도 깨지지 않았다. 존의 침대에 누워 이불을 덮었지만 귓가에는 광풍의 날카로운 비명이 몰아쳤다. 머릿속으로 존과의 생활이 한 장면 또 한 장면 스쳐 지나갔다. 일상생활이 어떻게 지하로 전환되었는지, 표면적인 얕은 교류가 어떻게 지금의 신비로운 관계로 전환되었는지 명확하게 보았다. 아주 예전에 존이 농담으로 했던 말이 떠올랐다. "당신의 그 열정으로 보석 가게를 아예 당신의 금고로 옮겨 오지 그래." 한편 존 역시 열정이 넘치는 사람이었다. 이 키 작은 남자는 무의식적으로 자신과 함께 일상의 침입을 막아내는 보루를 구축했다. 하지만 세월의 흐름 가운데 자신들의 내면생활 역시 천천히 침식되어 전혀 딴 모습이 되었다.

마리아가 누운 존의 침대는 각방을 쓴 이래 존이 여러 해 동안 써온 침대였다. 존은 간혹 마리아의 방으로 왔지만 마리아는 최근 몇 년 동안 이 침대에 올라온 적이 없었다. 마리아는 눈을 크게 뜨고 무엇인가를 보려고 했지만 헛수고였다. 그저 눈을 감았을 때, 그제야 이곳에 그림자들이 있다는 것을 느낄 수 있었다. 존의 숨결은 여전히 마리아를 흥분시켰지만, 그 숨결에는 일종의 독약

이 있어 그녀의 몸에 끓어오르는 욕망을 꺼버릴 수 있었다. 최근 몇 년 동안 몇 번 되지 않은 성관계는 차마 회상하기조차 싫은 것들이었다. 마리아가 자신을 암사자로 상상할 때, 존은 오히려 기체로 변했다…….

지금 이 순간, 이렇게 우박이 떨어지는 밤에만 마리아의 풍만한 몸은 존을 끌어안고 낡고 오래된 침대에서 뒹굴고 있었다. 마리아가 수사자가 으르렁거리는 소리를 내자 저 멀리서 희미하게 호응해왔다. 이는 마리아에게 지옥의 밤이었고, 그녀는 신체적 시달림에 정신을 놓았다.

6장

리사의 비밀

도박의 도시에서 온 리사는 여름의 태양처럼 빈센트의 은밀한 생활에 켜켜이 쌓인 곰팡이를 쬐어 말렸다. 부모를 슬롯머신에 잃은 그녀는 형형한 눈빛과 낭랑한 목소리 그리고 마치 폭발하는 폭탄 같은, 사방에 날리는 거칠고 질긴 머리카락을 가졌다. 그녀는 뛰어난 기예를 몸에 감추고 있는 관리자였다. 그녀만큼 번개처럼 신속하게 결정을 내릴 수 있는, 조리 있고 날카로운 두뇌를 가진 사람은 드물었다. 몇 년 전, 이 도박꾼의 딸은 이곳 소도시에 흘러들었고 빈센트와 의기투합하여 함께 의류 회사를 차렸다.

리사는 회사가 한창 발전할 때 비즈니스 사회의 격랑 속에서 악전고투하다, 죽은 부모의 여운이 메아리칠까 두려워 경영진에서 물러났다. 그날부터 그녀는 빈센트의 내면세계에 드리워진 거대한 그림자 속에서 살았다. 리사는 젊었을 때 자신이 저속한 여자라고 여겼고 이를 바꾸려고 하지도 않았다. 화려한 옷을 입고 저속한 말을 하면서 간혹 술에 취하기도 했다. 빈센트와 결혼한 뒤 그런 모습이 조금씩 수그러들긴 했지만 본질적으로는 변하지 않았다. 그녀는 빈센트가 그런 자신을 마음에 들어 하는 것을 알았다.

그들의 집은 오렌지색 외벽으로 산비탈 숲 뒤쪽에 자리 잡고 있었다. 집 앞에는 거대한 정원과 잔디밭이 펼쳐져 있고 물빛 수영장은 하늘 한가운데의 아름다운 옥처럼 보였다. 부를 상징하는 이 저택은 빈센트가 젊었을 때 충동적으로 설계한 것이었다. 집은 4층으로 되어 있고 장식은 검소한 편이지만 벽에 걸린 유화들은 그야말로 유명하고 진귀한 것들이었다. 하지만 이곳에서 1년을 살고 난 뒤 두 사람 다 집 관리에 소홀해졌다. 사생활을 위해 거의 모든 하인들을 내보내고 요리사 한 명만 두었다. 신체 건강하고 힘이 센 요리사는 수영장과 집 안의 위생까지 도맡아 해야 했고, 그나마 주인들이 손님을 집으로 데리고 오지 않아 다행스러워했다. 정원은 이내 황폐화되었고 온갖 새들이 웃자란 풀과 꽃, 나무들 사이에 툭하면 둥지를 트는 통에 그들의 저택은 특이한 분위기를 자아냈다. 빈센트 부부에게 대체 무슨 사생활이 있을까? 리사가 보기에 자신과 빈센트 두 사람의 이른바 '사생활'은 실은 수수께끼처럼 뭐라고 말할 수는 없지만 늘 가슴속에 묻어둔 갈망이었다. 두 사람은 그런 사생활을 키우고 싶어 했다. 업무가 바쁘고 외부와의 교류가 빈번한 시기에는 특히 더 그랬다.

그들은 서로의 몸에 익숙해질 대로 익숙해지고 광적으로 사랑을 나누던 격정이 사그라들자 약속이나 한 듯 밤의 수색 활동에 나섰다. 그날은 여름날의 어느 밤이었다. 리사는 불안한 꿈에서 깨어나 불을 켰고 새벽 1시라는 것을 알았다. 옆에서 자고 있는 빈센트를 깨우지 않으려 얼른 등을 끄고 맨발로 문밖으로 나갔다. 계단에 그녀의 어린 시절 소꿉친구가 앉아 있었다. '벙어리'라는 아명을 가진 난쟁이였다. 리사는 그를 보고 소스라치게 놀랐다.

"벙어리, 어디서 왔어?" 리사가 그의 손을 잡았을 때 그의 손바닥은 줄칼처럼 거칠었다.

"내가 걸어온 길은 샛길인데 여기에서 네 고향까지는 30분밖에 안 걸려." 그는 농담하듯 말했다. 많은 시간이 흘렀지만 그의 목소리는 여전히 우렁차고 공명했다.

"알려줘. 나도 돌아가고 싶어."

리사는 그것이 꿈 같은 말이라는 것을 뻔히 알았지만, 그래도 말하고 싶었다.

"나는 거기에서 왔어. 하지만 그 길로 다시 가라고 하는 건 불가능해. 모든 건 시간과 함께 흘러가니까. 나는 길을 다시 새로 찾아야만 해. 너도 찾아야만 해. 너희 집에는 도박의 도시로 통하는 길이 있어. 네가 그 길을 볼 수 없는 건, 그 길은 낮만 되면 사라지기 때문이야. 나는 분명히 그곳에서 반 시간 만에 왔어. 그건 뭘 설명할까? 길이 있다는 것을 말하지⋯⋯." 그가 말을 빙빙 돌리면서 계속 말하려 하자 리사가 말을 끊었다⋯⋯.

벙어리는 그저 지나가던 길이어서 그만 가봐야 한다고 했다. 그는 뭐라고 중얼거리며 계단을 내려갔고 리사는 그의 작은 몸이 저쪽 복숭아나무 숲의 검은 그림자 속으로 사라지는 것을 보았다.

어느새 빈센트도 계단에 앉아 있었다. 그가 말했다.

"리사, 당신은 찾으러 안 가? 난 가려고."

빈센트 역시 계단을 내려가서 복숭아나무 숲의 검은 그림자 속으로 사라졌다. 리사는 처음에는 나뭇가지에 부딪히는 소리까지 들었지만 나중에는 아무것도 들을 수 없었다.

빈센트는 오전이 되어서야 돌아왔다. 리사가 어디를 갔었는지 묻자 그는 대답하지 못했고, 그저 걸을수록 자신이 없어서 집으로 돌아올 수밖에 없었다고만 했다.

리사는 낮 동안 숲을 돌아다녔지만 아무것도 발견하지 못했다. 그녀가 가장 곤혹스러워한 때가 그 기간이었다. 빈센트가 일로 바쁘면 바쁠수록 밤에 잠을 자지 못하는 것을 눈치챘기 때문이었다. 빈센트는 언제나 한동안 뒤척이다가 침대에서 내려간 뒤, 바람도 통하지 않는 데다 황폐화된 정원으로 들어가 나오지 않았다. 한편 리사 자신은 정원 주위를 배회했다. 그러다가 한번은 남편이 한밤중에 거리 한복판의 화단에 나타났다는 것을 알고 그제야 의심을 품었다.

"걸었더니 피곤해. 정원에 가서 쉴게." 빈센트가 또다시 모호하게 말했다. "내가 보기에 그녀는 바로 당신이야. 그런 곳에는 별의 별 것이 다 있거든."

"당신은 새로운 짝을 찾았군."

"무슨 말이야. 내가 찾는 건 당신이야. 리사, 당신이 없으면 나는 밤에 죽은 사람처럼 잠들었을 거야."

그들은 포도 덩굴 아래에서 술을 마셨고 둘 다 술에 취해 땅에 쓰러졌다.

"빈센트, 빈센트, 당신은 풀숲에서 자랐어?" 리사가 비몽사몽 간에 물었다. 하늘에서 불덩이가 떨어지고 자신의 진홍색 치마에 이미 불이 붙은 것을 보았다.

"리사, 나는 당신이 심연에 불을 지르는 걸 봤어." 빈센트는 대자로 뻗었고, 푸른 눈은 빛을 잃고 한 포도송이에 시선을 고정했다. "아, 왜 이렇게 더워. 당신의 도박의 도시에는 돌산뿐이야? 당신은 불을 무서워하지 않잖아. 자기야⋯⋯."

술이 깬 리사는 빈센트가 작은 도랑에 누워 있고, 그의 짧은 머리가 산속의 샘에 씻기고 옷이 흠뻑 젖은 것을 보았다. 빈센트를 깨우고 또 깨웠지만 그는 여전히 쥐 죽은 듯이 잤다. 결국 요리사가 나와 깊은 잠에 빠져 깨지 못하는 주인을 들쳐 업고 집으로 돌아갔다.

리사는 일이 지겨워 집에 들어앉은 뒤로 명상 생활을 시작했다. 혹은 예전에 했던 명상 생활을 계속 이어갔다고 할 수 있었다. 리사가 젊었을 때, 아무도 발그스름한 두 뺨에 패기만만한 아가씨가 명상을 하리라고 생각하지 못했다. 리사는 떠돌아다니는 동안 무슨 일이든 했다. 가사 도우미, 종업원, 세차원, 가이드, 회사 비서, 타자원, 백화점 회계원, 창고 관리인, 방송인 등으로 일했고 심지어 한동안 기상캐스터로도 일했다. 그녀는 다재다능하고 낙천적이며 남들과 잘 어울렸고, 겉으로 출중한 외모에 다소 속된 보통의 여자로 보였다. 하지만 그녀는 정말로 자신만의 명상을 가졌다. 그것은 매일 한밤중에 정해진 시간에 일어나는, 아무도 모르는 비밀이었다.

매일 자정이 지나고 사위가 고요해지면 이상한 사람들이 리사의 침실 구석으로 모여들어 장정(長征)*에 관해 토론을 벌였다. 침대에서 몸을 살짝 일으키면 몇몇 검은 그림자를 볼 수 있었고, 그들이 대화하는 소리 역시 언제나 귓가에 들렸다. 장정은 그 사람들의 영원한 화두였다. 그 활동에 담긴 초조와 고달픔, 절망 그리고 좌절감과 필사적인 반등은 보통 사람들이 이해할 수 있는 것

---

* 먼 노정에 걸쳐 정벌하는 것을 말하며, 역사적으로 마오쩌둥의 공산당군이 국민당군의 공격을 피해 장시성에서 산시성까지 약 1만 2500km를 걸어간 행군을 대장정이라 한다.

이 아니었다. 질식할 것 같은 침묵이 이어지면 리사는 종종 어둠 속에서 소리를 질렀다. 그러면 호리호리한 사람의 그림자가 달려들어 그녀의 목을 졸라 꼼짝달싹할 수 없게 했다. 리사는 그야말로 죽음의 도래를 실감했다. 그렇게 몇 번을 반복하다가 두려움 때문에 포기했다. 차라리 침묵의 질식 같은, 아직 이르지 않은 극한의 슬픔 같은 것들을 견뎌내고 싶었다. 그 시절 리사는 많은 곳을 전전했지만 어디를 가든 자정 무렵의 장정에 관한 토론은 변함없이 그녀의 과제였다. 장정이란 무엇인가? 리사는 벽 구석에 모인 몇몇 그림자들의 한결같은 비밀 모의 태도를 관찰하고, 장황하고 안달하는 대화에 귀 기울이며, 그 끝없는 지옥 행군을 상상했다. 그렇게 해가 거듭되면서 장정은 딴 게 아니라 그저 자신과 관계된 생활로, 절대적으로 망각해야 하지만 한편으로는 필히 마음에 새겨야 하는 명상이라는 것을 서서히 깨달았다. 어느 비참한 밤에 그림자 중 한 노파가 장정 대오에서 죽음이 임박한 부상자를 언급했다. 그 여자아이는 간이 들것에 누워 손을 휘저으며 동료에게 자신을 강물에 던져달라고 부탁했다. 그 아이의 입에서 피가 뿜어져 나왔고 닭발 같은 손이 허공에서 어지럽게 춤을 추었다. 대오는 침묵하며 강변을 따라 이동했고 사람들의 얼굴은 서서히 일그러질 대로 일그러졌다. 시커먼 하늘은 모든 사람의 등을 짓누르는 듯했다. 돌연 처절한 울음소리가 허공을 갈랐지만, 그 울음소리는 대오가 아니라 하늘에서 온 것이었……. 여기까지 이야기하고서 노파의 소리는 사라지고 다른 사람들이 소곤대는 소리가 또다시 높아졌다. 그날 밤 리사의 꿈에서는 폭우가 그치지 않았고 폭우는 그녀의 얼굴을 채찍처럼 후려쳤다. 이상하게도 영혼을 부식시키는 밤의 그런 비애는 그녀의 몸을 무너뜨리기보다는 오히려 몸 안의 영양분이 되는 것 같았다. 그녀는 지나치게 건강해 보였다. 밤 사이 늪에서 군대가 전멸한 비극도, 하늘을 가르는 비명도, 무너진 다리 위의 공포도, 위험한 곳에서의 발악도 그녀의 얼굴에 물든 발그스레한 홍조를 가라앉힐 수는 없었다. 자신은 어쩌면 두 사람의 복합체가 아닐까 싶었다. 즉, 명상 속에서 고생하는 한 사람과 편안한 일상에 흠뻑 젖은 한 사람 말이다.

리사가 가이드로 일할 때 한 노인이 그녀를 사랑하게 되었다. 외항선이 열대의 한 작은 섬을 향해 달려가고 있을 때, 한밤중에 갑판에서 아버지뻘 되는 흰 수염의 노인에게 장정에 관해 말했다. 리사는 모호하고 절박한 서술로 뭔가를 부여잡으려고 했다.

"리사." 야신이라 이름하는 중동의 노인이 리사의 귓가에 대고 말했다. "나한테 와, 딸. 나야말로 네 장정의 목적지야. 저길 봐봐. 별 하나가 떨어졌잖아. 행복의 별이지."

그의 몸에서 나는 유황 냄새 때문에 리사는 비현실적인 생각을 했다.

야신은 동이 트기 전에 갑판에서 죽었고 그의 매부리코는 무한한 존엄을 드러냈다. 여행 팀은 계속 전진했고 리사는 선실에서 홀로 장정에 나섰다. 자신은 이미 아름다운 야신과 너무나 멀리 떨어졌다는 것을 절절이 느꼈다. 사방이 어두컴컴한데 장정의 대오 중 또 누가 자신의 목적지를 볼 수 있을까? 그래서 몇 년 만에 처음으로 죽은 부모를 떠올리고는 자신이 그들과 얼마나 닮았는지를 새삼 깨닫고 화들짝 놀랐다. 선실에서의 토론은 절정으로 치달았는데, 장정의 대오 뒤로 추격병이 나타났기 때문이었다…….

빈센트를 만난 후로 그 유령들은 더는 리사 앞에 나타나지 않았다. 리사는 빈센트를 처음 만났을 때 그의 뒤쪽에 겹쳐진 그림자를 보았다. 그 그림자는 때로 확장되어 그들 둘을 그 안에 덮었다. 리사는 당시 캄캄한 밤을 몸에 지니고 다닐 수 있는 남자야말로 자신의 이상형이라고 생각했다. 두 사람은 오랫동안 장정에 관해 토론했다. 리사는 빈센트에게 예전에 자신의 침실에 나타난 그 유령 중 하나가 아닌지 물었다. 빈센트는 아마도 그럴 것이라고 대답했지만, 자신은 예전 일은 하나도 기억나지 않아 유감스럽다고 덧붙였다. 그들이 대화할 때 간간이 유황 냄새가 스멀거려 리사를 더없이 전율케 했다. 빈센트는 서술에 서툴러 그저 "아, 리사, 나의 이상!"이라고만 되뇌었고 그 말은 저속하기 이를 데 없어 보였다. 리사는 빈센트에게 그의 등 뒤의 검은 그림자는 웅장한 기개를 드러내는 먹장구름 같고, 그런 그가 자기 곁에 있어 자신은 상상 속에 살고 있는 것 같다고 알려주었다. 그런데 이제

172

는 리사가 너무 게을러진 게 아닐까?

리사는 도시의 인파 속에서 언제나 자신의 남편을 한눈에 알아보았다. 가끔 당장 그의 곁으로 가려고 달리다가 하이힐이 부러지곤 했다.

최근 들어 빈센트 뒤의 그림자가 갈수록 어두워졌다. 어떤 때는 빈센트 자체가 그 안으로 흔적도 없이 사라지는 것을 질겁하면서 눈여겨보았다.

"빈센트, 빈센트 당신은 리사를 버렸어?" 리사는 이 말을 중얼거렸다.

결혼 후에 빈센트의 세계는 이미 그녀의 세계가 되었다. 두 사람은 공동의 피난처에서 잊지 못할 많은 나날들을 보냈지만 리사는 돌연 덩그러니 혼자가 되었다.

밤은 신경을 시험하는 혹독한 형벌이 되었다. 비 오는 밤이면 특히 더 그랬다.

사직하는 날, 빈센트가 돌아가서 뭘 할 거냐고 물었고 리사는 "진정한 장정을 시작할 거야"라고 대답했다. 빈센트는 처음에는 다소 놀랐지만 이내 석연치 않은 마음을 풀고 말했다. "당신은 우리 둘의 일을 다 해결했어." 그날 저녁 리사의 가정 복귀를 축하하면서 두 사람은 술에 취했다.

그 후 유령들은 무기한의 기다림처럼 더는 리사의 방에 나타나지 않았다. 빈센트와 각방을 써보기도 했지만 그들은 그래도 오지 않았다. 이후 리사는 빈센트가 그림자 중 하나일지도 모르는데 각방을 쓸 필요가 있을까 싶었다. 수색 활동은 바로 이렇게 시작되었다. 난쟁이 '벙어리'는 그녀의 집 지반에 도박의 도시로 통하는 길이 있다고 알려주었다. 리사는 그 길을 찾으면 장정의 대오로 들어갈 수 있을 것 같다는 실없는 생각이 들었다. 하지만 빈센트의 수색은 독특해서 그가 우거진 풀숲으로 들어가기만 하면 그를 찾을 수가 없었다. 리사는 저도 모르게 애초에 집을 산비탈에 짓고 도심의 거대한 정원을 산 것은 빈센트가 오랫동안 계획한 일이지 않았을까 하는 의구심이 들었다.

리사는 가끔 사무실에 들러 남편을 자세히 관찰했다. 하지만 남편에게서는 밤 활동을 한 흔적을 찾아볼 수가 없었다. 그는 밤에 대체 어디를 간 것일까? 리사가 "함께 고향으로 돌아가자"라고 말하면 빈센트는 오히려 "나도 당신을 찾고 있어. 장정의 주둔지를 가보았더니 밥 짓던 연기가 아직 꺼지지 않았고 큰 대열의 인마(人馬) 역시 아직 떠나지 않았더라고"라고 말했다.

빈센트가 그의 동료들과 차에 오를 때 리사는 그의 뒤의 검은 그림자가 차 문 밖에 머물렀다가 차가 움직이자 검은 열기구처럼 차 지붕 위로 떠오르는 것을 보았다. 그야말로 넋을 잃고 쳐다보았지만 옆 사람들의 얼굴에는 아무런 표정도 없었다. 아마 그들도 보았을 것이다.

빈센트가 없는 밤에는 아기가 옹알거리는 소리 외에는 아무것도 없었다. 그것은 후손이 없는 두 사람에 대한 징벌이리라…….
두 사람의 세계는 새로운 생명을 받아들이지 못했다. 리사는 여
전히 혼자 개척하려는 바람을 품고 있었다. 한번은 그 냇물을 따
라 끝까지 걸어가면 얻는 게 있을지도 모른다고 생각했다. 최근
도랑에 품종을 알 수 없는 작은 물고기들이 나타났기 때문이었
다. 마치 외부에서 밀려들어 오는 소식들처럼 말이다. 리사는 발
목 윗부분까지 오는 장화를 신고 손전등을 들고 도랑을 따라 앞
으로 더듬더듬 걸어갔다. 달빛은 어둡고 바람은 세찼지만, 대오
의 호각 소리를 어렴풋이 듣고 밥 짓는 연기의 매운맛을 맡은 뒤
에는 피가 들끓었다. 구불구불한 도랑을 걸으면서 자신이 이미
뒷산에 이른 것 같았고 앞으로 조금 더 가면 대로변이 나올 것 같
았다. 그런데 뜻밖에도 도랑은 뚝 끊겼고 졸졸 흐르는 샘물은 한
자연 우물로 흘러들었다. 그 우물은 큰길에서 멀지 않은 곳에 있
었는데, 우물이라기보다는 오히려 웅덩이 같았고 평범한 겉모습
아래는 분명 더할 나위 없이 깊으리라는 것을 짐작할 수 있었다.
리사는 우물에 뛰어들 용기가 없었다. 물을 잘 알았지만 끝이 보
이지 않는 심연과 그 위의 좁디좁은 입구를 생각하면 머리가 마
비될 정도로 공포스러웠다. 게다가 벙어리가 간 길이 이 길이었
다고 누가 보장할 수 있겠는가? 빈센트는 더더욱 아니었다. 빈센
트가 거리의 커피숍에 앉아 있는 것을 본 사람이 있지 않은가? 긴
장화를 신은 리사는 길가에 서서 온몸에 비 오듯 땀을 흘렸다. 이

틑날 한 번 더 가보았다. 이번에는 얼마 못 가서 도랑이 사라지고 흐르는 물이 땅속으로 스며들었다. 리사는 자신이 발붙인 곳의 흙이 부들부들해져 점차 아래로 빠져드는 것 같았다. 마음이 다급해지자 그 자리에서 물불을 가리지 않고 굴렀다. 이때 누군가 자신 앞에서 말했다. 빈센트였고 그는 일찌감치 온 것 같았다.

"리사, 돌아가자. 이런 일은 당장 결과가 나지 않아. 고향은 천리 밖 운무에 있는데 어떻게 단숨에 찾을 수가 있겠어?"

"그런데 당신, 당신은 뭘 찾고 있어, 빈센트?" 리사는 혼란스러운 마음으로 물었다.

"나는 정말이지 찾는 게 없어. 당신을 알기 전부터 나는 이랬어. 나는 한곳에 죽치고 있지를 못해. 하지만 우리는 함께 있잖아. 안그래?"

"맞아." 리사는 빈센트의 말이 맞다고 인정할 수밖에 없었다. 자신들은 당연히 함께 있고 어쩌면 영원히 그럴 것이었다.

리사는 어둠 속에서 빈센트가 자신에게 한 손을 내민 것을 보고는 두 손으로 그 익숙한 손을 잡고 자신의 얼굴에 갖다 댔다. 돌연 그것이 절단된 손이라는 것을 알아챘다.

"빈센트!" 리사는 처절하게 소리를 지르고 정신을 잃었다.

지하수가 그녀의 원피스를 적셨고, 그것은 조금 전 사라진 산속의 샘물이었다.

리사는 흠뻑 젖은 채 집으로 돌아왔다. 운전기사가 그녀에게 빈센트는 이미 출근했다고 알려주었다. 운전기사 부커는 파트타임으로 일하는 젊은이로, 나체나 다름없는 리사의 몸을 노골적으로 훑고는 얼굴을 붉히는 리사를 보았다.

"본 적 없어?" 리사는 뻔뻔스럽게 도발했다.

"본 적 없어요. 당신 같은 사람은요." 부커가 씩씩댔다.

"체, 네 고향으로 가서 찾아봐."

리사는 이 말을 하고서 자신을 어이없어했다. 왜 그에게 '고향으로' 가서 찾아보라고 했을까? 그에게 고향이 있을까? 보아하니 자신은 그것에 미쳐 이성을 잃은 듯했다. 그런데 젊은이는 이미 자리를 뜨고 없었다. 요리사가 집 안에서 자신에게인지 운전기사에게인지 모를 악담을 신랄하게 퍼붓는 소리가 들렸다.

리사는 옷을 갈아입고 아침을 먹으러 아래층으로 내려갔다.

"방금 누구한테 욕했어요?"

"모르겠는데요." 요리사 아빙이 말했다. "저야말로 욕하고 싶은 심정이에요. 이 집에서 화약 냄새가 심하게 나요."

"유황 냄새예요."

"당신과 빈센트 씨는 전쟁을 치르고 있죠? 내 말이 맞죠?"

"아니에요. 나와 그가 함께 싸운다고 봐야죠. 어떻게 기본적인 일조차 헷갈릴 수 있죠?"

"뭐 그 일이나 그 일이나요. 아침에 식사할 때 빈센트 씨는 손에서 피를 흘리고 있었어요."

리사는 터져 나오는 비명을 손으로 막았다. 아빙은 아무렇지도 않은 듯한 모습을 보이고는 가버렸다.

나중에 빈센트가 잔디밭에서 자는 소동이 일어났다. 리사는 그의 손목을 자세히 살폈지만 털 많은 그 손목에는 아무런 상처가 없었다. 그때 빈센트는 음흉한 눈으로 리사를 바라보면서 모호하게 물었다. "당신은 누구야? 모로코 사람이야?" 리사는 빈센트의 귀에 대고 외쳤다. "나는 도박의 도시에서 왔어!" 빈센트는 몸을 뒤척인 뒤 얼굴 한쪽에 무성한 풀을 붙인 채 또렷이 말했다. "나는 아랍과 일본 혈통을 가진 여자를 원해. 안 그러면 당신은 나를 못 볼 거야." 빈센트는 이 말을 하고는 코를 골았다.

리사는 존의 아내 마리아를 찾아가서 이 일을 의논했다. 자신조차 왜 누군가를 찾아가 의논해야 하는지 그 이유를 알 수 없었지만, 누군가와 의논해야 한다면 마리아를 찾지 않으면 안 되었다. 리사는 마리아의 집에 들른 적이 있고 은연중에 마리아의 집을 '낙원'이라고 불렀다. 예전 울타리 중간에 있는 나무 문에 들어선 순간 현기증이 일었고, 집 안에 강력한 자기장이 있는 것을 분명히 느꼈다. 그날 오후, 마리아네 집의 장미꽃밭에서 커피를 마시면서 모든 것을 훤히 꿰고 있는 듯한 그 여자에게 자신의 혼란스러운 생활을 이야기했다. 이야기하는 중에 장미 향이 괴이해서 마리아에게 어디서 온 품종인지 물었다. 마리아는 북쪽의 한 목장에서 온 것이라고 대답하며 그곳에서는 꽃들을 전부 공중에서 키운다고 덧붙였다.

"저는 집에 앉아 있으면 수시로 산 정상에 쌓인 눈을 볼 수가 있어요." 마리아가 실실거리며 말했다. 고양이 두 마리가 키 작은 테이블 아래를 지나가자 한동안 온몸이 찌릿찌릿했다.

"당신 고양이들은…… 마리아?"

하지만 마리아의 옆모습이 흐릿해졌고 조금 더 지나서는 마리아의 목소리만 들을 수 있었다.

"우리의 장정은 소모되지 않는 동력이 필요해요." 절망적으로 그쪽 방향을 향해 말했다. "안 그러면 그 음침한 강 위의 출렁다리가 툭툭 끊어져서 군대 전체의 멸망은 운명적인 것이 될 거예요."

마리아는 웃고 있었지만 가식적이었다. 마리아의 머리와 몸통이 완전히 분리된 것을 보고 순간 모골이 송연했다.

나무 문에 다다를 때까지 마리아가 자신을 쫓아오면서 쉼 없이 말하는 소리를 들었다.

그날의 만남은 리사에게 지우려야 지울 수 없는 인상을 남겼고, 리사는 그때부터 마리아를 동류의 사람으로 보았다. 그녀는 일상적으로 마리아의 남편을 보았지만, 키도 말수도 적은 존이라는 그 남자에 대한 인상은 뭐라 말할 수가 없었다. 오늘은 이번 달에 두 번째로 이곳에 온 것으로, 그동안 발걸음하지 않았던 것은 조금 겁이 났기 때문이었다.

"안녕하세요, 리사!"

마리아는 단단하고 날렵한 손을 내밀어 리사와 악수했다. 그녀는 두껍고 묵직한 회색 머리카락을 간단하게 틀어 올렸고 온몸에서는 억눌렀던 활력을 뿜어내고 있었다. 그녀는 카펫을 짜고 있었다고 말했다.

"과연 놀라워요!" 리사가 그곳에 쌓인 '작품'들을 뒤져보면서 말했다. "어쩌면 당신이 저한테 길을 가리키고 있는지도 모르겠군요. 이 깊고 깊은 소용돌이들을 보고 있으면 마음이 거울과 같이 돼요……."

돌연 리사의 목소리가 끊어졌다. 굉장히 익숙한 화면을 보았기 때문이었다. 그것은 그녀가 아주 오래전에, 여자아이였을 때 본 적이 있고 그 이후의 삶에서 또다시 때때로 조우했던 화면이었다. '장정'의 밤에 이 화면이 어둠 속에서 반복적으로 나타난 것을 또렷이 기억했다. 마리아가 짠 것은 한 마리 전갈이었다. 그것은 깊숙한 풀숲에 숨어 보일 듯 말 듯한 매우 큰 놈이었다. 붉은 전갈은 마리아가 양털을 화염의 색채로 물들여 짠 것이었다.

"전 잘 안 보여요……." 리사가 화면을 가리키며 더듬더듬 말했다.

"아, 저 도안이요? 별거 아니에요. 저건 존이에요."

"존이라고요? 명명백백 전갈인데요!"

"맞아요. 다만 존의 이야기에서 나온 거예요. 존의 이야기는 바로 존 자신이죠…… 아이고, 저야말로 제대로 설명을 못 하겠네요. 설마 붉은 전갈을 보지는 않았겠죠? 저는 보통 본 적 없는 것들을 즐겨 짜죠. 예를 들면 존이요."

마리아는 생떼를 쓰는 여자가 아니므로 리사는 마리아의 말을 믿었다. 리사는 마리아에게 존한테 북쪽의 신비로운 고객이 있는지를 아는지 물었다.

"알아요. 그런데 왜 신비로운 고객이죠?" 마리아는 다소 당황해했다.

"그 사람은 존재하지 않으니까요. 그는 해마다 목장의 일꾼들을 위해 우리 회사에서 옷을 맞추지만, 우리 쪽 사람이 거기로 출장 갔을 때 그곳은 버려진 채석장이었죠. 그는 옷값을 지불했지만 옷들은 지금까지 아직도 창고에 쌓여 있어요."

마리아의 얼굴에 엷은 웃음이 번졌다.

"아, 그걸 말하는 것이었군요. 그런 사람은 거주지가 특별히 정해져 있지 않아요. 그 사람에 대해 너무 진지하게 받아들이지 말아요. 어차피 회사로서는 손해 볼 게 없잖아요. 안 그래요?"

"그야 그렇죠. 전 정말이지 그 사람을 직접 보고 싶어요. 당신 남편만 그 사람을 볼 수 있다니까요."

리사는 자신의 남편을 풀숲의 전갈로 짠 여자를 주시하다가 뜻밖에 자신의 뇌 속에 어떤 통로들이 나타난 것을 느꼈다. 어쩌면 자신의 밤의 장정은 방향을 틀어야 할지도, 바깥으로의 확장에서 가만히 있는 것으로 바꾸어야 할지도 몰랐다.

마리아를 따라 거실에 들어섰을 때, 통창을 통해 마당에서 호미를 휘두르는 비쩍 마른 남자아이를 보았다. 남자아이는 어딘가 익숙한 듯했다.

"제 아들 대니얼이에요."

"아!"

그날 리사는 마리아와 주방에 앉아 빈센트에 관한 일을 줄곧 하소연했다. 밖에는 비가 보슬보슬 내렸고 대니얼이 이따금 왔다 갔다 했다. 대니얼의 몸은 흠뻑 젖어 있었고 눈빛은 탈주범 같았다. 리사는 남자아이의 걸음걸이에 소리가 없는 것을 알아차렸다. 그녀는 마리아에게 로즈 의류 회사가 빈센트에게 무슨 의미인지 물었다. 그 거대한 기계는 밤낮으로 돌아가지만 빈센트와는 오히려 분리된 것 같았다. 그의 세계는 다른 곳, 밤의 정원 속 숲이나 음산한 자정의 거리 한복판의 화단에 있는 듯했다.

"로즈 의류 회사는." 마리아가 궐련에 불을 붙이고 느릿느릿 말했다. "빈센트와 같은 사람에게는 모든 것이죠. 아마 그는 자신의 인생이 이미 끝났다고 생각할지도 몰라요."

"진짜 이상해요!" 리사가 한탄했다. "당신들 집은 전혀 조용하지 않아요." 리사가 덧붙였다.

리사에게 마리아의 집은 긴장하게 만드는 곳이었다. 주변은 언제나 온갖 소리가 말하고 있고 모든 물건에는 전기가 흐르고 있었다. 거기에 눈빛이 흉악한 아들까지 있었다. 그뿐만이 아니라 묘연

한 의미를 품은 벽걸이 카펫들이 있었다. 그런데 그 여자는 오히려 리사가 가장 신뢰할 만한 사람이었다. 빈센트와 자신의 회사는 같은 부류의 사람을 찾아낸 것이 아닐까? 마리아의 말에 따르면 빈센트의 일생은 이미 끝이 났다. 그렇다면 그는 황당무계하고 완전히 비현실적인 생활을 시작하려는 걸까? 그런데 왜 또 '로즈'가 그에게 모든 것이라고 말할까? 빈센트는 인간 세상의 떵떵거리는 기업을 유령의 고성으로 만들려는 걸까? 리사는 고무 농장에서 만난 검은 옷의 동양 여자를 떠올리고 금세 온몸에 소름이 쫙쫙 돋았다.

"로즈 의류 회사는 북쪽으로 사업을 확장하고 있고, 연이어 세 차례 받은 주문은 전부 이상한 고객들이 주문한 것이었어요. 그들과 연락이 닿지 않아 존이 한동안 모든 시간을 여행에 할애했어요."

말하는 마리아의 표정은 십분 침착했고 놀라는 기색이 없었다. 리사는 마리아의 인생 역시 오래 전에 끝이 났다고 생각했다. 지금 보아하니 마리아는 여신 같았다.

"빈센트의 생활에 동양 여자가 있어요. 일본인일걸요." 리사가 말했다.

"그녀는 13번길 2호 건물에 살고 있어요."

"당신은 알고 있었군요."

"아니요. 저는 몰라요. 그저 우연히 그곳을 지나다가 검은 히잡을 쓴 여자가 건물에서 나오는 것을 봤어요."

"저는 빈센트가 끝낸 그런 삶에 속하나요?"

"오히려 반대예요. 저는 당신이 그의 미래에 속한다고 봐요. 그건 당신들이 서로 단절되는 것을 의미하죠. 나와 존처럼요. 실은 빈센트도 도처에서 당신을 찾고 있어요."

마리아의 집을 나온 리사는 많은 일을 결정한 듯도, 아무것도 결정하지 않은 듯도 했다. 발걸음은 가벼웠지만 자신의 한 걸음 한 걸음은 오히려 무형의 궤도에 떨어진 듯했다.

그날 밤, 리사는 오랜만에 장정 대오와 다시 합류했다. 그들이 안개가 자욱한 늪을 맹인처럼 헤매고 있을 때 그녀는 자신의 어수선한 뇌리에 길이 나타나는 것을 느꼈다. 여러 해 전에 자신의 방에 왔던 유령들은 더는 나타나지 않았고 귓가에도 대화 소리가 들리지 않았다. 하지만 방문을 나서서 폐허가 된 정원을 거침없이 가로질러 대열 속으로 들어갔다.

"리사, 리사, 빈센트가 당신을 오랫동안 기다렸어요." 그들이 일제히 말했다. "당신들은 저쪽 풀숲에 가서 사랑을 나눠요. 얼룩말이 그곳에서 당신 두 사람을 지켜줄 겁니다."

하지만 리사는 오히려 출렁다리에 왔다. 아래는 거친 파도가 일렁였고 그녀의 맨발은 출렁이는 출렁다리를 밟았지만 뒷사람이 재촉하고 있어 멈출 수가 없었다. 그녀의 발은 한 차례 또 한 차례 미끄러졌지만 떨어지지는 않았다. 살려달라고 소리치는 자신의 소리를 들었지만 그 소리는 성난 파도의 소란함에 묻혔다.

뒷사람이 이상한 노래를 불렀다.

"장정아, 장정."

리사는 마침내 완전히 통제력을 잃었다. 마비된 두 손은 쇠사슬을 놓고 눈을 감았다. 그런데 자신은 여전히 대오를 따라 두 산 사이에 있는 출렁다리를 건너고 있었고, 누군가가 자신을 쳐들고 가고 있었다. 지금은 짙은 안개가 모든 것을 가려 보고 싶어도 볼 수가 없었다.

"아, 당신 돌아왔구나." 빈센트가 말했다. 그는 초가지붕의 작은 정자에 앉아 담뱃대를 피우고 있었다.

"내가 당신을 얼마나 찾아다녔다고. 이것 봐. 이건 내 우산이야. 비가 그렇게 퍼부었는데 당신은 어떻게 걸어온 거야?"

리사가 선 곳에 담배 냄새가 감돌았고 빈센트는 원시인 같은 길고 긴 두 팔로 그녀를 안았다. 얼떨떨한 가운데 리사는 자신이 여전히 장정을 하고 있다고 느꼈다. 빈센트와 자신이 주둔지에서 모두를 위해 밥을 짓고 있는 듯했다. 땔감이 축축하게 젖어 두 사람은 쉴 새 없이 기침을 해댔고, 리사는 일어나 부엌 바깥으로 나가 숨을 헐떡였다. 가랑비가 자욱한 초원에서 바닥에 주저앉은, 쓰러질 듯한 사람들 중 뜻밖에도 검은 치마를 입은 여자가 그 사이를 오가고 있었다. 리사는 큰 키에 다소 뻣뻣한 자태를 한눈에 알아보았다.

"저 여자, 저 여자!" 리사는 횡설수설 외쳤다.

"괜찮아, 괜찮아. 대오는 이제 곧 출발할 거야." 빈센트는 리사의 두 손을 붙잡고 마치 그녀에게 보증이라도 하는 듯 그녀의 귀에 자신의 입술을 갖다 댔다.

리사는 빈센트의 얼굴이 잘 보이지 않았지만 어쨌든 빈센트에게 말했다.

"나야말로 돌아가고 싶지 않아. 우리 둘, 더 멀리 가자."

"우리는 이미 집에서 점점 더 멀어지고 있어." 빈센트가 이 말을 할 때 리사는 빈센트를 전혀 볼 수 없었다.

이어 마리아가 뒤에서 하는 말이 들렸다. 리사는 자신의 집으로 돌아왔고 운전기사와 요리사가 작당해서 식당에서 욕하는 소리를 들었다. 통유리로 바깥을 내다보자 그 작은 정자를 볼 수 있었다. 그곳에서 연기가 피어올랐지만 빈센트는 보이지 않았다. 빈센트는 아직 정자에 있을까?

"암흑천지의 생활이야!" 요리사 아빙은 언성을 높이고 한숨을 내쉬었다.

"아빙, 아빙, 공교롭게도 내 지인은 대개 한 요리사와 생활했지." 리사가 식당 입구에 서서 아빙에게 말했다. "요리사라는 호칭이 얼마나 매력적인지 생각해봐."

하지만 아빙은 이 순간 기분이 나쁠 때로 나빠 독살스럽게 말했다.

"우리 같은 사람은 죽지 못해 살아요!"

아빙이 말할 때 운전기사 부커가 근심 가득한 표정을 지었다. 두 사람은 확실히 리사를 난처하게 하려 했다. 무엇을 위해서? 리사는 농장에 있을 때 방탕한 생활을 한 부커를 떠올리고 이 젊은이 역시 수수께끼 같다고 생각했다. 예컨대 지금 이 순간 그는 어디서 구했는지 뜻밖에도 군복을 입고 있었지만, 군복은 그의 나른한 분위기와는 전혀 어울리지 않았다. 리사는 그가 어릿광대를 연기하고 있다는 생각에 속으로 그를 증오했다. 리사와 같은 사람은 쉽게 난처해하지 않기 때문에 이내 식탁에 앉아 오히려 두 사람이 대체 무슨 작당을 하는지 지켜보았다.

리사는 앉자마자 극도로 피곤이 몰려와서 엉겁결에 식탁에 엎드려 자려 했다. 하지만 이때 부커가 큰 소리로 장정에 관해 이야기하는 것을 들었다. 끼어들고 싶은 마음이 굴뚝같았지만 눈꺼풀이 스르르 잠겼다.

"늪에 빠졌을 때 발버둥 치지 않는 게 좋아. 안 그러면 모든 게 끝장이지."

리사는 자신이 얼마나 잤는지 알 수가 없었지만 긴 시간인 것 같았고, 깨어났을 때 옆의 두 사람이 여전히 장정에 관해 이야기하는 소리를 들었다. 그들이 말하는 광경은 자신에게 죄다 익숙한 것들이었다.

"부커, 넌 밤에 장정을 진행해?" 리사가 물었다.

"아니요. 전 낮에 해요." 부커는 마치 이 일로 신분 상승이라도 한 것처럼 거만하게 대답했다.

그는 게을러서 팔걸이의자에 이미 몸을 반듯하게 누였고 발을 팔걸이에 올렸다. 리사는 부커를 도저히 포화가 빗발치는 전쟁터에서 함께 행군하는 사람으로 연결 지을 수가 없었다. 그런데 그는 어떻게 그 일에 관한 소식을 들었을까? 많은 의문이 들었다.

"아빙, 온종일 집에만 박혀 있는 걸 봤는데 너도 장정을 한다고?"

"그래요. 리사." 아빙은 말할 때 여전히 근심스러운 표정을 짓고 있었지만 말을 끝내고는 또다시 몇 마디 악담을 퍼부었다.

리사는 모든 사람이 장정에 나선 건 아닐까 생각했다. 자신이 만난 거대한 대오로 볼 때 그 역시 당연한 일인 것 같았다. 그 순간 머릿속에 세계를 아우르는 대행군의 웅장한 장면이 떠올랐고, 그 장면은 마치 번개가 치듯 번뜩였다가 이내 사라졌다.

아빙이 테이블을 사이에 두고 부커에게 말했다.

"내 집에는 아내와 아들이 있고 나는 몇 년 동안이나 그들을 보지 못했어. 난 오르고 또 올랐어. 대체 얼마나 많은 산을 넘었을까? 생각해봐. 네 아내가 네 딸과 함께 손차양한 채 처마 밑에 서 있고, 그 눈길이 자꾸만 겹겹이 쌓인 앞쪽의 연기를 뚫고 가고 싶어 하는 것을 말이지. 나는, 나는 지금 늪을 헤매고 있고 대오에서는 대재난의 흉흉한 소문이 파다해. 맹독을 가진 뱀들이 있어서 신발이 찢어졌다 하면 그 사람은 곧 추격을 받지."

그는 뜻밖에도 넓은 손바닥으로 얼굴을 가리고 부끄러움도 모른 채 울었다. 그의 맹렬한 울음은 리사를 내쫓으려는 듯, 강렬한 시위의 의미를 드러냈다. 부커 역시 의자에서 일어나 분노한 얼굴로 자신의 여주인을 쳐다보았다.

리사는 식당을 나와 위층 침실로 갔다. 침실 문을 닫았지만 두 남자가 아래층에서 말하는 소리가 여전히 들렸다. 그 소리는 흉포한 늑대처럼 으르렁거렸다. 돌아선 순간 빈센트가 침대에 누워 있는 것을 보았다. 그는 손에 담뱃대를 들고 있었다.

"당신과 그들 사이에 약속이 있어?"

"있다고 봐야지. 나는 어둠 속에서 필히 그들의 지휘를 들어야 해." 빈센트의 목소리가 다소 잠겼다. "저 두 사람은 힘이 있어. 당신은 농장에서 부커의 수완을 보지 않았어?"

빈센트가 담뱃대를 내려놓고 속삭였다. "이리로 올라와."

그들은 새로운 자세를 시도했다. 리사는 빈센트에게 어디서 배웠는지 물었고 그는 동물 떼에게서 배웠다고 말했다. 어젯밤에 그는 혼자 원시림에 들어갔다. 리사는 방금 느낌은 고양이 같았고, 명확한 절정은 없었지만 몸이 전혀 말을 듣지 않는 걸 보니 호랑이의 성관계가 아닐까 하고 말했지만 빈센트는 대답은커녕 이렇게 말했다.

"들어봐. 아래층의 젊은이들이 완전히 조용해졌어."

몇 년 전에 리사는 빈민가의 작은 커피숍에서 빈센트 뒤의 새까만 그림자를 뚫어지게 바라보며 속으로 되뇌었다. '빈센트, 빈센트, 난 당신을 사랑해.' 가게 주인이 다가와 이상야릇한 표정으로 그녀에게 물었다.

"이 분은 숲에서 살아요?"

"전 지금 점점 호랑이로 변하고 있어요." 빈센트가 리사 대신 대답했다.

빈센트가 리사를 아파트로 데려다주는 길에, 그녀는 빈센트와 나란히 걷지 않고 약간 뒤처져서 그의 뒤쪽 그림자를 밟았다. 그때 아파트로 돌아가지 않고 빈센트의 여관으로 가겠다고 마음먹었다…….

지금 그들은 침대에 나란히 누웠고 빈센트는 그 일이 생각났다. 리사가 빈센트에게 정말로 호랑이가 되었는지 묻자 빈센트는 그렇다고 하면서 확실히 숲에서 생활하는 느낌이 있다고 덧붙였다. 빈센트는 리사에게 레이건의 농장에 관해 이야기했다. 그의 서술에 따라 리사의 눈앞에 나타난 건 고무 농장이 아니라 아득히 펼쳐지는 사막이었다. 모래가 바람과 함께 휘날리며 하늘을 뒤덮었다. 왜인지 모르겠지만 사막이 주는 느낌은 바로 고무 농장의 느낌인 것 같았고 그래서 또다시 작열하는 태양 아래 온몸이 불타는 듯한 흥분을 느꼈다. 질식할 것 같은 모래바람에 다가갈 수 없었지만, 빈센트가 또다시 그 잘린 손을 그녀에게 내밀었다.

리사는 손바닥의 결을 제대로 보려고 애썼지만 안 되었다. 피가 이미 떨어져서 곳곳이 끈적끈적했다. 그녀는 필히 샤워를 해야 했다…….

마리아가 리사에게 말했다.

"당신은 빈센트의 미래예요. 밤에 사라지는 건 그가 아니라 오히려 당신이죠. 당신은 자연의 소리라서 거침없이 통행하죠."

마리아가 이 말을 할 때 아프리카사향고양이가 경계하듯 리사를 노려보았고, 리사는 그 고양이의 꼬리에서 전기가 흘러나오는 것을 보았다. 태양 아래 장미꽃밭에서 '찌르르 찌르르' 소리가 터져 나왔다. 분명히 타고 있었지만 그저 불꽃이 보이지 않을 뿐이었다. 자신의 집을 고무 농장으로 만든 마리아라는 여자의 힘이 얼마나 대단한지 속으로 감탄했다. 그녀의 미래는 무엇일까? 입을 열어 묻고 싶었지만 말이 나오지 않았다.

"저의 미래는 당연히 존이죠." 마리아가 미소 지으며 말했다. "그가 혼자 동양의 어느 나라로 여행 가서 영원히 그곳에 정착할 날이 오겠죠."

"그러면 동양은 바로 당신인가요?" 리사가 어리둥절해하며 물었다.

"아, 그건 답하기 어려운 문제예요!"

마리아는 직기가 있는 방으로 들어갔고 리사는 그 옆에 앉았다. 리사는 직기가 쉼 없이 "존, 존, 존……"이라고 한 글자를 되뇌는 소리를 들었다. 마리아의 날렵한 손이 직조해낸 것은 변화무쌍하고 형체를 알 수 없는 도안이었다. 소용돌이라고도 할 수 있고 설산이라고도 할 수 있으며 심지어 아득한 광장이라고도 할 수 있었다.

"존은 북쪽으로 출장 간다고 했는데 제가 어떻게 그를 신뢰하겠어요?" 마리아가 직기를 멈추었다.

"맞아요. 누가 또 자신의 마음을 신뢰할 수 있겠어요?" 리사가 따라 말했다.

리사는 아름다운 양털을 보면서 마음속으로 도박의 도시에 떠오르는 새벽녘의 붉은 해를 떠올렸다. 그것은 기진맥진한 긴 밤을 뚫고 발악해서 나온 발아한 씨앗이었다. 붉은 해 아래에는 이슬을 닮은 사람들의 그림자가 있었다. 그녀의 부모는 한때 그 이슬 중 두 방울이었다. 리사는 앉아 있을 수가 없어 일어나 작별 인사를 했다. 이때 마리아가 황급히 리사를 끌어당겨 입을 삐죽이며 신호했지만 전혀 눈치채지 못했다. 그녀 자신조차 어찌 된 일인지 모르게 마리아를 홱 뿌리치고 현관으로 달려갔다. 그러다 호리호리한 대니얼이 장미꽃밭에서 작은 키의 여자와 사랑을 나누는 것을 불현듯 보고 말았다.

리사는 마치 죄라도 지은 것처럼 대문 밖으로 달려 나가 후다닥 저 멀리 달아났다.

"진짜 아름다운 날이다!" 리사는 자신에게 말했다.

7장

젊은이 대니얼

"넌 줄곧 우리가 베트남 사람인 줄 알았겠지만 사실 우리는 태고의 Z국에서 왔어. 그곳의 궁전은 붉은 벽에 푸른 기와고 정원 곳곳에는 흰토끼가 뛰어다녀. 남색 비단 장삼을 입은 황제가 있을지도 모르지만 본 사람은 없어. 우리 집은 도읍지에서 대략 몇천 리 떨어진 곳에 있는데 정확히 말할 수는 없어. 왜냐하면 우리 쪽 사람 중 아무도 그곳에 가본 사람이 없으니까."

여자아이는 자랑스러운 어투로 대니얼에게 이렇게 말했다. 그녀는 자신의 이름이 '아메이'라고 말하면서, Z국의 여자아이는 모두 아메이라고 부르는데 이는 들으면 바로 어디서 왔는지 알 수 있어 아주 편리하다고 덧붙였다.

아메이는 맨발로 꽃밭에 섰다. 매끈한 몸이 햇빛에 반짝였으며 다리 사이의 삼각지대만 거무스름했다. 그녀는 가늘고 긴 두 팔을 마치 날아오를 듯이 게걸스럽게 쭉쭉 뻗었다.

"아메이! 아메이!" 대니얼이 허겁지겁 옷을 챙겨 입은 뒤 아메이의 한쪽 팔을 잡아당겼다.

대니얼이 허리를 굽혀 그녀의 치마를 주워 건넸지만, 치마는 그녀에 의해 땅에 떨어졌다.

아메이는 두 손을 허리에 얹고 실눈을 뜬 채 그곳에 서서 하늘을 보았다. 대니얼은 오히려 그녀가 마치 수소 풍선처럼 위로 올라갈 것만 같았다. 그래서 두 팔로 그녀의 몸을 끌어안았다.

"나는 낙타의 등에 우리 마을이 실려 있는 걸 봤는데, 낙타가 가는 곳이 바로 우리가 뿌리를 내릴 곳이야. 대니얼, 너는 한 번도 낙타를 타보지 않았어?"

"없어. 자기야, 사랑해." 대니얼이 여자아이의 뒷목에 입을 맞추며 중얼거렸다.

"나도 사랑해, 대니얼. 하지만 나는 이제 곧 날아갈 거야. 너희 나라에는 낙타가 없어서 높은 곳에서 풍경을 볼 수가 없어. 나는 이곳에 가만히 있을 수 없어. 봐봐. 네 어머니가 오셨어."

대니얼이 아메이를 놓아주고 뒤돌아 집을 보았을 때, 과연 마리아가 계단을 내려오고 있었다. 다시 몸을 돌렸을 때 아메이는 이미 보이지 않았다. 수정 같은 하늘에 하얀 선 한 줄이 있었다. 그는 번뇌스럽기 이를 데 없었다. 바닥을 물끄러미 응시하면서 생각했다. 그녀의 옷은 어디로 갔을까?

마리아는 대니얼에게 다가가지 않고 다시 집으로 들어가 일을 했다. 대니얼은 어머니에게 자신의 이런 모습을 들키고 싶지 않아 슬그머니 마당을 빠져나갔다.

　그는 러시아 여자 제냐의 집으로 돌아갔다. 제냐는 마리아의 친구로, 뚱뚱한 몸에 마음이 불같은 과부였다. 그녀는 대니얼을 자신의 집 2층의 창문이 바다 쪽으로 나 있는 작은 방에 살게 해주었다. 그녀는 과일을 팔아 생계를 유지했는데, 집이 바로 자신의 가게였다. 대니얼도 제냐의 장사를 도왔고 그러다 그녀의 단골손님에게서 자신의 사업이 시작되었다. 이곳의 사람들은 집집마다 정원이 있어 관리를 해줘야 했기 때문이다. 제냐는 자칭 마흔 살이라고 했지만 대니얼은 그녀가 적어도 쉰셋은 되었을 거라고 생각했다.

　제냐는 과일 광주리의 그림자에 앉아 생각에 잠겼다.

　"제냐, 당신은 약혼자가 있어요?" 대니얼이 물었다.

　"아, 있지. 그는 시베리아에 있고 우리는 20년 동안 만나지 못했어. 그가 있는 곳은 전화조차 없어서 우리는 그동안 오가는 비즈니스 단체를 통해 소식을 전했어. 이 녀석, 그건 왜 물어?"

　"두 사람 간에는 성 문제를 어떻게 해결해요?" 대니얼은 말할 때 얼굴을 붉혔지만 다행히 집 안의 빛이 희미한 데다 제냐도 고개를 들어 대니얼을 보지는 않았다.

　"그건 우리 두 사람 간의 비밀이야. 남에게 알려줄 수 없어."

"두 사람은 여전히 결혼할 생각인가요?"

"당연하지! 안 그러면 내가 왜 이렇게 힘들게 장사하겠어. 그는 한 번도 나를 보러 오지 않았고 나 역시 한 번도 돌아가지 않았어. 우리가 얼마나 고생하는지 좀 보라고!"

"당신은 돈을 벌면 시베리아로 돌아갈 작정인가요?"

"그럴 리가!" 제냐가 화들짝 놀라서 일어나 대니얼을 보았다. "어떻게 돈 얘기를 꺼낼 수 있어! 이런 하찮은 장사로는 돈을 못 버는 데다 그도 이 점을 잘 알고 있어……."

대니얼은 괴로운 듯 고개를 숙였다. 인생은 정말이지 풀리지 않는 수수께끼인 것만 같았다. 제냐는 빵 굽는 화로처럼 온몸이 후끈 달아올랐지만 그녀의 일상은 얼마나 힘겨운가! 하지만 자신과 아메이처럼 가까이 있어 매일 만난다 한들 본질적으로 다를 게 뭔가? 자신의 아버지처럼 그렇게 유능한 천재라고 해도……. 대니얼은 여기까지 생각하고 더는 생각할 수가 없었다. 자기 아버지를 너무 숭배하기 때문이었다. 지금 대니얼에게는 이미 다섯 명의 고객이 있고 열 명까지 발전시켜 나갈 계획이었고, 그러면 정신없이 바빠질 터였다. 대니얼은 정원에서 일하는 것을 좋아했다. 모든 집의 정원에는 저마다의 비밀이 있는데, 자신이 그 일을 하지 않으면 그곳의 비밀은 영원히 알지 못할 것이었다. 그런 일은 어릴 때부터 관찰해온 것이었다. 정원사라는 직업을 선택하게 된 것도 결국 그래서였다. 그의 집에서는 아버지만이 이 비밀들을 모른 채 마음이 딴 곳에 가 있었다.

오늘 대니얼은 과일을 팔면서 자신의 고객을 한 명 더 유치했다. 그는 장애인으로 준수한 얼굴에 금빛 수염을 달고 있었다. 이 길 중간쯤의 하얀 집에 살았고 몹시 부자였다. 그는 휠체어를 가게 문 앞에 세웠지만 과일은 사지 않고 그저 그곳에서 보기만 할 뿐이었다. 대니얼이 자신에게 말을 걸어주기를 기다리는 듯했다. 대니얼이 다가가자 그들은 곧 대화를 나누었다.

닉이라고 불리는 청년의 마음은 격렬한 것처럼 보였다. 횡설수설하며 한 손을 이리저리 휘젓는 게 마치 누군가와 변론하는 듯했다. 대니얼은 한참을 애쓴 끝에 닉에게 불면증이 있고 자기 집 정원에서 밤을 지새우다시피 한다는 사실을 알게 되었다. 그런데 그는 자신의 집 정원의 구도가 자신을 미치게 해서 사람을 청해 그 구도를 흩뜨리고 말겠다고 결심한 터였다. 닉은 오랫동안 황폐화된 곳과 그곳에 환한 달이 떠오르는 것을 꿈꾸었다. 그는 대니얼이 그 꿈을 실현하도록 도와주었으면 하고 바랐다.

대니얼이 기억하는 닉의 집은 거리에서 볼 수 있는 하얀 집이었다. 4층짜리 건물은 거리의 사분의 일을 차지할 정도로 길었다. 철제 난간 뒤의 하얀 건물이 거리와 매우 가깝고 또한 거대해서, 집 뒤쪽에 정원이 있으리라고는 상상도 못 했다. 그 정원에 관해 마리아가 언급하는 것을 들은 바가 있지만 직접 눈으로 보지

는 못했다. 마리아는 한때 대니얼에게 닉의 가족은 이 일대에서
오래 전부터 살아온 사람들로 가업을 크게 하는 뿌리 깊은 가문
이라고 말해주었다. 하지만 그 집안은 지난 세기 중엽부터 몰락
의 길을 걸었고, 어찌 된 일인지 가족들도 뿔뿔이 흩어져서 지금
은 가족 중 장애인인 닉과 조부, 요리사 한 명, 눈에 이상이 있는
노복 한 명만이 남아 있었다. 그 집에는 방이 백여 칸 있어 동쪽
끝에서 서쪽 끝까지 이르려면 한참을 걸어야 했다. 한번은 시 정
부의 인구조사원이 그들의 집을 찾아가 이리저리 돌아다닌 끝에,
모든 방은 다 확인했지만 사람은 보지 못했다고 하면서 사람들은
대체 어디에 있는지 확언하듯 묻기도 했다.

대니얼은 닉을 따라 그 집의 건물을 지나 거대하고 투명한 잿
빛 천막에 도착했다. 그는 이렇게 큰 천막은 평생 처음 보았다. 안
은 작은 광장인 듯했고 천막의 재료 또한 처음 본 것으로 천도 플
라스틱도 아닌 동물의 몸에 있는 어떤 투명한 막 같았다. 하지만
어떤 동물이 그런 막을 가졌는지는 떠오르지 않았다. 천막 중앙
에는 오렌지색 열기구가 있었다. 가까이 다가가서 보니 그 아래
의 바구니에는 숨이 간들간들한 난초 화분이 몇 개 놓여 있었다.

"여기가 바로 저희 집 정원이죠." 닉이 말하자 사방에서 '웅웅'
하고 공명하는 소리가 울렸다.

뒤돌아본 대니얼은 닉의 휠체어가 이미 허공에 떠 있는 것을
발견했다. 휠체어에 탄 닉은 잔뜩 풀이 죽은 듯 수려한 얼굴이 다

소 잿빛이 되었고 입가가 병이 도진 것처럼 꼴사납게 축 늘어져 있었다.

"닉!" 대니얼은 초조하게 소리를 질렀고, 이내 자신이 낸 소음에 또다시 화들짝 놀랐다. 주변은 유리창을 깨뜨린 것처럼 끊임없이 시끄러운 소리가 울려댔고 열기구도 천천히 움직이기 시작했다.

대니얼은 사람을 불안하게 만드는 이곳에서 발을 빼고 싶었지만 자신들이 들어온 입구에 우락부락한 장년의 남자가 손에 큰 칼을 들고 서 있는 것을 보았다.

"저는 어디에서 일해야 하죠?" 용기를 내서 다시 물었고 문득 자신의 고막이 찔린 것처럼 귀가 아팠다.

닉의 휠체어는 천막 안에서 빙글빙글 돌면서 서서히 위로 올라갔고, 그의 목소리가 위에서 들려왔다.

"당신 발밑의 흙바닥에서 시작해요. 그곳에는 사시나무가 잔뜩 자랐어요."

대니얼이 열기구에 기어 들어가자 열기구가 하늘로 날아올랐고, 얼마 안 있어 천막의 한 틈새를 뚫고 나갔다. 하지만 열기구는 그렇게 높이 날아오르지 못했고 땅에서 오륙 미터 떨어진 허공을 계속 맴돌면서 절대 닉의 집을 떠나지 않았다. 대니얼은 거대한 천막이 개구리 뱃살처럼 불룩해졌다가 꺼지기를 반복하는 것을 보았고 또한 닉이 안에서 끊임없이 부르는 소리를 들었다. 파란 하늘 아래 닉의 집에서 벌어지고 있는 이 상황은 그야말로 괴이했다. 줄곧 자신의 집이 가장 이상하다고 생각했는데, 전혀 예상치 못한 이런 상황에 그만 자신이 온 취지를 망각하고 말았다.

대니얼이 있는 열기구 아래의 바구니 안 칸막이 밑에서 돌연 누가 말했다. 대니얼은 엎드려 그 틈새로 아래를 보았고 아래의 한 층에 두 사람이 앉아 있는 것을 보았다. 그들은 몹시 늙은 남자들로, 얼굴 주름이 바위의 틈 같았다. 그중 한 사람은 자고 있었고 다른 한 사람은 시름에 잠겨 있었다.

"저기요, 저기요." 대니얼이 칸막이를 두드리며 말했다. "당신들은 이 집 주인이에요? 당신들의 정원이 어디에 있는지 알려줄래요? 저는 일해야 하거든요! 온종일 허공을 날아다니고 있을 수는 없거든요?"

대니얼이 이렇게 한참을 떠들어댔지만 깨어 있는 노인은 그저 경계하며 그를 바라보고 다소 위축된 모습을 보일 뿐이었다. 노인은 자신의 몸을 최대한 움츠리려 하는 듯했다.

"말씀 좀 여쭐게요. 집 주인이신가요?" 대니얼이 소리를 질렀다.

노인은 부들부들 떨면서 일어나 힘겹게 다음의 말을 토해냈다.

"소리치지 마…… 위험해…… 낭떠러지……."

바구니가 무언가에 덜커덩 부딪혀 대니얼은 눈앞이 캄캄했다. 그는 일어나 나무 의자에 앉았다. 열기구는 여전히 그 집의 상공을 맴돌고 있었다. 돌연 이 집 사람들이 대부분의 시간을 이 바구니에서 보내기 때문에 시 정부의 인구조사원이 그들을 찾아낼 수 없었다는 사실을 깨달았다.

그렇다면 닉은 왜 자신을 고용해서 정원을 정리하려는 걸까? 자신은 아직까지 정원을 구경조차 하지 못했다. 이 저택에는 큰 건물 외에 바로 뒤쪽에 거대한 천막이 있었고 천막 바깥은 공터였다. 어쩌면 저 천막이 바로 닉의 집의 정원이고 그 안에는 자신에게 보이지 않는 것이 있으며, 자신이 볼 수 없는 건 닉만큼 예민하지 않아서일지도 몰랐다. 대니얼의 눈앞에 닉의 휠체어가 한밤중에 천막 안을 날고 있는 장면이 나타났다. 이것이 바로 닉이 말하는 초조한 불면증이리라. 이때 대니얼은 한 가지 기적을 발견했다. 몇몇 화분의 난초들이 생기발랄하게 꽃을 피우는 게 아닌가. 세어보니 모두 열두 송이였고 또한 몇 송이는 꽃망울을 머금고 막 터지려 하고 있었다. 이를 지켜보다가 그만 절로 닉이 자신에게 허공에서 화초를 키우라고 하는 건 아닐까 하는 생각이 들었다. 자신은 허공에 매달린 느낌을 좋아하지 않을뿐더러 제대로 앉아 있을 수도 없는 이런 환경에서 어떻게 일을 할 수 있을지 엄두가 나지 않았다. 그렇다면 칸막이 아래의 두 노인은 집보다 열기구가 더 안전하다고 생각하는 걸까?

누군가가 아래에서 외쳤다. 닉이 공터로 나온 것이었다. 그는 두 팔을 흔들며 대니얼에게 내려오라고 했다.

"뛰어내려요. 얼른요! 열기구가 폭발하려고 해요!" 닉의 얼굴이 창백했다.

대니얼의 머릿속에서 '윙' 하는 소리가 났다. 대니얼은 바구니 가장자리로 기어 올라가 눈을 감았고 아래로 곤두박질쳤다.

다행히 흙 위에 떨어져 다치지 않았다. 공터의 흙은 부드러웠다.

"아이고, 당신이 비단향꽃무 밭을 망쳐놓았군요!" 닉이 말했다.

대니얼은 닉의 얼굴에 칼에 베인 상처가 있고 피를 흘리고 있는 것을 보고는 그만 못 참고 소리를 질렀다.

"괜찮아요." 닉이 말했다. "조금 전 요리사와 싸울 때 입은 상처예요. 이런 일이 없을 수 없어요. 당신에게 내려오라고 한 건 열기구가 과부하가 걸리면 안 돼서예요. 그렇다고 녀석이 내려오라고 한다고 내려오는 것도 아니고요. 그래서 당신이 뛰어내리는 수밖에 없었어요. 저도 마찬가지예요. 천막에 들어가는 건 쉬워도 나오는 건 어렵죠. 반드시 요리사와 싸움을 해야 해요. 봐요. 제 휠체어까지 망가졌잖아요. 당신은 제가 정원에 천막을 설치하려는 게 이상하겠죠. 사실 불면증을 치료하기 위해서요! 휠체어를 밀면서 허공을 돌아다니다 보면 대뇌 신경이 휴식을 얻어 길고 긴 밤이 이내 지나가거든요. 어떤 나무들은 키가 너무 커서 제 길을 방해하지만 나쁘지 않아요. 난관에 부딪힐 때마다 저는 한층 더 유연해지니까요. 그런데 저는 아래 보이는 정원의 화초들이 항상 같은 종류끼리 모여 있어 한눈에 알아볼 수 있는 게 못마땅해요. 바꾸고 싶은데 당신이 절 도와줄 수 있겠죠? 그렇죠? 대니얼, 제가 말해줄게요. 방금 정원에 있을 때, 저는 제가 더는 안 깨어나는 줄 알았어요! 그러면 불면증도 없겠지요. 그런데 한편으로는 마음이 내키지 않아서 소리쳤어요."

대니얼은 닉이 말할 때 한곳을 뚫어지게 보는 것을 알아채고는 자신도 그쪽으로 시선을 던졌다. 자신이 본 것 때문에 하마터면 토할 뻔했다. 요리사가 천막 쪽에 서 있었다. 요리사는 이미 자신의 배를 가르고 창자를 꺼내고 있었다. "겁내지 말아요." 닉은 휠체어를 밀어 대니얼에게 다가오면서 아무렇지도 않게 말했다. "우리는 이 틈을 이용해 정원에 들어가 구경할 수 있어요."

"전 돌아갈게요." 대니얼이 약해빠진 소리를 했다.

"그럼 안녕히 가세요. 정원을 정리해줘서 고마워요."

넋이 나간 대니얼이 죽은 듯 고요한 하얀 건물을 지나갈 때 제복을 입은 두 사람과 마주쳤다. 두 사람은 대니얼의 어깨를 잡고 마구 흔들어대며 말했다. "깨어나. 깨어나라고!" 대니얼은 자신은 본래 깨어 있었다고 말했지만 그들은 믿지 않으면서 이곳에 온 사람은 깨어 있을 리가 없다고 했다. 그들은 대니얼에게 이 집 사람들이 어디에 숨어 있는지 물었고 대니얼은 지하실에 있을지도 모른다고 대답했다. 그러자 두 사람은 대니얼을 버려두고 지하실로 달려갔다.

대문을 나서자 이번에는 닉이 대니얼을 쫓아왔다. 그는 대니얼에게 할아버지가 숨어 있는 곳을 절대 말하지 않겠다고 약속하라고 했다. 또한 입을 여는 건 그들의 목숨을 요구하는 것과 다름없다고 했다. "그곳은 인간의 낙원이죠." 닉이 설명했다.

대니얼은 허기진 채 제냐의 집으로 돌아왔다. 제냐가 만들어준 보르시*를 커다란 그릇 가득 먹었고 소고기도 먹었다. 머리에 땀이 줄줄 나도록 먹었고 마음도 많이 편해졌다.

"닉은 살인범이야." 제냐가 말했다. "자신의 할아버지는 물론 집사까지 납치해서 그들을 마른 우물에 내팽개친 뒤 매일 음식을 던져주지. 그는 양심이 불안해서 불면증에 시달리는 거야."

"어떻게 알아요?"

"이 세상에 내가 모르는 일도 있어? 다만 닉이 나쁜 것만은 아니야. 그가 그렇게 해서 되레 자기 할아버지의 영혼을 구했으니까. 그 두 노인은 더는 마른 우물에서 나올 생각이 없어."

대니얼은 제냐를 도와 과일 광주리를 차에서 내릴 때, 자신의 아버지가 비틀비틀 걸어오는 것을 보았다. 트렁크를 든 아버지는 술에 취한 듯했다. 자신이 예전에 보지 못한 모습이었다. 어머니가 출장 갔다고 했는데 왜 이곳에서 어슬렁거리고 있을까? 대니얼은 아버지가 자신을 알아볼까 봐 허겁지겁 집 안으로 숨어들었다. 거리 쪽 창가에 서서 밖을 내다보니, 아버지는 트렁크를 바닥

---

* 고기와 채소를 넣어 끓인 러시아식 수프.

204

에 놓고 그 위에 앉아 책을 읽고 있었다.

제냐는 조용히 들어와 대니얼에게 그의 아버지에 관해 이야기했다.

"네 가족은 전부 재미있고 예측할 수 없는 사람들이야. 그래서 네 어머니가 널 내 집에 묵게 해달라고 했을 때 흔쾌히 동의했어. 난 너희 가족들처럼 경쾌한 사람들과 어울리는 게 가장 즐거워."

제냐의 육중한 몸은 바위처럼 소파를 푹 꺼뜨려 소파의 모양을 바꾸어놓았다.

"네 어머니는 정말로 활기찼고 행복해했어! 너는 내 약혼자에 관해 물었는데, 보라고. 내가 이렇게 뚱뚱하고 무거운데 어떻게 그를 만나러 가겠어? 네 부모처럼 언제든 몸을 숨길 수 있으면 나는 진작 그 사람 곁으로 갔을 거야. 봐봐. 네 아버지는 트렁크 위에 앉아 있는 게 아니라 공중에 떠 있는 거야. 얼마나 집중하고 있어!"

"아버지는 지금 동양의 탐정소설을 읽고 있어요." 대니얼이 중얼거렸다.

"당연하지. 그는 대단한 사람이야."

대니얼은 아버지의 머리뿐 아니라 옷도 헝클어져 있는 것을 보았다. 무엇보다 이상한 것은 화려한 구두를 신고 있었는데 뾰족하고 무늬가 있는 종류였다. 저 사람이 정말로 내 아버지일까?

"나는 저런 경쾌한 남자가 제일 좋아." 제냐의 눈에서 돌연 음탕한 빛이 번뜩였다.

그녀의 말이 떨어지기 무섭게 대니얼이 얼굴을 돌려 아버지를 보았지만, 아버지는 보이지 않았다.

"그는 한곳에 머무르는 법이 없지." 제냐가 칭찬했다. "누구도 그가 어디에 있는지 알 수 없어."

이어진 오후 내내 제냐는 끔찍한 고민에 시달렸다. 자신은 '거인증'에 걸렸고 자신의 몸뚱이는 아직도 웃자라고 있어 자기를 못살게 한다고 했다. "대니얼, 대니얼, 나는 이제 곧 죽어!" 제냐가 소파를 두드리며 외쳤다. 절망한 나머지 장사마저 내팽개치자 대니얼은 과일을 팔랴 그녀를 위로하랴 정신없이 뛰어다녔다.

제냐는 날이 저물 무렵에야 안정을 찾았고, 대니얼의 눈을 멀뚱히 바라보며 물었다.

"대니얼, 솔직하게 말해봐. 내게 일말의 희망이라도 있어?"

"무슨 그런 말을 하세요? 제냐, 당신은 아름다운 여자예요. 살이 좀 쪘지만 그것이 당신의 매력에 한 점 영향을 미치지 않아요. 당신은, 생각 좀 해보죠. 맞아요. 당신은 두 곳에서 동시에 생활할 수 있는 그런 사람이에요. 제 부모님처럼요." 대니얼은 자신이 똑똑한 말을 했다고 느꼈다.

"정말? 정말이야?" 제냐는 기뻐서 어쩔 줄 몰라 했다. "넌 좋은 젊은이야! 하하, 네게 내 약혼자를 꼭 보여줄게. 어느 날 그 사람이 비즈니스 단체와 함께 올 수도 있을 테니까! 지금 한 가지 계획이 있는데, 내 몸에 대한 느낌을 지울 작정이야. 내가 할 수 있을 것 같아?"

"반드시 할 수 있어요." 대니얼이 진지하게 말했다.

그런데 그날 밤 대니얼은 창가에서 이상한 광경을 보았다. 2층에 있는 자신의 침실에서 아래를 보다가 그만 가로등 아래에서 남녀 한 쌍이 입을 맞추고 있는 것을 보았다. 처음에는 심드렁했지만 그 남자가 왠지 낯익은 것 같았는데, 아닌 게 아니라 그가 휠체어에 앉아 있는 게 아닌가. 저 사람이 닉이 아니면 누구란 말인가? 흰색 스포츠 셔츠를 입은 닉은 생기발랄해 보였고 상체 근육은 매우 발달해 있었다. 여자가 몸을 돌린 순간 가로등에 비친 거대한 몸집은 뜻밖에도 제냐였다. 대니얼은 그녀에게 새 애인이 생겨서 몹시 기뻤다. 제냐의 괴상하고 아예 존재하지 않을지도 모르는 약혼자를 생각하면 뭔가 찝찝했을 뿐 아니라, 그저 몇 줄 소식으로 유지되는 환영일 뿐이므로 의미가 있다고 해도 그녀가 그를 위해 삶의 모든 즐거움을 포기할 필요는 없다고 여겼다. 그런데 제냐가 아래층에서 하는 행동을 이해할 수 없었다. 그녀는 계단에 앉아 통곡하고 있었다. 제냐가 울자 닉은 전염병을 피해 도망치듯 흔들리는 휠체어를 밀며 달아났다.

대니얼은 아래층으로 뛰어 내려가 제냐에게 갔다.

"대니얼, 난 못 살겠어!"

"어떻게 된 일이에요?"

"넌 방금 분명히 내 꼴을 봤을 거잖아. 한 마리 돼지 같지 않았어? 그렇게 뚱뚱하다고!"

"위층에서 내려다보니 미녀와 왕자 한 쌍이 입을 맞추고 있던데요." 대니얼은 제냐의 포동포동한 등을 쓰다듬으며 위로했다.

"죽고 싶어!" 제냐가 큰 소리로 말했다.

"조금만 더 기다려요, 제냐. 기다리면 생각이 바뀌어요." 대니얼도 목청을 높였다. "천막에서 날아다니는 그의 모습을 보면 당신은 더욱 그를 사랑하게 될걸요!"

"그는 반쪽짜리 마귀야."

제냐는 일어난 뒤 힘겹게 몸을 움직여 집 안으로 들어갔고 둘다 들어온 뒤 가게 문을 닫았다. 대니얼은 자극적인 썩은 과일 냄새를 맡았다. 그 냄새는 어느 때보다 강렬해서 사람을 숨 막히게 했다. 제냐는 침실로 돌아가지 않고 과일 광주리 위에 멍하니 앉았다. 대니얼은 그녀가 무엇인가를 떠올리고 있다고 생각했다. 그는 냄새를 참을 수 없어 위층으로 올라갔다.

제냐는 밤새 거기에 앉아 울다 그치다를 반복했다. 대니얼은 침실에서 자는 내내 울다 하소연하고 울다 하소연하는 제냐의 목소리를 들었다. 중간에 닉이 말하는 소리가 섞인 듯도 했다. 닉이 가게에 온 게 아니라 제냐가 닉의 목소리를 흉내 낸 것이라고 생각했고, 그녀의 이런 행동은 확실히 닉을 사랑하고 있음을 말해주었다. 그런데 닉은 왜 도망갔을까?

"닉이 왔었어요?" 아침에 대니얼은 눈이 벌겋게 충혈된 제냐에게 물었다.

"아니야. 너도 다 들었겠지. 닉이 내 몸 안에서 말하는 거야."

광주리 안의 사과는 제냐에 의해 몽땅 짓눌려서 즙이 흘러내려 엉망진창이었다. 제냐는 정말이지 무거워도 너무 무거웠다. 대니얼은 이런 의문이 들었다. 제냐는 정말로 죽을 작정인가? 자기 몸에 대한 혐오가 그 정도라면 그것을 당장 없애지 못해 한스러울 텐데, 그런 사람이 또 누군가를 사랑한다고? 그녀의 사랑은 진실한가? 문득 제냐는 절대 죽지 않을 것이라는 생각이 들었다. 제냐는 저 멀리 시베리아에서 여기까지 와서 이곳에서 뿌리를 내린 셈인데, 그런 그녀야말로 죽지 않고 그렇게 살아갈 것이리라. 썩은 과일 냄새가 풀풀 풍기는 컴컴한 저장실에서 절망에 가까운 신음을 내뱉는 그녀의 사랑이 얼마나 깊은지 아무도 짐작조차 하지 못할 터였다. 그녀의 연인은 긴 수염에 도둑 같은 눈빛을 가진 시베리아 남자일지도, 다리가 없지만 하늘을 날아다닐 수 있는 닉일지도 몰랐다. 대체 누가 그녀의 애인인가? 이는 중요하지 않았다. 정작 중요한 건 그런 절망적인 몸에서 바깥으로 촉수를 내민다는 것이었다······.

대니얼이 고개를 들자 아메이가 문 앞에 서 있었다.

"아메이, 아메이!" 대니얼이 허둥대며 불렀다.

"네 이곳은 천국 같네. 대니얼." 아메이가 곱게 웃었다.

아메이는 제냐를 본 뒤 눈이 이내 형형하게 빛났다. 그녀는 수

줍은 듯 제냐의 앞으로 가서 중얼거렸다. "전 대니얼과 함께 왔어요, 아주머니." 그녀의 목소리는 울 듯했다.

제냐는 아메이를 한 번씩 훑었지만 얼굴에 아무런 표정이 없었다.

아메이는 더욱 수줍어져 고개를 숙이고 홍조 띤 얼굴로 물러났다.

밤새 잠을 자지 못한 제냐는 퍼뜩 정신을 차렸다. 대니얼을 지휘하며 광주리를 들고 나가 짓눌려 못 쓰게 된 것들을 대충 버렸다. 그러고는 소매를 걷어붙이고 주방으로 가서 서둘러 아침밥을 먹었다.

"이게 바로 인생이지." 대니얼이 탄식했다. 속으로는 여전히 아메이에 대한 생각으로 전전긍긍했고, 왜 아메이 같은 사람이 제냐를 보고 부끄러워하는지 알 수가 없었다. 장미꽃밭에서 한 아메이와의 방탕을 떠올리면서 여전히 북받쳐 오르는 흥분을 억누를 수가 없었다. 이때 또한 아버지를 떠올리면서 어머니 역시 제냐처럼 아버지가 멀리 갈수록 좋기를 바랄 것이라고 생각했다.

대니얼은 자기 집으로 돌아와 어머니가 평소 이맘때처럼 정원에 앉아 차를 마시는 것을 보았다. 마리아가 손을 흔들어 함께하자고 했다. 날은 어둠침침했고 고양이 두 마리는 또다시 우물가에서 울어댔다.

"제냐 집에서 마음이 좀 가라앉았겠구나." 마리아가 미소를 지었다.

"아버지가 거리를 서성거리던데 어떻게 된 일이죠?"

마리아가 '푸하하하' 웃음을 터뜨렸다.

"출장 간다고 하더니. 사람이 이야기 속에 너무 천착하면 더는 현실 감각이 없어지지. 안 그래?"

대니얼은 어머니를 슬쩍 보았는데 어머니의 눈빛 역시 형형해진 것 같았다.

그는 위층으로 올라가 아버지의 서재로 갔다. 오래된 팔걸이의자에 앉아 방을 가득 메운 책들을 둘러보면서 아버지가 방금 이곳을 다녀간 듯한 느낌을 받았다. 책상에 펼쳐놓은 오래된 책의 페이지에는 고양이 한 마리가 그려져 있고, 옆에는 '터키시 반'이라고 쓰여 있었다. 한참을 들여다보았지만 터키시 반이 어떤 특징을 가졌는지 도통 모르겠고 그저 이 도시의 여느 고양이들과 다를 바가 없는 것 같았다. 어렸을 때 자신은 이따금 이 서재에 들어와 책을 구경하곤 했다. 읽지는 않았지만 책의 숨결은 언제나 익숙했다. 여섯 살 때부터 말이 없는 아버지가 완전히 다른 세계에 살고 있다는 것을 알았다. 아버지의 세계가 자신을 끌어당겼지만, 자신은 독서를 통해 아버지와 소통하겠다고는 생각해보지 않았다. 사실 자신과 아버지는 이미 서로 통하지만 그저 아버지가 그렇게 생각하지 않을 뿐이라고 여겼다. 예를 들면, 지금 자신은 이 페이지 속 고양이와 '터키시 반'이라는 글자를 보면서 이미 책의 내용을 감지했다고 느껴 은근히 흥분되었다. 대니얼은 흥분을 가라앉히려고 책을 옆으로 살짝 치웠다. 하지만 책을 치웠음에도 불구하고 책을 만진 오른손에는 어떤 느낌이 있었고, 그 저릿저릿한 느낌이 심장을 파고들었다. 줄곧 이렇게 많은 책 속에 파묻혀 사는 아버지는 심장이 이만저만 튼튼한 게 아닐 것이라는 생각이 들었다. 반면 자신은 여리고 쉽게 흥분하는 데다 일이 생기면 종종 그 안에서 스스로 헤어 나오지 못했다. 그의 아버지에 대한 숭배는 자연스러운 것이었다.

대니얼은 서가의 책을 한 권 한 권 꺼내 넘겨보고는 도로 제자리에 꽂았다. 또다시 책이 뿜어내는 숨결에 매료되었다. 그것은 매우 익숙했지만 복잡해서 뭐라 설명할 수 없는 것으로, 마치 눈 오는 날 아침에 일어나 보게 된 창의 눈꽃이나 오래된 우물 옆의 여러 해 묵은 이끼 같은 것이었다. 어쨌든 가장 닮은 것은 책상 위이 책 속 그림의 터키시 반이었다. 그곳에서 책 넘기는 일에 흠뻑 빠져 있을 때 누군가 서재로 몰래 들어와 서가 뒤쪽에 숨었다. 그 사람은 아메이였다. 아메이는 자신이 숨은 곳에서 자꾸만 한숨을 내쉬었다. 그녀는 대니얼이 살아남기 힘든 남자아이라고 늘 생각해왔고, 지금 그의 모습이 자신의 생각을 한층 확인시켜주었다.

"누가 여기에서 한숨을 내쉬지?" 대니얼이 물었다. 아메이가 보이지 않았다.

대니얼은 불현듯 마음이 어수선해서 책을 내려놓고 어머니를 찾아갔다.

하지만 어머니는 보이지 않았다. 정원의 테이블에 앉아 있는 사람은 제냐였다. 제냐가 싱글벙글 웃으며 대니얼을 맞이했다.

"네 집에 올 때마다 나는 내 비만을 잊지. 나는 지금 제비처럼 몸이 가벼워."

자리에 앉은 대니얼은 아버지 서재의 베란다를 마주한 채 어리둥절해했다. 베란다에 아메이의 그림자가 어른거렸다. 그의 기분은 여전히 조금 전 책의 분위기에 잠겨 있었다.

"제냐, 말해봐요. 제 아버지는 대체 어디에 있어요?"

"그는 마리아와 같이 있어. 두 사람은 한순간도 떨어질 수가 없어. 대니얼, 집을 나갈 생각을 해본 적 있어?"

"이곳에서 정원사가 되기로 결심했는데 어떻게 떠나겠어요?"

"아, 그건 방해가 안 돼."

제냐가 아프리카사향고양이를 에어쿠션과 같은 자신의 배에 앉히자 고양이는 얌전하게 그녀의 배 쪽 옷을 핥았다.

"대니얼, 네 엄마에 관해 말해줄게." 제냐가 날아다니는 고추잠자리를 보며 말했다. "마리아는 기이한 여자야. 이제는 그녀와 같은 사람은 찾을 수가 없어. 생각해봐. 그녀가 예전에 살았던 작은 마을이 사라진 지는 이미 오래되었고, 그곳에 남아 있는 사람은 찾아볼 수가 없어. 하지만 그녀는 여전히 초심을 잃지 않고 그들과 대화해. 이 도시에서 조상이 물려준 땅에 집을 짓는 사람이 누가 있어? 아마 마리아밖에 없을 거야. 어느 날 밤에 나의 시베리아 약혼자가 사람을 통해 편지를 보내서, 자신은 기다림에 지쳤고 내 몸을 만질 수 없는 건 자신에게 약혼자가 없는 것이나 마찬가지여서 떠돌아다닐 작정이라고 했어. 나는 그의 편지를 읽고 울고불고하다 결국 네 엄마한테 갔지. 그때 너는 아직 기숙학교에 있었고 네 아버지는 출장 중이었지. 네 집은 불이 환하게 켜져 있고 나는 네 엄마가 침실에 있다고 생각했지만 아무리 찾아도 찾을 수가 없었어. 그런데 그렇게 찾다 보니 어느새 내 마음의 슬픔이 한결 가벼워졌어. 나는 너희 집 주방에 앉아 파이를 먹으면서 마음의 평정을 오롯이 되찾았지. 그때 누군가 소곤대는 소리를 들었고 그 목소리를 따라갔더니 지하실의 세탁실이었어. 네 엄마는 그곳의 커다란 양동이에서 자고 있었고 그 안에는 더러운 옷들이 잔뜩 담겨 있었지. 입으로는 쉴 새 없이 내 귀에 낯선 이름을 툭툭 내뱉었고. 네 엄마가 한 번 부를 때마다 맞은편 벽에서 이상하고 걸걸한 소리가 울렸는데 뭐라고 하는지는 잘 들리지 않았어. 그때 마리아가 불쑥 얼굴을 돌려 내 눈을 바라보며 진지하게 말했어. '제냐, 제냐. 당신은 약혼자를 사랑하나요?' 나는 머리가 완전히 마비된 채 그곳에 섰고 이어 가슴이 벅차올랐어. 나는 '마리아, 마리아, 사랑해! 날 절대 버리지 마'라고 미친 듯이 외쳤어. 봐봐. 대니얼, 나와 네 엄마가 얼마나 서로 마음이 통하는지 말이야. 네 엄마는 훗날 나한테 네 아빠가 출장 간 그 밤들에 선조들을

214

통해 네 아빠와 '진정한 교류'를 했다고 알려주었지. 내가 네 엄마와 이 장미꽃밭에 앉아 커피를 마실 때 내 몸이 허공에 떠올랐는데, 그건 정말이지 흔치 않은 상쾌함이었어! 마리아가 '작은 마을의 빵집'이라는 노래를 불러줄 때마다 나는 눈물을 흘렸지! 고양이들은 이리저리 뛰어놀면서 적잖은 전기 불꽃을 튀겼어. 바깥에서 자동차 소리가 나지 않았다면 우리 둘은 자신이 어디에 있는지조차 잊었을 거야. 대니얼, 내가 너한테 이런 얘기를 하는 건 너도 알라는 거야. 네 엄마는 옛 시대를 고집하는 여자고, 복잡한 가족의 연원을 자랑스러워하면서도 고통스러워해. 게다가 그녀는 그 터에서 다시 널 낳았어. 얼마나 이상한 일이야!"

제냐의 말소리가 그치자 대니얼은 또다시 아메이를 보았다. 아메이는 슬그머니 대문을 빠져나갔고 대니얼이 그녀를 불렀지만 그녀는 대답이 없었다.

"인생은 얼마나 아름다운가! 고추잠자리, 여자아이!" 제냐가 말했다.

그날 두 사람은 손을 잡고 가게로 돌아왔고, 대니얼은 도중에 시베리아에서 불어오는 얼음 바람의 냄새를 여러 차례 맡았다. 그것은 매서우면서도 신선했다.

8장

마리아의 여행

마리아는 황야에 서서 불어오는 남풍을 맞으며 가슴이 확 트이는 것을 느꼈다. 그녀는 야간 기차를 타고 왔다. 당시 기차 안에서 잠이 들었고, 덜컹거리는 기차와 함께 해괴망측한 꿈을 잔뜩 꾸었지만 깨고 난 뒤에는 아무것도 생각나지 않았다. 그저 뱀에 관한 꿈만 기억했다. 꿈에서 날렵하고 아리따운 초록 뱀들이 틈만 있으면 그녀의 집으로 기어 들어왔다. 나중에 방 안에 낯선 사람의 말소리가 울리자 뱀들은 한 마리 또 한 마리 허공을 헤엄쳐 사라졌다. 기차가 역에 도착했지만 잠에서 깨지 않아 승무원이 그녀를 깨웠다. 승무원은 주근깨 있는 얼굴에 코가 납작한 소녀로, 캄보디아 사람인 듯했다. 그녀는 한쪽에 서서 짐을 챙기는 마리아를 보며 뭐라고 말을 하고 싶은 듯 입을 달싹이다가 도로 닫았다. 마리아가 내릴 때, 승무원은 짐을 들어주며 늘 하던 것처럼 당부했다. "바깥 날씨가 쌀쌀해요. 감기 조심하세요." 마리아는 그녀가 조금 이상하다고 느꼈다.

이곳은 '북도(北島)'라고 부르는 곳으로, 마리아가 어린 시절에 꿈꾸었던 곳이었다. 조부는 임종을 앞두고 마리아에게 몇 마디 말로 이곳을 언급했다. 훗날 오랜 시간 동안 마리아의 마음속에서 북도야말로 자신의 진짜 고향이 아닐까 하는 생각이 수시로 떠올랐다. 순간 자신이 이곳에 온 것은 갑작스러운 충동이 아니라 몇십 년 동안의 사전 모의를 거친 뒤 비로소 이루어진 결과가 아닐까 싶었다. 이는 비밀스러운 외출이어서 대니얼에게도 알리지 않았다.

집은 대나무 숲에 숨어 있었다. 그곳은 적잖은 땅을 차지하고 있는 촌락이었다. 마리아는 이렇게 키가 큰 대나무는 처음 보았다. 대나무는 미루나무 같은 큰키나무를 넘어섰고 번들거리는 나무줄기가 공포의 감정마저 불러일으켰다. 마을은 초가지붕을 얹은 흙집으로 이루어져 넓은 땅에 드문드문 흩어져 있었다.

택시 기사는 마리아를 마을 입구까지 데려다주고 떠났다. 마리아는 아득히 펼쳐지는 황야를 바라보며 이 마을 사람들은 무엇으로 생계를 유지하며 살까 더없이 궁금증이 일었다.

그녀는 사전 연락에 따라 대접을 받았다. 목소리가 남자 같고 몸집이 큰 부인이 그녀의 여행용 가방을 받아 들고 마리아를 데리고 대나무 숲을 가로질렀다. 여자는 맨발에 짙은 남색 삼베로 만든 로브를 입고 구릿빛의 묵직한 머리카락을 틀어 올리고 있었다. 이 '울라'라는 여자는 대략 마흔 살 전후로 보였는데, 그녀의 온몸에서 야수 같은 힘이 뿜어져 나오는 것 같았다. 여자는 걸음이 너무 빨라 자꾸만 멈춰 서서 마리아를 기다려야 했고, 마리아는 미안해하지 않을 수 없었다.

두 사람은 한 흙집 문 앞에 멈춰 섰다. 그 집은 다른 집보다 조금 컸지만 이미 너무 낡아 퇴락한 모습이 역력했으며 나무 문조차 삐거덕거렸다. 문을 들어서자 바로 커다란 본채가 나왔다. 본채 안에는 벽을 따라 커다란 도자기 물 항아리가 쭉 놓여 있었다. 거실 한가운데에는 커다란 네모난 탁자가 있고 나무 의자들 역시 투박하고 컸지만 편안해 보였다. 이곳 사람들은 하나같이 키가 유난히 크지 않을까 싶었다. 마리아가 의자에 앉고 나자 울라는 보이지 않았다. 마리아는 항아리의 물에서 '풍덩' 하는 소리를 들었는데, 그 안에 수생동물이 있는 것 같았다. 침실 쪽으로 시선을 던지니 침대 위의 요와 이불이 요사스럽기 이를 데 없는 색깔이었다. 집에서 짠 무명천을 검푸르게 물들인 바탕에 금빛의 커다란 꽃 도안을 올린 것으로, 어슴푸레한 빛 속에서 의미가 모호한 빛을 발하고 있었다. '정말 아름다운데!' 마리아는 속으로 놀라 감탄하면서도 잠시 어떤 안타까움이 몰려와, 자신의 수공예품이 전문가의 수준에 미치지 못한다는 사실을 뼈저리게 느꼈다.

누군가가 문을 두드리자 마리아가 다가가 문을 열었다. 몸집이 철탑만 하고 머리는 이미 하얗게 센 남자가 있었다. 남자는 울라가 있는지를 물었고 마리아는 그녀가 방금 나갔다고 말했다.

"불쌍한 여자!" 남자는 말하면서 허리를 숙여 물 항아리의 뚜껑을 일일이 열어 보았다.

마리아는 방 안이 너무 어두워서 물 항아리 안의 동물을 제대로 볼 수 없었지만, 항아리마다 커다란 무엇인가가 들어 있다는 것을 어렴풋이 알아차렸다. 항아리는 깊었고 그것들은 기어 나오려 기를 썼지만 그때마다 성공하지 못했다.

"그건 무슨 동물인가요?" 마리아는 그만 참지 못하고 물었다.

"이곳에만 있는 것이지요. 본래는 야생동물이었는데 여러 해를 거치면서 집에서 기르는 것이 되었어요. 처음에는 녀석들이 무리를 지어 마을로 내려와 물 항아리에 뛰어든 뒤 웅크리고 앉아 미동도 않고 있었어요. 나중에는 우리가 집에서 녀석들을 기르게 되었지요. 우리는 녀석들을 '황금거북'이라고 부르지만 녀석들의 몸에는 등딱지가 없어요. 이 방에 있는 것들은 전부 울라가 기르는 것들이에요. 예전에 우리는 벼농사를 지어 먹고살았는데, 황금거북이 온 뒤로는 아무도 벼농사를 짓지 않아요. 여기에 올 때 당신도 봤잖아요. 땅은 죄다 황폐화되었어요. 정말이지 욕망의 거북이죠! '욕망이 있는 곳에 황무지가 있다'는 옛말이 있지 않습니까? 안 그래요?"

남자가 말할 때 새하얀 이가 번들거려 마리아는 오싹했다. 남자에게 폭력적인 성향이 있는 것 같은 느낌을 줄곧 받았지만 또한 그런 폭력은 무해한 것이라는 생각도 들었다.

"황금거북은 왜 스스로 죽음을 찾았을까요?" 마리아는 당혹스러웠다.

"아마 녀석들은 뭔가 안정된 나날을 생각했겠죠. 물 항아리는 저마다 하나의 지하 감옥이죠."

"녀석들은 뭘 먹어요?"

"녀석들은 안 먹은 지 오래되었고 자신의 영양에 의존해 살아가요. 그러니 생각해봐요. 밑천이 안 드는 그런 장사를 누가 마다하겠어요? 그저 하루걸러 물만 갈아주면 돼요! 게다가 한 마리당 200위안*에 팔 수 있어요. 시간이 지날수록 마을 사람들 역시 황금거북처럼 변해갔어요. 오는 길에 한 사람도 만나지 못했죠? 다들 자기 집에 누워 있기 때문이에요. 어린아이만 빼고 대부분 누워 있어요."

"왜 누워 있어요? 밖에 나와 돌아다니면 되잖아요."

"돌아다닐 마음이 어디 있겠어요? 다들 자신의 고통스러운 삶을 사유하고 있는데."

"울라도 그래요?"

"울라는 예외고 그래서 그녀가 불쌍하다는 거예요. 그녀는 사

---

* 한화로 약 3만 8천 원이다.

유할 시간이 없어요. 이 여관을 연 뒤로 외지에서 오는 여행객을 맞아야 해요. 내 이름은 칭이에요. 아직 안 알려줬죠?"

칭은 황금거북들을 둘러본 뒤 문 앞에 서서 담배를 피웠다. 마리아는 이제야 그의 얼굴을 똑똑히 보았다. 그는 왼쪽 얼굴과 오른쪽 얼굴이 전혀 달라 마치 두 사람 같아서 표정을 형용하기 어려웠다. 마침 그와 마주 보고 앉았기에 동시에 왼쪽과 오른쪽 얼굴을 볼 수 있었다. 매우 생동적인 그의 왼쪽 얼굴은 지금은 비통한 표정을 짓고 있지만 조금 전까지는 생기발랄하다 못해 심술궂기까지 했다. 한편 오른쪽은 보면 놀랄 수밖에 없는 얼굴이었다. 마치 시체처럼 반쪽 입을 꾹 다물고 유리구슬 같은 눈을 하고 있었다. 그는 자신의 오른쪽 얼굴이 사람들을 놀라게 한다는 것을 아는지, 자신의 왼쪽 얼굴을 향해 말하는 사람을 좋아했다. 지금 그는 얼굴을 옆으로 돌렸다. 마리아는 그의 왼쪽 눈이 쉼 없이 깜박거리고 왼쪽 뺨의 근육이 경련을 일으키는 것을 보았다.

마리아는 일어나 문 앞으로 가서 그의 시선을 따라 눈길을 던졌다가 그의 시야에 울라가 들어와 있는 것을 알아챘다. 울라가 뜻밖에도 이 칭이라는 사람에게 이렇게 큰 영향을 끼칠 수 있다니! 마리아는 깜짝 놀랐다. 그는 왼쪽 몸까지 경련을 일으키면서 더없이 고통스러워했다. 울라가 얼굴을 찡그리고 다가왔을 때 마리아는 더욱 화들짝 놀랐다. 왜냐하면 울라의 외모가 완전히 달라져, 더는 사십대 중반의 야성미 넘치는 부인이 아니라 산전수

전 다 겪은 노파 같았기 때문이었다. 그녀의 늙은 나무껍질 같은 긴 얼굴은 방금 전의 그 부인이 맞는지 의구심이 일게 했다.

울라는 방에 들어서자 바로 마리아에게 인사하고 잘 쉬었는지 물었다. 그러고는 정색하며 칭을 등진 채 나지막한 흥성으로 그에게 물었다.

"무슨 문제가 더 있어?"

"없어." 칭은 시무룩하게 대답하고는 쓰러지기라도 할 것처럼 몸을 흙벽에 기댔다.

마리아는 이 철탑 같은 남자가 어쩌다 흐물흐물한 솜이 되었을까 싶었다.

울라가 마리아의 손을 잡아끌고 침실로 들어가 마리아의 귓가에 대고 말했다. "상관하지 말아요. 그는 파괴하러 왔으니까. 조금 전 마을 동쪽에 병문안 갔다가 누가 그가 왔다고 알려주어서 부랴부랴 돌아왔어요. 그가 당신한테 무슨 나쁜 말을 한 건 아니죠?" 마리아가 말했다. "아니요." "체, 이 속 빈 인간." 울라는 침실 문을 쾅 닫고 몸을 바짝 붙여 문틈으로 밖을 내다보면서 칭이 갔는지 안 갔는지를 살폈다. 한동안 그러고 있다가 칭이 여전히 가지 않자 연달아 한숨을 내쉬었다. 마리아는 지금 폭삭 늙은 모습으로 경박하게 구는 그녀가 말 못 할 깊은 사연이라도 있는 건 아닌지 싶었다.

"칭은 여기 사람인가요?" 마리아가 물었다.

"잘 모르겠어요." 울라는 괴로운 듯 손사래를 쳤다. "본인은 그렇다고 하는데 내가 보기에는 아니에요. 현지인이 어떻게 그 같은 얼굴을 할 수 있겠어요? 그렇다고 칭이 현지인이 아니라고 말하는 것도 말이 안 돼요. 많은 사람들이 칭이 이곳에서 자란 것을 봤어요. 나는 칭이 왜 우리의 생활을 그토록 경멸하는지 모르겠어요!"

울라는 화가 나 얼굴이 벌겋게 달아올랐고 이를 악물고 한마디 덧붙였다.

"그가 우리의 퇴로를 아예 끊어버렸어요."

울라가 이불을 깔아주며 마리아에게 말했다.

"우선 좀 쉬세요. 전 황금거북을 돌보러 가봐야겠어요."

울라는 마리아가 누운 뒤에도 바로 떠나지 않았다. 침대 앞의 의자에 앉아 마리아에게 이 마을의 이야기를 해주었다.

"당신도 다 봤잖아요. 이곳은 쑥대밭이 되었고 그런 상황은 몇십 년째 이어지고 있지요. 예전에는 결코 이렇지 않았어요. 예전에 이곳은 안개가 잦은 지역이었어요. 그럴 때면 곳곳이 뿌예서 사람들의 성격도 보기 드물게 좋았어요. 이곳은 벼농사하기에 적합해서 집을 나서면 논들이 펼쳐졌어요. 마을 전체는 하나의 협력기업이 되어서 전문 수매자가 우리 상품을 사러 왔었어요. 우리의 생활은 평온했어요. 당신도 생각해봐요. 안개를 사이에 두고 누가 자기 무덤의 위치를 알아볼 수 있겠어요?"

울라는 이렇게 말한 뒤 돌연 침묵했고 눈빛이 흐려졌다. 마리아는 그곳에 누워 또다시 익숙한 술렁거림을 들었다. 그것은 벽쪽에서 나는 소리로 사람의 말소리가 아니라 수많은 쥐들이 안에서 긁어대는 소리인 듯했다. 졸음이 쏟아졌지만 그래도 울라에게 묻지 않을 수 없었다.

"나중에는요?"

"나중에요? 나중에는 마을에 복병이 등장했어요. 그 복병은 다름 아닌 칭이었죠. 칭의 가족은 독특한 사람들이었는데, 그들은 언제나 일을 분명하게 처리하려고 들었어요. 그들 역시 이곳에서 나고 자랐다고 말하지만 우리 모두와는 판이하게 달라서 외국인이라 해도 과언이 아니었어요. 예컨대 양곡 수매요. 우리는 한 번도 시시콜콜 따지려 들지 않았지만, 그의 할아버지는 수매자들과 한사코 이치를 따져가며 가격을 흥정하려 들었어요. 그 결과 수매하러 찾아오는 사람들이 갈수록 줄어들면서 땅에서 썩어나가는 곡식이 생겨나기 시작했어요. 하지만 이곳은 쌀밥에 생선을 먹을 수 있는 살기 좋은 고장인지라 당시의 생활은 그런대로 괜찮았어요. 칭의 부모 때에 이르러 상황은 악화되었어요. 이상하게도 이곳 사람들은 칭의 집안사람들을 마을의 지도자로 여기고 무슨 일이든 그들을 따랐어요. 지나치게 타성에 젖어 있었기 때문일 거예요. 칭의 부모는 똑똑하고 까다로운 사람들이었고, 사람들은 그들을 계획이 주도면밀하고 생각이 원대하다고 추켜세웠어요. 그 부부가 마을의 일을 맡게 되면서 논을 묵히기 시작했죠. 그들이 이렇게 힘들게 일할 필요 없이 양곡 수매가를 올리면 된다고 고집스럽게 주장했기 때문이에요. 그 전략은 처음 몇 년 동안 어느 정도 효과를 보는 듯했지만 나중에는 재난이 되고 말았어요. 식량을 수매하러 오는 사람이 절반으로 줄어들었으니까요. 마을 사람들은 순식간에 허리띠를 졸라매야 하는 가난한 사람들로 전락했어요. 그런데도 그들 일가족은 여전히 기뻐하는 듯했고, 칭은 자신의 남동생과 함께 탈곡장에서 노래를 흥얼거리다 밤늦도록 집에 들어가지 않았죠. 칭의 부모는 같은 날 죽었어요. 들리는 소문에 독버섯을 먹고 얼굴의 일곱 구멍에서 피를 쏟으며 죽어갔다고 해요. 칭과 남동생은 비통한 나머지 기절했고요. 부모를 묻은 후 칭은 정식으로 우리 마을의 지도자가 되었어요. 그는 사람들이 농사짓는 것에 유난히 반감을 가져서, 계략을 꾸며 곡식 수매자들이 기겁해서 도망가게 한 뒤 어딘가에서 이 황금거북을 들여왔죠. 아무도 본 사람은 없지만, 나는 칭이 이 동물을 들여왔다는 것을 알아요. 원래 이곳에 없었으니까요. 당신도 당연히 그의 얼굴을 눈여겨봤겠지요. 무시무시하죠? 그렇죠? 저야말로 익숙해요. 그렇게 생긴 사람은요, 모든 것을 바꿀 능력을 가지고 있어요! 그래서 지금 마을에서는 안개를 볼 수 없고, 해가 뜨면 모든 것이 선명하게 드러나죠. 이런 환경에서 사람들은 부끄러움을 느끼기 시작하고 그리고 무너지죠."

"무너져요?" 마리아가 졸린 눈을 하고 비몽사몽간에 물었다. 자신은 이미 꿈속에 있다고 생각했지만 이야기만은 끝까지 듣고 싶었다.

"그래요. 무너졌어요……." 울라의 목소리가 무겁게 가라앉았다. "우울…… 질병, 그런 마음의 병이…… 당신은 타향 사람이고, 그들을 볼 수 없어요. 그들은 나오지 않을 거예요. 어떤 사람은…… 죽는 순간까지 집 안에 숨어 있을 거예요. 칭만이 이 주변을 맴돌아요……."

마리아는 꿈속의 기분마저 몹시 우울해져 끝이 보이지 않는 숲의 오솔길을 걷고 있었다. 그 오솔길은 음침했고 숲에서는 이따금 맹수인지 모를 수상한 울부짖음이 들려왔다. 마리아는 지쳤고, 심장에 무리가 오면서 이곳이 죽음의 고향은 아닐까 하는 생각이 불현듯 스쳐 지나갔다. 그렇게 생각하자 눈에 눈물이 차올랐다. 순간 자기 같은 사람은 슬픔과는 인연이 없었는데 지금 이게 어떻게 된 일인지 싶어 화들짝 놀랐다. 걸음을 멈추고 풀숲에 주저앉아 갈수록 잦아지는 야수의 울부짖음을 들었다. 이때 자신의 심장이 뛰는 소리를 다시 들었고 두 번 뛰다가 멈추었다. 또한 피가 심실을 통과하는 소리가 들렸다. 자신의 심장이 손상을 입었다고 생각했다.

마리아는 깨어났을 때 풀잎의 싱그러운 향기를 맡았고, 꿈속에서 자신이 제 무덤에서 풀을 뽑고 있었다는 것을 떠올렸다. 울라는 거실에서 칭과 대화하고 있었고, 대화 소리가 간간이 들려왔다. 두 사람의 말투는 다정하다 못해 지분거리는 느낌마저 있었다. 옷을 챙겨 입고 침상을 정리한 마리아는 거실로 나가야 할지 말아야 할지 망설였다. 그런데 울라가 자신을 불렀다.

울라는 칭의 품에 안겨 있었다. 그녀의 유연한 몸이 더없이 요염해 보여 그야말로 넋을 잃고 바라보았다. 풀어 헤친 울라의 구릿빛 머리카락은 풍성하고 빛이 나서 안을 환하게 밝혔다.

"와서 커피 들어요." 울라가 차분하게 마리아에게 말했다.

칭이 울라의 다부진 어깨 너머로 머리를 내밀어 마리아를 놀리듯 쳐다보았다.

마리아는 핏줄이 서고 노동에 능숙한 제 두 손을 부끄러운 듯 바라보았다. 잠시 후 애써 눈을 치켜뜨고 무표정한 칭의 반쪽 얼굴에 시선을 던졌다. 그 반쪽 얼굴은 자신의 마음속 어떤 아득한 기억을 불러일으켰다. 화강암이 깔린 거리, 그 거리를 걷던 늙은 장신구 장인이 떠올랐다.

"부끄러운가 봐." 칭이 물끄러미 마리아를 바라보며 말했다.

울라도 너무 했다고 생각했는지 칭의 품에서 빠져나와 마리아에게 커피를 따라주었다.

마리아는 물 항아리 안의 황금거북들이 조용해진 것을 알아차렸다. 이때 칭이 문밖으로 나가 담배를 피우자 울라가 마리아에게 다가와 앉았다.

"두 사람은 애인이었군요." 마리아가 심드렁하게 말했다.

"저는 무서워서 그의 애인이 되었어요. 마리아, 당신은 내가 얼마나 힘겨운 나날을 보내는지 몰라요. 낮에는 집집마다 돌아다니며 고통스러워하는 사람을 위로할 뿐 아니라 황금거북도 돌봐야하고, 당신같이 먼 곳에서 오는 손님들도 맞이해야 해요. 정신없이 바쁘다 보면 오히려 짜증스럽지도 않아요. 하지만 밤이 되면모든 게 변하죠. 매일 밤 나는 미치려 하죠. 어떤 날 밤에는 자신이 산양이 된 듯 문 앞의 푸른 풀을 한 무더기 뜯어먹어요! 이렇게 한 뒤 아침이 되면 너무 슬픈 나머지 죽고 싶은 심정뿐이에요. 나중에 칭이 왔고 그는 부서지는 별빛 아래 서서 자신의 늑대 같은 눈빛으로 단번에 날 진정시켰어요. 돌아갈 집이 없는 우리 두사람은 그렇게 함께하게 되었어요. 당신은 내가 그와 잘 지낸다고 오해하지 말아야 해요. 대부분의 시간에 그는 나의 적이니까요."

울라의 눈에 있던 열정은 돌연 사그라지고 그 자리에 서글픔이차올랐다. 울라는 마리아에게 마을을 살펴보지 않겠느냐고 제안했다.

"당신에게 익숙한 광경을 만날 수 있을 거예요." 울라가 비위를맞추며 웃었다.

두 사람은 빵을 먹고 집을 나섰다. 문 앞에서 담배를 피우고 있던 칭이 마리아를 뚫어지게 노려보자 마리아는 온몸에 소름이 돋고 얼굴이 달아올랐다.

"그의 매력을 당해낼 수 있는 사람은 아무도 없어요." 울라가 우쭐대며 머리를 내저었다.

그들은 이내 울창한 대나무 숲으로 들어섰다. 여름이었지만 마리아는 으슬으슬 추웠고 자꾸만 소름이 돋아 옷을 껴입지 않은 것을 후회했다. 나중에는 걸을수록 점점 더 추워져서 온몸이 덜덜 떨렸다.

"울라, 당신은 제 상황을 어떻게 알았죠?"

"우리는 진작 연락이 닿았어요. 그래서 제가 당신한테 지난 몇 년간 쭉 여행 소책자를 보내드렸잖아요."

울라는 마리아의 질문에 대답하지 않았다. 마리아는 얼른 아무 집이나 들어가 몸을 녹였으면 하고 바랐다. 하늘을 찌를 듯 쭉쭉 뻗은 대나무들이 얼음 기둥처럼 느껴져서 더 걸었다가는 얼어붙을 것 같았다. 옆의 울라를 힐끔거렸더니 그녀는 불그레한 얼굴로 추위라고는 느끼지 않고 있었다. 마침내 흙집을 보았다. 집 앞에는 더러운 남자아이가 얼굴에 진흙을 묻힌 채 막대로 악취 나는 도랑물을 휘젓고 있었다. 울라가 들어가 앉자고 말하자 마리아는 바로 동의했다. 남자아이가 막대를 물속으로 던지는 바람에 더러운 물이 마리아의 바지에 튀었다. 마리아는 울라가 남자아이를 '순둥이'라고 부르는 소리를 들었다.

집 안으로 들어가니 좀 따뜻해졌다. 집 안에는 세 사람이 누워 있었고, 그들은 한방에서 각각 야전 침대에 누워 있었다. 그곳은 집이라기보다는 임시 여관 같았다. 세 사람은 자지 않고 지붕을 빤히 쳐다보고 있었다. 두 노인은 이 집의 주인인 듯했고 다른 한 사람은 중년 부인이었다. 슬픈 표정을 짓고 있는 중년 부인은 비쩍 마른 손으로 침대 머리맡의 철제 난간을 움켜쥔 채 신경질적으로 경련을 일으켰다. 두 노인은 차분한 편이었는데, 마리아가 덮었던 검푸른 바탕에 금빛 꽃의 얇은 이불을 덮고서 거의 움직이지 않았다.

울라는 침대 옆에 쭈그리고 앉아 중년 부인과 말했다. 귓속말 같은 소리여서 마리아가 알아듣기 힘들었다. 말하다 보니 중년 부인의 신경질은 어느새 줄어들었고, 침대 머리맡의 철제 난간을 움켜쥐었던 손 역시 놓았다. 잠시 후 마리아는 그녀의 얼굴에 뜻밖에도 소녀 같은 수줍음이 어린 것을 보았다. 부인은 긴 한숨을 내쉬며 침대에서 일어나 앉았다. 그녀가 일어나 앉을 때 두 노인은 일제히 각자의 침대에서 몸을 살짝 일으켜 마치 그녀가 창피한 짓이라도 한 것처럼 꾸짖듯 그녀를 노려보았다. 세 사람은 이렇게 거북하게 맞서고 있었다.

"릴라, 이쪽은 내가 당신에게 말했던 마리아예요. 당신은 마리아에게 그 일을 알아보려 하지 않았어요? 봐요. 마리아가 직접 왔어요." 울라가 경직된 분위기를 깨뜨렸다.

릴라는 무거운 짐을 벗어던진 듯 옷을 입고는 울라와 함께 밖으로 나갔다.

세 사람은 문 앞에 서서 이야기했다. 마리아는 릴라가 방문을 나선 순간 발랄해지고 젊어진 것을 발견했다. 그녀의 모습은 더는 중년 여성이 아니라 겨우 스물 남짓으로 보였으며 갈색 머리카락 역시 생기발랄함을 드러냈다. 그녀가 덥석 마리아의 손을 붙잡고 다급하게 말했다.

"마리아, 마리아 아주머니! 당신은 정말로 거기에서 왔어요? 40년 전에 열쇠 장인의 공방에서 일어난 일을 알려줄 수 있어요? 아, 이상하게 생각하지 말아요. 그 일은 제 마음을 짓누르고 있는 커다란 바위 같아요. 맙소사, 전 도저히 말이 안 나와요! 울라! 울라……."

그녀의 얼굴이 빨갛게 달아오르자 울라가 다정다감하게 그녀의 등을 두드리며 위로했다. "초조해하지 말아요. 초조해하지 마. 마리아는 여기에 있잖아요. 그녀가 모든 걸 말해줄 거예요."

"40년 전 열쇠 장인의 공방에서 있었던 일은 양쪽의 자발적인 모살이었어요." 마리아가 조심스럽게 말했다. "그런데 당신은 정말로 그 열쇠 장인의 딸인가요?"

릴라는 이 말을 듣고 얼굴이 금세 환해져서는 연신 "아"라고 몇 번이나 내뱉으며 놀라움을 감추지 않았다.

"그렇다면 다리를 저는 닉은 아직 있나요? 그 마귀는요?" 릴라가 이를 악물고 물었다.

"그는 아직 있어요. 하지만 그가 한 짓은 아니에요. 당신의 아버지는 주관이 뚜렷한 사람이죠."

"알아요." 그녀는 잦아드는 목소리로 동의하면서 눈빛을 단번에 흩뜨렸다.

"얼마 후 릴라는 북도에 도착해 이곳 사람의 며느리가 됐어요!" 울라가 큰 소리로 축하하듯 말하면서 한 손을 들어 이상한 손짓을 했다.

한바탕 바람이 불어오자 마리아는 또다시 소름이 돋았다. 저도 몰래 불평했다. "여긴 정말 추워."

릴라와 울라는 마리아의 말을 듣고 웃음을 터뜨렸다. 울라가 해명했다. "이곳의 기후에 아직 익숙지 않죠. 이곳 사람들은 마음에 불덩이가 있어서, 우리도 외지 사람들처럼 살고 싶어도 쉽지가 않아요. 사실을 말하자면 칭이 독단적으로 우리의 농사지을 권리를 앗아갈 수는 없어요. 우리 마음속에 그런 요구가 있는 것이고 칭의 일가족은 단지 마을 사람들의 본성을 꿰뚫어 보았을 뿐이에요."

울라가 말할 때 릴라는 그녀에게 바짝 붙어 떨어지려 하지 않았다.

집 안에서 부르는 소리가 들렸는데 거의 질책하는 듯했다. 릴라는 안색이 돌변해서 부랴부랴 안으로 들어갔다.

울라가 해명했다.

"두 노인은 릴라를 보호하고 있어요. 그들이 없었다면 릴라는 오늘날까지 살아 있지 못했을 거예요. 부친이 죽은 뒤로 그녀는 살고 싶은 마음이 전혀 없었으니까요."

"남편은 있어요?"

"그건 아주 특이한 일이죠. 아무도 그녀의 남편을 보지 못했어요. 그는 하나의 그림자여서 릴라조차도 볼 수가 없어요. 그 남자는 한갓 노인들의 진술에서만 살아 있을 뿐이죠. 릴라는 두 노인의 이야기를 듣고 크게 감동한 나머지 바로 그의 집에 눌러앉았죠."

마리아는 대나무 숲 깊은 곳에서 자신을 노려보는 두 눈이 있는 것을 느꼈다. 그것은 익숙한 눈빛이었다. 그것을 자세히 살펴보려고 할 때 그림자는 이내 사라졌다. 마리아는 눈썹을 찡그린 채 대체 누구였는지 기억해내려 애썼다. 울라도 그쪽을 쳐다보면서 다소 생각에 잠긴 듯했다.

"추위도 괜찮다면, 당신을 할머니에게 데려갈게요. 그녀는 혼자 대나무 숲 깊숙한 곳에 살고 문 앞에는 개울이 있어요. 마을 전체에서 그녀 혼자만 황금거북을 기르지 않죠."

"그녀는 당신의 할머니인가요?"

"아니요. 그녀는 모두의 할머니죠. 소문에 의하면 그녀는 이제 곧 백 살이 되지만 걸음걸이는 상당히 빨라요."

"그녀를 만나고 싶어요."

울라는 마리아에게 빨리 걸으면 몸이 뜨거워진다면서 걸음을 재촉했다. 한동안 걷자 어느새 눈앞의 길은 사라져서 대나무와 대나무 사이를 에돌아가며 걷는 수밖에 없었다. 마리아는 머리가 어질어질했지만 울라는 쌩쌩해 보였다. 마리아를 따라 걸음을 늦추지 않았다면 바람처럼 빠르게 빽빽한 대나무 숲을 누비고 다녔을 것이었다. 마리아가 지쳐 쓰러질 것만 같을 때 울라가 걸음을 멈추었다.

"도착했어요?" 마리아가 기진맥진해서 물었다.

"그래요. 하지만 아직 안으로 들어갈 수는 없어요. 어르신이 개울에 앉아 몸을 씻고 있어서 누군가에게 들키면 창피해할 거예요."

"이렇게 추운 날씨에요?" 마리아는 경탄을 금치 못했다.

"할머니야말로 추워하지 않아요. 더워 못살죠. 이곳은 찾아오는 사람이 드물어서 할머니는 항상 벌거벗은 몸으로 바깥을 나녀요. 마을 사람들이 할머니에게 한 달에 한 번 식량을 보내죠. 봐요. 할머니가 올라왔어요."

마리아는 난쟁이보다 더 작고 쪼글쪼글한 몸을 한 할머니가 눈 깜짝할 새에 흙집으로 들어가는 것을 보았다. 아담한 집은 몇 그루의 수양버들 뒤쪽에 있어 자세히 보지 않으면 좀체 발견할 수 없었다.

"할머니! 할머니!" 울라가 안으로 들어서자마자 큰 소리로 불렀다.

노인은 대답이 없었다. 안은 몹시 어두워서 땅속 깊숙한 곳에 들어온 것 같았다. 울라가 마리아를 잡아끌고 앞으로 걸어갔다. 이상하게도 한참을 걸었는데 벽에 닿지 않아, 이 집은 바깥에서 보면 집인 것 같지만 실은 지하 갱도가 아닐까 싶었다.

"할머니!" 울라가 다시 불렀다.

어둠 속에서 돌연 작은 빛이 번쩍였다. 노인이 그은 성냥의 불꽃이었다. 노인이 담뱃대에 불을 붙였다. 잠시 후 공기 중에 매캐한 잎담배 냄새가 진동했다. 노인이 앉은 곳은 평평한 돌인 것 같았는데, 그 위에는 기괴한 모양의 돌멩이들이 널려 있었다. 울라가 다가갔을 때 노인이 그 돌멩이들을 만지작거리며 '쾅쾅' 소리를 냈다. 그 아래에서는 물 흐르는 소리가 들렸다.

"그 사람이냐?"

노인의 걸걸한 목소리가 울렸다.

"마리아예요. 할머니, 마리아가 당신을 뵈러 왔어요."

울라가 마리아를 끌어당겨 함께 평평한 돌에 앉았다. 마리아는 뜨겁고 딱딱한 작은 손이 자신의 팔을 붙잡는 느낌과 동시에 바로 떨림이 멈추고 추위가 가셨다.

"존의 아내는 이렇게 생겼군." 그녀의 노쇠한 목소리가 다시 말했다.

"마리아, 할머니는 당신의 남편을 알아요. 존이 어렸을 때 할머니가 그를 안아주었고 강에 데리고 가서 목욕도 시켜주었지요. 그런데 나중에 존은 그 일들을 까맣게 잊었어요." 올라가 대수롭지 않게 말했다.

"아, 아!" 마리아는 말을 잇지 못했다.

"이 돌멩이들은 할머니가 자신의 일을 기억하는 데 쓰는 거예요. 할머니는요, 아무것도 잊지 않을걸요. 그 어떤 일도요! 물 흐르는 소리를 들었어요? 그건 물이 아니라 할머니의 생각이 출렁이고 있는 거예요. 할머니가 사는 이곳은 더없이 특이해서 외부인은 이곳을 찾아낼 수가 없어요." 올라의 말에는 존경과 숭배가 가득했다.

"마리아, 넌 존의 일을 이해하니?" 노인이 기침을 해대며 물었다.

"모르겠어요, 할머니." 마리아가 주저하며 말했다. "할머니가 말하는 게 그의 영업 일인가요? 전 이해한다고 생각해요. 늘 그의 출장을 지지하고 그가 돌아오길 집에서 기다려요."

"넌 정말로 그를 지지하니?" 그 목소리가 엄숙해졌다. "알려주는데, 그의 일은 그저 허울에 지나지 않아! 그는 두 얼굴을 가진 사람이지."

"그렇다고 생각해요." 마리아가 용기를 내서 다시 말했다. "저 역시 두 얼굴의 사람이라서 이렇게 북도에 왔고, 과거의 일을 잊

236

을 수가 없어요."

"사실 존 역시 잊지 못해요." 울라가 끼어들었다.

"제 할아버지는 동굴은 언급했지만 대나무 숲에 관한 말은 없었어요. 하지만 저는 차에서 내리자마자 이곳을 알아봤어요." 마리아는 자신이 잠꼬대를 하고 있는 느낌이었다. "여기는 정말로 어둡네요."

울라는 마리아에게 바닥을 기어 다니는 작은 동물에 걸려 넘어지지 않게 벽에 기대어 있으라고 했다. 그런데 벽은 어디에 있지? 울라가 마리아의 오른쪽 가장자리에 있다고 말했다. 마리아는 오른쪽으로 더듬으며 몇 걸음 걸어갔지만 아무것도 만져지지 않았다. 울라는 이미 벽에 닿았고, 단지 느끼지 못할 뿐으로 이 집의 것들은 전부 그렇다고 말했다. 할머니의 돌멩이들만 해도, 보기에는 돌멩이지만 실은 작은 동물들로 할머니가 애지중지하는 반려동물이었다. 마리아는 물러나고 싶었고 울라 곁으로 물러났다. 그런데 돌연 울라의 목소리가 점점 멀어지는 느낌이었다.

"울라를 찾지 마라. 울라는 이 집을 벗어나지 않아." 할머니가 말했다. "너는 마음을 가라앉히고 자신의 실수를 생각해봐."

"실수요?"

"그래. 피곤하면 그냥 자도 돼. 이 집에는 시끄럽게 떠들어대는 것들이 너무 많아서 나 같은 늙은이는 그저 선잠만 잘 수밖에 없어."

"방금 제게 자신의 실수를 생각하라고 하셨는데."

"내가 그랬어? 말했든 하지 않았든 다 똑같아. 손을 내밀어서 이 쥐를 만져봐. 어때?"

쥐는 딱딱하고 통통 뛰는 게 유리구슬 같았다. 마리아는 그것이 쥐인지 확신할 수가 없었지만 할머니는 그렇다고 했다. 또한 그것이 자기 인생에서 가장 큰 실수를 상징하고 그 실수로 자칫 목숨을 잃을 뻔했기에 가장 아끼는 것이라고 말했다.

"넌 원래 화강암이 깔린 오솔길이 있는 마을에서 살았어. 훗날 그 마을은 찾을 수가 없었지? 젊었을 때는 툭하면 실수하고 늙고 난 뒤에는 자신의 실수를 생각하고. 내 쥐는 오늘 말을 잘 들어."

"울라!" 마리아가 그 방향을 향해 소리쳤다.

"소리 지르지 마. 울라는 몹시 부끄러워하고 있으니까. 사실 울라는 저기에 있어."

마리아는 공포의 감정이 몰려왔다. 텅 비고 아무것도 확정할 수 없는 '집'에서 무엇을 할 수 있겠는가? 울라는 무엇을 기대하고 자신을 이곳으로 데려왔을까? 지금은 눈앞의 일이 무엇을 의미하는지 도통 파악할 수가 없어 부끄러웠지만, 왠지 틀림없이 그 의미를 명약관화하게 알게 될 것만 같았다.

할머니가 비명을 질렀다. 마리아는 할머니가 어떤 새처럼 여전히 그렇게 새된 소리를 낼 수 있다는 데 놀라지 않을 수 없었다. 이어 다람쥐인 듯한 작은 동물 한 마리가 그녀의 뺨을 무는 통에 할머니는 불평을 해댔다. 자신이 너무 오냐오냐해서 이것들이 툭 하면 자신에게 이런 교훈을 준다고 했다.

"먹구름이 뒤덮인 마을이었어." 할머니는 순식간에 또 회상에 잠겼다.

"울라!" 마리아가 다시 소리쳤고 그녀는 정말이지 더는 참을 수가 없었다.

할머니는 화가 나서 목소리가 잠기고 흐릿해지더니 저주를 퍼붓다 못해 그 돌멩이들을 바닥으로 던졌다. 순간 마리아는 바닥이 온통 작은 동물들로 득실거리며 그것들이 마구 날뛰는 것처럼 느껴졌다. 아닌 게 아니라 할머니는 그 '반려동물'들을 조금도 소중히 여기지 않는구나 싶었다. 할머니는 이렇게 미쳐 날뛰면서도 한편으로는 마리아를 가까이 오지 못하게 했다. 마리아가 조금이라도 다가가려 하면 입에서 괴기할 정도로 낮은 으르렁거림이 터져 나왔고, 그것은 마치 마리아를 잡을 먹을 듯했다. 마리아는 자신이 지쳐 쓰러진 것을 느꼈다. 두 다리가 부들부들 떨리고 바늘로 찌르는 듯한 통증이 느껴지면서 그 자리에서 스르르 무너져 바닥에 드러누웠다. 작은 동물들이 이때다 싶어 그녀의 몸 위를 어지럽게 뛰어다녔지만 그러든 말든 눈을 감았다.

하지만 마리아는 잠들지 못했고 어둠 속에서 울라가 할머니와 말하는 것을 들었다. 그들의 대화는 이미 오래된 듯했다. 그러고 보니 울라는 줄곧 근처에 있었다.

"봐요. 바람이 불면 쓰러질 것 같은 모습에 걱정하셨지만 실은 그녀는 늑대와도 싸울 수 있다고요." 울라의 목소리였다. "사실 저도 그녀를 오라고 해야 할지 마음을 정하지 못했지만, 어찌나 고집을 부리는지 어쩔 수 없었어요. 이런 체력이면 견디지 못할 일은 없겠어요."

"울라, 오늘 울었어?" 할머니의 목소리가 다시 엄숙해졌다. 그녀는 성냥을 긋고 있는 것 같았다.

잠시 후 마리아는 또다시 담배 냄새를 맡았다. 그 냄새는 뜻밖에도 마리아를 풍경이 달린 작은 건물로 데려갔다. 또한 복도 서가에 꽂힌 정교한 책 몇 권을 보았다. 어찌 된 일인지 그 책들에는 존의 필적이 있어 매우 이상한 느낌이 들었다.

"오늘은 울지 않았어요." 울라의 목소리는 다소 겁에 질린 듯했다. "릴라가 자신의 이야기를 해달라고 조르는 통에 제 일을 잊고 있었어요. 할머니, 할머니는 릴라가 희망이 있다고 보세요?"

"희망이 없어. 릴라는 자신의 시부모를 무덤에 가서도 모셔야 할 거야. 릴라는 팔자가 사나운 사람이야. 누가 그녀더러 그 일을 목격하라고 했어?"

울라가 탄식하자 마리아는 남자처럼 거친 그녀의 한숨을 들으며 그녀는 왜 남의 일에 이리도 괴로워할까 하는 생각과 함께 릴라를 떠올렸다. 야전 침대에 누운 모습과 바깥에서의 모습이 겹쳐졌다. 그러고 보니 북도 사람들의 겉모습은 바깥 사람들과는 천양지차로 달랐다. 그들은 하루 만에도 도저히 알아볼 수 없을 정도로 변할 수 있었다. 그 사람이 스무 살인지 마흔 살인지 가늠할 수 없을 정도로 그들의 나이는 각자 처한 상황에 따라 변하는 것 같았다. 할머니만 해도 지금 이 순간 목소리가 중년 부인의 목소리 같았지만 반대로 울라는 이제 곧 백 살이 되는 듯한 목소리였다. 어둠 속에서 제 손을 더듬는 할머니의 손은 반들반들했고 손등에는 혈관이 불거지지도 않았다. 하지만 아까 개울에서 할머니를 보았을 때 그녀는 분명히 노쇠하기 이를 데 없는 모습이었다. 설마 이런 '집'에서는 시간이 거꾸로 흐르기라도 한단 말인가?

이때 할머니가 또다시 성냥을 그었고 그 불빛에 비친 얼굴 때문에 마리아는 화들짝 놀랐다. 그것은 갈색곰의 얼굴로 얼굴 뒤에 오라가 있고 그 안에 비로소 할머니의 얼굴이 있었다. 다시 말하면 곰의 얼굴이 실체이고 사람의 얼굴은 허상이었다. 마리아는 더 자세히 살펴보고 싶었지만 불빛은 사라졌다.

"할머니, 다람쥐가 할머니의 어느 쪽 얼굴을 물어뜯었어요?" 마리아가 물었다.

"오른쪽이지. 괜찮아. 물어뜯어도 다치지 않아. 얼굴에 이렇게 많은 털이 있잖아."

"마리아, 우리 가요." 울라가 다가와서 마리아의 손을 단단히 쥐고 나지막이 말했다. "할머니는 새끼 고슴도치와 얘기해야 해요.

그녀는 우리가 옆에서 듣고 있는 걸 원치 않으세요. 조심해요. 여기에 개울이 있어요. 우리는 오른쪽으로 붙어 걸어요. 오른쪽으로 붙어 가다 보면 집 바깥이 나와요."

울라가 "오른쪽으로 붙으라"고 말할 때 마리아는 울라가 자신을 오른쪽으로 밀고 있는 것 같았다. 마리아는 울라에게 할머니는 이야기 속에서 생활하는 사람들처럼 동시에 두 가지 생활을 할 수 있는지 물었다. 그렇게 물을 때 머릿속에 떠오른 것은 존의 이중생활이었다. 울라는 아니라고 말하면서 할머니는 단지 한 가지 생활, 바로 이 집에서의 생활을 한다고 덧붙였다. 외부인이 이 집에 들어와 할머니와 이야기하면 그들은 자신이 할머니의 생활에 영향을 끼친다고 생각했다. 사실 할머니의 생활이야말로 전혀 영향을 받지 않을 것이었다. 마리아는 다리를 절룩거리며 울라를 따라가면서 이 여자와 존에 관해 이야기하고 싶은 마음이 간절해졌다. 왜 그런지는 모르겠지만, 울라와 할머니는 존을 너무나 잘 알고 있는 것 같았다. 울라에게 존에 대해 물으면 자신이 알고 있는 게 없어 부끄러워질 것만 같았다.

두 사람은 한참을 걸었지만 여전히 그 '집'을 벗어나지 못했다. 마리아가 어떻게 된 일인지 묻자 울라는 이미 여관에 도착했다고 알려주었다.

"당신의 오른손 쪽에 문이 있어요. 바로 여관의 정문이죠."

마리아는 오른쪽을 더듬었지만 허공이었다. 하지만 이내 깨달고 왼쪽으로 걸어가자 왼쪽에 열려 있는 문이 있어 빛이 새어 들어왔다.

칭은 큰 탁자 옆에 앉아 담배를 피우고 있었다. 마리아는 그의 오른쪽 얼굴을 마주했다. 이번에는 그의 오른쪽 얼굴이 시체처럼 무표정할 뿐 아니라 썩어 문드러진 흔적마저 있는 것을 발견했다. 오른쪽 귓불 근처가 썩어 구멍이 난 것처럼 부풀어 올라 있었다.

마리아는 울라가 안쓰러웠고 그녀의 생활이 몹시 암울할 것이라고 여겼다.

"당신은 그것이 가짜라고 생각하지만 실은 진짜야." 칭이 말했다.

울라는 뒤에서 그의 목을 껴안고 몹시 황홀해했다. 마리아는 지금 이 순간 울라가 본 것은 틀림없이 남자의 왼쪽 얼굴이라고 생각했다.

"황금거북이 어찌나 시끄럽게 구는지, 정말이지 견딜 수가 없어서 항아리의 물을 전부 갈아주었어. 들어봐. 녀석들이 조용해졌잖아."

"당신은 정말이지 내 심장이야." 울라가 칭의 왼쪽 뺨에 입맞춤을 퍼부었다.

"저는요, 아무리 생각해도 모르겠어요." 마리아가 난처하지 않게 목청을 높여 말했다. "할머니 집은 당신들 옆집에 있나요? 저 문밖에 있나요?" 마리아가 손으로 방금 들어왔던 그 문을 가리켰다.

"맞아요. 문을 밀어 확인해봐요." 두 사람이 일제히 일어나 말했다.

마리아가 다가가 문을 밀자 눈앞에 펼쳐진 것은 오히려 북도의 대나무 숲이었다. 마리아는 찬바람이 휘몰아쳐서 부랴부랴 도로 문을 닫았다.

마리아를 주시하던 두 사람은 안도한 뒤 도로 앉았다. 울라가 마리아에게 속삭이듯 말했다.

"사실 할머니의 집은 일부러 찾아가면 찾을 수가 없어요. 이 마을에는 할머니를 만나보지 못한 사람이 대다수예요. 당신은 믿겠어요? 모두들 그녀가 대나무 숲 속의 수양버들 뒤쪽에서 산다는 것을 알지만 그 집은 우연히 발견할 수 있을 뿐이에요. 저는 당신을 데려갈 때 내심 자신이 없었고, 그저 막무가내로 걸었어요. 그곳은 수백 번을 갔다 온다 해도 익숙해질 수 없는 곳이거든요."

"당신은 속으로 그 일을 생각하면 그 일이 실현되나요? 꿈속처럼요?"

"할머니 집에 도착할 무렵 어느 정도 예감이 들었지만, 사실 그런 예감은 정확하지 않은 데다 주의하지 않으면 없는 것과 같아요. 할머니 집에 도착한 뒤 당신이 물어본 그 질문들에 대한 답이 나왔어요."

이 말을 할 때 울라는 또다시 칭의 품에 안겼다. 방향을 바꾸었기 때문에 이제 마리아가 본 것은 칭의 왼쪽 얼굴이었다. 지금 한데 엉켜 있는 이 한 쌍의 연인은 더없이 원기 충만한 듯, 서로 상대를 배 속으로 집어삼키려는 것처럼 행동했다. 칭은 길고 긴 혀를 내밀어 울라의 얼굴과 목을 미친 듯이 핥았고 울라는 그저 힘센 팔로 남자를 죽어라 저지하느라 손톱이 그의 살에 박혔다. 이곳 사람들은 부끄러움이라고는 모르는 듯했다. 지금 두 사람에게 마리아는 안중에도 없었다. 두 사람은 일제히 신음을 크게 내뱉으며 관계하기 시작했다. 마리아는 허겁지겁 뛰어나갔고 그녀의 얼굴은 벌겋게 달아올랐다.

마리아는 대나무 숲을 따라 한참 걷고 나서야 마음이 안정되었다. 마을에는 사람 하나 보이지 않았고, 밥 먹을 때였지만 밥 짓는 연기도 보이지 않았다. 만약 숲에서 흙집들이 여기 한 채 저기 한 채 보일 듯 말 듯 하지 않았다면 이곳은 전혀 마을같이 보이지 않았으리라. 조금 전 그 장면을 떠올리자 불가사의한 느낌이 들었다. 이렇게 쥐 죽은 듯이 고요하고, 외부에 잊힌 황폐한 구석에서 욕망은 어떻게 보존되어온 것일까?

"당신이 이곳에서 왔다 갔다 하는 바람에 제 마음이 완전히 혼란스럽게 흐트러졌어요."

말하는 사람은 릴라였다. 아가씨는 갈색의 큰 눈으로 마리아를 원망스럽게 바라보았다.

"나온 지 몇 년이나 되었어요?" 마리아가 물었다.

"그런 건 기억 못 해요. 절름발이에 관해 이야기해줄 수 있어요?"

"해줄 수가 없어요. 내 아들만 그와 연락해요. 릴라, 당신은 당신 아버지를 사랑해요?"

"저는 그를 증오해요. 마리아 아주머니, 저는 너무 고생스러워요. 고향으로 돌아가야 할까요?"

릴라는 맹인처럼 한 손을 뻗어 앞의 공기를 잡으려고 버둥거리며 중얼거렸다.

"꺼져. 꺼지라고!"

"뭐 하는 거예요?"

"저는 그것들을 잡아 부숴야 해요. 그것들은 밤낮으로 저를 에워싸요. 저는 그것들이 무엇인지 모르지만 어떤 때는 거미줄처럼, 어떤 때는 회색 이삭처럼 보이고 또 어떤 때는 아무것도 없고 그저 무서울 만큼 어두워요. 아, 무엇인가가 이 대나무에 숨어 있어요."

릴라는 두 팔로 그 대나무 줄기를 꽉 껴안고 귀를 갖다 댔다. 그러고는 마치 아무것도 듣지 못해 안달복달하는 것처럼 또다시 힘껏 고개를 절레절레 흔들었다. 마리아는 릴라의 광적인 행동을 보고서 열쇠 장인인 그녀의 아버지를 떠올렸다. 그 남자는 당시 자기 공방의 비밀 벽에 폭약을 설치하여 한쪽 다리를 잃었다. 마리아가 릴라의 등을 쓰다듬으며 위로하려 할 때, 대나무 숲에서 나온 남녀 한 쌍의 노인이 보였다. 그들은 릴라의 시부모였다. 그들은 비실비실하던 아까의 모습은 온 데 간 데 없고 원기 왕성해 보였다. 두 사람은 떨어져 좌우에서 릴라를 에워싸고는 그녀를 잡으려 냅다 달려들었고, 그 모습은 마치 범인을 잡아 송치하는 것 같았다. 릴라는 처음에 몇 번 버둥거리다가 곧 얌전해졌다. 마리아 곁을 지날 때 릴라가 큰 소리로 외쳤다.

"마리아 아주머니, 전 정말로 멍청해요! 당신과 돌아가면 전 죽은 것이나 마찬가지예요!"

그녀의 시부모는 이 말을 듣고서 일제히 손을 풀고 태도를 바꾸어 양쪽에서 다정하게 릴라를 붙들었고, 속삭이며 위로의 말을 건넸다.

"그렇지. 이래야지. 사리 판단이 빠른 아이라니까."

세 사람은 다정다감하게 집으로 걸어갔다.

마리아는 여관 입구로 돌아왔다. 자신은 조금 전 분명히 한 방향으로 대나무 숲 깊숙한 곳으로 걸어갔는데 어떻게 다시 되돌아왔을까? 마리아는 한 번 더 시도해보기로 했다. 어차피 지금 두 사람은 안에서 사랑을 나누고 있고, 그들이 안하무인이라 해도 자신은 그렇게 뻔뻔스럽지 못했다. 이번에는 집 뒤쪽으로 에돌아간 뒤 한 방향으로 걸었다. 처음에는 아직 길이 있었지만 나중에는 빽빽하고 으스스한 숲에 이르렀다. 추워서 몸을 떨 때 주변의 세숫대야처럼 굵은 대나무 줄기에서 울리는 속삭임을 들었다. 그 소리는 집에 있을 때 비밀 벽에서 나오는 소리와 비슷해 그다지 두렵지 않았다. 다른 점이라면 이 소리들은 명쾌한 가락을 가지고 있고 칭찬으로 가득 차서 몸을 들썩이게 했다. 혼자 숲을 헤매면서 그런 속삭임들을 들으니 기분이 순식간에 좋아졌다. 길을 잃은 것이 더는 무섭지 않았고 또한 지금까지 자신이 길을 잃는다는 것에 관해 잘못 이해하고 있었다는 것에 크게 놀랐다. 어떻게 몇십 년 동안 오해하고 있었을까?

울라는 대나무 아래에 앉아 있었는데, 이마에는 피가 흐르고 손등은 찐빵처럼 부어올라 있었다. 그녀는 울고 있었다.

"울라, 어쩌다 이렇게 됐어요?" 마리아가 허리를 숙여 손수건으로 그녀의 이마를 감쌌다.

"우린 싸웠어요. 우리는 매번 사랑을 나눈 뒤에 싸워요. 칭은 내가 암호랑이라고 해요. 저도 제가 어쩌다 그렇게 변했는지 모르겠어요. 그는, 그는 늑대죠! 제 이마의 이빨 자국 보이죠? 저는 그저 그의 손가락 하나를 물어뜯었어요!"

이 말을 할 때 울라는 흥분한 듯했고 눈은 온통 동경으로 가득했다.

"여관으로 돌아가요." 마리아가 말했다.

"안 그래도 돌아가려고 했는데 길을 못 찾겠어서 마음이 심란했어요."

울라의 머리카락이 흘어져 그녀의 얼굴을 가렸다. 마리아는 그녀의 발에 신발 한 짝이 없고 목에 상처가 나서 피범벅이 된 것을 보았다. 울라는 고개를 들었고 눈에 눈물이 그렁그렁했다.

"마리아, 당신은 집으로 돌아가요. 지금 안 가면 돌아가는 길이 없어져요. 당신이 이곳에서 뭘 할 수 있겠어요? 우리는 다들 황금거북으로 생활하는데, 이런 동물은 먹지도 마시지도 않는 것처럼 보이지만 실은 키우기 쉽지 않아요. 왜냐하면 거북들은 우리의 마음의 힘에 기대 살아가기 때문이에요. 언젠가 우리가 그런 생활을 싫어하게 되면 그것들은 물 항아리에서 녹아버리겠죠. 칭집안의 몇몇 친척 가운데 그런 상황이 나타났고, 지금 그들은 집에 누워 숨이 곧 끊어질 듯하고 있어요. 황금거북이 사라져서 삶의 터전이 없어졌는데 살아가는 게 무슨 의미가 있겠어요? 마리아, 당신은 이곳 생활을 오랫동안 좋아할 사람이 아니에요. 어렸을 때부터 이곳에서 자란 사람만 비로소 이곳의 생활을 좋아하죠. 릴라만 해도 그래요. 온 지 그렇게 오래되었는데도 여전히 마음을 정하지 못하잖아요."

"저는 마지막으로 황금거북을 보고 싶어요. 그것들을 아직 제대로 못 봤어요." 마리아는 그런 생각이 퍼뜩 떠올랐다.

"당신은 오른쪽으로 가요. 가봐요. 순식간에 여관으로 돌아가 있을지도 몰라요."

마리아는 대나무 숲을 한참 헤매다가 결국에는 낙담했고, 그런 뒤에는 두려웠다. 숲에서 굶주려 죽는 건 아닐까? 더는 움직일 수가 없을 때 대나무에 기대앉았고, 이내 꾸벅꾸벅 졸았다. 잠결에 누군가 마리아의 귀에 대고 달콤하기 이를 데 없는 사랑의 말을 속삭이며 마리아를 '새끼 밤꾀꼬리'라고 느끼하게 불렀다.

"돌아갈까요?" 짙은 눈썹과 큰 눈의 택시 기사가 마리아가 깬 것을 보고는 말했다.

"여기는 어딘가요?" 마리아가 눈을 비비며 물었다.

"대나무 숲의 가장자리요. 봐요. 전방이 당신이 올 때 봤던 황무지잖아요." 택시 기사가 손가락으로 오른쪽을 가리켰다.

"아, 제가 뜻밖에도 못 봤군요! 여관에 들러 제 짐을 챙기고 싶은데요."

"그야 당연하죠. 여관은 바로 앞쪽에 있어요."

마리아는 택시에 오른 뒤 택시 기사를 불안하게 훑어보았다. 택시 기사는 현지인이 아닌 듯했다.

"당신은 북도에 사는 주민이 아닌가요?"

"저요? 전 왔다 갔다 하면서 당신들 같은 손님들을 실어 나르죠."

마리아는 여관 안으로 들어가 짐을 든 뒤 거실에 잠시 서 있다가, 결국 호기심을 못 참고 몸을 문 앞으로 내밀어 사람이 있는지 없는지 살핀 뒤 되돌아와서 물 항아리의 뚜껑을 열었다. 이상하게도 물 항아리는 저마다 텅 비어 있었고 물도 없었다.

"제가 조금 전 봤는데, 당신들의 촌장 칭은 황무지에 앉아 늑대가 으르렁거리는 소리를 내고 있더라고요."

택시 기사는 말할 때 마리아를 등졌다. 마리아는 이 남자가 줄곧 자신에게 얼굴을 보여주려 하지 않는다는 생각이 들었고, 그래서 계속 남자의 뒤통수만 보는 수밖에 없었다.

"그는 저의 촌장이 아니에요. 전 이곳 사람이 아니거든요."

"그건 그리 간단치 않아요. 어쨌든 저는 그를 당신의 촌장으로 생각하려고요."

마리아는 그가 몰래 웃는 것을 보았다. 그녀는 칭이 늑대처럼 울부짖는 모습을 상상했다. 그의 문드러지기 시작한 오른쪽 얼굴에 늑대의 털이 돋아날까?

택시 기사가 차 시동을 걸고는 마리아에게 말했다.

"당신은 나도 여기에 올 줄 몰랐지?"

"하, 당신은 존? 내가 어떻게 여태 당신의 목소리를 못 알아들었지? 당신은 조금 전 가면을 쓴 거였어? 난 다른 사람이라고 생각했잖아. 어떻게 여기까지 찾아왔어?"

"그 울라라는 여자가 줄곧 내게 여행 소책자를 보내주었어. 그녀와 칭은 진작 내 이야기 속으로 들어왔어. 조금 전 당신한테 말했듯이 난 왔다 갔다 하면서 손님을 실어 나르지. 이렇게 한 지는 오래되었어. 출장을 갔다 하면 이곳으로 왔고. 앞으로 대니얼도 오게 될 거야. 두 줄로 하늘을 나는 저 백로들을 좀 봐. 얼마나 자유로워!"

마리아가 본 것은 백로가 아니라 화강암이 깔린 작은 길이었다. 마리아는 온갖 훈훈한 감정이 봇물 터져서 머리를 존의 어깨에 기대고 눈을 감았다. 많은 사람이 자신을 향해 환호하는 소리를 들었고, 대부분 익숙한 소리들이었다. 이어 측백나무에 둘러싸인 광장과 기모노를 입은 소녀와 광장 중앙의 샘물을 보았다. 마리아가 꿈속에서 존에게 말했다. "존, 나는 당신의 이야기 속으로 들어왔어."

마리아는 집으로 가는 길에 줄곧 깨지 않았다. 존이 차를 세우고 밥을 먹어도 그녀는 역시 자면서 먹었다. 곧 죽을 것처럼 피곤이 몰려오는 느낌이었다.

하지만 집에 도착하자마자 깨어났다. 정원에서 분주한 대니얼을 보았고 깜찍한 아메이도 대니얼과 함께 일하고 있었다. 마리아가 존에게 말했다.

"저 둘은 천생연분인 걸까?"

존이 자상하게 웃으며 대답했다.

"바로 우리 둘이 그해 그랬던 것처럼 말이지."

9장

에다의 도망 생활

에다는 자신이 마침내 레이건의 손아귀에서 도망쳤다고 생각했다. 그녀는 바에 앉아 와인 한 잔을 시키고 여성용 담배에 불을 붙여 두 모금 빨고는 어질어질한 통쾌함을 느꼈다.

술집 사장은 그녀와 같은 고향 사람이었다. 마흔을 넘긴 남자는 원숭이같이 생겼으며 작은 두 눈은 언제나 앞을 똑바로 보았다. 이 술집은 가족이 경영하는 곳으로 사장의 아내와 딸이 가게에서 일했다. 에다는 쉴 때 이곳에 와서 일을 도왔다. 그녀는 행동이 빠르고 머리가 잘 돌아가서 손님들을 잘 끌어들였다. 사장의 아내는 에다가 남아 자신들 가족의 일원이 되기를 바라 마지않았다.

술집은 시내의 외진 곳에 있었고, 문 앞에는 포도나무 시렁에 감긴 초록빛 네온사인이 점멸하고 있었다. 에다는 우연히 이곳에 왔다가 이곳을 사랑하게 되었고, 뜻밖에 사장이 자신과 동향인이라는 사실과 이 술집 손님들이 자신의 취향에 맞는다는 사실을 알게 되었다. 보통 손님들은 항상 자정 전후에 들이닥쳤고 거의 모든 사람들이 걸어서 왔으며 차를 몰고 오는 사람은 드물었다. 바와 홀에는 어느덧 감쪽같이 사람들로 꽉 들어찼다. 사람들은 무뚝뚝한 얼굴을 하고 나지막하게 대화하면서 더러 심각한 주제로 삼삼오오 토론을 벌였다. 사장 아빈은 에다에게 이 술집의 분위기는 자연스럽게 형성된 것으로 온종일 환상 속에서 살아가는 사람들만이 이곳을 좋아한다고 소개했다. 이곳에 온 손님들은 가슴에 응어리진 악몽들을 털어놓았는데, 사장은 이를 '괴로움의 하소연'이라고 불렀다. 에다는 괴로움을 하소연하러 이 집에 온 게 아니라 술집의 이름에 이끌려서 온 것이었다. 먼발치에서 둥근 지붕에 있는, 네온사인으로 만든 '녹옥(綠玉)'이라는 두 글자를 보았다. 에다는 그날 밤의 정경을 아직도 생생히 기억했다. 자신은 아주 먼 길을 걷고 또 걸었고 시내의 모든 거리와 골목을 거의 돌아다닌 끝에 다다른 곳이 바로 이 외진 곳이었다. 그때 이 술집이 마음에 들지 않으면 아무 가게의 문 앞 대리석 벽에 기대어 잠을 자기로 이미 마음을 먹은 터였다. 하지만 행운이 그녀에게 찾아들었다.

지금 에다는 몽롱한 불빛 아래, 소곤대는 소리가 귓가에 울렸지만 머릿속에서는 레이건과 사랑을 나누었던 장면이 수시로 떠올랐다. 그 장소들은 때로는 호숫가의 풀숲, 때로는 고무나무 숲이었고 또 한번은 대로 한가운데였다. 시간은 일괄적으로 한밤중이었다. 레이건의 침실에 가는 것을 원치 않았던 것은 자신이 그런 곳에서 까무러칠까 봐 두려워서였다. 농장 사람들이 자신들의 사장이 밤에 한 마리 짐승이 된다는 사실을 알게 되면 어떤 생각을 할까 하는 우스운 생각을 한두 번 한 게 아니었다. 술에 만취한 한 여자 손님이 에다에게 인사했다. 그녀는 에다의 단골손님이었다. "전 당신의 늙은 연인을 봤어요." 그녀가 에다에게 다가와 목소리를 낮춰 말했다. "그도 시내에서 시간을 죽이고 있더라고요." 여자가 바른 립스틱은 자줏빛이었다. 에다는 그녀의 몸에 비늘이 가득하다는 것을 느꼈다. 사장은 카운터 뒤쪽에서 분주했다. 처음 이곳에 왔을 때, 에다는 사장과 고향에서 일어난 그때의 산사태에 관해 이야기했다. 사장은 단정적이었지만 당시의 상황을 또렷하게 기억했다. 그의 고향 사람들은 죄다 죽었다. 사장의 아내는 서양인이고 딸 역시 완전히 서양인처럼 생겼지만 이 집의 세 식구가 친밀한 모습을 보이는 경우는 매우 드물었다. 누군가 잠시라도 부재하면 그들은 서로를 불러야 했다. 그것 때문에 딸이 학교에 가지도 않고 가게에서 종업원으로 일하는지도 몰랐다. 이 예쁜 여자아이는 조용한 성격으로, 에다는 그녀가 외출해서 남자아이와 데이트하는 것을 본 적이 없었다. 술집의 인테리어는 독특하고 퇴폐미로 가득했다. 벽에는 이상야릇한 동물의 잔해가 잔뜩 걸려 있고 턴테이블에서는 엄숙한 클래식 음악이 흘러나왔다.

홀은 그다지 깨끗하지 않았고 곳곳이 먼지투성이인 듯 들어오는 사람마다 일제히 연거푸 재채기를 해댔다. 하지만 그런 칙칙한 환경은 오히려 독특한 분위기를 자아냈고, 그들은 오랜 세월 괜찮은 매출을 유지했다.

에다는 어제부터 사장 딸이 기거하는 방의 옆방에 묵었다. 그 방은 2층에 있었고 먼지가 켜켜이 쌓인 오래된 가구들이 겹겹이 나열되어 있는 복도를 지나야 하는데, 그 가구들에는 흰 생쥐들이 들락날락했다. 전언에 따르면 사장의 아내가 기르는 것이었다. 에다는 2층으로 올라올 때마다 흰생쥐들이 자신의 발밑을 지나다녀 언제나 전전긍긍할 수밖에 없었다. 매일 오전, 방에서 아직 자고 있을 때 언제나 옆방에서 들리는 기척에 잠을 깨곤 했다. 그 소리는 누군가 높은 곳에서 뛰어내린 뒤 잠시 후 '쿵' 하는 소리인 듯했다. 어느 날 도저히 견딜 수가 없어 눈을 비비며 일어나 옆방으로 갔다. 여자아이의 방문은 활짝 열려 있었고 방 안에는 발 디딜 틈이 없을 정도로 흰생쥐들이 많았는데, 못해도 백 마리는 넘어 보였다.

여자아이는 네모난 탁자에 앉아 있었다.

"저는 탁자 위에서 뛰어내려서 녀석들의 잽싸게 도망갈 수 있는 능력을 훈련시키고 있어요." 여자아이가 말했다.

그리고 여자아이는 또다시 탁자 위에 섰다. 바닥의 흰생쥐들은 눈치를 살피고 불안에 떠는 역력한 모습으로 기다렸고, 에다는 그것들이 공포 가운데 부들부들 떠는 것을 보았다. 흰생쥐들은 삽시간에 구석으로 흩어졌고 끙음 속에서 덜덜덜 떨었다.

"아, 아빠가 아직 제 이름 안 알려줬죠. 전 경(瓊)이라고 해요."

여자아이는 얼굴을 붉히고 바닥에 무릎을 꿇어 놀란 흰생쥐들에게 입을 맞추었다. 에다가 고개를 돌리니 경의 어머니가 환한 미소로 딸을 바라보고 있었다. 그녀의 두 손에는 흰생쥐가 한 마리씩 쥐어져 있었다.

"제 남편이 날마다 귀향에 관해 두고두고 말하니, 저와 제 딸은 그 일을 준비하는 수밖에 없어요. 진짜 이상해요. 에다가 뜻밖에도 우리가 오매불망 그리워하는 곳에서 오다니요. 어릴 때의 일, 아직 기억해요?"

이 말을 할 때 그녀의 두 눈이 커졌고 에다는 그 안에서 무한한 적막을 보았다.

"어릴 때는 날마다 산사태가 닥치기 전에 도망가야 한다는 생각뿐이었어요. 이 흰생쥐들처럼요. 조금 전에 경의 해프닝을 보고 고향으로 돌아간 기분이 들었어요."

사장이 아래층에서 불러 두 모녀는 총총히 내려갔다. 에다는 방으로 돌아와 계속 잠을 잘 생각이었지만, 눈을 감는 순간 산사태가 어른거렸고 몸이 계속 허공에 붕 떴다. 그래서 일어나 앉아 창밖을 내다보았는데 거리는 아무도 없이 적막했다. 자신은 이렇게 한 도시의 구석에 처박혀 있으면서도 시시때때로 뱀처럼 주변을 잠행하고 싶은 충동에 시달리는구나 싶었다. 손님들이 삼삼오오 찾아와 수군거리는 밤에는 특히 더 그랬다. 사장의 친구인 한 남자 손님은 술은 거의 마시지 않고 옆에서 술을 마시는 자신의 여자친구를 사랑스럽다는 듯이 쳐다보면서 자꾸 더 마시라고 권했다. 여자 친구는 종종 빨갛게 달아오른 얼굴로 한 손가락으로 술잔을 가리키고는 그쪽을 보라고 했다. 그러면 그는 몸을 숙여 그 술잔을 진지하게 살펴보았다. 그 남자는 에다의 고향에서 열대우림 옆에 살고 있던 채소 농사를 짓는 농민을 닮았다. 어쩌면 그는 정말로 채소 농사를 짓는 그 농민일지도 몰랐지만, 나이가 너무 젊어 보이긴 했다.

에다는 자신이 마침내 레이건의 손아귀에서 도망쳤구나 싶어 감상적이 되었다. 농장에 있었다면 지금 고무 농장에서 한창 바쁘게 일하고 있었으리라. 오랜 시간, 레이건이 자신의 지반을 넓히는 것을 직접 보면서 마음에서 공연히 분노가 일었다. 레이건은 모든 것을 수포로 돌아가게 만들려는 마왕 같았다. 안개가 낀 어두운 밤, 가냘픈 달빛이 사력을 다해 구름을 뚫고 나올 즈음에 레이건을 향한 자신의 욕망을 느꼈다. 에다는 여전히 그를 사랑하고 있는지도 몰랐다. 둘이 서로 뒤엉켜서 자신이 사라지기를, 그 남자와 함께 사라지기를 원했다.

하지만 지금 자신은 이 술집에 숨었고 레이건은 이곳을 찾지 못할 것 같았다. 소곤거리는 손님들 사이를 지나다니다 보면 발밑이 마치 농장의 그 들썩거리는 땅인 듯한 환영이 어른거리곤 했다. "에다!" 사장이 에다를 불렀고 한 무리의 사람들이 입구로 들어섰다.

떼 지어 온 손님들은 밀짚모자를 손에 들고 있었고, 몸에서는 바닷물과 태양의 냄새가 났다. 그들은 말이 없었고 이내 묵묵히 바에 앉고는 한 잔 또 한 잔 마셔댔다. 그들 가운데 한 여자 손님은 에다가 살았던 농장 아파트의 이웃이었다. 에다는 그녀를 보고 속으로 적잖이 놀랐다.

"설마 그는 어디든 찾아낼 수 있는 거예요?" 에다가 여자 손님에게 말했다.

"맞아. 그게 운명이지."

에다는 맞은편에 선 경을 보았다. 경의 창백한 얼굴에 아무런 표정이 없는 걸 보니 음악에 귀 기울이는 듯했다. 경의 어머니는 조금 떨어진 곳에 있었지만, 얼굴은 역시 이쪽을 향하고 있었다. 모녀는 둘 다 흰 상의를 입고 있었는데, 잿빛의 퇴폐적인 분위기와는 다소 어긋나 있었다. 두 사람은 이 '사냥꾼'들을 주목하는 걸까? 그들의 방문을 불안해하는 걸까? 왜 모친의 얼굴에 희색이 감돌까? 에다는 꽤 오랜만에 처음으로 햇빛의 냄새를 맡아 그만 저도 몰래 여러 차례 심호흡을 했다. 심호흡할 때 그 이웃 여자가 미소 짓고 있는 것을 언뜻 보았다. 순간 얼굴이 빨개졌다.

경과 그녀의 어머니는 가버렸지만 그리 멀리 가지는 않았다. 두 사람은 홀의 끝자락의 계단 입구에서 여전히 에다 쪽으로 시선을 던졌다.

에다가 뒷문으로 나가 작은 정원에 서 있는데, 빗방울 하나가 그녀의 이마에 떨어졌다. 고개를 숙여보니 자갈이 깔린 바닥에도 흰생쥐들이 펄쩍펄쩍 뛰고 있었다. 술집은 도시 외곽에 자리 잡고 있어 이곳에 오려면 손님들은 틀림없이 먼 길을 걸어야 했으리라. 에다는 그들이 어두운 밤길을 재촉하는 상황과 그들이 가슴에 품고 있는 갈망을 상상하면서 저도 모르게 감동 같은 것이 몰려왔다. 별안간, 산사태가 났을 당시 이런 술집이 있었다면 사람들이 외지로 탈출하지 않았을지도 모르겠다는 생각이 들었다. 고향에는 황소개구리가 지천에 깔렸으니 그 술집 벽에는 황소개구리의 표본이 잔뜩 걸렸을 테고, 술집 안의 사람들은 안쪽으로 귀를 기울이는 습관만 있었으니 산사태로 인한 바깥의 굉음을 듣지 못해 산사태가 닥칠 때도 삼삼오오 테이블을 사이에 두고 눈빛으로 이야기하고 있었을지도 몰랐다.

"에다."

경이었다. 또다시 빗방울이 에다에 얼굴에 톡톡 떨어졌다.

"에다." 그녀가 다시 말했다.

"아, 경. 오늘 기분이 어때요?"

"블랙홀을 찾아 들어가 웅크리고 앉아 상황을 정리해보고 싶은 심정이에요. 저희 술집에는 그런 블랙홀이 아주 많아요. 당신은 천천히 알아차릴 거예요.”

여자아이의 얼굴은 컴컴해서 잘 보이지 않았지만 허스키한 목소리에서는 노련함이 묻어났다.

에다는 그녀의 놀라운 미모를 떠올렸다.

“애인 있어요?” 에다가 물었다.

“있어요. 하지만 우린 데이트를 거의 안 해요. 제가 바깥에 나갈 수 없으니까요. 아, 이미 2년 넘게 나가지 않았네요. 그는 제 동창이에요. 그는 해 질 무렵에 맞은편 거리에서 제가 나오기를 기다리지만, 저는 가게에서 일을 하면 했지 나가고 싶지 않아요. 그렇다고 제가 그를 마음에 두지 않는 건 아니에요. 저는 ‘녹옥’을 나갔다 하면 환멸감이 저를 짓누른다는 것을 알아요. 가게에서 아버지 일을 도우면서 절 기다리는 사람이 바깥에 있다고 생각하면, 또 그가 인도에서 서성거리는 소리를 듣고 있으면 얼마나 좋은지 몰라요. 저는 마음속 생각을 정리하고 싶어서 블랙홀을 찾아 들어가려고요.”

에다는 손을 내밀어 여자아이의 차가운 손을 잡았다. 그녀가 가여웠다.

“하지만 제 애인은 오히려 저의 적이 되었어요.” 에다가 말했다.

“진짜 이상하죠. 아무리 생각해도 그게 어떻게 된 상황인지 정말 모르겠어요.”

"그건, 그건 한 사람과 하나가 되었지만 또한 그 사람과 오히려 적이 된 거죠. 저는 여기에 서 있지만 농장의 까마귀들이 하늘을 뒤덮은 것도 볼 수 있어요."

경의 손은 에다의 큰 손 안에서 서서히 따뜻해졌다. 에다의 마음에서는 그녀에게 키스하고 싶은 욕망이 들끓었다.

"경! 에다!" 사장이 두 사람을 불렀다.

에다는 어수선한 마음으로 자신은 마침내 레이건의 손아귀에서 벗어났다고 생각했다. 손님들 사이에 억눌려 있던 소동이 일어난 것을 들었다. 여기저기서 우울한 비명이 터져 나왔다. 에다 역시 애써 보지 않아도 사람들 사이를 휘젓고 다니는 흰생쥐들이 보였다. 그것들의 수는 많아도 너무 많았다. 한 남자아이가 쥐를 이리저리 피하며 다가와 에다의 손을 덥석 잡고는 그녀의 품에 안겨 부들부들 떨었다. 남자아이는 스무 살이 안 돼 보였다. "녀석들이 또 왔어요. 어떻게 이럴 수가 있죠? 예? 어떻게 이럴 수가 있어요?" 남자아이가 말했다. 에다는 조금 전 그가 행동거지가 우아한 연상의 여자와 대화하면서 자기 나이보다 성숙한 눈빛을 내뿜던 것이 기억났다. "사람들이 당신을 에다라고 부르던데, 당신은 정말로 에다인가요? 맙소사, 녀석들이 또 몰려왔어요. 당신은 녀석들을 어떻게 다루어야 할지 알죠."

에다는 그를 부축해 의자에 앉힌 뒤 자신의 몸으로 불빛을 가려 그를 완전한 어둠에 있게 했다. 남자아이가 자신의 막내 동생 같았다.

"넌 누구 집 아이니?" 에다가 다정하게 물었다.

그는 두 다리를 의자에 올려 몸을 움츠린 뒤 두 손으로 무릎을 감쌌다.

"당신이 절 떠나면 전 이 의자에서 못 내려가요. 오늘 밤에는 폭풍우가 친다고요."

사람들은 질겁했지만 아무도 도망가지 않았다. 그들은 지금 일렬로 벽에 붙어 서서 바닥을 휘젓고 다니는 작은 동물들을 쥐 죽은 듯이 뚫어지게 쳐다보았다. 에다는 그들이 실은 이 작은 동물들을 구경하고 있는 게 아닐까 생각했다.

경이 저 멀리 홀의 끝자락에서 걸어왔다. 그 자태는 마치 술에 취한 듯했는데, 에다는 처음 보는 모습이어서 그만 호기심이 일었다. 남자아이는 경을 보더니 긴장해서 에다의 옷자락을 잡아당기며 되뇌었다. "그녀예요! 그녀가 왔어요! 절 막아줘요! 그녀가 왔어요!" 그는 머리를 무릎에 파묻었다. 하지만 경은 홀의 한가운데서 걸음을 멈추고는 벽에 걸린 동물 표본에 시선을 던진 채 물끄러미 바라보았다. 푸른 조명 빛은 경의 다른 한쪽 얼굴을 베어버린 듯했다. 순간 에다는 두 사람의 관계를 알아차렸다.

음악이 그쳤을 때 흰생쥐들은 보이지 않았다. 홀 안은 쥐 죽은 듯 적막이 흘렀다. 사람들은 어느새 각자 제자리에 돌아가 있었다. 아마도 사장이 음악을 그치게 했으리라. 지금 사장과 두 종업원의 모습은 이미 카운터 쪽에서 보이지 않았다. 그곳은 어두컴컴했다. 그들은 어디로 갔을까? 에다는 다시 시선을 던졌지만 경도 보이지 않았다. 잠시 뒤 실내는 소곤거리는 여느 때의 모습을 되찾았다. 하지만 남자아이는 한결같이 의자에서 내려오지 않고 한 손으로 에다의 옷자락을 단단히 붙들었다.

에다는 난처하게 그곳에 서 있었다. 그녀의 마음은 지난 일이 눈에 선해서 격렬하게 싸우고 있었다. 레이건은 한때 농담조로 자신에게 말했다. "곳곳이 전부 너의 지반이야. 네가 어딜 가든, 그곳이 바로 네 집이 될 거야."

자신은 그때 반박했다.

"저는 자유롭고 싶고 줄 끊어진 연처럼 떠도는 것을 상상하죠."

누군가 어둠 속에서 한 손을 뻗어 에다를 끌고 가더니 뒷문까지 데리고 갔다. 에다는 처음부터 경이라는 것을 느꼈다.

"그를 상대하지 말아요. 그는 당신을 함께 심연으로 데리고 갈, 거리낄 것이 전혀 없는 그런 남자아이죠. 그는 우리의 술집 분위기에 적응하지 못해 처참한 상황이에요."

경의 창백한 손가락이 안절부절못하며 갈색 머리카락을 꼬았다.

경은 부모가 외출하고 흰생쥐들이 더는 소란을 피우지 않을 때, 먼지가 켜켜이 쌓인 낡은 가구들 옆에 서서 에다에게 자신의 절망적인 사랑을 이야기했다. 경이 주동적으로 그 일본 남자아이에게 구애한 것이었다. 남자아이는 등산을 몹시 좋아했다. 사귀는 초반에 경은 남자아이의 유약한 겉모습이 그저 가장일 뿐이라는 것을 막연하게 느꼈다. 그의 내면에는 광적인 것들이 있는 듯했고, 그 때문에 마음 깊이 두려움을 느꼈다. 그때 그들은 그림자처럼 붙어 다녔다. 그러던 어느 날, 남자아이의 초대로 함께 근처 산을 올랐다. 그 산은 그리 높지 않은 민둥민둥한 돌산이었다. 경은 만반의 준비를 했음에도 불구하고 생각지도 못하게 중간에 비를 만났다. 두 사람은 가파르고 미끌미끌한 절벽을 기어 올라갔고 비는 갈수록 거세졌다. 그는 "넌 나라는 사람을 간파하게 될 거야"라고 하면서 경에게 절대 아래를 보지 말라고 부탁했다. 이 말은 경의 마음속 욕망을 꿈틀거리게 했고, 받은 유혹은 더없이 컸다. 결국 경은 풀이 빽빽하게 웃자라 있는 동굴에 떨어져 허리를 삐었다. 병원에 있던 그 반년 동안 마치 한 번 죽었던 것처럼 마음이 잿더미가 되었다. 남자아이 역시 행방불명되었다. 청춘이 마침내 죽음의 신을 이기고 자신의 체력이 서서히 회복될 때, 경은 그날 산에서 아래를 내려다볼 때 보았던 것을 보았다. 그것은 흰생쥐 한 마리로, 상공의 공기의 흐름을 타고 돌아다니고 있었다. 경은 정상적인 생활을 회복했고 남자아이 역시 다시 나타났다. 경은 그와 거리를 두고 어머니와 함께 흰생쥐를 기르기로 마음먹었다. 보기에 어머니가 흰생쥐를 기르는 일에 더 집착하는 듯했고 그래서 짧은 시간에 그들의 복도는 그 작은 동물로 득시글거렸다. 하지만 남자아이는 경과 거리 두기를 원치 않았고, 경이 집 밖으로 나올 리 없는 것을 잘 알면서도 날마다 그 자리에 서서 기다렸다. 간혹 어제의 상황처럼 무모하게 술집으로 뛰어들기도 했다.

"가장 두려운 일이 바로 가장 겪고 싶은 일이죠." 에다가 크게 공감하며 말했다. "당신의 남자아이는 의지가 완고한 사람이군요."

"저도 알아요." 경은 넋이 나간 듯 말하면서 끈질기게 계단 입구 쪽을 두리번거렸다. 마치 그녀의 어머니가 그곳에 불시에 나타날까 봐 염려하는 듯이.

"뭐가 두려워요?"

"엄마는 제가 슬픈 감정을 갖는 걸 원치 않아요. 제가 전심전력을 다해 이 흰생쥐들을 돌봐야 한다고 생각해요. 당연히 엄마가 옳아요."

술집에서의 날들은 매우 빠르게 흘러갔다. 매일이 거의 같은 내용들로 채워졌지만, 에다는 그래도 하루의 시간을 최대한 늘리고 싶었다. 한가해지면 무한한 갈망을 품고 생각에 잠겼다. '나는 마침내 레이건의 손아귀에서 벗어났구나. 그런데 남부의 고무 농장은 어떤 상황일까?' 매일 한밤중에 영업을 시작하는 술집에 손님들이 그림자처럼 속속들이 들이닥칠 때, 자신은 여전히 고무 농장에서 일하고 손님들은 위장한 고무 농장의 동료들인 것 같

266

은 환영에 빠졌다. 사장은 왜 항상 장엄하고 심오한 클래식 음악을 트는 걸까? 레이건은 이미 다녀가지 않았을까? 갈망이 생겨서인지 시간은 너무 빨리 가는 듯했다. 자신의 애인을 벗어나는 것은 좋은 일이고 경은 벗어나지 않았는가? 에다는 자신이 절대적으로 벗어나야 하는 물건이나 사람을 갈망하는 그런 갈망을 가질 거라고는 예전에 상상조차 하지 못했다. 이 새로운 갈망은 그녀에게 만족을 줄 수 없었지만 하루하루의 충실함은 안겨주었다. 봐라. 경이 얼마나 충실한 삶을 살고 있는지.

경의 어머니가 복도 끝에서 두리번거렸다. 딸의 방문이 닫힌 것을 보고는 살금살금 걸어왔다. 에다는 그녀가 손에 쥔 물건을 지하에 내려놓는 것을 보았다. 그것은 흰생쥐였다.

"에다, 에다, 경이 행복한 것 같아요?" 그녀가 초조하게 물었다.

에다는 그녀의 옷에 먼지가 잔뜩 내려앉고 머리카락은 봉두난발이지만 그 모든 것이 그녀의 내적 미모를 가릴 수 없는 것을 보았다. 그런 아름다움은 소리 소문 없지만 되레 사람을 놀라게 하는, 갓 땅을 뚫고 나온 식물의 초록빛 아름다움과 같은 것이었다. 에다는 그녀의 뜨거운 시선을 피하고 담담하게 대답했다.

"경은 행복해 보이고 매일 다음 날에 대한 기대가 있어요. 안 그래요? 어머니는 정말이지 패기가 넘쳐요. 누가 감히 이렇게 많은 흰생쥐를 기르겠어요. 이건 정말이지 환상을 현실화한 것과 비슷하죠."

그녀는 한시름 놓은 듯 웃었다. 뽀얀 손을 내밀어 오래된 가구들을 마치 자신의 갓난아이라도 되는 것처럼 쓰다듬었다.

"중고 매장에서 사 온 것들이에요. 남편은 이것들이 자신의 본가에서 흘러나온 것이라고 굳게 믿어요. 그런데 제 친구 두 명이 마침 2층에 올라왔다가 이것들을 보고는 자기네 집의 옛 물건들이라고 말했어요. 그 기억들은 대체 어떻게 된 것일까요?"

"기억은 바로 사람이 생각해내는 일이죠." 에다는 입에서 나오는 대로 말했다.

그녀는 다소 놀란 듯 에다를 힐끔 보고는 걸어간 뒤 자기 딸의 방문을 가볍게 두드렸다.

에다는 그곳에 서 있기가 불편해서 아래층으로 내려갔다.

사장은 아래층에 없었고 카운터에는 오히려 한 사람이 앉아 있었는데, 다소 험상궂게 생긴 동료였다. 에다는 사장이 왜 저런 외모의 사람을 뽑아 카운터에 앉혔는지 줄곧 이해가 되지 않았다.

동료 마크는 낡은 턴테이블을 만지작거렸다. 거기에서 흘러나오는 음악은 에다가 날마다 들어 이미 귀에 익은 음악들이었다. 하지만 마크의 손놀림에 음악은 한 차례 또 한 차례 이상한 소리로 변했고, 에다는 그것을 듣고 온몸에 소름이 돋았다. 얼른 돌아서서 밖으로 나가려는데, 무언가에 걸려 고개를 숙여 보니 다름 아닌 사장이었다. 그는 바닥에 드러누워 책을 읽고 있었다. 그의 모습은 온전히 몰입한 듯 전혀 외부의 교란을 받지 않았다. 실내

조명이 어두워서 무슨 책인지 당최 알 수가 없었다. 사장은 아예 일어나 앉아 자상하게 에다에게 말했다.

"에다, 홍수가 네 집을 집어삼켰을 때 마지막 장면을 아직 기억해?"

"전혀 기억이 안 나요. 그때는 몹시 혼란스러웠어요."

"모든 일은 이 책에 쓰여 있어." 사장은 벽돌처럼 두꺼운 책을 두 손으로 가슴에 안고 말했다. "그런데 명확하게 말하고 있지 않아. 참 이상한 일인데, 추측컨대 이런 책들은 다 그런 것 같아. 고향에서 서너 권을 가져왔는데 일이 없으면 바닥에 누워서 읽어. 왜 바닥에 드러눕느냐고? 편의를 위해서지. 귀를 바닥에 대기만 하면 책에서 말하는 일들이 온갖 소리를 내거든. 나는 이것을 '듣는 책'이라고 하지."

"그럼 저도 책을 들을 수 있을까요?" 에다가 물었다.

"넌 불가능하고 경도 불가능하지. 하지만 경의 엄마는 할 수 있어. 이런 일에는 경험이 필요하거든. 또한 마크 저 녀석도 가능해. 보라고. 녀석은 바닥에 드러눕지 않았어? 녀석이 듣는 건 음악이야. 그건 네가 듣는 것과는 전적으로 다른 거야."

에다가 카운터 쪽으로 가서 안을 보니 마크는 몸을 바닥에 웅크린 채 울고 있었다.

"마크는 우리 가게의 보배지. 손님들은 그의 온몸이 음악이라고 말해."

에다는 정문을 나와 '녹옥'의 포도나무 시렁 아래에 서서 온몸을 햇빛에 적셨다.

"에다!" 경이 자신의 침실 창문에서 울음 섞인 소리를 냈다. 경의 한 손이 가슴 쪽 옷을 힘껏 움켜쥐었고 두 눈이 공포스럽게 튀어나왔다.

"경! 경!" 에다는 2층을 향해 손을 흔들면서 경의 어머니가 방에 있다는 사실을 떠올렸다.

경의 어머니는 방에서 뭘 할까? 자신의 딸을 겁줄까? 그 여자는 자신의 딸에게 무슨 일을 하라고 계속해서 은근히 몰아붙이는 것 같았다.

경은 상반신을 창밖으로 내밀고 마치 창에서 뛰어내리려는 듯 조금씩 아래로 기울었지만 뛰어내리지는 못했다. 에다는 그녀의 어머니가 안에서 그녀를 잡아당겼다는 것을 알아챘다. 그녀는 이럴 거면서 왜 경을 몰아붙일까? 모녀는 절세미인이었고, 지나친 미인은 종종 극단적인 생활을 즐기기 때문인지도 몰랐다. 무엇인가가 창문으로 내던져졌는데, 놀랍게도 그것은 흰생쥐였다!

"에다. 안녕!" 경은 목이 쉬도록 이 말을 외치고는 안으로 들어갔다. 이어 창문도 누군가에 의해 닫혔다.

에다는 어리둥절하게 그 위를 쳐다보았다. 경은 왜 안녕이라고 했을까?

하지만 경은 아무 데도 가지 않았고, 밤이 되자 또다시 자신의 어머니와 함께 술집에 나타났다. 두 사람은 엄숙하다 못해 쓸쓸해 보일 지경이었다. 한편 사장은 예복을 입고 나비넥타이를 매서 늠름해 보였다. 누가 그가 바닥에 엎드려 책을 듣는다고 생각이나 하겠는가?

홀의 어두운 구석에서 에다의 가슴을 철렁 내려앉게 하는 소리가 들렸다. 레이건이었다. 에다는 레이건이 그녀를 부르는 소리를 똑똑히 들었다.

"브랜디 줘요." 동행한 사람과 함께 앉아 있던 낯선 남자가 말했다.

세상에 이렇게 비슷한 소리가 있다니.

"아가씨, 오른쪽을 좀 보세요." 그가 다시 말했다.

에다는 벽의 흰생쥐를 보았다. 생쥐는 사슴의 머리에 웅크리고 앉아 그것을 물어뜯고 있었다. 가늘고 작은 이빨이 뼈를 갉는 소리는 또렷하면서도 거슬렸다. 에다는 어안이 벙벙해서 손 안의 메뉴판을 바닥에 떨어뜨렸다. 분명 어딘가에서 이 장면을 본 듯했다. 그것은 수년 전의 일이었는데, 비와 바닷물 그리고 낯선 남자와 관련이 있었다. 하지만 앞의 이 남자는 아니었다. 에다의 귓가에 그 남자의 목소리가 울렸다. "마닐라, 마닐라, 들판에 물난리가 났어." 에다는 몸을 돌렸지만 테이블의 두 남자는 보이지 않았다.

경이 에다에게 다가와 바짝 붙어 말했다.

"지금 우리 둘은 같은 동굴에 떨어졌어요. 얼마나 감격스러운 밤인가요. 나가서 하늘을 보지 않았죠? 지금 이 순간 하늘은 자줏빛이에요."

경은 말한 뒤 허리 숙여 메뉴판을 주워 에다에게 건네고는 손님을 접대하러 갔다. 에다는 경의 행동에 들판의 뱀처럼 여전히 몸의 갈망 같은 것이 드러나는 것을 눈여겨보았다. 방금 그 손님은 어디로 갔을까? 정말이지 흔적 하나 남기지 않았다. 에다의 마음은 욱신거렸다. 자신은 마침내 레이건의 손아귀에서 벗어났고, 어쩌면 그것 때문에 그가 자신의 목소리를 전 세계에 가득 퍼뜨렸는지도 모르겠다는 생각이 한 번 더 들었다. 세상에 이런 일편단심인 남자가 있다니.

에다는 많은 손님을 맞았고 그들은 하나같이 표정이 마비된 채 음악을 듣는 척했다. 한 여자 손님의 윗옷 단추가 갑작스럽게 떨어졌고 그 여자가 몸을 숙여 바닥을 더듬는 바람에 손이 먼지투성이가 되었다. 그녀와 함께 온 남자 역시 손을 보탰는데, 남자가 손전등을 들고 테이블 아래를 오랫동안 비추는 모습은 교양이라고는 찾아볼 수 없는 모습이었다. 이때 옆의 손님들이 일제히 다가와 반원을 그리며 에워싸고 구경했다. 남자는 아예 고양이처럼 바닥을 기었고, 테이블과 테이블 사이를 오갈 때 사람들이 우르르 비켜주었다.

"단추 한 개를 떨어뜨리는 일은 전체 판을 망쳐버리는 것과 같아."

검붉은색 체크무늬 외투를 입은 부인이 나지막이 말했다. 에다는 흥분해서 두 눈을 번득이는 그녀를 주목했다.

에다는 민망한 마음에 이 사람들을 피하고 싶어 한 테이블 위의 접시를 치워서 주방으로 갔다. 요리사는 불 앞에서 분주하다가 에다가 들어오는 소리에 일손을 멈추고 에다를 향해 몸을 돌렸다. 에다의 머릿속에서 '윙' 하는 소리가 울렸다. 이 사람은 알리가 아닌가?

"저는 당신이 여기에서, 여기에서 일하는지 몰랐어요." 에다가 더듬더듬 말했다.

"새로 온 사람이에요? 듣자하니 한 사람이 새로 왔다는데, 줄곧 못 만났는데 그게 당신이었군요! 왔으면 됐어요. 이런 곳의 일은 적응하기가 쉽지 않아요."

에다는 마음을 놓았다. 그녀는 알리가 아니었고 그저 그녀를 빼다 박았을 뿐이었다.

"아, 제가 잘못 봤어요. 그런데 당신은 그런 곳에서 일해본 적이 있어요?"

"고무 농장이요? 당연하죠. 저처럼 뚱뚱한 사람들은 다들 그런 곳에서 일했어요. 찜통 같은 날씨를 못 견디겠더라고요. 게다가 뱀은 또 어찌나 많은지, 주방의 냉장고에까지 진을 치고 있는 것 같았어요. 이곳에서 그곳을 그리워하고 말지, 직접 그곳에 있고 싶지는 않았어요. 그곳을 나온 지 10년이 넘었어요."

요리사는 경계하듯이 주방 문 쪽을 살핀 뒤 걸어가서 문을 꽉 닫고는 돌아서서 쪽걸상에 앉아 감자 껍질을 깎았다. 잠시 뒤 누군가 문을 두드리자 그녀가 에다를 향해 입을 삐죽거리며 말했다. "상관하지 말아요. 사장이 들어오려는 것이니까. 들어와서는 냅다 파이에 소금을 치고 손님들이 얼마나 민감한지 시험하겠다는 작자예요. 한마디로 미쳤죠. 그가 이 술집을 연 것도 미친 행동이라고 봐요. 에다, 당신은 어떻게 생각해요?"

"글쎄요. 전 잘 모르겠어요." 에다는 사장이 안달하며 외치는 소리를 신경을 곤두세우고 들었다.

"미치광이, 완전히 미치광이예요! 그는 그 병영으로 돌아가고 싶어 한다니까요!" 요리사는 씩씩거리며 뚱뚱한 몸을 돌려 문 쪽을 향해 주걱을 위협적으로 휘둘렀다.

"병영이요?"

"맞아요. 저런 사람들이 그런 데서 나오잖아요? 잘 훈련된 군인들 말이에요. 이 술집에 병영과 같은 분위기가 있다는 것을 눈치 못 챘어요? 여기는 개성을 평평하게 깎는 곳이죠."

요리사는 주걱을 내려놓고 씩씩거리며 그곳에 선 채 아예 일도 내팽개쳤다. 에다는 그녀가 화를 내는 모습이 아이 같아 그만 펭귄을 떠올렸다. 주방에서는 바깥의 소리가 일체 들리지 않았고 완전히 또 다른 광경이 펼쳐졌다. 누군가 창가에서 머리를 내밀고 기웃거렸는데 경의 남자 친구였다. 그는 이곳에서 뭘 알아보려는 것일까? 그는 초췌하기 이를 데 없어 보였고 마당의 등불 아래 선 모습이 귀신 같았다.

"저런 사람이 병영에 가서 군사 훈련을 받아야 해요." 요리사가 말했다.

에다는 마침내 레이건을 벗어날 수 없음을 깨달았다. 농장에서 멀리 떨어진 이 이상한 술집에서 그녀의 감정은 변하고 있었다. 그녀가 돌아가고 싶은 곳은 농장이 아니라 고향이었고, 상상 속 고향은 모호한 그림자였다. 사실 그녀 역시 기차를 타고 돌아가고 싶지 않았고 지름길로 가고 싶었다. 지름길은 바로 경이 알려준, 술집 안에 있는 블랙홀들이었다.

어느 날, 음악이 술집을 가득 메웠을 때 에다는 경의 안내로 한 블랙홀로 들어갔다. 당시 그녀는 경과 뒷마당에 서서 대화를 나누었다. 비는 오지 않았지만 이따금 시원한 바람이 불었고, 달이 촉촉하게 젖은 듯 보였다. 회화나무 쪽에서 누군가 경박하게 휘파람을 불었다. 그것은 세속적인 사랑의 노래였다. 돌연 경이 손으로 에다의 어깨를 힘껏 눌렀다. 그러자 에다의 발이 미끄러지면서 경과 함께 바로 그 블랙홀로 떨어졌다.

에다는 정말이지 감개무량했다! 천둥소리와 축축한 흙냄새가 금세 그녀를 에워쌌다. 어딘가에서 은은하게 고함 소리가 들려왔는데, 전부 너무나 익숙한 사람들의 소리였다. 경은 에다와 같은 블랙홀이 아니라 에다 옆의 블랙홀에 머물렀다. 에다가 경을 부를 때 경은 마치 이제 곧 잠이 들 것처럼 몽롱하게 대답했다. 에다는 확실히 고향의 흙을 밟았고 그 부들부들함은 죽을 때까지 잊지 못할 것이었다. 거기에 물씬물씬한 비린내를 머금은 비가 쉴새 없이 오면서 그녀의 머리카락이 순식간에 흠뻑 젖었다. 귓가에서는 고향의 남자가 "마닐라, 마닐라, 들판에 물난리가 났어"라고 말했다. 에다는 방금 이 말을 누가 했는지 기억했다. 이때, 에다는 고향 사람들이 얼마나 뛰어난 임기응변 능력을 갖추었는지를 깨달았다. 그렇지 않았다면 산사태가 꼬리에 꼬리를 물고 일어나는 곳에서 어떻게 종족이 보존될 수 있었겠는가. 그녀는 거의 모든 발걸음마다 땅의 맥박을 조일 정도로 밤길을 걷는 사람들의 발걸음이 얼마나 힘찬지 절절히 느꼈다.

"에다, 에다. 당신은 불타오르는 놀을 봤어요?" 경이 옆에서 나지막이 중얼거렸다.

음악이 밀려들자 열대우림의 기운은 옅어졌지만, 새벽을 깨우는 수탉의 울음소리는 여전히 남아서 끊어졌다 이어졌다 하며 울고 또 울었다.

경의 딱딱하고 신경질적인 손가락이 에다의 손가락을 걸었고, 두 사람은 그곳에 나란히 섰다. 술 취한 남녀 한 쌍이 서로를 부축하며 집으로 돌아가자 경이 그들의 길은 아득하다고 말했다.

"그들은 지하 감옥이 있는 집으로 돌아갔어요." 경이 알려주었다.

"하지만 저의 지하 감옥은 경계가 없어요." 에다가 절망적으로 말했다.

경이 키득거리며 웃었다. 에다는 경이 이렇게 유쾌하게 웃는 모습을 오랜만에 보았다.

"당신의 남자아이는 왔어요?" 에다가 물었다.

"아, 이런 곳에 있으면 저 멀리 타향으로 가는 그의 발걸음 소리를 들을 수 있어요. 이런 느낌은 언제나 미묘하게 아름다워요. 저는 그의 본능의 소리를 들었어요."

에다는 내일 농장으로 돌아가야겠다고 생각했다. 그곳에도 이런 블랙홀이 많이 있을 터였다. 예전에는 그것들을 완전히 간과했다.

에다가 신음했다. "아, 내 발!" 그녀의 한 발은 여전히 고향의 흙 속에 꽂혀 있어 빼기가 힘들었다. 경이 고개를 돌려 에다를 보면서 익숙해지면 된다고 말했다. 어떤 일이든 익숙해질 수 있다고 덧붙였다. 그 문이 열리자 에다는 그늘에 몸을 숨긴 사장을 보았다. 그는 한 테이블 아래에 누워 책을 보고 있었는데 그렇게 어두운 곳에서 무엇이 제대로 보일까 싶었다. 테이블에 엎드린 만취한 손님 둘은 사장이 자신들의 아래에 있다는 것을 알까?

"경, 전 당신의 아버지가 정말로 부러워요."

"저도 그래요. 술집 전체가 그의 지하 감옥이라는 것을 알아야해요. 그에 비하면 저는 정말이지 말이 안 된다고 때때로 생각해요! 저는 제 침실 밖으로 안 나오는 게 최선이에요."

경은 카운터를 돌아 마크를 찾으러 갔다. 에다는 허리를 숙여 사장과 대화하려 했다. 사장이 오히려 먼저 입을 열었지만 시선은 책에서 한 번도 떼지 않았다.

"나는 이 이야기를 수십 년 동안 읽어왔어. 이야기 곳곳엔 계략의 흔적이 있어. 에다야, 돌아가기로 결정했어? 내일 기차는 아침 9시야."

"사장님은 제가 가려는 것을 어떻게 알았어요?"

"모든 일은 전부 책에 쓰여 있어. 떠난 뒤에 너는 이 술집을 다시는 찾아내지 못할 거야."

"왜요?"

"넌 우연히 뛰어들었어. 이곳은 찾기 쉽지 않아. 자칫하면 그냥 지나치지."

사장은 책을 머리 밑에 베고 몸을 웅크린 채 눈을 감았고 잠이 든 것 같았다.

경과 마크는 카운터의 불빛 아래에 멍하니 서 있었다. 턴테이블은 이미 먹통이 되었고 거의 모든 사람이 인사불성이 된 채였다. 몇몇 사람은 일어나 밖으로 나갔고 또 다른 몇몇 사람은 바와 테이블에 엎드려 곯아떨어졌다. 에다는 누군가 깨기만 하면 즉시 달려가 그 사람을 부축해서 밖으로 데리고 나갔다. 부축을 받는 사람은 종종 감격한 나머지 에다를 '꼬마 순둥이'나 '어린 선녀'로 추켜세웠다. 그들이 술집에 들어설 때의 점잖은 모습은 온 데 간 데 없었다. 한 부인이 비틀거리며 문을 나선 뒤 돌연 다시 고개를 돌려 에다에게 외쳤다.

"오늘 밤 운이 좋아 만났으니 앞으로 영원히 잊지 말아요. 안녕!"

"안녕." 에다는 기계적으로 말하면서 여자의 얼굴도 제대로 보지 않았다.

동틀 무렵에 에다는 자신의 침실에서 수많은 곱고 아름다운 나비를 보았다. 그것들은 불빛 속을 날아다니면서 글자 모양을 연출했다. 에다는 넋을 놓고 물끄러미 바라보면서 눈물을 흘렸다. 이때 또다시 옆방의 경이 탁자에서 뛰어내리는 소리가 들려왔다.

에다는 '녹옥' 술집을 나왔고, 뒤돌아보았을 때 반짝이는 네온 사인은 이미 저 멀리 길 끝으로 물러나 있었다.

10장

레이건의 곤혹

'에다가 없는 나날은 악몽 같기도, 해방 같기도 하군.' 레이건은 이렇게 생각했다. 그는 얕은 물가에 서서 요동치는 짙푸른 바닷물을 보며 바다의 풍만함과 힘의 매력을 느꼈다. 1년 전에 익사했던 여자 일꾼은 단순히 흠뻑 젖어 육중한 겉옷을 벗지 못해 참사를 당했을까? 레이건은 뭍에 오르면서 그 문제에 관해 여러 가지를 추측해보았다.

쉰 살의 레이건은 사업에서 큰 성공을 거두었다. 자신의 고무 농장이 부단히 이익을 내면서 주변의 몇몇 대형 농장을 사들여 고무 농장 단지를 조성했다. 그는 최근 몇 년 사이 과중한 업무의 일선에서 천천히 물러나 유능한 경영 관리인에게 일을 맡겼다. 국적 불명의 김하(金夏)라는 이름의 그는 훌륭한 관리 책임자로 묵묵히 모든 일을 똑 부러지게 처리하고 무엇보다도 미래지향적인 행보를 거듭했다. 어느 날 밤, 레이건은 꿈속에서 이 동양 남자가 돌을 금으로 만드는 비결을 터득한 것을 보았다. 그가 보석이 박힌 막대기를 들고 자신이 발붙인 땅을 두드리자 그 땅이 바로 레이건 자신의 소유가 되는 것이었다. 레이건은 가늘고 교활한 그의 눈을 오래도록 응시하면서 그 안에서 욕망 아닌 욕망을 보았는데, 사실 그것은 허무의 변형된 모습이었다.

"김하, 자네는 에다가 돌아올 것 같은가?" 이 말을 할 때 레이건은 해변에 앉아 있었다.

"그녀는 떠난 게 아닙니다. 당신도 알잖습니까. 그저 시각의 문제일 뿐이죠."

김하의 호리호리한 몸은 바다에 떠오른 그림자 같았다. 레이건은 언제나 시간이 지나서야 비로소 그의 말뜻을 파악했고, 애초에 바로 그 점 때문에 그를 마음에 들어 했다. 김하는 자신의 가족과 함께 줄곧 산 중턱의 낡은 집에서 살았다. 그곳은 그가 스스로 선택한 거처였다. 그와 그의 아내 그리고 두 아들은 언제나 외따로 살면서 일꾼들과 친밀한 관계를 맺지 않았다. 레이건은 때때로 이 가족의 처절한 고독이 오싹하면서도 혹여 나쁜 일을 획책하지는 않을까 걱정했다. 하지만 나중에는 자신의 터무니없는 생각을 자책하기도 했다. 사실 김하는 농장에서 유일한 지기였고, 레이건은 자신의 걱정거리를 김하에게 시시콜콜 털어놓았다. 그럴 때마다 김하는 담배를 피우면서 거의 말참견을 하지 않았다. 레이건은 김하가 듣고 싶어 하는지는 확신할 수 없었지만 확실히 귀담아 듣는 듯은 했다. 예컨대 방금 자신이 에다의 이야기를 꺼냈을 때와 같이 김하는 이내 자신의 독특한 의견을 내놓곤 했다.

"자네 아들은 가을에 북쪽에 있는 학교로 갈 계획이야?" 레이건이 물었다.

"맞습니다. 녀석들은 농장을 떠나는 것을 아쉬워합니다!"

"에이."

"녀석들은 앞으로 평생 농장을 떠나지 않겠다고 마음먹었어요." 김하가 담배 연기를 한 모금 내뿜은 뒤 과장되게 말했다.

파초 숲을 지나면 산비탈이 나왔다. 김하의 회색 나무 집은 커다란 바니안나무 아래에 지어졌는데, 그 나무는 험상궂게 생긴 수호신 같았고 거대한 공기뿌리가 공중에 매달려 있어 패권적인 기백을 드러냈다. 레이건은 그 나무 집이 흰개미들의 습격을 받아 이미 위험하다는 사실을 알았다. 하지만 김하의 가족은 그 일을 전혀 아랑곳하지 않았다. 어쩌면 그들이 장기적인 계획을 가지고 있지 않아서일지도 몰랐다. 김하의 아내는 듣기 좋은 이름을 가졌지만 레이건이 발음하기에는 어려운 이름이었다. 지금 그녀는 집 안이 너무 습해서인지 이불을 가지고 나와 햇빛에 말렸다. 그러고는 레이건에게 거만하게 고개를 까닥했다. 인사한 셈이었다.

"산비탈에 살면 농장의 상황은 훤히 꿰고 있을 것 같은데." 레이건이 농담조로 말했다.

"실제 상황은 우리 가족이 외부인 되었다는 것이죠." 김하는 불안하게 손으로 탁자를 두드리며 말했다. "저희 가족이 야심이 너무 없어서 그런 것일까요?"

레이건은 집 안에서 짓눌린 짐승이 포효하는 소리를 듣고는 화들짝 놀라 벌떡 일어났다.

"자네, 설마 늑대를 키우나?" 레이건은 무릎이 떨리는 것 같았다.

"맞습니다." 김하는 흔들리는 표정으로 대답했다. "아들이 기르는 것이죠. 녀석들은 이런 곳에 사는 게 너무 비현실적이라서 자극적인 일을 해야 한다고 느꼈어요. 그리고는 저 새끼 늑대를 데려왔습니다. 긴장하지 마세요. 늑대는 쇠사슬로 단단히 묶어 놓았으니까요. 저도 가끔 두 아이의 취미 때문에 걱정이 됩니다. 어쨌든 저는 그들의 아버지니까요. 다행히 조만간 북쪽으로 가니까……."

김하는 한 손바닥을 허공으로 들어 올려 뭐라고 손짓했지만, 그 손바닥은 아무것도 보여주지 못한 채 낭패스럽게 허공에 머물렀다. 그의 모습은 '아버지'라기보다는 오히려 독신 남성 같았다.

레이건은 뒷방으로 들어가려 했지만 두 아이가 후다닥 뛰쳐나와 방 밖에서 그를 막아섰다. 힐끗 둘러보았지만 창문이 온통 검은 천으로 가려져 있어 아무것도 보이지 않았다.

"아저씨, 방 안에는 아무것도 없어요!" 두 아이가 한목소리로 말했다.

두 남자아이는 남루한 차림에 얼굴이 지저분해서 전혀 좀 사는 집안의 아이들 같지 않았다. 레이건은 두 아이 역시 아버지처럼 교활한 눈빛을 지녔음을 보았다. 이때 아이들의 어머니가 집 안으로 들어와 아이들에게 몇 마디 소곤대자, 두 아이는 분노한 눈빛으로 왜 여기까지 달려와서 자신들의 삶을 휘저어놓느냐고 묻는 듯 레이건을 노려보았다.

김하는 여전히 탁자에 앉아 있으면서 아무 일 없다는 듯 굴었다.

"버릇이 없는 애들입니다." 김하가 말했지만, 미안해하기보다는 오히려 자랑 같았다.

바람이 불자 집의 나무판자 벽에서 삐거덕대는 소리가 났다. 심지어 집이 바람에 기울어지는 것을 느낄 수 있었다. 김하는 살짝 눈을 감고는 그 불길한 소리에 도취되었고, 까맣고 키 작은 그의 아내는 아무것도 듣지 못한 듯 굴었다.

늑대는 소리를 내지 않았지만 두 아이들은 뒷방에서 울음을 터뜨렸다.

"녀석들은 늑대를 다치게 해놓고 마음이 아파 우는 겁니다. 놈들도 참!" 김하가 레이건에게 말했다.

레이건은 울음소리에 뭔가 이상한 것이 있다고 느꼈지만 무엇이 이상한지는 알지 못했다. 그 울음소리는 아이들의 울음소리라기보다, 용의주도한 암시처럼 누군가에게 말하기 곤란한 무엇인가를 전달하려는 것 같기도 했다. 누구에게? 레이건은 그들이 전하는 메시지를 알아듣지 못해 찝찝한 마음이 들었다. 김하를 보니 그는 느긋하게 탁자에 놓인 유리잔 여섯 개를 매화 모양으로 늘어놓았다. 연기에 누렇게 그을린 손가락은 의뭉스러운 속마음을 드러내고 있었다.

"자네 집은 언제나, 언제나 이렇게 시끄러운가?" 레이건은 적절한 표현이 떠오르지 않았다.

"그렇습니다. 죄송해요."

하지만 그의 모습은 여전히 미안해하는 것 같지 않았고, 레이건은 그가 떠는 가식에 부아가 치밀었다. 그런데 그는 정말로 가식을 떠는 것일까? 그게 전혀 아니라면? 그의 아내는 햇빛에 널은 이불을 다시 거두어들이면서 비가 올 것 같다고 말했지만, 한 번 또 한 번 기계적으로 움직이는 그녀의 행동은 평온해 보였다. 또한 두 아이의 이상한 울음소리는 그녀를 전혀 심란하게 하지 못하는 듯했다.

"원래는 저도 이곳에 터를 잡을 거라고 생각하지 못했습니다. 그런데 이 산과 바니안나무와 이 집을 보자마자 떠나고 싶은 생각이 들지 않더군요. 본성은 변하기 어려워요. 한 가지 여쭙고 싶은 게 있습니다, 레이건 씨. 농장이 차지한 땅은 대체 얼마나 됩니까? 최근 그 문제에서 갈피를 잡을 수가 없어서요."

"나도 자네와 마찬가지야, 김하. 나는 우리 땅이 때로는 끝도 없이 넓다고 느껴지기도 하고 때로는 내가 딛고 설 곳마저 없다고 느껴지기도 해. 우리는 계속해서 땅을 사야 할까?"

바람 소리가 잦아지자 레이건은 김하와 함께 문밖으로 나와 바니안나무 아래에 섰다. 산비탈에서 내려다보니 탁 트인 시야에 햇빛이 찬란한 농장이 펼쳐졌다. 그런데 김하의 아내는 왜 비가 온다고 했을까? 레이건의 시선은 고무나무 숲을 훑고 호수에 가 닿았다. 레이건은 땅이 자신을 짓누르는 느낌에 도망가고 싶은 충동이 일었다. 에다처럼 그렇게 달아나고 싶었는지도 몰랐다. 김하가 이곳에 사는 건 자신의 농장과 거리를 두기 위함일지도 모른다. 그런데 김하는 왜 그렇게 자신을 대신해 사력을 다해 땅을 확장하려는 걸까? 사업 이야기를 할 때 김하의 두 눈에 번뜩이던 탐욕스러운 빛을 생생히 기억하지만, 그런 쾌감이 대체 어떤 성질의 것인지 확신할 수 없었다. 다만 그의 청빈한 삶을 볼 때 그는 돈에 관해서는 무관심한 듯했다.

뒤돌아서 그 집을 다시 보았다. 그 거대한 흰개미 둥지는 그의 마음에 불길한 예감을 불러일으켰다. 설마 자신이 운명적인 살성(殺星)*을 만난 것인가? 국적 불명에 말수가 적은 이 자와 오래전에 한 사냥꾼이 지은 집에 사는 그의 이상한 가족, 그들의 묵묵한

---

* 사람의 운명을 맡으며 재앙을 불러온다는 불길한 별.

삶의 태도가 자신에게 영향을 준 것일까? 혹은 뜻밖에 레이건 자신의 존재를 부정하려고 온 것일까? 마음에서 나오는 여자의 오만함은 도대체 무슨 뜻일까?

두 남자아이는 대문에 서서 레이건을 보면서 작은 주먹다짐을 날렸다. 레이건은 자신이 다시 집 안으로 들어간다면 그들이 자신에게 달려들어 칠지도 모르겠다고 생각했다. 시선을 자신의 집 쪽으로 돌렸지만, 이상하게도 자신의 집은 보이지 않았고 그곳에는 전봇대 두 개만 횅하니 서 있었다. 잠시 후 자신의 누렁개가 어디에서 달려왔는지 그의 시야로 뛰어들었다.

"이곳에서는 당신의 집이 안 보여요." 김하가 말했다.

레이건은 김하의 말투가 몹시 거슬렸다. 이 사람은 자신의 모든 것을 장악하고, 자신의 영향력을 이용해서 자신을 차근차근 없애고 있다는 느낌이 들었다. 자신의 집과 집 안의 모든 것은 틀림없이 이 사람에 의해 소멸되었을 것이었다. 왜냐하면 이 산비탈에서 농장을 바라보면 시선에는 사람도 집도 없기 때문이었다.

레이건은 마음이 답답해서 김하에게 작별 인사를 하고 산을 내려갔다. 한참을 걸은 뒤 뒤돌아보니 김하가 그 바니안나무 아래에 서서 담배를 피우고 있었다. 그는 자신을 감시하고 있는 걸까? 어쩌면 그의 허무한 시야에서는 자신의 모습 역시 지워졌을 가능성이 다분했다. 레이건은 자신이 누군가에게 '지워졌다'는 생각을 하자 마음에 공포의 물결이 일었다. 그는 대체 어떤 사람일까?

어제만 해도 자신에게 때를 놓치지 말고 농장의 땅을 계속 넓혀 나가야 한다고 권유하지 않았던가. "차지할 수 있을 만큼 차지해야 합니다." 그는 뻔뻔스러울 정도로 이렇게 말했다. 실제로 그는 또다시 큰 거래를 성사시키고 고무 농장을 북쪽의 바다 쪽까지 확장하려고 준비했다. 하지만 레이건은 김하를 보면서 도통 든든함을 느낄 수가 없었다. 그의 호리호리한 모습과 말할 때의 독특한 어조, 입고 있는 회색 셔츠, 그 모든 것이 너무나 느물느물했다. 김하에게 그의 국적을 캐물으려고 입을 뗐다가 적절치 못한 것 같아 그만둔 것이 한두 번이 아니었다. 김하 같은 사람의 내력을 어떻게 태연하게 물어볼 수 있겠는가?

"레이건 씨, 안녕하세요!"

언니가 바다에서 익사한 그 여자아이였다. 레이건은 대충 몇 마디 나눈 뒤 피하려고 했지만 그 키 작은 아가씨가 간절한 눈빛으로 자신을 보는 것을 보고는 자신에게 바라는 바가 있는 것 같다고 생각했다. 여자아이 역시 농장의 일꾼으로 빈센트가 생산하고 개선을 거친 그 육중한 작업복을 입고 있었다. 현재 그 옷은 단추가 거의 없고 입고 벗기가 더없이 수월했다. 레이건은 여자아이의 언니를 땅에 묻던 날, 울어서 눈에 핏발이 섰던 그녀를 기억했다.

"애야, 어려움은 없지?" 레이건이 상냥하게 물었다.

"언니는 수영의 고수였어요." 여자아이가 레이건의 눈을 바라보며 말했다.

"아?" 레이건은 순간 머리가 아찔했다.

"농장의 모든 일은 극단으로 치달았고 언니 역시 그랬어요. 별거 중인 저희 부모님은 둘 다 부자고, 북쪽의 별장에 살고 있죠. 당신의 농장은 정말로 아름다워요. 레이건 씨, 너무 아름다워요. 언니도 이렇게 말했어요."

여자아이의 말투는 그녀의 언니가 아직 살아 있는 것 같은 말투였다.

레이건은 여자아이의 언니의 얼굴을 떠올리려 애썼지만 모호하기만 했다. 한 부잣집 아가씨가 농장의 일꾼으로 일하다가 어느 날 두껍디두꺼운 작업복을 입고 바다에 뛰어들었다. "바다에 뛰어들었다"라는 표현은 너무나 들어맞는 비유였다. 이 여자아이가 이곳에 서서 자신을 기다린 건 자신의 언니에 관해 이야기하기 위해서였다. 그런데 그녀는 왜 이야기하려는 걸까? 그리움에서일까 혹은 안타까움에서일까? 뜻밖에 부러워서? 누군가 말했듯이 이곳에 온 사람들은 하나같이 변태가 되는지도 몰랐다. 이 여자아이 역시 변태가 되어 물불 가리지 않고 상상 속에 살고 있었다. 보아하니 언니의 죽음은 그녀에게 일종의 유혹 같았고, 더는 당시의 통곡이 필요치 않을 듯했다.

"레이건 씨, 저는 가봐야 해요. 한마디 더 묻고 싶어요. 당신은 언제나 야외에서 사색하나요?"

"설마 내 생각을 볼 수 있는 건 아니지?" 레이건은 망연자실했다.

"당신의 그림자 안에서 풀의 색깔이 노랗게 변했어요. 하지만 당신은 모르겠죠!" 그녀가 달려갔다.

레이건은 자신의 농장이 허무의 대지가 아님을 위안 삼았다. 물론 자신은 김하의 의중을 완전히 읽어내지는 못했다. 바니안나무 아래에서 이쪽을 보면 아무것도 보이지 않지만, 산을 내려오자마자 이 여자아이, 농장의 꿈속에서 살아가는 여자아이를 만났다. 그녀와 그녀의 언니의 고통은 전부 실재하는 것이었다. 게다가 꿈을 좇던 그 언니는 목숨을 함부로 내팽개치기까지 했다. 자신이 애초 김하를 농장으로 불러들인 것은 그의 실천 정신 때문이었다. 혹은 땅을 구매하는 열정 때문이었다고 할 수 있다. 그런데 김하는 그 어떤 것도 점유하려 들지 않고 이해할 수 없을 정도로 청빈한 삶을 꾸려갔다. 레이건은 마른 대나무 같은 김하의 몸속의 열광이 대체 어떤 것인지 명확하게 알 수 없었다. '나는 사색하고 있는가?'라고 자문해보았다. 이처럼 질질 끌기만 하는 사고는 표면적으로 일어나는 현상을 그저 반복적으로 뒤돌아보는 것에 지나지 않을 뿐, 근본적으로 진정한 사고라고 할 수 없었다.

어제 한 사람이 빈센트가 있는 도시에서 돌아와서는 에다를 보았다고 알려주었다. 길고 긴 밤에 레이건과 에다는 깊은 땅속에서 각자 자신의 동굴을 파면서 서로 상대방이 만들어내는 기척을 알아들었다. "에다, 에다!" 레이건이 말할 때 흙덩이가 떨어져 그의 머리를 내리치는 바람에 레이건의 동작은 다소 광적으로 변했다. 에다의 동작은 일사불란해서 레이건은 그녀가 산사태에서 탈출할 때 가졌을 침착함을 생각했다. 에다가 자신의 발밑을 파는 소리를 들었다. 그런데 그녀는 오히려 도시의 술집에 숨어 있었다. 농장을 아무리 확장한다 한들 그녀가 있는 도시에는 닿을 수 없었다.

"레이건 씨, 레이건 씨, 태양이 이미 표독스러워졌으니 나무 그늘 아래로 피해요."

알리였다.

"보아하니 당신은 절망스러운 것 같은데 이리 와서 저와 함께 앉아야겠네요."

레이건은 기계적으로 다가가 알리와 함께 앉았다. 요리사 알리가 투박한 손으로 레이건의 무릎을 툭툭 치자 그는 정신을 차리고 웃는 표정을 지었다.

"이렇게 많은 뱀들이 집에 기어 들어온 것을 보면 에다가 돌아올 날도 그리 멀지 않은 것 같아요."

레이건은 알리가 대체 어떤 부류의 사람인지 확신할 수 없었지만, 마음이 맑고 욕망이 없는 사람은 절대 아닐 것이라고 생각했다. 그녀는 비록 나이가 많지만 주방에 앉아 생각에 잠길 때면 농장의 그 어떤 동향도 그녀의 늙은 두 눈을 피해 가지 못했다.

"알리, 내가 땅을 계속해서 사야 할까요?"

"당연히 그래야죠. 그래야 당신은 안심할 수 있잖아요. 아니에요? 김하와 같은 사람이 당신의 마음을 제일 잘 알죠. 당신은 끝까지 그를 신뢰할걸요."

"끝까지?"

"그렇죠. 끝까지. 당신도 저도 보게 될걸요. 예를 들면, 아침에 그 늙은 도마뱀이 또 한 번 집으로 들어왔어요. 그럴 때마다 새로운 욕망이 솟구치는 시기가 나타나고는 했죠."

마틴이 지프를 몰고 왔다. 레이건은 위아래로 자신의 옷을 입고 구두마저 자신의 것을 신은 젊은이를 보았다. 그는 어떻게 이렇게 거리낌 없는 사람이 되었을까? 차 안에는 또 한 사람이 있었는데, 다름 아닌 익사한 여자 일꾼의 여동생이었다. 그녀는 이미 단장하여 야한 옷을 입고 있었다.

"집에 가요? 레이건 씨?"

"안 가. 나는 집이 없어." 레이건은 불퉁하게 대답했다.

"뱀이 득실거리는 식당에 앉아서도 하던 대로 생각에 잠길 수가 있잖아요."

여자아이의 조롱하는 소리가 차 안에 울렸다. 그녀는 고개를 돌려버리고 레이건을 보지 않았다.

"앨런, 이게 뭐 하는 짓이야." 알리의 나지막한 목소리에 질책의 의미가 가득 담겼다.

알리가 돌의자에서 천천히 일어났다. 레이건 역시 일어나 그녀와 함께 차에 올랐다. 네 사람은 함께 집으로 향했다.

레이건이 자기 집 계단을 오를 때 그의 귓가에 낯선 목소리가 들렸다.

"마닐라, 마닐라, 들판에 물난리가 났어……."

레이건은 다리에 힘이 빠져 계단에 주저앉을 뻔했다. 사방을 두리번거렸지만 주변에는 낯선 사람이 없었다. 앨런과 마틴이 옆에 서서 잔뜩 긴장한 채 레이건을 주시하는 걸 보니 두 사람 역시 그 소리를 들은 듯했다. 알리 역시 레이건을 살피고 있었다.

"집에 외부인이 온 것 같은데요?" 레이건이 부러 아무렇지도 않은 척 기지개를 켰다.

"이곳에 무슨 외부인이 있겠어요? 저 뱀들조차 낯익은 손님인데. 낯설게 느껴지는 사람이 있다면 그건 당신이 그들을 그렇게 자주 생각하지 않기 때문이에요. 사실 그들이야말로 당신을 잊지 않았어요." 알리가 말하면서 주방으로 들어갔다.

레이건이 위층으로 올라갈 때 마틴과 앨런이 레이건의 꽁무니를 따라 올라갔고, 레이건이 침실로 들어가자 두 사람도 따라 들어갔다. 게다가 두 사람은 이내 레이건의 침대를 차지하고는 다짜고짜 침대에서 불붙기 시작했다. 그들은 레이건이 밖으로 나가려 할 때 동작을 멈추었다. 마틴이 말했다.

"레이건 씨, 당신은 우리 젊은이들이 눈에 거슬려요?"

"부탁인데 두 사람 꺼져." 레이건이 이를 갈며 몇 글자를 밀어 냈다.

마틴은 억울한 듯 침대에서 내려와 투덜댔다. "당신을 이해할 수가 없어요. 레이건 씨, 당신은 왜 이렇게 자신을 철저히 봉인하죠?" 앨런은 씩씩거리며 침대의 매트리스를 탁탁 두드리고 베개를 바닥에 던진 뒤 침대에서 뛰어 내려와 발로 베개를 밟았다.

그들이 나갈 때 마틴이 레이건의 얼굴을 향해 말했다.

"당신은 저의 사장이지만, 저도 알려드리죠. 김하 씨는 당신한 테 완전히 실망했어요."

레이건은 통창 앞으로 갔다. 그의 시야에 김하가 사는 곳은 저 멀리 회색의 작은 점이 되었다. 농장은 금빛 태양에 타들어갈 것만 같았다. 레이건은 바닥에서 베개를 주워 도로 침대에 올려놓은 뒤 멍한 머리로 누웠다. 그의 시선은 활짝 열려 있는 옷장 문에 머물렀다. 마틴 그 몹쓸 놈이 그 안의 모든 옷들을 다 쓸어갔는지 텅 비어 있었다. 마틴 그놈은 대체 저의 직원인가, 저의 주인인가? 그는 몇 년 전 젊은이가 자신의 옷을 입고 다닐 때 어쨌든 마음속으로 은근히 한동안 흥분했다. 그때는 자신이 이 젊은이에게 영향을 미치고 있다는 느낌이었지만, 오늘 정황을 볼 때 상황은 정반대였다. 두 사람이 자신을 도발하고 있는 것 같았다. 꿈을 좇아 죽은 여자 일꾼의 여동생은 자신에게 본인의 저속한 욕망을 전시하는 것도 모자라 제 교양을 경멸했다. 한번은 마틴이 아래층의 식당에 앉아 있는 것을 보았다. 몸에 뱀 네댓 마리를 휘감고 있었는데, 그 뱀들은 몸 바깥에 들러붙은 것이 아니라 몸 안으로 뚫고 들어간 것으로 한쪽으로 들어갔다가 다른 한쪽으로 나왔다. 그때 마틴의 표정은 혼미한 상태에 빠져 있는 듯했다. 레이건이 식당으로 들어서자 뱀들은 마틴의 몸에서 빠져나와 담 밑을 타고 바깥으로 빠져나갔다. 레이건은 알리에게 이 젊은이를 경계하라고 일러주었다.

"녀석을 마음에 담지 말아요." 알리가 말했다. "그는 가난한 변방을 떠돌아다니다가 이곳으로 흘러온 거예요. 그가 태어난 곳은 누릴 만한 물질이 없고, 죄수처럼 일을 해야만 하는 곳이죠. 지금 그는 그야말로 벼락출세한 셈이에요. 다만 그런 사람은 자신의 궁상스러움을 고치기가 힘들어요."

당시 레이건은 변방의 궁핍한 생활을 상상하면서, 또한 독사를 수시로 몸속으로 파고들게 하는 젊은이를 상상하면서 속으로 그에게 경의를 표했다. 바로 그런 이유 때문에 나중에 마틴이 번번이 자신의 옷을 입고 돌아다녀도 별로 반감을 갖지 않았다.

설마 그림자 같은 김하가 정말로 자신에게 희망을 갖는다고? 레이건이 미친 듯이 일하는 것은 절대로 이 지구 표면에 그럴듯하지만 실제로는 그렇지 않은 흔적을 남기기 위해서가 아니었다. 김하가 몸담고 있는 간당간당한 '흰개미 둥지'를 떠올리면서, 그 사람은 절대적으로 흔들리지 않을 것이라고 생각했다.

에다가 농장을 나간 뒤, 김하는 어느 날 오후에 레이건과 묵묵히 동행하면서 호숫가에 한참을 앉아 있었다.

"김하, 지금 우리 농장은 얼마나 커?"

"160제곱킬로미터입니다."*

"난 그게 얼마나 큰지 감이 안 잡혀."

"어쨌든 엄청 크죠. 바로 그 때문에 에다가 나간 것입니다. 그녀는 실재하는 남자를 원하지, 당신처럼 그림자 같은 땅 주인을 원치 않으니까요."

"자넨 말이 정말 직설적이야. 최근 몇 년 동안 나는 나 자신이 점점 더 엷어지는 느낌이야. 앞의 갈대밭을 좀 보라고. 나와 에다는 한때 저곳에서 사랑을 나누었지. 당시 바닥 틈으로 물뱀들이 무리를 지어 기어 나와 우리 몸을 휘감았어. 내 목을 꽉 조이는 통에 난 쾌감을 일절 맛보지 못했어."

레이건이 말할 때 호수가 출렁였고, 자기 아래의 둑도 살짝 흔들리는 것 같아 그만 걱정이 되었다. 그런데 슬쩍 김하를 살피니 그는 고개를 숙인 채 작은 공책에 뭔가를 쓰고 있었다.

"뭘 써?"

"새로 사들인 농장의 측량 면적을 계산해보고 있었어요."

"내가 하는 말 못 들었어?"

---

* 1억 6천만 제곱미터로 약 4840만 평이다.

"들었어요. 늘 그렇게 말하잖아요."

"하지만 자네한테 처음으로 말하는 건데!" 레이건은 실망했다.

"아. 아니, 처음일 리가요. 잊었겠죠. 전 에다가 좋습니다. 그녀가 없었다면 당신은 어떻게 됐을까요? 그녀가 있어 다행이에요. 이 농장의 주인이 에다라는 것을 진작 알았어요."

김하는 언제나 레이건이 가장 듣기 좋아하는 말을 할 줄 알았다. 레이건은 그의 말을 '미혼탕'**이라고 불렀다. 레이건은 김하가 없었다면 그때의 나날들을 어떻게 견뎌낼 수 있었을지 알 수 없었다.

"하지만 그녀는 이곳에 머무르길 원치 않아."

"아, 당신이 틀렸어요, 레이건 씨. 당신은 언제나 이런 실수를 하는데, 또 잊었군요. 그녀는 에다예요. 산사태에서 도망쳐 나온 에다라고요."

오후의 태양이 호수에도, 갈대에도 일렁거렸다. 이따금 물새 한 마리가 날카롭게 울부짖으며 날아가자 그곳이 순간 더할 수 없이 예스러워졌다. 레이건의 뇌리에 한 가지 선명한 기억이 떠올랐다. 그 기억 속에서 소년 시절의 김하가 레이건의 남동생을 데리고 바람을 내달렸고, 그의 가느다란 다리는 마치 공중으로 날아오르는 듯했다. 김하는 이상한 흑백의 장삼을 입고 있어 중

** 혼을 잃게 하는 탕약이라는 뜻으로. 불가에서 술을 경계하기 위해 쓰는 말이다.

국인 같기도 일본인 같기도 했다. 레이건은 하마터면 "김하, 넌 대체 어느 나라 사람이야?"라고 물을 뻔했지만, 실제 내뱉은 말은 "그러면 농장은 얼마나 커?"였다.

"계산해서 나온 수치와는 차이가 많이 나요, 레이건 씨. 때로는 배로 차이가 나기도 합니다. 다만 이런 일은 매우 흔한 일이고 실측 면적은 믿을 수가 없어요. 어떻게 생각해요?"

레이건은 자신의 농장은 측량할 수 없음을 깨달았다. 김하도 이것을 알았을 텐데, 그는 왜 굳이 귀찮게 측량했을까? 한번은 잠에서 깨어 나무숲을 거닐다 자신의 일꾼들이 밀짚모자를 쓰고 달빛 아래 앉아 있는 것을 보았는데, 그들은 조각상 같았다. 꼼짝도 하지 않는 사람들 곁을 지나가다가 이내 그들 머릿속의 어떤 경지를 감각했는데, 그것은 고무나무 숲을 기점으로 무한히 뻗어나가는 공간이었다. 레이건이 당돌하게 "에다!"라고 외치자 이내 누군가 대답했지만, 대답한 목소리는 남자의 것이었다. 레이건은 나무 조각상처럼 보이는 사람들을 보면서 두려움이 엄습해, 숲 바깥으로 발길을 돌리며 그들이 자신에게 주는 고여 있음의 무거움에서 벗어나려고 했다. 그런데 고무나무 숲이 마력에 걸린 것처럼, 아무리 익숙한 방향으로 걷고 걸어도 숲의 변두리에는 끝내 도달하지 못했다. 그때 레이건은 피곤해서 쓰러졌다.

"레이건 씨, 제가 보기에 농장이 클수록 우리는 더욱 안심할 수 있어요."

김하는 일어나면서 업무를 보러 가야 한다고 했다. 레이건은 김하가 갈림길에 들어섰을 때 사내 두 명이 숲에서 튀어나와 그를 납치하는 것을 보았다. 레이건은 고함을 지르고 싶었지만 눈앞에서 벌어진 광경이 너무 비현실적이어서 소리가 나오지 않았다. 잠시 뒤 비로소 현실감이 서서히 돌아왔고, 땟자국 묻은 자신의 옷을 보았다. 그레이 블루의 윗옷은 마틴이 자신의 옷을 싹쓸이해 간 뒤 갈아입을 옷이 없어 입은 지 오래된 것이었다. 모든 것은 이렇듯 황당무계해 보였다. 농장이 커질수록 측량 작업 역시 언제든 진행할 이유가 있었고, 이것이야말로 김하의 음모였다.

이름 모를 작은 새들이 갈대밭에 숨어 있었고, 그 수가 놀랄 만큼 엄청나서 레이건이 그곳을 지날 때 마치 메뚜기 떼처럼 튀어나와 구름 속으로 날아올랐다. 레이건은 입을 벌려 멍하니 "아! 아!" 하는 소리를 연발했다. 다시 바닥을 보니 사방 천지가 전부 새까만 까마귀들이었다. 그 까마귀들은 어딘가에서 막 날아온 듯했다. 어디에서? 설마 그 도시에서? 예전에 들은 말로는 그 도시에는 집집의 베란다마다 까마귀들이, 그것도 흠뻑 젖은 까마귀들이 빽빽하게 내려와 앉아 있다고 했다.

누군가가 레이건을 불렀고 알리가 숨을 헐떡이며 걸어왔다. 알리는 레이건이 소송에 휘말릴 수도 있다면서, 듣자니 김하가 부당한 방법으로 농장을 운영했다고 했다.

"그 사람은 대체 무슨 생각을 한 거야?" 알리가 실의에 빠져 말했다.

레이건은 그녀가 긴장하기는커녕 무슨 일이 일어나길 바라는 모양새인 것을 알아챘다. 레이건이 보기에 이는 농장 사람들의 보편적인 심리로 다들 무슨 일이 일어나길 바라고 있었다.

"전 그런 일은 그다지 안 믿어요. 이건 고육지책인가요?" 레이건이 말했다.

"그래요. 이건 고육지책인가요?" 알리는 흥분한 듯 레이건의 말을 따라 하면서 눈빛을 반짝였다.

"김하는 좀체 종잡을 수 없는 이상한 사람이에요."

레이건이 커튼을 열어젖히고 밖을 볼 때 그 여자가 그의 시선에 들어왔다. 이틀 연달아 그랬다. 그녀는 김하의 아내였다. 농장에는 모래바람이 자욱하고 소문이 무성했으며, 이미 여러 사람이 레이건을 찾아와 경매와 관련한 전언을 말해주었다. 김하가 레이건을 피한 건 이미 여러 날이 되었다. 지금 그의 아내는 길가에서 흙을 파내고 있었다. 그녀는 대체 무엇을 파고 있을까? 알리가 들어왔다.

"그녀는 길가에 구덩이를 이미 여러 개 팠어요. 토질의 구조를 검증해야 한다나 뭐라나요. 저 여자는 점쟁이예요. 저는 그녀의 남편은 무섭지 않지만 그녀는 무서워요. 왜 토질을 검증해야 하죠? 그녀는 철저히 따지고 싶은 거예요."

레이건은 속으로 움찔하며 돌아서서 확실하게 물어보고 싶었지만, 알리는 그의 더러운 옷을 들고 나간 뒤였다. 알리의 말에 등골이 오싹했다. 오랫동안 자신의 삶이 원만하다고 여겨왔는데, 지금 그 생각이 철저히 깨지는 순간이었다. 저쪽 산비탈에서 두 쌍의 매의 눈이 농장의 유약한 존재를 주시하고 있었다. 그들이 위세를 부리기만 하면 다분히 모든 것이 야만의 시대로 돌아갈 것만 같았다. 저렇게 멀리 있는데도 여자가 땅을 파는 소리가 자신한테까지 들려왔다. 마치 파고 있는 것이 자신의 집이 있는 땅인 것 같았다. 창문의 유리마저 미세하게 흔들렸다. 문득 자신이 그녀의 집에 갔을 때, 그녀가 왜 그렇게 자신을 얕보듯 대했는지 알 것 같았다. 그녀의 눈에 자신은 그저 멍청이에 지나지 않았으리라. 그녀는 한 줌 또 한 줌의 흙에서 무엇을 보았을까? 레이건은 붙들고 늘어지는 그녀의 태도에 은근히 절망스러웠다. 한 번 또 한 번 자신에게 되뇌었다. "에다, 에다, 우린 끝났어."

김하 가족의 주도면밀한 계획과 원대한 생각은 레이건의 사고로는 도저히 따라갈 수 없는 깊이와 넓이였다. 지금 레이건의 심장은 쿵쾅쿵쾅 어지럽게 뛰었고, 눈앞에서 그악스럽게 드는 삽은 마치 원한에 사무쳐서 자신의 심장을 한 차례 또 한 차례 도려내는 듯했다. 문밖에서 누군가 말하는 소리를 들었다. "마닐라, 마닐라, 저 멀리 파도가 부서지네." 레이건이 후다닥 달려가 문을 열자 문밖에는 알리가 서 있었다.

"무슨 일이에요?" 레이건이 퉁명스럽게 물었다.

"저를 찾을 일이 있는 것 같아 걱정이 돼서 여기에서 기다렸어요." 알리의 얼굴이 붉어진 듯했지만 빛의 농간일 터였다.

"방금 문밖에서 누가 말을 했어요."

"그럴 리가요. 여기에는 저밖에 없었어요. 과거에 제가 간섭한 적이 있었어요? 저렇게 파다가는 농장이 조금이라도 그녀에 의해 장악되지 않겠어요? 어차피 우리는 오래된 거주자이니 존중받아야 하고요."

"당신은 왜 저런 미치광이의 행동에 신경을 써요." 레이건은 불쾌해하며 그녀의 면전에서 짜증스럽게 문을 쾅 하고 닫았다.

땅을 사는 게 벽(癖)이 된 김하와 저 '미치광이'는 어쩌면 손발을 맞추었을지도 몰랐다. 방금 알리가 '오래된 거주자'라고 한 것은 일종의 비꼼인가? 레이건 자신은 절대 진짜 오래된 거주자가 아니었다. 숲지기가 있었고, 숲지기 이전에 자신이 전혀 모르는 사람들이 있었다. 그들이야말로 진정한 오래된 거주자가 아닌가. 그렇게 오랜 세월 자신은 그들을 만나보지 못했는데, 뜻밖에도 토질 분석을 통해 농장의 역사를 파헤치려 들다니 그야말로 신화 같은 이야기였다. 왜 김하 가족은 농장을 붙들고 놓아주려 하지 않을까? 또한 알리는 그들의 상황을 속속들이 아는 듯했다. 어젯밤에 한 사람이 자신의 방에 들어왔다. 그 사람은 검은 옷의 동양 여자를 닮은 듯했지만, 자신 앞으로 걸어왔을 때 비로소 청년 남자라는 것을 알아차렸다. 그 사람은 또한 둥글둥글한 자기 쟁반 하나를 들어 냅다 바닥으로 패대기쳤다. 쟁반은 산산조각이 났지만 그 어떤 소리도 나지 않았다. 어찌 된 일인지 자신은 검은 옷의 젊은이에게 애틋한 감정을 느꼈고 그에게 한 차례 하소연하고 싶었다. 젊은이는 자신을 향해 창백하고 앙상한 얼굴을 돌렸고, 발끝으로 산산조각 난 자기 조각들을 걷어차면서 자신이 묻는 말에 대꾸하지 않았다. 자신은 그에게서 영원히 대답을 듣지 못하리라는 것을 깨달았다. 그 청년을 보면서 마음에서 이상한 욕망이 꿈틀댔다. 에다를 향한 욕망보다 한층 더 강렬했다. 그 순간 그런 자신에 화들짝 놀랐다. 청년은 바깥으로 나갔고 그의 뒤를 쫓아갔지만, 그의 쏜살같은 걸음에 결국은 쫓아가지 못했다. 레이건은 지금 이 순간 그 일을 떠올리고는, 무턱대고 그 청년이 실은 변장한 김하가 아닐까 하는 생각이 들었다. 청년은 동양인같이 생겼지만 자신에게 준 인상 역시 국적 불명이었기 때문이었다. 그런데 낮에 김하를 대할 때 레이건은 욕망이 추호도 일지 않았다. 김하는 욕망을 불러일으키는 사람이라기보다는 오히려 욕망을 멸절시키는 사람이라고 할 수 있었다.

"봐요. 그녀는 이미 자신이 원하는 걸 얻었어요. 그녀의 몸놀림이 얼마나 가벼워요."

알리는 또다시 감쪽같이 들어와 있었다. 김하의 아내가 삽을 메고 시야에서 멀어지고 있었다.

"저 여자가 무엇을 원하는지 당신은 어떻게 알았어요? 당신은 그녀를 모르잖아요."

"제 고향에 그런 사람이 한둘이겠어요. 그들을 보자마자 그런 부류라는 걸 딱 알아봤는데. 그들은 당신에게서 무엇인가를 빨아가고 있고, 역시 당신에게 무엇인가를 넣고 있어요. 제 말은 김하의 가족들요. 레이건 씨, 그들이 온 날부터 농장에는 변화가 일었지만 당신은 감지하지 못했죠."

말할 때 알리의 눈이 바닥을 보고 있어 레이건은 알리가 틀림없이 더 많은 것을 알고 있고, 저 늙은 두 눈을 속일 수 있는 것은 아무것도 없다고 생각했다. 심지어 에다의 도망 역시 이 충성심에 불타는 노복과 관련이 있지 않을까 의심이 들었다. 그런데 무슨 이유로 그녀의 충성심을 의심할까?

레이건은 이런 온갖 갈등이 몰려오자 흘러가는 대로 흘러가보자고 마음을 먹었다.

레이건은 마틴이 자신의 모든 겉옷을 가져가버린 탓에 잠옷을 입고 정원에 섰다. 가을 햇살을 향해 얼굴을 들어 올리고 속으로 이런저런 생각에 잠겼다. 어린아이가 되어도 괜찮겠는데. 걱정 근심이 없겠어. 160제곱킬로미터를 차지하는 농장을 야만의 시대로 돌려놓으면 앞으로 더는 앞날 걱정은 안 해도 되겠구나. 그의 눈앞에 몇몇 일꾼이 지나갔다. 그들은 일하러 가는 걸까? 아니, 그들은 일하러 가는 게 아니라 연기를 하고 있었다. 각자 자신의 오래된 이야기를 품고 레이건의 농장을 어슬렁거리며 뭔가를 찾고 있었다.

풀잎이 빛을 반사하는 곳, 종려나무 아래에서 레이건은 자신의 어머니를 보았다. 그의 어머니는 나이를 가늠할 수 없는 모습에 무표정한 얼굴로 털양말을 짜는 듯 손에 뜨개질을 들고 있었다. 태양이 그녀의 몸에 부서지는데 그녀는 덥지 않을까? 그는 눈앞의 광경이 너무 가벼워서 감히 부를 수가 없었다. 그런데 어머니가 고개를 들고 문득이 자신을 쳐다보고 말하고 있는 듯했다. "왜 잠옷을 입고 바깥에 서 있어. 착한 아들?"

레이건은 맨발로 뱀을 밟고 있었고 뱀은 차디찼다.

"마틴, 마틴. 너는 허구한 날 내 옷을 입는데 대체 무슨 생각을 하는 거지?"

"저요? 전 아무 생각도 안 해요. 생각할 수가 없어서 당신의 옷을 입어요. 바깥으로 나가면 저는 또 다른 레이건 씨가 되고 마음속 울퉁불퉁한 것들이 사라지죠. 저처럼 밑도 끝도 없는 놈은 어쨌든 겉옷을 걸쳐야 해요."

마틴은 여러 차례 과장된 손짓을 했다. 앨런은 옆에 서서 입을 가리고 웃었다.

"제 생각에." 앨런이 끼어들었다. "제 생각에 마틴은 저의 언니를 닮았어요. 언젠가는 마틴 역시 당신의 옷을 입고 바다로 뛰어

들지도 모르죠……. 레이건 씨, 농장 사람들이 서로 닮았다는 사실을 알아차리셨나요? 같은 마음을 가진 사람들이 이곳으로 오거든요."

"제 사냥복 주머니에 까마귀 두 마리가 들어 있어요." 마틴은 어깨를 으쓱하고는 휘파람을 불었다.

레이건은 한 쌍의 젊은이가 껑충껑충 뛰며 멀어지는 것을 지켜보면서 온갖 감정이 요동쳤다. 햇빛은 천 근의 무게로 자신을 짓눌렀다. 고개를 숙여보니 자신의 잠옷 밑자락이 찢어져 있고 맨발에도 핏자국이 몇 줄 나 있었다. 레이건은 새벽녘에 땅이 "샤, 샤, 샤" 하고 울렁출렁하는 소리를 들었다. 마치 큰 뱀이 기어가는 것 같았다. 당시 그는 땅이 자신에게서 멀어지고 있고, 까마귀도 머리 위를 선회하지 않는다고 여겼다. 그런데 지금 자신의 사냥복을 입은 마틴을 보았고, 서로 껴안고 있는 마틴과 익사한 여자 일꾼의 여동생을 보았으며, 땅은 다시 자신의 발밑으로 돌아왔다. 앨런 역시 간단치 않아 때때로 자신의 집 앞을 어슬렁거리면서 앞을 예의 주시하고 있다가, 자신이 다가가 알은체하면 잔뜩 경계하면서 냅다 밀치고 달아나 큰 소리로 힐난했다.

"당신은 누구죠?"

그녀는 "언니는 제게 자리를 내줬지만, 전 전혀 달갑지 않아요"라고 말했다.

기차의 기적이 저 멀리서 울렸지만 잘 들렸다. 에다는 진작 돌아와 어딘가에 누워 있을지도 몰랐다. 레이건이 마음으로 갈망하는 대상은 검은 옷의 젊은 남자였고, 그런 이질적인 충동은 자신으로 하여금 좀체 잊지 못하게 했다. 설마 그가 에다의 화신이란 말인가? 성별의 차이는 정말이지 아무것도 아니었다. 위층에 있는 유일한 사진첩에 한 청년의 사진이 끼어 있었다. 어머니는 그가 제 형이라고 말했지만, 레이건은 검은 옷을 입은 그 형을 한 번도 본 적이 없었다.

11장

도박의 도시로 간 빈센트

빈센트는 고층 빌딩의 방에서 중국 여자가 자신에게 도박의 도시로 가서 아내 리사의 일들을 알아봐야 한다고 말하는 것을 상상했다. 중국 여자는 그를 등지고 그곳에 앉아 입을 열지 않았지만 그는 그녀의 생각을 들었다. 그에게 그 생각들을 언어화하라고 해서 그 순간의 생각을 이렇게 한마디로 바꾸어놓은 것이었다.

리사는 이미 자신의 출생지를 까마득히 잊었다. 그녀는 두서없이 잔디밭을 말했다. 잔디밭의 등나무 의자에 은퇴한 할머니들이 일렬로 앉아 신문을 읽거나 졸고 있었다. 저 멀리에서 기다란 뱀이 풀 깊숙이 잠행하고 있었고, 한 은발의 할머니가 뱀을 보았지만 일어나지 않고 신문지로 얼굴을 가린 채 등나무 의자에 누워 있었다……

"당신은 도박의 도시에서 가장 중요한 시설에 관해서는 말하지 않았어." 빈센트는 참지 못하고 말참견했다.

"슬롯머신?" 리사가 눈썹을 치켜세우고 험상궂은 표정을 지었다. "나는 '사망의 계곡'에서 많이 봤지. 그곳에 가면 핏빛 황혼을 볼 수 있을 거야. 난 당신과 함께 가지 않을 거야. 왜냐하면 그곳에 갔다가는 돌아올 수 없으니까. 가엾은 빈센트, 당신을 그곳에 보내는 게 정말이지 마음이 안 놓여."

하지만 빈센트의 뇌리에 떠오른 건 경마장이었다. 그는 리사의 예언을 마음에 담아두지 않았다. 그녀야말로 그곳에서 오지 않았는가? 또한 몇십 년 동안 바깥에서 이렇게 살고 있지 않는가? 빈센트는 줄곧 아내의 출신을 부러워하면서 그것을 하나의 진정한 전설로 여겼다. 예전에 리사에게 이 점을 말하지 않았지만, 그렇게 말했다면 리사는 틀림없이 버럭 화를 냈을 것이다. 빈센트는 기차를 타고 도박의 도시를 지나간 적은 있지만 머무른 적은 없었다. 매일 밤 꿈속에서 장밋빛 하늘과 그 하늘 아래 도박장의 돔을 보았다. 그것은 그렇게나 애매하고 그렇게나 실재하지 않는 듯 보였다. 멀지 않은 산비탈에서 대성당의 종소리가 울렸다. 그의 꿈속에서는 언제나 아무도 없었고, 자신은 도박장의 활동이 사람과 무관한 것이라고 여겼다. 빈센트는 리사를 안 지 얼마 안 되었을 때 그녀의 몸에서 꿈틀대는 무한한 욕망에 화들짝 놀랐고, 그것으로 인해 너무나 많은 쾌락을 얻었다.

빈센트는 몇 년 동안 리사의 활력의 원천을 탐구하려 했지만 리사는 입을 무겁게 닫았다.

"난 그저 그 잔디밭만 기억해. 거긴 실버타운이야." 리사가 완강하게 말했다. "다른 일은 중요치 않아. 떠도는 구름 같아. 내 기억은 선택성이 아주 강하지."

"그렇다면 당신도 그 도박장이 텅 비어 있다고 생각해?"

"맞아. 안에는 사람들이 빽빽이 들어차 있지만 실은 확실히 텅 비었지."

빈센트는 리사와의 대화에서 아무것도 얻지 못했고, 그것은 충분히 예상한 결과였다. 그의 회사는 여전히 성장했고, 믿을 수 없을 정도로 운이 좋아 또다시 비서들을 뽑고 두 개의 자회사를 세웠다. 빈센트는 리사에게 퇴직을 해야 하는지 말아야 하는지 물었다. 리사는 당신 같은 사람은 퇴직할 수 없고 끝까지 해야 한다고 했다. 빈센트는 리사의 말을 곱씹어 생각하면서 정확하다는 생각이 들었다. 그녀는 언제나 정확해서 자신의 이정표인 것 같았다. 리사가 "안에는 사람들이 빽빽이 들어차 있지만 실은 확실히 텅 비었지"라고 말할 때 눈물을 흘리고 싶은 심정이었다.

요즘 리사에게 큰 변화가 일었다. 그녀는 마치 주변 사람들에 대한 감각을 잃어버린 것처럼 더러운 옷을 입고 어슬렁거렸다. 하지만 더는 밤에 외출하지 않고 깊이 잠들었다. 어느 날 빈센트는 한밤중에 거리의 술집에서 집으로 돌아와 침실로 들어갔다. 어둠 속에서 침실의 공기가 윙윙거리는 것을 감지했는데, 그야말로 공습경보가 울리는 것처럼 다급하고 긴장감이 감돌았다. 빈센트는 침대에 앉아 정신을 가다듬고 단잠에 빠진 리사의 한 손을 잡았지만 상황은 바뀌지 않고 그대로였다. 속으로 '리사, 리사, 당신의 역량은 너무 커'라고 말했다. 이때 리사가 돌연 어둠 속에서 또렷이 말했다. "빈센트, 당신은 앞으로 그 작은 다리를 건너지 마. 당신은 바로 그 다리에서 강물에 빠진 거야. 그나마 강물이 너무 얕아서 튀어나온 돌에 머리가 걸려 옷만 젖은 거라고." 빈센트가 불을 켰을 때 리사는 여전히 자고 있었다. 그녀는 이제 자신의 몸을 이동해 그 오래된 이야기들을 찾으러 갈 필요가 없었고, 지금은 밤낮으로 그곳에서 생활하고 있었다. 한편 빈센트는 여전히 밤에 일어나 기진맥진해질 때까지 정신없이 헤매며 찾으러 다녔다. 여자, 여자는 도대체 어떤 기적일까? 도박의 도시 출신이라는 배경이 그녀의 모든 것을 결정한 것인가? 이따금 그는 자신과 리사를 달리기 시합하는 경쟁 상대로 보았고, 그런 생각은 자신의 심장에까지 영향을 미쳐 최근 질식할 것 같은 느낌이 갈수록 또렷해지는 지경에 이르렀다. 그렇지만 자신이 아무리 열심히 달린다 한들, 집에서 미동도 않고 자는 아내를 따라잡을 수는 없다는 사실을 이미 깨달았다. 자신은 한갓 거리의 불빛에 비치는 그림자에 지나지 않았지만, 그녀는 외려 역사를 켜켜이 쌓아가는 암석이었다. 하지만 그녀는 자신을 얼마나 연연해하는가! 무엇을 위해서? 빈센트는 늘 리사가 로즈 의류 회사의 업무에는 일절 간섭하지 않지만, 회사의 번영은 그녀가 마음 깊은 곳에서 경영하는 사업과 직접적인 관련이 있지 않을까 싶었다. 그곳에서 그녀의 욕망이 어떻게 발휘되는지 알아내려고 줄곧 애썼지만 자신의 노력은 헛수고였다.

"빈센트, 당신은 아직 그 도랑을 파고 있어? 물고기와 새우가 다시 많아지고 있어."

리사가 깬 뒤 빈센트에게 말했다. 그녀의 얼굴에는 밤 생활의 피곤이 가득 묻어났으며 수면은 무척 고된 듯했다. 빈센트는 지금 리사의 삶에서 가장 활동적인 부분이 자신과 멀어졌음을 깨달았다.

"개울에서 얻는 의외의 수확은 늘 잠깐의 만족을 안겨주곤 하지. 자기야, 사랑해."

"나도 사랑해, 빈센트. 하지만 난 당신과 함께 지상에서 찾을 수가 없게 되었어. 내 생활에 문제가 생겼거든. 난 지금 시추 대원이 되었어." 리사의 눈빛에 만족감이 어렸다. "당신은 마리아의 장정에 관해 이야기 들었어? 그녀도 장정을 해. 얼마나 신기해!"

빈센트는 말문이 막혔다. 침실의 공습경보는 사라졌지만, 심장은 여전히 쿵쾅쿵쾅 뛰었다. 존이 에두르는 말투로 마리아의 장정에 관해 말하던 것을 들은 적이 있는데, 자신의 기억에 그것은 일종의 달콤한 형벌이었다. 늘 엄숙하기만 하던 존이 그 일을 이야기할 때 흥분해서 얼굴이 붉어졌었다. 자신 역시 마리아의 그런 활동이 무엇인지 제대로 알 수 없었다. 하지만 아내는 그녀와 마음이 아주 잘 통했다. 모든 것이 변하고 있었고, 그 아침에 빈센트는 더는 몸의 교합을 통해 리사와의 몽환경을 누릴 수 없게 되었다.

기차가 역으로 들어오면서 내는 굉음은 빈센트를 깨웠다. 빈센트는 플랫폼을 빠져나갈 때까지 의식하지 못했다. 쓸쓸히 역을 나왔을 때 자신은 이미 시골의 작은 마을에 몸담고 있다는 사실을 깨달았다. 마을에는 대로가 하나밖에 없었고, 대로 양쪽에는 상점과 마을 사람의 집들이 드문드문 들어서 있었다. 새벽녘이라 대로에는 한 사람도 없었다. 도박의 도시는 원래 이런 건가? 도박장은 어디에 있지? 빈센트는 생각에 잠겼다. 마을 밖 저 멀리 돌산에 눈길을 던지자 산 정상에는 짙은 안개가 드리워져 있었다. 한참을 서 있자 한 흑인 여자 청소부가 눈에 들어왔다. 그 사람은 자신이 사는 도시의 청소부와 몹시 닮아 있었다. 그녀가 빗자루를 휘두르며 서서히 빈센트가 있는 곳으로 다가왔다. 빈센트는 그녀가 자신 앞으로 다가올수록 늘 보던 아름다운 청소부를 쏙 빼닮은 것 같아 그만 넋을 놓았다. 그녀는 마침내 자신의 발밑까지 쓸어 왔다.

그녀의 빗자루가 빈센트의 구두에 닿았을 때 그는 거의 펄쩍 뛰다시피 했다.

"도박의 도시에 온 것을 환영합니다, 할아버지." 젊은 여자는 매혹적으로 웃으며 아름다운 치아를 드러냈다.

"절 알아요?"

"언니 집의 거리에서 당신을 본 적이 있어요. 저는 당신이 여기에 올 줄 알았어요."

"왜요?"

"사람들은 하나같이 도박의 도시에 오고자 하니까요. 이 길 곳곳에는 여행자의 발자취가 가득하죠. 봐요. 바닥에 깔린 화강암마저 그들에 의해 마모되었잖아요. 우리 도시는 아주 아름다워요. 안 그런가요? 해질 무렵이 되면 온 도시에 장미꽃이 만발한 것 같아요······. 그들은 흰 코끼리가 조만간 시내로 들어온다고 했어요."

초라한 마을은 나무마저 드물어 그녀가 말한 그런 광경은 찾아보려야 찾아볼 수가 없었지만, 젊은 여자의 설명은 확실히 매혹적이었다. 그녀는 어떤 철새일까? 빈센트가 그녀에게 묵을 곳을 물어보자 그녀는 한 돌집을 가리키며 바로 저기라고 말했고, 또 한편으로는 묵었다가는 진짜 도박꾼이 된다면서 묵지 말라고 권했다. 그녀는 이렇게 말하고 돌연 괴로워했다. 대화하느라 일을 그르쳐서인지 고개를 숙이고 바닥을 쓸러 가면서 더는 빈센트를 상대하지 않았다.

빈센트는 그 돌집으로 갔다. 처음에 구식 초인종을 잡아당겼다가 다시 한참을 잡아당겼지만 아무도 대답이 없었다. 그래서 문을 밀어보았더니 뜻밖에도 문이 열려 있었다. 거실 안은 아무도 없었고, 소파가 있어 거기에 앉아 사람을 기다렸다. 그런데 아무리 기다려도 사람은 오지 않았다. 이곳은 대체 여관인가, 아닌가?

나중에 마침내 사람이 왔다. 온 사람은 뜻밖에도 역시 청소부였으며 그녀는 거리의 청소를 끝내고 돌아온 듯했다.

"이곳은 당신 집인가요?" 빈센트가 어안이 벙벙해서 물었다.

"아니요. 이곳은 저의 여관이에요. 할아버지, 방으로 안내해드릴게요."

그녀는 빈센트를 지하실로 데려갔고 빈센트는 속으로 불쾌해했다. 그녀가 말했다.

"도박의 도시에서는 지하실에서만 살 수밖에 없어요. 날마다 지진이 나거든요."

그들은 계단을 따라 아래로 한 바퀴 또 한 바퀴 돌아서 내려갔다. 빈센트가 가야 할 방은 깊고 깊은 지하에 묻혀 있는 듯했다.

그녀가 고개를 돌려 활기차게 말했다.

"이 아래에는 지진이 영원히 일어나지 않아요. 입증된 일이죠. 전 조이너라고 해요. 저는 저의 엄마의 착한 딸이고 제 언니도 마찬가지죠. 당신이 이곳을 사랑하게 될 줄은 몰랐네요. 모름지기 이곳에 오는 사람은 하나같이 사랑에서 출발하죠. 설마 아닌가요? 안 그러면 뭐 하러 오겠어요?"

조이너는 빈센트를 데리고 커다란 방으로 들어갔다. 그 방은 숙박 시설의 스위트룸이라기보다는 일반 집의 침실 같았다. 방은 늙은 독신남이 사는 것처럼 다소 어수선했고 담배 냄새가 배어 있었다. 조이너는 열쇠를 빈센트에게 건네며 위급한 상황이 발생하면 절대 움직이지 말고 방에 있으라고 일러주었다. 그러더니 돌연 시무룩해서는 한마디를 덧붙였다. "나빠봤자 숨 막히는 것밖에 더 하겠어요. 이곳에서는 신체적인 고통은 없을 거예요." 그녀가 총총히 나가면서 문을 닫았고 '쿵쿵쿵' 소리를 내며 뛰어 올라갔다.

빈센트는 살해를 계획하는 함정에 빠진 듯한 느낌에 머리를 문밖으로 내밀어보았다. 복도에는 굳게 닫힌 문 세 개가 더 있었다. 문 뒤쪽의 광경을 상상하는 순간 돌연 오싹해져서 부랴부랴 문을 단단히 닫아걸고 씻으러 갔다.

샤워를 마치고 욕실에서 나왔는데 방에 한 사람이 앉아 있었다. 그 사람은 자신을 등지고 있어 얼굴을 볼 수 없었고, 매우 실하고 튼튼한 그의 목만 보였다.

"전 당신의 이웃이죠." 그가 말했다. "당황하지 마세요. 이곳에 왔으면 당황할 필요 없어요."

"당신은 어떻게 들어왔어요?"

그가 살짝 웃었다.

"이곳의 자물쇠는 하나같이 모양만 자물쇠지 잠글 수 있는 게 하나도 없어요. 당신은 이 소도시에 사람이 얼마 없다고 생각하겠죠? 아니요. 도박꾼들은 전부 지하에 있어요. 우리가 마시는 건 샘물이죠. 들어봐요. 샘물 소리를."

빈센트에게 들리는 건 오히려 와르르 쏟아지는 홍수였고 그 소리는 욕실에서 들려왔다. 그는 수도꼭지를 잠가야겠다고 막연하게 생각하며 본능적으로 욕실로 달려갔다. 욕실에는 아무런 동정도 없었다. 나와보니 그 남자는 이미 보이지 않았으며 문의 빗장은 그 사람이 온 적이 없었다는 듯 단단히 잠겨 있었다.

빈센트는 피곤한 나머지 큰 침대에 눕자마자 잠이 들었지만, 자신이 깊이 잠든 게 아니라 긴급 상황이 일어날까 봐 걱정하느라 혼미한 상태에 빠졌음을 알았다. 어느 순간 그 지하층의 사람들이 일제히 코를 고는 소리를 들었다. 통틀어 여덟 명으로, 이는 또 다른 스위트룸 세 곳에 모두 합해 여덟 명이 묵고 있다는 뜻이었다. 도박꾼들은 정말 행복하구나, 이렇게 달게 자다니! 도박장은 어디에 있을까? 빈센트는 비몽사몽간에 발버둥 치면서 한편으로는 시커먼 연기를 뚫고 리사가 살았던 거리인지 알아보려고 애를 썼고 또 한편으로는 그 난쟁이를 찾으려고 했다. 걸으면서 큰 소리로 물었다. "누구세요? 누구시죠?" 끝내는 누군가가 대답해주리라 생각했다. 하지만 없었다.

빈센트가 깨어났을 때, 조이너가 괴로운 얼굴로 그 소파에 앉아 걱정하는 것을 보았다.

"난쟁이는 어디에 있어요?" 빈센트가 물었다.

"제 남편을 묻는 건가요? 그는 말이죠, 지금까지 집에 있지 않고 당신의 도시와 저의 도시를 분주하게 오가며 쉰 적이 없어요. 할아버지, 이곳의 지진에 적응할 만한가요?"

"전 지진을 못 느꼈고 그저 연기만 자욱할 뿐인데요."

"그게 바로 지진이에요. 당신은 초조하지 않아요? 지진은 바로 사람을 초조하게 해요. 여기에 앉아서 당신의 일을 생각하고 또 언니의 상황을 생각하다 보면 생각할수록 비관적이 돼요."

그녀의 눈빛은 마치 그녀가 이 세상의 사람이 아닌 것처럼 보이게 했다.

"할아버지, 알다시피 저와 언니는 거리를 청소하는 일을 하죠. 저희는 이 일을 할 수 있을 뿐이죠. 하지만 저희는 저희 일을 열렬히 사랑해요! 왜냐고요? 거리에 서면 그 어떤 일도 우리의 눈을 벗어날 수 없거든요. 예를 들면 당신요. 당신이 기차에서 내려 그곳에서 걸어올 때 누구를 만나겠어요? 저밖에 없어요. 저는 당신을 저의 여관으로 데리고 왔고 당신은 이곳에 묵었죠. 여행에 대한 당신의 생각은 완전히 달랐겠죠? 하지만 지금 당신은 그저 이 지하에 묵을 수밖에 없는 상황이에요. 당신은 위로 올라갈 수도 있지만 그래 봤자 아무것도 얻지 못해요. 이곳이 텅 빈 도시라는 것을 진작 알았잖아요. 봐요. 이것이 바로 도시 청소부의 권리죠!"

빈센트는 그녀가 마치 소파에서 튀어 오를 것처럼 활기를 되찾아 말하면서 손짓하는 것을 보았다. 이 여자아이는 너무 쓸쓸했구나 싶었다.

복도에서 누군가 그녀의 이름을 불렀고, 그녀는 흥분해서 일어나 걸어가면서 말했다.

"틀림없이 올드 뷰익을 타고 다니는 그 패거리일 거예요. 그들은 제가 없으면 자신의 삶을 잘 꾸려가지 못해요!"

빈센트는 방에 잠시 서 있다가 지상으로 올라가기로 마음먹었다.

빈센트는 계단을 따라 위로 올라갈 때 담배 연기에 눈을 뜰 수가 없었다. 층마다 방문 너머로 숙박객들의 다투는 소리가 들렸다. 마침내 다시 거리로 나오니 자유를 되찾은 듯한 기분이 들었다. 조이너가 자신을 줄곧 "할아버지"라고 부르던 것을 떠올리고는 자신이 그 정도로 나이 들었나 하는 의구심이 일었다.

정오가 다 되어 가는데도 마을에는 여전히 사람이 없었다. 저 멀리 돌산들은 내리쬐는 태양 속에서 말할 수 없는 황량함을 풍기고 있었다. 이번 여행은 자신의 예상이 완전히 빗나간 것 같았다. 자신은 답을 찾지 못했고 생각의 갈피 또한 더욱 좁아졌다. 자신이 장소를 잘못 찾아온 것은 아닐까 혹은 이곳은 리사가 태어난 도박의 도시가 아니라 그 옆의 작은 마을이 아닐까 하는 의심도 해보았다. 하지만 집에 있는 지도에는 이곳이라고 명명백백

표시되어 있었고, 리사가 십몇 년 동안 그렇게 알려준 것이므로 잘못될 리가 없었다. 하물며 플랫폼을 나설 때 철로 옆의 구리로 주조한 그 수탉을 보지 않았는가? 그것이야말로 가장 중요한 상징으로, 리사는 그 수탉이 도박의 도시 사람들에게 시간의 소중함을 알려주는 상징물이라고 말했다. 빈센트는 길에서 왔다 갔다 하다가 마침내 약간의 기척을 들었다. 2층짜리 회색 건물의 유리창이 깨지면서 짙은 연기가 피어올랐다. 그는 지진의 경고가 떠올라 속으로 바짝 긴장했다. 하지만 건물에서는 아무도 뛰어나오지 않았다. 그런데 조이너가 다가왔다. 그녀는 산발한 머리에 흉악한 모습을 하고 있었다.

"봤죠. 저 안의 사람들은 서서히 죽어가고 있어요! 당신은 어떻게 이렇게 태평할 수가 있죠?"

짙은 연기를 실은 바람이 한차례 불어왔고, 빈센트는 무슨 일이 일어날 것만 같았다.

"조이너, 제가 어떻게 해야 하죠? 집으로 돌아가야 하나요? 이곳의 일들은 당최 이해할 수가 없어요. 전 도박의 도시의 역사를 몰라요. 이건 죄다 리사의 잘못이죠……."

그는 횡설수설했다. 하지만 조이너는 냉소했고 빈센트는 소름이 쫙 끼쳤다.

"조이너, 전 갈게요."

"안 돼요. 당신은 갈 수 없어요!" 조이너가 화를 내면서 눈을 동

그렇게 떴다.

"왜죠? 전 지금 바로 기차를 타러 갈 거예요. 기차역이 어디에 있는지 알아요."

"당신은 갈 수 없어요." 그녀는 다시 말했고 누그러진 말투였다. "왜냐하면 지진 때문에요."

"하지만 전 갈 수 있어요. 봐요. 아무런 영향이 없잖아요."

"좋아요. 가요. 하지만 당신은 죽을 거예요. 거기에 도착하면 끝장이에요."

"당신이 어떻게 알아요?"

"당신 말이 맞아요. 전 몰라요. 그저 느낌일 뿐이죠."

조이너는 한숨을 쉬며 길가의 돌의자에 앉아 넋을 놓고 시커먼 연기가 솟구치는 깨진 창문을 바라보았다. 이쯤 되면 자신은 당분간 가지 못할 것 같았다. 속으로 생각했다. '리사, 리사, 난 어떻게 이리도 당신의 마음을 모를까?' 젊었을 때 꽃처럼 화려했던 리사가 뜻밖에도 이렇게 쥐 죽은 듯이 고요한 곳에서 자랐다니, 그녀는 아주 깊은 지하에서 태어났는지도 몰랐다! 이 도시는 처음부터 이런 모습이었을까? 아니면 이곳 사람에 의해 이렇게 바뀌었을까? 만약 바뀐 것이라면 원래는 또 어떤 모습이었을까?

"조이너, 왜 당신 혼자만 지상으로 올라왔어요? 이곳 사람들은 전부 지하에 있어요?"

"지진이 있기 때문이죠. 할아버지, 아직도 모르겠어요?"

"지상으로 올라와야 지진이 사람을 위협하지 못하는데 뭣 하러 굳이 지하에 숨죠?"

"아, 당신은 이해하지 못해요. 당신은 정말로 아무것도 몰라요. 리사가 알려주지 않았어요? 그건 도박의 도시의 원칙이에요. 영원히 바뀔 수 없어요. 들어봐요. 저들은 울고 있어요. 두려워서요."

조이너는 마음을 가라앉히고는 일해야 한다고 말했다. 사실 대로는 깨끗했고 더럽힐 사람도 없었다. 그녀는 빗자루를 들고 다시 거리를 쓸기 시작했다. 빈센트는 조이너가 청결을 유지하기 위해서가 아니라 이곳을 방문하는 손님을 기다리고 있다는 사실을 깨달았다. 기대에 부푼 그녀의 모습은 사랑하는 연인이 나타나길 기다리는 모습과 같았다.

"조이너, 누굴 기다려요?"

"누구든 다 좋아요. 당신이 오는 걸 기다리지 않았나요? 당신이 온 것은 제게 명절과 같아요."

빈센트가 느끼기에 조이너는 자신이 온 것을 기뻐하기는커녕 오히려 줄곧 근심에 잠긴 모습이었다. 조이너와 말하고 있을 때, 한 무리의 사람들이 연기를 내뿜는 그 2층 건물에서 나왔다. 그들은 전부 마흔에서 쉰 살의 남자들로, 속옷 차림에 아직 잠에서 덜 깬 모습이었다. 조이너가 쏜살같이 그들에게 달려가 빗자루를 휘두르면서 질책하고 그들을 건물 안으로 몰아넣었다. 그들은 처음에는 불평하다가 나중에는 조이녀의 광폭한 모습에 얌전히 건물 안으로 들어갔다.

조이녀는 얼굴에 땀을 흘리며 겸연쩍은 듯이 빈센트에게 말했다.

"도박꾼들은 언제나 분수에 만족할 줄 모르죠."

"모든 사람이 다 당신 소관이에요?"

"맞아요. 제 청춘은 전부 이런 일에 낭비되었죠. 그럴 가치가 없는데. 안 그래요? 당신은 이 길을 따라 끝까지 가서 오른쪽으로 돌아요. 그러면 리사의 집이 보일 거예요."

"리사의 집! 그녀의 부모는 일찌감치 돌아가시지 않았나요?" 빈센트는 깜짝 놀랐다.

"그건 그저 일종의 비유로, 이곳 사람들이 대상을 보는 방법이죠. 가봐요. 그들이 당신을 기다리고 있어요."

빈센트가 생각지도 못하게 리사의 부모님 댁은 몹시 부유해 보였다. 두 노인은 일흔에서 여든 살로 보였지만 정신이 맑았으며 모습도 생기발랄했다. 호화롭게 꾸민 대저택에는 하인이 여럿 있었다. 두 노인은 빈센트의 방문을 몹시 경계하면서, 그가 위협이라도 되는 듯이 처음부터 줄곧 언제 떠나는지 물었다. 후에 빈센트가 그저 잠시 머무는 것뿐이라고 설명하자 그들은 그제야 안심한 뒤 빈센트를 없는 존재인 듯 취급했다. 그들은 빈센트에게 하고 싶은 게 있으면 하라고 하면서 자신들의 집에 머물고 싶은 만큼 머물러도 된다고 덧붙이고는, 빈센트의 대답은 듣지도 않고 각자 두꺼운 방석이 깔린 흔들의자에 누워 크리스털 조명 아래에 걸린 새장 속 늙은 앵무새와 대화를 나눴다. 빈센트는 그들의 대화를 전혀 알아들을 수 없었다. 그것은 마치 돌산에 전선을 설치하는 문제를 토론하는 듯도, 도주범을 추격하는 방법을 분석하는 듯도 했다. 두 노인이 무슨 말을 하든 그 앵무새는 한결같이 "짱! 멋져! 천재적 발상!"이라고 했다. 빈센트는 이 못생긴 새는 이런 칭찬밖에 할 줄 모르는 게 아닐까 의구심이 일었다.

빈센트는 그들의 대화를 듣다가 지쳐 역시 흔들의자를 찾아서 누웠다. 거실에는 그런 흔들의자가 적잖이 있었다. 막 누웠을 때 내내 문 앞에 서 있던 한 남자 하인이 그를 비난했다. "저런 인간은 이곳에 누울 자격이 전혀 없어." 빈센트는 속으로 가소로워했다. 이때 비상벨이 거실을 쩍쩍 갈랐다. 두 노인이 흔들의자에서 벌떡 일어나 안쪽 문으로 걸어가다가 뭔가 생각난 듯 다시 멈추었다. 장인이라는 사람이 고개를 돌려 빈센트에게 말했다.

"우린 지하실로 내려가야 하네. 지금 가면 다시 올라올 수 있을까 싶네. 자네는 여기서 좋을 대로 하게. 우린 자네가 올 줄 몰랐어. 이건 전부 리사의 모략이지."

빈센트는 그들에게 자신은 이제 곧 떠날 것이라고 알려주고 싶었지만, 두 노인은 들으려 하지 않고 서로 재촉하며 부랴부랴 지하실로 내려갔다. 그들이 떠난 뒤, 문 쪽에서 미동도 하지 않던 그 하인이 생기발랄해져서는 달려와 담요 두 개를 찾아 노인들이 누웠던 흔들의자를 덮었다. 그러고는 앵무새의 새장을 떼어 벽난로의 빈 화로 안으로 집어넣었다. 빈센트는 그 늙은 앵무새가 퍼붓는 욕설을 들었다. "소인배! 약삭빠른 속물!" 하인이 화로 문을 닫자 새의 목소리는 들리지 않았다. 코를 찌르는 매캐한 연기를 맡아 돌아서서 보니 지하실로 통하는 계단 입구에서 연기가 피어올랐다. 하인이 그의 뒤에서 말했다.

"체, 어디로 도망가는지 보자고!"

"제 얘기를 하는 겁니까?"

"그럼 누구를 말하겠어!"

"당신은 왜 저를 이렇게 미워하죠?"

"당신은 냉혈한이니까. 어떻게 이렇게 오랫동안 이곳에 오지 않을 수 있지?"

"제가 오길 기다리는 사람이 이곳에 있다는 것조차 몰랐다고요. 리사는 내게 자기 집안의 가족은 모두 죽었다고 했어요. 저한테 말해준 도박의 도시도 이곳과는 달라요. 대체 뭐가 잘못됐을까요?"

"당연히 당신이 잘못됐지. 당신은 터무니없는 행각을 하느라 본질을 보지 못한 거야."

하인은 거만하게 거기에 서 있었다. 빈센트는 그의 발이 뱀 한 마리를 밟고 있는 것을 보았다. 그것은 레이건의 농장에서 본 초록 꽃뱀이었다. 뱀은 부단히 버둥거리며 머리를 돌려 하인의 발목을 물려고 했다. 이때 하인은 바지 주머니에서 단도를 꺼내 덮개를 벗기고 칼날을 눈앞에서 자세히 살펴보고는 허리를 굽혀 뱀의 머리를 단칼에 잘랐다. 머리와 몸통이 분리된 뱀은 죽지 않았다. 머리 부분과 몸통은 마치 무형으로 연결되어 있는 듯 같이 꿈틀거리며 문 쪽으로 물러가더니 문을 나가 눈 깜짝할 새에 사라졌다. 바닥을 보니 흘린 핏자국은 전혀 없었다.

거실의 연기는 갈수록 짙어졌다. 빈센트는 하인이 자신이 떠나는 것을 말리려는 줄 알고 그 자리에 서서 꼼짝도 하지 않았다. 하인이 허리를 굽혀 화로 문을 열자 그 안에서 한바탕 욕설이 흘러나왔다. 빈센트는 하인의 신경이 딴 데 가 있는 틈을 타서 밖으로 나왔다. 하지만 하인의 추격은 전혀 없었다. 그가 "어디로 도망가는지 보자고!"라고 한 말은 무슨 뜻일까?

조이너는 심각한 표정으로 길가에 서서 언제 올지 모를 손님을 아직도 기다리고 있었다. 거리는 그녀에 의해 이미 깨끗하게 청소되어 있었다. 빈센트는 그곳을 보면서, 그 쓸쓸한 아가씨를 보면서 저도 모르게 영문을 알 수 없는 슬픔이 밀려들었다. 자신의 아내 리사도 어쩌면 오래전에 이 아가씨의 자리를 차지하고 있었으리라. 사실 자신은 리사를 처음 만났을 때 산뜻하고 아름다운 얼굴에서 그 그늘을 보기는 했지만, 아무튼 그녀의 내면이 이토록 혹독하리라고는 생각하지 못했다. 몇십 년 동안의 결혼 생활을 통해 그녀의 비밀들이 드러나긴 했지만, 그녀의 고향에 오지 않았다면 그녀를 얼마나 이해했을까 싶었다. 또한 이곳에 왔다 한들 자신이 이해하지 못하는 것들이 그녀에게 얼마나 많을까 싶었다.

빈센트가 고개를 들어 저쪽 먼 곳을 바라보니, 이곳을 감싸고 있는 돌산들이 살아 있는 것처럼 검은 연기를 내뿜었다. 연기는 느릿느릿 마을의 상공으로 날아들었다. 하지만 화산은 폭발하지 않고 지진도 감지되지 않았다. 다시 둘러보니 주변의 집들은 연기를 내뿜는 집도 그렇지 않은 집도 있었지만 집 밖으로 나오는 사람들은 없었다. 조이너의 지하실에서 올라오던 장면을 떠올리고 이곳 사람들은 검은 연기 속에서 숨 쉬는 게 익숙하구나 싶었다. 더 이상 지체했다가는 검은 연기가 모든 공간을 차지하지 않을까 싶었다.

조이너는 차분하게 빗자루를 들고 길가에 서 있었다. 그녀 역시 그 연기를 보았지만, 그녀의 맑은 눈빛과 미목수려한 생김새는 이곳을 찾는 모든 여행객들을 깊이 끌어들이지 않을까 싶었다.

빈센트는 소리를 내지 않고 말했다. "조이너, 조이너, 전 당신을 사랑해요." 하지만 그 사랑은 육체적인 사랑이 아니라고 느껴졌다. 왜 자신은 젊고 생기발랄한 그녀에게 성적 충동이 느껴지지 않을까? 틀림없이 무엇인가가 그들 사이에 놓여 있었다. 빈센트는 우러러보듯 그 아가씨를 바라보면서 머릿속으로 같은 질문을 반복했다. 28년 전 자신과 리사는 어떻게 첫눈에 반했을까?

조이너는 빈센트에게 걸어와 그에게 악수하며 말했다.

"전 가봐야 해요. 제 말은 당장 다시 지하실로 내려가야 한다는 뜻이죠. 하지만 할아버지, 당신은 어떻게 해요? 이 연기를 좀 봐요. 기차도 이미 멈추었어요. 제가 내려가면 이곳에 여행객은 오지 않을 거예요. 기차를 타고 오든 걸어서 오든 말이죠. 리사의 부모님이 당신을 그토록 사랑하는데 당신은 왜 그들의 집에 가지 않죠?"

"정말이에요? 그들이 날 사랑한다고? 왜 전 느끼지 못했을까요?"

"당신은 이미 무감각해졌기 때문이에요. 알려드리죠. 이곳에서는 그 누구도 외부인을 자신의 집에 들이지 않아요. 너무 위험하니까요. 당신은 가족이니까 그들이 당신을 집 안으로 들인 거죠. 그들은 벌써 몇 년째 당신이 오면 당신의 목숨을 반드시 구하겠다고 떠들어대고 있다니까요. 지금 바로 그들의 집으로 가봐요."

조이너는 회색 집 안으로 사라졌다. 빈센트의 눈에 작은 마을은 또다시 진짜 황량한 땅이 되었다. 연기는 이미 서서히 모여들어 밑으로 내려오고 있었다. 빈센트는 조이너의 말을 순순히 따르는 수밖에 없을 것이다. 자기 아내의 부모님 집에서 자신은 위험하지 않을 것이었다.

빈센트는 썩 내키지 않았지만 어쨌든 또다시 그 대저택의 문에 발을 들여놓았다.

"여긴 여관이 아니야. 오고 싶으면 오고 가고 싶으면 가는 곳이 아니지." 하인이 말했다. 그는 여전히 원래의 위치에 서 있었다.

계단 입구에는 여전히 연기가 났지만 그 연기는 그에게 몰려들지 않고 마치 무엇인가가 연기를 이끌고 있는 것처럼 방향을 바꾸어 활짝 열린 창문으로 나갔다. 빈센트는 집 밖은 이미 곳곳이 도도하게 밀려드는 검은 연기로 가시거리가 이삼 미터도 되지 않은 것을 보고 화들짝 놀랐지만, 자신과 하인이 서 있는 곳은 창문이 꼭꼭 닫혀 있어 당분간 아직 연기가 없었다. 하인의 말이 또다시 그의 귓가에 울렸다.

"지진과 같은 일은 그것을 극한으로 갈망하는 사람만이 즐길 수 있어."

그렇다면 리사의 부모는 지하에서 '즐기고' 조이너와 그의 손님들 역시 '즐기고' 있었다. 하늘도 보이지 않고 공기도 희박하며 질식할 것 같은 검은 연기가 가득한 그곳에서……

빈센트는 흔들의자에 드러누워 천장에서 내려오는 웅장하고 화려한 나뭇가지 모양의 샹들리에를 보았다. 귓가에 누군가 자신을 비웃으며 "쩨쩨한 놈"이라고 말했다. 벌떡 일어나 주위를 살폈다. 누가 말하고 있을까?

"나야. 난 리사의 막내 삼촌이지!" 목소리는 활짝 열려 있는 벽난로의 화로에서 들려왔다. 앵무새는 머리를 밖으로 날름거리고 거침없이 악담을 퍼부으면서 빈센트를 잘하는 것이 하나도 없는 잡놈이라고 했다. 빈센트는 의구심이 일었다. 왜 녀석은 날아가지 않을까? 이미 날 수 있는 능력을 잃었다 하더라도 아무도 막지 않는 상황에서 달아날 수는 있는데 말이다. 이때 하인은 이쪽을 전혀 보지 않았고, 거울을 보며 철제 집게로 뺨의 수염을 뽑고 있었다! 하지만 앵무새는 나오지 않고 그저 수다스러운 사람인 것처럼 욕설만 퍼부었다.

"당신이 리사의 막내 삼촌이라면 우리는 친척인데 왜 절 욕합니까?" 빈센트는 진지하게 말하면서 앵무새가 벽난로에서 나오기를 몹시 바랐다.

하지만 녀석은 그 안으로 움츠러들어 욕설을 더 심하게 퍼붓고 날개를 퍼덕거렸다. 그 바람에 벽난로 안의 타고 남은 재가 밖으로 쏟아져 나왔다.

왜인지 녀석이 가장 많이 한 욕설은 "사람을 착취하는 사채업자"라는 말이었다.

빈센트는 벽난로 쪽으로 가서 녀석에게 무슨 말인지 물으려 했지만, 하인이 쏜살같이 달려와 손에 쥔 활활 타는 장작을 그 안에 던진 뒤 문을 닫아버렸다. 벽난로의 유리문을 통해 앵무새가 날개를 퍼덕거리며 화염을 끄는 것이 보였지만 안의 연기 때문에 아무것도 보이지 않고 그저 쿵쿵거리는 소리만 들렸다. 그는 갓난아기의 비명이라는 것을 어렴풋이 알아들을 수 있었다.

빈센트는 얼굴에 소름이 돋았고 고개를 돌려 간사하게 웃는 하인을 마주했다.

"죽었어요?"

"녀석은 죽지 않아. 녀석은 장수하는 앵무새거든. 아주 오래전에 슬롯머신 게임이 마을에 성행할 때 여기에 있었지."

"지금 슬롯머신은 다 어디로 갔어요?"

"전부 지하실의 비밀 벽에 묻혔어. 이제는 그런 도구 따위 필요치 않아. 당신한테 빙빙 돌리지 않고 속 시원하게 말해주지. 난 당신의 연적이야."

"리사요?"

"그래. 얼마나 신기한 여자야. 네 두 다리 사이에서 타오르지."

빈센트가 혐오스러워하며 미간을 찌푸리자 상대는 이내 알아차렸다.

"여기까지 달려온들 무슨 소용이야?" 그는 거만하게 턱을 치켜들었다. "넌 영원히 그녀의 마음을 얻지 못해. 그녀가 어떤 여자인지 전혀 모르니까. 좀 보라고. 그녀에게 얼마나 대단한 부모가 있는지를! 우리의 앵무새조차 널 마음에 들어 하지 않잖아."

"하지만 전 이미 왔잖아요. 지금 떠나야 하나요?"

"떠나는 게 바로 당신들 같은 사람들의 덕행이지. 그 어떤 곳도 오래 머물지 못하고 집도 없고 여관만 있지. 불쌍한 리사. 얼마나 후회하고 있을까."

"리사는 당신을 새까맣게 잊은 것 같은데요." 빈센트가 그를 자극했다.

"그럴지도 모르지. 이곳을 나간 사람은 기억을 잊는다는 이야기를 들었으니까."

그는 침묵하면서 걱정에 잠겼다. 앵무새는 다시 살아나 연기 속을 왔다 갔다 하면서 몹시 초조해했다.

빈센트가 다가가 화로의 문을 열자 앵무새가 냉큼 뛰어나와 빈센트의 어깨에 뛰어올랐다. 이번에 녀석은 욕설은커녕 몹시 애틋하게 그의 어깨를 단단히 움켜쥐었다. 빈센트가 의자에 앉자 녀석이 그의 무릎에 내려앉았다. 녀석은 혼탁한 늙은 눈으로 빈센트를 자상하게 바라보았다. 빈센트는 단번에 녀석의 매력을 느꼈지만 그것이 무슨 매력인지 말할 수가 없었다. 이때 거울에 자신을 비추며 자세히 훑어보는 하인을 보았다. 그는 기분이 가라앉은 듯 감정을 추스르려 애쓰는 것처럼 거울을 보면서 자꾸만 익살맞은 표정을 지어 보였다.

"빈센트, 리사는 당신을 완전히 잊었어." 앵무새가 그의 말을 따라 했다.

"쓸쓸해요? 막내 삼촌?"

"빈센트는 쓸쓸해? 쓸쓸하면 사채업을 해."

빈센트는 녀석의 말을 듣고 소리 내어 웃었다. 그러자 앵무새도 웃음을 터뜨렸다. 앵무새의 웃음소리에 빈센트는 순간 고분 속의 유령이 웃는 것만 같아 더는 웃을 수가 없었다. 웃고 또 웃다 깃털이 죄다 곤두선 녀석의 모습은 마치 귀신에 홀린 듯했다. 빈센트가 녀석을 무릎에서 밀어내려고 하던 바로 그때, 하인이 빈센트에게 얼굴을 돌린 뒤 빈센트의 마음을 간파한 듯 차갑게 비웃는 듯한 표정을 짓자 앵무새도 냉큼 입을 다물었다.

"녀석이 왜 자꾸만 저더러 사채업을 하라고 하죠?" 빈센트가 하인에게 물었다.

"도박의 도시에 오는 사람들은 뼛속까지 사채업자거든. 당신을 좀 보라고. 당신을 좀 불쾌하게 했다고 바로 그것을 밀어내려고 하잖아. 그게 바로 우리가 업신여기는 천성이야."

하인이 이렇게 말할 때 앵무새 역시 빈센트를 노려보았다. 앵무새의 혼탁한 눈에서 돌연 한 줄기 서늘한 빛이 뿜어져 나왔다. 그것은 빈센트의 오장육부를 꿰뚫는 듯했고, 발톱은 빈센트의 바지를 뚫고 들어와 그의 살점을 집었다. 빈센트는 당장 무언가를 말해야 한다고 느꼈고, 내뱉은 말은 이것이었다.

"조이너."

앵무새는 흡족해하며 발톱을 느슨하게 풀고 바닥으로 뛰어내렸다가 다시 하인의 어깨로 날아 앉았다.

"조이너는 도박의 도시의 문지기야. 여기에서 돌아간 뒤 모든 기억을 잃는다 해도 빗질을 하면서 연기 속에 서 있는 그녀의 모습은 기억할 거야." 하인이 말했다.

'저도 그러길 바라요.' 빈센트는 속으로 동의했다.

빈센트는 유리창으로 바깥의 연기가 이미 흩어지고 하늘에 사람을 즐겁게 하는 빛깔이 이는 것을 보았다. 그것은 추운 맑은 날의 아침과 같은 그런 빛깔이었지만, 그것보다 더 아름다워서 비현실적으로 느껴졌다. 그는 마음의 우울이 서서히 걷혔다. 문밖의 계단을 오르자 밤꾀꼬리가 노래하는 소리를 들었다. 이렇게 태양이 환한데 어떻게 밤꾀꼬리가 있을까 싶었다. 이 집 맞은편 정원의 커다란 사과가 주렁주렁 달린 사과나무에서 빨간 사과 하나가 바로 떨어지지 않고 하늘을 느릿느릿 떠돈 뒤에야 풀잎 위로 사뿐히 내려앉아, 기적처럼 그곳에서 붉은빛을 반짝거리고 있었다.

"사실 지금은 한밤중이야." 하인이 나직이 말했고 그도 나와 있었다. "들어봐. 네 차가 왔어."

빈센트는 기차가 역으로 들어오는 소리를 들었다.

"그럼 전 서둘러 가야 합니까? 한데 전 리사의 부모님을 만나 뵈어야 하는데요."

"서두를 것 없어. 저 기차는 역에서 네가 마음을 결정할 때까지 기다려줄 테니까. 하지만 내가 보기에 넌 리사의 부모님을 만나러 가지 않는 게 좋겠어. 그들은 아직 지하에서 꿈을 꾸고 있거든. 그들의 노년의 행복을 빼앗지 말라고. 당신은 조이녀를 만나러 가."

빈센트는 그가 질투해서 장인과 장모를 만나러 가지 말라고 하는 것 같았다. 하지만 지금 간절히 만나고 싶은 사람은 조이너였고, 그 젊은 여자에게 저 아름다운 사과나무 아래에 서서 자신의 속마음을 털어놓는 장면을 상상하니 그야말로 더욱 애가 달았다. 그래서 하인과 하인의 어깨를 차지한 앵무새에게 작별 인사를 하고 조이너의 여관으로 달려갔다. 저 멀리 돌산은 치솟던 연기가 진작 그치고 더없이 엄숙하고 경건한 자태를 드러내고 있었다. 예전에 리사가 알려준 바에 따르면 도박의 도시는 탄환의 땅이지만 몇십만 명의 인구가 살고, 거리는 사람들로 붐벼 상대의 몸에서 나는 냄새까지 맡을 정도이며, 도박장 안 곳곳에는 땀에 흠뻑 젖은 사람들이 있다고 했다. 그런데 대체 무엇이 인구의 소실과 집단의 철퇴를 초래했을까? 자신이 본 지상과 지하의 모습은 자신에게 무슨 은밀한 내핵을 드러내 보여주고 있는 것일까?

"조이너, 전 당신을 사랑해요."

"빈센트, 저도 당신을 사랑해요. 전 10년 전에 당신을 사랑했어요. 그날 당신은 '로즈'의 정문 앞에 서 있었고 저는 엄마와 맞은편 가게에서 옷을 고르면서 유리창으로 당신을 샅샅이 훑었죠."

"말도 안 돼요. 그때 당신이 몇 살이었는데요?"

"그때 저는 바로 지금의 나이였어요. 아직도 모르겠어요? 이곳의 시간은 멈춰 있어요. 그래서 이번에 당신을 만났을 때 전 노쇠한 당신 얼굴에 화들짝 놀라 당신을 '할아버지'라고 부른 거예요."

그들은 이렇게 서로의 속마음을 털어놓았지만, 사과나무 아래가 아니라 청소 도구를 놓아두는 작은 방에서였다. 지하실의 연기가 넓은 문틈으로 새어 들어와 방 안의 공기는 좋지 않았다. 빈센트는 매캐해서 콜록콜록 기침을 해댔고 눈을 뜰 수가 없었다. 조이너가 그의 손을 살짝 잡자 빈센트의 마음에서는 또다시 낯설면서도 흥분된 느낌이 솟구쳤다. 그것은 여자의 몸에서 경험해보지 않은, 성적 욕구가 완전히 배제된 그런 정욕이었다. 조이너가 자신을 '할아버지'라고 불러서 그녀에 대한 욕망이 이렇게 되었을까? 아니었다. 절대 그렇지 않았고 문제는 조이너 자체에 있었다. 처음부터 빈센트는 이 아름다운 여자가 성적인 것과는 무관하다는 것을 느꼈다. 하지만 어떻게 이런 여자를 사랑하지 않을 수 있겠는가? 이토록 예쁘고 이토록 친절한 그녀를 말이다.

"조이너, 전 당신을 떠나고 싶지 않지만 이곳의 연기는 못 견디겠어요. 숨을 쉴 수가 없어요. 전 어떻게 해야 할까요? 지금 당신 곁을 떠나면 내 삶은 암흑천지가 될 것 같은 생각이 들어요."

"아, 이러지 말아요. 가요, 할아버지. 당신은 가더라도 영원히 절 기억할 거예요. 리사에게로 가요. 그게 당신에게는 온전한 생활이에요. 하지만 제 생활 역시 온전한 생활이죠. 안 그래요? 도박꾼은 언제나 행복한 삶을 살고, 생산과 소비는 모두 지하에서 이루어지죠. 이렇게 여러 해 동안 우리는 줄곧 스스로 만족해왔어요. 당신 손바닥이 정말 뜨겁군요. 그때 당신을 봤을 때 당신 손바닥은 틀림없이 뜨거울 거라고 생각했어요. 당신은 따뜻한 마음을 가진 사람이에요. 안 그랬으면 내 여동생 리사가 어떻게 당신을 사랑하게 되었겠어요?"

빈센트는 머리가 어지러워 나가야 했고 더 지체했다가는 바닥에 쓰러질 것 같았다. 그는 조이너와 함께 나가고 싶었지만 조이너는 암실에 있겠다고 고집을 부렸다. 빈센트는 할 수 없이 혼자 나올 수밖에 없었다. 그는 거실 안 연기가 없는 쪽으로 걸어가서 오장육부가 다 기침하듯 콜록콜록 기침을 토해냈다. 메스꺼움이 그를 압도하면서 격정은 깡그리 사라졌다. 자신은 검은 연기에서 연애를 할 수 없음을 깨달았다. 이 때문에 앵무새가 자신을 '사채업자'라고 불렀으리라. 그렇다면 이 지하에서 이루어지는 생산과 소비의 메커니즘은 어떻게 작동되는 걸까? "범의 굴에 들어가지 않고 어떻게 범 새끼를 잡을 수 있을까?" 독한 연기에서 숨을 쉴 수 없는 이상 빈센트에게는 이 문제를 확실히 밝힐 기회 또한 없었다. 빈센트가 이곳에 오는 것을 리사가 동의한 것은 어쩌면 빈센트에게 스스로의 한계가 어디에 있는지 보여주기 위해서인지도 몰랐다.

빈센트는 조이너의 여관에서 나와 거리 한복판의 화단에 가서 앉았다. 각양각색의 새들이 깨끗한 공기 속에서 노닐었는데, 그들은 직선을 이루어 비상하지도 날개를 펴지도 않았고 그저 가볍게 하늘에 떠서 마치 물결을 타듯 곡선을 그리며 움직였다. '도박의 도시에 사는 새들이군.' 빈센트는 속으로 감탄했다. 집 베란다에 내려앉은 흠뻑 젖은 까마귀들을 떠올렸다. 바로 이때 기차가 자신을 재촉하는 듯 기적을 울렸다. 불현듯 자신의 짐이 아직 조이너의 여관에 있다는 사실을 떠올렸지만 이 순간, 다시 그곳으로 돌아가기보다는 당장 집으로 돌아가는 게 나을 것 같았다.

플랫폼 끝에 치마를 입은 여자의 뒷모습이 리사를 닮은 것 같아 가까이 다가가니 여자가 뒤를 돌아보았다. 과연 리사였고 손에 트렁크를 들고 있었다.

"그러니까 당신도 왔었군." 빈센트가 씩씩거리며 말했다.

"맞아. 조금 전까지 부모님 집의 지하실에 있었어. 내 고향에 실망이 컸겠네?"

"아니. 난 이곳을 사랑해."

"그럼 같이 지하실로 돌아가자."

"아니, 지하실로 안 돌아가고 우리는 집으로 돌아갈 거야. 밤이 되면 난 당신과 함께 찾아다닐 거야. 우리는 진짜 도박의 도시, 슬롯머신이 있는 그런 곳을 찾을 수 있을지도 몰라."

비둘기 한 마리가 그들의 눈앞에서 지나가더니 이어 두 번째, 세 번째, 네 번째도 조용히 날아갔다.

"뜻밖에 이곳에 비둘기도 있네." 빈센트가 혼잣말했다.

"어렸을 때 외지에서 온 여행객들은 이곳을 '비둘기의 고향'이

338

라고 불렀어. 그때는 장밋빛 저녁놀 속에서 비둘기들이 하늘을 가득 메우고 노닐었어. 안타깝게도 당신은 그런 성황을 못 봤겠네."

"그렇다면 비둘기는 도박꾼의 영혼을 상징하는 거야?"

"아마도. 한밤중이 되면, 도박장을 나온 사람들의 어깨에 저마다 흰 비둘기 한 마리가 내려앉아 있었지."

기차가 출발한 지 한참 후에도 빈센트와 리사는 여전히 객실 바깥에 비둘기가 있는 것을 보았다. 빈센트는 자신이 도박의 도시에서 하루를 묵었는지 사흘을 묵었는지, 해가 지지 않아 갈피를 잡을 수가 없었다. 자신의 느낌으로는 머무른 시간이 하루가 채 안 될 것 같았다. 길고 긴 이 하루 동안 먹은 밥이라고는 조이너의 지하실에서 먹었던 한 끼가 다였다. 빈센트는 지금 왜 슬롯머신을 비밀 벽에 감추어두고 가동하지 않는지 깨달았다. 낮과 밤의 구분이 없는 곳에서 슬롯머신의 자극은 무용한 것이었기 때문이다.

리사는 바깥의 비둘기를 넋을 놓고 바라보았다. 그녀의 마음은 추억의 행복에 잠겼다. 빈센트는 마침내 리사의 과거 삶으로 들어갔고 이는 그들의 사랑이 그만큼 깊어졌음을 의미했다. 하지만 그녀의 지난 삶이 절대 한 가지에 그치지 않는다는 사실을 그는 모르는 듯했다. 리사는 빈센트에게 자신에 관해 이야기한 적이 있지만 그녀가 말한 것은 자신의 또 다른 삶으로, 그를 속인 게 아니었다. 하지만 지금 빈센트는 리사가 예전에 그에게 말한 것들이 전부 꾸며낸 것이라고 생각할지도 몰랐다. 이런 생각이 들자 리사는 또다시 은근히 불안했다. 리사는 빈센트의 어깨에 기대어 그의 손을 잡고 살짝 물었다.

"빈센트?"

"아. 리사! 당신 같은 사람이 어떻게 늙겠어? 당신이 왜 늘 젊은지 그 신비를 알았어. 밤꾀꼬리 한 마리가 당신의 마음에서 노래하잖아. 내 마음에는 밤꾀꼬리가 없어서 난 그런 지하실에 들어갈 수가 없어. 내 말이 맞아? 당신 앵무새의 말이 맞아. 난 확실히 후안무치한 사채업자야."

리사는 마음을 놓았다. 보아하니 빈센트에게는 자신을 추궁할 마음이 없는 듯했고 그는 충분히 유연했다. 빈센트의 이런 유연성이라면 그의 다음 행보를 예측할 수가 없어 여전히 번민하지 않을 수밖에 없었다. 아주 오래전에 리사는 농담조로 빈센트를 '수은(水銀)'이라고 불렀다. 그녀가 보기에 그의 마음속 수수께끼 같은 충동은 확실히 수은을 닮았고, 언젠가 자신은 잡을 수 없는 그런 유독 물질 때문에 목숨을 잃지 않을까 싶었다.

"빈센트?"

"리사, 객실의 사람들은 어디로 갔지?"

"객실에는 본래 사람이 없었어. 이 기차는 특별히 우리를 데리러 온 거야. 봐봐. 비둘기가 전부 사라졌어. 바깥은 이미 진짜 어두운 밤이야. 빈센트, 당신 오한으로 온몸을 떨고 있어."

"난 머리가 어질어질해."

빈센트는 어질어질한 가운데 리사의 손을 꽉 잡았지만, 그가 잡은 것은 그저 한 손이었다. 손의 주인은 그에게서 점점 멀어졌고 손 역시 점점 차가워졌다. 비몽사몽간에 누군가 자신들의 객실로 들어와 리사에게 말하는 것을 느꼈다. "바깥에 눈이 내려요. 날씨가 참 이상하네요." 리사는 귀에 거슬리게 웃었고, 거짓으로 웃고 있는 것이 역력했다. 그러고는 그 사람과 나갔다. 누군가 빈센트의 귀에 대고 말했다. "선생, 어디 가십니까?" "로즈 의류 회사요." 빈센트는 유일하게 생각나는 곳을 힘겹게 내뱉었고, 그의 목소리는 모기 울음소리처럼 가냘팠다. "아, 당신은 사채업자였군요!" 그 사람 역시 리사처럼 귀에 거슬리게 웃기 시작했다. 그러고는 옆에 앉았다. 빈센트는 한참이 지난 뒤 비로소 시력을 회복했다. 왼쪽을 보니 사람은 보이지 않고 그저 사냥 모자만 그 자리에 덩그러니 놓여 있었다. 그는 화장실에 갔을까?

빈센트는 일어나 리사를 찾으러 다녔다. 한 칸 또 한 칸 객실을 다니다 보니 자신이 탄 기차는 지금 어둠을 뚫고 새벽을 향해 달려가고 있는 것처럼 느껴졌다. 지나온 객실은 전부 텅텅 비어 있었다. 리사는 어디에 숨어 있을까? 마침내 마지막 칸에 도착하니 리사는 바로 그 칸의 맨 뒷줄에 앉아 몸을 웅크린 채 자고 있었다. 빈센트가 그녀 앞으로 다가가자 리사는 희미한 불빛 아래 지친 두 눈을 떴다. 빈센트는 그녀의 두 눈이 몹시 아름답다고 생각했다. 리사가 가까이 오라고 손짓하자 빈센트는 쪼그려 앉았다.

"그해 난 바로 이 차를 타고 도박의 도시를 나왔어. 엄마가 죽은 뒤 사흘째 되던 날이었어. 엄마는 진 도박 빚이 너무 많아 두려워서 죽었어."

"그럼 그 대저택의 노부인은 당신 어머니가 아니었어?"

"당연히 맞아. 나 자신도 여러 번 죽었는걸."

"무슨 말이야?"

"당신은 이런 일에 익숙해질 거야. 들었어? 바깥에 정말로 눈이 내리고 있어. 이렇게 해서 우리가 지나온 길을 전부 덮어버리겠지. 그때와 마찬가지로."

빈센트는 기차 바퀴 소리만 들을 수 있었다. 그는 리사가 어떤 청각을 가졌는지 궁금했다. 리사는 눈을 감았고 다시 잠이 든 것 같았으며, 고향의 지하실에서 모든 기력을 소진한 듯했다. 지금 자신은 그녀와 이 기차에 있고 이 기차는 과거와 미래를 잇고 있었다. 미래는 어떤 모습일까? 한밤중에 자신들의 집에 온 난쟁이는 이 문제의 답을 알까? 자신과 난쟁이가 주방에서 술에 취한 뒤 다락방에서 지붕으로 올라간 일을 떠올렸다. 옥상에 앉았을 때 박쥐 떼가 뺨을 스치고 날아갔다. 바로 그때 난쟁이는 면면히 이어지는 돌산에 안겨 있는 도박의 도시와 그곳의 장밋빛 하늘에 관해 이야기해주었다. 난쟁이는 이렇게 말했다. "정말이지 평화

롭기 그지없는 광경이에요. 그 누구도 그곳을 나가려고 생각하지 않아요. 돌산은 그저 경관일 뿐, 아무도 그 산을 넘어가려고 하지 않았죠. 바깥과의 통행은 나중에 일어난 일이었어요. 기차는 길고 긴 터널을 지나야 비로소 마을로 들어설 수 있어요. 어둡고 긴 터널은 죽음의 통로 같죠."

빈센트는 리사에게 왜 고향을 나왔는지 묻고 싶었지만, 리사가 예전에 그 일을 말해준 것이 생각나서 묻지 않았다. 리사가 고향 바깥으로 나온 유일한 사람인 것도 아니었다. 난쟁이도 있지 않는가? 도박의 도시 사람들은 아마 같은 이유로 집을 나섰을 것이다.

동이 틀 무렵 마침내 모습을 드러낸 차장은 뚱뚱한 남자였으며 시종일관 하품을 해댔다.

"꿈에 눈이 엄청 왔는데 정말로 황당하죠. 지금 시기에 눈이라니요?"

그는 자신들 부부의 의견을 묻고 있는 듯했다. 빈센트는 그의 몸에서 나는 술 냄새를 맡았다.

"이렇게 적막한 시골에서 생활하는데 어떻게 하루 종일 알코올에 의존하지 않을 수가 있겠어요?" 그는 다시 말했고 몹시 쑥스러워하는 듯도 그들에게 속마음을 털어놓는 듯도 했다. 그는 30분 후면 기차가 역에 도착하는데 자신의 기차에 손님들이 아무런 인상을 갖지 못할까 우려해서 두 사람을 자신의 사무실로 초대했다.

그가 자기 '사무실' 문을 열었을 때, 빈센트와 리사는 화들짝 놀랐다. 1제곱미터가 될까 말까 한 좁아터진 그의 방에는 작은 책상 하나와 철제 의자가 놓여 있었다. 거기에 오랜 시간 앉아 있으면 정말 끔찍할 것 같았다. 게다가 차장처럼 뚱뚱한 사람은 비집고 들어가기도 어려울 것 같았다. 두 사람은 이렇게 널찍한 기차에서 차장의 사무실을 왜 이 모양으로 설계했는지 이해할 수 없었다.

차장은 두 사람의 마음을 짐작한 듯 다리를 들어 그 책상에 비집고 들어가 극히 견디기 힘든 자세로 앉았다. 그 바람에 그의 배가 책상 서랍에 딱 들러붙어 꼼짝달싹하지 못했다. 차장은 빈센트에게 술병을 건네달라고 부탁했다. 술병은 선반에 놓여 있었고 그 안에는 브랜디가 반 정도 남아 있었다. 그는 병을 입에 댄 채 게걸스럽게 마시고는 병을 한쪽에 던지고 책상에 엎드려 잠들었다. 리사가 빈센트에게 말했다.

"기차와 같은 곳은 그야말로 적막의 고향이라고 일컬을 만해. 그런데 이 사람은 왜 굳이 우리에게 자신이 어떻게 꿈을 꾸는지 보여주고자 하는 걸까? 참 별난 사람이야."

"이 사람의 생활 방식일 가능성이 커. 우리 두 사람은 공교롭게도 그의 세계 속 풍경이 되었고."

빈센트가 이 말을 할 때 리사는 빈센트에게 눈을 한 번 부릅떴다. 빈센트는 그녀가 자신의 말을 긍정하는지 부정하는지 알 수가 없었다. 이때 기차는 이미 역으로 들어섰다. 그들은 차장이 아예 일어날 기미가 없는 것을 보았다. 그곳에 엎드려 자는 차장의 모습은 괴로워 보였지만 그는 확실히 달게 자고 있었다.

그날 빈센트는 리사와 정원에서 긴 시간 앉아 있었다. 쏟아지는 햇볕과 풀잎 냄새는 사람을 졸리게 했다. 빈센트는 리사에게 지금 자신은 몇몇 일들에 확신이 없고, 심지어 자신이 출근을 해야 하는지조차 모르겠다고 털어놓았다. 차장과 같은 그런 일을 해야 하는 걸까? 하지만 또한 여행 중에 있는 그런 생활을 좋아하지 않는 데다 적막은 더더욱 싫어했다. 또 한편으로 현재 자신의 사업은 자신의 목을 옥죄는 족쇄가 된 느낌이었다. 이 세상에는 그가 정말로 흥미 있어 하는 일이 널렸지만, 정작 자신은 그것을 탐구하러 갈 수가 없었기 때문이다. 빈센트는 몇십 년 동안 억눌렸다는 듯이 이 말들을 주저리주저리 쏟아냈다. 말을 할수록 눈빛이 흐려지고 횡설수설하는 느낌이었지만 멈출 수가 없었다.

리사는 일단 빈센트가 말하도록 내버려두었지만, 정신을 딴 데 판 모습이었다. 그녀의 큰 갈색 눈은 빈센트를 바라보고 있었지만 그가 마치 행인인 것처럼 멀어 보였다.

"빈센트, 내가 도랑에서 고사리를 캐고 있을 때 당신은 어디에 숨어 있었어?" 리사가 중얼거리듯 말했다.

빈센트는 가슴이 철렁 내려앉아서 입을 다물었다.

리사가 몇 가지 이상한 손짓을 하며 다급한 표정을 지었고, 빈센트는 그녀가 누군가와 소통하고 있음을 깨달았다. 누굴까? 주변에는 아무도 없었다.

"빈센트, 난 가봐야겠어." 리사가 다시 말했고, 이 말을 할 때 얼굴은 딴 곳을 향하고 있었다. "난 매일 같은 곳을 가. 그런데 당신은 왜 원망해? 당신이 원망하고 있는 것처럼 느껴져."

하지만 리사는 움직이지 않고 여전히 그곳에 앉아 넋을 놓았다. 나중에 결국 일어난 뒤 돌 테이블을 한 바퀴 돌아 양손을 빈센트의 어깨에 올리고 말했다.

"마침내 생각났어. 밤에 장정을 진행하는 사람은 마리아가 아니라 바로 나 자신이었어. 봐봐. 내 건망증이 얼마나 심한지. 당신은 일을 바꿀 필요가 없어. 그건 탐구하는 당신의 일에 전혀 지장을 주지 않아."

"당신이 밤에 장정을 떠나는 것을 나도 기억하는데, 당신은 오히려 마리아라고 했어!"

"아마도 그녀의 장미꽃밭에 들어서자마자 환영이 생겨서 그럴 거야. 나는 지금 정원에서 당신과 이야기하고 있고, 이미 출발해서 떠났어. 내 뒷모습 봤어? 요리사와 함께 있어."

빈센트는 두 팔을 뻗어 리사를 안았고 그녀는 고양이처럼 얌전하게 그의 품에 안겼다. 빈센트는 이상한 목소리를 들었다. 자세히 들어보니 말들이 내달리는 말발굽 소리였다. 그 안에는 군중의 함성도 섞여 있었다.

"자기야. 당신은 어디로 갔어?" 빈센트가 리사의 귀에 입을 맞추며 말했다.

"난 밤에 나다니던 습관을 바꿨어." 리사가 깔깔 웃었다.

"아. 리사, 당신 엄청 가벼운데. 이건 당신이야? 봐봐. 태양이 내리쬐는 도박의 도시가 우리 쪽으로 다가오려는 것 같아. 리사, 이건 당신이야?"

"나야, 자기야. 당신은 그것을 잊지 못할 거야. 그건 언제나 당신 마음에 있으니까."

두 사람이 미친 소리를 늘어놓고 있을 때, 존은 그들의 집 앞에서 잔뜩 긴장한 얼굴로 빈센트를 찾고 있었다. 그에게 보고해야 할 긴급한 상황이 있었다. 요리사가 존에게 그들은 이미 돌아와 정원에 있다고 알려주었다. 존은 식물들이 웃자라 길조차 분간이 가지 않는 정원으로 들어섰지만 아무리 살펴도 두 사람이 보이지 않았다. 비둘기를 보았다. 하얀 품종의 비둘기는 풀숲에 숨어 도처에서 아름다운 신음을 내고 있었다. 그래서 마음의 긴장을 느슨하게 풀었고 초조해할 필요 없이 이곳에서 오후 내내 기다려도 괜찮겠다 싶었다. 며칠 전 밤에 거리 한복판의 화단을 지나가다가 빈센트가 벤치에 앉아 술을 마시고 있는 것을 보았다. 그때 그의 얼굴에는 고뇌가 한가득 쓰여 있었다. 존은 회사 업무를 논하려고 빈센트를 찾아왔지만, 이제 무엇을 이야기하려고 했는지 새까맣게 잊은 채 옷의 디자인 개선과 관련한 일이었다고만 희미하게 기억했다. 지금은 오히려 빈센트를 찾아온 이유를 말할 수가 없어서 그를 만나는 게 꺼려지기까지 했다. 풀숲에 웅크리고 앉아 비둘기의 노래를 경청했다. 이미 여러 날 동안 사장을 못 본지라 사장이 여전히 자신이 떠나기를 바라고 있는 건 아닐까 싶었다. 자신이 이 의류 회사를 떠나려 한다면 지금 뭐 하러 이렇게 업무 때문에 마음을 졸이고 있겠는가? 회사는 이미 거대하게 발전해서 기회는 갈수록 많아졌고 존의 임금 역시 높아졌다. 마리아는 또다시 장신구를 사들이는 취미를 되살렸다. 존은 분주한 업무 가운데서도 원활히 독서 활동을 했고, 그러다 보니 간혹 업무 이야기를 할 때 문어체를 사용하는 일이 생기기도 했다. 그럴 때면 그의 고객들은 종종 연신 고개를 끄덕이며 전적으로 이해한다는 뜻을 밝혔다. 자신의 고객은 어떤 사람들인가? 이때 존은 빈센트와 리사의 목소리를 들었다. 그들은 그의 옆 복숭아나무의 다른 쪽을 지나가고 있었다.

"당신은 지하실에서 어떻게 숨을 쉬었어? 난 도통 모르겠어. 당신이 좀 가르쳐줘." 빈센트가 말했다.

"빈센트, 여보, 그건 마력을 소환하는 일이야. 난 일상생활이 지진으로 들끓는 것을 원치 않아."

존은 복숭아나무 가지 사이로 리사의 화려한 원피스를 보았다. 두 사람은 집으로 걸어가고 있었다. 노래하는 비둘기와 파란 하늘, 짙푸른 나무. 이곳은 그야말로 발길을 사로잡는 곳이었다. 존은 앉은 뒤 가죽 가방에서 소설을 꺼내 읽었다. 그가 읽는 장면에 기차가 등장했다. 그중 한 객실에는 아무도 없고 그림자 두 개만 유리창에 어른거렸다. 차장, 그 뚱뚱한 노인이 걸어와 설명했다. "이것은 새롭게 진행하는 테스트로 이런 특수한 여행이 가능한지를 보려는 것입니다. 두 분은 도시에서 로즈 의류 회사를 창업한 엘리트들인데요." 존은 번지르르한 말투 같은 그런 표현을 싫어했다. 엘리트는 무슨 엘리트, 빈센트야말로 그런 인물이 못 되는데. 존은 불현듯 깨달았다. 현실의 일이 어떻게 책에 기록되어 있지? 다시 책의 표지를 보니 거기에는 꿀벌의 사진과 초서체로 쓴 '영웅의 장정'이라는 책 제목이 있었다. 이때 진짜 꿀벌 두 마리가 책의 표지에 내려앉았다. 꿀벌은 이미 기절한 상태로 한 마리는 수벌이고 또 한 마리는 일벌이었다. 그들은 절망적으로 다리를 바르작거렸다. 빈센트가 자신에게 전하는 메시지인가? 존은 조심스럽게 꿀벌을 풀잎에 올려놓고 리사가 말했던 지진에 관한 일을 떠올렸다. 바로 어제, 자신의 광장에서 정말로 지진이 일어났다. 당시 중앙의 조각상들이 와르르 무너지고 우물의 물이 솟구쳤다. 그는 영문 모를 충동에 이끌려 우물로 달려가 자신의 얼굴을 비춰보려 했지만 다가갈 수가 없었고, 솟구치는 우물 폭포에 몸이 흠뻑 젖었다. 사방이 흔들려서 제대로 서 있을 수가 없었다.

그 두 사람은 공기 중에 떠다니면서 이야기하더니 대저택으로 쏙 들어갔다. 문은 그들 뒤에서 살짝 닫혔고 또다시 살짝 열리더니 그 집의 여자 요리사가 머리를 내밀었다. 존이 일어나 옷의 먼지를 털고 요리사에게 다가갔다. 존은 어떻게 해야만 자연스러워 보일 수 있을지 전혀 자신이 없었다.

"기억하기로 이 집에서 들인 요리사는 남자였고, 주인이 술에 취해 쓰러지면 업고 집으로 데려가곤 했는데." 존이 입을 떼서 이렇게 말했다.

여자 요리사는 일언반구 없이 잠자코 존을 한 번 쓱 본 뒤 안으로 들여보내주었다.

존이 널찍한 홀의 소파에 앉자마자 부부가 나와 그를 맞았다.

두 사람은 존을 열정적으로 맞았지만, 존은 그들의 마음이 이집에 있지 않다는 것을 느꼈다. 이는 그들의 흔들리는 눈빛에서 알 수 있었다.

"존은 우리와 결판을 내려고 왔어." 빈센트가 농담했다.

존은 듣고 내심 놀라며 로즈 의류 회사에 근본적인 변화가 이는 건 아닐까 생각했다. 텅 빈 홀은 존에게 이상한 느낌을 불러일으켰다. 원래 있던 가구들은 어디로 갔을까? 빈센트는 존에게 왜왔는지 묻기는커녕 오히려 존이 그곳에 있는 것을 당연하게 여겼다. 나중에 존에게 거리의 술집으로 가서 술을 마시자고 했다. 존은 아직 날이 저물지 않았는데 술을 마시면 마음에 두려움이 인다고 대꾸했다. 빈센트는 하하 소리 내어 웃었고, 그것은 모골이 송연한 웃음이었다. 그러고는 강제로 존을 거리로 데리고 나섰다. 존은 사장의 태도가 마음에 들지 않았지만 온화한 성격의 사람이어서 사장을 거역하고 싶지 않아 마지못해 따라갔다.

차 안에서 빈센트는 존에게 자신의 이번 여행이 마음을 다소 언짢게 해서 한 잔 마시고 취해서 쉬어야겠다고 말했다. 집에서 너무 많이 마시면 리사가 간섭하려 들 것이므로 부러 존의 핑계를 대고 데리고 나왔지만, 옆에 있어주기만 하고 마시지 않아도 된다고 했다. 하지만 빈센트가 이 말을 할 때 그의 목소리는 점점 더 신경질적으로 변해 앵무새 같았다. 그것도 늙은 앵무새 같았다. 그의 미간이 팽팽히 당겨져서 험상궂은 인상이 되었다.

오후여서 그런지 술집은 한 사람도 없었지만 문이 열려 있고 한 테이블에 술 한 병이 놓여 있었다. 빈센트는 병마개를 열어 병 입구를 입에 대고 몇 모금 벌컥벌컥 마셨다. 그러고는 몸을 돌려 존에게 자신은 내려간다고 했다. 존은 어디로 내려가는지 물었고, 그는 지하실이라고 대답했다. "사장님도 와요?" 존이 좋다고 말했다.

지하실에는 술병이 가득 놓여 있었고 몇몇 사람들이 잠이 든 듯 난장판으로 드러누워 있었다. 존은 술 찬장 옆에 작은 문이 있는 것을 보고는 저도 몰래 손을 뻗어 밀었다.

"여기에서 나가면 자넨 자유야." 빈센트가 웃고 있는 듯했다. "자네는 조만간 마음을 정해야 할 거야."

존의 눈앞에 자기 집의 뒤뜰 정원이 나타났다. 정원에 기모노를 입은 여자가 서 있어 오싹했다.

"마리아!" 존이 외쳤다.

집에서 나온 사람은 낯선 사람이었다. 뒤돌아보니 지하실의 문은 이미 살짝 닫혔다. 존은 눈으로 벽에서 비의 흔적을 찾았지만 없었다. 대체 누구의 집이 이렇게 자신의 집과 비슷할까?

여자가 남자에게 말했다. "나는 곧장 광장으로 갈 거야."

여자가 이 말을 하자 날이 어두워졌다. 남자와 여자가 잇달아 정원을 나갔다.

12장

집을 나가기로 결심한 존

존은 마침내 복잡하게 얽힌 골목을 빠져나왔다. 마리아에게 당시 자신은 머리가 어지럽고 다리가 후들거리는 상태로, 기억나는 것이라고는 베란다와 담장 위, 쓰레기통 곳곳에 널린 앵무새들이 사람을 겁내기는커녕 자신을 보고 몰려와 자신과 대화한 것뿐이라고 말했다. 존은 새들의 소리에 화들짝 놀라곤 했는데, 빈센트의 목소리뿐 아니라 말의 내용까지 빼다 박았기 때문이었다.

"존, 마음을 정했어?" 늙은 앵무새가 뒤뚱거리며 걸어와 존에게 물었다.

존은 고개를 들어 잔뜩 흐린 하늘을 보면서 시무룩하게 대답했다.

"난 출구를 찾고 싶어."

새는 불만스러워하며 서 있었다. 그런데 존의 뒤에서 마구 웃는 소리가 들렸다. 돌아보니 또 다른 한 마리가 그곳에서 웃고 있었다.

마리아는 존의 말을 귀담아듣고는 대답했다.

"빈센트야말로 당신의 진정한 친구네. 그 작은 문을 밀 때 마음속으로 주저하지는 않았어? 조금 예사롭지 않게 들려서."

"생각할 겨를이 없었어." 존은 의기소침해졌다.

이튿날 존은 집에서 쉬면서 한 페이지밖에 없는 책을 읽었다. 책의 표지는 양장본으로, 커다란 소나무 한 그루가 그려져 있고 그 안에는 달랑 두꺼운 종이 한 장이 있었다. 그 종이는 테이블을 덮을 수 있을 정도로 길었다. 그 위 도안은 개미집인 듯했고, 개미집 주변에는 돋보기를 들이대야 알 수 있는 마이크로 글자들이 빼곡히 적혀 있었다. 존이 돋보기를 꺼내 봤을 때는 한 글자도 알 수 없는 글자들이었다. 이 책은 번화가의 작은 서점 맨 뒤의 서가 맨 밑에 꽂혀 있던 것으로, 계산하러 갔을 때 연로한 사장이 다가와 팔지 않는 책이라고 말했다.

"서가에 꽂아놓고, 팔 수 없다고요?" 화가 난 존은 빼앗길까 봐 두려워하는 것처럼 책을 단단히 움켜쥐었다.

"좋아요. 가져요. 가져가요! 하지만 후회하지는 말아요!" 그는 씩씩거리며 가버렸다.

책의 가격은 터무니없이 비쌌지만 존은 조금도 주저하지 않았다.

지금 존은 개미집에서 자신의 광장을 찾고자 했다. 돋보기가 존의 손에서 천천히 움직이자 그의 발밑의 마루가 출렁거렸다.

"아버지, 안에서 뭐 해요?" 대니얼이 서재 바깥에서 큰 소리로 물었다.

"착한 아들, 들어오지 마. 안이 엉망진창이야⋯⋯."

존은 대니얼이 감히 들어올 엄두를 내지 못하는 듯해 안도한 뒤 계속해서 제멋대로 돌아다니는 책들과 분투했다. 어느 순간 바닥에 쓰러질 듯 귀를 바짝 바닥에 댔지만 뜻밖에도 마리아의 목소리가 마루 밑에서 들려왔다. 마리아의 목소리는 짜증스러웠고, 존은 더는 듣고 싶지 않아 벽을 짚고 일어났지만 2초도 안 돼 또다시 소파에 넘겨졌다. 소파에서 눈길을 던지니 그 이상한 책 속 개미집이 사라지고 백지가 된 것을 보았다. 자신의 소파가 작은 배 한 척처럼 물 위를 출렁거리는 느낌이었다. 대니얼이 문을 빼꼼히 열어 머리를 안으로 내밀었다. 그의 얼굴과 목에서 건강미가 넘쳤다.

"서재도 마침내 미쳤군요." 대니얼은 말하면서 흡족해했다.

"대니얼 이 녀석, 뭘 하고 싶어?"

"저요? 제 탓 하지 말아요. 이게 다 그런 책을 산 아버지 때문이잖아요. 엄마도⋯⋯."

문을 닫은 대니얼은 아래로 내려가는 듯했다. 존은 몹시 의아

했다. '대니얼이 모든 걸 안다고?'

서재의 아수라장 속에서 존은 가만히 생각에 잠겼다. 비둘기가 울어댔고 바닥에 쓰러진 책 더미 속에 정말로 비둘기 한 마리가 있었다. 창문에서 날아든 것일까 아니면 마리아가 저곳에 놓아둔 걸까? 내던진 책들이 망가져서 책장들이 바닥 여기저기에 나뒹굴었다. 존은 벽을 짚고 천천히 베란다로 갔고 그의 눈앞에 또다시 익숙한 광경이 펼쳐졌다.

마리아와 대니얼이 꽃밭에 앉아 차를 마시고 있었고 두 고양이가 엄숙하게 왔다 갔다 했다. 두 사람의 시선이 일제히 자신이 서 있는 베란다로 쏟아졌다. 존이 두 사람에게 손을 흔들었지만 두 사람은 아무런 반응도 하지 않았다. 그렇다면 두 사람은 자신을 보고 있는 것일까? 방이 또다시 격렬하게 흔들렸고 베란다에서 떨어지지 않을까 걱정스러워 얼른 방으로 들어가 소파에 올라 죽어라 소파를 붙들었다. "이런 이상한 일이 있다니." 존은 분노하며 자신에게 말했다.

이후 지진은 찬찬히 잦아들었지만 여진은 계속 일었다. 마리아가 아래층에서 밥 먹으라고 외치자 그제야 사라졌다. 존은 혼이 빠진 채 아래층으로 내려가 식당에 앉았다. 대니얼은 없었다.

"대니얼은 일하러 갔어?"

"당신 다 알고 있었구나."

"당연하지. 녀석도 나에 관해 모든 것을 알고 있지 않아? 녀석은 야심만만하고 젊잖아. 난 방금 지진을 겪었어. 젠장."

"나와 대니얼도 봤어. 당신이 덜덜덜 떨고 있던데. 하지만 우리는 당신을 도울 수가 없어. 안 그래?"

식탁에는 칠면조가 놓여 있었다. 마리아의 얼굴은 뜨거운 열기 속에서 다소 요염하게 보였으며 뺨에는 발그스레한 홍조가 떠올랐다. 존은 마리아가 얇은 막에 가려진 듯 그녀의 표정을 똑똑히 볼 수가 없었다.

존이 막 밥을 다 먹고 젓가락을 내려놓았을 때, 불청객 한 사람이 자신들의 마당으로 들어섰다. 그 사람은 머리에 두건을 둘렀고 세상의 갖은 풍파를 다 겪은 듯한 모습을 하고 있었다. 마리아는 존에게 저 사람은 김의 운전기사라고 알려주었다. 존 역시 낯익은 얼굴을 알아보고서 북쪽 지방의 김의 집에서 보냈던 나날들을 떠올렸다. 그런데 마리아는 언제 이 운전기사와 잘 아는 사이가 되었을까?

"온 지 여러 날 되었고 술집의 지하실에 있었어요. 당신은 저를 본 적이 있는데 알아보지 못하고 그냥 지나치더라고요. 당시 우린 취해서 전부 바닥에 쓰러져 있었지만, 저는 한쪽 눈만은 줄곧 뜨고 있었어요."

마리아는 그에게 메고 있는 배낭을 내려놓으라고 했지만 그는 그러려 하지 않고 문 앞에 그대로 서 있었다.

"김 씨는 당신과 과거를 추억하라고 저를 보냈어요." 운전기사가 존에게 말했다.

존의 뇌리에 아득한 목초지와 눈 쌓인 산꼭대기, 산 중턱의 괴기한 집주인이 스쳐 지나갔다. 운전기사는 미동도 않고 존 앞에 섰고, 두건 아래의 얼굴은 저녁노을 속에서 매우 잘생겨 보였다. 존은 그에게 매료되었다. 속으로 도시에서도 이렇게 잘생긴 사람은 보기 드문데, 이 사람은 고대 무사의 후예가 아닐까 하고 생각했다. 그런데 일전에 목장에서 봤을 때 그는 볼품이 없었다. 마리아의 시선은 그 남자에게서 떨어질 줄을 몰랐다. 존은 마리아가 진작 그와 연락을 주고받았다는 사실을 상기하면서 저도 몰래 질투심이 일었다. 마리아는 이 사람과, 또한 김과 무슨 관계일까?

"어떻게 과거의 일을 추억하죠?" 존이 물었다.

"당신은 이미 추억하고 있어요." 그의 눈이 웃고 있었다.

"글쎄요. 전 잘 모르겠는데요." 존은 온몸이 건조하고 더웠다.

"그럼, 전 가볼게요."

운전기사는 마당을 나서서 대문을 나간 뒤 황금빛 저녁노을 속으로 사라졌다. 마리아의 얼굴이 환하게 빛이 났다.

존은 집에 앉아 있을 수가 없어 밖으로 나갔다. 아무런 목적 없이 걷다가 어느새 다시 그 작은 서점에 이르렀고 사나운 주인을 보았다. 서점 안은 사람들로 북적였다. 불빛이 어두워 사람들이 더듬거리며 들어왔지만 사장은 거만하게 출입구의 키 높은 의자에 앉아 있었다. 몇 년 동안 존은 이곳에서 적잖은 책을 샀다. 하지만 예전에도 이곳은 그저 장사가 시원찮은 보통의 작은 서점이었다. 그런 서점이 도시에서 이렇게 오랜 세월 버틸 수 있을 줄이야, 아무도 상상치 못한 일이었다. 존은 사장이 불법적인 거래를 통해 생계를 유지할 수도 있겠다고 추측했다. 사장과는 말을 섞어본 적이 없었다. 사장이 마치 거물이라도 되는 것처럼 사람을 상대하는 일을 좋아하지 않아서였다. 그런데 그의 서점에는 정말이지 재미있는 책들이 있었다.

오늘은 이상하게도 서점에 들어온 뒤 돌연 정전이 되었고 그 바람에 존은 사람들에게 이리저리 떠밀려 다니다가 한 서가에 부딪혔다. 그 바람에 책들이 와르르 쏟아졌고 사장의 욕설이 어둠 속을 갈랐다. 다행히 불은 금방 다시 켜졌다.

"당신이 가는 곳마다 지진이 일어나는군요." 사장이 책을 주우면서 말했다.

존 역시 책을 주우며 생각했다. 사장이 어떻게 알지? 책을 다 주운 뒤 더 있기가 민망해서 밖으로 나갔다. 그런데 사장이 존을 불러 세웠다. 사장은 엉덩이 아래에 깔고 앉았던 책 한 권을 꺼내 존에게 건네며, 존을 위해 특별히 남겨놓은 것이라고 했다. 존은 쿵쾅거리는 심장을 부여안고 한 서가 뒤쪽으로 숨어들어 책을 넘겼는데 웬걸, 김의 초상이 나오는 게 아닌가. 그런데 그는 김이 아니었고 초상 아래에 다른 사람의 이름이 적혀 있었다. 책의 소개를 다시 보니 서문에 책의 내용은 전부 작가의 일생에서 일어난 소소한 일을 기록한 것이고 대량의 일기도 포함되어 있다고 적혀 있었다. "출판을 원하는 사람이 있어서 부끄러움을 무릅쓰고 전부 기록했다." 작가는 이렇게 돌려 말하고 있었다. 존은 여기까지 읽고 그 책을 사기로 마음먹었다. 사장은 이 책은 작가가 존에게 주라고 부탁한 책이라면서 한사코 돈을 받으려 하지 않았다.

"작가가 왔었나요?" 존이 안절부절못하며 물었다.

"안 왔어요. 아랫사람을 보냈더라고요. 봐요. 그 사람이 저기에 앉아 있잖아요."

존은 희끄무레한 빛을 통해 운전기사의 잘생긴 얼굴을 보았다. 그는 한쪽 구석에서 책을 넘기고 있었다. 존은 떨리는 마음으로 생각했다. '정말 그 사람이구나!'

"뜻하지 않게 만나는 사람들은 본래 자기 옆에 있는 경우가 있지요." 사장은 이 말을 한 뒤 자신의 키 높은 의자로 돌아가 앉고는 예의 그 거만한 모습으로 돌아갔다.

존은 운전기사가 그쪽에서 자신을 향해 웃는 것 같았지만, 그는 확실히 존의 방해를 원치 않은 듯 무슨 책을 찾는 것 같았다. 존은 서점을 나갔다. 가로등 아래에서 그만 못 참고 다시 책을 펼쳤고 김의 사진과 또다시 조우했다. 마음을 차분히 가라앉히고 보았을 때, 비로소 그 사람은 김이 아니라 단순히 얼굴형만 닮았을 뿐이라는 것을 알아챘다. 그 사람의 눈빛은 냉혹하다 못해 잔인하기까지 했다. 존은 잔혹한 사람을 싫어했다. 그런데 김이야말로 잔혹한 모습이지 않은가? 이상하게도 자신은 되레 김이 좋았다. 그런 작자가 뜻밖에도 제 사생활을 써서 이렇게 두꺼운 책을 내고 난 뒤 콕 집어 자신에게 선물까지 했다고 생각하니 등골이 오싹했다. 그렇다면 저 운전기사는 김이 있는 곳에서 마주친 그 운전기사인가? 이른바 과거의 일을 추억하자는 게 이 책을 말하는 것인가. 하지만 이 사람은 확실히 김을 닮지 않았고 머리카락의 색깔조차 닮지 않았다. 김은 검은 머리카락이고 그것도 까마귀의 날개처럼 새까맣지만 이 사람은 옅은 색이었다.

존은 다시 생각했다. 자신이라면 이런 책을 쓸 수 있을까? 출판해줄 곳만 있으면 평생 동안 일어난 사소한 일들을 전부 쓴다? 그런 생각은 확실히 탐욕에서 나온 것이었다. 자신이라면 그렇게 할지는 잘 모르겠지만, 이 사람의 사진 속 표정만은 확실히 싫었다. 존은 이런 생각에 빠져 있다가 그만 부주의로 한 사람과 부딪혔다. 그녀는 흑인 여자로 아름다운 청소부였다.

"안녕하세요! 어떻게 길에서 책을 읽어요? 선생님?" 그녀가 유쾌하게 말했다.

"아 죄송해요." 존은 순식간에 얼굴이 빨개졌다.

"지금 순간은 너무 아름답잖아요. 모호한 빛이 어른거리는 서점은 특히 더요. 안 그래요?"

"맞아요. 맞아. 당신은 정말 아름답군요. 정말 그래요." 존은 뒤죽박죽이 되었다.

여자는 웃으며 떠나갔다. 존은 쇼윈도를 통해 자신의 낭패스러운 모습을 보았다. 책을 겨드랑이에 끼고 잰걸음으로 집으로 갔다. 무심결에 운전기사도 서점에서 나와 다른 방향으로 가는 것을 보았다.

"밤이 되면 바깥세상이 멋진데 당신은 뭣 하러 서재에 죽치고 있어?"

마리아는 존을 원망하는 듯했다. 왜? 존은 이 문제를 안고 또다시 자신의 서재로 들어가, 과거를 추억하는 작가의 작업은 어떤지, 자신이 다년간 운영해온 이야기의 망과는 연결될 수 있을지 알고 싶어 안달이 났다. 그렇게 생긴 사람은 절대 아무런 이유 없이 자신의 책을 존에게 줄 리가 없었으니까. 책의 첫머리는 그의 자기소개였고 너무 꾸민 탓에 부자연스러웠다.

나는 동양의 작은 나라의 산촌에서 태어났다. 보통 사람의 인상 속 내 조국은 매우 추운 곳으로, 무미건조한 데다 견디기 힘든 긴 겨울이 이어질 것이라고 생각한다. 실상은 절대 그렇지 않다. 우리 쪽 사람들은 매우 정열적인 성정을 지녔고, 눈으로 뒤덮인 하얀 산들은 우리의 낙원이다. 산에는 얼음 동굴이 수두룩하고 그 동굴들은 우리 선조 때부터 대대로 이어진 끈질긴 노동으로 파낸 것들이다. 사실 나 자신도 그런 얼음 동굴에서 태어난 사람이다.

여기까지 읽은 존은 뭔가 속은 기분이 들었고, 머릿속에서도 그와 상응하는 장면이 떠오르지 않았다. 특별히 개인적인 소소한 일들을 기록한다고 하지 않았는가? 이런 일반적인 배경 소개는 정말이지 상투적이었다. 존은 책을 내려놓고 얼떨떨한 표정을 지었다. 책 속의 그 사람은 세상 사람들에게 말을 걸고 싶어 이 책을 썼다. 그는 존이 북쪽 지방에서 만난 목장주 김을 닮았지만 또 전혀 닮지 않았다. 그런데 그는 자신을 숨긴 채 여러 가지 방식의 연락을 통해 존과 간접적으로 교류하고 있었다. 교류의 결과 존은 망연자실한 상태에 빠졌다. 존은 한숨을 쉰 뒤 다시 책을 집어들고 이번에는 중간부터 읽었다.

눈이 펑펑 내리는 광경은 행복을 상징하는 것으로, 이는 얼음 동굴의 뜨거운 노동 분위기만 봐도 알 수 있다. 무엇이 행복인가? 행복은 바로 영하 30도의 엄동설한에도 땀을 흘리는 일이다. 사람들의 손에는 괭이가 들려 있고, 천 년 동안 이어져온 얼음 동굴의 벽을 파고 또 판다. 우리는 자신의 공간을 넓히고 있다.

존은 눈을 감았지만 더할 수 없이 지겨웠다. 누군가 복도로 왔다. 대니얼인가? 대니얼은 자신의 아버지가 정신적으로 곤경에 처한 것을 아는 걸까? 얼마나 예민한 젊은이인지! 존의 뇌리 속 이야기 망이 이제 곧 완벽한 경지에 도달하려는 바로 그 순간에,

누군가 발본색원하듯 존을 파괴하고 있었다. 지금 존이 오랜 세월 운영해온 그 공간은 축소되고 있고, 그의 시력 역시 약해졌으며, 자신을 끌어당긴 책을 쥐고 있으면서도 눈에 들어오기는커녕 거부하고 싶은 심정만 굴뚝같았다. 자신이 벌써 이렇게 늙었나?

"아버지, 사랑해요." 대니얼이 머리를 내밀었다가 다시 움츠렸다.

존은 고양이가 복도에서 우는 소리를 들었다. "한 가정을 이런 모습으로 운영하는 여자, 얼마나 대단한가." 존은 마리아의 그런 완전무결한 본질을 절절히 느꼈다. '나도 사랑해. 대니얼.' 존은 속으로 말했다. 다시 아래층에서 직기가 울렸다. 마리아가 카펫 짜는 일을 멈춘 지가 언제인데?

마침내 대니얼은 방에 들어와 미동도 않고 벽 쪽에 서서 가느다란 한 줄을 드리웠다.

"무슨 고민이 있어?"

"전 행복해요."

존은 대니얼의 대답에 깜짝 놀랐다. 대니얼이 어렸을 때 그를 데리고 낚시하러 간 적이 있었다. 존은 물고기가 낚시 바늘에 걸렸을 때 대니얼에게 무슨 느낌인지 물었고, 그는 아프다고 말했다. 지금 정원사가 된 대니얼은 행복하게 지내고 있었다.

"대니얼, 왜 거기에서 꼼짝도 안 해?"

"이 방에 있는 어떤 물건이 절 두렵게 해요, 아버지. 봤어요? 벽에 걸려 있는 저 뼈가 움직여요⋯⋯. 저건 무슨 뼈예요? 사람의 뼈인가요?"

대니얼이 벽에 바짝 붙자 존은 대니얼이 벽 안으로 들어가려는 것 같았다.

"이 일을 마음에 담아두지 마, 아들. 너는 걱정을 심하게 하잖아."

존이 일어나 서가의 다른 쪽으로 가자 그쪽에서는 대니얼이 보이지 않았다. 아들은 그의 마음을 흐트러뜨렸다. 존은 앉아서 자신의 생각을 정리하고 싶었다. 하지만 그럴 수가 없는 게 맞은편의 대니얼이 마치 자기장처럼 자신을 방해하고 있었다. 책장을 넘기는 소리를 들었다. 대니얼이 책상 위의 책을 읽고 있는 것일까? 돌연 서재에 대니얼의 낭송 소리가 울렸다.

하늘 정원에 꽃은 없고 들풀만 있었다. 누가 그런 곳에서 일할까? 아무도 없었다. 하지만 한 줄기 바람이 짙은 안개를 흩뜨리자 밀짚모자가 모습을 드러냈다.

존은 은신처에서 나왔다. 대니얼이 들고 있는 그 책을 보았다. 대니얼에게 다가가 그의 손에서 책을 건네받았다. 하지만 아무리 찾아도 아들이 방금 낭송한 구절을 찾을 수가 없었다. 대니얼에게 그 구절이 어디에 있었는지 묻자, 대니얼은 책에 없고 조금 전에 읽어낸 것으로 힘껏 보고 난 뒤 바로 나온 구절이라고 했다. 이

것이 바로 꿰뚫어보는 그런 종류의 책으로, 눈을 너무 해쳐서 보통 보지 않는다고 했다. 대니얼은 아버지가 그런 책을 좀 덜 보기를 바랐다.

"아버지, 그러지 말고 아버지도 정원사나 해요." 그의 말투는 단순하면서도 노련했다.

존은 자신이 책의 세계에 침잠한 나날들을 떠올렸다. 또한 자신이 엮어서 이제 곧 대대적으로 완성될 이야기도 떠올렸다. 이 모든 것은 대니얼과 비교해서 얼마나 보잘것없는가. 존은 또다시 우울의 늪에 빠졌다.

"난 행복한 정원사는 되지 못할 거야, 아들. 난 평생 로즈에서만 일하도록 운명 지어졌어. 이건 마력을 가진 일이야. 언젠가 내가 회사를 나오는 날이 오면 그것은 사장의 바람이야. 대니얼, 넌 아직도 저 뼈가 무서워?"

"아니요. 아버지. 지금 저건 미동도 안 해요. 소의 뼈라는 것을 알 수 있어요. 갈게요. 지금 전 더욱 행복해졌어요. 아버지가 정원사 일을 하는 저를 반대하지 않으니까요. 책을 안 본 지가 몇 년이나 됐어요. 저에게 실망하셨어요?"

"아니야. 대니얼, 넌 정말 대단해." 존은 진심으로 말했다.

문이 닫혔다. 존은 마리아와 대니얼이 복도에서 말한 뒤 함께 내려가는 소리를 들었다. 자신이 대단한 아내와 아들을 가졌구나 싶었다. 베란다를 거닐다 두 사람의 그림자가 유령처럼 대문 바깥에 어른거리고 고양이가 경계하듯 돌의자에 웅크리고 앉아 두 사람이 나가는 걸 지켜보고 있는 것을 보았다.

누군가 존의 서재에 있었다. 존이 책상 앞으로 돌아와 앉자 그 사람이 서가 뒤에서 나와 존의 뒤를 어슬렁거린 뒤 서가 뒤쪽으로 돌아갔다. 존은 그의 소리를 들었지만, 고개를 돌려 그를 보고 싶지는 않았다.

"대니얼, 네 아빠는 자신의 고치에서 나오려고 해. 집으로 들어올래? 아들?"

"됐어요, 어머니. 지금이 얼마나 좋은데요."

마리아는 아들을 보았고 아들은 그녀 옆에서 걸었다. 아들의 호리호리한 몸은 자기 곁에 있는 것 같기도, 멀리 떨어져 있는 것 같기도 했다. 마리아는 존의 이야기 속 기모노를 입은 소녀들을 떠올리면서 존의 눈에 그 소녀들은 바로 대니얼의 화신일 것이라는 생각이 들었다. 존은 얼마나 이상한 남자인가. 지금 이 순간 아들은 그녀 곁에 있기도 하고 또한 없기도 했지만, 존은 틀림없이 어떤 아득히 먼 것을 사고하고 있을 터였다. 집에서 나올 때는 대니얼이 자신이 설계한 하늘 정원에 데려가겠다고 했지만 그들은 이미 교외로 나왔다. 그곳에는 정원 자체가 없었다. 그들은 하천둑을 따라 아래로 내려가 바짝 마른 강바닥으로 들어갔다. 대니얼은 쪼그리고 앉아 가늘고 긴 손가락으로 모래를 퍼서 손가락 사이로 흘러내리게 했다. 마리아는 대니얼이 목구멍으로 내는 신음을 들었다. 안개가 점점 짙어져서 그들은 이내 서로의 얼굴을 똑똑히 볼 수 없었다. 마리아는 속으로 당황스러웠다.

"대니얼, 난 어제 한 일이 기억이 안 나."

대니얼의 대답은 허공에 흩어져 윙윙윙 울어댔고 마리아는 그 어수선한 말들을 이해할 수 없었다. 마리아가 힘껏 호흡하자 짙은 무궁화 향기가 확연히 맡아졌다. 꽃은 보이지 않지만, 그것들은 아마도 아들의 손가락 사이로 흐르고 있을 터였다. 대니얼이 밀짚모자를 쓰고 태양 아래 땀을 흘리는 모습이 마리아의 상상에 등장했다. 마리아는 대니얼의 목소리에서 "아빠"라는 두 글자를 들었지만, 대니얼이 자신의 아버지를 부르는 것이라기보다는 미취학 아동이 글자를 익힐 때 내는 소리 같았다.

강둑에서 발소리가 났고 마리아가 일어나자 그 발걸음이 멈추었다.

"존이야⋯⋯?" 마리아가 소리쳤다.

"존이야⋯⋯?" 공기가 진동했고 대니얼의 목소리가 그녀에게 호응했다.

까치가 그들 앞을 날아 둑으로 날아갔다.

"어머니, 우리 아버지한테 돌아가요."

대니얼이 손을 내밀어 마리아를 붙들자, 마리아는 대니얼이 자신의 팔에 내민 것이 박태기나무 가지인 것을 보았다. 작은 꽃이 그 위에서 환하게 흔들리고 있었다. 그들은 함께 강둑에 올랐지만 존은 그곳에 없었다. 마리아는 이번에는 청년 시절의 존의 목소리를 들었다. 그녀의 마음에 행복의 온기가 퍼져나갔고 그녀는 감동해서 눈물을 흘렸다.

"존, 존……." 마리아가 말했다.

몇 년 전, 마리아와 존은 바로 이 마른 강바닥을 기어 올라왔다. 몇 년이 지난 뒤 그때의 일을 이렇게 똑같이 다시 경험하게 될 줄은 몰랐다. 어쩌면 지금 마리아와 아들은 진짜로 별의별 것이 다 있는 존의 이야기 속으로 들어갔는지도 몰랐다. 존은 강둑이 아니라 그녀의 몸 안에 있었다. 그녀의 아들 대니얼은 바로 이런 날에 몸에서 박태기나무 꽃이 자랐다. 그해 마리아가 임신했을 때 반복해서 본 것이 바로 박태기나무였다. 존은 제방에 있었고 확실히 강바닥에 있는 모자 두 사람을 보았다. 한 사람은 서 있고 한 사람은 쭈그리고 앉아 있었다. 이어 두 사람은 상대가 보이지 않는 시각 장애인처럼 더듬으면서 움직였다. 존은 맑은 공기 속에서 두 번 심호흡한 뒤 맞은편 언덕에 있는 백발의 동양 여자를 보았다. 여자가 입은 옷 역시 하얀색으로 기모노 같기도, 중국 고대의 의복 같기도 했다. 그녀는 버드나무에 기대서 강바닥의 모자 둘을 지켜보고 있었다. 존은 아름다운 노년의 여자를 물끄러미 응시하면서 그야말로 넋을 잃었다. 그렇게 아름다운 노년의 여자는 처음 보았다. 누군가 존의 어깨를 두드렸고 뜻밖에도 서점 주인이었다.

"맞은편에 있는 저 사람은 진짜가 아닙니다." 사장은 이 말을 고통스럽게 내뱉는다는 듯이 이마를 찌푸렸다.

"저 역시 그런 느낌입니다. 정말 안타깝네요. 그녀는 어디서 왔어요?"

"그녀는 내 전처예요."

화들짝 놀란 존은 추하게 생긴 서점 주인을 쳐다보며 할 말을 잊었다. 서점 주인은 존의 시선이 견딜 수가 없어 휘어진 활처럼 등을 굽혔다. 그야말로 추레한 모습이었다. 존은 사장이 서점 출입구에서 거만하게 키 높은 걸상에 앉아 있던 모습을 떠올리고는 단번에 사장의 고충을 알아챘다. 강바닥의 두 사람은 앞뒤 연이어 뭍에 올랐지만 존을 보지 못했다. 마리아는 다리를 살짝 절었지만 뒤에서 보면 여전히 아가씨의 자태였다.

"왜 진짜 사람이 아닌가요?" 존이 정겹게 물었다.

"아무리 걸어도 그녀 앞에 닿을 수 없으니까. 못 믿겠으면 한번 해봐요."

"정말이지 한번 해보고 싶은 심정이에요."

마리아와 대니얼이 뭍으로 올라오자 맞은편 여자는 돌아섰고, 그래서 존과 사장과는 등졌다. 존은 여자의 뒷모습이 동양의 신화처럼 느껴졌다. 자신이 가야 할 곳이 동양인가? 서점 주인은 더는 못 참겠다고 말하면서 휜 등을 하고서 강둑을 내려갔다. 그는 걸으면서 우는 것 같았다.

강바닥으로 내려간 존은 강바닥을 가로질러 맞은편 둑으로 가려고 했다. 걸으면서 자신을 의심했다. 조금 전 사장이 아무도 '그녀' 앞에 닿을 수 없다고 한 말이 생각나서였다. 초조하게 뭍에 오르자 여자가 천천히 돌아섰다. 여자의 옷은 눈부실 정도로 희었다. 여자는 안경을 쓰고 있었는데, 존은 그녀가 안경을 쓰고 있을 줄 전혀 예상치 못했다.

"당신은 오늘 휴가인가요?"그녀가 상냥하게 말했다.

"전 전혀 생각지도 못했어요⋯⋯. 제가 얼마나 보고 싶었다⋯⋯고요. 전 오늘 일하러 가고 싶지 않아요. 당신은 이 근처에 사나요? 이곳은 정말 좋군요!"

"맞아요. 전 이곳에 살아요. 저도 당신을 눈여겨봤어요. 누군가 당신에게 이 도시를 떠나라고 재촉하죠? 그렇죠?"

존은 대답하지 않았고 서점 주인이 왜 울려고 했는지 알았다. 그들의 위쪽 하늘이 수정같이 변했다. 존은 여자에게 김을 아는지 묻고 싶었다.

"산 중턱에 살면서 목장을 운영하는 남자를 말하는 건가요? 당연히 알죠. 그를 모르는 사람은 드물어요. 그는 진짜 사람이 아닌데 당신은 느꼈나요?"

그녀가 이글거리는 눈빛으로 존을 보자 그는 온몸에서 피가 들끓었다.

"당신의 전남편도 당신이 진짜 사람이 아니라고 했는데 왜죠?"
존이 용기를 내서 물었다.

"누군가는 또 다른 누군가에게 영원히 풀리지 않는 수수께끼
죠. 그런 사람과 함께 살면 그 사람은 서서히 사라져요. 당신의 질
문에 대답이 되었나요? 깊은 밤에 이토의 서점에 가면 그 안에서
악전고투하는 그의 소리와 책들이 서가에서 쏟아져 내리는 소리
를 들을 수 있을 거예요."

"누구와 악전고투하죠?"

"누구요? 유령이겠죠. 그에게는 놀라운 시력이 있죠."

그러고 보니 서점 주인의 성은 '이토'였고 존은 한 번도 이 점을
주의하지 않았다. 그렇다면 그는 일본인인가? 그의 부인인 눈앞
의 이 여자 역시 일본인인가? 이들은 저 멀리 동양에서 이곳으로
와서 창업한 뒤 결별한 건가? 사람의 마음이 정말로 무섭구나. 존
은 그녀에게 무언가 한 가지를 묻고 싶었는데, 그것이 무엇이었
는지 생각나지 않았다. 하지만 그녀는 이미 존이 무엇을 묻고 싶
어 하고, 그 대답에 싫증을 느끼리라는 것을 안 듯했다. 그녀는 누
군가 자신을 부르고 있어 당장 가봐야 한다면서 잰걸음으로 떠나
갔다. "우리는 더는 만나지 못할 거예요." 이것이 그녀의 마지막
말이었다.

존은 깊은 밤 이토의 서점에 꼭 찾아가리라 결심했다. 이 이상
한 이혼한 부부는 자신의 이야기 속 기모노를 입은 일본 소녀들

과 무슨 관련이 있을까? 존은 방금 만난 하얀 옷의 여자를 예전에 어딘가에서 만난 적이 있는 듯했다.

존은 마리아가 새로 짠 벽걸이 카펫의 도안을 자세히 보면서 머리가 어지러웠다. 그것은 거의 존재하지 않는 도안인 듯 미세한 색채의 다층적 변화만 있었다. 어쩌면 색채의 변화도 존 자신의 환상일 뿐 카펫에는 도안 자체가 존재하지 않는지도 몰랐다. 존의 눈은 카펫을 살펴보면서 관자놀이가 아플 정도로 어지러웠다. 시선을 돌리고 싶었지만 카펫은 뜻밖에도 자석처럼 자신을 끌어당겼다. '날 놓아줘. 마리아.' 존은 속으로 애원했다.

"존, 무슨 엉뚱한 생각이야?"

마리아가 문 앞에 나타나자 말벌 몇 마리가 그녀의 머리 위를 빙빙 돌아 매우 위험해 보였다. 말벌 때문에 존의 기억은 생생하고 선명해졌다.

"당신은 김한테서 왔어? 마리아?"

"그런 셈이지. 운전기사를 만났어. 아, 저 목초지! 내가 짠 것 어때? 이번에 새로 시작한 거야. 새로 시작했어. 존, 들어봐. 얼마나 고즈넉해. 내 말은 벽 안 말이야. 당신이 가고 나면 나와 대니얼은 당신을 그리워할 거야."

아닌 게 아니라 마리아도 자신이 떠나기를 기다렸던가? 존은 서점 주인의 전처를 떠올렸고, 그녀가 남편과 함께 일찍이 이 먼 곳에 오느라 겪었을 고생을 떠올렸다. 서점에 내려앉은 밤의 어둠과 낮의 강둑이 이루는 선명한 대비에 존은 자연스럽게 헤어진 부부지간의 갈망이 느껴졌다. 그렇다면 존 자신은 그 여자에게 무슨 갈망이 있는가? 마리아는 사라지고 있고, 지금 마리아가 짠, 보고 있으면 머리를 아프게 하는 카펫은 존의 생각의 갈피를 허공에 매달아놓았다. 존은 방 안을 한 바퀴 돌다 벽에 비슷한 카펫이 여러 점 걸려 있는 것을 발견했다. 그것들은 색깔이 조금 더 어두울 뿐 층차는 더더욱 불분명했다. 존이 짙은 회색 톤의 카펫을 응시할 때 마리아가 또다시 등 뒤에서 말했다.

"존, 무슨 엉뚱한 생각이야?"

존은 겸연쩍은 듯 고개를 돌려 마리아에게 자신이 갈수록 둔해진다고 말했다. 이때 집 안의 고양이 두 마리가 발정하는 소리를 들었고, 무심결에 카펫의 도안이 드러나는 것을 언뜻 보았는데 그것은 도끼 같았다. 마리아는 대체 무슨 원한을 품고 있을까? 마리아가 누군가와 이야기하는 소리를 들었지만 방 안에는 아무도 없었다. 마리아는 그를 등지고 직기 뒤쪽에 섰고 목소리는 가라앉아 잠겨 있었다. 마리아는 존이 알아들을 수 없는 언어를 사용하고 있는 듯했다.

존은 슬그머니 직기 작업실을 나와 정원으로 갔다. 정원에는 수많은 말벌이 날고 있었다. 녀석들은 어디에서 왔을까? 말벌집이 근처에 있을까? 대니얼 역시 정원에 왔고 말벌 떼가 그를 에워싸고 날아다녔지만 민소매 셔츠를 입었으면서도 독이 있는 벌들을 전혀 개의치 않았다. 존은 대니얼의 여자 친구, 제비처럼 몸이 날렵한 베트남 여자아이를 떠올리고는 두 사람이 정말이지 천생연분이라고 생각했다. 언젠가 대니얼은 그녀와 베트남으로 돌아가 살 것이고, 비가 넘쳐나는 녹색의 나라에서 고향에 온 듯한 느낌을 갖게 되리라.

"아버지, 누가 이 말벌들을 끌어들였는지 아세요?" 태양 아래에 대니얼 코의 주근깨가 두드러졌다.

"누구야?"

"그 운전기사요. 그가 장미꽃밭으로 들어서자 말벌들이 새까맣게 달려오더라고요. 아, 얼마나 아름다운 녀석들이에요! 운전기사는 정말 대단해요. 그는 어머니를 사랑하는 것 같아요. 질투해요? 아버지?"

"모르겠어. 아마 그렇겠지." 존이 시무룩하게 말했다. "네 엄마가 내가 떠나기를 바라는 것 같아?"

"어머니는 아버지를 사랑해요." 대니얼이 정색하며 말했다. "하지만 그건 떠나고 안 떠나고 와는 상관없어요."

존은 말벌들이 대니얼의 머리와 얼굴을 몇 차례 쏘아 대니얼의 얼굴이 순식간에 부어오르고 눈마저 통통 부어 가느다란 틈이 된 것을 보았다. 존은 겁이 났지만 벌들은 그를 쏘지 않았고, 그저 한 마리가 그의 귓가에서 위협적으로 윙윙댔다. 돌의자에 침착하게 앉은 대니얼은 말벌들의 습격을 전혀 의식하지 않았고 자기 얼굴이 부어오르는 것도 전혀 아랑곳하지 않았다.

"대니얼, 난 어디로 가야 할까?"

대니얼은 확실히 어이없어했다. 존은 대니얼이 자신의 이런 질문에 대답하지 않으리라는 것을 알았다. 대니얼은 부은 얼굴을 한 채 허리를 구부려 장미꽃들을 연구했다. 그는 존에게 장미꽃밭이 자신에게 사악한 생각을 갖게 한다고 말했다.

존은 직기 소리가 또다시 방 안에 울리는 것을 들었고 그와 동시에 빗방울이 그의 뺨에 떨어졌다. 이상했다. 지금은 햇빛이 찬란하지 않은가!

"대니얼, 비가 와?"

"저는 방금 이곳의 토질 문제를 고민하면서 열대우림에 관한 것들을 생각했어요. 정말이지 타이밍이 절묘하네요. 아버지는 제 생각을 느낄 수 있는 것 같아요. 어머니가 아버지 안에는 광장이 있고, 가로수가 우거진 대로가 설산 기슭까지 뻗어 있다고 했어요. 그런데 전 왜 못 느끼죠?"

이런 분위기에 휩싸인 존은 숨이 막혔다.

대니얼은 장미 한 송이를 뽑아 그 뿌리에 대고 존이 알아들을 수 없는 말들을 했다. 손이 떨리고 있었다. 어렸을 때 물고기가 낚싯바늘에 걸린 것을 보고 울음을 터뜨렸던 이 남자아이는 지금 얼마나 난폭해졌는가. 대니얼이 한 살 반이었던 어느 날, 밤에 하도 시끄럽게 굴어 존이 안고 밖으로 나가 어슬렁거릴 때 그의 울음소리가 거리에 쩌렁쩌렁 울려 퍼졌다. 하지만 말을 배운 뒤로는 말수가 줄어들고 유약한 아이가 되었다. 마리아는 대니얼이 자기 곁에서 자라는 것을 원치 않아 제멋대로 대니얼을 기숙학교에 보내버렸다. 이 일로 존은 마리아를 원망했다. 하지만 지금은 속으로 마리아에게 감사했다.

존은 무엇인가 깨부술 것이 필요했다. 부은 얼굴로 장미꽃의 뿌리털에 대고 말하는 남자아이, 거기에 직기 방에 있는, 보면 어지러워서 숨을 쉴 수 없게 만드는 벽걸이용 카펫들, 온몸에 전기를 띤 두 마리 고양이…… 존은 오염되지 않는 곳을 찾아 숨어들어야 했지만 그런 곳이 어디에 있는지 누가 알려줄 수 있을까? 서점 주인의 전처라면 알려줄 수 있을까?

대니얼은 말벌 떼가 자신 주위를 맴돌고 부은 얼굴이 말이 아니었지만, 의식하지 못한 채 또다시 장미 한 송이를 뽑아서 손에 들고 연구했다. 존이 옆에 있는 것을 잊은 듯했고, 태양이 부서지는 몸에서는 땀 냄새가 진동해 공기 중에 가득 찼다. 존은 직기의 '다다다' 소리에서 불길한 징조를 알아듣고는 도저히 참을 수가 없었다.

집 안으로 들어가 자신의 서류 가방을 들고 마리아에게 회사에 가봐야 한다고 말했다.

마리아는 직기 쪽에서 존을 몇 초 응시한 뒤 고개를 끄덕였다. 존은 마리아의 눈빛이 기대에 차 있는 것을 느꼈다. 마당에 이를 즈음에 그제야 마리아가 고개를 내밀고 외치는 소리를 들었다.

"존, 자기야. 길모퉁이에서 뒤돌아보지 마."

존은 마치 딴 세상에 있는 것 같은 심정으로 좁디좁은 거리를 지나갔다. 유리문에 비친 자신의 낯선 얼굴을 보았다. 거기에 긴 얼굴에 하얀 곱슬머리를 한 음울한 남자가 있었다. 자신의 변화가 이렇게 크다면 마리아와 대니얼 그리고 다른 사람들은 무엇으로 자신을 알아본단 말인가? 청소부가 마침 길모퉁이에 서 있었고, 그 흑인 미녀는 피로한 듯했다. 청소부는 존에게 다가와 그에게 무슨 부탁이라도 있는 듯 인사를 건넸다. 존은 발걸음을 멈춘 순간 마리아의 말을 떠올렸다.

"제가 당신을 도울 수 있을까요?"

"밤은 아득하고 저는 위험한 곳에 떨어질 거예요. 아무도 절 도울 수 없어요." 흑인 미녀는 이빨을 흉악하게 드러냈다.

"아, 아!" 존은 걸으면서 신음했고 식은땀이 등에서 흘러내렸다.

"당신은 다시는 돌아오지 말아요!" 미녀가 비명을 질렀다.

존은 사무실에 들어서자마자 말벌을 보았다. 에어컨 위에 지어진 거대한 벌집 안에 말벌들이 새까맣게 들어차 있었지만 그 작은 것들에게서 아무 소리도 나지 않았다. 정말이지 정상이 아니었다. 존은 서랍을 열어 오랜만에 티베트 여행책을 꺼내 중간을 펼쳤다. 그 티베트 글자는 한 자도 이해할 수 없고 그림도 없었지만, 긴 시간 동안 한 장 또 한 장을 넘겼다. 이 책에는 무엇이 있을까? 알 수 없었지만 그 안에도 그 끝을 탐색할 수 없는 한 세계가 들어 있다는 것만은 알았다. 책 속의 티베트 글자를 응시할 때 말벌 한 마리가 책장 위로 떨어졌다. 티베트 글자들이 돌연 튀어 오르더니 마치 화염처럼 그 작은 것을 불살랐고, 녀석은 몇 초간 버둥거리더니 움직이지 않았다.

"존, 실험 중이에요?"

들어온 사람은 리사였다. 리사는 여전히 화려하게 차려입었고 치마는 놀랍게도 허벅지가 훤히 드러날 정도로 짧았다.

존은 난처해서 얼굴을 벌집으로 돌렸지만 리사는 그래도 전혀 개의치 않고 다가와 존의 책을 들고 책장을 몇 번 털었다. 존은 바닥에 떨어진 벌의 사체 한 무더기를 보았다.

"제 고향은 '말벌의 고장'이라는 별칭이 있고, 사람들의 핏속에는 그런 독소가 잔뜩 들어 있어요. 빈센트는 그런 일을 믿지 않아 결국 큰 부상을 입었어요."

"그러면 제 책에는 뭐가 있죠? 알아요?"

"그건 당신이 가본 적 없는 곳이죠."

리사는 에어컨 아래로 가서 한 손을 말벌들 안으로 집어넣었고, 존은 그 수척한 손이 이내 부어오르는 것을 보았다. 그녀는 짓궂게 웃었다. 그러고는 홍당무처럼 부어오른 손가락을 오므리고 웃으며 존의 곁을 지나 문을 나갔다.

존이 책을 서랍에 집어넣자마자 고객이 들이닥쳤다. 그는 통보도 없이 온 것으로, 존은 화가 치밀어 아무 말 없이 그를 노려보았다. 그는 비쩍 말랐고 얼굴 곳곳에 상처가 나 있었다. 자신은 들어서자마자 집에 온 기분이 든다고 하면서 요즘 누가 사무실에서 말벌을 키우느냐며 아름다운 발상이라고 덧붙였다. 그는 흉악한 몰골로 이런 칭찬의 말을 늘어놓고는 호주머니에서 유리병을 꺼냈다. 그 안에는 죽은 벌들이 가득 들어 있었다.

"존, 저 역시 레이건 농장의 직원이에요." 그는 말하면서 손등으로 눈물을 훔쳤다. 그의 왼쪽 눈에서는 눈물이 계속 흘러내렸다. "당신 회사에서 만든 옷이 어제 또 두 명의 죽음을 초래했어요."

"그건 우리 회사와 무관해요." 존이 차갑게 말했다.

"정말인가요?" 그가 다가와 존을 뚫어지게 쳐다보았다. "정말인가요?" 손 안의 병도 흔들었다.

존은 병 안의 말벌들이 일제히 움직이는 것을 보았다.

"당신들의 농장으로 출장 가서 직원의 죽음에 관해 조사하고 싶군요."

말라깽이는 호기심에 존을 바라보면서 눈을 비비며, 진심으로 이 일을 알고 싶은 건지 아니면 진실을 덮고 싶은 건지 물었다. 그러고는 가려면 농장에는 갈 수 없고 C국으로 가야 한다고 했다. 왜 C국으로 가야 하죠? 존이 물었다. 말라깽이는 이내 생기발랄해져서 사무실을 왔다 갔다 하다가 뛰어올라 손으로 벌집을 떼어 냈고 그 통에 사무실은 어지럽게 날아다니는 말벌들로 난장판이 되었다.

"C국은 당신이 반드시 가야 할 곳이에요. 농장의 죽은 남자아이들이 그곳에서 왔어요. 두 명의 예쁜 남자아이들이었죠. 당신들의 옷은 뱀처럼 그들에게 끈질기게 들러붙었어요. 하지만 난 가봐야 해요. 당신 혼자 가봐요. 그런데 엉뚱한 곳으로 가지는 말아요. 포도나무를 보거든 반드시 멈추고 기다려야 해요."

그가 떠난 뒤 존은 또다시 티베트 여행 책을 책상에 펼쳤다. 책속에 반드시 지도와 노선도가 있을 것이라고 생각했다. 그 두 남자아이는 고원의 설산에서 왔을까? 존의 상상은 속수무책으로 꼬리에 꼬리를 물고 이어졌다.

흠뻑 젖은 검은 새 두 마리가 창턱에 내려앉았다. 그것은 까마귀였고, 존은 죽음의 기운을 느꼈다. 자신은 어떻게 해야 C국을 갈 수 있을까? 당연히 비행기를 타고 가야 했다. 그건 그렇고 빈센트에게는 뭐라고 하지? 자신의 꿈을 실현하러 간다고? 영원히 돌아오지 않겠다고? 존은 그 이야기 망이 마침내 다시 출현한 것을 느꼈다. 광장으로 통하는 대로는 하늘 끝까지 이어지고, 기모노를 입은 한 소녀가 천천히 걷고 있었다. 자신은 혼란에서 필사적으로 벗어난 것일까? 아니면 더 큰 혼란의 망에 걸려든 것일까? 사람들은 너도나도 자신이 떠나기를 종용하거나 몰아붙였고, 그런 의중을 가장 먼저 내보인 사람은 뜻밖에도 자신과 가장 떨어질 수 없는 사장이었다. 보아하니 사장 빈센트도 자신을 몰아붙이고 있는 것 같았다.

빈센트는 끝내 모습을 드러내지 않았지만 존은 회사에서 사방팔방으로 그를 찾아다녔다. 그는 오지 않았고 아무도 그를 보지 못했다. 동료들은 마치 그렇게 안달하면서 사장을 찾아서는 안 된다는 듯 탓하듯이 그를 노려보았고, 한 사람은 "자신의 일은 각자 알아서 잘하면 된다"라고 귀띔까지 해주었다. 귀신이 곡할 노릇이었다. 보아하니 다들 존이 무슨 생각을 하는지 아는 듯했다. 존은 감히 더는 물으러 다니지 못했다. 상갓집의 개처럼 슬그머니 자신의 사무실로 돌아와 물건을 서류 가방에 넣고는 앉아서 항공사에 전화를 걸었다. 막 전화 통화를 끝냈을 때, 리사가 유령처럼 또다시 숨어들었다.

"인사도 없이 가려고요?"

"빈센트를 찾을 수가 없어요."

"그는 여기에 있지 않아요. 특히 이런 날에는요. 저 까마귀 두 마리를 봐요. 얼마나 검어요. 도박의 도시에서 나왔을 때 전 혈혈단신이었어요…… 당신은 행운아예요. 존, 당신은 모든 것을 가졌어요!" 리사는 과장하며 두 팔을 벌렸고 마치 춤을 추는 듯했다.

"사실 전 이제 설 자리가 없어요……." 존은 이 말을 중얼거리고는 티베트 여행책을 가방에 넣었다. 옷을 가지러 집에 가야 한다는 것도 잊지 않았다. 어떻게 된 거야? 마치 귀신에 홀린 듯했다. 한사코 낯선 사람의 제안을 듣겠다고? 고작 주변의 분위기가 이런 미친 생각을 부추기고 있어서? 그 말라깽이가 뭔데, 무슨 근거로 아득히 먼 데다 책에 설명조차 없는 그런 곳인 C국을 반드시 가야 한다는 거야? 그랬다. 자신은 그렇게 많은 책을 읽었지만 그 어디에도 그 아득한 나라를 설명하는 데는 없었다. 책에서 빨간 궁벽과 호박색 유리기와를 본 적은 있지만, 그곳이 C국일지 모른다고 생각해보지는 않았다. 업무 관계로 자주 여행을 갔지만 대부분 국내 각지를 돌아다녔고 어쩌다 유럽과 지중해의 일부 나라를 다녔지, C국처럼 태고의 동양 국가는 그저 자신의 모호한 기억 깊숙한 곳에서만 머무를 뿐이었다. 존은 다짜고짜 마리아가 짠 것이 바로 그곳일지도 모른다는, 자신 역시 마리아와 함께 보이지 않는 그런 도안을 그리고 있는지도 모른다는 직감이 들었다. '마리아, 마리아, 당신은 너무 냉혹해. 날 왜 이리도 놓지 못해.' 존은 속으로 말했다. 태양이 유리창을 통해 존의 몸에 쏟아져 내렸고, 말벌 한 마리가 비틀비틀 날아와 그의 손등에 내려앉고는 쏘아댔다. 머릿속이 하얘졌다.

존은 몽유하듯 집으로 돌아왔다. 마리아는 집에 없고 대니얼도 아직 돌아오지 않았다. 집 안으로 들어서자 벽에서 사람의 말소리가 울렸다. 그 소리는 말다툼하는 것처럼 초조하고 드셌다. 귀를 거실의 벽에 댔지만 아무리 애를 써도 뭐라고 싸우는지 잘 들리지 않았다. 위층의 침실로 올라가 자신의 상자를 정리했다. 그런데 침실 커튼을 열어젖히자 흠뻑 젖은 까마귀 두 마리가 창턱에 서 있는 게 아닌가. 까마귀들은 존을 보지 않았고 조각상처럼 꼼짝도 하지 않았다. 그것들은 체형이 보통의 까마귀보다 커도 훨씬 커서 마치 특수 품종인 듯했다. 옷 말고 뭘 또 가져가야 할까? 좀체 결정하지 못한 건 그 나라에 관해 아는 게 하나도 없었기 때문이다. 한때 무심결에 지금은 얼굴조차 가물가물한 사람이 했던 말을 들었다. 즉 그곳은 도처에 양귀비가 자라고, 남녀 할 것 없이 모두가 아편을 즐기며, 파란 연기 속에 몽유하는 사람들이 떠돌아다닌다고 했다. 또한 그런 곳에서는 시간이 뒤바뀌어서 어린 시절로 되돌아갈 수 있고 또한 그런 시간 속에서 과거의 삶에 관한 증거를 주워 올 수 있다고 했다. 당시 무심코 들어 누가 말했는지는 기억나지 않았다. 존은 책상에서 마리아가 남겨놓은 쪽지를 발견했다. 그녀는 주문한 카펫을 가져다주러 갔다. 찾아온 그 운전기사가 주문한 것이라고 했다. 존은 줄곧 자신이 떠나기를 바라 마지않던 마리아에게 굳이 몇 마디 남길 필요가 있을까 싶었다. 당연히 마음에는 어쨌든 미미한 질투심도 배어 있었다. 자신은 마리아와 그 잘생긴 운전기사가 어떤 관계인지 확정할 수가 없었다. 하지만 지금은 그런 것을 고민할 때가 아니었다.

상자를 다 정리한 뒤 문을 나섰다. 자신의 집 문어귀에 검은 치마를 입은 키 큰 그 여자가 서 있었다. 존은 그녀를 본 적이 있었다. 그녀는 동양 여자의 얼굴에 냉담한 표정을 짓고 있었다. 존이 그녀에게 인사를 건네자 그녀는 그저 고개만 까닥했다. 그녀는 가끔 이곳에 서 있었는지도 몰랐다. 이때 까마귀 두 마리가 돌연 울부짖었고 그 소리가 창공을 갈랐다.

존은 길 어귀에서 또다시 흑인 미녀와 마주쳤다. 그녀는 존에게 대놓고 웃으며 번뜩이는 치아를 드러냈다. 존은 그녀의 미소에 미소로 회답한 뒤 허둥지둥 그녀를 피하려고 했지만 그녀가 주동적으로 길을 비켜주었다.

존은 조금 전 자신의 졸렬한 행동을 떠올리고는 또다시 불안에 떨었다. 왜냐하면 자신이 집안의 거의 모든 예금을 가져가, 자신이 돌아오지 않으면 마리아는 장신구를 팔아 생계를 유지해야 했기 때문이었다. 하지만 상관없었고 마리아는 어쨌든 난관을 극복할 방법을 찾아낼 터였다.

13장

동양에 도착한 존

"마리아, 존은 공항에 갔어요." 리사가 문을 들어서자마자 말했다.

"그 책을 가지고 갔나요?" 마리아는 말할 때 직기에서 시선을 떼지 않은 채 도안 깊숙한 곳의 음영을 좇았다. 그녀의 얼굴은 불그레한 홍조로 물들었다.

리사는 앉자마자 의자에서 벌떡 튀어 올랐다. 마리아의 마력이 갈수록 강해지는 것을 느꼈으며 언젠가는 이 집이 마귀의 거처가 될 것 같았다. 방을 걸을 때 바닥을 밟는 발바닥이 찌릿찌릿했고, 벽에서 들려오는 사람의 소리가 위협적이었다.

"그가 가지고 있는 건 그의 지도죠. 그렇죠?"

"맞아요. 그는 양귀비의 나라로 갔어요. 너무나 아름답죠. 그곳이 그의 마음속 갈망인지는 전 잘 모르겠어요."

"그는 온화한 성품의 마귀죠."

리사는 심장에 충격을 받아 방에 서 있을 수가 없었다. 정원으로 달려가 꽃밭에 서서 숨을 헐떡였다. 태양빛도 '찍찍' 소리를 냈고 집 안의 직기 소리 역시 여전히 고르게 울렸다.

마리아는 하던 일을 멈추고 옆의 텅 빈 의자를 보고는 "리사"라고 불렀다.

바로 이때 그 화면이 표면으로 떠올랐다. 그것은 질주하는 검은 늑대였다. 눈 깜짝할 새에 사라졌지만 마리아는 과연 그것이 내는 긴 울부짖음을 들었다.

리사는 창문에서 손짓하며 말했다.

"전 들어갈 수가 없어요. 당신이 너무 대단해서 제 심장이 견디지를 못해요."

"제가 존의 여행을 쫓아가고 있어서 그래요. 오늘 밤 존은 늑대가 있는 고원에 머물 거예요."

"아, 당신은 존에게 거는 기대가 크군요. 도보 야간 행군으로 그런 곳에 간다면 어떤 상황일까요?"

리사는 고개를 들어 팍팍 불꽃을 틔우는 벽을 보면서 황급히 몇 걸음 뒷걸음질했다. 글라디올러스에 걸려 넘어지면서 가시에 찔려 얼굴에 피가 배어 나왔다. 그 고양이 두 마리가 그녀 곁을 스쳐 달려간 뒤 역시 몸에서 팍팍 전기를 튀겼다. 리사의 머릿속에 고원을 밟는 장면—장화에 쓸려 피가 난 발바닥과 깊은 도랑에서 흔들리는 하얀 꽃 ― 이 떠올랐다. 리사는 자리를 뜨려고 했지만 마리아가 집 안에서 비명을 지르는 소리를 들었다. 창가 쪽으로 달려가서 안을 기웃거렸더니 마리아가 아직 완성하지 않은 카펫을 노려보면서 떨고 있었다.

"마리아! 마리아! 괜찮아요?"

마리아는 말이 없었다.

리사는 뛰어 들어가 두 손을 마리아의 어깨에 얹었다. 연한 갈색의 카펫에는 아무것도 없었다. 마리아는 이를 부딪치며 소리를 냈고 온몸에 땀을 흘리고 있었다.

존은 비행기에 오를 때 그 여자 역시 비행기에 타는 것을 보았다. 그는 그녀가 커다란 밀짚모자를 깊숙이 눌러서 쓰고 있는 데다 트랩에서 불어오는 바람에 그녀의 검은 치마가 휘날려 그녀의 얼굴을 제대로 보지 못했다. 그녀는 머뭇거리는 듯 뜻밖에도 사다리에서 가만히 서 있다가, 뒤의 한 뚱보가 버럭 화를 내며 재촉하자 그제야 꿈에서 깨어난 듯 다시 위로 올랐다. "빌어먹을 일레나." 뚱보가 말했다.

출입구로 들어선 뒤 그 여자는 어디에 앉았는지 사라지고 없었다. 존은 돌연 집 앞에서 본 동양 여자와 서점 주인의 전처가 동일한 사람이 아닐까, 그녀의 이름은 '일레나'일까 아니면 저 뚱보가 그런 여자들을 일괄적으로 '일레나'라고 부르는 걸까 하는 생각이 들었다. 존은 서점 주인이 자신의 전처를 무슨 '메이'라고 불렀던 것을 어렴풋이 떠올렸다. 그의 인상에서 C국의 여자들은 '메이'라고 불러야 할 것 같았다. 대니얼의 베트남 여자 친구 역시 왜 아메이일까? 존은 자리를 잡고 앉은 뒤 다시 일어나 기내 전체를 훑었지만 그녀를 보지는 못했다. 다만 그녀의 얼굴조차 제대로 보지 못했는데 어떻게 찾을 수 있겠는가 싶어 안전벨트를 맨 뒤 눈을 감았다.

젠장, 말벌 한 마리가 존의 머리 위를 빙빙 맴돌았다. 사무실에서부터 따라왔을까? 자신을 쏠까? 그것은 과연 가까이 날아와 그의 눈꺼풀을 힘껏 쏘았다. 소스라치게 놀라는 와중에 머리가 하얗게 마비되었고, 눈조차 감을 수가 없었다. 존은 힘껏 얼굴을 비벼보았지만 아무것도 느낄 수가 없었다. 그 순간 검은 옷의 여자를 보았지만 이미 생각을 할 수가 없어 어디서 보았는지 떠오르지가 않았다.

여자는 그의 위에 서서 스튜어디스에게 말하고 있었다.

"기내에 차가운 바람이 불면 사람의 얼굴을 물고 놔주지 않아요." 스튜어디스가 말했다.

"전 이미 익숙해요. 매일 이른 아침에 냇가로 나가 물을 긷거든요." 여자가 말했다. "정오가 되어 잔디밭이 햇볕에 달구어지면 엄마는 베란다에서 제게 우유를 마실 것인지 물어요."

"이 남자를 봐요. 얼굴이 엄청나게 부어올랐잖아요." 스튜어디스가 존을 가리켰다.

존은 입술을 움직여 미소를 짓고 싶었지만 움직여지지 않았다.

"그의 아내는 메이라고 부르는 여자죠." 검은 옷의 여자가 존을 가리키며 말했다. "오늘 오전 그녀는 집에서 늑대를 보았어요. 늑대는 그녀의 옷을 물고 놓아주지 않았어요. 그녀는 급한 마음에 고함을 질렀죠."

존은 그녀의 말을 알아들을 수가 없었다. 기내 전체가 끓어오르는 것 같았고, 안쪽에 앉은 남자가 존의 몸을 뛰어 넘어갔다. 사람들이 앞다퉈 짐을 챙겼다.

"바깥 온도는 영하 20도입니다." 안내 방송이 흘러나오고 있었다.

기내가 텅 비었을 때 그제야 존은 자신의 짐을 들고 밖으로 나갔다. 속으로 덜컥 겁이 났다. 기내 밖은 과연 매서운 바람이 불었지만, 다행히 그의 얼굴은 감각하지 못했고 그저 손이 얼어 조금 얼얼했다. 계단을 내려갈 때 넘어질 뻔했다. 비행기는 계류장에 세워졌고 존은 주변이 온통 눈부신 설산으로 작열하는 태양에 활활 타오를 것만 같았다. 되는대로 문을 골라 밀고 밖으로 나갔다.

누군가 자신의 트렁크를 잡는 바람에 저도 모르게 손을 놓고는 그가 들도록 내버려두었다. 트렁크를 든 사람 역시 밀짚모자를 쓰고 있어 그의 얼굴을 볼 수가 없었다.

공항이 작아서 얼마 안 되어 그곳을 빠져나왔다. 거리에는 남녀들이 있었는데, 그들은 추위를 전혀 타지 않는지 등이 훤히 드러나는 특이한 옷을 입고 검붉은 얼굴에 숙연한 표정을 짓고 긴 머리를 하고 있었다. 그 사람은 시종일관 존 앞에서 걷다가, 그 거리가 거의 끝나갈 즈음에 손 안의 트렁크를 바닥에 내려놓고 말했다.

"이제 당신 스스로 가요. 이런 곳에서는 잃어버리지 않아요."

그가 말하는 건 존의 언어였다.

그는 그러고는 돌아서서 총총히 걸어갔다. 존은 자신의 트렁크 옆에 서서 주변을 돌아보았다. 많은 아이들을 보았다. 아이들은 뒤쫓아 오면서 차디찬 햇살 아래에서 땀을 흘리고 있었다. 돌연 한 여자아이가(역시 등을 드러낸 전통적인 긴 옷을 입고 있었다) 존의 나라 언어로 외치는 소리를 들었다. "마리아! 마리아! 난 답답해 죽을 것 같아!" 아이는 고통스럽게 헐떡거리다가 돌연 선혈을 쏟으며 주저앉았다. 한 무리의 십대 아이들이 그녀를 겹겹이 에워쌌다.

존은 많은 아이들이 단도를 가지고 있고 몇몇 시선들이 형형하게 자신을 노려보고 있어 불쑥 두려움이 엄습했다. 트렁크를 들고 되는대로 길가의 한 상점으로 들어갔다. 그곳은 은 장식품과 은기구들을 파는 곳이었다.

늑대는 이내 마리아의 도안에서 사라졌고 마리아는 휘파람을 불어 그것을 다시 소환하고 싶었다. 대니얼이 정원에서 커다란 소리를 내며 무언가를 파내는 소리를 들었다.

두 사람은 쏟아지는 햇빛의 세례를 받으며 옛날 시절로 돌아가고자 시도했다. 이후 그들은 존의 서재로 갔다가 모든 서가가 바닥에 넘어져 있는 것을 보고는 책들을 밟고 들어가 난장판이 된 책 더미 위에 앉아 존이 집에 있을 때의 장면을 이야기했다. 대니얼은 아무 책 한 권을 집어 들어 대충대충 뒤적이면서 마리아에게 아버지가 이 책을 샀을 때의 심정을 말했다.

"넌 어떻게 알았어?" 마리아가 눈살을 찌푸리며 물었다.

"그건 어렵지 않아요. 책에 다 쓰여 있거든요. 아버지 역시 엄마와 마찬가지로 완벽주의자죠."

마리아는 존이 일 이야기를 할 때도 자신의 이야기에 천착하고자 한 모습을 떠올리며 고개를 끄덕였다.

"엄마, 우리 집 벽 안에서 왜 이렇게 많은 사람들이 말을 할까요? 기억하기로는 어렸을 때부터 그랬는데 그들은 한 패, 또 한 패 왔죠. 전부 우리 친척인가요?"

"그래. 이 집은 옛집의 집터에 지은 거잖아. 넌 그들을 좋아하니?"

"간혹 저는 진짜 행복하다고 느껴요. 특히 기숙학교에서 밤에 잠이 안 와서 멀뚱히 눈을 뜨고 있을 때 혼잣말을 하죠. 제가 말을 하면 벽 안에서 어린아이가 대꾸해요. 친척 중에 죽은 어린아이가 있어요?"

"많아. 네 아버지는 이제 곧 늑대를 만나려고 해."

대니얼은 손 안의 책을 코앞에 갖다 대고 냄새를 맡고서 말했다. "이게 바로 늑대죠. 녀석은 쫓아가는 걸 포기하지 않을 거예요. 저는 통틀어 두 번 만났어요."

마리아는 대니얼에게 장미꽃밭에서 차를 마실 때 아버지가 서재의 베란다에서 자신들과 대화를 나누던 때를 기억하는지 물었다. 그녀는 그런 대화를 '공중 교류'라고 이름 붙였다.

대니얼은 그때 베란다에 허공에 뜬 사다리가 내려와 있는 것을 봐서 평생 잊지 못할 것이라고 대답했다.

"아버지만이 베란다에서 사다리가 나와 아무것에도 기대지 않고 허공에 서게 할 수 있는 그런 능력이 있어요."

"그런 사람이라서 우리한테서 철저히 사라진 뒤 혼자 태고의 동양으로 간 거야."

마리아는 이 말을 한 뒤 몸에서 익숙한 난동이 벌어진 것을 느꼈다. 체크무늬 치마가 자신의 몸을 팽팽하게 조였지만 시선은 정원 쪽 나무 문을 뚫어지게 바라보았다. 나무 문에는 검은 치마를 입은 여자가 서 있었다. 동양의 나라에서 온 날씬한 그 여자는 언제나 이 일대를 어슬렁거렸다. 역시 그 중년 여자를 보고 있는 대니얼의 젊은 파란 눈에 정욕이 불타고 있었다. 대니얼의 손에 있던 책이 바닥에 떨어졌고 책장이 상처를 입은 듯 부들부들 떨었다. 마리아는 그 안에 들어 있는 연대가 오래된 풍경 삽화 한 장을 보았다. 해변의 모래사장으로 모래사장에는 햇볕에 널어 말리는 그물이 있었다. 손을 뻗어 그 책을 주우려다가 전기가 흐르고 있어 냅다 치웠다. 처절한 비명에 마리아의 피가 굳어졌다. 뜻밖에도 비명을 지르는 사람은 대니얼이었고 그의 얼굴이 벌겋게 달아올랐다.

"대니얼, 많이 아파?"

"아니요. 오히려 통쾌해요." 대니얼은 나지막이 중얼거리며 문을 나섰다.

마리아는 베란다에서 내려다보았다. 대니얼은 밀짚모자로 얼굴의 절반을 가린 채 그 여자 곁을 스치고 지나가 뛰어갔다. 대니얼의 탄력적인 걸음 소리가 큰길에 울려 퍼지는 소리를 들었다. 여자는 대니얼에게는 관심이 없고 그곳에서 누군가를 기다리는 듯했다. 마리아는 아들이 조금 가여웠다. 베란다로 통하는 문을 닫고 커튼을 치고 혼자 음영 속에서 생각에 잠겼다. 휘파람을 불고 싶어서 가볍게 불자 마치 어둠 속의 귀뚜라미 한 마리 같았다. 발밑에 어지럽게 널린 책들은 죄다 책장을 부들부들 떨며 부채꼴을 만들었지만, 방에는 바람 한 점 없었다. 마리아는 이곳이 존의 광장의 발원지고, 그의 이야기가 바로 여기에서 뻗어 나가 아득히 펼쳐지는 이야기의 망이 된다는 것을 알았다. 지금 존은 이 모든 것을 버리고 자신이 그 이야기가 되었다.

마리아는 책의 전자장에서 존과 자신의 생활을 회상했다. 기억하기로 존은 그녀의 할아버지를 몹시 무서워했고, 할아버지가 죽은 뒤에도 오랫동안 그랬다. 집을 기존 집의 집터에 지어 할아버지의 음영이 간간이 벽에 나타났는데, 시간은 보통 정오로 태양이 중천에 떠 있을 때였다. 그때 마리아는 존을 놀라게 하지 않으려 못 본 척했지만 존도 할아버지를 본다는 것을 알았다. 존은 피하지 않고 벽을 뚫어지게 보았다. 존이 그런 두려움의 감정을 갈망한다는 것을 알았다. 마리아의 소녀 시절에 할아버지는 늘 집 안의 그 방에 들어앉아 좀처럼 나오지 않았다. 하루는 마리아가 쳐들어갔을 때 할아버지는 경쾌한 음악에 맞춰 춤을 추면서 관절염을 앓고 있는 뻣뻣한 다리를 날렵하게 움직이며 양팔을 펼쳐 상상 속 여인을 안고 있었다. "할아버지, 누구랑 춤춰요?" 마리아가 물었다. "그녀와." 할아버지는 짧게 대꾸하고는 침대식 의자에 푹 쓰러져 힘겹게 숨을 헐떡였다. 마리아는 '그녀'가 할머니가 아니라는 것을 알았다. 왜냐하면 할머니는 춤을 춘 적이 없었다. 물론 또 다른 여자도 아니었다. 왜냐하면 할아버지는 다른 여자와 사귄 적이 없었다. '그녀'는 대체 누구일까? 마리아는 십몇 년 동안 줄곧 이 문제를 고민했다. 존이 떠나고 없는 지금, 이 문제에 대한 답의 윤곽이 대충 잡힌 느낌이었다. 할아버지를 묻은 후 줄곧 집 안에서 그 음반을 찾았지만 찾지 못했다. 그 음반은 아예 존재하지 않는 게 아닐까? 그러면 음악은? 자신들의 환상이었을 뿐일까?

존은 마리아의 집에 도착하자마자 그런 음악을 들었다. 그때 할아버지는 존을 마음에 들어 한 듯했지만 말로 표현하지는 않았고, 되레 마리아가 그런 남자와 멀어졌으면 좋겠다고 말했다. 마리아가 왜 그러냐고 묻자 할아버지는 "그냥"이라고 말했고 마리아가 결혼 후에 집에서 살지 않았으면 좋겠다고 덧붙였다. "우리 같은 가족은 연원이 너무 오래되었어." 젊고 팔팔한 마리아는 할아버지의 말을 알아듣지 못했고 할아버지는 얼마 안 있어 돌아가셨다.

어느 날 밤에 마리아는 존과 사랑을 나눈 뒤 피곤해서 깊은 잠에 빠져들었다. 그러고는 한밤중에 시끄러운 소리에 잠이 깼는데, 방에는 불이 켜져 있고 그 음악이 울려 퍼지고 있었다.

"존, 당신 춤추고 있어?" 마리아는 자신이 순식간에 심란해졌음을 느꼈다.

"아니, 난 보고 있어. 자기야. 당신 가족들은 너무 신기해. 나는 내가 당신 가족들 중에 잃어버린 그 남자아이가 아닌가 하는 생각이 들어."

몇 년 후에 그 '잃어버린 남자아이'는 또다시 집을 나갔다. 지금 마리아는 기쁘면서도 은근히 걱정이 되었다. 어쨌든 자신과 존은 그런 곳에 한 번도 가보지 않았으니까. 하지만 또 한편으로 존이 오기 전에 자신 역시 그의 존재를 모르지 않았는가 하는 생각이 들었다. 마리아는 책 더미에서 일어났고 예전의 나날로 진짜 돌아간 것처럼 마음속 음울함이 천천히 걷혔다.

"아, 선생님, 벌써 오셨군요. 우린 최근 시간이 안 났어요." 장포를 입은 남자아이가 가게에서 존이 선 곳으로 걸어와 존을 위아래로 훑었다.

존은 놀라움을 감추지 않았다. 아닌 게 아니라 남자아이가 뜻밖에도 존의 나라 말을 할 수 있는 게 아닌가.

남자아이가 웃으며 다가와 존을 잡아당겨 안으로 데리고 가며 말했다.

"제 아버지가 그쪽 사람이에요. 늘 당신 이야기를 해줬죠. 아버지는 쓸쓸하거든요."

뒤쪽은 거대한 어둠의 방이었고 남자아이는 등잔에 불을 붙였다. 존은 무늬를 새겨 넣은 널찍한 나무 침대에 삼베 모기장이 쳐져 있는 것을 보았다. 그 안에 사람이 누워 있는 듯했다. 작은 소리로 저 안의 사람이 아이의 아버지인지 물었다. 남자아이는 존에게 바짝 붙었고 그 바람에 노출한 등 부분이 존과 살짝 부딪쳤으며 무언가를 두려워하는 듯했다.

"아니요. 제 아버지는 여기에 있어요. 봐요!"

남자아이는 존을 테이블 옆으로 끌고 가서 동 향로의 뚜껑을 열어 작은 손으로 그 안의 유골을 떴다.

"제 아버지의 이름은 김이에요. 아버지는 줄곧 당신들 곁에 있었고, 저는 바로 그곳에서 자랐어요. 저는 올해 열세 살입니다."

"아버지가 목장주였어?"

"맞아요. 저 혼자 아버지를 모시고 돌아왔어요." 남자아이는 자랑스럽게 말했다. "아버지는 입버릇처럼 설산의 품이 자신의 집이라고 말했어요. 아버지처럼 집을 그리워하는 사람을 못 봤어요. 아버지가 하는 말을 들어볼래요?"

존은 귀를 동 향로에 갖다 댔지만, 들려오는 건 오히려 모기장 안에 있는 남자의 신음이었다.

남자아이가 동 향로를 흔들자 모기장 안 남자의 신음이 더욱 심해졌다. 남자아이가 점점 더 맹렬하게 흔들자 유골이 향로에서 튀어나왔다. 존이 모기장 안에 있는 사람이 누구인지 묻자 남자아이는 지나가던 사람이 다짜고짜 들어와 모기장 안으로 들어갔다고 했다.

"선생님, 저 좀 도와줄 수 있어요?"

"무슨 일?"

"저쪽에 아궁이가 있고 활활 타고 있죠. 절 안고 가서 거기에 던져줘요. 제가 재가 되면 저를 퍼 담아 이 향로에 넣어주세요."

남자아이는 존을 문 쪽으로 끌고 가서 문을 발로 찼다. 존은 이글거리는 탄불을 보았다. 훅 끼쳐오는 열기에 뒷걸음질 치자 남자아이가 귀가 따가울 정도로 웃어댔다.

"겁쟁이, 겁쟁이. 이제 꽃차 좀 들어요."

남자아이가 존에게 커다란 컵을 건넸다. 존은 한 모금 마신 뒤 사레들려 목이 칼에 베인 것처럼 콜록콜록 기침을 자지러지게 해댔다. 가까스로 기침을 잠재우자 머릿속에서 광기 어린 생각이 떠올랐다.

"꽃차를 안 마시고 어떻게 설산을 올라요?" 남자아이는 어른 흉내를 냈고 목소리도 음울하게 바뀌었다. "저야 어차피 저 아궁이로 갈 거고, 저는 댁이 걱정된다고요. 댁 혼자 어쩔 겁니까?"

존이 감히 입을 열지 못한 건 입을 여는 순간 목구멍에서 피가 날 것 같았기 때문이었다. 이미 입안 가득 피비린내가 진동했다. 이때 모기장 안의 남자가 버럭 화를 냈고 욕설을 퍼부으면서 포효했다. 남자아이는 안이 안전하지 않다면 존을 내보내려 했다. 또한 존은 자신을 도와줄 수 없고, 자신이 이 일을 완성하는 수밖에 없다고 덧붙였다. 남자아이는 존에게 "태양 아래에서는 사고가 나지 않을 것"이라면서 문을 나서면 동쪽으로 쭉 가라고 했다.

존은 그 커다란 침대를 지나갈 때 기이한 향과 숲의 냄새를 맡았다. 그의 발걸음은 자석에 빨려든 것처럼 그곳에 서서 꼼짝달싹하지 않았다. "댁한테 이런 취미까지 있는 줄 몰랐군요." 남자아이는 존에게 모기장 안을 들여다보라고 부추겼다. 존이 모기장을 걷어 올리자 버섯과 솔잎 그리고 시냇물의 냄새가 득달같이 달려들었다. 모기장 안에 누워 있는 남자는 정확하게 말하면 반쪽짜리 남자였다.

그는 발가벗은 채였다. 그의 몸은 중앙을 경계로 왼쪽은 정상적인 남자의 신체였고, 오른쪽은 죄다 썩어 문드러져 검푸른 피부에 반점이 있고 반점 위에는 곰팡이 같은 것이 피어 있었다. 그의 거대한 생식기는 발기해 있어 특히 눈에 거슬렸다. 한쪽은 시커멓고 한쪽은 빨갰으며 고환이 든 음낭 위쪽은 썩어 구멍이 뚫려 있었다. 그는 존에게 눈을 부릅떴고 벌거벗은 자신의 나체를 조금도 부끄러워하지 않았다. 존은 그가 하는 말을 들었지만 현지 말인지 알아듣지 못했다. 남자아이 역시 침대로 올라와 존의 귀에 대고 말했다. "그는 올해 103살이에요. 지나가던 사람이 아니라 이곳의 토지신이죠. 권력이 막강해요."

존은 물씬 풍기는 들꽃 향기를 맡으며 감탄해서 말했다.

"정말 뜻밖이야. 정말 뜻밖이야."

그 사람이 성한 왼쪽 손을 들어 오른쪽 겨드랑이를 잡자 모기장 안에 이내 파리가 어지럽게 날았다. 알고 보니 겨드랑이 쪽 궤양이 난 곳에 파리 떼가 숨어서 피를 빨아먹고 있었다.

남자아이는 미친 듯이 기뻐하는 표정으로 올라와 그 썩은 다리를 아래에서 위로 가볍게 어루만지다가, 음경에 다다르자 멈추고는 썩은 구멍에 넋을 잃고 끊임없이 혀를 내밀어 핥고 또 핥았다. 모기장 안에서 샘물 흐르는 소리가 은은하게 울려 퍼졌다. 남자는 남자아이의 벌거벗은 등을 어루만지며 편안하게 신음을 내뱉었다.

남자아이가 고개를 돌려 존에게 눈을 부라리고 말했다.

"얼른 떠나요. 등잔이 넘어져서 불이 났어요!"

존이 어둠을 더듬어 바깥의 그 방으로 갔을 때 집 안의 모기장과 나무 침대는 이미 활활 타고 있었다. 존은 그 남자아이가 침대에서 발을 쿵쿵 구르며 자신에게 얼른 사라지라고 외치는 소리를 들었다.

거리에는 이미 많은 사람이 모여들었고 다들 등을 훤히 드러낸 옷을 입은 사람들이었다. 그런 옷은 그들을 멋스럽게 보이게 했고, 특히 불어오는 바람에 옷의 아랫단이 넘실거릴 때 그들은 수많은 매처럼 보였다. 지금 그들은 거리에 서서 불이 난 은제품 가게를 살피며 신이 난 듯 목을 길게 빼어 공기 중의 이상한 냄새를 맡았고, 그러느라 아무도 존을 신경 쓰지 않았다. 그들 가운데 가슴을 훤히 드러낸 유난히 예쁜 여자가 있었는데, 그녀가 마치 그 가게 안의 사람과 인사를 나누는 듯이 한 팔을 들었다. 불이 갈수록 거세지고 검은 연기가 거리로 쏟아져 나오자 모든 사람들이 자지러지게 기침을 해댔다. 존은 저 멀리 숨어서 연기를 피했다. 그들이 허리를 굽혀 토하는 것을 보았는데 피를 토하는 듯했다.

공항에서 트렁크를 들어주었던 사람이 또다시 나타났다.

"제가 잃어버리지 않는다고 했으면 잃어버리지 않아요! 저는 김이에요."

그가 존의 트렁크를 들고 몇 번 휘청대더니 물었다.

"이 트렁크 안에 뭐가 들었어요?"

존은 옷가지와 일상용품이라고 대답했다.

"좋아요. 소박해요. 저와 함께 '왕가(王街)'로 갑시다."

존은 그를 따라 속돌이 깔린 넓은 길로 들어섰다. 존의 눈에 그의 뒷모습은 슬프면서도 엄숙했다. 그의 몸에는 존의 경험을 넘어서는 수많은 이야기가 들어 있는 듯했다. 이곳의 모든 사람과 모든 일은 자신의 예전 이야기의 망과 그 광장하고는 아무런 관련이 없었다. 존은 머릿속으로 생각에 잠겼다가 불쑥 한 사람과 부딪혔다. 그는 현지인이었고 존을 밀치고 계속 앞으로 나아갔다. 얇디얇은 푸른 전통식 긴 옷에 맨발로 나풀나풀 걷고 있었다. 다시 보니 속돌 거리는 온통 현지인들뿐이었다. 그들은 하나같이 얇은 전통식 긴 옷을 걸치고 맨발로 나풀나풀 걷고 있었다. 성이 김인 남자가 고개를 돌려 존에게 말했다.

"이 사람들은 아편을 피웠어요. 모든 사람의 마음속에 불덩이가 있어요. 정원을 봤어요? 그곳의 양귀비는 그들의 목숨 줄이죠. 원래 이렇게 추운 곳에서는 양귀비가 자라지 않지만 정원에 온천이 있어 거대한 지열이 이 일대의 기온을 바꾸어놓았어요. 그 후로 이 일대에서 양귀비가 번성하기 시작했어요."

존은 아무것도 보지 못했고 길 양쪽에는 상점만 있었다. 김 씨도 아편을 피워서 자신의 환각을 말하고 있는 건 아닐까 생각했다.

"어디에 머무를 작정이에요? 여관 아니면 양귀비 농원?"

"양귀비 농원으로 하죠." 존은 충동적으로 말했다.

김은 낮은 철문 옆에 멈춰 서서 말했다. "도착했어요."

김이 철문을 당기자 그 안은 텅 빈 마당이었다. 잠시 후 마당 오른쪽의 한 측문이 열리고, 열정적인 표정을 지은 남자가 존에게 다가와 두 손을 내밀어 존의 손을 단단히 쥐고는 악수했다.

그 사람의 입에서는 현지 말이 주르르 나왔고 눈으로는 마치 존의 생김새를 단단히 기억해두려는 듯이 존을 뚫어지게 바라보았다. 존은 시무룩하게 자신의 모습이야말로 무색무취 그 자체인데 어떻게 기억하려는 걸까 하고 생각했다. 돌연 그가 존을 밀치고 가더니 흙바닥에 앉았다. 그러고는 생각에 잠겼다. 김이 다가와 존에게 귓속말했다. "이 사람도 아편 흡연자예요. 당신은 이 사람과 함께 이곳에 묵을 거예요."

김이 나간 뒤 마당 바깥의 문이 잠겼다. 존은 순간 긴장했다.

존은 자신의 트렁크를 벽 쪽에 둔 뒤 트렁크에 등을 기대고 앉아 그 자리에서 맞은편의 현지인을 관찰했다. 피로가 몰려왔고 잠시 뒤 눈앞이 흐려졌다. 몽롱한 가운데 그 사람이 느릿느릿 일어나 수영하듯 자기 앞으로 온 것을 보았다. 그의 손에는 양귀비 한 다발이 들려 있었다. 그 사람이 입을 열려는 찰나에 마당 문에서 한차례 시끌벅적한 소리가 났고, 그는 놀람과 공포의 눈빛으로 꽃을 바닥에 던졌다. 그는 우울한 듯 손을 옷 안으로 집어넣어 더듬었는데 욱신거리는 심장 부위를 어루만지는 듯했다. 존은 걱정스럽게 그를 관찰했다.

그는 존 앞에 서서 생각에 잠긴 듯 존 뒤쪽의 담장을 바라보았다. 존은 아래에서 그를 올려다보면서 옷 안에서 쉴 새 없이 더듬는 그의 손이 궁금해졌다. 산전수전 다 겪은 그 손은 마치 자신의 심장을 파낼 방법을 모색하고 있는 듯 전념하면서도 또한 주춤하기도 했다. 존은 기다렸다.

"아, 아!" 그가 품에서 꺼낸 것은 섬뜩하게 번득이는 단도였다.

존은 망연자실해졌다.

그는 엄지손가락으로 단도의 칼끝을 시험한 뒤 쪼그려 앉아 마치 존의 의견을 구하는 듯 존의 눈을 바라보았다. 존은 자신의 목덜미에서 저릿저릿한 서늘함이 느껴지자 저도 모르게 고개를 끄덕였다. 그러고는 마약 중독자는 왜 사람을 죽이려는 욕망이 있을까? 라는 생각이 스쳤지만 자신의 판단은 틀렸다. 그 사람은 단도를 버리고 일어나 존에게서 멀어졌다.

존은 바닥의 피를 응시했다. 설마 저 사람의 피라고? 자신의 목덜미를 더듬어보니 괜찮았다. 그렇다면 저 사람의 피였다. 존은 바닥의 단도를 주워 살펴보았지만 단도에는 피가 묻어 있지 않았다. 누군가 존의 위에서 말했다.

"그런 유혈은 부지불식간에 일어나지."

그러고 보니 김이 다시 들어왔다. 존은 마당 문이 활짝 열려 있고, 사람들이 문밖에 몰려들어 안을 들여다보고 있는 것을 보았다. 그들은 왜 들어오지 않을까?

"칼 좀 보여줘요." 김이 말했다.

김은 단도를 건네받아 가슴의 심장 부위를 찔렀다. 그러고는 무릎을 꿇고 단도를 뽑아달라고 존에게 눈짓했다.

존은 손이 부들부들 떨렸지만 단도를 움켜쥐자 이내 힘이 났다. 칼자루를 쥐고 힘껏 휘저어 뺐다. 김은 감격해서 존을 바라보았다. 상처에서 피가 철철 났지만 잠시 뒤 그쳤다. 그는 옷으로 상처를 가렸다. 문밖에서는 소란스러운 소리가 울렸다.

"이 양귀비 농원은 우리 선조들이 꿈꾸던 곳이에요. 오늘날 사람들은 아편을 흡입한다 해도 자신들의 영지로 들어오지 못해요. 저처럼 심술궂은 사람은 살육을 불사하고서도 목적을 달성하겠지만 피는 그런 고귀한 마음을 정복하지 못해요. 그 결과는 정해진 것이고요."

존은 김의 얼굴이 하얗게 질리고 비통에 잠긴 것을 보았다. 김이 황토 진흙을 쌓아 만든 담장을 한 손으로 힘껏 움켜쥐자 진흙 덩어리가 모퉁이에 분분히 떨어졌다. 시끌벅적한 소리는 더욱 거세졌는데, 사람들은 일제히 들어오려 하고 또 무언가가 그들을 막아서는 듯했다. 그것은 무엇일까?

"조금 전 그 사람은 어디로 갔어요?" 존이 물었다.

"그는 천하에 무서울 것이 없는 작자예요. 그가 칼 몸을 뱃속으로 집어삼키는 걸 제 두 눈으로 똑똑히 봤어요. 하지만 그런 방법도 허사예요. 몇 개월 동안 그는 이 양귀비 농원에 머물렀어요. 그의 말로는 적극적으로 그를 쫓아내는 사람은 없었지만 그를 받아들인 사람도 없었다고 해요. 아편의 효력은 신비로워서 그는 그것에 기대 그 절망스러운 나날들을 견뎌냈지요."

"그는 이 농원에서 뭘 하려고 했어요? 그게 아니면 무엇인가가 나오길 기다렸어요?"

"아. 아니, 그렇지 않아요. 그는 그저 양귀비 농원의 일원이 되고자 했을 뿐이에요. 그러면 아편을 구하는 건 문제가 안 될 테니까요. 그는 이곳에 들러붙어 기정사실화하려고 했어요. 얼마나 수치스러워요!"

존은 이제야 김을 자세히 뜯어볼 수 있었다. 이 김은 목장주 김과는 닮은 구석이 한 군데도 없었다. 목장주는 북방인의 위풍당당한 콧대를 가지고 있었지만 이 사람은 오히려 납작한 얼굴로, 얼핏 보면 코는 그저 구멍 두 개에 지나지 않았다. 하지만 말을 하면 그들은 왜 이토록 닮았을까? 두 사람은 말하는 것이 쌍둥이처럼 똑같았고 손동작마저도 빼다 박았다. 존은 산 중턱에 사는 조선인 김을 떠올리면서 마음에 훈훈한 감정이 몽글거렸다. 바로 이런 그리움 때문에 이목구비가 납작한 눈앞의 김에게도 애틋한 감정을 느끼는지도 몰랐다. 김에게 자신의 속마음을 털어놓고 싶었다.

한 노인이 문밖에서 소란을 떠는 사람들에게 떠밀려 마당으로 들어왔다. 그는 시각 장애인으로 선글라스를 끼고 길 찾기용 지팡이를 쥐고 있었다. 노인은 손 안의 지팡이로 조심스럽게 바닥을 두드리고 있었는데 잔뜩 겁을 먹은 것처럼 보였다.

"그의 두 눈은 설산의 빛발에 찔려 먼 거예요." 김의 목소리가 건조했다.

"저 사람도 아편을 피웠어요?"

"물론이죠. 안 그러면 어떻게 감히 마당 안으로 들어왔겠어요."

바람은 노인의 몸에서 나는 냄새를 실어 날랐고 그것은 현기증 나게 하는 그런 악취였다. 노인은 비틀거리며 마당 끝의 담장 쪽으로 걸어갔다. 그의 걸음걸이는 언제든 크게 곤두박질칠 기세였다.

노인은 담벼락 밑에 앉았다. 그의 발이 전통식 긴 옷 사이로 삐져나와 있었는데, 그러고 보니 한 발은 나무로 만든 의족이었다. 노인이 선글라스를 벗자 존은 움푹 들어간 두 눈을 보았다.

"그는 왜 우리와 같이 있으려 하지 않죠?" 존이 물었다.

"저 사람은 깨끗한 것을 유난히 좋아해서 몸에 한 줌이라도 악취가 묻는 것을 질색해요. 조금 전 들어올 때 이 마당에서 낯선 사람의 ─당신은 먼 길을 와서 씻지도 않았잖아요─ 냄새를 맡았을 거예요. 그래서 우리를 피해 에돌아 저기로 간 것이고요. 저 노인은 세속에 물들지 않고 자신의 순결을 지키기로 유명한 사람이에요. 봐요. 하나가 가자 또 하나가 들어왔어요." 김이 가리킨 것은 조금 전 그 사람이 가자 또 노인이 왔다는 것이었다.

존은 들으면서 고개를 끄덕이다가 불쑥 자신이 부끄러웠다. 김에게 아편을 구해줄 수 있는지 묻고 싶었지만, 한편으로는 이런 곳에서 그런 걸 묻는 게 적절치 않은 것 같았다. 자신은 외부인이 아닌가.

"어쩌면 저 노인은 당분간 이곳을 떠나지 않을 것 같아요. 그렇게 되면 당신은 잠시 나가 있는 게 좋을 것 같아요. 노인은 당신을 참을 수 없어 할 테니까요. 봐요. 노인이 얼마나 성가셔하는지. 노인이 손 안의 지팡이로 바닥에 구덩이를 팠어요. 노인은 그저 이 양귀비 농원을 독차지하고 싶어 하죠. 그러면 설산의 절경으로 되돌아갈 수가 있거든요."

"설산의 절경이요? 노인의 두 눈은 설산의 빛발에 찔려 멀지 않았어요?"

"그렇기도 하고 또 그렇지 않기도 해요. 뭐랄까? 눈으로 뒤덮인 곳에 가게 되면 그곳 풍경이 노인을 발광하게 해요. 자신의 뇌리에 그런 풍경을 영원히 남겨 놓고자 방법을 찾다가 자신의 눈을 멀게 했어요. 물론 지금 노인의 머릿속이 그런 설산의 빛으로 가득 찼는지, 암흑천지인지는 알 길이 없지만요. 노인이 얼마나 고통스러워하는지 봐요. 그건 우리가 여기 있기 때문이에요. 우리가 나가는 수밖에 없어요."

김은 다짜고짜 존의 트렁크를 들고 밖으로 나섰다.

문을 막고 있던 사람들은 존과 김에게 우르르 길을 비켜주었고 몇몇 사람은 놀라 땅에 엎드렸다. 그들은 무엇을 두려워할까? 그들은 땅에 엎드려 손으로 얼굴을 가리기도 했다.

"이곳 여자들을 좋아해요?"

그들이 호텔 입구에 섰을 때 김이 이 이야기를 꺼냈다.

"전 모르겠어요. 그녀들을 자세히 보지 않았어요. 게다가 몸이 더러워서 그런 일을 생각할 때가 아니에요." 존은 자신이 횡설수설하고 있다고 느꼈고 자신이 이 말을 하는 의미를 알지 못했다.

"뭐가 더러워요. 조금 전 양귀비 농원에서 씻지 않았어요?"

존은 알아들을 수가 없었다. 고개를 들어 호텔의 간판을 보았지만 그 핏빛 글자들은 알 수 없는 글자들이었고, 그저 저런 붉은색은 허장성세의 구석이 있다고 느꼈다.

"뭐가 이렇게 붉어요?" 존은 저도 몰래 소리쳤다.

"체!"

두 사람은 들어갔지만 안에는 아무도 없었다.

막 자리에 앉자 안에서 등골이 오싹한 비명이 들리고 억누르는 울음소리가 울렸다. 여자였다.

"성적 억압이에요." 김이 술잔을 들어 한 모금 마셨다. "벌써 1년이 지났어요. 모든 사람이 금욕하고 있어요. 그녀를 보러 갈래요? 그녀는 당신이 들어오길 기다리고 있어요."

존은 쑥스러워 "아" 하고 내뱉고는 얼굴을 붉혔다. 존은 김이 시큰둥하게 입을 삐죽거리는 것을 보고 부끄러워 얼른 그의 시선을 피했다.

'삐걱' 하는 방문 소리와 함께 여자가 나타났다. 젊은 여자는 실오라기 하나 걸치지 않는 전라의 몸이었고 긴 머리가 허리까지 닿았다. 그녀의 꼿꼿이 선 두 젖꼭지는 늑대의 눈처럼 존을 바라보았다. 다행히 그녀는 금세 안으로 들어갔는데, 그러지 않았다면 존은 좌불안석이 되었을 것이다.

존은 김에게 뭐라고 말하려 했지만 김은 이미 보이지 않았다.

과감해진 존은 일어나 안으로 들어갔다.

여자는 새빨간 펠트에 누워 신음하고 있었다. 그녀는 희미한 빛 속에서 저에게 걸어오는 존을 보고는 존에게 옷을 벗으라고 손짓했다. 존은 시키는 대로 했다. 그곳은 깊고 깊은 강바닥으로, 뱀들이 넘실넘실하며 서로 얽혀 있다가 아무런 장애 없이 그들의 몸 안으로 들어갔다가 다른 쪽으로 나왔다. 까무러치려는 상태에서 존은 자기 위에 있는 여자를 은근슬쩍 보았다. 그녀는 섬뜩하게 번뜩이는 단도를 존의 손에 건네준 뒤 광기 어린 두 젖가슴을 더없이 부드럽게 눌렀다. 존은 무의식적으로 그녀의 왼쪽 젖가슴을 단도로 찔렀다. 끝으로 한 생각은 깊디깊은 강바닥에 어떻게 파도가 있을까 하는 것이었다.

마리아는 도안이 없는 가장 큰 카펫을 짜고 있었다. 그녀는 정신을 집중해서 짜는 가운데 무엇인가가 이제 곧 드러날 것만 같은 것을 느꼈다. 리사는 이미 몰래 들어와 마리아의 등 뒤에 서 있었다.

"로즈 의류 회사가 발칵 뒤집혔어요." 리사가 가볍게 말했다.

"아!" 마리아가 눈을 감자 머릿속에서 환각이 흩어지고 방 안이 텅텅 비었다. 이때 마리아는 뭔가 탄 냄새를 맡아 벌떡 일어나 주방으로 달려갔고 리사도 뒤따라갔다.

고양이가 비명을 지르며 문을 뛰쳐나갔다. 몸의 털이 죄다 탄 상태였다.

"봐요. 녀석이 가스레인지를 켰어요." 마리아가 걱정스럽게 말했다.

두 사람은 함께 주방을 치우고 앉아 구운 초콜릿 파이를 먹었다. 마리아가 손을 뻗어 화상을 입은 고양이를 쓰다듬자 고양이의 갈색 털이 우수수 바닥에 떨어졌다. 고양이의 두 눈이 흐리멍덩했다. 마리아만이 녀석이 얼마나 고통스러워하는지 알았다. 녀석은 자신의 고향 아프리카를 그리워하고 있었다. 데려올 때 녀석은 고작 쥐만 한 덩치였지만 마리아는 녀석에게 불같이 뜨거운 기억이 잔뜩 들어 있다는 것을 알았다.

리사는 마리아에게 어젯밤의 장정 중 티베트에 있는 출렁다리에 도착했고, 자신이 출렁다리를 건널 때 찬바람이 심연에서 소용돌이쳐서 솟구쳤다고 말했다. 당시 리사의 뇌리에 티베트에서 존을 만난다면 마리아에게 존의 소식을 전해야겠다는 생각이 스쳐 지나갔다. 하지만 자신은 밤새 다리 위에 갇혀 있었다.

"두 꿈이 상봉하는 날은 아직 요원할까요?" 리사의 목소리가 주방에 맴돌았다.

마리아가 고개를 들자 얼떨떨하게도 잘생긴 운전기사가 냉장고 옆에 서 있었다. 그는 손을 뻗어 초콜릿 파이를 집어 입으로 가져간 뒤 먹으면서 말했다. "저한테 주는 거예요? 저한테 주는 거예요? 왜 난 맛을 모르겠죠?" 그는 커다란 접시의 파이를 전부 먹어 치웠다. 그의 얼굴은 온통 부스러기투성이었다.

"먹는다고 자신의 문제가 해결되지 않아요." 리사가 동정하며 그를 보고 말했다.

그는 리사의 말을 듣고 고개를 끄덕였다.

대니얼은 마당 구석구석에 여자 친구 아메이의 집에서 구해온 양귀비를 심으려고 흙을 팠다. 어제 아메이는 대니얼에게 양귀비 꽃밭에서 선잠이 들면 하늘에 책 한 권이 펼친다고 알려주었다. 대니얼은 그녀에게 그 책을 언제 본 적이 있는지 물었고, 아메이는 외항선을 타고 A국으로 가는 도중에 그리고 나중에 두 번 더 보았다고 말했다. 그런 책은 보는 것이 아니라고 덧붙였다. 책장 가득 연꽃이 빙빙 돌고 있어 눈이 견딜 수가 없다면서 말이다. 대니얼은 아메이가 설명해주는 광경에 홀딱 반해 그 자리에서 양귀비 씨앗을 줄 수 있는지 물었다. 아메이는 그에게 양귀비 씨앗을 주면서 조롱조로 한마디 했다.

"대니얼은 자기 아버지와 해후하려는구나."

그런 뒤 아메이는 눈빛이 몽롱해져서 어떤 환각으로 들어갔다. 그녀는 대니얼에게 저녁 무렵에 자신의 집으로 오라고 했다.

"그때 집 앞의 목련나무가 꽃을 피우고 네 아버지가 나무 아래에 서 있을 거야."

"아메이!" 대니얼이 그녀를 흔들며 외쳤다.

하지만 아메이는 듣지 못했고 물고기처럼 대니얼의 손에서 미끄러졌다.

"6시쯤 와." 아메이가 말했다.

대니얼은 흙 파는 일을 멈췄고 온몸에 소름이 돋았다. 아메이의 집 앞에는 목련나무 자체가 없었다. 아메이는 어떤 은유를 말하는 걸까? 대니얼의 몸에 난 땀이 햇빛에 반짝거렸다. 자신은 너무 어리고 너무 무지한데, 아메이는 진작 자신의 몸에 붙어 있는 태고의 유령을 간파한 것 같았다.

대니얼은 부엌 창문 너머로 고개를 내민 엄마를 보면서, 엄마의 얼굴에 칼로 도려낸 듯한 주름살이 가득하고 눈에서 무덤의 기운이 뿜어져 나오는 것을 보았다. 엄마는 연인과 함께 있는데 왜 이 모양일까? 대니얼은 조금 전 그 연인을 보았고 그는 그야말로 냉장고 안의 모든 것을 먹어 치울 기세의 게걸스러움을 드러냈다. 그가 음식을 먹을 때 어머니가 리사 아주머니와 움츠린 채 각자의 명상에 잠긴 것을 보았다.

해 질 무렵이 조금 지나서 날이 어두워지려 할 때, 대니얼은 그제야 아메이의 집으로 갔다. 그녀의 집은 칠흑 같았고 문도 굳게 닫혀 있어 다들 잠이 든 것 같았다. 대니얼은 넓은 계단에 서서 일정한 리듬으로 나무 문을 두드렸다.

문 안에서 심한 욕설이 들려왔다. 아메이의 어머니였고 그녀는 거리의 불량배들이 소란을 피우는 것으로 알았다.

나중에 아메이가 허겁지겁 나와 문을 열어주었다.

"왜 지금에서야 왔어. 얼마나 무서웠는데. 목련나무가 바짝 시들었어."

아메이는 낯선 소리를 냈다. 날이 순식간에 어두워졌고 대니얼은 여자아이가 언제든 어둠 속으로 숨어버릴 것 같았다. 아메이를 바짝 따라 안으로 들어갔다.

"아메이, 아메이, 넌 날 절대 버려서는 안 돼!"

대니얼은 자신의 애처로운 목소리를 들었다. 어둠 속에서 아메이의 집은 구조가 완전히 바뀌어 있었다. 아메이의 뒤를 따라 이미 깊숙이 들어왔지만, 아메이는 여전히 걷고 있었다. 기억하기로 거실과 작은 통로를 지나면 바로 아메이와 그녀 언니의 침실

414

이었는데, 지금 자신들은 어디로 가고 있는 것일까?

"대니얼, 눈을 감으면 열대우림 속의 등불이 보일 거야." 아메이의 목소리가 저 멀리서 울렸다.

지금 대니얼 주변은 순전한 어둠이었다. 대니얼은 조금 메스꺼웠고 어떻게 걸음을 내디뎌야 할지 난감했지만, 잠시 뒤에 아메이의 목소리가 앞에서 울려 그 소리를 쫓아가는 수밖에 없었다.

"지금 넌 열대우림의 외곽에 도착했어. 안개 냄새를 맡았어? 그건 네 아버지의 냄새이기도 해. 어렸을 때부터 익숙하겠지." 아메이가 깔깔거리며 웃었다.

대니얼은 어딘가에서 흘러나오는 모호한 악담 소리를 들었다. 그것은 아메이의 부모님의 것으로 그들은 대니얼을 불안하게 했다.

"네 아버지는 열대우림에서 나왔어. 넌 이 사실을 모르지? 그곳은 동쪽에 있고 우리 둘의 고향이야. 들어봐. 저쪽에 다시 비가 내려. 모든 것들이 일제히 자라고 있어."

일반적으로 마리아의 머릿속에 나타나는 건 화면이었지 글자는 드물었다. 하지만 그날 아침 마리아가 침대에 누워 눈을 부릅뜨고 떨리는 커튼을 지켜보고 있을 때, 느닷없이 한 단락의 문장이 도착했다.

"여행자는 다리 끝에 섰고 발밑에는 누런 강물이 소용돌이치고 그는 멀어져가는 기러기의 소환을 들었다. 그의 호주머니에 든 은화 세 개가 '쨍그랑쨍그랑'거리며 부딪혔다. 소리를 내는 것들에 그는 긴장했고 몸이 뻣뻣하게 굳었다. 그렇게 서로 대치할 즈음에 그의 눈앞에 포도밭이 나타났다. '아, 기러기.' 그는 소리 없이 말했다. 누군가 그를 밀었고 그는 누더기 조각이 바람이 날리듯 튕겨 올라 철제 난간을 넘어 강물에 빠졌다. 그는 허공에서 '누가 날 밀었을까?'를 생각했다. 은화 세 개가 호주머니에서 빠져나가 모든 것을 두루 비추는 따사로운 햇살 속으로 사라졌다."

마리아는 옷을 입으면서 생각에 잠겼다. '그'는 존일까? 그러면 다리는 출렁다리일까? 그런데 존은 중국이 아니라 C국에 갔잖아. 존이 한 페이지밖에 없는 책을 사 들고 온 뒤로 마리아는 자신들의 생활에 이미 전환점이 찾아왔음을 알았다. 당시 존은 그 책을 냉장고에 넣고는 마리아에게 책 속의 들끓는 소란스러움을 얼려야 한다고 말했다. 그렇지 않고 서재에 놓았다가는 그 소란스러움에 마음이 달싹일 수밖에 없다고 했다. 그때 존의 모습은 여느 때와 전혀 다를 바 없었지만 마리아는 오히려 남편이 어린아이처럼 느껴졌다.

마리아는 직기 작업실로 가서 어제 짠 그 카펫을 보았다. 어제 그녀는 카펫을 짜면서 고민하느라 하마터면 울 뻔했다. 직기가 울릴 때마다 "왜 꿰뚫어 보지 못해?"라고 말하는 듯했다. 그래서 지금 30분 동안 눈을 감고 있다가 다시 눈을 번쩍 떴다. 양털로 짠 결들은 여전히 결이었고, 그 어떤 도안도 드러나지 않았다. 불쑥 작은 구멍을 발견해 가까이 가서 보니 또 다른 두서너 개의 구멍이 나 있었다. 보아하니 좀이었다. 새로 산 털실이 처리가 안 된 모양이었다. 마리아가 손으로 살짝 문지르자 구멍들 주변의 결들이 헐거워졌다. 그녀의 눈앞에서 직물은 도미노 현상처럼 눈 깜짝할 새에 털실 무더기로 되돌아갔다. 비밀 벽에서 분노의 비명이 들려와 현기증이 일었다. "존, 난 어지러워." 마리아가 지하로 내려가 앉으면서 말했다.

누군가 마리아가 흔들의자에 앉는 것을 도왔다. 대니얼이었다. 대니얼의 몸에서 나는 냄새는 새벽 숲의 안개 같았다.

"어디서 오니. 대니얼?"

"아메이와 전 베트남에 다녀왔어요. 우린 '나비의 고장'에 갔어요." 대니얼이 흥분해서 말했다.

대니얼이 돌연 침묵했다. 한참이 지나서야 다시 입을 열었다.

"사랑해요. 엄마. 엄마는 정말 대단해요."

눈앞이 캄캄해진 마리아가 말했다.

"넌 내 직물을 봤겠지? 너야말로 낙담해서는 안 돼. 상황은 네가 생각하는 것보다 훨씬 나으니까. 나는 말이야, 난 출렁다리를 봤어!"

마리아는 엉망진창이 된 털실을 움켜쥔 후 코앞에 가져다 냄새를 맡았다. 서너 번 맡자 털실에서 연기가 나기 시작했다. 대니얼이 털실을 빼앗아 바닥에 던지고는 힘껏 밟았다.

대니얼은 어머니의 눈에 이야기들이 어슬렁거리는 것을 보았다. 그 이야기들은 또다시 그의 마음에 8월 15일의 밤 풍경을 불러일으켰다. 그날 밤 두 사람이 벽에 기댄 채 계단에 섰을 때 소곤거리는 소리가 벽 안에서 들려왔고, 자신의 스위스 손목시계가 째깍째깍 금속 소리를 냈으며, 어머니의 튼실하고 힘 있는 목이 한쪽으로 기울어지더니 머리가 자신의 어깨에 떨어졌고, 물푸레나무 아래의 달빛이 쏜살같이 헤엄쳐 다녔다. 몇 년 동안 이 집의 벽은 대니얼의 마음을 단단히 묶어 아무리 벗어나려고 해도 허사였다.

무심결에 마리아의 시선이 벽을 훑고 지나가면서 벽에 걸린 두 개의 카펫이 나무틀 안에서 빠르게 변하며 산과 암초, 외딴섬, 기러기 등의 도안이 번갈아 나타나는 것을 보았다. 마리아의 눈이 흐려지면서 그 안에 눈물이 가득 고였다.

"이곳의 여자를 좋아해요, 존?" 김은 또다시 존에게 물었고 두 사람은 설산의 전경을 볼 수 있는 찻집에 앉아 있었다.

"모르겠어요. 예상했던 것과는 많이 달라요. 그녀는 이름이 뭐죠?"

"시마메이렌. 이곳의 모든 여자는 시마메이렌으로 불려요."

"집에서 유난히 아름다운 동양 여자를 봤어요. 그녀는 이곳 출신일까요?"

아래층에서 누군가 김을 불렀고 김은 긴장한 듯 귀를 쫑긋해서 들었다.

그 사람은 김을 부르면서 위층으로 올라왔다. 은 장신구를 파는 노인이었다. 노인은 탁자 옆에 서서 차를 마시고 있는 존을 원망스럽게 흘겨보았다. 그의 가슴 장신구들이 듣기 좋은 소리를 찧어댔다.

김이 노인에게 다가가자 두 사람은 현지 말로 대화했다.

돌연 존은 설산의 빛이 유난히 눈부시더니 자신이 있는 음침한 찻집으로 무한정 흘러들어와 안의 두 사람을 하얀 빛 속 희미한 그림자로 만드는 것을 보았다.

"이쪽은 시마메이렌의 아버지예요." 그중 한 그림자가 존에게 말했고, 내민 머리가 굴곡이 지면서 익살스럽게 보이면서도 슬픔의 정취가 묻어났다.

"제 눈이 왜 이렇죠?" 존이 버둥거리며 말했다.

은 장신구들은 여전히 소리를 냈다. 존은 찻집이 사라지고 있고, 자신의 발밑 역시 틈이 생겨 자신이 허공에 뜬 사람이 된 것 같았다. 또한 두 그림자 역시 저 멀리 날아갔다.

"시마메이렌, 시마메이렌!" 김은 허장성세를 부리며 존을 윽박지르는 듯 말했다.

그러나 김의 목소리는 저 멀리 날아갔다. 지금 존은 이미 설산을 마주했다. 걸음을 내디딜 때 눈이 그의 발밑에서 뽀드득뽀드득 소리를 냈다. 설산 외에 그의 눈앞에는 그 어떤 색깔도 형상도 존재하지 않았다. 단숨에 '압도되는' 기분을 체감했다. 존은 압도되었고 그의 몸은 사라졌다. 손으로 얼굴을 만지려 했지만 손도 없었고 얼굴도 없었다. 그렇다면 이것은 누구의 청각일까? 우르르 쾅쾅 닥친 눈사태의 목격자는 누구일까?

"누구야?" 존이 말했다.

"시마메이롄!" 김이 멀리서 존에게 호응했다.

존은 김이 있는 곳으로 걸음을 옮기고 싶었지만 엄두가 나지 않았다. 그곳은 심연인 것 같았고, 그러자 아랫배가 조여 오면서 때아닌 욕망으로 성기가 딱딱해졌다. 김은 대체 어디서 왔을까? 그의 외모는 여지없이 현지인인데 언어는 오히려 존이 쓰는 말을 썼다. 존은 목장주 김의 초상이 있던 그 책을 떠올렸고, 그 거리의 서점 주인을 떠올렸다. 순간 그 한 페이지밖에 없는 책이 바로 설산이라는 것을 깨달았다! 서점 주인이 자신에게 그것을 팔려 하지 않은 것은 마음의 비밀을 팔고 싶지 않아서였다. 생각은 그 두 권에서 옮겨가 예전에 읽었던 책들로 뻗어갔고, 그러자 마음이 두근두근 설레고 머릿속이 반짝반짝 번뜩였다. 지금 그의 뇌리에 나타난 것은 더는 광장과 오동나무가 심어져 있는 대로가 아니었다. 광폭한 폭설이 모든 것을 뒤덮었고 모든 것이 두터운 눈 아래에서 소곤거렸다. 존은 회심의 미소를 지었다. 그러고 보니 이것이 바로 개미집이었구나! 여러 해가 지나 부지런한 일개미가 그 아래에 만든 궁전은 이미 아무도 알아보지 못했다. 이는 슬픔인가 아니면 기쁨인가? 책은 존재하는 것이고 작디작은 서점의 주인은 그것들을 지키고 있으며, 존 역시 한때 그것들을 지켰다. 종이는 어쩌면 좀먹을지도, 여기저기 흩어질지도 모르지만 책 속의 이야기는 오히려 머릿속으로 들어가 한 세대 또 한 세대 전해져 비밀스러운 장소에 보존되어 있다.

지금 존의 얼굴은 얼음에 붙어 있었는데, 설산이 존에게 입을 맞춘 것일지도 몰랐다. 얼마나 기묘한가. 존은 살을 에는 듯한 추위가 온몸을 뚫고 지나가는 듯 온몸을 덜덜덜 떨었다. 하지만 욕망은 그대로였다.

설산이 그의 몸 쪽으로 기울어 그의 몸을 짓누르는 듯했지만 절대 무겁지 않았다. 존은 실눈을 뜨고 눈으로 뒤덮인 그 상황에서도 나비가 날아다니는 것을 보았다. 한 무리 또 한 무리의 꽃나비들이 눈꽃과 한데 어우러졌다. 존의 성기는 눈과 얼음에 얼어붙었고 존은 신음하면서 도취된 가운데 절정에 다다랐다.

"시마메이렌!" 김이 멀리서 외쳤다.

14장

농장으로 돌아온 에다

에다는 상처 입은 물고기처럼 고통스러워하면서 헤엄쳤다. 호수 바닥은 희미한 빛도 수많은 그림자도 있었다. 그녀는 한참 후에야 그 그림자들이 식물의 그림자라는 것을 알아차렸다. 예전에도 자주 호수 바닥으로 왔지만 이 식물들은 보지 못했다. 보아하니 이곳은 큰 변화가 있었다. 이것들은 무슨 식물인가? 덩굴 식물인 듯 거대한 타원형 잎들이 진흙 위에 뻗어 있는 게 셀 수 없이 많은 작은 짐승 같았다. 지금 레이건이 낚시하러 왔을 때 에다는 이들 잎들 위에 엎드려 다가오는 발소리를 들었다. 레이건의 발걸음에는 주저함이 가득했지만 멈추지는 않았고 마치 무엇에 홀린 사람처럼 제자리를 맴돌았다. 에다는 레이건이 자신이 물밑에서 일으킨 기척을 들은 건 아닐까 싶었다. 수많은 물고기들이 그녀의 알몸에 머물러 쉬었고 특히 등 부분에 가장 많았다. 에다가 옮겨 다닐 때 이 작은 동물들이 자신의 등과 어깨뼈를 살짝 깨무는 통에 에다는 여기저기 아팠다.

에다는 땅에서 나는 굉음을 들었다. 레이건이 한 물웅덩이에 곤두박질친 것으로 그는 뱀에게 습격을 받은 듯했다. 원래 레이건과 절친한 친구였던 뱀들이 어떻게 이렇게 미친 듯이 그를 공격한단 말인가? 에다는 모종의 위안을 느꼈다.

레이건은 확실히 뱀과 사투를 벌였다. 사나운 놈들이 그의 몸에 독을 뿌렸을 뿐 아니라 배 쪽을 파고들어 휘젓는 바람에 인사불성이 되었다가 다시 깨어났다. 속으로 '죽자, 죽어버리자'라고 생각했다. 하지만 아무리 해도 죽지는 않았다. 이때 맹독을 가진 놈이 레이건의 발바닥으로 들어갔고 그는 마침내 까무러쳤다. 레이건이 마지막으로 본 형상은 하늘에서 폭발하고 있는 붉은 별이었다.

레이건은 깨어났을 때 에다의 울음소리를 들었다. 에다는 자신과 5미터쯤 떨어진 곳에 오랑우탄처럼 쪼그리고 앉아 있었다. 그녀는 길고 긴 팔을 바닥에 짚었고, 두 눈이 뜻밖에도 야광 속에서 붉게 변했다. 레이건은 극도로 쇠약한 상태에서 한 생각을 그러모았다. '이 여자는 오랑우탄 무리 속에서 자랐을까?'

"에—다." 레이건이 가까스로 이 두 글자를 내뱉었다.

"얼마나 좋아." 에다는 진심으로 말했다. "방금 날아간 건 밤꾀꼬리예요."

"이리 와."

"아니요. 이제는 익숙하지 않아요. 전 이 농장에서 살고 싶어요. 될까요?"

"되지. 에다."

레이건은 자신의 몸이 환멸 가운데 사라졌으면 하고 바랐다.

에다는 천천히 떠나갔고 레이건은 에다가 기어가는 것을 보았다. 에다는 성큼성큼 앞으로 기어갔다. 레이건은 울고 싶었지만 눈물이 나지 않았다.

날이 밝기 전의 긴 시간 동안, 레이건은 꼼짝도 않고 물웅덩이에 앉아 있었다. 독이 이미 온몸에 퍼져 극심한 통증이 일었지만 오히려 통쾌함을 선사했다. 그 뱀들이 어떻게 그렇게 순식간에 종적을 감추었는지 감탄하지 않을 수 없었다. 주변은 쥐 죽은 듯 고요하고 모든 작은 동물들은 칩거에 들어가 꼼짝도 하지 않았다. 호수에서는 있는 듯 없는 듯한 노랫소리가 들려왔다. 한 여자의 한탄이었는데 당연히 에다는 아니었다. 에다는 이미 반대 방향으로 사라지고 없었다. 그렇다면 누굴까? 레이건은 움직이고 싶지 않았다. 그의 뇌리에 번개가 번뜩였다. 번쩍번쩍하는 번갯불에 가장 은밀한 구석이 환하게 드러났고 백마와 붉여우, 표범이 혜성처럼 하늘을 갈랐으며 구르는 지뢰가 검은 바람을 끼고 용솟음쳤다. 통증이 그의 상상을 이렇게 명징하게 불러일으킨 탓인지 자신의 삶이 의도치 않게 분명한 맥락으로 다가오는 듯했다. 생각의 갈피는 어두컴컴한 호수에서 뻗어 나가 자유자재로 미끄러져 나갔다. 순간 레이건은 참지 못하고 에다처럼 한탄했다. "얼마나 좋아!" 그가 본 건 밤꾀꼬리가 아니라 자기 머릿속의 표범과 백마, 붉여우였다. 레이건은 이 극한의 통증에서 벗어나고 싶지 않았고 이런 불가사의한 체험에 계속 머무르고 싶었다. 머리를 흔들 때마다 안에서는 한층 강렬한 번개가 번뜩였고, 은밀한 구석에서는 한층 불가사의한 동물, 즉 중국 고대의 기린이라든지 용이라든지 하는 것들이 튀어나왔다.

에다는 멀리까지 기어가서야 몸을 일으켰고, 천천히 걸어 자신이 원래 살던 아파트로 가고자 했다. 그곳은 바니안나무 숲에 한 줄로 늘어선 집이었다.

하지만 그 집들은 무너졌다. 잔해 더미 속에서 그녀의 친구 라라와 량이 앉아 있었다.

에다는 반쯤 무너진 벽의 잔해 더미 쪽으로 가서 하얀 시트를 깔았던 자신들의 작은 일인용 침대를 보았다. 그 두 여자아이는 고아로 에다는 어떤 일이 일어나든 그녀들은 놀라지 않으리라는 것을 알았다. 레이건의 농장은 '고아원'이라는 별명이 있을 정도로 농장의 일꾼들은 대부분 고아였다.

"에다, 돌아왔구나." 라라가 고개를 들어 말했다. "봐봐. 지금은 그저 한데서 자는 수밖에 없어. 나와 량은 이미 적응했고. 넌 적응할 수 있겠어? 집은 레이건 씨가 무너뜨렸고 그의 집도 무너졌어."

"그가 어떻게 무너뜨렸어?"

"잘 모르겠어. 우리가 방에 앉아 있는데 한 우레가 우리를 아래층의 바닥으로 떨어뜨리더니 집이 우리 앞에서 뒤로 무너졌어. 다들 사장이 우렛소리 가운데 포효하는 것을 들었어. 우리는 그가 더 나은 삶을 추구하기 위해서라고 생각해. 우린 인내해야 해."

라라 혼자만이 말하고 있었고 량은 허리를 숙여 침대 머리맡에 서서 침대에 있는 쥐 몇 마리를 주물렀다. 녀석들이 뒷다리로 설 수 있게 훈련하는 듯했고 입으로는 뱀처럼 '피융 피융'하는 소리를 냈다.

"녀석들은 재난의 생존자야. 량은 녀석들이 기적을 만들었으면 하고 바라." 라라가 옆에서 설명했다. "비가 오면 우리는 작은 천막을 치고……."

에다는 라라가 "비가 오면 우리는 작은 천막을 치고"라고 말할 때 목소리에 뭔가 신산한 기억이 가득한 것을 느꼈다. 쥐들이 그녀의 이 말에 호응이라도 하는 듯 찍찍 울어댔다.

"에다, 앉아." 량이 에다를 불렀다.

에다는 량의 침대에 앉아 그 쥐들이 량의 품으로 파고드는 것을 보았다. 주변은 어둠에 묻혔다. 다행히 에다의 눈은 어둠 속에서 무엇이든 훤히 보았다. 하지만 두 친구는 에다와 같은 그런 특수한 시력을 가지고 있지 못했다. 에다는 이 어둠의 세계에서 그녀들이 얼마나 적막할까 생각했다.

"라라, 우리의 동료들은 다들 어디로 갔어?"

"그들은 산비탈로 갔어. 그곳에 일렬로 나무 집을 지었어. 레이건 씨는 우리에게 이곳에 남으라고 했고."

"남아서 뭐 하게?"

"네가 오기를 기다리라고. 봐봐. 저쪽에 야전 침대가 하나 더 있어. 네 거야."

에다는 라라가 가리키는 방향으로 시선을 던졌고, 과연 작은 흰 점이 보였으며 화들짝 놀랐다.

"네가 간 뒤 레이건 씨가 날마다 와서 네 침대 시트를 갈아주었어. 우린 그를 비웃었지만 그는 전혀 화내지 않았어."

에다는 야전 침대가 있는 곳으로 갔다. 자신의 침대는 커다란 바니안나무의 가지에 바짝 붙어 있었다. 이불을 펴고 머리를 베개에 대고 누웠을 때, 바니안나무의 수관(樹冠)이 드리워져 그녀를 호위했다. 에다는 눈을 감고 평화롭고 아름다운 백사장과 바다, 갈매기를 보았다. 불어오는 산들바람에 죽은 여자 동료의 근엄한 얼굴이 얕은 바다 쪽에서 나타났다. 여전히 그 옷을 입은 그녀는 가슴 앞의 단추를 열었지만 단추는 아무리 열어도 다 열 수 없었다. 그녀의 가늘고 날렵한 손가락이 위아래로 빠르게 움직였다. 에다는 한탄했다. "아이고, 레이건 씨, 당신은 왜 우리한테 이런 재수 없는 옷을 맞춰주었어요?" 갈매기가 우르르 날아와 그 동료 주위로 내려앉았다. 그녀는 여전히 단추를 풀고 있었고 그녀 위로 뙤약볕이 내리쬐었다. 량은 여전히 저쪽에서 쥐들을 놀리고 있는데 지금은 환한 웃음소리를 냈다. 라라 역시 옆에서 고함을 질렀다. 에다는 마음이 평화로워져서 여러 날 만에 처음으로 깊은 잠에 빠졌다.

꿈속에서 고무나무를 보았다. 고무나무가 왜 산비탈에서 자랐는지는 모르지만, 농장은 개발되기 전의 모습이었다. 호수에는 연방이 있고 들오리들이 어슬렁거렸지만 태양은 뜻밖에도 검었다. "고무나무를 옮겨 심으면 살아남을 확률이 아주 낮아요." 에다가 레이건에게 말했다. 레이건은 그녀 몸 안에서 헐떡거렸다. 에다는 꿈속에서 눈을 떠서 까마귀들이 하늘을 뒤덮고 날갯짓하는 모습을 오래간만에 보았다. 물방울이 자신의 얼굴에 떨어졌고 그것은 흠뻑 젖은 새들이 시간을 거슬러 과거로 날아간 것이었다. 에다의 욕망은 아득한 기억이 되어 지금 세세하게 또한 조금씩 되살아나고 있었다. 그런 욕망은 예전의 격렬함을 잃었지만 누에가 실을 토하듯 혼란스러우면서도 또렷했다. 지금 에다는 레이건의 몸속 가장 깊은 곳에 와 있었다.

"누가 울어요?" 에다가 물었다.

"나." 레이건이 어둠 속에서 말했다.

레이건은 나무 뒤에 섰고 에다는 나무를 사이에 두고 그와 말했다.

"나는 지금 알리와 배에서 살아. 외항선이지. 꿈속에서 우리의 배는 세계 각지에 닿았어. 어느 날 알리가 두리안을 먹고 있어서 어디서 났는지 물었더니 말레이시아라고 했어. 이번에는 알리가 내게 '어젯밤 우리는 그곳에 도착해 배에서 내려 삼각형의 정원에서 한참을 있었는데, 잊었어요?'라고 되물었어."

"최근 나는 술집의 공중누각에서 지냈어요. 그곳에는 침실이 두 칸 있고 나와 사장의 딸이 한 칸씩을 썼어요. 아래층에서는 악대가 온종일 마을의 민요를 연주하죠. 아래층으로 통하는 계단이 없어서 우리는 전적으로 생각에 기대 오르락내리락했어요. 정말이지 잊지 못할 나날들이죠."

날이 아직 밝지 않아 에다는 여전히 누워 있었고 레이건과 꿈속에서 대화하고 싶어 필사적으로 꿈속으로 되돌아가려고 했다. 에다는 집중해서 그 작은 검은 문을 의식하면서 '삐걱' 하는 가벼운 소리가 들리기를 간절히 바랐다. 지나친 노력 때문인지 나중에는 자신이 꿈속으로 들어갔는지조차 확신할 수가 없었다. 자신이 연신 "아, 아, 아"라는 소리를 내는 듯했는데, 자신이 무슨 말을 하든 그런 소리로 바뀌는 것 같았다. 그 작은 검은 문은 자기 앞의 멀지 않은 곳에 있었고, 반쯤 열린 채로 아름다운 공작이 드나들었다.

"바람이 살랑살랑 부는 밤에 나는 갑판에 누워 고래가 뛰노는 소리를 들었어. 상어 한 마리가 그곳 주민이었고, 그 녀석이 오자 고래들은 난리법석을 떨었지. 뭍에서는 누군가 '여기가 과일의 고장인가요?'라고 물었고, 그런 뒤 한동안 달려가는 발걸음 소리가 들렸지."

"우리는, 나와 사장의 딸은 나중에는 일어나고 싶지 않은 지경에 이르렀고 우린 공기 안에서 잤어요. 아래층의 음악은 서서히 슬픈 곡조로 변했고 안은 상복을 입은 부인과 노인들로 꽉 찼어요. 어느 날 누군가 멍멍 짖어대는 개를 끌고 왔어요."

레이건은 에다가 말할 때 미동조차 하지 않는 것을 보았다. 이불 밑 사람의 얼굴을 잘 볼 수가 없어 에다의 몸이 이미 사라지지 않았는지 끊임없이 의심이 들었다. 왜냐하면 녹음기에서 나오는 듯한 소리였기 때문이다. 에다가 왔을까? 날이 밝지 않았는가? 라라와 량은 그쪽에서 등잔을 밝혔고, 레이건은 긴장한 두 여자아이가 무슨 일이 일어나길 기다리고 있는 것 같았다. 바니안 나무의 공기뿌리들이 레이건 위쪽에서 '뿌드득' 흔들렸고 그것은 해부실의 뼈에서 나는 소리 같았다. 레이건은 에다가 깨어나면 그녀가 자신과의 대화를 기억하지 못할 것이라고 생각했다. 이렇게 어긋나는 건 두 사람이 앞으로 하게 될 교제의 국면이었다.

레이건은 자신이 언제부터 남루한 행색의 떠돌이가 되었는지 기억나지 않았다. 그는 시큼한 냄새를 풀풀 풍기는 옷을 입고 까마귀들이 빽빽한 곳을 누볐다. 흠뻑 젖은 까마귀들이 이따금 레이건을 습격하는 바람에 그의 온몸은 새똥을 뒤집어썼지만 이제 그런 일들은 개의치 않았다. 농장에서 어느 낯선 아가씨를 보면 바로 달려가 꼬치꼬치 캐물으면서 그들이 진저리를 칠 때까지 물고 늘어졌다.

아름다운 에다는 바니안나무 아래에 누워 있고 레이건은 굵은 나무줄기 뒤에 숨어 온몸에서 악취를 풍기고 있었다. 그들은 분리된 두 세계에서 이렇게 괴이한 교합을 진행했다. 레이건은 이 여자가 자기 몸 안의 모든 원기와 무게를 가져가서 지금 자신은 하루살이처럼 가벼워져 몸이 기류를 따라 출렁이는 것 같았다.

"새가 되면 좋을까? 나무가 되면 좋을까?" 라라가 그곳에서 큰 소리로 물었다.

량은 낭랑하게 웃었고 어둠 속에서 그 쥐들을 집적거렸다.

레이건은 나무줄기 뒤에서 나와 두 아가씨에게로 갔다. 그는 움직이면서 자신을 끌어당기는 대지의 인력이 줄어들어 적어질 대로 적어진 느낌이었다.

"아가씨들, 아가씨들!" 레이건은 가냘프게 말했고 그의 목소리는 매미의 울음소리 같았다.

"새가 되면 좋을까요? 나무가 되면 좋을까요?" 라라는 이 질문으로 레이건에게 화답했다.

레이건은 걸을 수가 없어 그 자리에 주저앉았다. 반쯤 무너진 담벼락이 무너지는 소리가 났다. 그것은 단숨에 무너지는 것이 아니라 마치 누군가 문을 두드리는 것처럼 벽돌이 한 장 또 한 장 떨어졌다. 레이건은 자신이 바닥에 앉아 있는지 의심스러웠다. 흙이 아니라 한 잎 또 한 잎 마른 잎이 만져졌기 때문이었다. 얼마나 가벼워졌는지 놀랍게도 마른 잎이 그의 몸 아래에서 부서지지 않았다.

"저 사람이 권력자인 우리의 사장이 맞아? 그의 몸이 기와 조각처럼 산산이 부서졌어."

역시 라라가 말했고 그녀의 비아냥거리는 말투에 레이건은 부끄러워 몸 둘 바를 몰랐다. 어떻게 이런 식으로 자신의 사장을 대할 수 있지? 너무 신랄하잖아, 하고 생각했다. 레이건은 저도 모르게 몸을 더듬어 자신이 산산이 부서졌는지 확인했다.

량은 여전히 웃고 있었다. 레이건을 비웃는지, 라라를 비웃는지 아니면 두 사람과는 무관한지 알 수 없었다.

폭풍우가 그 건물을 무너뜨린 그날에 레이건은 량이 무너진 잔해 더미 속에서 쥐들을 찾는 모습을 보았다. 그녀의 동작은 번개가 번쩍하는 듯했다. 그녀의 손이 그 작은 동물들에게 닿자 그것들은 얌전해졌다. 그래서 그녀는 한 마리 또 한 마리를 자신의 앞치마 안에 집어넣었다. 레이건은 당시의 장면에 감동한 나머지 이 아가씨에게 꼭 포상을 해야겠다고 생각했지만, 나중에 살 곳을 잃어버린 사람들의 거처를 마련하는 데 정신을 팔려 그만 그 일을 깜박

했다. 농장에는 쥐들이 많았고 자신은 이리저리 돌아다니는 그 은 둔자들에게 주의를 기울이지 않았는데, 보아하니 량은 세심한 사람인 듯했다. 꿍꿍이셈이 있는지는 모르겠지만 말이다. 여기 사람들은 익사한 그 사람을 포함해 저마다 꿍꿍이가 있었다.

"아가씨들, 아가씨들." 레이건의 목소리에 힘이 하나도 없었다.

"내 쥐들, 쥐들아!" 줄곧 말이 없던 량이 돌연 외친 뒤 고통스럽게 울부짖었고 그 소리는 밤하늘의 정적을 갈랐다.

레이건은 고개를 떨구고 속으로 자신에게 말했다. "사라지자, 사라져." 그는 배와 검은 강물을 보았고 그래서 배에 올라 선실로 들어가서 그 좁은 곳에 드러누웠다……. 손을 몸 아래로 뻗어 몇 번을 더듬어 마른 잎을 한 움큼 또 한 움큼 움켜쥐었다. 그것은 그가 바스러뜨릴 수 없는 마른 잎이었다. 량의 목소리가 점점 멀어지더니 마침내 들리지 않았고 강물에는 방향이 오락가락하는 바람이 제멋대로 불어왔다.

날이 밝자 그제야 두 아가씨가 건너왔다. 그녀들은 레이건의 몸이 층층이 쌓인 나뭇잎에 파묻혔고 입안에도 나뭇잎이 가득 들어 있는 것을 보았다. 레이건의 모습은 그야말로 한 구의 시체 같았다.

"사장은 정신적인 즐거움을 추구하고 있어." 라라가 말했다. "얼마나 흐뭇해하는지 보라고. 내게는 몸을 평생 흙담에 박아 넣은 할아버지가 계신데 남들은 할아버지가 고생하는 줄 알지만 할

아버지는 실은 즐기고 있었던 거야."

에다는 밤에는 바니안나무 아래에서 자고 낮에는 농장을 돌아다녔다. 어느 날 밤, 잠이 안 와서 일어나 걷다가 자기도 모르는 사이에 동쪽 산비탈 쪽에 이르렀다. 산비탈에는 반쯤 쓰러진 나무 집이 있었다. 에다는 그곳에 관리자 김하의 가족이 살고 있으며 흰개미들이 그들의 집을 좀먹었음을 진작 알았고, 지금은 결국 한쪽으로 쓰러진 것을 보았다. 쓰러지지 않은 몇 칸의 방에 불이 켜져 있고 억눌린 늑대의 울부짖음이 들려왔다. 마구 날뛰는 두 사람의 그림자가 창문 앞에 어른거렸다. 이 집 사람들은 이 깊은 밤에 무슨 일로 이렇게 분주할까?

그 늑대가 갑자기 큰 소리로 울부짖었고, 그 소리는 귀가 먼 사람도 귀청이 울릴 정도였다. 에다는 발밑의 땅이 미세하게 흔들리는 것을 느꼈다. 이어 창문이 열리고 검은 그림자가 그곳에서 튀어나와 유유히 바닥으로 떨어졌다. 에다는 그야말로 어안이 벙벙했다. 그 사람은 김하의 큰아들로 늑대를 기르는 그 아이였다. 남자아이가 에다에게 다가왔다.

"저들이 사람을 죽이려고 해요." 그가 창문을 가리키며 에다에게 말했다. "늑대를 쇠사슬로 묶었지만 잡아맬 수는 없었어요. 엄마가 저한테 화풀이를 해대고 지금 온 가족이 날 죽이려고 해요."

"어디로 도망갈 건데?" 에다가 걱정스럽게 말했다.

"그러게요. 전 어디로 도망가죠?"

소년은 팔짱을 끼고는 에다의 간담을 서늘케 하는 푸른 눈빛을 쏘아댔다. 에다는 그가 부끄러워하면서도 쇠사슬에 묶인 늑대를 닮았다고 생각했다. 설마 그 역시 늑대로 변해서 그의 가족들이 그를 죽이려 드는 건 아닐까? 에다는 다시 그 창문으로 시선을 던졌지만 불은 이미 꺼져 있고 안은 쥐 죽은 듯이 조용했다.

"어떻게 해?" 에다가 물었다.

"하하." 소년은 돌연 가벼워졌다. "이 근처 숲에서 자는 거라면 이미 익숙해요. 아버지가 늑대를 기르라고 했고 전 농장에 오고 얼마 안 있어 늑대를 길렀어요. 그런데 이제는 그들이 절 쫓아내려고 해요. 우리 집의 한쪽은 제 늑대가 무너뜨린 거고 제가 잘못했죠. 하지만 제가 걱정하는 건 동생이에요. 아버지는 동생한테도 늑대를 기르게 할 거고, 유약한 동생은 그러면 끝장인 거죠."

"너무 걱정하지 마. 네 동생은 변할 거야." 에다가 그를 위로했다.

"그렇겠죠. 걱정은 무슨 걱정이요." 소년은 돌연 귀찮다는 듯 혼자 관목 뒤쪽으로 걸어갔다. 바람은 불고 에다는 계속해서 산을 오르다가 뭔가에 걸려 넘어질 뻔했다.

"관리 책임자! 당신이 어떻게 여기에 있어요?"

"난 내 아들을 찾고 있어. 데려가려고. 이놈이 파괴력이 커서 사고를 칠까 봐."

"보니 안 그럴 것 같던데요. 조금 전까지 아주 잘 있었어요."

지금 에다는 김하와 함께 땅 위로 돌출되어 있는 바위 옆에 나란히 섰다. 달이 구름 뒤쪽에 숨어 사위는 어둑어둑했고 김하는 라이터로 담배에 불을 붙였다.

"김하 씨, 당신은 아들이 늑대처럼 커야 한다고 생각하죠? 그렇죠?"

"맞아. 하지만 쇠사슬로 묶어놔야 해."

"너무 잔혹해요."

김하는 귀에 거슬리게 웃었고 눈에서 예의 그 푸른빛을 발사했다.

"여기 사람들, 다들 그렇잖아. 안 그래?"

에다는 고개를 숙여 이내 눈물을 떨구었다. 답답한 심정으로 김하와 헤어져 아래로 내려갔다.

날이 어슴푸레 밝아왔다. 저 멀리 호수가 하얗게 부서지고, 산비탈에서 새들이 지저귀었다. 에다의 마음에서도 무언가가 서서히 깨어나고 있었다. 이곳은 자신이 살았던 농장인가? 왜 사람들은 일을 하지 않지? 최근 며칠 동안 그녀는 고무 농장에서 한 사람도 보지 못했다. 그저 어느 날, 멀리서 검은 치마를 입은 동양 여자가 숲에서 쓸쓸하게 걷는 것을 보았을 뿐이었다. 에다는 동료들이 산비탈에 산다는 말을 듣고 그곳에 가보았지만 어떤 집도 찾아볼 수 없었고 천막도 없었다. 레이건의 집에도 가보았다. 집은 무너지지 않았지만 안에는 사람이 없는 듯 입구에 세워둔 지프에 먼지가 뽀얗게 앉아 차의 색깔조차 알아볼 수가 없었다. 지난달 에다는 그 집에 가서 하룻밤 자기로 마음먹었다. 본래 한밤중에 뒷문으로 들어갈 작정이었지만 생각이 바뀐 레이건이 자신의 집은 에다에게 어울리지 않는다면서, 그녀가 오면 마음이 아플 것 같다고 말했다. 지금은 레이건 자신조차 그 집을 원치 않는 듯했다.

에다는 농장의 경계가 주변의 몇 개 현으로 확장되었다는 말을 들었다. 중심이 된 그들 농장의 내부는 오히려 생기라곤 전혀 없었다. 유일하게 생기발랄한 것은 다름 아닌 흠뻑 젖은 까마귀들이었다. 어디를 가든 녀석들과 마주쳤다. 농장이 해산되어 동료들이 집으로 돌아갔을 수도 있다는 생각이 들자, 앞으로 농장은 황량한 백사장이 된 채 하늘 끝까지 뻗어 나갈 수도 있겠구나 싶었다. 라라가 일꾼들이 거처를 산비탈로 옮겼다고 말한 것은 자신에게 용기를 북돋워주려고 그랬는지도 몰랐다. 그녀들이 자는 곳에서 멀지 않은 곳에는 확실히 식당이 있었다. 흑인 요리사가 그곳에서 식사를 준비하면 그들 세 사람이 그곳에 가서 밥을 먹었지만 다른 일꾼들을 만나지는 못했고 한 번도 본 적이 없었다. 식당 뒤쪽에는 지은 지 얼마 안 된 듯한 화장실과 욕실이 있고 위생을 담당하는 부역꾼도 있었다. 식당과 화장실, 욕실은 작디작은 문명의 세계를 구축했다. 레이건은 왜 에다를 위해 이런 이상한 생활을 마련했을까?

"사랑하기 때문이야." 라라가 에다에게 말했다. "지금 그의 마음은 황무지야."

에다는 갈대숲에서 죽은 뱀의 둥지를 발견해 소스라치게 놀랐다. 크고 작은 뱀들이 통틀어 열 마리 남짓이었는데, 농장에서 일상다반사로 보는 초록 꽃뱀이었다. 현장에는 살육의 흔적이 없어 중독되어 죽었을 가능성이 컸다. 옆에 잠시 서 있자 머릿속이 윙윙댔고 누군가 자신의 귀에 대고 끊임없이 무언가를 말했다. 호수는 그만큼 환해지고 그만큼 음침해졌다. 호수에 비친 자신의 얼굴을 응시한 순간 그 젊은 얼굴은 죽은 어머니, 특히 어머니의 미간을 떠올리게 했다. 에다는 자신이 이곳까지 흘러 들어온 게 어머니의 바람이 아니었을까 생각했다. 까마귀가 날아갔고 그것들이 일으킨 바람에 잔잔한 물결이 수면에 일어 그녀의 얼굴이 뭉개졌다.

"에다 아가씨, 당신은 집이 없어요?"

물속에서 누군가 에다에게 말했다. 아이였다. 에다는 눈으로 샅샅이 훑었지만 물속에서 사람을 보지 못했다. 그 사람은 아닌 게 아니라 그녀 뒤쪽에 있었고 김하의 큰아들이었다.

"꼬마야, 왜 따라와."

에다는 아이의 형형하게 빛나는 늑대 눈을 바라보며 웃었다.

"넌 집이 있으면서도 안 돌아가는구나." 에다가 다시 말했다.

소년은 수줍은 듯 그곳에 서서 땅속 웅덩이를 바라보며 무슨 말을 하려다 망설이는 듯했다.

"에다 아가씨, 우리 아빠가 제 늑대를 죽일 것 같아요?" 그가 마침내 말했다.

"그럴 리가. 왜?"

"작년에 아빠가 칼을 가는 것을 보았는데, 그 후에 늑대는 한 발을 잃었어요. 왼쪽 뒷발을요. 늑대는 꼬박 사흘 밤낮을 울부짖으며 집 안 곳곳을 피범벅으로 만들었죠. 나중에 우리 아빠도 울고 나도 울었어요. 아빠는 울면서 제게 이렇게 하면 늑대가 도망가지 못한다고 했어요. 그거 알아요? 늑대는 언제나 도망갈 생각을 하죠."

소년은 우울해하며 웅덩이 가에 웅크리고 앉아 막대기로 물속 말거머리들을 휘저었다. 에다는 갓난아기처럼 보들보들하면서 새빨간 소년의 머리를 물끄러미 내려다보았다. 가슴속 울렁거림을 뭐라 형언할 수가 없었다.

누군가 갈대숲에서 바스락거리는 소리를 냈다. 또다시 그 동양 여자였지만 그녀는 순식간에 보이지 않았다.

소년이 고개도 들지 않은 채 말했다.

"저 여자는 집이 없고 우리는 그녀를 '미치광이'라고 불러요. 정말로 불쌍해요. 한번은 그녀가 신발 한 짝을 우리 집 앞에 떨군 채 맨발로 뛰어가더라고요. 당시 우리 집 늑대에 놀랐을 거예요."

"넌 이름이 뭐야?" 에다는 그제야 생각나서 물었다.

"전 꼬마 늑대라고 해요. 우리 아빠는 우리 집에 늑대가 두 마리라고 했어요."

"정말 듣기 좋은 이름이네." 에다는 진심으로 말했다.

꼬마 늑대가 갑자기 버럭 화를 내고는 일어나 씩씩거리며 말했다. "이 여자가 왜 칭찬해? 나야말로 입에 발린 당신 칭찬 따위는 원치 않아." 그는 막대기를 내던지고는 에다를 버려두고 갈대숲으로 들어갔다.

에다는 김하의 가족들은 다들 이렇게 사나울지도 모르고, 레이건이 김하를 농장의 관리인으로 앉힌 건 틀림없이 김하의 어떤 기질이 그를 움직였을 것이라고 생각했다. 흰개미들이 좀먹은 나무 집에서 살면서 늑대를 기르는 그 일가족은 실은 어떤 사람에게도 위협이 되지 않았다. 가족 자신들 간의 위협 말고는 말이다. 레이건은 어디에서 이 사람을 찾았을까? 이 가족의 일을 생각하느라 에다의 고통은 어느 순간 가벼워지고 있어, 정말이지 묘약이 아닐 수 없었다. 길고 긴 팔을 뻗어 두 번 펄쩍 뛰자 폐에 신선한 공기가 가득 찬 느낌이었다. 레이건이 자신을 나무 아래에 살게 한 것은 신의 한 수였다. 에다는 돌아다니는 것을 멈추었고 자신이 하고 싶은 일들을 깨달았다.

옛날 에다가 아직 고향에 있을 때, 고향 사람들이 노란 점토로 벽돌을 만들어 작열하는 태양 아래에 말린 뒤 그것으로 집을 짓는 것을 일상다반사로 보았다. 지금 그녀가 사는 숲 옆에 마침 그런 흙이 있었다. 에다는 벽돌 모형을 만든 뒤 부지런히 움직였다. 그녀의 땀방울이 흙벽돌에 떨어지고 두 손이 거칠 대로 거칠어졌다. 매일 석양 속에서 산사태가 자신의 귓가를 스치고 지나가는 소리를 들었다.

"에다, 넌 도처가 집인데 도처에 사는 게 싫어?" 라라가 물었다.

"난 한 마리 벌이야. 벌이 어떻게 둥지를 짓는지 봤잖아."

벽이 올라갈 때 레이건은 멀리서 바라보면서 가슴이 설레었다. 에다의 동작은 너무나 조화롭고 너무나 리드미컬해서 마치 타고난 노련한 건설노동자인 것 같았다. 지금 무너졌던 벽은 그녀의 새집 뒤쪽 담이 되었다. 그녀의 새집은 앞뒤의 두 칸 집이었다. 한때 목공이었던 라라 역시 에다의 작업에 동참해 트러스를 만들었다. 그들은 지붕에 삼나무 껍질을 덮으려고 준비했다.

이렇게 레이건은 에다가 야전 침대를 자신이 지은 집으로 옮기는 것을 지켜보았다. 그는 그 초라한 집에 전등과 수도는 물론이고 창문도 없이 그저 낮은 나무 문만 있는 것을 모르지 않았다. 김하의 큰아들인 그 '늑대 아이'는 언제나 점심 때 그 작은 집 문 앞에 와서 문을 두드렸다. 에다가 고개를 내밀어 열렬히 환영하는 목소리를 냈다. 하지만 늑대 아이는 들어가지 않았고, 문 앞에서 이야기를 나누고는 펄쩍펄쩍 뛰어 떠나갔다. 레이건은 이 모든 것을 예의 주시했다. 레이건의 집은 그가 말한 것처럼 배에 있지 않고 버려진 트레일러 안에 있었다. 알리는 레이건에게 날마다 간단한 음식과 물을 가져다주었다.

"에다는 왜 반드시 집에 살아야 하지?" 레이건이 김하에게 물었다.

"농장의 증인이 되려는 것이겠지요. 농장은 부단히 확장되고 경계도 변하고 또 변하니, 그 일에 자신이 없어서겠죠." 김하는 이 말을 할 때 흐뭇한 표정을 지었다.

레이건은 김하의 아내가 옷을 담은 바구니를 들고 뒤뚱뒤뚱 계단을 내려오는 것을 보았다. 그녀는 뒷마당으로 가서 옷을 널었다. 시퍼렇게 부은 두 다리로 비틀거리며 걷는 게 건강 상태가 그리 좋지 않은 것 같았다. 김하는 레이건과 함께 그 나무 아래에 서서 줄담배를 피워대며 얇고 긴 눈을 가늘게 뜨고 속으로 무엇인가를 획책했다. 레이건은 마음에 일말의 불안이 스쳐 지나가면서 김하에 관한 어떤 유언비어를 떠올렸다. 또 한편으로 생각했다. "어쨌든 이 사람의 만만찮은 야심은 그 누구에게도 위협이 되지 않잖아."

김하의 아내가 뒷마당에서 빨래를 다 널고 나타났다. 레이건은 그녀가 계단을 오를 때 맨발에서 물이 흘러내리고 있어 발을 뗄 때마다 계단에 젖은 자국이 찍히는 것을 보았다.

"저와 아내는 매일 집에서 망상에 빠지죠. 아내는 우리 농장의 영지가 나라의 반 이상을 차지하게 되면 경영을 다양화하라고 했어요."

"나는 흰개미가 걱정돼." 레이건은 이 말을 불쑥 내뱉고는 조금 후회했다.

트레일러 안에는 바다 동물이 썩은 냄새 같은 악취가 진동했다. 레이건은 어디서 이런 냄새가 나는지 알지 못했다. 그는 소파에 누워 어둠 속에서 눈을 뜨고 동양 여자가 오기를 기다렸다. 지금 그녀는 방식을 바꾸어 더는 자신과 뒤엉키지 않았고, 차창 바깥에 서서 머리를 내밀어 힘껏 호흡하며 도취한 듯한 소리를 냈다. 그러고 보니 그녀는 차 안의 악취를 좋아했다. 레이건이 기억하기로 여자는 온종일 뙤약볕을 돌아다니며 먼지를 뒤집어썼지만, 그녀와 뒤엉킬 때 그녀의 몸에서 안 좋은 냄새가 난 적이 없었다. 그녀의 몸에서는 아무런 냄새가 나지 않았고, 살냄새조차 맡지 못했다고 할 수 있었다. 그렇다면 그녀의 무엇이 자신의 충동을 불러일으켰을까? 레이건은 그녀와 함께 있을 때 깨어 있는 판단을 해본 적이 없었다. 그녀의 육체는 바다의 물고기처럼 싱싱하면서도 유들유들했지만 결정적인 순간에 언제나 질감이 모자랐다. 한번은 레이건이 절정에 다다라 정신을 차릴 수가 없을 때, 뜻밖에도 여자의 몸이 사라졌다. 레이건은 순식간에 온몸이 위축되면서 공포스럽기만 했다. 다행히 그런 상황은 몇 초 안 되었고 그녀의 몸이 다시 현현해서 또다시 그녀와 배고픔과 목마름이 뒤

얽히는 향연을 펼쳤다. 그녀는 말수가 적었고 자신은 태평양의 이름 모를 작은 섬, 무슨 '황과도(黃果島)'라는 곳에서 왔다고 고작 한 번 말했다. 레이건은 그 이름을 들어보지 못했다. 그 외에는 언제나 두세 마디 "아아" "생각지 못했어요" "봐요" "사랑" "내려가요" 등과 같은 말을 내뱉었다. 그 말들에는 외국인의 억양이 짙게 배어 있는 데다 말뜻도 추측할 수 없어, 마치 그녀가 연습 삼아 내뱉으면서 재미있어 하는 말들인 것 같았다.

"해저, 해저!" 여자가 창문에서 레이건에게 말했다. 말하면서 입김을 불었다.

"자기야, 이리로 와!" 레이건이 불렀다.

허망한 갈망은 레이건을 괴롭혔고 차 안의 메스꺼운 냄새는 더욱 짙어졌다. 레이건은 의아스러웠다. 그녀처럼 산뜻하고 경쾌한 여자가 어떻게 차 안의 이런 냄새를 좋아할까? 그녀가 이곳에 머무는 것은 단순히 이런 냄새에 이끌려서인 듯했다. 레이건의 뇌리에 거대한 고래의 뼈대가 스쳐 지나갔다. 그 뼈대에는 썩은 살점이 붙어 있고, 해일에 의해 소용돌이치고 있었다.

레이건은 가까스로 일어나 앉아 창문을 떠나 숲으로 들어가는 여자를 보았다. 그 숲에서는 연기가 피어오르고 있었다.

"에다." 레이건은 힘겹게 이 두 글자를 내뱉고는 소파 침대로 돌아갔다.

농장의 영지는 어둠 속에서 저 멀리로 뻗어 나가고, 규모의 거대함은 레이건을 미치게 했다. 지금 그는 김하의 광란적인 생각 속으로 들어가 황토 땅의 상공을 빙빙 도는 까마귀가 되어 내려올 수가 없었다. 경계를 확정하고 싶었지만, 이 생각은 허황된 망상이 되었다. 목마르고 배고프고 공포스러웠으며, 동그라미를 그리며 비행하다 대각선으로 비행한 뒤 또다시 나선형을 그리며 하강했다. 어느 한 곳에 멈춘 뒤 움직이지 않는다고 생각했다. 어느 순간 언뜻 방파제를 보고 그곳이 경계라고 생각했지만, 방파제의 뒤쪽은 바다가 아니라 아득히 펼쳐지는 옥수수밭, 즉 김하가 경영의 다양화를 실험하는 곳이었다.

날이 어슴푸레 밝아올 때 레이건은 김하가 누군가와 대화하는 소리를 들었다. 그 사람은 경찰인 듯, 땅 구매와 관련해 김하를 심문하고 있었다. 김하는 횡설수설하면서 떨리는 목소리로 뭐라고 했다가 금세 부정했다. 레이건은 이미 김하의 얼굴이 하얗게 질리고 머리에 땀이 맺히지 않았을까 짐작했다.

레이건이 창문으로 가서 밖을 내다보니 김하는 나무 아래에 혼자 멍하니 서 있었다.

"김하, 자네 방금 누구랑 이야기한 거야?"

"아, 아무도 없었어요. 제가 혼잣말한 거예요." 김하는 겸연쩍어하며 말했다.

"혼잣말이라고? 그러면 바깥의 소문은 어떻게 된 일이야? 자네가 뇌물을 받았다고 하던데."

"레이건 씨, 그건 제가 직접 퍼뜨린 소문입니다."

"아!"

레이건은 화들짝 놀라 한참 말문이 막혔다. 까마귀가 숲에서 돌연 울었고, 그의 머릿속이 백지장이 되었다. 트레일러 안의 악취는 이미 사라졌지만 잔뜩 곤두선 그의 신경은 여전히 풀리지 않았다. 김하가 말한 상황은 그의 예상을 벗어나도 한참을 벗어난 것이었다. 그는 김하가 집에서 기르는 늑대, 흰개미가 좀먹어 무너져 내린 반쪽짜리 집, 부종으로 물이 흐르는 아내, 야생 늑대처럼 떠돌아다니는 큰아들을 떠올렸다……. 레이건은 트레일러를 나가 김하와 대화하고자 했다.

"김하, 자네 고향에서 나온 지 얼마나 됐어?"

"저요? 아, 전 고향이 없습니다. 저는 길에서 태어났고 그 뒤로도 줄곧 길에 있었어요. 행군하는 대오 안에서요……. 제 모습이 고향이 있는 사람 같습니까?"

김하는 말할 때 줄곧 저 멀리로 시선을 던졌다. 레이건은 그의 시선을 따라갔다가, 매가 하늘에서 비스듬히 급전직하해서 가까스로 안정을 유지하다가 나중에 그만 호수에 곤두박질치는 것을 보았다.

"전 고향이 없어요." 김하가 다시 말했다. "당신의 운전기사 마틴은 이 사실을 압니다."

"마틴?"

"그래요. 피크닉에서 마틴을 알았습니다. 그는 그럴듯하게 차려입은 늠름한 젊은이였고, 그가 저한테 당신의 농장으로 가라고 제안했습니다. 당시 저는 그쪽 사업에서 한창 잘나가고 있었습니다. 마틴은 제가 이곳으로 와야 재능을 발휘할 수 있다면서 당신의 농장을 '황무지'라고 했습니다. 똑똑한 젊은이예요. 여기 풍경은 너무나 아름답고 특히 푸른빛 밤하늘은 제 시야를 넓혀 주었습니다."

잠시 후, 김하는 레이건에게 가봐야 한다고 말했다.

"집으로 가?"

"아닙니다. 천하가 다 제 집이에요. 저희 가족은 밤의 어둠을 틈타 떠날 겁니다. 저는 이미 저를 대신할 사람을 찾아놓았습니다. 그는 원래 승려였죠."

"놀라운데."

레이건은 또 한 번 불면의 밤을 보냈다. 호수에서 작은 의자에 앉아 낚시를 했다. 그 남자아이가 그의 옆 바닥에 앉았다.

"꼬마 늑대, 가려고?"

"그래요. 레이건 아저씨. 저것들에게 안녕이라고 말하지 않았어요?"

"누구에게?"

"물웅덩이의 말거머리들에게요. 전 녀석들과 사이좋은 친구예요. 매주 녀석들이 제 다리의 피를 빨아먹을 수 있게 내어주죠. 봐요!"

아이는 바짓가랑이를 걷어 올려 부어오르고 염증이 난 종아리를 보여주었다.

"난 널 사랑해. 꼬마 늑대. 정말 갈 거야?"

"전 정말로 가려고요, 레이건 아저씨. 아빠는 다시는 안 돌아온다고 했어요. 지금 제 마음은 이미 그곳으로 날아갔어요. 그곳은 까마득히 먼 곳으로 산속이에요. 집은 낭떠러지에 매달려 있다더군요. 우리 아빠는 영웅이에요. 그렇죠?"

"그렇지. 맞아. 네 늑대도 같이 가니?"

"음."

아이가 기분이 가라앉아 레이건의 낚시용 의자를 발로 툭툭 차는 바람에 레이건은 낚시를 할 수가 없었다. 레이건은 녀석이 무슨 일로 언짢아하는지 알 수 없었다. 방금 그 늑대를 언급하지 말았어야 했을까? 시종일관 김하가 왜 늑대의 다리를 분질러 절게 했는지 이해할 수 없었다. 레이건은 낚싯대를 접고 아이와 함께 바닥에 앉아 그의 작은 손을 잡고 아이와 이야기하려 했다.

아이의 손이 너무 여위어서 이상한 느낌이 들었다. 아이가 최근 쭉 객지에서 고생했다는 것을 떠올렸다.

"레이건 아저씨, 전 죽을까요?"

"아니야. 그렇지 않아. 넌 어린아이야."

"어린아이 역시 죽잖아요. 집이 낭떠러지에 매달려 있어 우리 늑대가 울부짖으면 우리 집이 바로 떨어지겠다는 생각이 들어요. 지난번에 저희 집의 절반이 무너진 것도 우리 늑대의 짓이에요. 무슨 폭풍우가 그런 게 아니에요. 아빠는 폭풍우 때문이라고 말하지만 사람들을 속이고 있는 거죠. 레이건 아저씨, 전 가야 할까요? 말아야 할까요? 전 저의 늑대와 함께 농장에 남고 싶어요. 이미 저쪽 숲에 한 곳도 봐두었어요. 그곳에 방 한 칸을 지어 녀석과 함께 살면 더는 흰개미 둥지에 살지 않아도 돼요. 하지만 또 한편으로 생각해보면 낭떠러지에 사는 게 더 재미있을 것 같아요. 안 떨어지기만 하면요. 아무리 생각해도 결정하지 못하겠어요. 전 아직 어린아이고 죽고 싶지 않아요. 우리 아빠는 영웅이고요."

레이건은 아이가 불쌍해서 아이의 작은 손을 어루만졌지만 속으로 아이에게는 동정 따윈 필요치 않다는 것을 잘 알고 있었다.

"꼬마 늑대, 너는 안 가도 돼. 나랑 숲에서 살아도 돼. 어때? 나중에 네가 어른이 되면 네 아빠처럼 날 도와서 이 농장을 관리해 줘."

"물론 여긴 좋죠. 하지만 전 그 낭떠러지에도 가고 싶어요. 레이건 아저씨, 전 어떻게 하죠?" 소년이 진지한 얼굴로 레이건에게 물었다.

달빛 아래 레이건은 눈 안에 눈동자가 없는 것처럼, 자신의 눈이 두 개의 깊은 동굴처럼 느껴졌다. 레이건은 마음에 한기가 스쳐 순간 말을 잇지 못했다. 누군가 호수를 헤엄쳐 와서 물소리를 냈지만 에다와 다른 사람임을 알아차렸다. 에다는 리드미컬하지만 이 사람은 아무렇게나 두드리는 게 마치 부러 울컥하는 심정을 드러내는 듯했다. "숲지기예요." 꼬마 늑대가 레이건에게 알려주었다.

숲지기는 실오라기 하나 걸치지 않고 뭍으로 올라 둑에 놓여 있는 옷을 입으러 갔다. 노인의 옆모습은 탄탄했고 낮에 본 초라한 모습과는 완전히 달랐다. 레이건은 숲지기가 이 호수와 농장을 자신의 것으로 착각하는 건 아닐까 싶었다. 그는 얼마나 자신만만한지, 행동은 또한 얼마나 기품이 있는지. 꼬마 늑대는 한달음에 달려가 숲지기를 안았고 두 사람은 다정다감하게 귓속말하며 떠나갔다.

레이건은 노인과 꼬마가 사라지는 뒷모습을 물끄러미 바라보면서 마음속으로 뭔가 아쉬움이 출렁거렸다. 왜인지는 모르겠지만 숲지기야말로 진정한 땅 주인인 것 같았고 이곳의 풀 한 포기, 나무 한 그루는 죄다 자신의 꿈속에 있는 듯했으며 저 아이마저 자유롭게 날아다니는 새인 듯했다. 전언에 따르면 숲지기의 가족은 이곳에서 몇 세대를 걸쳐 살았고 예전에 이곳은 진짜 들판이었다고 했다. 돌연 레이건의 시야에 사슴의 옆모습이 나타났다. 사슴은 맞은편 둑에 무리를 이루고 있었다. 이 산에 사슴이 있다는 소리는 들어본 적이 없었는데 말이다. 김하는 자신을 대신해 이 큰 농장을 관리할 어떤 승려를 불렀을까? 레이건은 맞은편 땅밑에서 불쑥 튀어나온 사슴들을 보고 앞날이 막막했다. 지금쯤이면 김하는 짐을 다 쌌으리라.

레이건은 맥없이 트레일러로 돌아가 누웠고 악취가 물씬거리는 와중에 눈을 감았다.

"레이건 씨, 전 오늘 근무를 시작하려고요." 숲지기의 목소리가 차 안에 울렸다.

"당신은?"

"아, 김하 이 작자가 당신한테 말 안 했군요. 이 작자가!" 그는 차창을 소리 나게 두드렸다.

"김하는 승려라고 했습니다만."

"제가 원래 승려예요. 이 작자가 부러 돌려 말했군요!"

"들어와 얘기합시다."

"아닙니다. 일하러 가야지요, 레이건 씨. 어제 저는 우리 농장이 동해안까지 확장되는 꿈을 꾸었어요. 김하는 정말이지 기개가 있는 사람이에요."

레이건은 다시 눈을 감고 한참을 상상해보았지만, 어쨌든 숲지기를 농장의 책임자로 둘 수는 없었다. 최근 몇 년 동안 사람들은 숲지기를 황무지에 혼자 사는 더럽고 이상한 노인이라고 여겼다. 레이건은 그 기간 동안 숲지기와 대화하고 싶은 충동을 셀 수 없이 많이 느꼈지만 그의 집 앞에만 가면 두려워서 주춤하고 말았다. 설마 자신은 약탈자가 아니란 말인가? 이 땅은 원래 들판이었고 숲지기의 가족은 대대로 이곳에 살았으며 숲지기 자신은 이 집안의 유일한 후손으로서 당연히 이 땅을 자신의 것으로 간주할 터였다. 지금 자신이 땅을 농장으로 조성하고 그를 숲지기로 세웠으니, 그의 마음에 무슨 독한 원한을 품고 있을지 모를 일이었다. 레이건은 활짝 열린 문으로 안을 들여다볼 때마다 언제나 탁자에 눈부신 삼각 스크레이퍼가 놓여 있는 것을 보았다.

여러 해 동안 이 노인은 자신과 암중 각축전을 벌였을까? 레이건은 사람들에게 여러 차례 그가 이제 곧 죽을 것처럼 숨이 간들간들하다고 들었지만, 그것은 전부 연막인 것 같았다. 이 이상한 사람은 땅속 깊은 곳에서부터 이곳을 장악하고 마침내 한 줌 또한 줌 잠식해서 자신에게 속한 것을 되찾아가는 듯했다. 김하의 거짓 확장은 레이건의 관심을 돌렸을 뿐이었다. 빌어먹을 김하는 어디서 와서 무슨 짓들을 한 것일까? 아무리 생각해도 김하와의 첫 만남의 기억은 언제나 공백이었고 기억나는 게 아무것도 없었다. B도시의 어느 지하도인 것 같기도, 한밤중에 브랜디를 가지러 주방에 갔을 때인 것 같기도 했다. 자신이 그를 농장으로 불렀는지, 김하가 스스로 왔는지 아니면 제삼자가 김하를 소개했는지 도통 생각나지 않았다. 또렷한 기억은 전부 김하가 농장에 온 뒤 시작된 것으로, 흰개미가 좀먹은 산비탈의 나무 집과 연결된 것들이었다. 지금 판단하건대 이는 음모일 가능성이 컸다. 그것도 진작부터 계획하고 결탁한 음모로, 추적하기 힘들 정도로 오래된 숙원과 관계되었고, 자신의 운전기사인 그 젊은이까지 이 일에 역할을 맡았을지 몰랐다. 그것도 처음부터 그랬던 것 같은데······ 그렇다면 알리는? 여기까지 생각하자 레이건은 자신이 익사한 사람이 된 듯했다. 단지 자신은 작업복을 입지 않았을 뿐, 그 아가씨처럼 간격을 두고 물 위로 올라와 숨을 헐떡이는 것 같았다.

알리가 살금살금 차로 올라와서 레이건을 위해 아침을 준비했다. 레이건은 다행스럽게 생각했다. '아무 일도 일어나지 않았나? 그녀는 너무 태연한데!'

"새 관리자는 이사할 계획이 없는지 여전히 자신의 원래 집에 살아요."

알리는 마침내 그 무시무시한 현실을 입 밖으로 말했다. 어떻게 이럴 수 있지?

레이건은 반드시 눈을 뜨고 일어나야 했고, 세상은 그의 눈앞에서 결코 사라지지 않았다. 흠뻑 젖은 까마귀 한 마리가 창문을 통해 자신의 차 안으로 들어와 세숫대야로 뛰어드는 것을 보았다. 후덥지근한 열기와 동물 냄새가 차 안에 가득했다. 새는 반쯤 눈을 떠서 레이건을 응시하는 듯했다. 알리는 부상당한 새를(다치지 않았을지도 몰랐다) 조심스럽게 들고 나가 풀숲으로 가서 놓아주었다. "젊어, 젊지, 이 얼마나 무모해!"라고 끊임없이 되뇌었다.

"레이건 씨, 정신 좀 차려요!" 알리가 떠나갈 때 이렇게 말했다.

레이건이 창문으로 머리를 내민 순간 작열하는 태양이 그의 눈을 멀게 했다.

에다는 자신의 집을 나와 그곳으로 와서 지금 레이건을 똑똑히 보았다. 농장주의 모습은 온 데 간 데 없고 그저 궁상맞은 남자의 모습을 하고 있었다. 심하게 말라서 입고 있는 낡은 옷이 헐렁헐렁했다. 그의 뒤에는 트레일러가 있었고, 검은 옷의 여자의 치마가 트레일러 뒤에서 번쩍였다. 저 여자는 저기에 숨어서 뭘 할까? 에다는 이틀 전에 김하의 나무 집이 완전히 무너지고 들개 몇 마리가 그 폐허 안을 왔다 갔다 하는 것을 보았고, 그 가족들이 어디로 갔는지 알지 못했다.

'오늘 하늘은 푸른빛이네. 이상하네. 어떻게 아침 댓바람부터 하늘이 푸른빛일까?' 에다는 이곳에 오는 길에 고무 농장을 지나왔지만 농장에는 일꾼이 한 사람도 없었다.

레이건은 분명히 에다를 보았지만 너무나 공허한 눈빛으로 뭔가 황홀경에 빠져 있었다. "레이건 씨!" 에다가 탐색하듯 외쳤고 차 뒤쪽의 그 여자는 보이지 않았다. 달려가보았지만 그곳에는 아무도 없었고 다시 안을 살펴보니 알리가 청소하고 있었다.

"에다, 뭘 보니? 이제 모든 게 달라졌어." 알리는 고개조차 들지 않고 말했다.

"전 아직 적응이 안 돼요. 가르쳐줄 수 있어요. 아주머니?"

"너야말로 내가 가르칠 필요가 없지. 네가 줄곧 바라 마지않던 거 아니었어? 아가씨? 한 번 더 불러봐. 그는 대답해줄 거야. 그는 조금 전에도 대답했어. 네가 못 들었을 뿐이야."

에다는 레이건이 있는 곳을 향해 다시 소리를 질렀다. 처량한 목소리였다. 그녀는 돌연 쥐구멍이라도 들어가고 싶을 정도로 부끄러워 머리를 감싸 안고 달렸다. 호수를 지나고 작은 숲을 지나 눈썹이 휘날리도록 달린 뒤 바닥에 쓰러졌고, 자신이 공터에 쓰러져 있음을 어렴풋이 떠올렸다.

"달리고 달렸는데도 여전히 이곳이네. 아가씨의 마음은 아침의 이슬이군."

에다는 숲지기가 자신의 귓가에 대고 하는 소리를 들었다. 그는 여전히 그 옷에 각반을 차고 꿩 한 마리를 품속에 안고 있었다.

"레이건 씨가 농장을 내게 맡겼어. 난 이곳을 밤의 영지로 만들 거야. 에다, 넌 밤에 시력이 그렇게나 좋으니 네가 더없이 필요해."

그의 목소리가 수염에서 윙윙 새어 나왔다. 그러고 보니 그는 이미 수염을 기르고 있었다.

"아침 댓바람부터 에다가 날 찾아오는 걸 보고 정말이지 감동했어." 하얀 수염이 바르작거렸다.

"하지만 아닌데……요. 오늘 아침의 하늘이 너무 멋지잖아요.

우리의 차량 행렬은 어디로 갔을까요? 평소에 이 길을 왔다 갔다 하지 않나요?"

무엇인가가 에다의 마음에서 되살아나서 그녀는 한 가지 일을 급하게 해야 할 것만 같았다. 에다는 일어나 몸을 쭉 펴면서 숲지기의 작은 집을 훑었다.

숲지기가 해맑게 웃으며 큰 소리로 말했다.

"차량 행렬! 차량 행렬…… 차량 행렬이 있을 리 없잖아. 들판을 내달리는 늑대 무리만 있을 뿐이지."

하지만 점심 무렵이 되자 길에 일꾼들이 한 무리 또 한 무리 나타났다. 길을 닦는 불도저가 남쪽에서 흙을 밀어내고 숲지기가 그 아래에 서서 진두지휘했다. 에다는 숲지기가 새 길을 내려고 한다는 것을 알았다. 아닌 게 아니라 이것이 바로 그가 말한 늑대 무리, 즉 일꾼들이었다. 일꾼들 중에는 기존의 사람도, 새로 온 사람도 있었다. 에다는 그 가운데 한 젊은이에게 그들이 어디에 묵는지 물었고, 그는 해변 즉 노천의 백사장에서 잔다고 대답했다. 또한 지금 생활은 "생각지도 못하게 좋다"고 덧붙였다. 에다는 그가 품에 꿩을 안고 있는 것을 보고는 뭐 할 것이냐고 물었고 그는 꿩을 길들여 기를 것이라고 대답했다. "모든 사람은 직업을 바꾸어야 한다네요. 새로 온 책임자가 그랬어요."

에다는 레이건의 처지를 생각하면 종말인 듯했다가 또 한편으로는 계기인 듯도 했다. 에다는 얼떨결에 해변에 닿았다. 바람이 살랑살랑 불자 바닷물의 비린내가 그녀를 흥분시켰다. 백사장 쪽의 많은 사람들은 몸을 모래에 파묻고 머리만 내밀고 있었다. 그녀는 그들에게 다가가 한 곳을 골라 앉아 자신을 묻었다. 옆의 중년 여자는 이렇게 누워 있으면 산사태의 재앙을 피할 수 있을 뿐아니라 선조들과 직접 대화할 수도 있다고 했다. "지금 당신이 내손을 누르고 있어요." 여자가 원망했다. 여자는 자신과 2미터는 족히 떨어져 있는데 여자의 손이 어떻게 자신의 몸 아래에 있을까 하고 이상하게 생각했다.

하늘에는 매 여러 마리가 호시탐탐 먹이를 노리고 있었지만 녀석들은 선불리 움직이지 않았다. 머리만 남은 인간을 이상하게 여겼는지 아래에 무슨 함정을 숨겨 놓았을지도 모른다고 생각하는 듯했다. 한참을 머뭇거리며 선회하던 끝에 회색의 큰 놈이 한 소년을 향해 사납게 달려들었다. 격렬한 몸부림과 몸부림이 맞붙었고 모든 사람들은 숨죽여 방관하고 있었다. 에다 역시 보고 싶었지만 모래가 눈을 가리는 바람에 아무것도 볼 수 없었다. 그녀는 그 여자가 자신을 부르는 소리를 들었다.

"에다, 에다, 난 네 엄마야!"

"엄마, 엄마! 내 눈이 안 보여요!" 에다가 울음을 터뜨렸다.

"괜찮아. 이런 바보. 아무것도 아니야. 그때 산사태가 났을 때도 넌 안 보였지만 도망쳐 나오지 않았니? 보이지 않는 게 더 좋아. 정말 처참해. 처참하다고. 그 아이가 늙은 매의 날개를 꺾어버려서 피가 철철 나."

아래에 있는 무엇인가가 에다의 등을 안는 통에 에다는 견디기가 힘들었다. 일어나려 했지만 움직일 수가 없었다. 옆의 여자가 아래에는 사람이 있다고 했다. 바로 레이건 씨로, 에다가 그를 누르고 있어 그가 나오지 못하고 있고 아무리 애를 써도 헛수고라고 말했다. 에다는 자신의 눈이 피를 흘리는 것 같았고 모래알이 바늘처럼 눈을 찔렀다. "레이건 씨, 난 당신을 사랑해요." 에다가 말했다. 그래서 그 사람은 더는 힘껏 끌어안지 않았다.

"얼마나 잘됐어. 에다가 사랑하는 사람을 찾았으니!" 그 여자가 귀에 거슬리게 말했다. "그는 어쨌든 농장주잖아."

에다가 기억하기로 레이건의 농장은 이미 무상으로 숲지기에게 건네졌고 지금 그에게는 아무것도 없었다. 하지만 누가 이 사실을 자신에게 알려주었지? 레이건 자신이?

에다는 바늘로 찌르는 듯한 견디기 힘든 통증 가운데 고민했다.

15장

빈센트와 오룡탑

존은 이미 많은 동양 국가를 여행했고 지금은 자신이 어디에 있는지조차 가물가물했다. 그는 그 석탑 앞에 섰다. 석탑은 고원에 있으며 그의 옆에는 그 고장의 누렁개 한 마리가 따라다녔다. 그가 작은 마을에서 하룻밤을 묵을 때 자신이 가는 곳마다 이 누렁개가 졸졸 따라다녔다. 녀석은 그에게 길을 안내해주고 싶었는지 모르지만 존은 그저 정처 없이 돌아다녔고, 누렁개도 그런 방식을 좋아하는지 도착하는 곳마다 한동안 멍멍 짖어대면서 흥분했다.

석탑 내부에는 올라가는 데 사용하는 나선으로 회오리치는 돌계단이 있었다. 그것은 세월이 오래되어서 훼손된 곳들이 있어 올라가기에는 몹시 위험해 보였다. 누렁개가 쉬지 않고 짖어대면서 존에게 빨리 올라가라고 재촉했다. 존은 고개를 들어 올려다

보았다. 높디높은 꼭대기에는 동그란 구멍이 수없이 뚫려 있었는데, 몸을 탑 바깥으로 내밀 수 있게 한 것이었다. 석탑의 높이는 대략 30미터 남짓 될 것 같았고 섬뜩한 돌계단 역시 부실해 보였다. 존은 한참을 망설인 끝에 떠나기로 결정했다. 분노한 누렁개가 그의 뒤에서 한참을 짖어대는 통에 죄책감이 들었다.

밤에 존은 작은 마을의 여관에 묵었다. 그곳은 비교적 고급스러운 여관으로 방은 통유리창에 죽렴이 쳐져 있고 창밖에는 산속의 샘이 마당으로 흘러 들어오고 있었다. 하지만 모기가 많아 창을 닫아도 극성을 부렸고, 현란하게 노래하고 춤추는 그것들 때문에 성가시기 이를 데 없었다. 그는 잠을 이룰 수가 없어 문을 열고 마당으로 나갔다. 마당은 컸고 나한송과 무궁화가 가득 심어져 있었다. 얼마 안 가 사람들이 속삭이는 소리가 들렸다. 남녀 한 쌍이 나한송 아래에 앉아, 모기가 물어도 전혀 아랑곳하지 않고 매우 심각한 주제로 대화하고 있었다.

"빈센트가 이렇게 왔는데, 내가 있는 곳을 어떻게 알아냈을까?" 남자가 말했다.

"당신은 그의 형이잖아. 당연히 열심히 수소문했겠지. 당신이 어디로 숨어들 수 있겠어?" 여자가 살며시 웃으며 느릿느릿하게 말했고 흐뭇해하는 듯했다.

존의 심장이 쿵쾅쿵쾅 뛰었다. 그는 풀밭에 비친 자신의 희미한 그림자를 빤히 바라보며 자신이 대체 어디에 있는지 허망하게 떠올려보았다. 이번 여행길에서 비행기와 돛단배, 기차, 고속버스 등등 여러 가지 교통수단을 갈아타면서 한 나라에서 다른 나라로 옮겨 다녔고, 그러는 동안 국경은 뇌리에서 점차 지워져 분간할 수 없는 지경에 이르렀다. 지난 이야기는 그의 내부에서 흩어졌고 그의 두 눈은 텅 비었으며, 그의 시야에는 그저 지평선 끝에서 달려오는 누렁개 한 마리뿐이었다. 그동안 혼자 이 지구를 여행하는 생활에 익숙해져서 지금 불쑥 익숙한 이름을 듣는 것이 마치 또 다른 세계에서 전해진 비보 같았다.

"누군가 빈센트가 오룡탑에 올라간 것을 봤고 그게 바로 어제였어." 남자가 다시 말했다.

"이 세상의 가장 높은 곳에서는 무엇이든 일어날 수 있어. 속담에 '높은 곳에 서면 먼 곳이 보인다'고 하지 않았어." 여자는 목소리가 낮아졌고 생각에 잠긴 듯했다.

"정말 무시무시해. 애초 우린 이곳에 오지 말아야 했어."

"후회해?"

"아니, 언제나 그렇지 않아."

득실대는 모기에 뜯겨서 존은 자리를 뜨는 수밖에 없었다. 상의를 벗어 머리를 감싸고 두 손을 호주머니에 찔러 넣고는 돌아갔다. 산속의 샘은 인공 산을 지나 졸졸졸 소리를 냈고, 정원에서 시선을 던지면 보이는 바깥에서는 별들이 명멸하며 점점이 어둠 속을 떠다녔다. 이곳이 '세계의 지붕'일까? 존은 믿을 수가 없었다. 자신이 기억하기로 '세계의 지붕'은 중국에 있었다. 마음속으로 내일 다시 '오룡탑'에 가서 올라 봐야겠다고 결심했다. 여관의 건물 안이 느닷없이 소란스러워지더니 모든 불이 환하게 켜지면서 누군가 "불이야!" 하고 소리를 질렀다. 사람들이 정원으로 몰려들었다. 그렇게 많은 사람들이 있을 줄이야, 놀라웠다. 존은 사람들에게 떠밀려 바깥으로 나갔고 다들 거리로 쏟아져 나왔다. 돌아보니 5층짜리 건물은 이미 화마가 집어삼키고 있었다. 주변 사람들이 저마다 이러쿵저러쿵 떠들어댔다. "정말 위험해!" 다들 이구동성으로 한탄을 내뱉었다. "음모가 아닐까?" 한 남자가 이 문제를 제기했지만 주변의 술렁거림에 묻히고 말았다. 존은 그제야 자신의 짐이 생각났다. 그 안에는 휴대하는 책 몇 권이 있고 그중 티베트에 관한 책이 가장 중요했다. 그나마 현금을 조금 지니고 있어 다행이지 안 그랬으면 낭패도 그런 낭패가 없었으리라. 건물은 여전히 타고 있었고, 사람들은 서서히 흩어졌지만 존은 그들이 어디로 가는지 알지 못했다. 거리는 어느덧 썰렁했다. 개한 마리가 거리에서 존에게 달려들었고 알고 보니 줄곧 자신을 따라다니던 그 누렁개였다.

누렁개는 존 앞으로 다가와 그의 바짓가랑이를 물고 그를 왼쪽으로 잡아당겼다. 존은 할 수 없이 녀석을 따라갔다. 그들은 채석장에 왔고 그곳에서는 노동자들이 어둠 속에서 일하고 있었다. 누렁개가 채석장 뒤쪽의 막사로 끌고 갔을 때 존은 열려 있는 막사 문을 통해 그 안에 등잔이 있고 테이블에 한 사람이 두 손으로 머리를 감싼 채 앉아 있으며 탁자에 무엇인가가 잔뜩 쌓여 있음을 보았다.

"존, 자네 왔어. 앉아." 그 사람은 뜻밖에도 빈센트였다.

존은 그제야 테이블에 잔뜩 쌓인 게 다름 아닌 사람의 뼈임을 보았다.

"이건 리사야." 빈센트는 고개를 들었고 마치 웃고 있는 듯했다. "리사는 홍군(紅軍)의 장정 길을 따라 이곳까지 왔다가 대협곡에서 떨어졌어. 정말이지 뜻밖이야."

존은 몸이 후들후들 떨렸고 감히 테이블에 앉지 못한 채 그곳에 섰다. 누렁개는 그의 발치에 엎드려 멍멍 짖어대면서 울고 있었다.

"빈센트, 우린 또다시 만났군요." 존은 말하면서 이가 부딪혔다.

빈센트는 뼈 하나를 들어 자신의 얼굴에 갖다 대고는 홀린 듯한 표정을 지었다.

한 무리의 사람들이 막사를 에워싸는 듯했다. 그들은 어둠 속에서 숨어들어 흥분해서 소곤거렸다.

"누가 있어요." 존이 말했다.

"이런 곳은 늘 이래. 강도들이 드나들어."

빈센트는 등잔을 불어 끄고는 존에게 최근 겪었던 일들을 이야기해보라고 했다. 존은 기억나는 일이 별로 없고 그저 기분 내키는 대로 돌아다녔다고 했다. 빈센트가 꼭 들어야겠다고 고집을 피우자 할 수 없이 고원에서 양귀비를 심었다는 이야기를 지어냈고, 자신의 서술이 무미건조하다고 생각했다. 존은 말하면서 그 사람들이 이미 다가와 창문을 두드리는 소리를 들었다. 존은 달빛 아래에 번득이는 칼날을 보았다고 확신했다. 하지만 빈센트는 이야기를 멈추지 말고 계속하라고 재촉했다.

"전 아편을 피우고 싶었지만 사람들이 못 피우게 하더군요. 그곳에서 외지인이었죠." 존은 억울하다는 듯 말했다.

"자네는 원래 외지인이지. 서양에서 왔잖아. 그래야 재미가 있지. 리사를 좀 보라고. 리사 정도 돼야 주화입마*라고 할 수 있지. 그녀야말로 전력투구했잖아."

존은 두 개의 검은 그림자가 이미 안으로 숨어들어 말을 이을 수가 없었다. 안절부절못하며 자신의 지갑에 아직 얼마의 돈이 남아 있는지 계산했다. 두 개의 그림자 역시 탁자에 앉는 것을 보았다. 이렇게 네 사람이 각각 탁자의 한쪽을 차지했다. 빈센트는 여전히 아무 일 없었던 것처럼 시치미를 떼고 자신의 아내 리사가 오랫동안 추구해온 것에 관해 이야기했다. 하지만 존은 오른쪽의 그 사람이 자신의 발을 밟고 있어 귀에 들어오지 않았다. 어찌나 심하게 밟고 있는지 그만 못 참고 "아야"라고 소리를 질렀

---

*   지나치게 열중하거나 잘못된 방식으로 도를 닦다가 사도에 빠지는 것을 말한다.

다. 발의 뼈가 부러질 것 같았고 이 사람에게 돈을 주어야 할지 고민스러웠다. 이 작자가 원하는 것이 돈인지 아니면 자신의 목숨인지 확실치 않았다. 어쩌면 둘 다일지도 몰랐다. 이때 왼쪽의 그 사람이 라이터로 담배에 불을 붙였고 불꽃이 이는 순간 존은 강도의 얼굴을 보았다.

빈센트 역시 담배를 피우며 태연자약하게 말했다. 보아하니 그는 진작 생사를 초월한 듯했다.

"고원 지역에서 강도들이 떼를 지어 몰려다니는 건 일상다반사야. 오룡탑 안에 많이 살지. 사실 이 부근의 주민들 역시 열심히 일하기를 원치 않아. 어쩌면 외로워서 이 짓을 할 수도 있고. 하지만 리사는 이들이 모해한 것이 아니라 자신이 스스로 모험을 감행하고 뛰어든 거야. 그녀는 젊었을 때부터 그랬어. 본성은 고치기가 어려운 법이지. 난 그녀와 함께 가지 않은 것을 후회해. 너무 둔해서 언제나 한 발 늦지. 존, 이 두 노형은 네 목숨을 원치 않아. 가고 싶으면 가도 돼."

존은 시험 삼아 일어났고 시험 삼아 막사를 나섰지만 그들은 과연 자신을 막아서지 않았다. 누렁개가 공사장 쪽에서 자신을 기다리고 있었고, 요괴 같은 노동자 몇몇이 돌멩이를 드는 것을 보았다. 존은 얼마 안 가 멈춰 섰고 다시 돌아가고 싶었다. 공사장의 등 아래 한 얼굴이 나타났다. 시마메이렌이었으며 첫 번째 여행지에서 만난 현지 여자였다. 다가가 그녀와 만나고 싶었지만,

누렁개가 자신의 바짓가랑이를 죽어라 붙들고 놓아주지 않아 순간 무엇인가를 깨달았다. 존은 그만 버둥거리고 제자리에 서서 멍하니 여자를 바라보았다.

여자 뒤에 검은 그림자가 어른거렸다. 여자의 아름다운 얼굴이 검은 그림자에 반쯤 가려져서 존은 그녀의 한쪽 눈만 볼 수 있었다. 그 가늘고 긴 눈 속에는 예전에 본 적 있는 욕망의 불꽃이 여전히 활활 타고 있었다. 여자가 한 손을 들어 존을 오라고 부르는 듯했다. 이때 검은 그림자가 그녀를 서서히 뒤덮어 그녀는 보이지 않았다. 존은 그녀의 이름을 부르고 싶었지만 어떻게 발음해야 할지 알지 못했다. 다시 보니 검은 그림자는 이미 주변의 어둠에 삼켜졌고 외등이 공사장을 잠잠히 비추고 있었다. 존은 슬픔에 젖어 그 강을 떠올렸다.

막사 안에서 빈센트는 나무 막대로 탁자의 뼈들을 두드렸다. 그것들은 그가 오룡탑 안에서 주운 것들로 늑대 혹은 개의 뼈였다. 빈센트 역시 자신이 왜 리사의 뼈라고 했는지 알 수 없었지만, 스스로 기댈 만한 것을 가지고 싶었는지도 몰랐다. 빈센트는 리사의 발자취를 더듬어 멀고 먼 길의 수많은 곳을 거쳐 왔지만 그의 마음은 오히려 걸을수록 자신감이 떨어졌다. 만리장정은 그저 장정에 불과하다는 것을 지금 구구절절 실감하고 있었다. 사라진 리사는 더는 나타나지 않았다. 한번은 한 사당에서 리사를 닮은 여자를 보고 다가갔지만 다른 민족의 여자였다. 리사를 찾지는 못했지만, 자신의 마음이 지금처럼 리사와 긴밀히 연결되어 있다고 느껴본 적은 처음이었다. 그랬다. 그는 자신이 이미 리사가 되었다고 느꼈다. 마음은 갈망으로 솟구쳤고 한 곳에서 또 다른 곳으로 옮겨 다니면서 영혼은 눈앞의 이질적이고 동양적인 풍경에 녹아들었다.

리사는 사람들의 틈바구니 속에서 그의 곁에서 사라졌다. 당시 두 사람은 함께 시내의 가장 큰 백화점에서 나왔고, 리사는 고향 아가씨를 보았다면서 빈센트에게 잠시 기다리고 있으라고 했다. 인파를 뚫고 간 뒤 리사는 이내 사라졌다. 빈센트는 리사가 오기만을 기다렸지만 그녀는 오지 않았다. 결국 흑인 아가씨 조이너가 다가와 기차역에서 부랴부랴 기차를 타러 가는 리사를 보았다고 알려주었다. 전날 밤 리사는 빈센트에게 자신은 그 장정 대오의 구성원을 알아내고자 현장 조사를 가야 한다고 했다. 빈센트가 동양 국가로 여행을 가느냐고 물었지만 리사는 얼버무리며 대답하지 않았다.

빈센트는 이튿날이 되어서야 여행길에 올랐다. 리사가 자신의 행동으로 자신에게 한 방향─가본 적도 없고 감성적으로도 인식하지 못하는 곳─을 가리키고 있다는 것을 알았다. 그래서 처음 의도는 리사를 쫓는 것이 아니었다. 게다가 그것은 실마리가 전혀 없어 가능하지도 않았다. 처음 취지는 기존의 모든 것을 내던지고 리사가 자신에게 암시한 또 다른 생활로 들어가보자는 것이었다. 당연히 그는 자신의 의류 회사를 포기할 생각이 없었고, 그저 먼 곳으로의 여행을 통해 길을 잃어보고 또 다른 사람이 되어본 뒤 다시 돌아올 생각이었다. 리사도 대략 그럴 것이라고 생각했다. 빈센트가 차로 고층 빌딩을 지날 때 그 동양 여자가 건물 입구에 서 있었다. 그는 끝 간 데 없이 공허한 그녀의 얼굴 표정에 다시 한번 소스라쳤다.

빈센트가 첫 번째 여행지를 위해 선택한 교통수단은 기차가 아니라 비행기였다. 그는 상공에서 리사의 예전 모습을 생각하면서, 리사가 중요한 사실들을 여러 차례 보여주었음에도 불구하고 자신은 그것들을 간과했다는 생각이 들었다. 상공에 이르러서야 자신의 이런 시도가 허사라는 것을 깨달았다. 그러고 보니 사람은 기억을 통해 과거를 되돌릴 수는 없는 듯싶었다. 지난 삶의 세세한 부분들이 생각나지 않는 건 물론이고 리사의 젊은 시절 모습조차 소환할 수가 없었다. 마치 리사를 알았을 때 그녀는 그저 중년 부인이었다는 듯이 말이다. 우울해져서 기억해보려는 노력을 그만두었다. 훗날 가는 곳이 많아질수록 리사의 얼굴은 그의 뇌리에서 점점 더 모호해졌다. 젊은 시절의 그녀는 말할 것도 없고 최근의 모습조차 서서히 기억나지 않았다. 이 때문에 조바심이 일었고 더없이 괴로웠다.

어느 날 한 농가의 안뜰에서 묵었다가 자정 무렵에 짖어대고 또 짖어대는 수탉들 때문에 잠에서 깼다. 탈곡장으로 걸어가자 논에 어린 하늘 풍경에서 그 그림자들을 보았다. 당시 달빛은 환했고 하늘에서는 분주한 광경이 펼쳐졌는데, 그 광경은 그즈음 여러 차례 본 적 있는 동양의 장터를 닮아 있었다. 단지 형상만 있고 소리가 없을 뿐이었다. 자세히 살펴보니 그림자들은 도박장 건물로 들어가려 했지만, 그 건물 입구 양쪽에는 사나운 호랑이가 한 마리씩 서 있었다. 건물의 돔에는 거대한 매 한 마리가 위풍당당하게 아래의 그림자들을 내려다보고 있었다. 그림자 같은 사람들은 전부 호랑이에 의해 문밖에 발이 묶였다. 빈센트는 좀 더 자세히 보려고 했지만 샤오라고 불리는(누군가 그를 이렇게 불렀다) 늙은 농부가 집 안에서 걸어 나와 담뱃대를 태웠다. 주름이 자글자글한 그의 늙은 두 눈에서는 영채가 감돌았다. 그는 빈센트가 알아들을 수 없는 이국의 언어로 말하면서 흥분한 것 같았다. 이런저런 말을 하다가 어느덧 양손으로 온갖 손짓을 했다. 순간 빈센트는 머리가 트이는 기분이었는데, 노인의 얼굴을 빤히 바라보다가 불현듯 그의 말뜻을 알아들었기 때문이었다. 노인의 말뜻은 대략 허공의 풍경을 보러 가지 말라는 것과 그런 일은 굉장히 무시무시해서 날마다 사람이 죽는다는 것이었다. 그는 손으로 큰 원을 그려 눈앞의 논에 묻은 것은 전부 사람의 시신이라고 했다. 그가 말하는 사이에 허공의 신기루는 사라지고 주변은 귀기가 감돌았다. 샤오는 돌연 빈센트에게 큰 소리로 일갈했다. 빈센트가 알아들은 말은 "당신은 대체 여기 뭐 하러 왔어?"였다.

　돌아서서 집 안으로 달려간 빈센트는 사람들이 다들 일어나 방문 앞에 서서 자신을 보고 있고, 대청과 복도 곳곳에 관솔불이 타고 있는 것을 보았다. 빈센트는 자신이 자던 방을 찾지 못했다. 모든 방이 다 똑같아서 들어갔다가 다시 나오기를 여러 차례 반복한 탓에 사람들에게 비웃음을 샀다. 나중에 한 남자아이가 그에게 다가와 손짓으로 길을 안내해주겠다고 했다. 아이의 뒤를 따라가 모퉁이를 돌고 또 돌아 마침내 도착한 곳은 커다란 닭장이었다. 그 안에서 기르는 건 전부 수탉이었다. 빈센트가 나타나자 그 수탉들이 일제히 새벽을 알리는 통에 그야말로 귀청이 떨어져나갈 뻔했다. 남자아이는 줄행랑을 쳤다. 빈센트는 피곤하고 무서워서 아예 닭장에서 묵었다. 닭장 안 귀퉁이에는 웬일로 낡은 소파가 있었고 그 소파에 쓰러져 잠들었다. 지극히 작은 모기한테 뜯기느라 살갗이 따끔거렸지만 그런 걸 생각할 계제가 아니었다. 꿈속에서 그는 포화 속에서 용감하게 행군하다가 포탄의 파편에 맞아 온 얼굴이 피로 물들었고, 피가 눈으로 흘러 들어가 아무것도 볼 수 없었다.

　해변의 어촌에서 빈센트는 모국의 사람을 만났다. 그는 노년의 여행객으로 머리에 현지인처럼 하얀 두건을 두르고 있었다. 그 사람은 매일 백사장의 등나무 의자에 앉아 있었고, 그들은 저 멀리 파도를 바라보며 대화를 나누었다.

"여기 곳곳에 우리나라 사람들이 득실거리는 건 무슨 우연은 아닌 것 같아." 노인이 말했다.

"전 별생각 없이 이곳에 왔습니다." 빈센트는 다소 송구스러워하며 말했다. "그렇다면 어르신은 이곳에 눌러앉을 작정입니까? 돌아갈 생각은 없습니까?"

"난 이 작은 어촌에서 내 생의 마지막 나날을 보내려고 해."

노인의 얼굴에 미소가 번졌다. 빈센트가 보기에 노인의 표정은 마치 나는 어촌에서 살아가는 비결을 알지만 당신에게는 알려줄 마음이 없다고 말하는 듯했다.

빈센트가 낙담한 건 이 무미건조한 작은 어촌에서 생각이라는 것이 완전히 얼어붙었기 때문이었다. 낮에 사람들은 바다로 나가 물고기를 잡았고 마을에는 아이들과 노인들 그리고 네댓 명의 여자들만 남았다. 밤에는 일찍 잠자리에 들어 달이 뜨면 마을은 인기척 하나 없이 어둠에 잠겼다. 그 노인은 오히려 원시에 가까운 이런 단순한 생활에 잘 적응해서 날마다 해변의 모래사장에 나가 기다렸다. 빈센트는 그가 때로는 갈매기와 대화하고, 때로는 바다에게 탄성을 내지르지만 대부분의 시간에는 한마디 말없이 등나무 의자에 앉아 꾸벅꾸벅 조는 것을 보았다. 이곳은 외부와 통신이 안 되고, 장거리 버스가 고작 한 달에 한 번 와서 빈센트는 떠날 방법이 없어 그저 마음을 잡고 시간을 보내는 수밖에 없었다. 때때로 아무것도 기억나지 않거나 잘 기억나지 않는 것이, 마치 자신이 어촌에서 나고 자라 빈둥대며 놀고먹는 사람인 것처럼 느껴졌다. 어렴풋이 바빴던 지난 삶이 떠오르기도 하고 리사가 자신의 아내라는 사실을 떠올리기도 했지만 생활의 세세한 부분은 실이 끊어진 연처럼 아무리 해도 기억나지 않았다. 무료하기 짝이 없는 나날 속에서 빈센트는 노인에게 자신이 온 지 이렇게 오래되었지만 다른 나라 사람들이 이곳에 오는 것을 못 봤는데, 그들이 어째서 없는지 물었다. 노인은 이렇게 대답했다.

"그건 자네가 여기 있기 때문이지."

빈센트는 여관의 방으로 돌아가 노인의 말을 생각하고 또 생각한 끝에 퍼뜩 깨달았다. 그래서 남은 날에는 더는 여기저기 돌아다니지 않고 노인처럼 등나무 의자를 옮겨 와 해변에 앉았다. 태양이 나오면 두 사람은 해변으로 나가 앉아서 고기 잡으러 나간 사람들이 돌아올 때까지 기다렸다. 중간에 여관의 직원이 그들에게 밥을 가져다주었다.

두 사람이 한가하게 앉아 있을 때 노인은 말이 거의 없었다. 빈센트는 날마다 몇 마디 안 되는 노인의 말에서 다음과 같은 사실을 알게 되었다. 노인은 A국의 북부 출신으로 수십 년간 벌목 공장에서 일하다 은퇴했다. 집에는 아내와 아들, 손자 손녀 등 적잖은 식구가 있었다. 노인은 초청을 받아 이 어촌에 왔는데, 자신의 외삼촌이 이곳에서 자신에게 편지를 써서 이곳으로 여행을 오라고 했다. 노인은 가족이 전부 반대했지만 그 반대를 무릅쓰고 이곳으로 왔다. 그가 도착하기 하루 전에 그의 외삼촌은 병으로 죽었고, 그는 마침 장례에 참여할 수 있었다. 노인은 자신이 이곳에 도착했을 때 벅차올랐던 감정을 여전히 기억했다. 어촌에서 이미 2년째 살고 있고 바깥세상과 연락할 길이 없어 가족들은 이미 그를 잊었을 터였다. 노인은 이 일이 가족들에게는 잘된 일이라고 여겼다. 빈센트는 간혹 노인과 A국의 생활에 관해 이야기하고 싶었지만, 매번 입을 열려고 하면 머릿속이 하얗게 비어서 아무 생각도 나지 않았다. 그런데 노인은 이내 이를 알아채고는 늘 이렇게 말했다.

"그런 일은 그다지 할 말이 없으니 말하지 말게."

바람이 세게 불 때 두 사람은 여관에 머물렀지만 노인은 무엇인가를 놓지 못하는지 한 차례 또 한 차례 바깥으로 달려가 바다를 보았다.

"낯선 사람이 날 찾아올지도 몰라. 그는 여기 현지 사람인데 엇갈릴까 봐 걱정이 돼서." 노인이 이 말을 할 때 빈센트는 그가 해변의 모래사장에서 기다렸던 것을 떠올렸다.

어느 날 한밤중에 노인이 초조하게 빈센트의 방문을 두드렸다. 빈센트가 문을 열자 그는 잠옷 차림으로 문 밖에 서 있었다.

"내 증인이 돼줄 수 있겠나?"

"무슨 일이에요?" 빈센트는 이미 어렴풋이 감지했다.

"난 증인이 필요해. 나는 죽음이 두려운 것처럼 남들에게 잊히는 게 두려워."

"생각을 좀 해볼게요."

"그럼 결정을 못 내리겠으면 내릴 때까지 기다리지."

노인은 확실히 실망한 듯했고 빈센트는 노인을 어떻게 위로해야 할지 난감했다.

날이 밝은 후 두 사람이 또다시 해변의 모래사장에 앉았을 때, 노인은 빈센트에게 지난밤의 일은 그저 일시적인 충동이었을 뿐 지금은 기분이 안정되었다고 했다. 노인은 조금이라도 서둘러서는 안 되었고 반드시 '일이 물 흐르듯 이루어질 때'까지 기다려야 한다고 했다. 그날 배 한 척이 들어왔다. 배가 올 때 노인은 몽롱하게 졸린 눈으로 배를 힐끗 보고 고개 숙여 뭐라고 중얼거렸다. 빈센트는 노인이 무슨 말을 했는지 알아맞혔다. 자신의 마음이 노인과 점점 더 가까워지고 있는 것을 느꼈다.

어촌의 분위기는 흡사 어떤 일이 최대한 빨리 일어나길 재촉하는 듯했다. 반복되는 일상 속에서 아무도 두 사람을 주목하지 않았고 기껏해야 멀리 서서 관망할 뿐, 어촌 사람들 그 누구도 과분한 관심을 보이지 않았다. 바깥소식은 이곳에 전혀 닿지 못했다. 바다의 배들 역시 언제나 바쁘게 지나가는 통에 갑판 위의 사람들을 제대로 볼 수도 없었다. 바닷바람이 불어와 노인의 백발이 휘날릴 때 빈센트는 그 얼굴이 마치 가면을 쓴 것처럼 점점 표정을 잃어간다는 것을 눈치챘다. 어쩌면 그 일이 노인의 몸 안에서 일어나고 있지 않을까 하는 생각이 절로 들었다.

그는 점심 무렵에 왔으며 산호섬에서 작은 나무배를 저어 넘어 왔다. 남자는 대략 마흔 남짓으로 거미를 닮은 얼굴을 하고 있었 다. 가죽 부대를 들고 있었고 빈센트 나라의 언어로 부대 안에 '진 귀한 피'가 들어 있다고 소개했다. 노인이 등나무 의자에서 일어 나자 빈센트는 무거운 짐을 벗어버린 듯한 그의 자세를 눈여겨보 면서 노인이 자신을 해방하려고 하는구나 싶었다.

그들은 출발하려고 했고 노인은 의심의 눈초리로 빈센트를 뚫 어지게 바라보았다. 빈센트가 입을 열었다.

"맞아요. 봤어요. 기억해요."

태양 아래의 어촌이 부글부글 들끓기 시작했다. 누군가 조난당 했다는 소식이 들려왔기 때문이었다.

노인이 가고 난 뒤 빈센트 혼자 어촌에 남았다. 빈센트는 날마다 해변의 모래사장으로 나가 바다와 하늘, 불어오는 바람을 마주했 고 부지불식간에 '증인'의 일을 생각했다. 누가 그의 증인일까? 상 황을 전혀 모르는 어촌의 사람들이 되어줄 수 있을까? 남편을 잃 은 현지의 부인이 그럴 수 있을까? 해변의 모래사장에서 게를 줍 는 남자아이가 그럴 수 있을까? 진정한 증인이 없다는 것은 그 사 람의 때가 아직 오지 않았음을 의미하는 것이었다. 빈센트는 고속 버스가 자신을 데리러 와주기를 초조하게 기다리기 시작했다.

그 차는 수요일에 왔다. 남녀노소 할 것 없이 어촌의 모든 사람들이 길가에 서서 빈센트가 떠나는 것을 보았다. 여자들은 아이를 안고 입을 살짝 벌린 채 고개를 차 안으로 내밀어 살펴보았다. 그녀들은 무엇을 찾고 있을까? 운전기사는 고개를 까닥해서 빈센트에게 차에 타라는 뜻을 전했다. 그러고는 고개조차 돌리지 않고 물었다.

"다 됐어요?"

마음이 심란한 빈센트는 절망적으로 운전기사에게 손을 내저으며 외쳤다.

"가요! 갑시다!"

차의 출발과 함께 그의 뇌리에 어촌에서의 나날들이 영화처럼 되살아났다. 그러고 보니 그 한 달 동안 자신이 생각했던 것처럼 그렇게 음울하게 보낸 것만은 아니었다. 한밤중에 노인과 바깥으로 나갔다가 조난당한 어민의 무덤 옆에서 도깨비불을 보았던 일을 떠올렸다. 또한 노인과 함께 산호섬을 탐험한 일이 생각났다. 깊은 동굴에서 잠든 수많은 사람들을 발견하고는 그곳에 관솔을 피우고 앉아 그들과 오랫동안 이야기했다. 꿈을 꾸고 있는 그들은 문답을 하듯 온갖 나라의 말을 했고 사유 또한 유난히 활발했다. 그뿐만 아니라 한 어민의 집을 방문했던 일을 떠올렸다. 그 집 사람들은 전부 마흔한 살밖에 살 수 없는 질병을 앓고 있었다. 도박꾼도 마약중독자도 아니었지만, 죽음의 위협에 대처하는 방법이 잠을 없애는 것이었다. 그래서 그 집에는 침대가 없었고, 그 집

형제자매들은 한밤중에 각자 자신의 일을 했다. 그들의 부모는 탁자 옆에 앉아 작디작은 콩 기름등에 의지해 장부를 기록했다. 빈센트와 노인은 마을의 정열적인 무도회에도 참여했다. 모든 사람이 백사장에 모여 달빛 아래 덩실덩실 춤을 추면서 격렬하게 울리는 북소리와 함께 더는 출 수 없을 때까지, 바닥에 까무러칠 때까지 추었다…… 빈센트는 이밖에도 수많은 일들이 주마등처럼 스쳐 지나갔다. 그런데 어촌에 있을 때는 그 일들을 전부 잊었다. 왜일까? 아마도 그 일들이 깊은 밤에 일어났고 잠을 자고 난 이튿날이면 깡그리 잊어서인지도 몰랐다. 빈센트는 지금 돌이켜보다가 그러고 보니 노인은 그가 동경해 마지않는 또 다른 생활로 들어갔다는 것을 불현듯 깨달았다. 노인은 몇십 년 동안 그런 생활을 동경해왔다. 여러 해 전, 노인이 깊은 산속의 숲에서 벌목할 때 그 나무들이 길고 긴 탄식을 내뱉으며 자신 앞에 쓰러지는 순간, 노인은 그런 생활을 무수히 많이 상상했다. 그 신비로운 외삼촌은 노인을 도와 그 바람을 실현시켜주었다. 그런데 그 외삼촌이라는 사람은 정말로 실재할까? 나중에 노인은 왜 외삼촌의 일을 한 번도 언급하지 않았을까? 그들이 어촌의 묘지를 보러 갔을 때 그곳에는 타향 사람이 묻힌 무덤이 없었다. 노인의 예전 진술에 따르면 노인의 외삼촌은 그곳에 묻혔다고 했다. 외삼촌 역시 그 산호섬의 깊은 동굴에 있을 가능성이 컸다. 장거리 버스에는 노선에 따라 또다시 많은 여행객이 올라탔고, 그들의 모습은 얼추 비슷비슷하게 피곤한 표정에도 활기가 넘쳤다. 빈센트는 그들이 전부 같은 곳, 자신의 마음에서 '꿈의 고향'이라고 부르는 곳에서 온 것 같았다. 빈센트는 무턱대고 그곳이 이 여행의 종착지가 될 것이라는 확신이 들었다. 어쩌면 노인이 해변에서 자신에게 이 일을 승낙했는지도 몰랐다.

"도착했어요? 아빠? 왜 가는 길의 경치가 이리도 슬퍼요?"

"그건 즐거운 새끼 오리가 호수에서 헤엄치고 있어서야. 애야, 자세히 봐봐."

빈센트는 애를 써서 듣다가 뜻밖에도 타향의 말들을 알아들었다는 것을 깨달았다.

빈센트가 막사에서 나왔을 때 날은 이미 밝았다. 그는 한 번 더 오룡탑을 찾았다.

존도 거기에 있었다. 존의 눈에 벌겋게 핏발이 선 걸 보니 밤잠을 못 잔 듯했다. 탑 안으로 들어갔을 때 두 사람은 안에 음산한 바람이 도는 것을 느꼈고, 그래서 일제히 고개를 들어 올려다보았다. 그 꼭대기가 하얗게 부셔서 둥근 구멍을 확인할 수가 없었다. 한 사람이 탑의 허리쯤을 오르고 있었는데 백발을 휘날리는 노인이었다.

"그는 갠지스강에서 왔어요. 마을에서 사자 한 마리를 길렀죠." 존이 빈센트에게 말했다. "후에 그는 미쳤어요. 그곳은 너무나 아름다운 마을이고 강가에 서 있으면 별이 총총한 하늘에서 선조들이 하는 말을 들을 수 있어요."

"그곳이 정말로 갠지스강이야?" 빈센트가 물었다.

"몰라요. 다녀온 곳이 너무 많아 진작 뒤죽박죽이 되었어요. 하지만 그렇게 생각하고 싶어요. 어찌나 넓은 강인지, 코끼리가 뱃머리에 우뚝 서 있어요. 갠지스강, 갠지스강."

"그건 그렇고 여긴 정말 추워." 빈센트가 연이어 몇 번 재채기를 해댔다.

그 노인은 이미 꼭대기까지 올라가서 하얀빛 속으로 사라졌다.

"그는 생전에 통에 테를 씌우는 장인이었어요. 사자를 기르는 건 그의 비밀 직업이었죠. 사냥한 꿩으로 그 일을 했어요. 사자는 숲에 숨어 있다가 한밤중이 되어서야 마을에 나타났고, 노인과 사자는 남모를 관계를 유지했어요. 노인이 사자의 등에 올라타고 밖으로 나간 날 숲에서 소란이 끊이지 않았고 갠지스강의 물이 양쪽 뭍으로 범람했죠. 코끼리, 코끼리는……."

존은 돌멩이가 땅을 찧는 듯한 거대한 굉음을 들어 말을 잇지 못했다. 돌계단이 떨어졌나? 하지만 바닥에는 아무런 흔적이 없었다.

"저 노인을 말하는 거야?"

"맞아요. 전 그를 알죠."

"하지만 조금 전에 그는 떨어졌어. 한 사람의 영혼이 얼마나 무거운지 생각해보라고."

그날 두 사람은 올라가지 않았고 탑 아래의 그림자에 서서 꼭대기의 그 빛을 바라보며 뜬금없는 이야기들만 이러쿵저러쿵 떠들어댔다. 오후 무렵, 그들은 함께 작은 식당에 가서 밥을 먹었고 다시 오룡탑으로 돌아와 이야기를 이어갔다. 시간은 천천히 흘러서 또다시 밤이 찾아왔다. 존은 빈센트가 무엇인가를 기다리는 듯했다. 빈센트는 번번이 일어나 입구로 가서 두리번거렸다. 마침내 그 여자가 나타났고, 존은 그녀가 천천히 다가왔을 때 그녀를 알아보았다. 그녀는 서점 주인의 나이 든 아름다운 전처였다. 하지만 빈센트의 눈에 그녀는 B도시의 24층 건물에 사는 무게가 없는 여자였다. 그러니까 조금 전 빈센트는 그녀와 이곳에서 만나기로 한 약속을 어렴풋이 기억해낸 것이었다.

여자가 걸어 들어와 잘 알고 있는 듯 두 사람에게 고개를 끄덕이고는 말했다.

"해질 무렵, 안개가 자욱해서 하마터면 이곳으로 오는 길을 못 찾을 뻔했어요."

빈센트와 존은 거의 이구동성으로 상대에게 말했다.

"그러고 보니 당신들은 이곳에서 만나기로 했군요."

말을 한 뒤 두 사람은 난감해했다. 여자는 난감해하기는커녕 외려 다가와 두 사람의 손을 잡고 힘껏 몇 번 흔들었다. 존은 그녀의 곱슬곱슬한 백발의 우아한 머리 뒤에 그림자가 어른거리는 것을 보았다. 그것은 보기 드문 흰빛 호랑이로 어두운 빛 속에서 호랑이의 두 눈이 두 개의 등불이 되었다.

이내 세 사람은 서로의 얼굴을 볼 수 없었다.

존은 여자의 손을 잡았지만 그 손은 그에게 실재하는 느낌을 전혀 주지 못했다. 그는 한 가지 일을 떠올렸다.

"당신은 우리가 더는 만나지 못할 것이라고 하지 않았어요? 안 그래요?"

"맞아요. 제가 그런 말을 했죠. 이것이 바로 운명 같은 것으로…… 만약 이토가 이곳에 있었다면…….."

여자의 목소리가 너무나 가물가물해서 존은 그녀가 상공을 거니는 듯했다. 하지만 그녀의 가느다란 손은 여전히 존 자신의 손에 잡혀 있었다. 다만 그 손이 싸늘해졌지만 말이다. 존은 자신의 따뜻한 손으로 그 손에 온기를 더하고 싶어 자신의 다른 손으로도 그 손을 잡았다.

"존, 왜 나는 내가 보려는 것을 볼 수가 없을까?" 어둠 속에서 빈센트의 침울한 목소리가 들려왔다. "나는 최선을 다해보았지만 백사장에는 바닷물에 떠밀려 온 장화 한 짝뿐이었어."

빈센트는 울고 있는 듯했다. 존은 속으로 그의 눈물이 여자의 또 다른 손의 손바닥에 떨어졌을 것이라고 짐작했다. 자신이 두 손으로 잡고 있는 그 손이 점차 따뜻해졌기 때문이었다. 여자는 자신의 손을 빼서 재빨리 문밖으로 걸어갔고, 존은 탑 안에 남아 있는 그녀의 목소리를 들었다.

"서점의 일은 나날이 많아지고 이토는 늙었어요."

그 흰빛 호랑이가 그녀 뒤의 어두운 밤으로 걸어갔다.

존은 뒤쫓아 가고 싶은 마음이 간절했지만 빈센트가 입구에서 가로막고는 말했다.

"그녀는 일 년 사계절 내내 저 검은 원피스만 입고 있어."

"아." 존은 화들짝 놀랐다. "조금 전 그녀는 흰색의 기모노를 입고 있지 않았나요? 그녀는 서점 주인의 전처인데 전 그녀를 만난 적이 있어요."

"우리 두 사람이 만난 사람은 같은 사람이야." 빈센트는 어떤 생각의 늪에 빠졌다.

누군가 탑에서 내려와 측문으로 나갔지만, 두 사람은 그 사람을 보지 못했다. 한 사람이 아닌지 울리는 발소리가 말발굽 소리처럼 들렸다.

"존, 자네 먼저 가. 나는 오늘 밤 탑에서 자겠네. 이곳에 담요가 있어. 모두들 이곳이 세계의 최고봉이라고 했어."

존이 떠나고 빈센트는 육중한 문을 닫았다. 존은 걸으면서 빈센트가 안에서 계단을 오르는 모습을 상상했다. 존이 보기에 빈센트는 혼자 오르고 싶어 하고 그래서 잠을 이루지 못할 듯했다.

바깥은 등불도 없고 하늘에 별들도 없는 짙은 밤이었다. 그 흰빛 호랑이가 주변에 출몰한 것을 어렴풋이 보았다. 존은 아주 오랜만에 처음으로 마리아를 떠올렸고, 자신이 아내가 있고 가정이 있는 사람이라는 사실을 떠올렸다. 이토록 아득히 먼 동양의 어느 고원에서 그의 잃어버린 기억은 그 일부를 아스라하게 드러냈다. 자신과 마리아는 B도시에서 바쁘지만 충실한 나날을 보냈다. 자신들은 서부 특색의 요리를 제공하는 식당을 운영했다. 자신들의 아들은 장거리 트럭 운전사로 일 년 내내 다른 도시의 고속도로를 달렸다. 존은 "얼마나 원만한 가정생활인가"라고 혼잣말했다. 주방에서는 김이 모락모락 나고, 바깥 식당에서는 손님들로 가득 차서 여기저기서 새우튀김 냄새가 진동했다. 마리아는 허리를 구부려 식료품 찬장에서 무엇인가를 찾다가 곧장 일어나 존에게 가서 물었다.

"존, 새우 양념 다 됐어?"

이 말이 떨어지기 무섭게 흰빛 호랑이가 눈앞을 스치고 지나갔다. 존은 어린아이처럼 울음을 터뜨렸다.

여관으로 돌아와서 곰팡이 냄새 나는 침낭 속으로 파고든 뒤에야 편안한 마음으로 잠들었다.

중간에 한 번 깼을 때 여관의 누런 벽지를 바라보며 머릿속으로 잠시 그 서점의 매출은 정말로 올랐을까 하는 의문이 스쳐 지나갔다. 그러고는 또다시 잠들었다.

탑 안에 있는 빈센트는 어두워서 손을 뻗어도 손가락이 보이지 않았지만, 그 사람이 내려오는 소리를 들었다. 그 사람은 한 계단 한 계단을 더듬으면서 힘겹게 내려오는 듯했다. 빈센트는 그 사람의 마음속 공포를 상상하다가 그만 저도 몰래 주먹을 불끈 쥐었다. 그가 한동안 멈추었는데, 아마 계단의 일부가 헐거워져 있기 때문일 것이었다. 빈센트는 앞서 탑 안의 그 굉음을 떠올렸다. 어쩌면 그 부분은 이미 떨어져 나가서 계단과 계단 사이에 커다란 공백이 생겼을지도 몰랐다. 백발노인의 체력이 소진된 것은 아닐까? 그는 너무나 허약해 보였고 확실히 나이가 들어 보였다. 그런데 그가 또다시 움직이기 시작했고 발걸음이 점점 가까워졌다. 설마 그에게 날개가 있어 그 공백을 날았다고? 아니면 그런 공백 자체가 아예 존재하지 않았다고? 발소리가 지척에 이르렀지만 노인은 시종일관 빈센트와 아는 척하지 않았다. 이 발소리는 자신의 마음에서 울리는 것인가? 저 꼭대기의 하얀빛에는 대체 무엇이 있을까? 빈센트가 올라가보지 않은 것은 꿈속에서 어촌의 노인이 자신에게 너무나 분명하게 말했기 때문이었다. "탑 꼭대기에 올라가서는 안 돼." 지난주에 아름다운 새끼 늑대 한 마리가 탑 안에서 죽었다. 빈센트가 보기에 새끼 늑대는 피로로 죽은 듯했다. 늑대는 확실히 편안해 보였으며 몸에는 어떤 상처도 없었다. 녀석의 털 색깔은 옅고 옅었는데, 거의 노르스름한 색으로 딱 몽환적인 나이였다. 그런데 누가 그것의 사체를 옮겼을까?

빈센트는 발로 바닥의 담요를 뒤졌고 몹시 자고 싶었다. 바로 이때 바깥에서 누군가 탑의 문을 두드렸다. 가서 문을 열자 그 사람은 이슬 냄새를 묻히고 들어왔다.

"여관은 투숙객들로 만원이라 이곳으로 돌아오는 수밖에 없었어요."

알고 보니 검은 옷의 여자였다.

빈센트는 그녀와 한 담요 위에 누웠다. 그녀에게 누군가 내려오는 발소리를 듣지 못했는지 묻자 여자가 웃으며 말했다. "그게 바로 저예요. 제가 올라갔다가 내려왔거든요. 모름지기 올라갔다 온 사람은 무게를 잃는데, 제가 좀 하늘하늘하지 않아요?" 빈센트는 그녀가 정말로 하늘거린다고 생각했다. 다시 탑 꼭대기에 뭐가 있는지 물었다. "열 개의 둥근 구멍이 있어요. 당신은 봤어요. 그 둥근 구멍으로 몸을 내밀면……." 그녀는 말을 아꼈다. "뭐죠?" 빈센트가 재촉했다. "몰라요." 그녀가 말했다. "전 그렇게 해보지 않고 바로 내려왔어요."

빈센트는 그녀를 꼭 껴안고 잠에 빠져들었다. 꿈속에서 그는 A국의 집에서 크리스마스를 보냈다. 창밖에는 눈이 펑펑 쏟아지고 리사는 벽난로 앞에서 장작을 만졌다. 그녀의 얼굴이 이글거리는 불에 사과처럼 빨갛게 익었다. 리사가 고개를 돌려 빈센트에게 물었다.

"빈센트, 언제 출발할 작정이야?"

"내일." 빈센트는 무심결에 말했다. "안 그러면 나는 너무 늦었어."

아침에 깨어났을 때 그는 쏟아지는 강렬한 햇볕에 눈을 뜰 수가 없었다. 손을 뻗어 옆의 여자를 더듬었으나 여자는 없었다. 다시 고개를 들어 위를 보았을 때 하얀빛이 아래로 움직이고 있는 것을 보았다. 어쩌면 움직이는 것이 아니라 뻗어 나가고 있는지도 몰랐다. 정말이지 뻗어 나가고 있었다! 눈 깜짝할 새에 탑 안이 환해졌고, 빈센트의 눈은 태양을 마주하고 있는 것처럼 아무것도 보이지 않았다. 그는 더웠고 땀을 흘리기 시작했다. 그의 귓가에 현지인이 말하는 소리가 들렸는데 모호하기 이를 데 없었다. 손을 뻗어 보았다가 칼끝이 만져져서 금세 도로 움츠렸다. 누군가 빈센트의 손을 잡아당겼고 그가 그 손을 잡자 나이 들어 보이는 남자의 손이라는 것을 알 수 있었다. 그 손은 식은땀으로 축축하게 젖어 있었다.

"어제까지만 해도 해가 났는데, 오늘은 폭설이 내려서 길이 막혀 돌아가고 싶어도 못 돌아가요. 오룡탑 꼭대기의 생활은 구사일생과 같은 것이죠." 그가 말했다. 그는 빈센트와 같은 나라의 사람인 듯했다.

"그렇다면 저는요? 탑 아래에서의 생활은 무엇에 견줄 수 있을까요?"

"당신의 생활은 연극을 보는 것에 견줄 수 있어요."

그는 억지웃음을 몇 번 짓고는 이내 빈센트의 손을 뿌리치고 돌아서서 그 돌계단을 올랐다.

빈센트는 더듬거리며 탑문을 나섰다. 그의 시력은 곧 회복되었다. 밝고 투명한 고원의 풍경이 펼쳐졌다. 푸르른 풀과 잎이 검붉게 물든 나무들, 내달리는 회색 늑대, 숲 뒤의 초가집. 하지만 그 풍경들은 진짜 같지 않았다. 자신이 힘껏 발을 구르면 눈앞의 그 모든 것들이 사라질 것만 같았다. 지금 자신은 아름답지만 호의적이지 않은 풍경 속에 몸담고 있었다. 그는 뒤쪽의 오룡탑의 풍경만이 견고해서 무너지지 않을 절경이라는 것을 절감하고는 오룡탑을 떠나갔다.

빈센트는 행인들에 의해 밟힌 잔디밭 길을 따라 앞으로 나아갔다. 속으로 고원은 얼굴을 정말로 빠르게 바꾸는구나 싶었다. 최근 며칠 동안 이 일대가 너무나 친숙했는데, 지금은 풀 한 포기 나무 한 그루가 완전히 변해버렸다. 이는 어떤 힘의 작용인가? 이곳을 찾아오는 사람들에게 오룡탑에 대한 경외심을 한층 더 갖게 하기 위함인가? 빈센트가 돌아서서 보니 그 고탑은 이미 자신이 어렸을 때 가지고 놀았던 블록의 한 덩이처럼 잿빛의 작은 삼각형이 되어 있었다. 아니면 그것은 본래 블록이었나?

빈센트는 좌불안석이 되어 그 허구의 풍경 속에서 발걸음을 내디뎠다. 자신의 다리가 후들거리는 건 배가 너무 고파서인지도 모르겠다고 생각했다. 그는 자신에게 마음을 정했는지 물었다.

오래전, 해변의 모래사장에서 저 멀리 산호섬을 바라보면서 그는 그 문제를 생각했다. 사실 그것은 사유할 수 없는 문제였다. 그렇다면 그는 어떻게 그것을 사유했을까? 그 문제 자체를 사유하지 않고 그저 그 문제를 둘러싸고 많은 통로를 열어 매복하고 있었다고 할 수 있었다.

이 말이 빈센트의 머릿속에 나타났을 때 그는 온몸이 살짝 달아오르고, 자신의 초췌하고 피곤한 몸에서 에너지가 나오고 있는 것을 느꼈다. 그의 발걸음은 서서히 안정되었고 주변의 허위적 풍경에 더는 메스꺼움을 느끼지 않았다.

숲의 가장자리에서 한 노인이 길고 긴 갈고리로 나무의 죽은 가지를 쳐내면서 땔나무를 하고 있었다. 빈센트가 그의 곁을 지나온 뒤에 그는 그제야 빈센트의 뒷모습에 대고 현지 말로 외쳤다. 빈센트는 단숨에 이해했다. 그가 외친 말은 "배를 탑니까? 비행기를 탑니까?"였다. 빈센트는 그에게로 돌아갔지만 그는 눈을 내리깔고 넝쿨로 자신의 땔감을 묶으면서 아무 일도 일어나지 않은 듯 굴었다. 노인의 잔뼈 굵고 솜씨 있는 두 손은 눈에 몹시 익었다. 빈센트는 무엇인가가 자신의 내부에서 쏜살같이 죽었지만 이내 또 다른 것들이 자라났음을 느꼈다.

노인은 그 땔감을 메고 숲의 깊은 곳으로 들어갔고, 빈센트는 그와는 반대되는 길을 향해 발걸음을 옮겼다.

16장

리사와 마리아의 장정

리사의 집에 처음 온 마리아는 조심스럽게 두리번거렸다. 리사는 마리아를 넓은 거실이 아니라 위층의 빈센트와 자신의 침실로 데리고 갔다. 마리아는 리사의 침실이 자신의 것보다 훨씬 초라한 데다 나무 침대 외에 별다른 가구가 없는 것을 보았다. 휑하니 그림 한 장 걸려 있지 않은 벽은 고급 저택과는 어울리지 않았다. 가장 이상한 건 창문들이었다. 두 개의 창문은 작은 데다 높은 곳에 있어 빛이 방 안으로 들어오기 힘들었다.

"저희 침실은 제가 직접 설계한 거예요. 어때요?"

"아!"

"저는 밤에 자신을 가둘 감방이 필요했어요. 처음에는 그렇게 생각했죠. 빈센트 역시 내 생각에 찬성했고요. 혼자 들어오는 게 아니라 무리를 거느리고 있기 때문이에요. 그들은 보통 당신이 지금 서 있는 그 모퉁이에서 활동해요. 전 상대적으로 폐쇄된 공간에서 장정을 펼치는 것을 좋아하고요."

리사는 말할 때 방을 서성거리면서, 마치 무엇인가를 밀쳐내지만 그것들이 또다시 부단히 달려들어 절대로 떨어지지 않은 것처럼 끊임없이 두 손을 가슴에서 바깥으로 밀쳤다. 마리아는 방 안에 옅은 연기 같은 것이 뭉게뭉게 피어오르는 것을 보았다.

"그렇다면 빈센트는요? 그는 밤에 어디로 가요?" 마리아가 물었다.

"몰라요. 창턱에 앉아 있겠지요. 창턱이 높아 관전하기에는 좋은 곳이죠."

"최근 상황은 어때요?"

"그가 떠난 이후요? 하, 그는 매일 이곳에 와요. 언제나 대오에 끼어 있어서 내가 참기만 하면 그와 만날 수 있어요. 어젯밤에도 나는 빈센트의 소개로 빈센트가 새로 사귄 친구를 만났어요. 그는 은퇴한 벌목공으로, 적진으로 돌진하는 용감한 노전사죠."

누군가 문을 두드리자 리사는 자신의 운전기사라고 말했다. 리사는 목소리를 낮춰 마리아에게 빈센트가 떠난 사실을 운전기사에게 알리면 안 되고, 그렇지 않으면 자신은 이 청년의 유혹을 받을 것이라고 했다. 마리아가 리사에게 어떻게 그 일을 해낼 수 있는지 묻자 리사는 장정이 장렬하게 진행되면 젊은이는 집으로 들어올 수 없다고 말했다.

과연 밖의 그 사람은 문을 가볍게 두드리기만 할 뿐 소리치지도 문을 밀지도 않았다.

마리아가 웃음을 터뜨렸다.

"그는 열등감이 대단해요." 리사는 이렇게 평가했다. "하지만 예전에는 이러지 않았어요. 광폭하기가 이를 데 없었고 나 따위는 안중에도 없었어요. 빈센트가 떠나자 이 대저택은 욕망의 빈 성이 되었지요. 들어봐요. 두 사람이에요. 또 한 사람은 요리사 아빙이죠. 요리사는 고향에 대한 그리움에 사무쳐 반미치광이가 되었어요. 이 두 불쌍한 고아를, 정말이지 품에 끌어안고 싶어요!"

도시 중심부에 있는 그 대저택에서 마리아는 소스라치며 빈센트 부부의 황폐한 내면세계를 보았다. 그것은 주인에게 서서히 무시당하고 잊힌 저택이었다. 마리아는 리사와 함께 그 부동산을 한 바퀴 돌았다. 리사는 줄곧 열정적이고 흥분한 어조로 자신의 집을 소개하면서 낭만적인 지난날을 돌이켜보았지만, 마리아는 건물 구석구석에서 더는 회생할 수 없는, 죽어가는 것들을 보았다. 모든 것은 과거에 속한 것들로 격정의 잔해였다. 자연으로 돌아가 관리해주는 손길이 없는 정원, 물이 말라비틀어진 수영장, 페인트칠이 벗겨진 나무 정자, 그 큰 건물 안에서 오랜 세월 잠겨 있는 방들. 그 모든 것들은 마리아의 눈에 영감을 불러일으키는 산물이었다. 하지만 그 영감들은 지금 전부 마음속 깊숙한 어둠에 묻혀버렸다.

거대한 수영장에서 요리사 아빙이 새 둥지를 치우고 있었다. 새들은 왜 하필 그런 곳에 둥지를 틀었을까? 어쨌든 모든 것이 난장판이 된 듯했다. 아빙의 행동에는 증오가 부글부글 들끓는 듯했고 마리아는 바닥에 새알이 드문드문 흩어져 있는 것을 보았다.

"아빙! 아빙!" 리사의 목소리에는 침통함이 배어 있었다.

아빙은 어리둥절해한 뒤 손 안의 빗자루를 내던지고 올라왔다. 그는 리사 앞에서 눈을 치켜뜨고, 얼굴에 무뢰한 미소를 지었다. 마리아가 버럭 화를 냈다.

"밤이 되면 저 수영장은 지옥처럼 시끌벅적하죠." 그가 말했다.

"아빙, 넌 이미 적잖은 나이인데 어떻게 아직도 감정적으로 일을 처리하려고 들지? 여기에 있는 이상 자신의 생활을 잘 꾸려가야만 해. 마음속에 그렇게 큰 원한을 품고서 어떻게 생활을 잘 꾸려갈 수 있겠어……."

"전 제 생활을 잘 꾸려가고 있어요." 아빙은 성가시다는 듯 리사의 말을 끊었다. "사람마다 자기만의 뜻이 있죠. 당신은 매번 저 역시 장정의 대오에 있다는 것을 눈치채지 못하더라고요."

그의 앞에서 궁색해진 리사는 말없이 고개를 숙이고 마리아를 끌고 자리를 떴다.

마리아와 리사는 넓은 주방에 앉아 아빙이 만든 맛있는 감자떡을 먹었다. 리사는 아빙을 "값을 매길 수 없는 보물"이라고 추켜세우면서 그에게 증오의 충동만 없으면 "큰 업적을 세우는" 사람이 되었을 것이라고 했다. 마리아는 웃으며 요리사는 큰 업적을 세우기 원하기보다는 세상의 일을 꿰뚫어 보고 있는지도 모른다고 대답했다.

"빈센트처럼요?" 리사가 장난스러운 어조로 물었다.

"아니요. 빈센트는 영원히 꿰뚫어 보지 못할 거예요. 온갖 곳을 여행하면서 보고 또 봐도 끝이 없을걸요."

두 사람은 웃음을 터뜨렸다. 그렇게 통쾌하게 웃어본 것이 실로 오랜만이었다. 아빙은 침울하게 다가와 접시를 치우면서 부러 시끄러운 소리를 냈다.

"저 사람은 툭하면 나한테 성질을 부리죠. 이 집에서는 저 사람이 주인인 것 같아요." 리사가 말했다. "봐요. 갔잖아요. 우리와 말도 섞기 싫어해요."

마리아는 흑곰 같은 요리사의 모습이 계단에서 마당으로 내려가는 것을 보았다. 그는 확실히 화가 나서 씩씩거렸다. 왜일까?

"마리아, 전 한 가지 실험을 하고 싶어요. 우리 둘이 오늘 밤 그 침대에서 함께 꿈을 꾸면 안 될까요? 꿈속에서 서로 소통할 수 있는지 봐요. 그리고 우리 함께 존과 빈센트를 찾으러 가요."

불이 꺼지자 대저택은 그야말로 묘지가 되었다. 무덤들은 진흙으로 아무렇게나 쌓아 올린 흙더미였다. 리사는 두 손으로 무릎을 감싸고 흙더미에 앉았고 마리아는 한쪽에 서 있었다. 하늘에는 달도 별도 없었다. 한 사람이 등롱을 들고 저 멀리서 다가오면서 걷다 멈추기를 반복했고, 불빛을 흙더미의 풀에 비추었다. 마리아가 몸을 돌리자 또 한 사람이 역시 등롱을 들고 마찬가지로 무덤 사이에서 무엇인가를 찾고 있었다. 다시 보자 또 한 사람이 마침 큰길에서 달려오고 있었다. 마찬가지로 손에 등롱을 들었고 그 사람 뒤에는 또한 네 번째 사람이 있었다.

"묘지는 정말로 시끌벅적하네요." 마리아가 말했다.

마리아가 말할 때 그 사람이 이미 앞에 도착했다. 그 사람이 손의 등롱을 높이 들어 올리는 통에 마리아는 매우 이상한 느낌을 받았다. 리사가 마리아를 잡아끌어 앉히고 나지막이 말했다.

"그는 지금 신호를 보내고 있는 거예요. 아직 모르겠어요? 한 무리의 군대가 이제 곧 도착해요. 잠시 뒤 이곳은 병영이 돼요. 제가 앉아 있는 이곳은 실은 빈센트의 묘예요."

"빈센트가 이 흙더미에 있다고요?"

"아직 아니에요. 그는 아직 바깥을 떠돌고 있어요. 전 이 자리에 앉아 있으면 마음이 더없이 편안해져요."

마리아가 고개를 들었을 때 주변의 등롱은 이미 일고여덟 개로 늘어나 있었다. 보아하니 다들 낯이 익은 사람들로, 그중 한 사람은 자신의 이웃이었다. 잠시 후 대니얼과 제냐도 온 것을 보았다.

"마리아는 여기에 있었네." 제냐가 기뻐하며 대니얼에게 말했다. "내가 보니 너희 가족들은 특별히 화를 잘 참는 것 같아! 네 엄마는 저곳에 아주 단정히 앉아 있어."

마리아는 대니얼의 얼굴이 잘 보이지 않았고 그의 몸은 그저 긴 천 조각 같았다.

"대니얼!" 마리아가 안타까워하며 불렀다.

묘지에는 바람이 불어오고 대니얼의 목소리는 항아리에서 나오는 소리처럼 대체 무슨 말을 하는지 알아들을 수가 없었다. 마리아는 아들이 세차게 고개를 젓는 것을 보았다.

"대니얼, 무슨 말을 하고 싶은 거야?" 마리아가 넋을 잃고 물었다.

"대니얼은 자기 아버지 일을 말하고 있어." 제냐가 대신 대답했다. "대니얼이 늘 입에 달고 살아서 나마저 물들어서 너의 존을 사랑하게 되었다니까."

마리아가 팔을 내밀어 대니얼의 가는 허리를 안았다가 아들의 등이 커다랗게 부풀어 오른 것에 화들짝 놀랐다.

"이게 뭐야?" 마리아의 목소리가 떨렸다.

"그건 존이야." 제냐가 말했다. "네 아들은 지금 아버지를 몸에 지니고 곳곳을 다녀. 대니얼이 얼마나 실해졌는지 보라고. 성숙한 사나이가 됐다니까."

마리아는 아들의 와이셔츠를 들추어 그의 기형적인 등허리를 쓰다듬으면서 머릿속으로 광기 어린 생각을 했다. 리사는 그저 옆에서 마리아를 위로하며 말했다. "좋은 일이에요. 봐요. 당신의 아들은 얼마나 훌륭해요." 대니얼이 또다시 뭐라고 중얼거렸다.

"대니얼의 말은, 아버지가 자기 안에서 말하고 있어 잘 들리지 않는다는 거야." 제냐가 또다시 대니얼을 대신해 말했다.

마리아가 손을 떼자 대니얼은 즉시 제냐의 등 뒤로 숨었다. 이 일로 마리아는 그저 서글펐다.

묘지에는 이미 적잖은 사람들이 몰려들었다. 마리아는 전마의 냄새를 희미하게 맡았고 화약의 냄새마저 감돌았다. 등롱을 든 사람들은 묘회*에 서둘러 가는 모습과 닮았는데, 왜 이런 냄새가 날까? 제냐와 대니얼은 잠시 후에 어둠 속으로 사라졌다. 리사는 자신은 대오 안으로 가서 한 사람을 찾아야 한다면서 마리아에게 자신을 대신해 이 봉분에 앉아 있어달라고 부탁했다. 어떤 일을 놓치지 않아야 한다면서 말이다. 리사는 말하면서 가버렸다.

지금 마리아는 혼자 덩그러니 무덤에 앉았다. 웬 작은 동물이 그녀의 발밑에서 옴죽거렸는데, 놀랍게도 자신의 갈색 얼룩무늬 아프리카사향고양이었다! 희미한 빛 속에서 고양이의 발이 흠뻑 젖고 다쳐서 오른쪽 앞발이 거의 잘린 것을 보았다. 녀석은 전혀 전기를 띨 수가 없었다. 마리아는 애가 달아 고양이를 집으로 데려가 상처를 치료해주고 싶었지만, 리사와의 약속을 어길 수가

---

* 잿날이나 일정한 날에 절 안이나 그 근처에 임시로 설치된 시장.

없었다. 마리아는 리사가 나타나기만을 눈이 빠지도록 기다렸다. 이때 묘지는 몰린 인파로 등불이 곳곳을 환하게 밝히고 있었다. 또 한 이웃이 등롱을 들고 마리아 곁을 지나갔다. 마리아가 그 노부인을 불러 세웠다.

"캐런, 리사를 좀 찾아주겠어요? 급한 일이 있어서요."

"아이고, 존의 부인도 여기에 있었군요." 캐런의 늙은 얼굴에 웃음이 피었다. "왜 한가하게 여기에 앉아 있어요. 급해 죽겠는데. 우리는 말이죠. 마지막 기회를 만났어요. 시간이 되었다니까!"

캐런은 들고 있는 등롱을 마리아 앞으로 들어 올려 살폈고, 마리아는 노부인의 눈이 매의 눈처럼 느껴져 덜컥 겁이 나서 뒷걸음질 쳤다. 그녀 품 안의 고양이는 다쳤지만 밖으로 빠져나가려고 안간힘을 쓰며 버둥거렸다. 마리아는 다급한 나머지 고양이에게 뺨을 한 대 갈겼고 고양이는 그제야 버둥거림을 그쳤다.

"그만 단념해요." 캐런의 입이 합죽거렸다. "이런 밤에 누가 누구를 찾을 수 있겠어요?"

노부인은 구부정한 등을 한 채 멀어졌다. 마리아는 부인 일고 여덟 명이 신기해하며 자신을 에워싼 것을 보았다. 방금 캐런과의 대화가 이 사람들을 끌어들인 것 같았다.

"존의 부인이 아닌가? 맙소사!"

"가련한 존, 한번 가더니 돌아오지 않아."

"존은 어리석지 않아. 자신을 위해 주판알을 튕기고 있을걸. 사채업자잖아."

"존은 진정한 천산갑이라니까."

여자들은 한참 동안 이러쿵저러쿵 쑥덕대더니 또다시 우르르 흩어졌다.

마리아는 존에게 무슨 일이 일어난 것 같은 예감이 들었다. 무슨 일일까? 곧 집으로 돌아올까? 존도 이곳에 무덤이 있을까? 바로 이때 리사가 돌아왔다. 리사는 노란 등롱을 들고 저 멀리서 신나서 외쳤다.

"마리아! 사랑하는 마리아! 존이 돌아왔어요. 들어봐요. 들어봐!"

리사의 머리와 마리아의 머리가 맞닿았고 두 사람은 귀 기울여 들었다. 과연 주변의 모든 사람들이 "존, 존, 존⋯⋯"이라고 말하고 있었다. 마리아가 저 멀리 시선을 던지니 그 사람들은 각자 하나의 무덤 더미에 웅크리고 앉아 있었다. 그들의 등롱은 묘비에 놓여 있고 묘지는 그야말로 아득히 펼쳐지는 듯했다. 그들은 저마다 자신이 '사랑하는 사람'의 무덤 위에 쪼그리고 앉아 있다고 리사가 알려주었다.

"전 집으로 돌아가야겠어요. 제 고양이가 탈이 났어요." 마리아가 말했다.

마리아는 고양이를 안고 무덤 더미 사이를 빠져나가면서 사람들이 여전히 "존, 존, 존⋯⋯"이라고 하는 말을 들었다. 마리아의 황량한 마음에서 한 줄기 온기가 몽글거렸다. 마리아는 희미한 담배 냄새와 출렁다리의 쇠사슬이 녹슨 냄새를 맡았다.

"장정의 형식은 정말로 다양해요." 리사는 마리아의 장미꽃밭에 앉아 이렇게 말했다.

마리아는 리사의 원기 왕성한 모습을 보면서 밤의 일을 떠올리고는 마음이 한동안 얼떨떨했다.

"대니얼! 대니얼! 아빠의 책들을 밟아 망가뜨리지 마!" 마리아가 일어나 소리쳤다.

대니얼의 목소리는 베란다에서 들려왔고, 무엇인가에 목이 졸린 것처럼 답답해했다. 서재의 창문이 흔들렸다.

마리아는 의자에 털썩 주저앉아 대니얼의 중학교 생활에 관해 리사에게 이야기했다. 말하는 동안 세 발 아프리카사향고양이가 마리아의 무릎으로 뛰어올랐다. "그건 행복인가요? 고통인가요? 행복인가요? 고통인가요……?" 마리아가 이 말을 되뇌자 고양이가 긴장해서 그녀의 무릎에서 덜덜덜 떨었다.

"그건 노랑나비였어요." 마리아는 마침내 기억해냈다. "점심 무렵, 대니얼이 학교에서 돌아왔을 때 사방이 고요했죠. 그런데 존은 왜 그때 집으로 돌아왔을까요? 전 그 노랑나비를 물끄러미 바라보면서 속으로 너무나 다행스러워했어요. 존은 입을 크게 벌려 나를 부르면서 소리를 내지 않았죠. 그는 이마에 피를 흘리고 있는 대니얼을 가리키면서 미칠 듯한 표정을 지었어요. 노랑나비가 원을 그리다 부뚜막에서 멈췄죠. 봐요. 리사, 아들이 있다는 게 얼마나 성가신 일인지."

마리아가 말하는 동안 노랑과 흰색이 섞인 또 다른 고양이도 다가왔다. 리사는 자신의 종아리가 녀석에게 감전되어 마비된 듯했다.

"그러면 장정은 이곳에서 진행할까요?" 마리아가 주저하며 물었다.

"당연하죠. 대니얼은 이미 시작했는걸요."

그날 밤에 마리아는 잠이 오지 않아 서재로 갔다. 그녀는 불을 켜지 않았지만 존의 서재가 시커먼 책의 숲이 된 것을 보았다. 그 책들은 자라 한 권 한 권이 바닥에 서 있었고 책장의 한 장 한 장이 붙어 있었다. 방의 벽을 더듬어 찾았지만 만져지지 않아 불이 어디에 있는지 알 수 없었다. 마리아의 목소리는 다소 음산하게 변했고 "존? 당신 어디야?"라고 외친 뒤 더는 부르지 않았다. 마리아는 존이 근처, 한 책의 뒤쪽에 앉아 있는 것을 느꼈다. 그의 몸 옆에는 작은 시내가 있고 존은 마침 신발을 벗어 맨발을 검은 시냇물에 담그고 있었다. 마리아는 생각했다. '존이 이제 더는 자신을 떠나지 않는다면 얼마나 좋을까. 자신의 조상이 물려준 바로 이 집터에서 자신과 대니얼 그리고 존까지 온 가족이 각자 자신의 장정을 시작해, 까마득한 그 이야기들을 되살려낸다면 얼마나 아름다울까!' 하지만 남편의 몸은 집에서 영원히 사라졌을지도 몰랐다. 대니얼은 아빠를 찾을 수 없어 자포자기하는 심정으로 모든 서가를 엎어버렸다. 존은 아직도 한 권의 책 뒤에 앉아 있을까?

"엄마, 저 여기에 있어요."

"대니얼, 이 일을 어쩔 거니?"

"전 정말로 행복해요, 엄마. 우린 이제 곧 다리 끝에 도달해요. 강이 포효하는 소리가 들려요?"

마리아는 대니얼을 볼 수 없었지만 대니얼도 근처에 있다는 것을 알았다. 깊은 밤, 서로를 찾고 쫓으면서 마리아의 마음에 따뜻한 물결이 일었다. 몇 년 만에 처음으로 혈연으로 연결된 가족의 정을 느꼈다. 마리아는 떨리는 손가락으로 그 거대한 책장들을 어루만지면서 종이 위에 돋을새김한 글자들을 만졌다. 그 글자들은 여전히 살짝 튀어 올라 전류를 뿜어냈다. 느닷없이 그 책의 내용을 깨달았다. 책은 오래되고 황량한 해변의 모래사장을 이야기하고 있었다. 한 사람이 바다에서 뭍에 오르고 바닷새가 하늘에서 불길하게 울어댔다. "저 사람이 바로 존이군." 마리아가 가볍게 소리 내어 말했다. 그러고는 손가락으로 '존'이라는 글자를 어루만졌다. "존, 당신이야?" 마리아가 물었다. "당연히 아버지죠. 왜 안 믿어요?" 대니얼이 어둠 속에서 말했다. "다시 만져봐요. 그 책에는 뭐든 다 있어요."

마리아는 이어 자신의 아프리카사향고양이에 관한 묘사를 더 듬었다. 책에서 말하고 있는 것은 자신의 두 고양이의 현재 일이 아니라 오래전 아프리카에 있었을 때의 일이었다. 당시 그것들은 막 태어난 새끼 고양이 두 마리였고, 아프리카의 작열하는 태양에 눈이 부셔 눈을 뜨지 못했다. 그런데 연한 갈색 고양이는 왜 다리가 세 개뿐일까? 녀석이 한쪽 다리를 잃은 건 묘지에서의 일인데 말이다.

"본래 세 개밖에 없었어요. 엄마가 눈여겨보지 않았을 뿐이에요." 대니얼의 목소리가 다시 울렸다.

"대니얼, 이리로 올 수 있어?"

"안 돼요, 엄마."

마리아가 또 다른 책 앞을 어루만졌다. 그 책에는 새끼 뱀들이 그려져 있었고 그것을 더듬자 그 뱀들이 꿈틀거렸다. 마리아는 자기 몸 안의 욕망이 두려워 그 책 뒤로 가서 책등을 등졌다. 그녀는 자신의 존이 몇십 년 동안 쉬지 않고 책을 읽어서 이 숲을 이루었고, 자신을 제외하지 않아 자신이 이곳에 들어오자마자 어우러진 것이라고 생각했다. 책장들이 내는 파드닥 소리 가운데 마리아의 뇌리에 문자의 세계가 나타났다. 자신이 오랜 동안 짜낸 것이 바로 이 글자들이라는 생각이 들었다. 얼마나 익숙하고 또 얼마나 흐뭇한지. 이것이 바로 행복인가? 마리아는 걷기 시작하여

한 책에서 다른 책으로 걸어가면서 마른 잎이 발밑에서 내는 소리를 들었다. 돌멩이들이 발에 닿았으며 심지어 밤꾀꼬리의 지저귐을 들었다. 그것은 가장 큰 책의 책장에서였고 울다가 또다시 잠시 멈추었다.

"엄마, 아버지한테 말해요. 광장에서 아버지의 귀가 듣고 있으니까요. 나무에 걸린 그 귀는 갈망으로 인해 쉼 없이 흔들려요."

"존, 당신의 이야기가 돌아왔어."

"잘됐어요. 엄마. 아버지가 듣고는 만족해해요."

"대니얼, 평생 혼신의 힘을 쏟아 자신을 이야기의 숲으로 만들었다면 그 사람은 여전히 우리에게 속할까?"

"그는 우리에게 속하지 않지만 날마다 우리와 함께 있어요."

"고마워. 아들."

"하지만 엄마, 엄마 자신도 저와 아버지에게 속하지 않아요. 전 엄마가 숲을 걷는 것을 보았어요. 엄마의 모습은 너무나 가늘고 비현실적이었고, 엄마의 온몸에는 전기가 흐르고 있었죠."

책의 숲에는 희미한 빛이 있었지만 마리아가 고개를 들어 보았을 때는 하늘을 볼 수가 없었다. 그렇다면 하늘은 있을까? 여기에 풀도, 돌도, 오솔길도 있고 샘물 흐르는 소리도 들렸다. 하지만 공기 중에는 해묵은 책의 아름다움 내음이 가득했다. 이것은 존의 이야기고 그 이야기는 영원히 그녀에게 속했다. 마리아는 감격해 마지않았다. 귀를 쫑긋 세우고 그 밤꾀꼬리의 다음 울부짖음을 기다렸다. 마침내 도래했지만, 한 소리가 아니라 수많은 소리가 여기저기서 일어나고 잦아지고 일어나고 잦아졌다.

리사는 마리아의 장미꽃밭을 나온 뒤 집으로 돌아가지 않았다. 좁은 길로 꺾어 들어가 청소부 조이너의 꽃집 문 앞에 섰다. 가게 안의 누군가가 리사를 향해 손을 흔들었지만 어두워서 누군지 잘 보이지 않았다. 자신의 눈이 어둠에 적응한 뒤에야 리사는 조이너를 보았다. 하지만 이 조이너는 이제 원래의 조이너가 아니었다. 얼굴 표정이 어딘가 친숙한 것 외에는 그야말로 딴 사람으로 변해 뚱뚱한 중년 부인이 되어 있었다. 무엇보다도 그녀는 거동이 불편했다. 그녀는 등나무 의자에 힘들게 앉아 튤립꽃밭에 몸을 담그고 있었고, 을씨년스러운 주변은 그녀의 얼굴로 인해 한층 더 창백했다.

"빈센트를 보러 왔어요?" 조이너가 성난 목소리로 물었다.

"맞아요. 전 그를 찾고 있어요."

리사는 실내가 갑자기 어두워지면서 아무것도 보이지 않아 현기증이 일었다.

"이건 네덜란드에서 온 튤립이죠. 당신 오른쪽은 노란 장미이고 제비꽃도 있어요. 빈센트를 보러 온 거죠?" 그녀는 다시 물었고 어투는 한층 신랄했다.

"그래요. 빈센트는…… 여기에 있나요?"

"내 몸을 밟고 가면 그를 볼 수 있을 겁니다. 힘을 다해 밟아요. 자, 발을 들어요!"

여러 개의 환한 전구가 한꺼번에 켜지면서 리사의 눈에 쏟아지는 통에 리사는 여전히 아무것도 볼 수가 없었다. 리사 자신은 이미 광장에 있는 듯했다. 아니, 운동 경기장일지도 몰랐고 어느 방향으로 가든 어떤 것도 부딪히지 않을 것 같았다. 가야 할까 말아야 할까? 이렇게 고민하고 있을 때 이미 발을 떼었다.

"빈센트, 당신한테 말해야겠어!" 리사는 외쳤고 흥분해서 얼굴이 빨개졌다.

주변은 빛이 물결치는 바다가 되었고 리사의 목소리는 오래도록 메아리쳤다. 그녀는 여전히 아무것도 볼 수 없었지만 앞으로 걸어갔고, 자신의 발조차 보이지 않았다. 돌연 이곳이 바로 설산이 아닐까 하는 생각이 들었다. 아주 오래전, 빈센트는 그녀에게 설산의 빗발이 자기 눈 속의 빛이 되면 정말 재미있겠다고 말한 적이 있었다. 리사는 지금 이 순간 '눈이 먼' 자신의 감각을 간절하게 빈센트에게 말해주고 싶었다. 조이너는 그녀를 속이지 않았고 빈센트는 근처에 있었다. 리사는 빛줄기에서 그의 마음을 보았다. 그 빛은 차가운 빛이었지만 리사의 눈은 그 모든 것에 멋지게 적응했다.

"빈센트, 난 당신한테 말해야겠어!" 리사가 또다시 소리쳤다.

리사는 빈센트가 그 빛줄기로 화하여 지금 자신의 목과 자신의 눈동자를 어루만지고 있는 것을 생생하게 느꼈다. 조금 전 일어난 일을 떠올렸다. 자신은 사무실에서 멀지 않은 곳에 있는 그 꽃집의 흑인 여자 조이너를 만난 뒤 이곳에 오지 않았는가? 자신은 꽃을 좋아하지도, 심지도 않는데 무슨 일로 꽃집에 왔을까?

"세계의 구석구석에는 그런 이야기가 숨어 있어요."

리사의 머릿속에 이 말이 또렷이 나타났다.

빛의 바다 끝에는 그림자들이 나타났다. 무리를 이룬 사람인 듯도, 짐승인 듯도 했다.

리사는 자신의 복부 어두운 곳에서 나팔 소리가 나는 것을 느꼈다. 발이 무엇인가에 걸려 넘어질 뻔했지만 넘어지지 않았고, 두 팔을 커다란 새처럼 벌려 몸의 균형을 유지하려고 애쓰면서 그렇게 비틀비틀 앞으로 달려갔다. 안달할수록 전진은 더뎠다. 하지만 저 멀리 그림자의 대오가 점점 웅장해지면서 동시에 자신 쪽으로 뻗어 나오는 것을 분명히 보았다. 붉은 깃발 한 귀퉁이에 총기와 들것이 있고, 전운이 감돌고 있는 것마저 어슴푸레하게 보였다. 어렸을 때의 기억이 순식간에 되살아났다. 엄숙하고 조용한 대저택에서 그녀와 어머니가 황소개구리 한 마리를 용감무쌍하게 뒤쫓느라 어머니는 연못에 뛰어들어 흠뻑 젖은 채 올라왔다. 그러고는 리사에게 갑자기 울리는 북소리에 귀를 기울여보라고 했다. 그것은 군고였으며 그들의 집은 이 때문에 유난히 을씨년스러워졌다.

옮긴이의 말

찬쉐를 말하다

　'중국의 카프카(고란 말름크비스트)' '중국 최고의 작가(수전 손택)' '수년간 서양 독자에게 나타난 중국 작가 가운데 가장 흥미진진하고 창조적인 작가(샬럿 이니스)' '세계적 거장(로버트 쿠버)' '새로운 세계문학에서 가장 강력하고 선구적인 작품을 쓰는 작가(요미우리 신문)' 등으로 일컬어지는, 하지만 우리에게는 생소한 작가가 한국에 상륙했다. 바로 중국문학의 한 흐름인 선봉파의 대표 주자인 찬쉐다. 찬쉐(殘雪)는 산을 덮은 하얗고 깨끗한 잔설, 봄이 와서 사람들에게 짓밟히는 잔설이라는 뜻의 필명으로 본명은 덩샤오화(鄧小華)다.

　찬쉐의 작품은 중국 여성 작가 중 가장 많은 작품이 외국에 번역·출간되어 있다. 찬쉐는 2019년과 2020년에 두 차례 노벨문학상 후보에 올랐고 2015년에《마지막 연인》으로 미국 최우수 번역도서상을 받았다. 또한 2019년《신세기 사랑 이야기》로 한 차례 더 최우수 번역도서상 후보에 올랐으며 맨부커상 후보에도 이름을 올렸다. 이처럼 찬쉐는 영미권과 일본에서 각광받는 작가이지만, 그 유명세와는 달리 중국에서는 그리 환영받지 못한다. 문단에서도 독자로부터도 그렇다. 여기에는 여러 가지 이유가 있다.

찬쉐는 중국 문단에서 한마디로 이종(異種)이라 할 수 있다. 무엇보다 찬쉐 본인이 중국 문단과 거리두기를 할 뿐 아니라, 중국 문학계를 향해 "내부 성찰과 자아비판이 부족하며 이는 유전적인 결함이다" "중국 작가들은 피상적인 글쓰기에 머물러 있다. 내 글쓰기는 본질적 글쓰기다"라는 신랄한 비판을 서슴지 않으면서 겸손이라고는 찾아볼 수 없는 자신만의 확고한 자신감을 드러내기 때문이다.

찬쉐가 롤 모델로 삼는 작가는 카프카, 보르헤스, 칼비노, 단테, 괴테, 셰익스피어 등이고 중국에서는 조설근의《홍루몽》과 루쉰이 유일하다.《홍루몽》과 루쉰의 작품 외에 중국 작품은 거의 읽지 않지만 존경해 마지않는 서양의 모더니즘 작가들의 작품은 원서로 읽는 일을 평생 해오면서 그에 관한 평론집 여섯 권을 내놓았다. 그중 카프카에 관한 평론은 미국 하버드대에서 번역·출간되었다.

중국의 초기 선봉파 작가들이 평이한 현실주의로 선회할 때 찬쉐는 오히려 30여 년 동안 꾸준히 가장 전위적인, 때로는 서양의 모더니즘 작가들보다 훨씬 더 모험적인 실험을 감행했다. 이 작업을 해올 수 있었던 데는 자신이 롤 모델로 삼는 작가들의 작품을 꾸준히 읽고 평론해온 작업의 힘이 컸다고 말한다. 하지만 찬쉐는 자신의 작품은 중국의 것도 서양의 것도 아닌 분류하기 힘든 교배에 성공한 사례라고 지적한다.

이에 관해 선양사범대학 중국문화와 문학연구소 부소장인 허샤오쥔 교수는 다음과 같이 말한다. "찬쉐는 내부에서 외부로 향하는 선봉문학의 대표적 작가로, 자신의 경험에서 출발해 서양의 모더니즘과 비슷한 주제를 사유한 뒤 중국인의 독특한 심리를 반영한다. 초조와 공포, 소외 그리고 찬쉐가 취하는 심리적 감정의 서술은 서구 모더니즘 소설의 서술 방식과 궤를 같이한다. 내적인 것에서 출발하여 모더니즘 주제에 호응하는 찬쉐의 작품은 이해하기가 쉽지 않다. 카프카와 보르헤스를 학습해서 선봉문학을 구현하고 있어 그것의 잣대로 찬쉐의 창작을 재단하지만 이는 찬쉐의 독창성을 가리는 결과를 가져온다. 찬쉐의 창작은 전후반기로 확연히 구분되며 후반기의 소설은 더더욱 이성적이 된다. 찬쉐의 '내(內)'에는 찬쉐의 문화적 축적과 성장 환경, 문화적 성격이 담겨 있다."

그렇다면 찬쉐는 어떤 성장 환경을 거쳤는가? 찬쉐는 1953년 후난성 창사 시에서 당시 지역 일간지 〈신후난일보〉의 사장 딸로 태어나 유복한 나날을 보낸다. 하지만 누구보다 사회주의 국가 건설에 열성적이었던 아버지가 1957년 '우파 반당 집단'의 두목으로 지목되고 어머니마저 우파로 낙인찍히면서 집안의 가세는 기운다. 그 뒤 찬쉐는 외할머니 손에 맡겨진다. 무속신앙의 신봉자였던 외할머니와 보낸 시간은 찬쉐의 세계관 형성에 지대한 영향을 끼친다. 1961년, 외할머니마저 그녀의 형제자매를 돌보다 아사하고 찬쉐는 초등학교를 끝으로 학업을 중단한다. 문화대혁명이 발발했기 때문이다. 10년 동안 선반공과 조립공, 정비공, 맨발 의사 등을 전전하다가 1978년 도시로 돌아온 지식 청년과 결혼한다. 남편과 함께 재봉 일로 생계를 유지하다가 그녀의 나이 서른네 살이 되던 1986년에 《황니 거리》를 시작으로 작가의 삶을 시작한다.

어려서부터 반항적이고 병약하며 신경질적이었던 찬쉐는 늘 정신병자의 눈으로 세계를 바라보고 꿈을 꾸는 상태에 있었다. 그런 그녀의 눈에 비친 세계는 온갖 공포로 가득한 기괴스러운 세계 그 자체였다. 그런 그녀에게 문화대혁명이라는 재난이 닥친다. 찬쉐는 문화대혁명의 생명 유린과 문명 파괴, 야만적이고 폭력적이며 파괴적인 참상을 그 누구보다 직접적이고 민감하게 겪으면서 이에 대한 기억을 고스란히 안고 문단으로 나와 인간 삶의 부조리와 그 부조리에 대한 분노를 여느 작가보다 신랄하고 본질적으로 드러낸다.

찬쉐는 원시적 충동을 기반으로 한 비이성적 창작 상태를 유지하려고 노력하면서 평생 그 상태에서 글을 써왔다고 한다. 그러므로 찬쉐의 소설에는 일반적인 소설의 문법을 찾아볼 수 없다. 현실과 비현실의 경계가 사라지고 서사가 해체되며 일차원적인 상징이나 이성적 논리 전개가 없다. 그래서 "어렵다" "재미없다" "뭘 말하려고 하는지 모르겠다" 등의 반응이 나온다. 《황니 거리》를 시작으로 30여 년 동안 왕성하게 작품 활동을 하며 많은 작품을 내놓지만 정작 중국에서 독자들로부터 외면받는 이유가 이 때문인지도 모른다. 하지만 역설적으로 찬쉐의 작품들이 해외에서 호평받자 2000년에 중국 출판계에서는 그 해를 찬쉐의 작품을 읽는 해로 정하고 찬쉐의 작품을 대량으로 출간하기도 한다.

*

《마지막 연인》은 찬쉐가 2005년에 쓴 소설이다. 찬쉐는 이 소설에서 심연에서 오는 고통과 그것에 저항하려는 인간의 노력을 그리고자 했다고 밝혔다. 소설은 사랑과 문학을 동일시하면서 그것의 이상, 즉 원형의 경지를 추구하고 있다.

찬쉐는 이를 보여주기 위해서 인간의 원시적 욕망이 제한받지 않는, 이질적이고 낯선 시공간을 창조한다. 그곳에서 인간은 원시적 욕망을 고스란히 드러낸다. 주인공들은 부유하고, 시종일관 뭐라 정의할 수 없는 일들을 갈망한다. 그 혹은 그녀의 행동은 늘 꿈속의 사람처럼 언제나 극도로 흥분해 있고 동식물과 무기물은 죄다 전기를 띤다. 부부와 연인은 가까이할 수 없고 모든 공간에는 죽음의 징조가 도사린다. 인간과 인간의 대화는 언제나 수수께끼이고, 서로를 추측하는 것에서 벗어나 때로는 하나의 수수께끼를 죽을 때까지 함께 추측한다. 그들은 물속에 비친 자신의 그림자를 연구하느라, 사막에서 선조의 흔적을 찾느라, 꿈속의 장정을 완수하느라 바쁘다. 뭐라 말할 수 없는 일들로 바쁘고 그런 일들을 생사와 관계된 큰일로 생각해서 전전긍긍하며 한도 끝도 없는 충동에 시달린다.

"나의 공간 속 사람들은 어떤 면에서는 외계인처럼 보이지만 실은 그들은 그저 가장 보편적인 인간의 욕망을 적나라하게 드러내고 있을 뿐이다. 하지만 욕망은 언제 어디서든 늘 심각한 제약을 받아, 인간은 죄다 절망에서 발버둥 치는 것만 같다. 독사와 까마귀, 지진이 득실거리는 공간에서, 비현실감이 발광하도록 몰아붙이는 이질적인 공간에서 인간이 몸부림치지 않을 도리가 있겠는가? 다시 말해 그들은 야성이 들끓는 사람들이기도 하다. 인식은 언제나 탐험이다. 그 여정에 오르는 주인공은 종종 만신창이가 된다. 퇴로가 없는 이런 행군은 목적지가 불분명해서 험지에 빠지고 출구를 찾기 힘들다. 게다가 언제든 인간이 확실하게 의지할 수 있는 것은 몸 안의 뜨거운 피뿐이다. 나의 주인공들이 소설에서 보여준 모습에 나는 만족스럽다. 독자들 역시 표면적 글자의 수수께끼를 뚫고 그 밑바닥의 '원형'의 경지를 볼 수 있었으면 한다."

또한 찬쉐는 고통과 그것에 저항하는 인간의 노력에 관해 이렇게 말한다. "내가 보기에 정신을 추구하는 독자라면, 마음속에 평생 풀리지 않는 감정의 응어리가 있을 것이다. 나의 소설은 그 어떤 위안도 주지 않는다. 그것은 고통을 분석하는 일이고 갈등을 층층이 들여다보고 연역해내는 일이다. 단언컨대 인간의 고통을 인식하려는 본보기가 될 뿐이다. 하루를 살아도 정신적으로 살고자 한다면 인식은 불가피하다. 그래서 마리아는 '북도'라고 하는 대나무 숲에 가려진 마을을 찾아가 그곳에서 사람들이 진행하는 볼품없는 교합의 내막을 목격한다. 빈센트는 리사의 고향으로 달려가 '뿌리를 찾고자' 한다. 한편 존은 높은 산 중턱에 있는 오두막집으로 가서 끔찍한 밤을 보낸다. 우리는 극한으로 거슬러 올라갈 패기가 있어야 한다. 그래야만 비본질적인 것들에 구애받지 않고 우리의 시선을 농무에 휩싸인 까마득한 과거(즉 미래)로 던져 어떤 사물의 윤곽이 드러날 때까지 알아보고 또 알아보려고 안간힘을 쓸 수 있다. 소설에서의 이야기는 내 이야기이고 나는 시종일관 자신의 이야기만 하는 작가다. 하지만 독자들과의 교류를 갈망한다. 왜냐하면 내 독특한 이야기는 교감을 통해서만 존재할 수 있기 때문이다. 즉 나의 시간 체험은 독자의 시간 체험을 통해 증명되어야 하고 그래야만 나의 작품은 확장될 수 있다. 그렇지 않으면 존재하지 않는다.

소설 속 에다라는 여자는 온 가족을 죽인 산사태에서 구사일생으로 살아난 뒤 세상을 떠돌아다닌다. 내 작품은 파멸적인 경험(외부적인 경험을 의미하지 않는다)을 한 독자라면 훨씬 친근하게 작품 속의 결렬함, 즉 모든 것을 삼켜버리는 비현실감을 겪고도 버티면서, 죽는 한이 있더라도 한사코 알고자 하는 기개를 이해할 수 있으리라. 소설을 쓴 지 3개월이 되었을 때 마침내 나는 에다가 대체 무엇을 추구하고자 했는지 이해했다. 그녀는 이미 사라진 과거로 되돌아가고자 한다. 왜냐하면 그것은 그녀의 정신적 지주이기 때문이다. 세속적인 사랑은 그녀에게 큰 불안을 안겨주고, 벗어날 도리도 없고, 벗어날 수도 없지만(안 그러면 그녀의 신체가 사라진다) 그녀는 이 두 가지를 위해 그저 시시각각 고통으로 돌아가 고통을 쇄신하고 고통 속에서 사랑하는 수밖에 없다."[*]

찬쉐는 자신의 '새로운 실험'에 한국 독자들을 초대하고 있다. 한국 독자들에게 처음으로 찬쉐의 작품을, 그것도 가장 실험적인

---

[*] 작가와 관련한 내용은 아래 자료를 참고하여 작성하였습니다.
    김경남. (2004). 찬쉐 소설론 (중국연구 vol.33). 〔한국외국어대학교 중국연구소〕
    残雪. (2007). 残雪文学观. 广西师范大学出版
    残雪. (n.d.). baidu. https://baike.baidu.com
    残雪. (2020년 10월 30일). 写给读者的话. tspweb. https://www.tspweb.com
    Dylan Suher and Joan Hua. (n.d.). 访问残雪. ASYMPTOTE.
    https://www.asymptotejournal.com

작품으로 소개하는 번역가로서 그저 나의 번역이 찬쉐에게 누가 되지 않길 바랄 뿐이다. 찬쉐의 문학적 실험이 누군가에게 낯설지만 뜨겁고 감각적으로, 느닷없는 깨달음으로 다가가길 바란다.

강영희

은행나무세계문학 에세 • 2

마지막 연인

1판 1쇄 발행 2022년 2월 18일
1판 2쇄 발행 2023년 10월 16일

지은이·찬쉐
옮긴이·강영희
펴낸이·주연선

(주)은행나무
04035 서울특별시 마포구 양화로11길 54
전화·02)3143-0651~3 ┃ 팩스·02)3143-0654
신고번호·제 1997—000168호(1997. 12. 12)
www.ehbook.co.kr
ehbook@ehbook.co.kr

ISBN 979-11-6737-135-5 (04800)
ISBN 979-11-6737-117-1 (세트)